FOLIO SCIENCE-FICTION

Patrick K. Dewdney

L'ENFANT DE POUSSIÈRE

Le cycle de Syffe, I

Gallimard

Illustrations de Fanny Etienne-Artur

© *Éditions Au diable vauvert*, 2018.

Né en Angleterre en 1984, Patrick K. Dewdney vit dans le Limousin depuis l'enfance. Après avoir publié poésie et roman noir, il a reçu le prix Virilo 2017 pour *Écume*. Projet d'une vie, *L'enfant de poussière* ouvre la grande saga de *fantasy* de Syffe.

*Toutes les aventures
commencent quelque part*

*À Jacques-Émile
qui m'a montré la route*

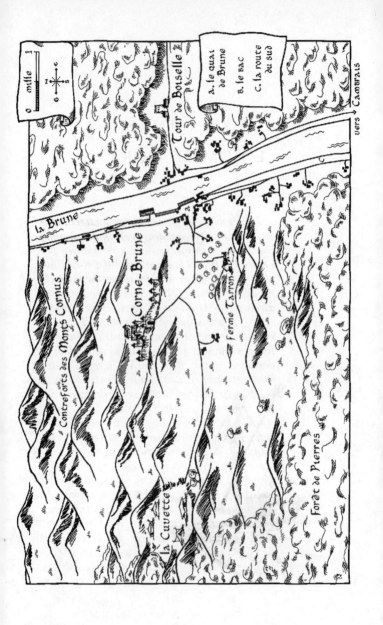

LIVRE PREMIER

L'HOMME MORT

Je n'étais qu'un jeune homme lorsque Parse la florissante fut scindée en deux par les volcans. Ses cités merveilleuses englouties par l'eau ou le feu, et la longue nuit qui suivit. Les pluies de cendres et de larmes pendant la grande obscurité. Trois années durant, nous avons guetté le retour du soleil, trois années à scruter, tandis qu'autour de nous, hommes, récoltes et bêtes se mouraient. C'était un temps sombre et glacé, un temps de deuil et de désespoir. Aujourd'hui, en vieillard, je pleure la magnificence du monde révolu, mais je célèbre également ce nouvel ordre qui éclôt de l'ancienne poussière. À l'est du cataclysme, Améliande, l'aînée des enfants de Parse, a résisté aux vagues. Au sud, les marins des comptoirs de Trois-Îles naviguent de nouveau, leurs cales chargées des épices de l'Astre-Terre. Et au nord, nous avons perduré, nous aussi. Les colonies de la Brune se multiplient sur ces terres abandonnées, et on s'émerveille que nos lointains aïeux aient pu les croire maudites, ou peuplées de démons. Par l'ouvrage du soc et du marteau, nous érigeons, jour après jour, les fondations d'un destin nouveau. Néanmoins, je Vous exhorte à tempérer cet espoir d'une saine prudence. Sans la main directrice de Parse pour nous guider, nous nous trouvons désormais exposés aux divisions et à la discorde, et je redoute que ne vienne un temps où les ambitions des uns ne seront plus tenues en échec que par les épées des autres. Aussi, mes frères, je vous mets en garde. Nous avons enduré la Nuit. Nous avons enduré la Peste. Notre plus grand défi aujourd'hui consiste à nous endurer nous-mêmes.

ORGUAIN LE VEILLEUR,
membre fondateur
de l'ordre des Horospices
Dernier discours au Conseil, en la 34ᵉ année
du calendrier de Court-Cap
Traduit du parse antique

Ce qui distingue le Carmide du Brunide, distingue également le civilisé du rustre, le penseur de l'ignorant, le soldat du fermier. Plus encore, c'est ce qui distingue le croyant de l'infidèle. Le croyant existe pour faire rayonner la lumière sainte du Soleil-Dieu. L'infidèle, comme l'ombre, existe seulement pour être dispersé.

TEGIS CLÉOSIDE,
dix-neuvième sériphe de Nycénée,
Cantiques et lumières
Argumentant la nécessité
d'une seconde invasion,
en la 415ᵉ année du calendrier de Court-Cap
Traduit du carmide

En vérité, les habitants des primeautés de Brune sont bien différents, tant d'us que d'apparence. Néanmoins, durant les quelques années que j'ai passées parmi eux, j'ai discerné deux traits que l'on peut prêter à la plupart : le mépris facile envers tout ce qu'ils jugent barbare, et une aisance pour l'hypocrisie lorsque leur propre barbarie dépasse de loin celles des peuples qu'ils nomment sauvages.

EPHYSES,
commerçant lettré de Galatta,
Voyages d'un marchand en terres occidentales
Après le massacre du peuple arce
durant la troisième guerre carmide,
en la 587ᵉ année du calendrier de Court-Cap
Traduit du nouveau-bessan

Milieu de l'an 621

Été

Lune Tranquille

1

Nous étions couchés dans les herbes folles qui poussent sur la colline du verger et, de là, nous voyions tout. L'air était pesant, presque immobile, rempli du bourdon estival des insectes. Autour, il y avait le parfum mêlé des graminées et l'odeur douceâtre des pommes qui mûrissent. Suspendus aux branches chargées de fruits, des charmes d'osselets gravés tintaient mélodieusement pour éloigner les oiseaux et la grêle. Face à nous se dressaient Corne-Colline et les murailles sombres de la cité de Corne-Brune, grassement engoncées dans la poussière que soulevaient les charrettes de la route des quais. Enfin, au bout du chemin sale que nous surplombions, derrière le petit port fluvial, la Brune coulait paresseusement. À mes côtés, Cardou croquait à pleines dents dans une pomme encore trop verte, tandis que Merle jouait un air badin sur son pipeau. Et Brindille, dont nous étions tous les trois amoureux, Brindille souriait. Nous avions le ventre plein.

Je devais avoir un peu moins de huit ans. C'est mon premier véritable souvenir.

Si je remonte au-delà, il subsiste bien quelque chose, un certain nombre d'ébauches imparfaites,

faites de sensations plutôt que de souvenirs. Je me rappelle ma mère – sa silhouette, du moins –, parmi les arbres immenses. Des cheveux sombres tissés de lierre, et une voix douce comme le miel. Quelque chose de plus vaste aussi, une présence plus diffuse, plus englobante à la fois. Un voyage, sans doute, dont les contours m'échappent, la longue fatigue d'une course folle et cet homme sévère et tatoué, peut-être mon père, puis l'éclat de lames d'obsidienne dans la nuit. Mais cela est bien loin, et avec le temps, comme on dit, tout s'efface. Il se peut aussi que j'aie voulu oublier. À l'époque, personne n'avait su me renseigner davantage et le sujet ne m'intéressait pas vraiment. Les choses étaient ce qu'elles étaient, et je vivais au présent.

Nous logions tous les quatre, Cardou, Merle, Brindille et moi-même, chez la veuve Tarron, qui tenait une fermette à l'extérieur des murs de la ville, au pied de la colline du verger. Il y avait un potager, une vingtaine de volailles, et quelques porcs de cette race longue que l'on trouve couramment dans les cantons de la Haute-Brune. Sur les marches de la maison vivait un jars cendré appelé Lasso, et la veuve, qui avait une peur bleue des chiens, prétendait qu'une bonne oie pouvait remplacer n'importe quel sac à puces. Lasso prenait son rôle de gardien de la ferme très au sérieux.

Il y avait également, accolée à la chaumière, une petite grange qui nous abritait la nuit, un tas de pierres instable dans lequel la veuve gardait le foin qu'elle ne devait pas au primat. Nous couchions là, serrés comme une portée de renardeaux, et même au plus fort de l'hiver nous n'avions pas tellement froid. Le soir, quatre bols de soupe de rave nous attendaient, la même purée que mangeait la veuve, la même purée qu'elle donnait aux porcs. La veuve allait sur ses cinquante ans. Son mari était mort noyé dans la Brune, lors d'une collision de cogues dont il fut la seule victime. Les gens racontaient qu'il buvait un peu trop. La veuve Tarron n'avait jamais eu d'enfants, sans doute était-elle stérile, et les mauvaises langues imputaient les penchants alcooliques de son mari à cette matrice inféconde. Elle était petite, et boitait de la jambe gauche. Sa voix était forte et sèche, sa peau fripée comme du cuir mal tanné, et son accent vauvois était très marqué. Elle n'était pas de Corne-Brune, et on le lui avait bien fait sentir. La veuve était seule, misérablement seule, mais je crois qu'elle préférait la solitude aux commisérations de ses semblables.

Si la veuve Tarron tenait bien une fermette, ceux de la ville qui venaient de temps à autre pour faire affaire avaient l'habitude de dire « l'orphelinat Tarron ». La veuve haussait ses frêles épaules et laissait couler, sans doute parce qu'il y avait là une certaine vérité, mais je soupçonne qu'elle aurait aimé que l'on connût sa ferme sous un autre nom. Le prévôt de Château-Corne avait dû lui confier le soin de nourrir et de loger les orphelins indésirables de la ville, comme cela se faisait périodiquement, et elle n'avait guère eu le choix. La veuve s'était appliquée à la tâche sans mauvaise volonté, mais sans manifester non plus l'intention de s'investir davantage qu'on ne le lui demandait. Nous n'avions pas l'autorisation de rentrer dans la chaumière, même les soirs de neige, parce que la veuve filait la laine et ne voulait pas être dérangée. Mais elle ne nous battait pas, et je suis certain que la distance avec laquelle elle nous traitait ne partait pas d'une mauvaise intention.

Ainsi, nous, les orphelins de la ferme Tarron, étions de fait – en grande partie – livrés à nous-mêmes. Nous comprenions déjà n'avoir rien en commun avec la plupart des autres enfants de Corne-Brune, et guère plus avec ceux de la Cuvette. Je dirais que nous avions endossé trop tôt la responsabilité de petits adultes. Le monde n'avait jamais été à nos yeux une instance figée et confortable, mais une entité chaotique qu'il fallait dompter un jour à la fois. Nous savions que la seule chose sur laquelle nous pouvions compter, c'était un bol tardif de soupe de rave, et nous savions également que la plupart des enfants pouvaient compter sur davantage que cela.

De jour, nous courions les rues en mendiant de-ci de-là quelques piécettes, de quoi acheter une miche pour le midi, un filet juteux de croche-carpe, ou un bon morceau de lard. On traînait dans les pattes des gardes qui poussaient des jurons que nous apprenions par cœur, pour les lancer ensuite aux oreilles des lavandières scandalisées. Nous faisions partie des enfants sauvages de Corne-Brune et, d'une certaine façon, je crois que nous étions heureux. Heureux des courses dans les ruelles de la ville basse, heureux de jouer à qui pisse le plus loin dans l'eau écumante de la scierie, heureux de nous prélasser dans les herbes odorantes de la colline du verger.

Ce jour-là, quatre enfants étaient allongés à l'ombre des fruitiers, parmi les pommes vertes et l'odeur de l'été. L'un d'eux, que je n'ai pas nommé encore, s'appelait Syffe, et Syffe, c'est moi. J'ai porté d'autres noms depuis, mais celui-là fut le premier, et c'est celui vers lequel je reviens toujours. Quand la veuve Tarron parlait de moi, elle avait pour habitude de dire « le syffelin », ce qui veut dire « le petit Syffe ». Syffe était un raccourci aisé, et un mot usuel à Corne-Brune. Ce n'était pas pour autant un nom facile à porter, mais il m'est resté. Les Corne-Brunois sont réputés pour leur simplicité rude et l'on comprendra par la suite que, s'ils avaient attaché plus d'importance à ce qui se passe en dehors de leurs murs, j'aurais pu m'appeler tout autrement.

Dans les Hautes-Terres, à l'ombre des immenses forêts de conifères et des falaises qui s'étendent à l'ouest de Corne-Brune, résident des gens farouches qui ont marqué l'histoire, à leur manière. Durant les veillées froides au cœur de l'hiver, les vieillards et les bardes murmurent encore à mi-voix le souvenir des hordes. Ils racontent les milliers de sauvages fouettés par la faim qui cherchaient le passage de la Brune et la conquête des terres plus arables de la Péninsule, les guerriers tatoués et hurlants, hommes et femmes ensemble, qui vinrent, plus d'un siècle auparavant, se briser comme des vagues de sang sur les murailles imprenables de Château-Corne.

S'il est vrai que les récits subsistent et que la plupart contiennent leur lot de vérités, il est aussi exact de dire que les temps changent, et que les hordes avaient fini par disparaître. Avec les années et les efforts des primats, le commerce avec les Hautes-Terres avait succédé à la guerre, si bien qu'à l'époque de mon enfance, à quelques milles à peine des tavernes où sévissaient les conteurs et les grabataires tremblants, se dressait depuis plusieurs générations déjà un assemblage fluctuant de yourtes bigarrées. Ces yourtes appartenaient aux descendants des hordes surgies jadis de la Forêt de Pierres, et le cercle inégal qu'elles composaient se nommait « la Cuvette ». Ce nom a pour origine une curieuse mésentente linguistique. En clanique, *Lacio-Vette* signifie « cercle de troc », mais les Corne-Brunois mirent le terme à leur propre sauce, certains que les sauvages définissaient ainsi le creux granitique sur lequel on avait bien voulu les laisser s'installer. Au sein de la Cuvette, de nombreux clans allaient et venaient. Parmi eux on comptait les Gaïches, les Gaïctes, les Païnotes, et les Syffes.

Les Syffes étaient les plus nombreux, pour la simple et bonne raison qu'ils étaient les habitants originels de la forêt de Pierres, et que leurs terres s'étendaient traditionnellement tout près du lieu où Corne-Brune avait été érigée. Néanmoins, dans l'esprit obtus de la majorité des Corne-Brunois, un sauvage restait un sauvage, et si l'un s'appelait Syffe, ma foi, il pouvait bien en aller de même pour les autres. La peur suscitée jadis par les hordes avait fini par se muer en un mépris confortable, comme cela arrive souvent. On rit et on taquine l'ours savant alors que l'on tremble devant son congénère sauvage. Ainsi donc, à Corne-Brune, malgré l'inexactitude du terme, on appelait « Syffes » l'ensemble des peuples qui venaient troquer à la Cuvette.

Très jeune déjà, mon ascendance était visible dans mes yeux noirs et mes traits fins, mes cheveux jais et raides, mon teint basané, et ce tatouage tribal qui s'enroulait dans mon dos. La veuve Tarron énonçait simplement une vérité en me nommant « syffelin », de la même manière qu'elle aurait appelé un rat un rat. Je crois en avoir souffert quelque peu, bien des années plus tard, en prenant conscience que je ne connaissais aucun chien auquel son maître n'avait pas daigné donner un meilleur nom que « chien ». Mes compagnons raccourcirent naturellement « syffelin » en un sobriquet, et je finis par accepter Syffe. Il n'empêche que je maudissais parfois ce nom, car en ville, où le mot était sur les lèvres de bien des marchands et de bien des commères, il m'arrivait souvent de croire – à tort – que l'on m'apostrophait.

Il faut donc revenir à la colline du verger, et aux quatre enfants qui s'y trouvaient couchés. L'après-midi était lourd et indolent. Nous avions vaguement envisagé de faire un tour à la Cuvette pour y apporter quelques fruits verts, en échange desquels nous aurions certainement pu obtenir quelques pincées de sel de la part de Frise, un vieux marchand gaïche qui s'était pris d'une certaine affection pour nous, à la manière rude des hommes des clans. Pourtant, nous nous sentions ce jour-là aussi paresseux que la Brune elle-même, nos estomacs pesants tout à la digestion des pommes, comme quatre coques de cogue alourdies par leur chargement. Nous flânions donc à l'ombre du verger, Merle jouait du pipeau, Cardou mâchonnait un trognon acide par pure gourmandise, et Brindille défaisait les nœuds de ses longs cheveux noirs.

C'est à ce moment que j'aperçus le messager. J'étais occupé à scruter le port, que les gens du cru appellent le quai de Brune, car je cherchais à discerner au retour des barques si la pêche avait été bonne. Parfois, certains pêcheurs du quai nous laissaient, Brindille et moi, démêler leurs sennes en échange des plus petits des poissons qui s'y trouvaient prisonniers. Par un jour aussi tranquille, il était probable que nous puissions trouver une bonne âme qui désirait davantage se mettre à l'ombre avec une cervoise fraîche qu'extirper le menu fretin des mailles d'un filet.

De loin, je vis accoster le bac en provenance de l'autre rive, où, tel un serpent de glaise, la route de Couvre-Col s'enfonce au travers de la forêt de Vaux. Un cavalier poussiéreux détacha prudemment sa monture, un grand coursier gris aux jambes longues, et reprit la selle d'un bond gracieux. Il s'élança au galop sur la route des quais, en direction de Corne-Brune. Derrière lui, le batelier gesticulait, et rapidement une foule vint se masser autour du bac. Les gens du port bourdonnèrent ainsi quelque temps, puis, comme un seul homme, ils se lancèrent à leur tour sur la route de la ville. À ce moment, le cavalier passa en contrebas de la colline du verger dans un martèlement de sabots. Je me levai de ma couche herbeuse.

Mes compagnons avaient eux aussi fini par comprendre qu'il se passait quelque chose d'inhabituel. Jamais auparavant nous n'avions vu les pingres du port lâcher de cette manière leurs gagne-pain respectifs pour se précipiter tous ensemble vers la ville. L'air tantôt immobile bruissait désormais d'une curieuse excitation. Sans un mot pour prévenir les autres, attiré par l'agitation comme un papillon par les flammes, je m'élançai sur la pente en direction de la foule qui se pressait vers Corne-Brune. Quelque part derrière moi, de sa voix fluette, Merle lança :

— Attends-nous, Syffe !

Sans répondre ni m'arrêter, je risquai un bref coup d'œil par-dessus mon épaule, et vis Brindille ramasser ses jupes pour partir à ma suite, accompagnée des deux autres. Ce faisant, je manquai de peu de me briser la jambe dans un trou de lapin, perdis l'équilibre et roulai dans la côte en dispersant des moutons effarés sur mon passage. Derrière moi les quolibets hilares de mes compagnons retentissaient déjà, et je me redressai disgracieusement en jurant comme un charretier. Un bref survol de ma cheville par des mains tremblantes m'apprit que je m'en tirais bien et, constatant que les autres rattrapaient rapidement mon avance, je poursuivis ma course.

Nous arrivâmes ensemble à bout de souffle, riant et chahutant, et nous nous enfonçâmes dans la foule compacte au moment où elle atteignait les portes de la ville basse. Habituellement, on aurait reçu notre raffut à coups de taloches, mais pour une fois les bonnes gens de Corne-Brune faisaient bien plus de tapage que nous. Il y avait quelques pleurs, je crois, mais surtout des vociférations paniquées, qui me rappelaient les cris stupides de volailles affolées. Nous tentâmes de nous faufiler entre jambes et corps qui se bousculaient, Merle en tête. J'entendis quelque part un juron sonore accompagné du glapissement indigné de Cardou lorsqu'un des employés de la scierie trébucha sur lui. Après quelques autres incidents du même genre, nous finîmes par renoncer. Finalement l'excitation des adultes ne nous convenait guère.

Le tumulte nous laissa tous les quatre à quelques pas de là où il nous avait pris, sous les arches noires de la grande porte. Cardou sautillait sur place en se tenant le pied, et Brindille arborait une moue déconvenue ainsi qu'un œil rougi qui augurait d'un coquard à venir. Nous échangeâmes quelques mots méprisants au sujet de la bousculade. Tandis que je pansais de mon mieux l'œil de Brindille, Merle s'avança vers le groupe de gardes en faction qui conversaient à voix basse à l'ombre de l'arche. L'un d'eux se tourna vers lui, c'était Penne je crois, un vieux briscard de Couvre-Col, rustre et sec, mais plus aimable envers nous que nombre d'autochtones. Je les vis échanger quelques phrases, puis Merle revint vers nous en balançant son pipeau d'un air perplexe :

— Y disent que c'est pas bon. Y disent que le roi il est mort.

Cardou haussa les sourcils et Brindille éternua. Je crachai dans la poussière. Aucun d'entre nous ne pipa mot durant un long moment. Merle ne bougeait pas, ses traits aquilins plissés tandis qu'il mâchonnait sa lèvre fine d'un air pensif. Au-delà de l'arche, les échos de la ville en émoi nous parvenaient crescendo. Ce fut Cardou, direct et impétueux à son habitude, qui finit par mettre un terme à nos divagations :

— On s'en fout, non ?

Merle renifla, et hocha la tête :

— Ouais. Je crois bien qu'on s'en fout.

Nous reprîmes alors le chemin de la colline du verger, un peu déçus. Notre vie retrouva son cours habituel cet après-midi-là, comme si rien ne s'était passé, mais au fond de moi il subsistait un doute. Je n'étais pas si sûr que nous devions nous en foutre. Le temps allait finir par me donner raison. Notre monde changeait.

2

Le roi Bai Solstère, premier et dernier suzerain du Royaume-Unifié, était avant tout un seigneur de guerre doté d'un talent oratoire exceptionnel. Par tradition, les régions traversées par la Brune étaient dirigées par une noblesse citadine désunie, les primats, et leur histoire jusqu'au règne de Bai se constituait d'une suite ininterrompue de petites guerres territoriales plus meurtrières et inefficaces les unes que les autres. Il existait deux raisons principales à l'accession de Bai au trône. La première fut l'invasion puis le siège d'Alumbre par le sériphat carmide d'Allessa, qui amorça la troisième guerre carmide, près de trente ans avant ma naissance. La seconde, je l'ai déjà mentionnée, était la langue agile de Bai.

Le siège d'Alumbre durait depuis six lunes déjà, et les ruines des villages et des domaines du canton ne fumaient plus depuis longtemps, lorsque le futur roi Bai, alors primat de Ventesol, convoqua une table ronde. Au cours de la réunion, il réussit à convaincre tous les seigneurs rassemblés que, si Alumbre tombait, aucune primeauté ne serait plus à l'abri des armées de Carme, ce qui était probablement davantage qu'une demi-vérité. De plus, aux primeautés les plus éloignées du conflit, comme Louve-Baie, ou Sudelle, Bai fit miroiter l'idée d'une côte Rouge débarrassée des navires carmides, ce qui leur ouvrirait de nombreuses possibilités commerciales avec la richissime théocratie de Jharra, de l'autre côté du détroit. En somme, il proposait l'union, puis la guerre.

Les primats se chamaillèrent pendant des jours, mais finirent par lui allouer de mauvaise grâce une troupe pouilleuse de miliciens hauts-brunides, bas-brunides et gris-marchois. Sans plus attendre, Bai rallia Alumbre à la tête de cette armée, à laquelle se mêlaient les troupes régulières de Ventesol. À la surprise générale (et au dépit de certains), il y remporta une victoire éclatante. Mais si les primats avaient été interloqués par sa victoire à Alumbre, ce qui se passa par la suite défia leur entendement, ainsi que celui de bon nombre de stratèges et d'historiens.

Après avoir délivré la ville assiégée par les Carmides, Bai poursuivit l'arrière-garde des envahisseurs jusqu'aux murs mêmes d'Allessa, et en l'espace de quelques semaines, il parvint – on ne sait comment – à annexer la ville. Ce fut une victoire militaire autant qu'une victoire politique et lorsque Bai convoqua à nouveau la noblesse brunide pour lui présenter la tête du sériphe d'Allessa sur un lit d'or, il leur promit davantage de conquêtes. Le traité d'Opule fut signé, Bai obtint sa couronne et il en émergea le Royaume-Unifié.

Malgré la réticence initiale des primats à confier leurs hommes en armes à un roi qu'ils venaient pourtant de désigner, capitaines ambitieux et jeunes nobles en quête de gloire issus des quatre coins des primeautés affluèrent sous sa bannière. Avec à sa disposition un ost digne de ce nom, Bai se lança alors dans sa sanglante campagne du Nord. La cité franche de Grisarme, l'un des derniers bastions du peuple arce, se dressait entre lui et la nouvelle frontière carmide, redessinée depuis la chute d'Allessa. Bai massacra ses habitants jusqu'au dernier lorsqu'ils lui refusèrent le droit de traverser leurs terres. Comme un loup enragé, Bai se jeta ensuite sur Phocène, la cité carmide la plus proche, qu'il assiégea, tandis qu'en parallèle il menait par la mer l'invasion des Proches-Îles.

Les notables de Carme mirent du temps à comprendre l'étendue de la menace, surpris au premier abord qu'un peuple de paysans incultes pût menacer leurs armées professionnelles. Les grandes maisons carmides furent finalement contraintes à l'union par le grand-sériphe, et elles menèrent une contre-offensive au succès mitigé. Le combat finit par s'enliser. Après vingt-cinq années d'une guerre devenue indécise, pressé à l'arrière par des primats de plus en plus réticents au conflit, Bai négocia l'armistice des Proches-Îles avec les cités de Carme, à la suite de quoi il leva le second siège de Phocène, et rentra chez lui.

S'il fut un brillant orateur, un puissant guerrier et un tacticien audacieux, Bai ne sut pas faire preuve du même génie lorsqu'il fut question de gérer son nouveau royaume. Il est vrai que le Royaume-Unifié prospéra durant son règne, mais cela tenait davantage des victoires militaires passées et de la politique individuelle des primeautés que d'une réelle volonté du roi. Bai passa les quinze dernières années de son règne à résoudre de petites querelles entre primats et à s'agripper vainement au pouvoir qui lui filait entre les doigts. Une fois sa guerre achevée, son poids politique se réduisit comme peau de chagrin, et au fil des ans son incapacité à empêcher les primeautés de revenir peu à peu à leurs traditions d'indépendance devint évidente. De plus en plus isolé, il finit par sombrer dans une excentricité suspicieuse, n'osant nommer de successeur, même sur son lit de mort. C'est ainsi que le Royaume-Unifié mourut comme il était né : sur un souffle du roi Bai.

Évidemment, nous autres, les quatre orphelins de la ferme Tarron ignorions tout de cela. Dans nos esprits, un vieillard couronné venait de crever quelque part où nous n'irions jamais et, comme nous ne comptions pas sur le vieillard en question pour nous nourrir ou nous offrir l'aumône, il s'agissait d'un problème qui ne nous regardait pas. Bien sûr, à notre grand dépit, les Corne-Brunois n'étaient pas du même avis que nous.

Dans les semaines qui suivirent la mort du roi, il n'y avait pas une taverne, pas un étal marchand, pas un seul pigeonnier à l'abandon où échapper aux barbants débats des adultes. Corne-Brune vrombissait le prénom « Bai » comme un frelon courroucé. Ni les ruelles de la ville basse, ni les pavés de la haute ville n'échappaient au bourdon cyclique du prénom royal. Les gens se promenaient prudemment avec un air pincé et inquiet, comme si tous savaient quelque chose que les autres ignoraient, et la voix éraillée de chaque petite vieille que nous croisions nous annonçait d'un ton lugubre que de grands malheurs étaient proches. Nous finîmes par nous lasser de la morosité ambiante et décidâmes d'un commun accord de passer le plus clair de notre temps à la Cuvette.

Au lever du soleil, nous quittions la paille poussiéreuse de la fermette et prenions le chemin de la crête. Là, accueillis par les chiens matinaux et les bêlements du bétail, nous errions parmi les yourtes en échangeant des plaisanteries grossières avec les enfants que nous croisions. Brindille, Merle et moi-même parlions tous le clanique couramment, car Brindille et Merle avaient partagé quelque temps une nourrice à moitié païnote, et même Cardou – qui était aussi Corne-Brunois qu'on pouvait l'être – parvenait à se faire comprendre.

Je profitai de ces quelques semaines pour troquer. Des pommes vertes par-ci, des poissons par-là, un coup de main pour puiser de l'eau ou plumer une volaille, si bien que je ne tardai pas à me retrouver avec une belle poignée de piécettes, de quoi m'offrir un petit vêtement. Les miens pendaient en loques autour de moi, et si je n'avais cure de la pudeur, le regard de Brindille m'importait. Mon choix se porta sur l'un des articles que vendait le vieux Frise, un pantalon de cuir cousu rembourré de laine. L'habit était encore bien trop grand et trop large pour moi, mais je devinais que je finirais bien par le remplir, et que je ne regretterais pas mon achat lorsque l'hiver serait à nos portes. Frise, dont le visage buriné était couturé de tatouages claniques, sourit largement et me remercia plus généreusement qu'il n'aurait dû, en me faisant une petite ristourne.

Les gens des clans ne s'occupent pas des enfants abandonnés, car selon leurs croyances il n'est pas sage de consacrer du temps à une descendance qui n'est pas du même sang. Si une lignée doit s'éteindre, c'est qu'une volonté qui échappe aux hommes est à l'œuvre et qu'il est donc futile de s'y opposer.

Certains considèrent même qu'il peut être dangereux de changer ainsi le cours du monde. Ainsi, dans l'enfer hostile de la forêt de Pierres et des Hautes-Terres, les orphelins tels que moi étaient abandonnés, et on les laissait périr de froid, de faim, ou entre les crocs des prédateurs. Reste que, contrairement aux Corne-Brunois, ceux des clans ne se formalisent pas des coutumes des autres, et je crois que Frise, ayant observé nos efforts quotidiens pour survivre, avait fini par éprouver pour notre détermination téméraire une certaine forme de respect. Je hochai la tête et remerciai Frise pour le pantalon que je roulai en boule sous mon bras. Puis, du bout des doigts j'exécutai le signe traditionnel pour signifier que la transaction me convenait, le pouce croisé sur le majeur, et je m'éloignai en quête des autres.

Je découvris mes camarades au détour d'un chariot empli de bois mort, tous trois assis près d'une yourte aux couleurs gaïches. Devant eux se tenaient un adolescent maigrichon et une jeune fille aux cheveux courts, qui se passaient le relais d'une narration virevoltante. La fillette avait à peu près la même taille que nous, et le jeune homme aurait sans doute eu l'âge de raser sa première barbe, s'il avait été Brunide. Leurs tatouages les désignaient comme Gaïches tous les deux, frère et sœur. Je m'assis entre Brindille et Merle en jouant du coude, mais mes amis n'y prêtèrent guère attention tant ils étaient saisis par le récit de leurs deux interlocuteurs. L'histoire était hachée et la narration maladroite, car sans cesse les deux jeunes gens se coupaient et revenaient en arrière pour digresser ou se disputer sur tel ou tel détail. Cela ne m'empêcha pas de me laisser prendre au jeu.

Le père de Gauve et de Driche – c'était ainsi que se nommaient les deux jeunes conteurs – était parti chasser avec ses compagnons durant l'hiver, à l'époque où leur famille quittait la Cuvette pour s'approvisionner en peaux, fourrures et herbes qu'ils écoulaient ensuite durant l'été. La chasse était une activité risquée dans les forêts des Hautes-Terres, car la région pullulait de gibier, mais aussi de prédateurs. Meutes de chiens-bakus, ours, chats-vèches solitaires et nombre de bêtes plus étranges encore qui n'hésitaient pas à s'attaquer à l'homme lorsqu'elles le pouvaient. Après avoir parcouru plusieurs milles dans le dédale, le groupe de chasseurs avait fini par découvrir une petite grotte où ils comptaient bien bivouaquer pour la nuit.

En pénétrant dans la caverne, les trois Gaïches s'étaient retrouvés face à une stryge, l'une de ces monstrueuses scolopendres qui hantent la forêt de Pierres, cauchemars des enfants des clans. C'était une grande femelle, leur raffut l'avait tirée de sa torpeur hivernale, et elle gardait jalousement ses œufs. Gauve nous décrivit avec force gestes la manière dont la créature gigantesque s'était jetée sur les chasseurs, et le combat héroïque qui s'était ensuivi. Il s'appropria le récit avec un tel entrain que, lorsqu'il eut fini, la petite Driche le dévisageait d'un regard noir, le menton tremblant et la bouche boudeuse. « C'est moi qui devais raconter la fin ! » s'exclamat-elle d'une voix outrée. « Tu sais pas bien faire », renifla Gauve en grimaçant exagérément. Puis, sur un ton plus compatissant : « Dis la suite, si tu veux. »

Driche prit une grande inspiration :

— Papa a gardé les dix œufs les plus beaux. Il les a vendus à un marchand venu de Port-Sable, avec sa part de la chitine. Le marchand lui a payé la chitine au prix comptant. Il lui a dit qu'à Jharra, on serait prêt à lui donner des fortunes pour voir des stryges combattre dans l'armène.

« L'arène », rectifia Gauve. « C'est ce que j'ai dit », reprit la fillette, le front plissé. « Il a dit qu'il paierait papa s'il arrivait à les vendre là-bas. »

Quelques instants passèrent, au cours desquels la fillette nous dévisagea fièrement. Je haussai les sourcils. Puis, avec un rire sardonique, Cardou déplia dédaigneusement ses jambes potelées :

— Eh ben on dirait que votre papa, il s'est bien fait arnaquer. Allez, venez-en vous autres, j'ai la boulotte.

Nous nous remîmes sur pied d'un commun accord et les protestations aiguës de Driche commencèrent à pleuvoir. « C'est pas vrai, il reviendra l'été prochain et il donnera plein de sous à mon père ! » Cardou trépignait, ce qui n'augurait rien de bon. La petite fille l'agaçait. Il avait un sale caractère parfois, et s'emportait vite et facilement, même avec nous. Sa voix s'échauffa : « Il reviendra pas, ce marchand, les types comme lui y passent leur temps à arnaquer les Syffes comme ton père ! » Gauve s'offusqua de l'insulte à peine voilée et intervint de vive voix :

— On n'est pas Syffes, abruti !

— Eh ben c'est pareil, et de toute façon les stryges, j'y crois même pas !

Cardou exécuta un geste obscène en direction de Gauve, puis s'enfuit en courant, lâchant derrière lui un flot de jurons incohérents. Merle et Brindille haussèrent les épaules et lui emboîtèrent le pas en secouant la tête. Je lançai un regard chargé d'excuses en direction de Gauve et de Driche, et fis de même.

Avant qu'il ne disparaisse au coin d'une yourte, Cardou se retourna en tempêtant, son visage rouge encadré par ses boucles brunes. Je crois qu'il pleurait :

— Et en plus si je devais avoir un papa aussi cave que le vôtre, eh ben je suis bien content de pas en avoir !

Sur ces mots il disparut.

L'humeur maussade qui pesait sur Corne-Brune avait fini par s'abattre sur notre petit groupe. Nous savions qu'il valait mieux laisser Cardou tranquille, et Merle nous quitta, car il avait promis de passer l'après-midi à aider la veuve Tarron, qui avait des canards à livrer à la ville. Brindille et moi prîmes la direction de la colline du verger, après que j'eus échangé ma dernière piécette contre un quart de fromage de brebis.

Le soleil cognait fort, et nous décidâmes de manger en route, avant que la chaleur ne gâte notre repas. Le vent commençait à se lever. Les herbes qui bordaient le chemin ondoyaient lentement. Quand nous fûmes arrivés en haut, Brindille insista pour me faire essayer mon nouveau pantalon. Brindille avait presque mon âge, peut-être un an de plus, les yeux en amande et la bouche rieuse, mais elle se comportait souvent comme une mère avec nous trois. C'était Brindille, à n'en pas douter, la maîtresse de notre petit clan. C'était elle qui soignait nos échardes et nos bleus et nos cœurs, sans en faire cas. C'était elle qui partageait la nourriture et qui réparait les injustices, avec douceur. Je l'adorais. Nous l'adorions tous, et cherchions son approbation en toute chose.

Après qu'elle m'eut fait rougir à force de compliments sur ma nouvelle allure, nous réduisîmes mes anciennes braies en une série de lambeaux pouilleux dont on pourrait se servir pour bourrer nos chausses lorsque le temps se rafraîchirait. Puis nous nous assîmes, comme d'habitude, face à la ville, en croquant chacun une pomme. Au-delà des murs, loin au nord, se détachaient les pics blancs des monts Cornus, et nous voyions les cogues et les barques tracer des sillons dans l'eau placide de la Brune. Brindille finit par poser sa tête sur mon épaule, comme cela arrivait parfois. Nous pouvions rester ainsi durant des heures, à contempler le paysage et à respirer l'air sucré. Je ne sais pas pourquoi, mais nous ne nous en lassions pas. Nous savions juste que c'était beau, et que ça le restait. Au bout d'un moment, les sourcils froncés, je finis par tourner la bouche vers le creux de son oreille :

— Dis Brindille, tu crois aux stryges, toi ?

Brindille se redressa et s'empara de ma main, jouant d'abord avec mes doigts qu'elle emprisonna ensuite entre les siens. Elle leva enfin la tête, plongea ses yeux gris dans les miens, puis finit par esquisser un sourire tout simple :

— Oui j'y crois.

Je hochai imperceptiblement la tête, prisonnier de son murmure, la bouche plissée par le sérieux :

— Moi aussi.

Nous restâmes ainsi quelque temps, les yeux dans les yeux, la main dans la main. Puis le vent se remit à souffler, amenant avec lui toute la fraîcheur des montagnes. Brindille se serra de nouveau contre moi, et nos mèches noires s'emmêlèrent dans le vent. Ses cheveux sentaient le foin et le sucre. Nos regards silencieux se perdirent dans le lointain, s'y perdaient encore quand la nuit finit par tomber. Nous reprîmes le chemin vers la ferme Tarron et le bol de raves qui nous y attendait, sans avoir rompu le silence. Je crois que ce soir-là, rien n'aurait pu arracher nos deux paumes l'une à l'autre.

3

Le lendemain, Cardou n'était toujours pas revenu, et nous commencions à nous inquiéter. La veuve nous fit quelques remontrances sans conviction, et nous somma de le retrouver au plus vite. Je me débarbouillai dans le bac d'eau fraîche entreposé devant la grange, tandis que Brindille et Merle aidaient à nourrir les porcs. Ils furent récompensés de leurs efforts par quelques tranches de pain encore fumantes. Agenouillés au bord du chemin, près de la rocaille où la vieille faisait pousser ses herbes à tisane, nous dégustâmes rapidement notre butin moelleux à grosses bouchées chaudes. Puis, assis en triangle dans la cour, nous devisâmes d'un plan de recherches.

Il fut convenu que Merle s'occuperait de la Cuvette, et aussi de Corne-Brune. Les gardes, qui l'aimaient mieux que nous à cause de son pipeau, pourraient peut-être le renseigner. Brindille irait au quai de Brune, puis remonterait le fleuve jusqu'à la scierie. Quant à moi, je me proposai de couper par la colline du verger pour redescendre ensuite en bord de Brune. De là, je pourrais longer la rivière en direction du sud, et des quelques chaumières isolées où nous allions quelquefois porter de la laine et des œufs pour le compte de la veuve. J'écopais de la tâche la plus ingrate, car j'avais une plus grande distance à parcourir que les autres, et je ne pouvais compter que sur moi-même pour mon repas de midi. De plus, le chemin du sud s'enfonçait dans la forêt, là où aucun enfant nourri par les contes des clans n'aime à se promener seul. Mais, pour épater Brindille, j'étais prêt à tout.

Après un échange d'acquiescements et de mots résolus, nous partîmes chacun de notre côté. Je gravis lentement la colline du verger, les pieds trempés de rosée, un brin de blé sauvage coincé entre les dents. L'été n'allait pas tarder à toucher à sa fin. Dans la région qui s'étend au pied des monts Cornus, la proximité des montagnes assure un hiver long et froid et, hormis à Couvre-Col, aucune primeauté ne vit cette saison aussi rudement que Corne-Brune. De même, si le soleil pouvait brûler la peau en été, nous n'avions que rarement des chaleurs réellement étouffantes, le vent frais venu des Hautes-Terres dispersait rapidement tout début de canicule.

Mon nouveau pantalon m'agaçait. En été nous allions pieds nus. J'avais beau le replier, les jambes finissaient toujours par retomber, et je marchais sans cesse dessus. De plus, le cuir luisant de suif dont Frise m'avait assuré l'étanchéité était rendu glissant par l'humidité de l'herbe et menaçait de me faire tomber si je ne faisais pas attention. Je dispersais les brebis sur mon passage, sans grand entrain, tout en ruminant l'idée de repartir à la ferme demander à la veuve ses bottes, dans lesquelles je pourrais certainement fourrer mon pantalon. Je savais au fond de moi que la vieille n'accepterait jamais de me prêter quoi que ce soit et finis donc par me résoudre à prendre mon mal en patience.

En haut de la colline, j'errai quelque temps parmi les fruitiers en scrutant au travers des branches. Quand il devint évident que Cardou n'était pas là, j'entrepris de me remplir les poches de fruits en prévision de la journée, qui s'annonçait longue. Toutefois, mes tripes commençaient à souffrir de la consommation excessive de pommes vertes, et je nourrissais l'espoir de trouver autre chose en route. Après avoir traversé le grand verger, je m'attardai quelques instants au sommet pour porter un regard sur le sud. Aux quelques pâtures qui s'étalaient autour de la colline succédaient les premières frondaisons de la forêt de Pierres, qui s'étendait à perte de vue en contrebas.

Corne-Brune n'avait jamais été une primeauté agricole, hormis quelques élevages épars, nichés entre des champs cailloux où seuls pouvaient pousser les raves et les tubercules. Les exports traditionnels avaient toujours été le bois, châtaigniers blancs et pins-durs que les bûcherons abattaient sur les flancs des monts Cornus, avant de les faire basculer dans la Brune, ainsi que les blocs taillés du granit noir endémique. De tout temps, la ville avait compté sur les échanges avec Bourre et Franc-Lac pour subvenir aux besoins alimentaires de ses habitants. Néanmoins, avec l'ouverture des nouvelles routes commerciales sous le règne de Bai, Corne-Brune s'était peu à peu mise à remplir les cogues et les barges des commerçants d'autres denrées précieuses, comme des fourrures, de l'ambre, et pléthore de curiosités ouvragées que les clans rapportaient des Hautes-Terres. Tout cela partait sur le flot du fleuve, vers les ports animés de la Basse-Brune et de la marche d'Opule, dont les navires, à leur tour, hissaient l'ancre vers Jharra, Améliande, ou les Cinq Cités, et parfois plus loin encore, jusqu'à Trois-Îles, et l'Astre-Terre.

Je pris une inspiration censée me donner du courage. La mine circonspecte, je me mis en marche vers les berges du fleuve et la route du sud qui disparaissait sous les conifères. La matinée arrivait à son terme, mon ventre grommelait, et je maudissais Cardou dans ma barbe. En traversant les champs, je croisai une jeune bergère aux cheveux châtains et bouclés, pareille à la plupart des filles brunides, et je l'interrogeai brièvement pour savoir si elle n'avait pas aperçu tantôt mon compagnon. Elle me répondit par la négative sans avoir l'air d'y réfléchir vraiment, puis finit par me chasser comme un malpropre lorsque je lui proposai quelques fruits verts en échange d'un peu de pain ou de fromage. Misérable, je m'enfonçai dans les sous-bois vers midi, en grignotant une nouvelle pomme que j'étais certain de regretter plus tard.

Le soleil qui filtrait entre les branches, les chants des oiseaux, la douceur du lit d'aiguilles sous mes pas et l'odeur de l'humus frais effacèrent peu à peu mes malheurs. Je surpris une biche naine qui détala devant moi en me flanquant une belle frousse. Hardi, je m'élançai à sa poursuite. Il me fallut quelques dizaines d'empans pour comprendre que je ne la rattraperais jamais, et à bout de souffle, je dus me résigner à voir l'animal gracile disparaître dans les fourrés. Je finis par atteindre le bord de Brune, où je décidai de faire une pause, les pieds dans l'eau, près du chemin poussiéreux.

La route du sud n'était guère pratiquée, tout simplement parce qu'elle ne menait nulle part. En suivant le cours de l'eau on pouvait théoriquement rallier la Porte du Ponant, l'immense pont fortifié qui traverse le fleuve pour relier la primeauté de Bourre à celle de Louve-Baie, mais le voyage prenait des semaines et, même en bord de Brune, cela restait une entreprise dangereuse. Pour la plupart, les clans de la Cuvette étaient amicaux envers les étrangers, mais on pouvait toujours mal tomber, or la forêt de Pierres abritait également son lot d'exilés, de coupe-gorge et de brigands. On considérait donc qu'il s'agissait là d'un risque stupide, tant la voie fluviale était plus aisée, plus sûre, et plus rapide. Ainsi, la route du sud suivait le bord de Brune sur quelques dizaines de milles, jusqu'aux chaumières les plus éloignées, puis s'évanouissait dans la forêt où elle disparaissait complètement.

Alors que j'étais sur le point de repartir, en me baissant pour m'éclabousser la nuque, je remarquai tout à fait par hasard quelques touffes de duvet accrochées aux herbes traînantes. À deux pas de là, le sourire aux lèvres, je découvris un nid de cane sauvage, caché sous un amas de roseaux. Comme la nichée était vide et que les œufs étaient froids, je jugeai que la couvaison n'avait pas encore débuté, et qu'ils étaient certainement consommables. J'en ouvris un prudemment, pour m'assurer de sa fraîcheur et, après l'avoir reniflé, je l'avalai tout rond. Je gobai encore trois œufs et marquai le nid d'une branche pour ramasser les autres à mon retour.

Le ventre un peu trop plein, je me hâtai le long du chemin, en imaginant la tête que feraient Merle et Brindille lorsque je ramènerais tous ces œufs.

J'inventai en cours de route des épisodes de plus en plus rocambolesques, dans lesquels je revenais à Corne-Brune en héros triomphant, avec mes œufs et Cardou que j'aurais délivré des griffes d'une stryge, dont je vendrais ensuite la chitine pour nous construire une maison, tandis que Brindille me contemplerait avec des yeux remplis d'admiration et de reconnaissance.

Je sursautai brusquement, arraché à mes fantasmagories. Devant moi, le fleuve s'écartait du chemin pour décrire un coude marécageux duquel émergeait – entre les joncs – la silhouette dépenaillée d'un vieux saule malade. Mon regard rêveur avait réussi à transformer le tronc en un monstre menaçant, un esprit dévoreur de la rivière. Soulagé et tremblant j'approchai respectueusement l'ancêtre pour effleurer son écorce craquelée. À la façon d'une pleureuse, l'arbre semblait étendre de longs bras endeuillés au-dessus de l'eau. Dans ses ramures, les piquerons bourdonnaient. L'onde clapotait sereinement autour des racines immergées, enflées et tordues comme de luisants serpents d'eau.

C'est alors que je vis mon premier cadavre.

La souche avait saisi au passage ce que j'avais, de prime abord, pris pour un tas de détritus. En m'approchant davantage, je vis qu'il s'agissait d'une forme compacte, de laquelle dépassaient deux longues tiges noires. Je compris un peu brutalement qu'il s'agissait de flèches, et que la forme était celle d'un homme mort. Un instant, une boule se forma au creux de mon ventre à la pensée qu'il pouvait s'agir de Cardou, mais mes craintes se dissipèrent rapidement : le mort était bien trop grand. Je fis un pas hésitant en arrière, tandis que la puanteur de la chair pourrissante refluait vers mes narines. Je restai là quelque temps à contempler le corps, avant de décider de la voie à suivre. Après avoir pris une grande inspiration, pour ne pas inhaler l'odeur de charogne, je posai un pied ferme sur la courbure du tronc, agrippai quelques lambeaux de tissu, et parvins tant bien que mal à traîner le mort ruisselant sur la berge.

Les croche-carpes n'avaient pas laissé grand-chose. Il n'avait plus de nez, ni de lèvres, ni d'oreilles, et guère plus de chair sur les doigts ou les pieds. L'abdomen était à moitié dévoré et les viscères avaient disparu. Je réfléchis encore un instant, ne sachant que faire de ma macabre découverte. À ma grande déception, hormis ses vêtements, il n'y avait rien d'autre sur lui. Après avoir tenté en vain d'arracher les flèches de son dos, je décidai que la meilleure marche à suivre était sans doute de retourner à Corne-Brune pour prévenir la garde. Je fis donc demi-tour d'un pas vif et, dans la chaleur de l'après-midi, je pris la direction des quais. L'odeur nauséabonde qui me collait à la main ne voulait pas partir malgré tous mes efforts, et j'en oubliai mes œufs, tant j'étais écœuré.

Après plusieurs heures de marche sous un soleil cuisant, je finis par atteindre le quai de Brune, poussiéreux et suant. À mon grand étonnement, j'y découvris un petit groupe de pêcheurs piaillards, qui s'agglutinaient autour de Merle, Brindille, et d'un Cardou à l'air épuisé mais radieux. À ses côtés, posé sur le bois humide du quai, reposait un énorme silure à collerette, dans la bouche duquel j'aurais pu loger tout entier. La créature, presque aussi longue que deux hommes mis bout à bout et épaisse comme la grosse truie de la veuve, devait bien mesurer ses trois empans. Incrédule, je m'approchai de mes amis, et ce fut Brindille qui me raconta ce qui s'était passé d'une voix excitée.

Brindille s'était rendue au port, où on lui avait appris que Cardou avait emprunté une ligne la veille, pour aller pêcher en amont de la scierie, et elle avait fini par le découvrir au milieu de la matinée, à bout de forces, accroché à un arbre. Il avait passé la nuit dehors, et le silure l'avait réveillé lorsqu'il avait mordu au petit matin. Se sentant entraîné à l'eau, Cardou s'était agrippé à l'arbre le plus proche, y avait coincé son filin et, avec la ténacité d'un ratier, il n'avait pas voulu lâcher prise. Sa voix était rendue rauque par ses cris que couvrait le vacarme de la scierie, et après avoir tenté vainement de le secourir, Brindille avait couru à toute allure jusqu'aux quais d'où elle était revenue avec trois vieux pêcheurs. Ces derniers ne furent pas de trop pour extirper le monstre du fleuve.

Tandis que Brindille me parlait, des hommes se mirent à débiter le silure en quartiers à grands coups de hachoir. Un quart pour le propriétaire de la ligne. Un quart à partager entre les vieillards qui l'avaient ramené. L'autre moitié de l'énorme créature revenait à Cardou, et ce dernier luisait de fierté, pas tant à cause de son exploit, que de l'attention qu'il recevait. Habituellement, les regards glissaient sur nous comme du lard sur une planche polie, alors qu'aujourd'hui tout le monde semblait subitement nous connaître. Il n'eut aucun mal à vendre la plupart du poisson sur place, et le fils du veneur descendit même du château pour lui demander la tête de la créature, qu'il souhaitait faire empailler pour décorer la grande salle du primat Barde. Cardou se retrouva bientôt en possession de ce qui représentait pour nous une véritable petite fortune.

Et moi, j'étais malheureux comme les pierres. Ma main empestait la mort, j'avais marché toute la journée et surtout, Brindille n'avait d'yeux que pour Cardou. Tous mes fantasmes héroïques de l'après-midi venaient d'être annihilés, et même mes œufs de cane me paraissaient désormais d'une pauvreté parfaitement navrante. C'était Cardou le héros, et moi j'étais Syffe, le petit sauvage qui puait de la main. Le cœur dans les chausses, je me détournai du spectacle alors qu'il ne subsistait plus du poisson que ses plus grosses arêtes. Puis, à l'ombre d'un fumoir non loin de là, je remarquai le vieux Penne et quelques autres gardes, sans doute descendus de la ville pour admirer le monstre. Appuyés sur leurs lances, ils transpiraient sous leurs gambisons tout en troquant les nouvelles avec un camelot bourrois de passage. Je pris mon courage à deux mains, et me glissai jusqu'à eux. Les trois autres hommes m'ignorèrent, mais Penne finit par tourner son visage grisonnant vers moi. Je lui expliquai alors d'une petite voix que j'avais trouvé un homme mort.

J'eus soudain toute l'attention des autres soldats, et ils m'inondèrent de questions rudes auxquelles je répondis tant bien que mal. Après m'avoir infligé ce traitement durant un long moment, les gardes de la patrouille quittèrent l'abri du fumoir, le pas décidé et le regard grave. Lorsque l'un des pêcheurs attroupés autour de Cardou leur demanda ce qui se tramait, Penne secoua la tête et lâcha d'une voix basse « Paraît que le petit, il a trouvé un mort ». Il nous tourna ensuite le dos et s'engagea sur la route de Corne-Brune d'un pas vif.

L'attention des pêcheurs quitta Cardou et ce qui restait de ses arêtes. «C'est vrai, petit? T'as trouvé un mort?» Des interrogations et des spéculations fusaient tout à coup autour de moi, tandis qu'une nouvelle petite foule se formait: «Tu l'as trouvé où?» «Il était Brunide?», «Sûr que c'est les Syffes qui l'ont planté», «J'espère que c'est pas mon oncle, il est toujours pas rentré de Blancbois». On me fit raconter mon histoire plusieurs fois, dans les bousculades et la cacophonie, si bien que je finis par regretter d'avoir envié la place de Cardou. Le soir tombait lorsqu'on me laissa enfin tranquille. Cardou empocha son magot, et nous prîmes tous ensemble le chemin de la ferme Tarron. Nous discutâmes en route. Merle me dévisageait avec des yeux de merlan frit:

— Mais t'as pas réussi à y enlever les flèches?
— Non, elles étaient trop enfoncées dedans.

Cardou poussa son rire retors et bomba le torse:
— Ou alors c'est que t'étais pas assez fort.

Je secouai la tête:
— Non, elles étaient vraiment coincées. Il était foutrement bien tué.

Des murmures d'approbation compréhensifs s'élevèrent autour de moi. Je félicitai maladroitement Cardou pour sa prise, car après avoir goûté moi aussi à une célébrité que j'avais trouvée bien amère, j'estimais que nous étions quittes. Brindille mit une fin définitive à la tension lorsqu'elle m'offrit un bouquet d'herbes de senteur cueillies en chemin, en me recommandant de bien m'en frotter la main, ce qui nous fit tous bien rigoler. Nous ne tardâmes pas à rejoindre la cour de la ferme, Lasso le jars lança une série de cacardements sonores, et la veuve sortit nous accueillir pour une fois, soulagée sans doute de voir que Cardou était rentré sain et sauf. Nous l'assaillîmes du récit bruyant de nos aventures et elle nous laissa manger la soupe sur les marches du perron. Lorsque nous eûmes terminé notre histoire, la veuve se contenta de hausser les sourcils, en nous lançant un regard qui signifiait qu'elle en avait vu bien d'autres. Cardou lui confia tout de même un gros filet de silure qu'il avait mis de côté exprès. La veuve l'avait pris sans rien dire, mais je vis que le geste l'avait touchée.

Ce soir-là, je m'endormis dans le foin, Brindille ne se serra pas contre moi, à cause de l'odeur qui ne passait pas, et je m'enfonçai dans un sommeil agité. Je rêvai de l'homme mort, et de son silure domestique. Lorsque je voulus le tirer de l'eau, il me saisit dans une étreinte rendue piquante par les innombrables flèches qui hérissaient sa chair, et il voulut m'emporter dans la rivière pour nourrir son poisson. Quoi que je fasse, je ne parvenais pas à m'éloigner des berges de la Brune, et l'homme mort finissait toujours par me retrouver.

4

Ce fut par amour pour Brindille que je me mis à voler.

L'affaire de l'homme mort, que j'avais prise à cœur malgré moi, aboutit à un cul-de-sac énigmatique qui me laissa insatisfait et irritable. Dans la semaine qui suivit la découverte du corps, la garde de Corne-Brune s'en désintéressa avec empressement, prétextant qu'il s'agissait d'un règlement de comptes entre Syffes et que, de ce fait, ce n'était pas de son ressort.

Du haut de mes presque huit ans, je n'y croyais pas du tout. Si l'homme avait peut-être la taille d'un Syffe remarquablement grand, les flèches que j'avais vues fichées dans son dos étaient bien trop longues et ressemblaient davantage aux projectiles d'un arc long brunide qu'aux traits courts d'un chasseur des clans. La plupart des gens acceptèrent toutefois l'histoire de la garde et d'autres problèmes ne tardèrent pas à remplacer le cadavre sans nom. Une fillette gaïcte avait disparu de la Cuvette, mais de cela les Corne-Brunois se fichaient éperdument. En revanche, l'histoire qui courait sur toutes les lèvres était celle des trois chevaux qui manquaient à l'appel dans les écuries du primat Barde.

Il fallut plusieurs jours à Cardou pour se remettre de la capture de son silure. Au lendemain de sa pêche miraculeuse, il avait tellement mal aux bras que nous dûmes porter nous-mêmes la nourriture et l'eau jusqu'à sa bouche. Néanmoins, la perspective de dépenser son magot durement gagné le remit sur pied bien rapidement. Cardou se montrait insupportablement généreux avec son argent, surtout envers Brindille, ce qui m'emplissait d'un désespoir profond.

En fait, Cardou ne s'offrit presque rien, hormis quelques friandises ici ou là, et il consacra la quasi-totalité de sa fortune à nous faire des cadeaux. Pour moi, un collier syffe auquel pendait un petit os taillé et creux qui dissimulait habilement une lame tranchante, bien utile pour se curer les ongles, ou peler un lapin. Merle reçut un nouveau pipeau ainsi qu'un tube à cheveux en bois ouvragé. Lui qui avait les cheveux aussi longs et raides que Brindille s'était immédiatement pris d'affection pour l'objet et portait désormais sa chevelure ramassée en une longue queue remontante, sauvage mais distinguée, qui lui allait à merveille.

Bien sûr, c'était Brindille qui héritait des dons les plus précieux. Une solide robe de travail brodée à porter par-dessus ses jupes, ce qui lui donnait l'air d'une vraie petite femme. Un bracelet de billes de bois sculptées, une demi-livre entière de noix glacées. Un peigne en os et une paire de bottes fourrées de laine pour l'hiver. Je savais que j'aurais dû ressentir de la reconnaissance pour la bonté simple de Cardou, mais les sourires que ses cadeaux faisaient naître chez Brindille déclenchaient en moi l'effet opposé, et je m'en voulais terriblement, presque autant que j'en voulais à Cardou.

Après une semaine de dépenses, l'argent avait disparu aussi rapidement qu'il était arrivé, et nous nous retrouvâmes de nouveau aussi pauvres que les pierres. Les choses finirent par rentrer dans l'ordre, mon épaule recevait de temps à autre la tête de Brindille sur la colline du verger, et les pommes mûrissaient, assurant une bonne part de nos repas sans que nous ayons à craindre d'autres désagréments d'ordre gastrique. Toutefois, j'avais remarqué le goût prononcé de Brindille pour les cadeaux de Cardou, et je me mis en tête de lui en procurer d'autres – les miens – quels que fussent les moyens que je dusse employer. Au début de l'automne, tandis que sur l'autre rive de la Brune la forêt de Vaux prenait une teinte rouge et or et que les premières pluies voilaient parfois le paysage, je me rendis seul dans la ville basse, pour dénicher des présents à l'intention de Brindille.

Il y a deux murailles à Corne-Brune, trois si on compte celles du château, et même si les choses y ont bien changé, ces murs découpent toujours le bourg, tels d'immenses moules à gâteaux. La ville elle-même est nichée sur une large colline plate, plus épatée à l'est, à laquelle s'agrippent les bâtiments comme des bernicles sur un rocher. Au sommet, que l'on appelle « Corne-Colline », se dresse le château où résidait à l'époque le seigneur-primat Barde Vollonge le Jeune. Autour de ces fortifications s'élève la ville haute, ceinturée par la première muraille. On y trouvait alors quelques jardins publics et des fontaines, mais surtout les domaines des vieilles familles, qui descendaient des premiers colons et des fondateurs de la ville et qui prospéraient depuis des générations de l'export du bois et du granit.

Dans la ville basse, entourée par la seconde muraille, étaient installés la plupart des commerces, et les demeures des citadins moins bien lotis. Toutefois, certains quartiers commençaient alors à emprunter un peu du faste de la ville haute, car parmi les marchands les plus pauvres certains avaient su profiter habilement des nouvelles opportunités commerciales offertes par les clans, alors que les anciens, eux, se refusaient catégoriquement à troquer avec les barbares. Les anciens méprisaient les clans presque autant que les habitants de la ville basse dont certains, sang-mêlé de surcroît, pouvaient prétendre rivaliser avec eux en influence et en prospérité. Entre gens de la haute, on avait l'habitude de dire que, si la première muraille avait été érigée pour maintenir les sauvages dehors, la seconde avait été dressée pour les inviter dedans.

Mes menus larcins se déroulaient exclusivement dans les ruelles marchandes de la basse, où tous les jours, camelots et artisans exposaient leurs denrées aux yeux des chalands, c'est-à-dire en pleine rue. Comme personne ne peut surveiller son étal toute la journée, je profitais de l'absence momentanée de certains propriétaires pour me servir en vitesse et repartir aussitôt. J'étais patient, futé et rapide, et surtout je me contentais de peu. Un bibelot par-ci, une friandise par-là, que je conservais précieusement jusqu'au soir pour l'offrir ensuite à Brindille. J'usais de prétextes rusés pour que mes compagnons ne se doutent jamais de la provenance de ces cadeaux, et malgré les efforts et les frayeurs que me procuraient mes activités illicites, l'idée de garder mon butin pour moi ne m'avait jamais effleuré. Cela ne m'empêcha pas de me faire prendre.

C'était un après-midi pluvieux d'automne, et les rues étaient presque vides. J'aurais dû me montrer plus méfiant, car habituellement je profitais du vacarme des foules pour commettre mes méfaits. Je me tenais accoudé au torchis d'une maison, à l'abri des intempéries, emmitouflé dans ma pèlerine rêche, à quelques pas de la rue du Clos. Je lorgnais depuis quelque temps l'étal odorant de Romblemine, un vieux confiseur ronchon, où des beignets aux pommes fumaient sous leur croûte dorée. Le vieux Romblemine, tout sec et cagneux à l'abri de son auvent, fumait la pipe en scrutant la pluie d'un air morose. Ses yeux mouilleux dardaient en quête des rares promeneurs et, lorsque l'occasion s'en présentait, il n'hésitait pas à haranguer violemment les passants, leur assenant de longs dithyrambes édentés pour vanter ses gourmandises. J'avais déjà volé chez Romblemine sans avoir jamais eu de problèmes. Lorsque le vieil homme poussa enfin la porte de sa petite boutique, je m'élançai furtivement vers l'étal, m'emparai d'un beignet, et fis demi-tour en fourrant ma prise dans les plis de mon vêtement. Je quittai la rue du Clos d'une marche rapide, et m'enfonçai dans une ruelle adjacente boueuse, qui donnait sur les remparts dégoulinants de la seconde muraille.

Une main lourde me saisit par la nuque et me souleva comme un poisson frétillant. Je fus si surpris que je ne poussai aucun cri et la poigne s'affermit sur ma pèlerine mouillée. J'étais comme un chat qu'on aurait tenu par la peau du cou, et ne pouvais pas même me tordre en arrière pour apprendre l'identité de celui qui me retenait. Mon agresseur me porta ainsi à bout de bras vers la muraille, dans un silence inquiétant. Les seuls bruits que je distinguais étaient ceux d'une respiration, le clappement de deux paires de bottes qui frappaient le sol tourbeux et le crépitement de la pluie sur les toits de chaume. Nous allâmes ainsi jusqu'à la tour de garde la plus proche. Je me débattais en pestant dans ma pèlerine, et mon ravisseur ne relâchait pas sa prise pour autant.

On me jeta sans ménagement à l'intérieur de la tour, un petit cube encrassé dont le seul mobilier consistait en une échelle bancale pour accéder aux créneaux supérieurs. J'en perdis ma pèlerine, et rebondis durement sur le sol de paille humide. Pris au piège, la mort au ventre, je fis face à ceux qui venaient de m'enlever. Les deux hommes casqués portaient sur leurs tabards les couleurs de la garde de Corne-Brune, une montagne noire sur un fond ocre. Mon estomac se liquéfia. Le premier, qui tenait une lance et une rondache brunide trop grande pour lui, était un adolescent dégingandé et disgracieux, au visage rougi par l'acné, et au regard torve. Le second, qui portait un ceinturon d'armes serti d'une épée large au manche taché était grand et bien bâti, la vingtaine passée depuis longtemps, avec deux yeux tristes d'un bleu pâle pénétrant, et une moustache rousse minutieusement taillée. J'inhalai sous le coup de la frayeur. C'était le première-lame Hesse.

En Haute-Brune, les premières-lames sont des membres gradés de la garde civile, installés quelque part dans la hiérarchie entre les capitaines de milice et les sergents d'arme. Leur travail, alors que celui de la garde régulière se borne à la défense des murs et au maintien de l'ordre, consiste à enquêter sur les crimes, et à appréhender les criminels. Le première-lame Hesse était une figure particulière dans la garde de Corne-Brune, à la fois redouté et méprisé. Ce n'était pas qu'il fût particulièrement vindicatif, ni même violent, mais sa réputation était souillée par une sordide affaire qui s'était tramée trois ans plus tôt. Des moutons avaient été volés du côté de la route du sud, et Hesse avait mené son enquête. Par une nuit de lune rousse, il avait fini par surprendre deux Syffes, un père et son fils, qui prenaient la route des Hautes-Terres avec leur petit troupeau de bêtes escamotées. Après qu'il leur eut adressé une sommation, le père tira son épée, et Hesse le tua. Puis l'enfant tira sa dague, et Hesse le tua aussi.

Depuis lors, il était comme une épine dans le pied de ses supérieurs, un bon élément dont on ne pouvait pas se débarrasser, mais que l'on éprouvait une certaine gêne à employer. L'affaire eut davantage d'écho parmi les gens de Corne-Brune que chez ceux de la Cuvette, car certains des moutons volés portaient la marque de familles païnotes. Quoi qu'il en soit, depuis l'incident, les enfants se cachaient à son approche, les mères de la basse secouaient la tête sur son passage et, pour la plupart, ses propres frères d'armes évitaient soigneusement sa compagnie.

Je tremblais littéralement sous l'effet de la terreur, certain que j'allais être le second enfant à périr sous l'épée du première-lame Hesse le sanguinaire. Le soldat s'approcha d'un pas lourd tandis que son comparse boutonneux gardait l'entrée, son casque ruisselant sous la pluie, tintant à la manière d'une gouttière d'acier. Je crus mourir lorsque Hesse tendit la main vers moi. Ses yeux pâles trouvèrent les miens, et je me figeai, tétanisé comme le lapin peut l'être par le serpent qui chasse. Voyant que je ne réagissais pas autrement qu'en grelottant, il finit par me parler d'une voix calme mais ferme :

— Le beignet, petit.

J'extirpai en tremblant le butin gras de ma poche et le lui tendis. Hesse s'en empara, me dévisagea quelques instants, puis le déchira en deux. Il en fourra une moitié fumante dans sa bouche, et me tendit l'autre tout en mastiquant d'un air entendu. Quelques gros morceaux de sucre restèrent sur sa moustache. Je n'osais toujours pas bouger, mais il insista de la main. Je pris enfin ce qui m'était offert, et l'engloutis par bouchées rapides, sans prendre le temps de savourer, en priant pour ne pas le régurgiter sous l'effet de la peur. Une lueur de compassion passa brièvement sur le visage de Hesse, qui avait dû prendre ma hâte pour de la faim. Lorsque j'eus fini, il planta de nouveau ses yeux dans les miens :

— Est-ce que tu sais que je pourrais prendre ta main pour ça ?

Je mis un moment à comprendre ces paroles, car les conséquences de mes actes en cas de démêlé avec les autorités ne m'avaient jamais vraiment effleuré l'esprit. De plus, si certaines primeautés du sud rendaient justice en public devant des foules avides venues se délecter du spectacle comme s'il s'agissait d'une vulgaire pièce de marionnettistes, chez nous cela se passait en privé, en la seule présence du primat, du légat exécutoire, et des parties concernées. De ce fait, je savais, sans jamais réellement avoir fait le lien avec moi-même, que lorsqu'un homme vole, la punition pour son crime est le prélèvement de la main qui s'est emparée du bien d'autrui.

Mes yeux s'écarquillèrent et Hesse reprit, d'un ton

presque enjoué, comme s'il discutait du retour du beau temps :

— Il était bon ce beignet, petit ?

J'opinai vivement du chef et, à ce moment-là, j'aurais acquiescé avec une vigueur identique s'il m'avait demandé si j'étais une cocatrice. Hesse se pencha sur moi, son regard taquin me terrifiait plus que tout le reste réuni :

— Mais quand même pas assez bon pour que ça vaille le coup de perdre une main, n'est-ce pas ?

Je secouai la tête avec énergie. Hesse esquissa un sourire un peu triste et s'agenouilla devant moi. Il dégrafa lentement son casque, le chapel de fer à bords larges, populaire parmi les hommes en armes de Corne-Brune. Après l'avoir soigneusement déposé à terre, il me prit le menton entre deux doigts gantés de cuir épais. Avec fermeté, mais aussi une douceur que je n'attendais pas, il me tourna le visage à droite puis à gauche, tout en me dévisageant d'un air curieux. J'eus l'impression d'être une mule que l'on ausculte sur la place du marché. Comme toute bonne mule, je me laissai faire. Soudain ses yeux s'illuminèrent :

— Tu es l'un des gamins de l'orphelinat Tarron, je me trompe ? Comment tu t'appelles ?

Je me dégageai brusquement de sa poigne, et il ne m'en tint pas rigueur. J'étais horrifié à l'idée que le tueur d'enfants savait où j'habitais, et si une étincelle de courage finit par éclore en moi à ce moment-là c'était sans doute dû à ma volonté de protéger Cardou, Merle et Brindille. Je levai vers lui un visage rempli d'autant de défi que j'étais présentement en mesure d'en rassembler, et énonçai d'une voix claire :

— Syffe.

Hesse pencha la tête en arrière, les sourcils froncés par un questionnement intérieur. « Curieux », murmura-t-il, « j'aurais plutôt dit Païnote. » Il se releva, ramassa son casque pesant, et m'exposa ses dents sales en un sourire si carnassier que je ne pus réprimer un frisson. Puis son sérieux reprit le dessus, il y eut un long moment durant lequel il hochait rythmiquement la tête, et enfin, Hesse eut l'air de prendre une décision. Il me parla d'une voix qu'il semblait vouloir forcer à paraître décidée et enjouée à la fois :

— Très bien, Syffe. Voilà ce que nous allons faire. Chaque dernier jour de la semaine, à compter de cette semaine, tu monteras jusqu'à la garnison. Tu y demanderas le première-lame Hesse. Je te donnerai une miche de pain et une petite pièce. En échange de quoi, tu me rendras quelques menus services quand j'en aurai besoin, et nous oublions toute cette histoire de beignet. Qu'en penses-tu ?

Comprenant très bien que la question était essentiellement rhétorique, et que je m'en sortais même plutôt bien pour l'instant, j'opinai du chef. Cela parut ravir le soldat, qui sourit encore :

— Parfait ! Voici ce que tu peux faire pour moi cette semaine : trois chevaux ont disparu des écuries du château. Deux grands hongres, l'un brun, l'autre gris, et un petit coursier à robe noire, avec une étoile blanche au milieu du front. Je sais que tu fréquentes souvent ceux de la Cuvette avec tes copains, alors je voudrais que tu ailles voir si tu ne peux pas m'y dénicher quelques informations à propos de ces chevaux, d'accord ?

— D'accord.

— On dit « d'accord, première-lame ». N'oublie pas que tu travailles pour moi maintenant.

— Oui, première-lame.

— C'est bien, petit. Si tu as des informations à me donner, tu sais où me trouver ?

— Aux baraquements. Première-lame.

Hesse me flatta la joue en faisant mine de ne pas remarquer comment j'avais sursauté et se ceignit de son casque avant de faire demi-tour. Dehors, son compagnon trempé courbait le dos sous la pluie ruisselante. Juste au moment où je croyais être débarrassé de lui, le soldat se retourna vers moi, la main posée sur le pommeau de son épée, les yeux écarquillés. Je craignis un instant qu'il n'eût changé d'idée. Hesse me fixa encore quelques instants avant de me pointer du doigt et d'énoncer d'une voix autoritaire :

— Et ne vole plus !

Puis il disparut. Le clapotis des bottes dans la boue s'éloignait peu à peu. Je n'osai pas bouger avant quelque temps, puis, ramassant précautionneusement ma pèlerine que Hesse avait laissée dans la paille, je me glissai dans la rue, les jambes flageolantes et une boule au creux de l'estomac. Sous une pluie battante, je longeai la deuxième muraille en direction de la porte, en me demandant dans quel pétrin je venais de me fourrer pour le prix d'un beignet.

5

— Merle ! Merle !

Les cris stridents de la veuve me réveillèrent. J'ouvris deux yeux ensommeillés. Le soleil filtrait par la porte ouverte de la grange, entre les interstices des planches tortueuses, faisant danser les grains de poussière. Il devait être tard, mais au moins il ne pleuvait plus. J'étais rentré la veille, en silence et, malgré l'effort que cela m'avait coûté, je n'avais rien dit aux autres sur les événements de la journée précédente. Ils auraient posé trop de questions, et inévitablement j'aurais dû leur révéler la provenance des cadeaux que je faisais à Brindille. J'avais très mal dormi, parce que j'avais passé la nuit à ruminer : Hesse, les vols, ma culpabilité, et l'angoisse que l'on découvre mon terrible secret. Le sommeil avait fini par me prendre au petit matin, bien malgré moi, et maintenant je me faisais l'impression d'un véritable lève-tard.

J'entendis la voix de Merle pépier une réponse inaudible. La veuve avait dû l'apercevoir au loin sur la route. À quatre pattes, je me glissai hors de la paille, en grattant une piqûre de puce qui démangeait au bas de mon dos. Approchant discrètement de la porte vermoulue, je jetai un coup d'œil furtif dans la cour. La veuve Tarron se tenait sur les marches de la fermette, les mains sur les hanches, un panier d'œufs posé à côté d'elle. Je la distinguais à peine, entre les bouquets d'herbes aromatiques et le reflet luisant des charmes suspendus. Merle arriva en courant, bondissant par-dessus les flaques avec l'entrain d'un petit lièvre. Lasso s'écarta de sa trajectoire en battant des ailes et en trompetant d'un air outré. Merle ralentit en face de la veuve, cette dernière ne l'avait pas quitté des yeux. Je l'entendis prendre une grande inspiration irritée. « Merle », fit-elle d'une voix faussement curieuse, « je viens de recevoir un messager du légat Courterame. Il m'a demandé de vous apprendre à compter, et de vous nourrir mieux. Tu ne saurais pas m'expliquer la raison de sa venue par hasard ? »

Je vis Merle faire les gros yeux, avant de pencher la tête pour réfléchir un moment. Puis il la secoua vigoureusement :

— Non, mistresse. P'têt à cause du silure de Cardou ? On dit que sa binette fait la fierté de la grand-salle.

Je soufflai tout bas. Merle venait sans le savoir de trouver à ma place une excellente excuse. De mon point de vue, le lien entre le messager du légat et le première-lame Hesse était évident. Non content de m'avoir forcé à la collaboration par le chantage, voilà que sa maladresse venait semer la discorde à la ferme. La veuve marqua un silence, comme si elle pesait le pour et le contre. Elle avait sans doute pensé que nous étions allés nous plaindre au château dans son dos, et s'était préparée à passer à Merle un savon mémorable. Même si cette suspicion subsistait visiblement dans l'esprit de la veuve, Merle avait été très convaincant, d'autant plus que l'innocence avec laquelle il s'exprimait n'était pas feinte. La veuve dut donc décider de lui laisser le bénéfice du doute et émit un petit grognement d'approbation avant de poursuivre d'une voix sèche :

— Eh bien quoi qu'il en soit, je vous nourris comme je me nourris moi-même, et tant qu'on ne se sera pas décidé là-haut à m'alléger la gabelle, les choses resteront comme elles sont, un point c'est tout.

La veuve fit une pause, pour éviter sans doute de se lancer dans la diatribe qu'elle avait préparée. Puis elle reprit d'une voix à peine adoucie dans laquelle on sentait poindre une pointe d'exaspération. « Combien j'ai de porcs, Merle ? » Ce dernier répondit sans hésitation : « Trois, mistresse. » La veuve quitta les marches, son panier à la main, et le posa devant le jeune garçon. « Combien d'œufs là-dedans, Merle », demanda-t-elle d'une voix lasse. Je vis Merle se pencher, passer sa main dans la panière, puis se redresser. « Y en a dix-huit. » La veuve acquiesça. « C'est bien ce qu'il me semblait. » Puis elle fit demi-tour en secouant la tête, et claqua la porte de la chaumière. Nous maîtrisions déjà notre première centaine, et Brindille savait même aller un peu au-delà, ce dont la veuve se doutait déjà. Lorsque d'une erreur mathématique résulte un ventre vide, on apprend généralement très vite.

Je quittai l'ombre de la grange à foin pour rejoindre Merle dans la cour bosselée. Ce dernier me tendit aussitôt un filet de croche-carpe fumé, extirpé miraculeusement des replis de son épaisse chemise. Merle avait un talent pour la musique, mais il s'essayait aussi à la prestidigitation, de petits tours qu'il nous réservait. Il souriait ce matin-là, à pleines dents :

— On croyait que t'avais chipé la crève, comme t'as dormi. Je vais jouer du pipeau sur la place au Puits. Tu viens ?

Je répondis par la négative. « Où sont les autres ? » Merle prit un air navré et haussa les épaules :

— Y sont allés à la pêche. Y veulent se prendre un autre silure. Ça mord bien après la pluie à ce qu'il paraît. Mais moi, ça m'encague la pêche. T'es sûr, tu veux pas qu'on aille en ville ?

Dépité de savoir Brindille seule avec Cardou, je refusai encore l'invitation. Hesse m'avait demandé des informations, et je ne tenais pas à faire traîner l'affaire. L'idée que le tueur d'enfants pût avoir une quelconque emprise sur moi me brûlait davantage que si j'avais eu un charbon ardent dans la poche. Il fallait donc que je me rende à la Cuvette, et seul, de surcroît. « Vas-y toi, répondis-je. Je dois aller aider Frise. » Merle acquiesça, me gratifia d'une tape compatissante sur l'épaule et reprit son chemin. Sa coiffure relevée par le tube de bois sculpté se balançait en rythme, lui donnant l'air d'un saltimbanque. J'éprouvais de terribles remords à mentir ainsi à mon ami, mais je me répétais que c'était pour son bien, pour notre bien à tous. Il me fallait impérativement détourner l'attention de Hesse de la ferme Tarron. Si je trouvais le voleur de chevaux, je pourrais refuser de l'aider davantage, et tout redeviendrait comme avant. Restait que cette histoire de messager me turlupinait. Même si la prudence me dictait de le considérer pour l'instant comme un danger, et de le traiter en tant que tel, j'en vins à me demander brièvement si Hesse était bien le monstre que tout le monde se figurait.

Je dévorai le poisson apporté par Merle, soulagé d'avoir quelque chose à me mettre dans l'estomac, car j'avais tant manqué d'appétit la veille que j'avais laissé Cardou finir ma soupe, geste que je regrettais d'autant plus qu'il se trouvait désormais au bord du fleuve en compagnie de Brindille. Je me lavai sommairement dans le bac d'eau de pluie et récupérai ma pèlerine que j'avais pendue à sécher. Le soleil brillait, mais le temps se rafraîchissait. Vers midi, je gravissais la côte en direction de la Cuvette.

Les Brunides avaient beau traiter ceux de la Cuvette de sauvages, leur campement était nettement moins bourbeux que certaines rues de la ville basse, et je prenais un plaisir non dissimulé à me balader sans que chacun de mes pas provoque un effroyable bruit de succion. Lorsque j'eus atteint la crête, je flânai en écoutant les conversations et en lorgnant les tomes de brebis qui séchaient, car après la marche je n'avais pas tardé à me rendre compte que le poisson de Merle avait tout juste servi à aiguiser mon appétit. Après avoir tourné un certain temps autour des yourtes de feutre bariolé, je finis par prendre mon courage à deux mains et interpeller un trappeur syffe pour lui soumettre la question des chevaux manquants. L'homme fit claquer sa langue sans m'accorder un seul regard, et s'éloigna en secouant ses tresses.

À mon grand désarroi, peu de personnes prêtèrent réellement attention au son de ma voix, et je fus souvent congédié d'un simple geste de la main. Je n'insistais pas, de peur que l'on me batte. Les gens des clans étaient sur les nerfs. Un garçon d'une douzaine d'années avait disparu la veille, le deuxième enfant en l'espace de quelques semaines. Si la fillette gaïcte avait pu tomber dans la rivière et se noyer, un accident qui arrivait de temps à autre, deux disparitions inexplicables dans un si bref laps de temps, cela commençait à ressembler à une série, et les spéculations allaient bon train. J'entendis une chasseresse païnote affirmer n'avoir relevé aucune piste de prédateur dans les environs, et qu'on avait perdu la trace des enfants à proximité du campement.

Je marchai jusqu'à l'étal de Frise, qui prit au moins le temps de m'écouter, sans pour autant pouvoir m'être d'aucun secours. Personne ne semblait avoir entendu parler des trois chevaux, mais je soupçonnais surtout que personne ne *voulait* m'en parler. Je finis par errer au hasard, misérable et hagard, essayant d'imaginer la réaction de Hesse si je ne lui apportais rien, car dans mon esprit, ma main était encore un membre en sursis. Je pensais renoncer, du moins pour la journée, lorsque quelque part derrière moi une voix aiguë m'interpella :

— Hé! Toi!

Je me retournai, un peu vivement. À quelques empans, les bras croisés, se tenait Driche, la jeune fille qui nous avait raconté son histoire de stryge et qui s'était disputée avec Cardou. Elle avait les cheveux noirs et courts, parsemés de mèches plus longues qui retombaient depuis la fontanelle, et dont les pointes étaient teintées de rouge, comme il était d'usage chez les Gaïches. Habillée d'un pantalon similaire au mien, seul un pectoral d'os luisant couvrait son petit buste. Ses traits étaient fins mais – chose inhabituelle pour une fille des clans – elle avait la bouche triste et le menton ferme, probablement plus carré que le mien. Cela lui donnait un air étrange, sans l'enlaidir pour autant. Nous avions la même taille, et elle me dévisageait crânement, certaine d'avoir retenu mon attention :

— Paraît que tu poses des questions sur les chevaux.

J'opinai du chef. Elle fit un pas en avant, se campa sur ses jambes, et énonça fièrement :

— Je veux t'aider.

Le moins que l'on puisse dire, c'est que son affirmation me prit de court. Je fronçai les sourcils en bafouillant avant qu'un seul mot suspicieux ne parvienne à franchir mes lèvres. « Pourquoi ? » Driche prit un air sérieux et parut méditer la question. « Parce que je t'aime bien », finit-elle par répondre d'une voix décidée. Cette explication ne me convenait pas. Elle ne m'avait vu qu'une seule fois, peut-être deux, et, à bien y réfléchir, elle ne m'avait pas fait très bonne impression en faisant pleurer Cardou. Je secouai la tête et me détournai pour poursuivre mon chemin, certain de ma solitude et de mon échec. Je n'avais pas fait trois pas, qu'une nouvelle interpellation retentissait dans mon dos :

— Hé ! Toi ! Garçon !

Je virevoltai vivement, tout à fait exaspéré par son insistance :

— Syffe ! Je m'appelle Syffe, pas « garçon ».

Malgré l'agacement, j'avais prononcé mon prénom avec l'accent de Corne-Brune, pour éviter qu'elle ne le confonde avec le terme clanique ou ne le prenne pour une insulte. Ce faisant, je remarquai son air peiné, ce qui me fit ravaler quelque peu mon irritation. « Pourquoi tu ne veux pas que je t'aide, Syffe ? » me demanda-t-elle d'une petite voix.

Je pris le temps de réfléchir, pour ne pas provoquer de scandale, comme c'était arrivé avec Cardou. « Parce que c'est trop dangereux », finis-je par avancer prudemment. La fillette hésita quelques instants, puis son assurance bouillonnante revint aussitôt, accompagnée d'un large sourire victorieux. Ses yeux étincelèrent dangereusement :

— Je sais me battre !

Je commis l'erreur de ricaner. L'instant d'après, j'étais allongé dans l'herbe, les quatre fers en l'air. Je n'avais rien vu venir. Je me relevai péniblement, la main plaquée au coin de la bouche. Je saignais, là où mes dents avaient entaillé ma lèvre, et la tuméfaction n'allait pas tarder à suivre. J'expédiai un crachat ensanglanté dans un buisson épineux tout proche, dévisageant Driche avec méfiance, mais aussi un respect naissant et douloureux. Elle avait recroisé les bras et me foudroyait d'un regard noir chargé de promesses violentes. J'acquiesçai de mauvaise grâce, le ton soumis :

— C'est bon, tu peux venir.

La petite Gaïche esquissa un sourire radieux. Puis, d'une façon qui laissait entendre que tout cela était derrière nous, elle me prit par le bras et me ramena au camp en trophée, tout en babillant incessamment comme si nous nous connaissions depuis toujours. Elle me dit qu'elle adorait les chevaux, mais pas les blancs, qu'elle deviendrait plus tard une grande chasseresse (une vieille femme l'avait lu dans un os de loup), que j'étais bizarre mais gentil, et qu'elle aimait aussi le vieux Frise qui lui offrait parfois des perles en bois. Elle me posa promptement à l'entrée de sa yourte familiale, m'offrit une tranche de lard poivré sur du pain plat et partit à la recherche de son frère.

Après cela, je mentirais si je disais avoir eu quoi que ce soit à voir avec l'enquête des chevaux volés, si tant est que le terme « enquête » fût exact. Il s'est agi davantage d'une inquisition. Driche interrogea son frère, qui avait discuté avec un trappeur païnote, qui avait entendu dire d'un marchand... et ainsi de suite jusqu'à ce qu'elle eût établi toute la ligne des interlocuteurs divers et variés qui avaient eu vent de l'affaire. C'était elle qui parlait, et c'était à son insistance culottée que l'on répondait. Nous finîmes par découvrir en fin d'après-midi qu'un jeune père de famille syffe était parti rejoindre les siens en hivernage, avec trois chevaux qui correspondaient aux descriptions que Hesse m'avait fournies. C'était un homme de Corne-Brune qui les lui avait vendus en les présentant comme siens, et nous disposions également d'une description correcte de l'individu.

Je remerciai profusément Driche pour ses efforts, et elle se mit à irradier d'une intense autosatisfaction. Lorsque je jurai de revenir la voir, elle me donna deux de ses perles de bois sculpté préférées, qu'elle posa de part et d'autre du pendentif que m'avait offert Cardou, afin que je me rappelle ma promesse. Puis je pris mes jambes à mon cou, car même si je m'étais rapidement attaché à Driche tant son désir de faire de moi son ami était évident, je sentais qu'à la longue, ses jacasseries sans fin allaient me porter sur les nerfs. Je courus donc vers Corne-Brune, à la recherche du première-lame Hesse.

J'arrivai à bout de souffle aux portes de la ville, saluai au passage le vieux Penne qui s'y trouvait en faction, et remontai en haletant vers Corne-Colline. Je traversai en trottant la ville basse par l'avenue principale qui était pavée, passai sous les arches de la vieille porte, grimpai encore, en direction du château. Château-Corne était un édifice vénérable, un grand donjon simple et austère, entouré par de hautes murailles en granit taillé, au pied desquelles, à l'intérieur comme à l'extérieur, se trouvaient les bâtiments administratifs de Corne-Brune, ainsi que la garnison. Des tours s'étaient dressées jadis sur ces murailles, mais à l'époque de mon enfance on avait employé leurs pierres à la construction du second mur, et il n'en subsistait plus la moindre trace. Le donjon, qui avait autrefois servi de place forte, s'était peu à peu mué en une résidence spacieuse pour le primat et les familles de ses hommes liges les plus importants : conseillers, légats ou bucellaires. Les fenêtres et les portes s'étaient élargies, les angles durs avaient été arrondis, et l'intérieur progressivement réorganisé en un lieu de vie qui n'avait plus rien à voir avec le fort retranché d'autrefois. C'était le centre névralgique de la ville, où se trouvaient, entre autres, la grande salle où l'on recevait les dignitaires et la noblesse de passage, ainsi que le Cercle du jugement, où une fois par lune, le primat Barde rendait justice.

Arrivé à la herse du château, je fis exactement ce qui m'avait été recommandé : j'exigeai que l'on mandât le première-lame Hesse. Mes propos déclenchèrent l'hilarité des gardes-poternes, qui se lancèrent immédiatement dans une série de plaisanteries noires et sanglantes, dont certaines évoquaient sans détour la manière dont Hesse allait me découper, comme il avait découpé l'autre petit sauvage. Je finis enfin par obtenir des directions et, après une brève exploration du quartier de Corne-Colline, j'en vins à pousser la porte d'un minuscule bâtiment accolé au mur extérieur, sur la droite immédiate de l'arche du château. Le rez-de-chaussée était étroit et sombre, mais propre, garni seulement d'une couche de joncs, de quelques meubles épars et de l'âtre crépitant d'une petite cheminée. Après un bref coup d'œil, et à défaut d'autres options, je gravis les marches de l'escalier de bois pour frapper à la porte qui se trouvait au sommet :

— Oui ?

Il s'agissait sans nul doute possible de la voix de Hesse, tranchante comme son épée. J'ouvris le battant sur une pièce réduite et obscure, éclairée à la bougie. Hesse était assis derrière un immense bureau de pin-dur couvert de taches dont je me demandais comment on avait pu le monter à l'étage. À mon entrée hésitante, le soldat posa la plume d'oie avec laquelle il griffonnait vigoureusement. Il m'accueillit sèchement, mais aimablement, et m'offrit même un biscuit un peu moisi, avant de me demander comment j'allais, d'une manière particulièrement insistante. Mes soupçons quant à l'intérêt du légat Courterame pour la ferme Tarron se muèrent en certitude. Hesse avait l'air de penser que j'étais venu en avance pour le pain qu'il m'avait promis, et ne s'attendait pas à ce que j'exécute si rapidement la tâche qu'il m'avait confiée.

Mon récit fut concis mais laborieux, tout en déglutitions et en pauses, mais je réussis tout de même à lui raconter ce que j'avais entendu en compagnie de Driche cet après-midi-là. Hesse lissait sa moustache rousse et m'écoutait chevroter avec une grande attention, surtout lorsque j'esquissai le portrait du mystérieux marchand de chevaux. « Un peu gros, une tignasse bouclée et la paupière fendue ? » Il plissa les yeux. « Celui que tu me décris pourrait être le jeune Bourrelaine, qui est l'un des aides du palefrenier de Château-Corne. Et pas le plus malin, d'après le peu que j'en ai vu. J'irai l'interroger demain. » Lorsqu'il eut fini de parler, Hesse se redressa un peu brusquement et s'éclaircit la gorge. Un mince sourire ornait ses lèvres fines, et il tentait – sans succès – de le rendre aussi bienveillant que possible. Il lorgna ensuite un temps sur ma lèvre tuméfiée, mais me fit grâce de tout commentaire. J'eus la nette impression qu'il se demandait ce qu'il allait faire de moi. « C'est très bien, Syffe », finit-il par énoncer. « Tu m'as été d'une grande utilité. » Je fus surpris d'esquisser un sourire nerveux, car c'était la première fois qu'un adulte daignait me qualifier d'utile. J'étais même plutôt habitué au contraire. Hesse farfouilla dans un des tiroirs de son bureau et plaqua quelques piécettes d'étain sur la table devant moi :

— Voici pour toi. Tu pourras t'acheter quelques beignets.

Le clin d'œil qu'il me fit était terrifiant. Je pris l'argent sans relever sa pique, parce qu'elle me faisait penser que Hesse me considérait encore comme son obligé. Je répondis donc à côté, « J'aurais mieux besoin d'un bon couteau. »

— Non !

Le mot claqua dans la turne, crucifié en plein vol dans l'air étouffé. Hesse avait crié, non pas d'une manière colérique, mais plutôt épouvantée. Ses grandes mirettes pâles étaient exorbitées. Il me dévisageait comme si j'avais été un fantôme, et des années plus tard, en me remémorant la conversation, j'avais réalisé que c'était exactement de cela qu'il s'agissait. Je restai planté face à lui, de nouveau terrifié. S'il me sembla tout d'abord que le soldat ne me quittait pas des yeux, je m'aperçus qu'en réalité, son regard s'était fiché dans le vide, en un lieu que je ne pouvais pas voir. Hesse finit par se passer la main sur le visage. Il s'assit lourdement à son bureau et me fit signe de déguerpir. Je fus si heureux qu'il me congédie à cet instant, que je détalai promptement dans l'escalier. Cependant, j'eus à peine le temps de parcourir quelques marches avant que sa voix ne résonne derrière moi. « Non, attends ! Reviens. »

Ce n'était pas que l'envie de prendre la poudre d'escampette me manquait, mais le timbre du soldat m'avait ferré comme un gardon. Il s'agissait d'un ordre, aboyé par un homme habitué à user de sa voix comme d'un outil, et qui ne souffrait aucune insubordination. Je fis lentement demi-tour, la mort au ventre. Hesse avait contourné son bureau et m'attendait près de la porte. Il mit un genou à terre et me tendit la main. « Rends-moi l'argent », fit-il sans tergiverser. Outré qu'il choisisse de me reprendre ce qu'il m'avait donné, mais effrayé à l'idée même de lui désobéir, je lui remis la somme exigée. Ses yeux s'illuminèrent brièvement et je décelai un léger tremblement dans sa voix, comme si ce qu'il disait lui coûtait un effort terrible :

— Il y avait peut-être assez pour un couteau, mais pas pour un couteau qui vaille la peine d'être acheté. Tiens, petit. Prends-en soin.

Dans sa paume reposait une courte lame, joliment travaillée, légèrement courbe, dotée de l'un de ces mécanismes gris-marchois qui faisait qu'on pouvait le plier pour qu'il loge dans la poche. Le manche était en châtaignier blanc, sur lequel était minutieusement gravée une scène de chasse au cerf. En dépit de cette coquetterie, le canif avait l'air confortable et fonctionnel. Ce n'était pas un jouet pour autant, je le comprenais bien. Au contraire, c'était un petit trésor de forge qui avait dû coûter au moins cent fois la somme que Hesse m'avait confiée tantôt.

Bouche bée, la main fébrile, je me saisis du présent qui m'était offert, aussi précautionneusement que s'il eût été en cristal. J'entendis à peine le soldat me congédier, ce fut tout juste si je remarquai son sourire triste et blême. En vérité, j'étais tant absorbé par la contemplation du couteau que j'en oubliai même de l'informer du fait que je ne souhaitais plus travailler pour lui. Ce fut seulement sur le trajet du retour que je compris de quelle façon j'avais été acheté par l'acier. Toute envie de rébellion m'avait quitté au moment où la lame avait changé de main.

6

Le ciel était bas et nuageux, et dehors, le vent soufflait. Nous nous tenions tous les quatre dans le cadre de la porte de la grange, qui grinçait doucement au gré des bourrasques. Cela faisait au moins une heure que nous surveillions Lasso le jars, qui faisait des allers-retours dans la cour en se dandinant fièrement. Merle retroussa son nez en trompette, prit un air renfrogné, et énonça l'évidence :

— Bon, ben il est toujours pas cané.

Je pris une inspiration profonde et audible, avant de maugréer :

— C'est qu'est-ce que je vous disais.

Cardou pressa Merle du bras. «Vas-y», fit-il, «donne-lui-z'en encore un bout». Je secouai la tête d'exaspération, tandis que Merle détachait encore un morceau de la miche, qu'il lança aussitôt dans la cour. Lasso se précipita pour l'engloutir dans la foulée, toutes plumes dehors. Je lorgnai avec amertume sur son long cou serpentin et la grosse boule qui descendait lentement mais sûrement vers le jabot. Derrière nous, Brindille toussota sèchement :

— Il est pas cané, mais si vous continuez à tout lui donner, y restera plus rien pour nous autres.

Merle et Cardou avaient déjà bien nourri le jars, un quart entier de la miche de pain. À mon idée, le grand Lasso n'avait jamais passé une aussi bonne journée. Toujours dubitatif, et prompt à la mauvaise foi, Cardou se retourna pour aviser Brindille :

— Ouais mais c'est p'têt un poison plus lent, qu'il faut qu'il en boulotte beaucoup avant de crever.

Lorsque j'étais rentré avec mon nouveau couteau, je n'avais pas eu d'autre choix que de passer aux aveux. Mes compagnons m'avaient écouté, tandis que leur incrédulité horrifiée enflait. Rouge jusqu'aux oreilles, je leur parlai des vols, de ma mésaventure rue du Clos, et enfin des chevaux volés et de mon association avec Hesse. Je tentai, sans réelle conviction, de le dépeindre sous un jour plus nuancé, en leur donnant l'exemple du messager du légat, mais rien n'y fit. Ils ne croyaient pas un seul instant que Hesse pût se montrer généreux avec quiconque, et s'accordèrent tout de suite sur l'idée qu'il s'agissait sans doute d'un stratagème pour me faire baisser ma garde.

Quelques jours plus tard, la fin de semaine était arrivée. La mort au ventre, j'avais honoré le rendez-vous que m'avait fixé le soldat, mu davantage par la défiance obstinée que l'alarme de mes amis m'inspirait que par une réelle envie de retourner à Château-Corne. Hesse avait tenu parole, et m'avait remis sur-le-champ un joli pain au froment, moelleux à tomber et doré à souhait. Comme je m'étais étranglé face à la miche luisante, Hesse m'avait expliqué qu'il se fournissait lui-même dans une boulange de la haute. Je n'y crus pas du tout, car son quignon à lui, que j'avais entraperçu sur un coin de table, était similaire en tout point à l'épeautre ordinaire que nous mangions habituellement.

Faute de chaises, il m'avait ensuite fait asseoir sur son lit et, après m'avoir servi une tisane fumante de menthe sauvage et d'herbe à chien, il m'avait raconté la suite de l'affaire des chevaux volés. Rigide et tendu, je m'étais agrippé au bord de sa couchette, et j'avais mis du temps à l'écouter vraiment. Je ne savais que penser de la succession d'attentions que cet homme déployait pour moi, ni du regard étrange et triste avec lequel il me fixait parfois, mais j'étais de moins en moins certain que le première-lame Hesse avait mérité sa réputation. Il était certes strict et un peu distant, et parfois même carrément bizarre, mais pour autant – et ce n'était pas faute de chercher – je n'avais pas l'impression qu'il représentait un danger pour moi.

Le lendemain de ma visite, Hesse était parti interroger l'aide du palefrenier qu'il avait cru reconnaître dans la description que je lui avais fournie. Pris entre quatre yeux, Bourrelaine avait fini par tout avouer en tremblant, d'autant plus que Hesse n'arrivait pas les mains vides. Par le biais de ses informateurs, il avait déjà appris que l'individu en question avait contracté de grosses dettes dans une maison de jeu de la rue de la Cloche. L'homme fut traduit en justice devant le seigneur Barde qui, magnanime, prit seulement une phalange sur la main entière que Bourrelaine lui devait. Il régla ensuite les dettes du jeune homme et ne le renvoya pas de son service, comme le lui recommandaient plusieurs de ses conseillers.

Hesse me rapporta la scène en détail. Le primat Barde Vollonge affirma que, si Bourrelaine était un piètre joueur doublé d'un piètre penseur, il n'en demeurait pas moins doué avec les chevaux. L'un des assistants du justicaire, un jeune homme un peu trop certain de sa propre importance, eut alors le culot d'insinuer qu'en agissant ainsi le primat, sauf son respect, encourageait le crime. Comme il se trouvait que personne n'avait demandé son avis à l'assistant en question, Barde lui fit de bien sèches remontrances. « Le rôle d'un primat est de veiller au bien-être de ses sujets. Cet homme est mon sujet et, en agissant ainsi, je veille non seulement à son bien-être, mais également au bien-être de ses concitoyens. Corne-Brune n'a pas besoin d'un autre invalide qui tombera dans la mendicité ou le brigandage lorsqu'il ne pourra plus exercer de métier honnête, faute de main. »

Je n'avais pas tout compris, mais j'avais noté la magnanimité de Barde, et Hesse avait achevé son récit en levant au plafond des yeux brillants : « C'est un honneur que de servir un homme aussi avisé. » Barde était en effet un bon primat, apprécié par son peuple et ses gens et, si par la suite certains créanciers de la haute prirent l'habitude de dire à leurs débiteurs en retard de paiement qu'ils pouvaient toujours aller voler le cheval de Barde, une majorité de résidents approuvèrent la décision. Le jour même, après avoir rendu justice, Barde avait quitté Corne-Brune pour une nouvelle table ronde des primats en compagnie d'une escorte conséquente, et l'aimable vieux Penne était de ceux-là.

À mon retour, Merle et Cardou s'étaient mis en tête que la miche que Hesse m'avait remise était empoisonnée. Cardou en particulier ne voulait pas en démordre. Ne supportant plus de voir tout mon pain disparaître dans le gosier avide du jars, je finis par leur arracher la miche des mains et, devant leurs regards horrifiés, j'en déchirai un coin conséquent et le fourrai tout entier dans ma bouche. Merle devint immédiatement livide, et je crus que Cardou allait se mettre à pleurer. Lorsque Brindille m'imita, j'eus la certitude qu'ils allaient s'étouffer tous les deux. Je remerciai intérieurement Brindille pour sa confiance, et à nous deux nous mangeâmes presque tout, sans tenir compte des protestations inquiètes.

Brindille n'avait rien dit, ni à propos de mes aveux, ni des vols que j'avais commis pour elle, mais elle ne s'adressait plus guère à moi, et je craignais de l'avoir profondément blessée. Restait qu'elle avait toujours été la plus pragmatique de nous quatre, et un pain était un pain, quelle que fût sa provenance. Nous n'eûmes pas la paix de l'après-midi, et la seule manière que nous trouvâmes pour faire fermer le clapet à Merle et Cardou fut de leur laisser au soir nos deux bols de soupe. Nous nous endormîmes cette nuit-là, gorgés et repus, sauf Cardou qui nous veilla tous les deux jusqu'au matin suivant comme on guette après le râle d'un mourant.

Au fil des semaines, les deux autres acceptèrent eux aussi le pain de Hesse, bien que de mauvaise grâce, et à chaque occasion, même la bouche pleine, ils ne se privaient pas pour me rappeler à quel point ils désapprouvaient notre association. Malgré mes doutes, pour ne pas perdre la face, je leur tenais tête. Durant cette période, le première-lame ne fit pas appel à moi dans le cadre de ses enquêtes, mais chaque dernier jour, tandis qu'il me remettait une miche dorée et quelques piécettes, il écoutait avec intérêt les rumeurs et les on-dit que je lui rapportais de la Cuvette et semblait porter un intérêt particulier aux deux disparitions, au sujet desquelles il me questionna plus longuement.

Je consacrais l'essentiel de mon temps libre à revoir Driche et une amitié solide commençait à naître entre nous. Mes rapports avec ceux de la ferme avaient pris une tournure que je n'aimais guère. Il y avait le silence de Brindille, qui me terrifiait, et parfois j'éprouvais aussi de la gêne en compagnie des deux garçons. Chaque cadeau que l'argent de Hesse me permettait de leur apporter était accueilli avec méfiance. À plusieurs reprises, Cardou me demanda même tout à fait ouvertement si je ne m'étais pas remis à voler. De plus, leurs reproches inquiets et incessants à propos de Hesse me portaient sur les nerfs. Aussi, à cette période, nos chemins se croisaient de plus en plus rarement.

La famille de Driche m'accueillait avec un naturel désarçonnant, comme si j'avais toujours fait partie de leur vie et, bien souvent, je prenais le repas de midi avec eux. Ils vivaient à cinq sous leur grande yourte*: deux parents, deux enfants et une vieille grand-mère qui ne se levait plus guère, ce qui constituait finalement un foyer clanique inhabituellement petit. Le père de Driche s'appelait Hure, et c'était un homme d'âge moyen dont les traits durs et étirés contrastaient de manière singulière avec son cœur généreux. Il me régalait souvent de ses récits de chasse et me montra même un authentique segment de chitine stryge. La section iridescente me laissa pantois, tant elle augurait de la taille réelle de ces monstres: quatre à cinq empans de long, et d'une largeur à faire rougir le plus imposant bûcheron de Corne-Brune.

Au grand dépit de Gauve et de Driche, Hure me raconta la véritable histoire des œufs. Ils étaient bien tombés sur le nid par hasard. La stryge hibernait et ne s'était même pas réveillée lorsque les compagnons de traque l'avaient abattue. Il n'y avait donc pas eu de combat héroïque, tel que Gauve l'avait décrit. Toutefois, le chasseur m'expliqua par la suite à quel point ces créatures étaient craintes par les clans durant l'été, saison où elles étaient les plus actives. Elles se déplaçaient rapidement, il était difficile de percer leur carapace, même avec une pointe en métal, et leurs mandibules sécrétaient un venin paralysant très efficace – une seule morsure pouvait rapidement neutraliser un homme adulte. De plus, ces scolopendres se montraient rusées et dénuées de peur. Je n'émis aucun commentaire, ni vis-à-vis des œufs, ni du marchand qui les avait pris, mais Hure m'avoua avec le sourire qu'il ne comptait pas en tirer grand-chose de toute manière, et qu'au final l'homme lui avait rendu service. Il ne pensait pas que les stryges s'accommoderaient au climat jharraïen, mais de cette manière, s'il y avait un marché à prendre, il en serait le premier informé. Si le troc et l'échange avaient toujours été la manière de ceux des clans, ceux de la Cuvette étaient désormais nombreux à prendre un malin plaisir à apprendre les règles des économies étrangères, et à les faire valoir, comme si elles n'étaient rien d'autre qu'un amusant jeu d'enchères.

La mère de Driche, qui s'appelait Maille, était une couturière respectée à la Cuvette, et j'appris que le pantalon que Frise m'avait vendu était l'un de ses nombreux ouvrages. Elle portait ses cheveux courts à la gaïche, et son regard luisait d'une espièglerie naturelle qui me rappelait souvent celle de ses enfants. Driche lui devait une bonne partie de sa langue acérée, mais c'était son fils qui lui ressemblait le plus. Les histoires de Gauve avaient été remarquées au camp, davantage pour leur fougue que pour leur véracité, et il n'allait pas tarder à avoir l'âge de quitter le foyer de ses parents pour celui d'un tuteur qui serait en mesure de lui dispenser son savoir. Un conteur gaïche lui portait déjà un certain intérêt, mais il y avait aussi le vieux Frise, qui soutenait qu'avec quelques années de pratique le jeune homme ferait un excellent marchand. Driche, comme elle me l'avait annoncé, serait chasseresse.

Les gens des clans traitent également les sexes, si bien qu'il y a parmi eux guerriers et guerrières, chasseurs et chasseresses. Il n'est pas déshonorant qu'un homme reste à la yourte pour s'occuper des enfants et des tâches ménagères pendant que sa femme part sur la piste du gibier. Dans les Hautes-Terres, le pragmatisme est un art de vivre et, si une jeune fille tire mieux que son frère ou porte mieux l'épée, il est naturel que ce soit elle qui hérite des armes de la famille.

C'était apparemment le cas de Driche. Auprès d'elle j'appris succinctement à pister, et aussi comment fabriquer des collets avec du lierre-acier, une plante grimpante toxique, souple et résistante comme une cordelette. Elle me montra de quelle manière il fallait ficher l'extrémité de la tige dans le sol, afin de pouvoir l'arroser : ainsi, le lierre perdait moins rapidement ses propriétés filandreuses. Nous prenions rarement quoi que ce soit, mais lorsque cela arrivait elle partageait de bon cœur avec moi. En retour je l'amenais parfois à Corne-Brune où nous flânions dans les rues de la ville basse, jouant à cache-cache ou lorgnant les étals, tout en échangeant des commentaires désobligeants sur les commerçants lorsqu'ils nous chassaient.

Nous étions comme cul et chemise, toujours à fourrager ensemble ici ou là. Je n'avais pas tardé à remarquer que, en dépit du nombre d'enfants qui vivaient à la Cuvette, Driche ne comptait parmi eux aucun véritable ami et vivait en réalité dans son petit cercle familial. J'appréciais ses manières franches, comme elle appréciait les miennes. Elle savait que j'avais volé et s'en fichait royalement. Au contraire, elle trouvait que j'avais eu du cran, ce qui était pour moi un bol d'air frais, tant je m'étais habitué aux moralisations de mes amis de la ferme. Nous nous vouions une admiration réciproque, moi pour sa pugnacité téméraire, et elle pour mon esprit aiguisé. J'étais plutôt de nature silencieuse, Driche était horriblement bavarde et parlait assez pour deux. Dès le départ, j'avais décidé de la mettre au courant de mes rapports avec Hesse et, même si elle jugeait que les affaires de Corne-Brune ne la regardaient pas du tout, c'est par affection pour moi qu'elle m'informait des dernières rumeurs, histoire que le soldat ait quelque chose à se mettre sous la dent lors de nos rendez-vous hebdomadaires. Secrètement, je la soupçonnais d'apprécier ces comptes-rendus, parce qu'ils lui fournissaient une excuse pour que je l'écoute parler pendant des heures.

Au début de l'arrière-saison, nous étions devenus aussi inséparables que complémentaires. Toutefois, lorsqu'une troisième jeune Syffe ne revint pas de son voyage matinal au quai de Brune, les parents de Driche mirent fin à nos escapades solitaires et, comme beaucoup d'autres enfants des clans, mon amie se trouva condamnée à ne plus quitter la Cuvette sans la surveillance d'un adulte. Malgré le gardiennage et les couvre-feux, j'essayais tout de même de passer la voir aussi régulièrement que possible.

L'année avançait lentement, les arbres se dénudaient de l'autre côté du fleuve, il n'y avait plus de pommes, ramassées depuis longtemps, et l'automne s'installait pour de bon. Le temps était frais et pluvieux. Les barques des pêcheurs restaient de plus en plus souvent à quai, car la Brune se gonflait des averses torrentielles dans les montagnes. Si elle restait navigable au-delà de Blancbois, les choses devenaient plus risquées par chez nous, et le fleuve n'était guère plus pratiqué que par les capitaines les plus téméraires. Le primat Barde finit par revenir un jour de grand vent, et le lendemain, le jour de calendes qui annonce le début de chaque lunaison, les crieurs annonçaient sur toutes les places que le traité d'Opule venait d'être révoqué. C'était officiel, Corne-Brune ne faisait désormais plus partie d'aucun royaume, et revenait sous l'autorité seule de son primat.

D'une manière très concrète, cela ne changeait pas grand-chose au quotidien des habitants des primeautés. Toutefois le traité d'Opule tenait également le rôle de pacte de non-agression entre primats, et la crainte d'un retour aux vieilles guerres était sur toutes les lèvres. On évoquait publiquement la possibilité d'un conflit dans le sud. J'entendis un marchand de fer de la Grise-Marche affirmer que ses commandes avaient doublé, et d'autres récits du même genre fleurissaient. Assurément, disait-on, après un demi-siècle de paix entre Brunides, des temps troublés allaient de nouveau s'abattre sur les primeautés, et chacun guettait avec un intérêt malsain la moindre des nouvelles qui abondaient dans ce sens.

Corne-Brune n'avait jamais réellement été mêlée aux anciens conflits, déjà parce qu'il s'agissait de la plus jeune des primeautés. Elle ne comptait pas de véritables territoires à conquérir, ni cantons, ni manses, seulement de vastes forêts inhabitables peuplées de sauvages, et un climat retors. De plus, les primats du sud avaient – à juste titre – toujours considéré Château-Corne comme un tampon entre leurs domaines et les Hautes-Terres. Si hériter de Corne-Brune signifiait dépenser ses propres deniers pour repousser les hordes, l'affaire paraissait bien mauvaise, d'autant plus qu'un autre primat s'en chargeait déjà. Cette vision n'avait guère évolué au fil des ans malgré l'apaisement des clans et la richesse croissante de la ville – ce qui nous mettait probablement à l'abri des velléités de nos voisins. Toutefois, cela pouvait changer.

L'ambiance à Corne-Brune battait des records de morosité. Les gens étaient inquiets, et l'inquiétude est une chose communicative. La garde était débordée par de petites affaires d'humeur, des bagarres d'ivrognes, ou des disputes conjugales qui se finissaient à coups de casserole. De leur côté, les gens de la Cuvette étaient irascibles et méfiants, la disparition de trois des leurs incitait les familles à rejoindre leurs hivernages au plus vite.

Comme il s'agissait d'une affaire de Syffes, et que juridiquement la garde restait impuissante dans ce cas, nombreux furent ceux des clans à prendre cette indifférence pour une volonté de malveillance. Certains des jeunes guerriers les plus enflammés n'hésitaient pas à accuser ouvertement les Corne-Brunois de l'enlèvement de leurs enfants. Les choses empirèrent encore lorsqu'un chasseur syffe ivre mort fut roué de coups dans une taverne de la basse. La garde était intervenue, quoique tardivement, et l'homme s'en tira vivant, mais sa saison de trappe dans les Hautes-Terres était fichue. Lorsque sa famille se présenta au château pour exiger réparation, la procédure qui s'ensuivit scinda la ville en deux. Il me semblait que la région tout entière passait sous le joug dangereux de la mauvaise humeur.

Ce fut dans ce contexte peu engageant que Hesse me convoqua de nouveau.

7

Le temps était aux averses automnales. En dépit de la pluie, Merle et Brindille étaient partis mendier au quai de Brune, et j'étais resté à surveiller Cardou qui sortait d'un mauvais rhume qu'il avait mis, par pure mauvaise foi, sur le compte du pain de Hesse. Un coureur des baraquements arriva à la fermette en début d'après-midi et transmit le message à la veuve, qui voulut immédiatement savoir quel mauvais tour j'avais bien pu jouer pour qu'un première-lame demandât à me voir. Je la rassurai de mon mieux, et je crois même qu'elle fut plutôt soulagée de me savoir en si bons termes avec la garde. Cardou ronflait bruyamment dans la grange et, dans ces conditions, je ne vis aucun mal à le laisser dormir.

Je me mis en route immédiatement, heureux, malgré le crachin, de pouvoir étirer mes jambes. Mon bonheur dura le temps d'atteindre la route embourbée, avant de se dissoudre rapidement dans la mélasse. Un des charretiers que je croisai en chemin finit par prêter attention à mes supplications, me prit en pitié, et accepta que je m'installe sous la toile tendue, à l'arrière. Mon regard se fixa sur les lourdes roues de la charrette, qui remuaient de profonds sillons dans la boue froide. Devant, la route se ponctuait des renâclements du cheval de trait et des jurons du conducteur. J'étreignais le bois humide pour ne pas être éjecté par les cahots, tout en me demandant avec perplexité ce que Hesse allait bien vouloir de moi.

Nous finîmes par atteindre Corne-Brune, le chariot s'engagea par secousses branlantes sur les pavés ruisselants de l'allée des Portes. Je sautai en marche près de la vieille arche de la ville haute, dispensai un bref remerciement à l'intention du conducteur, avant de m'esquiver sous la voûte, enroulé dans ma pèlerine, pour attendre la fin de l'averse. Une patrouille de gardes détrempés approchait, le pas rythmé par ce froissement métallique et régulier caractéristique des hommes en armes. Ce vacarme résonna curieusement lorsqu'ils passèrent près de moi, sous la masse bombée de la muraille. Je jouai quelque temps avec un vieux chat de gouttière au pelage humide et à la gueule chiffonnée de cicatrices, qui avait trouvé comme moi que l'arche faisait un excellent abri. En fait, je m'amusai tant avec l'animal rétif que l'averse eut le temps de prendre fin sans même que je le remarque. Maudissant mon manque d'attention, je me détournai tardivement du matou pour foncer vers les baraquements, et ce faisant me heurtai de plein fouet à un petit groupe d'hommes qui descendait de la haute.

Quelqu'un me repoussa violemment et je tombai en arrière, sur les pavés. Le chat détala sans demander son reste. Face à moi, trois jeunes aristocrates dont le plus âgé devait approcher la vingtaine me toisaient d'un air mauvais. Ils étaient bien habillés, avec des pourpoints rutilants de soie bleue trésilienne et de courtes pelisses bordées de fourrure de loup, ce qui ne laissait aucun doute quant à leur bonne naissance. Je me relevai tant bien que mal, auditeur involontaire de leur dialogue hautain. «On laisse vraiment rentrer n'importe quoi de nos jours, n'est-ce pas Durrane?» L'intéressé, un beau jeune homme qui cultivait un air à la fois élégant et canaille – et qui se comportait comme le chef de la clique – eut un hochement entendu: «Tout à fait», acquiesça-t-il, «je regrette le temps où nos aïeux accueillaient ces animaux tout autrement.»

Devinant la tournure que l'affaire allait prendre, je tentai de m'éclipser discrètement avant d'en entendre davantage, mais d'un geste aussi vif qu'inattendu le dénommé Durranne me plaqua contre le mur de l'arche de la pointe de sa canne ornementale, où il me maintint comme un poisson frétillant. Mon épaisse pèlerine me protégea suffisamment pour qu'il ne me brise pas les côtes, mais si je réussis instinctivement à protéger ma tête, j'en eus tout de même le souffle coupé. J'étais prisonnier, à peu près aussi indigné que surpris, mais surtout effrayé par la douleur. Le jeune aristocrate se pencha sur moi sans lâcher sa canne, la lèvre relevée, la pointe de sa courte barbe taillée tendue comme un hast vers ma propre figure. «Qu'avons-nous là?», fit-il d'une voix faussement curieuse, tout en me détaillant de haut en bas. Ses compagnons ricanaient, mais je ne distinguais pas leurs visages. Il n'y avait que l'haleine fraîche de mon agresseur, qui sentait la menthe amère, et les échos tranchants de sa voix cultivée. «Un teinté, à n'en pas douter, un vrai petit sauvage.» Son ton laissait volontairement filtrer le dégoût que je lui inspirais. Il ne me lâchait pas davantage de sa canne que de son regard brun perçant.

Dans la haute société corne-brunoise, « teinté » était un terme méprisant que les anciennes familles employaient sans discrimination pour désigner à la fois la progéniture de ceux qui ont mêlé leur sang avec celui des clans, et les gens des clans eux-mêmes. Dans le premier cas, le terme faisait référence à l'impureté de la lignée, dans le second il était davantage descriptif des tatouages claniques. Dans les deux sens, c'était un mot vil et insultant. Il est vrai que le métissage des habitants de la basse s'accroissait au fil de leurs contacts avec ceux de la Cuvette, et les vieilles familles, dont certaines pouvaient retracer leur lignée jusqu'à la Parse antique, trouvaient cela parfaitement méprisable. Toutefois, lorsque Barde l'Ancien, le grand-père de Barde le Jeune, avait pris sa seconde épouse chez les Syffes, rompant ainsi de la pire façon cette longue tradition d'union entre les Vollonges et les femmes de la haute, les vieilles familles furent contraintes d'employer le terme plus parcimonieusement, du moins en public. Il n'en demeurait pas moins que Barde le Jeune restait à leurs yeux un « teinté » lui aussi, et les années passant, avec la richesse croissante des marchands de la basse, le terme revenait à la mode dans les quartiers aristocratiques en perte de vitesse.

La pression de la canne s'accentua, l'homme se rapprocha davantage. « Tu m'as bousculé. Je devrais te faire fouetter, petit teinté » cracha-t-il d'une voix menaçante. « Sais-tu qui je suis ? » Il dut prendre mes tortillements pour une réponse, ou alors il se fichait totalement que je réagisse ou non. « Je suis sieur Durranne Misolle, le fils aîné du sieur Gilles Misolle. Ma famille prospérait déjà, que la tienne troussait des bêtes au fin fond de vos forêts immondes. Mes ancêtres ont lardé les tiens de flèches et de lances au pied même de ces murs, petit sauvage ! Je vais te corriger, moi, sale teinté. » Il écumait littéralement de haine, son discours s'était emballé crescendo, et le rythme colérique l'avait assuré de son bon droit. La canne se leva pour appliquer la sentence. Je tressaillis en grimaçant, et c'est alors qu'une nouvelle voix retentit tout à coup.

— Tes ancêtres se sont réfugiés à Couvre-Col quand la dernière horde est passée, jeune Misolle. C'est en ces temps-là qu'ils ont acquis leurs terres près de Cambrais.

Le vieux Penne avançait en claudiquant sous l'arche de la porte, sa lance ferme et droite entre ses mains noueuses. Il n'était pas menaçant pour autant, mais ses armes étaient là, et il ne les cachait pas. Après quelques brèves hésitations, la canne ornementale de Durranne reprit place à ses côtés. Je m'effondrai à genoux sur les pavés, m'efforçant de retrouver mon souffle. Le jeune aristocrate se tourna vers le garde grisonnant et entrouvrit la bouche, mais Penne avançait encore, il n'avait pas fini, et il haussa la voix pour prévenir toute interruption :

— Il n'y a eu qu'un seul Misolle pour défendre cette muraille, d'après ce que j'ai entendu dire, et c'était un fils bâtard dont tes nobles aïeux ne voulaient pas chez eux. Vaque donc à tes affaires, jeune Misolle. Va plutôt réviser ton histoire familiale au lieu de débiter de pareilles âneries à un enfant.

Durranne ferma la bouche avec un claquement sec. Il parut mesurer le pour et le contre sans se démonter, sous le regard inflexible de Penne, puis sans un mot (et à mon grand soulagement), il tourna les talons dans un tourbillon de capes, pour disparaître dans les rues de la haute, flanqué de ses deux comparses. J'eus le temps d'apercevoir l'éclat d'un dernier regard tandis que je partais. Le jeune homme paraissait exsangue. Je savais combien la famille Misolle était influente à Corne-Brune, et j'espérais que Penne ne subirait pas les conséquences de s'être porté ainsi à mon secours. Le vieux soldat s'approcha de moi alors que je reprenais mes esprits et se pencha pour me remettre sur pied, un peu brusquement. Je toussotai, en essayant de ne pas hoqueter en même temps. Penne dégageait une odeur distincte mais agréable d'huile rance et de cuir mouillé. « Une vraie petite chiure, celui-là », fit le garde d'une voix basse, davantage pour lui-même que pour moi. Tandis que je faisais de mon mieux pour débarrasser ma pèlerine des immondices collantes qui la maculaient, Penne m'épingla d'un regard aussi vif que celui de Duranne, et il me sermonna d'un ton presque aussi sévère :

— Tu ferais bien de faire plus attention où tu mets les pieds, le syffelin. Et ton copain Hesse aussi, d'ailleurs.

Sur ces paroles obscures, Penne se détourna et quitta l'arche, le pas traînant, pour repartir par le même chemin que celui par lequel il était venu. Je restai là, en compagnie des échos et des hématomes, à masser mes blessures. La pluie reprenait, de grosses gouttes automnales s'écrasaient pesamment sur les pavés. Je pris le chemin du château d'une allure prudente, en serrant mes côtes endolories. Derrière moi, les toits en chaume de la basse fumaient et la ville s'effaçait peu à peu sous un crépitement liquide. J'avançais, voûté par le tambourinage des gouttes qui se fracassaient entre les grands bâtiments de la haute, sans vouloir m'attarder plus que nécessaire dans les larges avenues qui s'enroulaient autour de Corne-Colline. Après ma confrontation désagréable avec Durranne Misolle, j'en étais venu à remercier la pluie d'avoir chassé la plupart des habitants des rues.

Je finis par atteindre la bicoque de Hesse et poussai la porte noueuse sans frapper. Dès ma deuxième visite, le soldat m'avait dispensé de la plupart des conventions de ce type : lorsqu'il travaillait à l'étage, il n'entendait tout simplement pas les coups sur le battant. Ce jour-là, pourtant, Hesse m'attendait au rez-de-chaussée, les bras dans le dos, penché sur le petit feu qui crépitait dans son âtre, un brûloir utilitaire qu'un maçon habile avait réussi à encastrer dans le mur. Lorsque je fis mon entrée inopinée, il se tourna vers moi, haussa les sourcils, et énonça d'un ton qui ne souffrait aucun désaccord :

— Tu es en retard. Que ça ne se reproduise pas !

Tout en me débarrassant de ma pèlerine trempée, je bafouillai quelques excuses médiocres, sans vraiment parvenir à m'expliquer. D'un geste, Hesse mit fin à mes bredouillages en m'indiquant la tisane qui fumait dans un bol de grès sur la table basse. Je ne raffolais pas vraiment des décoctions poivrées que Hesse préparait, mais il avait l'air de penser qu'elles me faisaient du bien, et jusqu'à présent, je n'avais jamais eu le courage de les refuser. Je ravalai mes plaintes et, avec elles, toute tentative visant à décrire la mésaventure que je venais de vivre. Encore tout tremblant du souvenir de la rossée à laquelle je venais d'échapper, je rejoignis précautionneusement la natte de joncs noircie. J'avalai une gorgée du breuvage chaud sans un mot et levai les yeux sur mon hôte. Hesse tripota rapidement son ceinturon d'armes, qu'il défit pour poser son épée contre l'une des poutres apparentes de la masure. Il se servit à son tour un bol de tisane, puis s'installa en face de moi :

— J'ai des nouvelles de ton homme mort.

Je fronçai des sourcils avec intérêt et Hesse, certain d'avoir capté toute mon attention, poursuivit d'une voix dont on sentait qu'elle aurait été basse, si nous nous étions trouvés en public :

— Le capitaine Doune a beau faire celui que ça n'intéresse pas, je ne crois pas qu'il s'agisse d'une affaire de sauvages. J'ai mené mon enquête malgré tout, parce que je suis un première-lame de Corne-Brune, et que c'est mon métier, n'en déplaise aux gradés. Eh bien figure-toi qu'elle a porté ses fruits, mon enquête. Ton mort s'appelle Tom Vairon, il est – enfin il *était* – originaire de Couvre-Col. Du canton de Boiselle. Vairon traînait chez nous depuis quelque temps, d'après ce qu'on m'a dit. Il y a deux ans il a fait une saison de bûcheronnage pour le compte de la scierie Fuste. Tu connais les Fuste ?

« Tout le monde connaît les Fuste, première-lame », répondis-je du tac au tac. En effet, Vargan Fuste était le patriarche de l'une des vieilles familles les plus fortunées de Corne-Brune. La scierie en amont de la Brune lui appartenait et, durant la saison d'abattage, il payait la solde d'un bon tiers des bûcherons de la ville. Le rupin en question était également l'armateur de deux belles cogues, le propriétaire d'une dizaine de petites échoppes de la basse ainsi que de l'une des maisons de jeu de la rue de la Cloche. Vargan Fuste était réputé pour avoir un sens fin des affaires, un tempérament volcanique, et une aversion particulière pour les sauvages.

Hesse m'épia un temps, comme s'il décortiquait ma remarque un peu trop spontanée à la recherche d'une effronterie cachée, puis il reprit :

— Vairon a plus ou moins disparu vers cette époque-là. On l'a vu traîner de temps à autre dans certaines tavernes de la basse, avec des deniers à dépenser de surcroît, mais c'est tout. Maintenant, ce que j'ai appris de plus intéressant, c'est qu'à Couvre-Col on le connaissait comme un véritable larron, toujours fourré dans les mauvais coups. C'est pour ça qu'il a fini ici, à cause d'une bagarre à Boiselle qui a mal tourné. Le bruit court qu'il se serait acoquiné avec quelques-uns des contrebandiers de chez nous.

Je hochai la tête. La contrebande était une activité risquée mais lucrative, car les taxes fluviales des primats, bien que raisonnables à Corne-Brune, pouvaient constituer une somme importante sur les gros chargements, surtout s'ils venaient de loin. De plus, il existait toujours les commodités illicites, comme certaines herbes à fumer ou l'astre-gomme de Trois-Îles, qui trouvaient preneur ici ou là, et un homme en fuite pouvait toujours s'adresser aux contrebandiers pour passer telle ou telle frontière. Aussi, depuis longtemps déjà, la Brune servait de gagne-pain à bon nombre de ces hors-la-loi. La garde détruisait leurs camps lorsqu'elle les trouvait, mais comme ils faisaient généralement peu de vagues, bien souvent on laissait faire en se contentant d'un coup de balai périodique, pour l'exemple.

Comme en réponse à mes propres divagations, je remarquai que le regard limpide de Hesse avait pris la couleur de l'absence, une perte d'éclat que j'avais appris à reconnaître. Le soldat semblait s'être égaré dans le dédale de ses pensées. Si je ne m'y étais pas habitué pour autant, j'avais fini par accepter ces silences étranges, ou du moins, à ne plus m'en méfier. J'en profitai pour terminer ma tisane chaude. Il y avait du miel, ce jour-là, ce qui changeait sacrément la donne, et puis avec la pluie et les émotions fortes je trouvais du réconfort à la moindre chaleur. Hesse finit par s'ébrouer à la manière d'un homme somnolent et se lissa la moustache, geste qui le vieillissait de vingt ans :

— Hum... eh bien oui, où en étais-je déjà ?
— Les contrebandiers, première-lame.
— Ah, voilà. Tu as bonne mémoire, c'est bien.

Hesse remplit une nouvelle fois mon bol de grès. Le liquide fumant qu'il versait depuis sa grosse bouilloire de fonte éclaboussa copieusement la table basse. Puis il prit une première gorgée de sa propre tisane – qui devait être froide – en arborant un air perplexe, et je craignis qu'il ne s'enfonce de nouveau dans ses pensées. Les jambes repliées, je gigotais littéralement d'impatience. La seule mention des contrebandiers avait enfoncé les portes de mon imagination avec fracas. Je me voyais déjà lié à une saga trépidante, aromatisée d'or et d'épices venus de loin. Hesse passa brièvement la langue sur ses lèvres fines, et reprit enfin son discours :

— Je vais avoir besoin de toi dans les semaines qui viennent. D'abord, le primat est inquiet de tout ce remue-ménage à la Cuvette. Il suffirait qu'un seul guerrier un peu trop échaudé s'en prenne à un soldat, et tout ça se transformerait rapidement en un bain de sang, tu peux me croire. Il va falloir que tu deviennes mes yeux et mes oreilles à la Cuvette. Si jamais tu as vent d'un mauvais coup, même si c'est des ragots d'ivrogne, je veux le savoir dans l'heure. En attendant, on est déjà plusieurs à faire pression pour que la garde puisse se mettre à la recherche de ces enfants disparus. Mais ça va prendre du temps, et il faut qu'on fasse attention à bien amener la chose. Ici, il n'y a pas grand monde qui appréciera qu'on dépense des deniers brunides pour le compte des Syffes. Je ne dis pas ça pour toi, mon garçon, et je ne le pense pas non plus, mais c'est le sentiment de beaucoup, il vaut mieux que tu le saches.

Hesse se redressa prudemment. Je commençai à déplier mes jambes avant de comprendre qu'il n'avait pas fini. Il me perça de son regard bleu, et la complicité énigmatique qui venait d'y éclore me figea sur place. Le mystère était un art patiemment cultivé par le soldat. À vrai dire, les manières d'intrigant qu'il prenait avec moi me plaisaient de plus en plus, et je crois qu'il en jouait. Hesse savait me prendre par les émotions. D'un ton discret, le première-lame énonça :

— D'autre part, je voudrais que tu ailles traîner en ville, particulièrement autour des tavernes de la basse, voir si tu peux te renseigner sur les contrebandiers qu'aurait pu fréquenter ce Vairon. Commence par « Le Ragondin », rue Trappe, ou « Chez Mirabelle », rue des Sept-Marches. Tu t'en souviendras ?

J'acquiesçai avant d'essayer de prendre la parole. Hesse agita la main et me coupa :

— Je sais, je sais, ce ne sont pas des quartiers très recommandables, mais tu es malin, et tu sauras éviter les problèmes. Tu ne t'y rendras jamais après la tombée de la nuit. Tu ne poseras pas de questions, surtout. Contente-toi d'écouter discrètement, sans quoi tu finiras à dormir avec les croche-carpes. Il faut qu'on essaye d'en apprendre davantage sur Tom Vairon et ses fréquentations pour aller au fond de cette affaire. Je veux savoir pourquoi il est mort.

— Moi aussi.

J'avais parlé vite et fort. Hesse eut un regard surpris et haussa subrepticement un sourcil. Cela me mit aussitôt sur la défensive, comme s'il m'eût sermonné, et je jugeai bon de me justifier en bredouillant :

— Ben quoi ? C'est moi qui l'ai repêché quand même, première-lame !

Hesse esquissa un sourire faible et passa la main dans ses cheveux roux. Il les portait tirés, attachés en arrière en une courte tresse huileuse, comme le faisaient bon nombre des hommes de la garde civile. Je prenais goût à l'enquête, pas seulement à celle-ci, mais à toutes les enquêtes, cela se voyait, et cela plaisait au soldat. Puis, j'eus l'impression que Hesse se rappela subitement à qui il avait affaire, et son visage prit une moue plus sérieuse. Le ton qu'il employait désormais était sévère et un peu inquiet :

— D'accord, tu l'as repêché, mais ce n'est pas une excuse pour que tu prennes des risques par simple curiosité. Tu n'en fais pas plus que je ne te le demande. C'est moi le première-lame, pas toi.

Je penchai la tête en mesurant ces paroles, sachant pertinemment qu'il ne servait à rien de protester. Pourtant, si cela n'avait tenu qu'à moi, j'aurais retourné le ruisseau tout entier et le reste de la ville avec, pour découvrir le fin mot de l'histoire. L'homme mort m'obsédait terriblement, et souvent mes rêves se teintaient de ses exhalaisons nauséabondes et de son corps gonflé percé de traits.

Lorsqu'il se fut assuré de mon obéissance, le soldat me congédia, après avoir insisté un peu plus que d'habitude sur l'importance de lui faire des rapports réguliers. Je quittai sa bicoque biscornue et Corne-Colline en direction de la ferme. Une poignée de piécettes d'étain, que Hesse m'avait remises exceptionnellement « pour les besoins de l'enquête » tintaient dans ma poche. Je méditai longuement sous la grisaille qui imprégnait la route, et les paroles mystérieuses de Penne finirent par émerger de tout ce fatras pour brusquement me revenir à l'esprit. « Tu ferais bien de faire plus attention où tu mets les pieds, le syffelin. Et ton copain Hesse aussi, d'ailleurs. » Je fus soudain saisi aux tripes par un inexplicable mauvais pressentiment et me mis à espérer que Hesse n'oublierait pas d'appliquer lui-même le conseil qu'il venait de me dispenser.

8

Le lendemain, peu après l'aube, je gravissais la crête en direction de la Cuvette. Driche s'était montrée particulièrement insistante et m'avait fixé un rendez-vous d'une précision pointilleuse quelques jours plus tôt. Au final, je m'étais dit que je pourrais profiter de ma visite pour prendre la température du camp. Les propos inquiets de Hesse m'avaient davantage remué que je ne l'avais cru au premier abord, et je m'attendais presque à découvrir que le cercle de troc s'était transformé en un fort retranché occupé par des guerriers peinturlurés. La pluie avait cessé à nouveau, laissant place à un ciel morne et uni, et je commençais à me lasser des averses hésitantes de l'automne. Il me tardait que l'hiver arrive pour de bon, et j'espérais seulement qu'il serait sec, que nous puissions en finir une fois pour toutes avec cet entre-deux insupportablement humide.

Je croisai en route quelques moutons égarés et à mi-chemin un cavalier inconnu me dépassa au trot. Sa monture était l'un de ces petits chevaux trapus à poil rêche qu'on élève dans les contreforts des monts Cornus. La bête avait le pied si léger, que c'est à peine si j'eus le temps de l'entendre approcher. Je regardai disparaître le cavalier, puis repris ma route, en songeant parfois aux autres, enroulés dans le foin chaud de la ferme Tarron, mais surtout à Brindille et à l'odeur de ses longs cheveux. Si j'avais réussi à me tenir occupé ces derniers temps, il n'en demeurait pas moins qu'elle me manquait terriblement. Malgré tous mes efforts, depuis que j'avais confessé mes vols, je n'avais réussi à tirer d'elle que quelques remarques froides et plates. Je trouvais son attitude envers moi tout à fait incompréhensible et j'avais pris la résolution de lui en parler bientôt, mais l'occasion ne s'était pas encore présentée. Mes soucis m'abandonnèrent lorsque j'attaquai l'ascension de la crête. J'apercevais au loin mon amie gaïche et je levai la main pour la saluer.

Sa silhouette, menue et immobile se détachait nettement sur le fond de ciel, là où le chemin atteignait le sommet de la colline. Driche était campée sur l'une des arêtes de granit qui à cet endroit pointaient de la terre, tels les ossements oubliés de quelque créature monstrueuse enterrée là, sous la crête de la Cuvette. Je fus étonné de la découvrir seule, mais lorsqu'elle se déplia pour sauter de son perchoir et venir à ma rencontre, je fus frappé davantage encore par son accoutrement. Son pantalon avait été remplacé par une longue robe de peau souple et claire, avec ici et là quelques os polis pour en fermer les coutures. C'était la première fois que je la voyais s'habiller comme une fille – ou du moins comme un enfant de Corne-Brune pouvait s'attendre à voir habillée une fille – et s'il est vrai que chez les clans on ne s'encombrait pas habituellement de telles conventions, j'admets que cela me fit tout de même un drôle d'effet. En plus de la robe, Driche portait un collier de chitine taillée à la manière d'un torque segmenté qui jetait par moments de somptueux reflets bleutés. Ses mèches rouges avaient été reteintes et épointées. J'eus le temps de la trouver jolie avant de chasser une pensée aussi étrange.

Driche m'accueillit par un sourire crispé, et sa manière fut nerveuse et maladroite, comme si elle s'inquiétait de ce que je pouvais penser de son apparence. Dans cette atmosphère inconfortable, nous échangeâmes quelques paroles de bienvenue qui contrastaient avec nos habitudes informelles. Elle finit néanmoins par me prendre par le bras, comme elle le faisait toujours, et nous nous engageâmes dans la côte en direction de la Cuvette. Je fus soulagé de constater qu'à première vue rien ne semblait avoir changé depuis ma dernière visite. Il manquait bien quelques yourtes, mais c'était tout à fait normal en cette saison. De ce que je pouvais en juger, ce qu'il y avait de plus étrange au camp ce jour-là, c'était le comportement inexplicable de Driche. Je comprenais bien qu'il se passait quelque chose d'insolite, mais le malaise qui flottait entre nous m'embarrassait au point que je n'osais pas lui demander de quoi il retournait exactement.

Alors que nous arrivions à hauteur des premières yourtes, comme si j'avais formulé mes interrogations à haute voix, Driche m'offrit d'elle-même un semblant d'explication. «Je nous ai préparé quelque chose, Syffe», fit-elle d'une voix qui, pour une fois, n'était pas assurée, mais semblait au contraire chercher mon approbation. Lorsque je fis mine de ralentir pour la questionner davantage, Driche m'empoigna plus fermement et me força à avancer encore. «Les coutumes veulent que nous n'en parlions pas avant, pour que ton cœur puisse dire vrai lorsqu'il devra parler. » Je ne comprenais strictement rien à ce qu'elle racontait, sans parler du ton solennel et du vocabulaire soutenu qui accompagnaient son charabia, et ce fut un Syffe très désorienté qu'elle introduisit sous le pli de sa yourte familiale.

Je fus surpris d'y être accueilli par l'obscurité. Aucune bougie ne brillait, le rabat de la cheminée avait été tiré comme par un jour de pluie et les ténèbres étiraient leurs griffes ondoyantes depuis la périphérie. Au centre, là où le feu se consumait dans l'âtre rougeoyant, il y avait ce halo de lumière unique qui se réverbérait dans les remous sylphides de la fumée. Je crus tout d'abord qu'il n'y avait personne, ce qui m'étonna tant l'heure était précoce, puis mes yeux se posèrent sur la silhouette de la grand-mère, qui attendait, de l'autre côté des braises. Je n'avais jamais vu la vieille quitter les fourrures de sa couche et, jusque-là, dans mon esprit, elle avait fait partie du décor, un peu comme un meuble qu'il fallait nourrir de temps en temps. La tenue de peau dont elle s'était vêtue était similaire à celle que portait Driche, mais des perles de céramique colorées en ornaient les manches et le poitrail. Autour d'elle, à la lisière, les ombres des ustensiles et des bouquets d'herbes pendaient de-ci de-là, créant des chimères étranges, et j'eus soudain l'impression d'avoir pénétré dans un autre monde.

La vieille Gaïche eut un rictus édenté à notre apparition. Dans l'obscurité, avec la lueur vacillante du foyer, ses rides semblaient si profondes et sa peau si mate, que son visage boucané me suggérait la surface d'un champ en labour. Driche m'entraîna vers le centre de la yourte. Sur la série de pierres plates posées devant la vieille femme, de l'autre côté du feu, je vis qu'elle avait disposé un petit bol sombre, un stylet d'ivoire et un instrument plus complexe qui ressemblait vaguement à un casse-noix fait d'os, dont l'usage m'était inconnu. D'une main fripée, l'aïeule me fit signe de venir prendre place à sa gauche, face au feu. Un peu perdu, battant des paupières à la façon d'une chouette, je m'exécutai. Tandis que je m'installais en tailleur, Driche fit de même à sa droite. La grand-mère tourna son visage fripé vers moi, et me dévisagea quelques instants d'un œil encroûté, avant de réprimander sa petite-fille :

— Il est mal habillé.

J'étais sur le point de répondre à la vieille en termes crus, même s'il était vrai que ma pèlerine était pleine de taches et que mon pantalon ne valait guère mieux, mais la voix aiguë de Driche s'éleva, noyant mes protestations sous un flot nerveux mais continu :

— Mais tu as dit qu'il ne fallait pas que je lui dise quoi que ce soit, sinon il aurait su et alors tout aurait été fichu et son cœur n'aurait pas pu parler vrai comme il le faut, mamie.

La vieille femme secoua la tête, avant de réprimander sa petite-fille d'une intonation douce et enrouée :

— Tu as encore beaucoup à apprendre, ma petite louve. La coutume veut qu'on n'en parle pas, et il ne faut pas en parler. Mais il aurait fallu lui demander de se présenter chez toi dans ses meilleurs habits. Ainsi il aurait pu se douter de ce que tu lui voulais. Son esprit aurait eu loisir d'y méditer et, s'il l'avait souhaité, il aurait pu refuser ton invitation, comme s'il refusait un simple repas. Que feras-tu s'il se détourne de toi maintenant ?

Comme je ne savais toujours pas de quoi il était question, je toussai bruyamment pour rappeler ma présence aux deux femmes. Leur discussion m'avait rendu nerveux, mais avait également aiguisé ma curiosité. Je me demandais dans quel guet-apens mon amie venait de m'entraîner. Mon attention était captivée par le mystère et, pour l'instant, une aventure remplaçant l'autre, le travail que m'avait confié Hesse était relégué aux oubliettes. L'aïeule se tourna de nouveau vers moi et, dans la pénombre à ses côtés, je distinguai les yeux étincelants de Driche braqués droit sur moi.

Il y eut un silence très long, et je m'efforçai de ne pas gigoter sous son regard. La vieille femme hocha enfin la tête, comme si elle avait fini par se faire à mon apparence miteuse et elle s'empara brusquement de ma main, tandis qu'à sa droite, elle se saisissait simultanément de celle de Driche. J'eus l'impression désagréable de me trouver pris au piège des serres d'un antique rapace et mon premier réflexe fut de me dégager, mais quelque chose dans son attitude me poussa à me laisser faire. Ses rétines voilées se fixèrent sur les miennes, sa voix était cassée et rendue tremblante par les années. Je compris qu'elle fournissait un effort constant pour rester intelligible :

— Ma petite fille a décidé que tu méritais qu'elle t'offre sa première marque. Te crois-tu digne de cet honneur ? Acceptes-tu de te lier à elle par l'encre, et de la porter sur ta peau, aux yeux de tous, pour le reste de tes jours ?

En entendant ces mots, j'avais lancé un regard perplexe autour de moi, fixant d'abord le visage effaré de Driche, puis le bol de teinture et l'instrument en os. Je finis par saisir enfin la signification de toute cette mise en scène. Chez ceux des clans, le corps est considéré comme un livre ouvert où l'on inscrit les événements importants de sa vie par l'art du tatouage. La peau vivante est d'ailleurs le seul support où ils acceptent d'inscrire des marques explicites. Leur «écriture» en pictogramme ne connaît aucune autre existence que sur le corps des hommes et du bétail. Si les membres des clans reçoivent de fait des tatouages de naissance, qui indiquent leur clan et leur lignage, l'ensemble des autres encrages sont des choix volontaires. Ainsi, chaque individu peut décider d'afficher publiquement tel ou tel haut fait, mais également l'état de ses relations avec autrui. Les marques de relation sont des motifs évolutifs. Elles racontent une histoire, et peuvent être modifiées pour refléter un changement de statut. Un tatouage peut partir d'une amitié, se transformer en une relation entre amants, puis annoncer la naissance d'enfants communs ou le partage d'un foyer.

Ayant globalement connaissance de tout cela, j'avais conscience de l'immense privilège que Driche me faisait, et de toute l'étendue de l'affection qu'elle entendait me manifester par ce biais. Ma fierté enfla. Sa première marque, le premier tatouage qu'elle avait elle-même décidé de porter, énonçait la reconnaissance de sa relation avec moi. Bien sûr, cela devait être réciproque, et je devrais moi aussi me plier au marquage. Dans le cas contraire, j'apparaîtrais comme la contradiction vivante du tatouage de Driche. Ses pairs pourraient alors considérer son attachement pour un individu qui n'avait pas accepté de partager sa marque comme une chose futile et déshonorante. Être mauvais juge de l'état de ses relations avec autrui est considéré comme un défaut particulièrement méprisable par les gens des clans. Je pris une profonde inspiration. Driche me fixait avec de grands yeux suppliants, ses mains se tordaient sous la pression, et elle finit par ne plus y tenir :

— S'il te plaît, Syffe ! Dis oui ! Dis oui !

« Chut ! » siffla la grand-mère d'une voix sèche. « Tu ne dois pas intervenir, ma petite louve. C'est son cœur à lui qui doit parler. » Je délibérai un bref instant, non pas parce que je pensais refuser cette démonstration d'amitié, qui m'avait même beaucoup ému, mais parce qu'on m'avait rapporté que les tatouages étaient passablement douloureux. Enfin prenant mon courage à deux mains, mais ne sachant pas vraiment à qui parler, je fixai Driche, que mon bref silence avait poussée au bord des larmes. Je m'efforçai d'adopter un ton aussi solennel que possible :

— Je dis oui, chasseresse.

Driche poussa un hurlement ravi et voulut se lever, sans doute pour m'embrasser, mais son aïeule lui agrippait la main et, d'une secousse, elle la fit rasseoir de force. La vieille femme ramassa alors le stylet d'ivoire. Avant que je ne puisse réagir, elle m'entailla vivement l'intérieur de la paume, m'arrachant un hoquet de surprise et de douleur. De mépris, ma tortionnaire secoua la tête et pinça la bouche. Après avoir fait subir le même sort à Driche, qui endura la coupure en silence, la matriarche joignit nos deux mains au-dessus du bol. La poigne de Driche était inflexible, elle me regardait avec des yeux mouillés et souriait de toutes ses dents. Notre sang uni gouttait et se mêlait aux pigments. Dans un silence religieux la vieille femme me défit de ma pèlerine et de la chemise rapiécée que je portais en dessous. Driche serra la mâchoire et laissa glisser sa robe pour dénuder son poitrail. Elle avait choisi l'emplacement de sa marque. Comme je n'avais aucun tatouage préalable à cet endroit, c'était là que je la porterais également.

La grand-mère se saisit alors de l'outil en os, d'une patte desséchée que j'aurais soudain voulue plus ferme. Elle en trempa une extrémité dans le bol, puis la posa sur la chair de Driche, juste en dessous de sa clavicule. L'instrument claqua, je vis mon amie plisser des yeux, et un petit point noir apparut sur sa peau ambrée. Ce fut ensuite à mon tour, je fermai les yeux et crispai la mâchoire, un autre claquement retentit et la piqûre douloureuse me fit sursauter.

L'ouvrage se poursuivit ainsi, lentement, une piqûre pour Driche, et une pour moi. Les claquements, la douleur, le crépitement du feu, tout cela se transforma rapidement en une transe étrange dont je ne me rappelle que des détails furtifs : les ombres mouvantes, les yeux brillants de Driche, le silence étouffant et la fumée, le rythme sec des piqûres brûlantes. L'union du sang. Les marques respectives progressaient comme une seule, les entrelacs géométriques se tordant à la manière de deux serpents. Lorsque la dernière morsure sèche de l'aiguille retentit enfin, nos corps luisaient de sueur. Les cheveux plaqués, les yeux mi-clos, ce fut un renouveau que de quitter l'emprise de la souffrance. Une renaissance, dans lequel le monde refluait par vagues, par rigoles écumantes. D'autres sensations revenaient, peu à peu. J'avais conscience d'avoir très faim. Nos mains étaient liées en un nœud rigide sur les genoux de la vieille.

Quelque part, de très loin, la matriarche déclara d'une voix usée qu'elle avait achevé sa tâche, et elle nous força à avaler un breuvage fortifiant qui me réveilla quelque peu. Puis, sans ménagement, en craquant de toutes ses articulations, elle nous poussa hors de la yourte, où la famille de Driche et quelques autres Gaïches nous attendaient. Un brasier avait été allumé. De la nourriture avait été préparée. Le rythme d'un grand tambour des clans nous accueillit.

Nous clignions des yeux, saisis par le froid, et je crois que nous reprîmes véritablement possession de nos corps à ce moment-là. D'un œil éberlué, nous nous contemplions tous les deux sans parvenir encore très bien à nous dissocier l'un de l'autre, tandis que les ululements approbateurs de la petite foule se muaient en un chant uni qui s'élevait. En forme de flèche descendante, depuis la clavicule gauche jusqu'au milieu du muscle pectoral, sur nos chairs rougies teintées d'entrelacs bleu-noir, s'inscrivait la première marque de Driche.

Le visage épuisé de mon amie, droite et fière devant les siens, irradiait d'un bonheur béat. Nous quittions ensemble le rythme de la douleur pour épouser celui de la musique et des voix. Je souriais bêtement moi aussi, car je comprenais avec un étonnement un peu effarouché que cette célébration inattendue n'était pas seulement pour elle, mais également pour moi. Nos pictogrammes jumeaux énonçaient clairement : « Driche, fille des Gaïches est l'amie de Syffe, fils de Corne-Brune. » L'assemblée cessa de psalmodier pour converger sur nous en désordre. Je fus congratulé dans les bras de plusieurs parfaits inconnus. Hure et Maille me félicitèrent, et Gauve déclara gravement que, même si la coutume interdisait à ses parents d'accueillir un enfant sans lignée durant la nuit, leur foyer me serait toujours ouvert durant la journée.

Le petit repas fut rapidement attaqué, nous dînâmes tous ensemble devant la yourte, tandis que la journée grise tirait à sa fin. J'émergeais précautionneusement du brouillard. C'était la première fois en mes huit ans d'existence que je faisais l'objet d'une telle attention de la part de qui que ce soit et, au début, la situation me crispa considérablement. Je craignais en permanence de commettre un impair qui pourrait humilier Driche. Ce malaise finit pourtant par se dissiper presque complètement. Il n'y avait rien de solennel à ce repas, il s'agissait simplement d'une collation entre amis pour commémorer le premier véritable choix de l'une de leurs filles de clan, signe encourageant d'indépendance et de volonté. La grand-mère de Driche se pencha avec intérêt sur mon tatouage de naissance inhabituel, tandis que nous dégustions un pain plat trempé dans du yaourt de brebis salé. Malgré sa connaissance extensive des signes de clan, elle fut incapable de le déchiffrer, ni même d'en déterminer la provenance. Pour tout avouer, mon attention était davantage retenue par la profusion de nourriture alléchante que par un signe que je n'avais moi-même jamais vu. Toutefois, par la suite, je la remarquai souvent en train de lorgner mon dos en murmurant.

Avec Driche, je partageai sur les marches de la yourte une poularde rôtie à la broche et des gâteaux au miel. Nous papotâmes de tout et de rien, et mon amie me raconta les derniers commérages. À sa connaissance, aucune violence ne se préparait chez ceux de la Cuvette, et l'issue catastrophique évoquée par Hesse lui semblait bien loin de la réalité. Tout cela était le fait d'une poignée d'adolescents excessivement bravaches, que les autres guerriers jugeaient immatures et stupides. La plupart avaient déjà été remis à leur place par des hommes plus expérimentés, et Driche ne pensait pas qu'ils causeraient de problèmes. Elle me signifia néanmoins une réelle inquiétude par rapport aux disparitions. En conséquence, beaucoup de familles se préparaient à partir en hivernage plus tôt qu'à leur habitude.

Je fus soulagé de constater que nos échanges étaient revenus à la normale, et s'accompagnaient de bourrades et de fausses insultes. Pourtant quand nos regards se croisaient, il y brillait quelque chose de nouveau, un savoir implacable, une union de loyauté féroce née de la douleur, mais aussi le bonheur complice d'avoir accepté d'y faire face ensemble. Des sentiments dont je n'avais pas soupçonné la profondeur émergeaient entre nous. Je me sentais heureux, et plein, et je partageais la fierté rayonnante de mon amie.

La nuit tombait quand les convives se dissipèrent enfin. Je grelottais depuis que le soleil avait commencé à décliner et Gauve, toujours aimable et attentionné, avait fini par me rapporter mes vêtements, que j'enfilai avec gratitude. Driche remonta sa robe et se proposa de me raccompagner jusqu'au bord du camp, ce que ses parents acceptèrent à titre exceptionnel. Elle me quitta après une brève étreinte, qui ressemblait à un salut de guerrier maladroitement exécuté. Nos mains se trouvèrent dans le noir, et se lièrent instinctivement en la poigne douloureuse qu'elles avaient partagée durant l'après-midi. On grimaçait tous les deux, parce que les plaies s'étaient rouvertes, mais ça n'était pas grave. Driche affichait un air terriblement sérieux, et je crois bien que son menton tremblait légèrement. Puis, sans un mot ni un regard en arrière, elle décampa à toutes jambes en me laissant là, entre les lumières de la Cuvette et celles de Corne-Brune. La poitrine endolorie et l'esprit vagabond, je repris la route de la ferme.

9

Ce soir-là, après avoir paradé fièrement devant mes compagnons de la ferme, qui ne purent dissimuler leurs regards envieux à la vue de mon tatouage, je me mis en tête de m'expliquer avec Brindille. La journée singulière que je venais de passer m'avait épuisé, et j'étais encore tout endolori par les hématomes qu'avait laissés ma désagréable rencontre avec Durranne Misolle. Cependant, je comprenais aussi que je ne pouvais pas continuer à repousser éternellement ce moment. Le rituel de la première marque avait aiguisé ma résolution, comme si quelque chose de l'impétuosité de Driche s'était introduit en moi. Nous étions tous les quatre dans la grange à digérer la soupe, Cardou dormait déjà d'un profond sommeil réparateur, et il semblait se remettre rapidement de la maladie. Lorsque Brindille sortit pour prendre l'air, Merle, toujours sensible aux besoins des autres, me proposa de garder le malade au cas où je souhaiterais moi aussi aller faire un tour. Je songe encore avec nostalgie à cette époque, où, à seulement huit ans, nos tentatives balbutiantes pour nous comprendre et nous ménager valaient déjà bien mieux que celles de nombre d'adultes.

Je trouvai Brindille assise sur les marches de la fermette. Elle s'isolait de plus en plus de nous lorsque le soir venait. Depuis peu, la veuve acceptait parfois sa compagnie et son aide pour filer la laine. Ce soir-là, une brume épaisse débordait du fleuve pour engloutir le vallon au fond duquel serpentait la route de Corne-Brune. Mon cœur tomba dans mes chausses à cet air triste qu'elle affichait, et je me fis intérieurement de sévères remontrances. Aveuglé par mon propre inconfort, je n'avais pas su mesurer toute la peine que j'avais faite à Brindille. Sans un bruit je me faufilai près d'elle et m'installai à ses côtés, sur les planches épaisses. Nous restâmes ainsi en silence, les narines emplies de cette odeur de résine et d'herbes à tisane qui était propre à la terrasse de la chaumière. L'obscurité finit par nous engloutir complètement. Dans la maison derrière nous, la veuve étouffa sa lanterne. L'auvent fut plongé dans le noir. Ce fut seulement à cet instant, caché par la nuit, que je pus enfin rassembler suffisamment de courage pour lui parler :

— Dis Brindille, tu m'en veux ?

La réponse vint immédiatement, moins froide que je ne l'avais crainte, mais je sus aussi qu'elle ne s'était pas tournée vers moi pour répondre. « Oui », fit-elle d'une petite voix, « oui, je t'en veux. » Ne m'étant pas attendu à ce qu'elle soit aussi franche, ni qu'elle ne me laisse aucune marge pour rebondir, je ne sus pas comment poursuivre. Après quelque temps, Brindille rompit le silence inconfortable dans lequel je m'étais muré :

— Pourquoi t'as volé ?

— Je sais pas.

J'avais réagi du tac au tac, et j'avais menti. Il y eut

un prompt bruissement de jupes et je devinai que Brindille me faisait face dans la nuit. Sa voix basse mais virulente se déversa sur moi comme de l'huile brûlante, teintée d'une colère mortifiée. « Tu m'as mis la honte, Syffe », siffla-t-elle avec véhémence. « C'est toi le malin. T'es le plus malin de nous tous et t'es allé voler mais tu sais même pas pourquoi ? J'ai jamais eu aussi honte de toute ma vie. Et si on t'avait coupé la main, on aurait fait comment nous autres ? Après, Cardou a été malade. Avec Merle on s'est occupés de lui presque tous seuls. Tu nous as abandonnés, Syffe, voilà. Tu m'as mis la honte et après tu nous as abandonnés pour... pour des tatouages et le couteau du tueur. »

Le flot se brisa vers la fin, mais je ne sus discerner s'il s'agissait de larmes ou de colère. On aurait dit la voix d'une femme, pas celle d'une enfant, et au fur et à mesure que ses paroles tombaient je sentais leur couperet me hacher les entrailles. Je ne pouvais rien lui rétorquer, même si j'avais tenu cette discussion mille fois dans ma tête, je n'avais jamais envisagé que dans l'esprit de Brindille les choses puissent prendre cette forme-là. Je réalisai soudain à quel point je l'avais déçue. Je bredouillai, en essayant de trouver les mots, quelque chose pour l'apaiser, mais d'un ton sec elle coupa net mes efforts incertains :

— Laisse-moi.

Je me levai sur-le-champ, troublé et déstabilisé, pour me remettre à bafouiller tandis qu'un pic glacial me transperçait le cœur. « Laisse-moi, Syffe », insista Brindille, en haussant légèrement la voix. Je bouillais de sentiments confus. Les choses ne devaient pas se passer comme ça. Brindille devait me dire qu'elle comprenait, que ce n'était qu'un terrible malentendu, avant de poser sa tête douce sur mon épaule pour que tout revienne dans l'ordre. Je descendis les marches une à une, et j'étais seul dans la cour obscure. Hébété, je me tins là quelques instants. Le monde vibrait autour de moi, palpitait de contours indiscernables. Je cherchai encore quelques mots, puis, horrifié par tous ceux que je ne trouvais pas, je pris la fuite.

La nuit était noire comme cela n'arrive que rarement : pas de lune, un ciel bas et gris, et la brume qui se coulait tout autour de moi. Je m'enfonçai dans l'obscurité sans penser à rien d'autre qu'à ma peine. Je courus à en perdre haleine, sans aucune destination particulière, ni autre intention que d'éviter les obstacles qui se présentaient sur mon chemin. Des formes surgissaient des ténèbres avant d'y être englouties de nouveau, comme avalées par des spectres carnivores. Autour de moi, les limbes se déliaient en longs lambeaux opaques et humides. Je ne sais pas combien de temps je courus ainsi. J'avais bien dû traverser la route, mais je ne m'en souvenais pas. À bout de souffle, les jambes molles et le cœur battant, je m'arrêtai enfin devant la silhouette décharnée d'un orme foudroyé. Pétri par l'angoisse, je m'imaginais avoir perdu Brindille à tout jamais. Tout était trop mélangé dans ma tête, tout s'écartelait entre l'épuisement du tatouage, l'homme mort, et l'abandon. L'univers entier semblait se courber sur moi pour me mettre en pièces. Pour inonder de son jus sombre chacune de mes failles. Je m'accoudai à l'arbre en pleurant bruyamment toutes les larmes de mon corps.

Absorbé par ma peine, je n'avais plus conscience que d'une solitude écrasante, mais le monde extérieur se rappela à moi. Quelqu'un me saisit vigoureusement par les épaules. Arraché subitement à mes lamentations, je pris tout à coup la mesure de ma stupidité. Je savais que des enfants de la région disparaissaient et sur un coup de tête je m'étais aventuré seul, en pleine nuit, pour me jeter tout droit dans la gueule du loup. Ma peine fut immédiatement remplacée par une vague de terreur fiévreuse et je me débattis en hurlant de toutes mes forces, dans la ferme certitude que j'allais mourir.

Je finis par prendre conscience que, au travers de mon raffut et des coups que je faisais pleuvoir sur le corps de mon ennemi, quelqu'un m'appelait. « Petit ! Syffe ! Mais arrête-toi ! Syffe, arrête-toi ! C'est Hesse ! C'est Hesse ! » Et c'était effectivement Hesse, qui me tenait de son mieux, à bout de bras, tandis que moi, de mes petits poings, je tentais de le tuer. Le second choc fut presque aussi brutal que le premier. Je me ramollis aussi rapidement que je m'étais tendu, aussi élastique que si l'on m'eût arraché la colonne vertébrale. Je me remis à sangloter, davantage par nervosité que par peine. Hesse me déposa au pied de l'arbre et gratta un silex en jurant jusqu'à ce qu'il réussisse à allumer sa lanterne. L'étincelle jaillit dans le brouillard, si dense qu'à l'exception de moi, de Hesse et de l'arbre tordu, le monde tout autour paraissait s'être dissous. Dans la lueur approximative, et malgré mes yeux embués de larmes, je vis le visage du soldat passer par toute une gamme d'émotions, colère, trouble, inquiétude, puis compassion. Il se pencha enfin sur moi et me tapota maladroitement l'épaule jusqu'à ce que mes pleurs s'espacent.

En dépit de la tempête émotionnelle, mon esprit continuait à gamberger, et j'admets que je n'étais pas entièrement rassuré. Je ne comprenais pas bien ce que le soldat faisait dehors, tout seul, et en pleine nuit. De plus, même si l'exécution laissait à désirer, aucun adulte ne m'avait jamais consolé. Pour moi, ce domaine relevait exclusivement de mes compagnons de la ferme. Il y avait aussi l'arbre squelettique, la fatigue et la brume irréelle. Toutes ces choses mises bout à bout tissaient une scène suspecte, nourrie par les mises en garde incessantes dont Hesse faisait l'objet de la part de mes amis. Un doute horrible finit par m'envahir. Et si les autres avaient eu raison sur son compte ? Et si les disparus de la Cuvette étaient l'œuvre du tueur d'enfants ? Hesse était bien plus fort que moi, et j'étais tellement exténué que je savais que je ne pourrais jamais lui échapper. Entre sanglots et pensées noires, je bâillai.

L'épuisement assommant de la journée me rattrapa d'un seul coup. Malgré mes doutes, la fatigue m'abattit comme le bûcheron tombe l'arbuste. Hesse me tapotait encore gauchement, puis il me souleva de terre. Sa cape était rêche mais chaude. Mon dernier souvenir, avant que mes yeux ne se ferment définitivement, fut la respiration du soldat et les à-coups réguliers de ses pas. Je m'endormis si rapidement que, même si Hesse s'était transformé à cet instant en une araignée anthropophage de Kokutta, cela n'aurait rien changé du tout.

Je rêvai de Brindille et de l'homme mort. J'étais matelot, contrebandier et tatoueur, mon aiguille d'os claquait à chaque remous de la Brune, sur laquelle mon bateau dansait. La rivière tanguait tellement que mon instrument de tatoueur s'enfonçait maladroitement dans la chair brune de Brindille. J'y réalisais des motifs incohérents qui ne s'effaceraient jamais. Tom Vairon flottait à côté de la barque, les yeux blancs et grands ouverts, et les croche-carpes voraces bouillonnaient autour de ses boyaux. Brindille, me disait-il, était sa fille, et il voulait la marier. À chaque claquement maladroit, son courroux à mon encontre enflait. Il finit par chavirer ma barque dans sa rage, et Brindille, déçue par mes piètres talents de tatoueur, demeurait impassible. Je me démenai d'efforts pour nous maintenir à flot, finis par tomber à l'eau, et coulai comme une pierre.

Je me réveillai brusquement en inspirant un grand bol d'air, et constatai avec effroi que je ne me trouvais pas dans la grange de la ferme Tarron. Après quelques instants de désorientation paniquée, je réussis à rassembler mes souvenirs de la nuit en une pelote cohérente. J'étais emmitouflé dans un drap de laine chaude, sur la couche étroite de la bicoque de Hesse. Le feu crépitait doucement dans la cheminée bancale. Je n'avais aucune idée de l'heure, mais de l'extérieur, le brouhaha de la ville en activité me parvenait aux oreilles. J'étais seul. Je me remémorai soudain ma dispute avec Brindille, et une boule se forma instantanément dans mon ventre. Mes amis devaient s'inquiéter pour moi. Brindille penserait encore que je les avais abandonnés.

Je me mis si promptement sur pied que la tête m'en tourna, et mon estomac gronda si fort que je sursautai malgré moi. Une délicieuse odeur de ragoût s'échappait du faitout posé sur les braises de la cheminée. Je jetai un rapide coup d'œil autour de moi. Hesse m'avait enlevé ma pèlerine, qui reposait en boule sur la table basse. Je fis un pas pour la récupérer, et la porte s'ouvrit.

Hesse devait courber la tête pour rentrer chez lui. Il m'adressa un regard grave et posa sa cape sur la tige de fonte recourbée qui dépassait de l'entrée en guise de portemanteau. Puis, tout en me parlant, il entreprit de dresser la table avec ses deux bols de grès, auxquels vinrent s'ajouter deux timbales en étain et deux cuillères en bois. « Je reviens de l'orphelinat Tarron », fit-il solennellement. « J'ai rassuré la veuve, et je lui ai dit que tout allait bien, mais que pour l'usage de ma dernière enquête il valait mieux que tu résides avec moi en ville pendant quelque temps. Soyons clairs, je ne te laisse pas le choix. » Hesse posa le faitout de fonte sur la table avec fracas et haussa le ton simultanément :

— Par le con de la Putain-Frêle, petit ! C'était quoi ton idée hier soir ? Tu jouais à l'appât ou bien ? Tu sais bien que c'est dangereux de sortir la nuit en ce moment ! Et tout seul, en plus ! Et si tu étais tombé sur quelqu'un d'autre que moi, hein ? Tu y avais pensé, à ça ?

Je m'empourprai vivement, honteux, car Hesse m'avait vu pleurer, mais le rouge de mes joues venait également de la colère. J'avais l'impression que mon entourage s'était mis d'accord pour ne me faire plus que des reproches. Je tendis un doigt accusateur vers Hesse : « Vous m'avez attrapé par surprise », m'écriai-je. « Vous aussi vous saviez que c'est dangereux dehors, alors qu'est-ce que vous faisiez tout seul hier soir ? Vous cherchiez d'autres enfants à enlever ? » Le soldat cligna des yeux face à mes jappements et croisa les bras. Je crus discerner l'ombre d'un sourire venir lui tordre le coin de la bouche, ce qui me fit un peu peur, mais, surtout, m'enragea davantage. « Je ne t'ai pas attrapé par surprise, tu hurlais si fort que tu ne m'as pas entendu m'approcher. » Je ne me laissai pas démonter par la moquerie à peine voilée et renchéris en vociférant : « Je ne hurlais pas ! Je voulais juste qu'on me laisse tranquille ! »

Hesse haussa un sourcil réprobateur. « Tu hurlais, et voilà que tu recommences », me dit-il d'une voix autoritaire. « Ici tu es chez moi, et tu ne me parleras pas sur ce ton. J'entends ton ventre d'ici. Je te suggère donc de te calmer rapidement et d'employer ta boîte à bruit à quelque chose qui te mettra de meilleure humeur. Si tu veux manger, il va falloir changer de ton. » Pour accompagner ses paroles, il s'empara de la louche qui dépassait du faitout, et versa d'une secousse son contenu parfumé dans l'un des bols avant de me fixer d'un regard irrité. Je me mis brusquement à saliver et, entre la colère et la faim, ce fut cette dernière qui remporta la mise. Je me jetai sur le ragoût avec un appétit de loup, et Hesse, qui avait marché toute la matinée, en fit de même. C'était un mélange de blé concassé, de tubercules et de viande de mouton salée. Assaisonné d'une poignée des aromatiques sauvages qui poussaient à foison sur la lande, c'était vraiment délicieux. Au bout d'un moment, je levai les yeux sur Hesse, la bouche pleine de nourriture, la voix étouffée :

— Vous avez pas répondu à ma question.

Hesse haussa les sourcils, et me passa un morceau de pain :

— Quelle question ?

— Qu'est-ce que vous faisiez dehors hier soir ?

Le soldat posa son regard sur moi, l'air sévère :

— À ton avis ? Je faisais mon travail. Je guettais les allées et venues suspectes, entre le quai et la ville. Et tu as eu de la chance, parce qu'avec tout le bruit que tu faisais tu aurais très bien pu attirer l'attention de quelqu'un d'autre. Un ravisseur, par exemple.

Vaincu, je baissai les yeux sur mon bol :
— J'étais triste, c'est tout.
— J'ai vu. Et puis-je savoir pourquoi ?

Je secouai la tête, et repris mon repas, l'échine courbée et la queue basse, avec une pensée nostalgique pour Brindille. J'avais beau chercher, je ne voyais pas comment rafistoler la situation entre nous deux – surtout si je devais loger chez Hesse – et cela me coupa bientôt mon appétit tantôt féroce. Je jouai quelques instants avec ce qui me restait de ragoût, puis, sans quitter mon bol des yeux, je risquai une question :

— Pourquoi vous avez pas une femme ?

De l'autre côté de la table, j'entendis Hesse s'étouffer sur un morceau de pain, puis il y eut un long silence. Je finis par lever la tête. Le soldat ne me regardait pas. Il émiettait son pain sur la table, le visage fermé, ses yeux délavés perdus dans le vague. « En voilà une, de question », finit-il par murmurer. Je baissai le regard, en maudissant ma propre stupidité. Évidemment qu'aucune femme ne voudrait les enfants d'un homme comme lui. Je me forçai à avaler quelques bouchées, et Hesse ne bougea pas. Je m'en voulais d'avoir posé sans réfléchir cette question idiote et alors, parce que je le pensais vraiment et qu'il avait l'air si affligé, je marmonnai :

— Merci pour hier soir, première-lame.

Hesse sourit tristement et toussota avant de répondre :

— De rien, Syffe.

Je crois qu'il avait davantage répondu par réflexe qu'autre chose. Mais il se frotta ensuite les yeux et expira audiblement, et je vis les couleurs revenir à ses joues, comme si mes paroles avaient finalement eu l'effet escompté. Hesse parut se reprendre, et il trempa un quignon dans le ragoût en énonçant d'une voix qui essayait fort de paraître enjouée :

— Allez, finis-moi ce bol, on a du pain sur la planche.

10

Je passai les jours suivants à traîner dans les mauvais quartiers de la basse à la recherche des comparses de feu Tom Vairon. De son côté, Hesse poursuivait ses rondes nocturnes et rentrait au petit matin pour s'effondrer sur sa couche avec de grandes valises sous les yeux. Dès le premier soir de notre cohabitation temporaire, il m'installa une natte épaisse près de la cheminée et me procura même une couverture de laine auprès du quartier-maître de la garnison. Nos horaires décalés faisaient que nous nous voyions peu et l'essentiel de nos échanges avait lieu à midi. Après le ragoût qui composait le gros de notre régime alimentaire (et qu'il récupérait également à la garnison), je fournissais au soldat des comptes-rendus concis, parce qu'il y avait peu à dire, avant de repartir à la pêche aux informations en début d'après-midi. Je le recroisais brièvement en rentrant le soir, tandis qu'il ressortait pour écumer la campagne nocturne.

Hesse ne semblait pas avoir d'amis, ni vraiment de vie en dehors de son travail. « Guère de passions, guère de vices », comme dit l'adage. Le soldat s'absorbait tout entier dans ses enquêtes et son blason, et d'une manière générale ne parlait jamais de lui. J'avais ouï dire que c'était le fils bâtard d'un chaiffre du Sud et d'une putain, d'autres affirmaient que Hesse avait du sang arce, à cause de ses cheveux roux. En réalité, personne ne savait vraiment. À quinze ans il s'était présenté à l'enrôlement de la garde civile de Corne-Brune. Il était rapidement passé sergent d'armes, et première-lame après cela. J'avais l'impression que Hesse voyait Corne-Brune comme une sorte de mécanisme un peu complexe, au sein duquel il faisait à la fois office de rouage et de graisse. Son métier consistait à s'assurer du bon fonctionnement de la mécanique et à cliqueter dans le sens que ses serments lui dictaient. Il avait parfois le tempérament mélancolique et je ne crois pas qu'il ait souvent été heureux, mais d'une manière un peu doloriste il me semble que c'est ainsi que les choses lui convenaient.

C'était étrange de passer aussi subitement d'une existence de bohémien au quotidien strict et régulier de Hesse, mais je savais que c'était temporaire, et je me mis donc en tête de vivre la chose comme une intrusion éducative dans le monde curieux des adultes. Il me fallut un moment pour m'adapter aux heures régulières de repas, mais ce déséquilibre initial fut largement compensé par une délicieuse et permanente sensation de satiété. Comme je n'avais plus à me préoccuper de trouver à manger, mon esprit avait le temps de vagabonder, et Brindille occupait mes pensées, tout comme mes amis de la ferme, dont je ne recevais aucune nouvelle. J'espérais qu'au moins mon absence allait leur assurer à chacun davantage de soupe.

Dans le cadre de mes recherches, comme Hesse

me l'avait indiqué, je privilégiais essentiellement le quartier du Ruisseau, où sinuaient – entre autres – la rue Trappe et la rue des Sept-Marches, deux labyrinthes crasseux parmi les plus malfamés de la ville. La garde s'aventurait peu dans le quartier du ruisseau, qui s'étendait dans la partie est de la basse au plus près du fleuve. Dans la plupart des cas il s'agissait d'une simple affaire de prudence, mais il était également notoire que la soldate corne-brunoise touchait des pots-de-vin. On avait coutume de dire que les affaires du Ruisseau regardaient les habitants du Ruisseau, et du moment que les affaires du Ruisseau ne débordaient pas dans les autres quartiers, la plupart des gardes sensés laissaient faire. Ceux-là se rappelaient certainement que, dix ans avant ma naissance, un capitaine ambitieux avait fait le serment de «nettoyer» le quartier, mais, avant même de pouvoir mettre ses menaces à exécution, il avait purement et simplement disparu. Plutôt que de se lancer dans une guerre coûteuse contre un ennemi non identifié sur son propre territoire, il était plus commode pour la garde de fermer l'œil en échange de quelques pièces.

Pour autant, le Ruisseau n'était pas un quartier mort, ni un foutoir sanglant. Au contraire, certaines des tavernes les plus fréquentées de la ville s'y trouvaient, ainsi que la plupart des maisons de passe. Les clients, pour l'essentiel des hommes rudes comme seule la frontière sait en créer, y affluaient pour dépenser leurs deniers durement gagnés. L'on pouvait parfois compter parmi eux quelques citoyens de la haute venus s'encanailler et si ceux-là repartaient parfois sans bourse, ma foi, cela faisait partie du jeu. Pour certains cela ajoutait même du piment, un risque à prendre contre les plaisirs du Ruisseau. C'était donc un lieu animé, non pas par les habitants eux-mêmes, mais plutôt par une population fluctuante en quête de sensations fortes.

Ce qui est certain, c'est que, comme Hesse le supposait, j'étais prédisposé à évoluer dans ce milieu. Mon apparence et mon âge annonçaient d'emblée que je n'avais rien à voler et je me fondais parfaitement dans le décor misérable. On ne prêtait pas davantage attention à moi qu'aux autres enfants sales et désœuvrés qui arpentaient les ruelles du quartier. Je m'appropriai rapidement les habitudes des gens du Ruisseau : je marchais rapidement, la tête basse et les yeux dissimulés sous la capuche de ma pèlerine, en évitant les coins sombres dont je n'étais pas sûr, et en me dissimulant dans les allées que je connaissais lorsque j'en ressentais le besoin.

L'architecture approximative du quartier, composé de bicoques branlantes imbriquées les unes dans les autres et parfois même les unes *sur* les autres, donnait naissance à un véritable dédale pour peu qu'on s'éloignât de quelques empans des deux rues principales. La rue Trappe et la rue des Sept-Marches étaient la vitrine visible du Ruisseau, mais les vraies affaires se déroulaient ailleurs, à l'abri des regards et des quelques patrouilles qui osaient une traversée hâtive du quartier. Les ruelles adjacentes étaient minuscules et tortueuses, et la plupart empestaient l'urine et le moisi. Bien que la disposition des lieux ne fût pas des plus agréables, elle était en revanche idéale pour écouter les conversations en toute impunité : l'écho des ruelles portait bien le son, pour peu qu'il y eût suffisamment de pierres, et en m'y prenant bien je pouvais me trouver très près de ceux que j'espionnais, sans risquer que l'on décelât ma présence. J'éprouvais un malin plaisir à me planquer dans les endroits les plus improbables en frissonnant d'excitation, comme s'il se fût agi d'un gigantesque jeu de cache-cache dont j'étais le seul à savoir que l'on jouait. Je vivais pour ces brefs moments d'euphorie, qui me recentraient si intensément dans le présent que j'en oubliais Brindille et tous mes autres soucis.

Les habitants du Ruisseau étaient pour la plupart des ouvriers pauvres, en majorité saisonniers, qui pratiquaient toutes sortes d'activités dégradantes le reste de l'année pour joindre les deux bouts : charbonnerie, nettoyage des rues ou des égouts, prostitution. Les hommes et les femmes brisés abondaient dans le quartier, moroses et agressifs. J'évitais leurs enfants, car ils étaient d'une autre trempe que moi, bagarreurs et farouchement territoriaux. C'étaient ces derniers qui me causaient le plus d'ennuis, surtout quand ils se retrouvaient en bandes. Heureusement pour moi, beaucoup d'entre eux travaillaient déjà ici ou là, j'en rencontrais donc peu et, avec le temps, j'appris à les esquiver.

Si je me mis bientôt à arpenter les ruelles aussi habilement qu'un petit fauve urbain, je me voyais toutefois confronté à deux problèmes de taille. Le premier était que quelques jours d'immersion étaient très insuffisants pour connaître le dédale et y manœuvrer en toute quiétude. Si j'apprenais rapidement, je me retrouvais encore bien souvent dans des culs-de-sac ou, pire, les pieds dans un égout à ciel ouvert. Le second souci, bien plus important, était la nature nocturne du Ruisseau. Puisque Hesse insistait pour que je rentre peu après le coucher du soleil, je ne pouvais recueillir des informations qu'auprès des mendiants et des enfants, et ce, encore selon les instructions de Hesse, sans leur poser moi-même de questions. En conséquence, après une semaine de vagabondage entre la rue Trappe et celle des Sept-Marches je savais de source sûre que le vieux Germille recommençait à chier du sang et que la sœur de Sannie Hoche était une véritable putain, mais en ce qui concernait l'affaire Tom Vairon je faisais pour l'instant chou blanc.

Cette fréquentation intensive de la ville portait toutefois d'autres fruits. J'apprenais à me mouvoir en silence, et aussi à faire preuve de patience et d'observation, des talents que j'avais commencé à mettre en œuvre lors de mes vols à l'étalage. Surtout, j'acquérais une meilleure appréhension du monde qui m'entourait. Par exemple, j'avais toujours envisagé Corne-Brune et la Cuvette comme deux entités absolument distinctes, alors qu'à l'intérieur des murs, pour peu que l'on y fasse attention, les choses se révélaient soudain dans toute leur complexité. Indéniablement, il existait dans la ville basse une culture métissée, invisible et multiforme, entre l'identité brunide et celle des clans, qui combinait la rigueur de l'une avec la débrouillardise de l'autre.

Fort de ce constat, je découvrais aussi que la cité, dont j'avais fait une entité monolithique, pouvait être fragmentée par des courants de pensée différents. Certaines de ces problématiques, parfaitement compréhensibles malgré mon jeune âge, me paraissaient singulièrement inquiétantes. Une partie des habitants du Ruisseau commençaient à singer le mépris exprimé par les vieilles familles envers tout ce qui était « teinté », et ce comportement s'étendait peu à peu, clivant les quartiers de la ville basse. De ce que je pouvais en juger, cette attitude trouvait racine dans l'envie et les inégalités. Ceux de sang mêlé entretenaient les meilleurs contacts avec les clans et profitaient donc le mieux de la nouvelle aubaine qu'offrait le troc avec ces derniers. Ainsi, tandis que la plupart des Corne-Brunois « de souche » se retrouvaient victimes d'un immobilisme social héréditaire – paradoxalement imposé par les familles de la haute et leur monopole commercial sur les ressources traditionnelles – certains métis s'extrayaient de leur basse condition grâce aux échanges avec la Cuvette.

En quelques décennies, on avait vu émerger dans la ville basse de nombreux petits commerces florissants, des marchands qui faisaient le lien entre les denrées exotiques que les clans rapportaient des Hautes-Terres et les cogues en provenance de Bourre et de Franc-Lac. D'autres échoppes se spécialisaient dans le raffinage ou la transformation. Les sculpteurs d'ambre de la rue Croc, les fourreurs et les tailleurs d'ivoire, dont certains acquéraient même une réputation favorable au sud, dans d'autres primeautés. J'appris par hasard que les bijoux de chitine, notamment, faisaient fureur auprès des femmes fortunées de Port-Sable. Sans surprise donc, l'émergence de ces nouveaux citoyens « intermédiaires » hérissait autant ceux de la haute que les ouvriers de la basse. Les uns percevaient en eux des concurrents, et les autres jalousaient l'enrichissement de leurs anciens voisins alors qu'eux-mêmes se brisaient l'échine à des tâches ingrates, et envisageaient le même avenir pour leurs enfants.

« Chez Mirabelle » était l'une des tavernes où se réunissaient ces mécontents. C'était une grande bâtisse en granit gris, de plain-pied, à l'aménagement simple et rustique, avec de la sciure sur le sol pour absorber les excès des piliers de comptoir. La taverne existait depuis plusieurs générations déjà et servait de point d'ancrage à quelques masures plus récentes à l'arrière, trônant entre deux ruelles étroites comme un gardien massif. On ne pouvait pas rater l'endroit, car le toit était en ardoise et non en chaume, et contrastait par sa seule taille avec le style étroit et chaotique des bâtiments des alentours. Alors que ma journée s'achevait et que je prenais le chemin pour rentrer chez Hesse, je m'attardais généralement dans la rue des Sept-Marches, caché dans un tonneau vide destiné à recueillir les eaux de pluie à quelques pas de l'enseigne. Nulle part on affichait ouvertement que les métis ou ceux des clans n'étaient pas les bienvenus. Cette ségrégation forcée était une sorte de code informel dont on estimait qu'il était connu de tous.

Pour autant, il n'était pas connu de moi. Je commis une seule fois l'imprudence de pénétrer dans la taverne, prétextant vouloir un repas chaud. La tenancière, une grosse matrone quadragénaire qui aurait pu être jolie si elle avait souri davantage, me mit immédiatement à la porte avec son pied au derrière. Sur le tas, je fus également qualifié de « vermine teintée. » A posteriori, je réalisai ma chance d'y être entré au matin, car, s'il y avait eu des clients un peu éméchés ou son gros bras de fils au soir, l'affaire aurait pu tourner plus mal. Néanmoins, le coup et l'insulte firent naître chez moi l'idée que « Chez Mirabelle » constituait nécessairement un refuge pour mes « ennemis », et comme Hesse avait mentionné ce nom, je vouais un intérêt rancunier à l'endroit, que je me mis à surveiller quotidiennement à la recherche d'individus louches. La tâche s'avérait difficile, car à la nuit tombante j'y voyais surtout entrer des ouvriers fatigués, des trappeurs vêtus de peaux et des vieux pêcheurs. Or, même si je n'en avais jamais vraiment eu sous la main, ce n'était pas du tout l'idée que je me faisais des contrebandiers. J'imaginais plutôt des hommes cousus de cicatrices, portant de l'or et des épées sous leurs capes noires. Malheureusement, des individus correspondant à cette description, je n'en voyais pas.

Les journées passaient, et je commençais peu à peu à rentrer dans la routine. Le temps se rafraîchissait considérablement, à tel point que Hesse m'offrit une seconde chemise épaisse à porter par-dessus la première, mais heureusement la pluie se faisait plus rare. Je demandais souvent au soldat qu'il m'accorde davantage de liberté pour enquêter, en me laissant traîner dans le Ruisseau un peu plus longtemps, mais, intransigeant, il ne cédait pas d'un pouce. J'eus parfois envie de rendre visite à mes amis de la ferme, ainsi qu'à Driche, dont je savais qu'elle ne tarderait pas à partir en hivernage, mais un sens du devoir naissant me l'interdisait. Je devais démasquer les assassins de l'homme mort. Je me figurais quelque part que c'était à ce prix-là que je pourrais retrouver une vie normale.

Je rentrai un soir pour découvrir Hesse prostré sur la table basse, à griffonner frénétiquement sur un bout de parchemin, les mains engoncées dans une épaisse paire de mitaines en laine grise. Dehors le vent soufflait, un vent froid et perçant venu de l'est, comme nous en avions à Corne-Brune tous les hivers. Si la ville basse était vaguement protégée par ses murs, à cette époque de l'année Corne-Colline se voyait balayée par des vagues de rafales glaciales. J'avais dû me battre contre les bourrasques mordantes tout au long de mon chemin depuis le Ruisseau et, comme le froid saisissait les vieilles pierres de la haute comme nulle part ailleurs, j'étais frigorifié. Mon apparition ne provoqua même pas un haussement de sourcils et, en guise d'accueil, Hesse se borna à poser sa plume pour me servir la traditionnelle tisane. Cela faisait quelques jours que le soldat me dévisageait bizarrement, l'œil humide, le front plissé et la manière nerveuse. Lorsque je le surprenais ainsi, il parvenait à éviter mon regard en feignant avoir à faire, mais je n'étais pas dupe. Ses discours, qu'il dispensait déjà avec parcimonie, s'étaient réduits à une simple gestuelle évasive. J'avais cru discerner à plusieurs reprises quelques-unes des inspirations profondes qui annonçaient ses tirades habituelles, mais, lorsque je levais les yeux, bien souvent il était déjà parti.

J'accrochai maladroitement ma pèlerine à l'entrée et me précipitai vers l'âtre pour y réchauffer des mains que je sentais à peine. Après un moment, confiant en ma capacité à tenir mon bol sans le briser, je bus ma tisane d'un trait. Avec l'arrivée du froid, mon opinion sur les breuvages de Hesse avait changé du tout au tout. Épuisé comme je l'étais par ma journée et bercé par la chaleur qui irradiait de l'âtre, l'absorption du liquide brûlant me laissa dans un état proche de l'assoupissement. Je m'enroulai promptement sur ma natte et fermai les yeux, sans prêter attention à quoi que ce soit d'autre, ni à Hesse, ni à mon ventre grommelant. Je ne sais plus si je dormis ou non. J'entendis le soldat se ceindre de son épée (qu'il refusait que je touche), enfiler sa lourde cape, et se diriger vers la porte pour sa ronde de nuit. Je ne l'enviais pas. Un sifflement givré et un claquement sonore annoncèrent son départ, et le tintamarre m'arracha un peu à la torpeur. Je bâillai longuement avant de me rasseoir, puis fis l'effort de remettre une bûche dans le feu. Mon ventre gronda plus fort et, après avoir hésité, je suspendis en jurant la lourde marmite à son crochet dans la cheminée. Je crois que je commençais à m'habituer à ce qui était – pour moi – du confort.

Désœuvré, j'errai ensuite dans la masure, faisant craquer le plancher sous mes pas, guettant les escarmouches des rats entre les interstices. J'avais déjà fouillé les quelques meubles du rez-de-chaussée depuis bien longtemps, sans y trouver grand-chose d'intéressant et, lorsque Hesse partait, il verrouillait la porte du premier afin que je ne mette pas le désordre dans ses papiers. Mon tatouage finissait de cicatriser, processus que je me plaisais à surveiller, mais sa localisation faisait que je ne pouvais le contempler qu'un certain temps avant d'avoir mal à la nuque. Je revins près du feu, remuai un peu le ragoût pour qu'il se réchauffe plus rapidement, puis rejoignis de nouveau ma natte où je jouai à cracher dans les braises, ce qui m'amusa énormément. Ébloui par les flammes et absorbé par ma tâche, je sursautai lorsque quelqu'un frappa à la porte.

Sur l'instant, je ne bougeai pas d'un muscle, car Hesse ne m'avait donné aucune instruction qui pouvait s'appliquer à ce cas de figure : en effet, personne ne lui rendait jamais visite. Néanmoins, comme le tambourinement se répétait avec insistance, je décidai d'agir, avec en arrière-plan la crainte que l'on puisse me prendre pour un voleur. Après tout, je n'étais pas chez moi. Je quittai prudemment le confort de la natte pour me rapprocher de la lourde porte. Après avoir hésité encore, alors que les coups frénétiques continuaient de pleuvoir sur le chêne, je hissai le loquet. Le vent ouvrit davantage la porte que je ne le fis. Je dus même faire un pas en arrière, pour éviter d'avoir la main écrasée par le battant qui se rabattit avec fracas. Devant moi, dans le chaos crépusculaire de la tempête, se tenait Brindille.

Elle me fixa durant quelques instants, le vent fouettant sauvagement ses longs cheveux noirs et je lui adressai un sourire timide. Cela n'eut pas l'effet escompté. Brindille se jeta sur moi dans un tumulte de jupes virevoltantes et sans un mot, elle entreprit de m'infliger le même traitement qu'elle avait tantôt infligé à la porte. Je reculai devant ses moulinets sauvages et à la lumière de la lanterne je vis le sillon brillant des larmes qui coulaient sur ses joues. Brindille me noya sous une volée de coups tout en pleurant silencieusement. Je jappais en essayant de me protéger le visage de mes bras. Elle me poursuivit implacablement jusque dans un coin de la bicoque où, pâle et tremblant, je lui fis face.

Le vent s'engouffrait par la porte battante, faisait voler la cendre et les parchemins que Hesse n'avait pas rangés. Les braises crépitantes du feu menaçaient de mettre le feu à ma natte. Brindille me terrifiait. Son visage blanc déformé par les larmes, mais surtout ses coups maladroits, donnés avec l'intention de me faire vraiment mal. Soudain, au paroxysme de sa gesticulation silencieuse, au moment où je n'avais plus de terrain à céder, elle s'effondra devant moi comme un pantin désarticulé et poussa un long râle frémissant, empreint d'un tel désespoir que je craignis un instant qu'elle ne fût en train de mourir :

— Pourquoi t'es pas venu, Syffe ? Pourquoi t'es pas venu ?

J'hésitai un instant, sans parvenir à comprendre pourquoi tant de violence se déchaînait à mon encontre pour une simple absence prolongée.

— Mais… Mais… Hesse m'a dit qu'il vous avait mis au courant.

Ma réponse ne provoqua que l'affaissement des épaules de Brindille, et davantage de plaintes. C'était la première fois que j'assistais à quelque chose de semblable venant d'elle. Habituellement, c'était Brindille qui nous consolait, qui berçait nos peines d'une chanson murmurée, et qui rassurait Cardou en lui lissant les cheveux quand il se réveillait en hurlant à propos de son père. Je ne voyais absolument pas comment m'y prendre pour endiguer ce flot de larmes que je ne comprenais pas. Je finis par poser une main hésitante sur son épaule et, en espérant que les coups n'allaient pas recommencer, je me penchai vers Brindille, le cœur battant. « C'est pas la peine de pleurer comme ça », soufflai-je, « j'étais pas loin. J'étais juste ici. »

Brindille leva ses grands yeux sur moi, et me scruta en reniflant. Une expression d'incompréhension douloureuse lui tordait le visage. Les parchemins voletaient tout autour de nous, comme des oiseaux de nuit dans les ombres de la bicoque, et le feu dans l'âtre convulsait en rugissant. « Mais c'est pas toi, idiot », expulsa-t-elle enfin entre deux sanglots. « Ça fait trois jours qu'on trouve plus Merle. »

11

À l'extérieur, la tempête s'était calmée et Brindille en avait fait autant. Je l'avais installée devant le feu où elle s'était recroquevillée en gémissant. Prostré près d'elle, je digérais la nouvelle comme un mauvais repas. Ma fatigue s'était envolée, remplacée par l'aiguillon d'une inquiétude désabusée. Hesse m'avait trahi. Ses silences et son comportement étrange durant les quelques derniers jours s'expliquaient enfin : il savait pour Merle et avait décidé de ne pas m'en parler. J'étais meurtri. Le seul adulte à qui j'aurais pu demander de l'aide face à cette tragédie inattendue m'avait menti et abandonné. Mes doigts crispés s'enroulaient dans mes cheveux, faisant et défaisant des nœuds serrés, comme si par ce biais répétitif je pouvais invoquer une solution. C'est tout juste si je remarquais ce goût de sang dans ma bouche. L'un des coups de Brindille, plus précis que les autres, m'avait entaillé la lèvre.

J'étais atterré par ce qui était arrivé à Merle, qu'il eût été pris parmi tous les enfants de la ville et de la Cuvette. C'est à peine si je parvenais à concevoir son absence. C'est peut-être mon incrédulité qui me poussa à chercher un moyen de réparer les torts : je croyais encore que l'issue pouvait se trouver entre mes mains. Qu'il pouvait toujours s'agir d'un malentendu ou d'un accident. Ma colère contre Hesse était l'autre moteur. Je voulais réussir là où il avait échoué, et lui faire payer le prix de sa traîtrise. Je me levai tout d'un coup, pour me lancer dans une série d'allers-retours dans la pénombre de la masure, ce qui eut pour effet immédiat d'extraire Brindille de sa torpeur et de sa peine. Je n'avais pas rallumé les bougies, mais je perçus son regard, ses grands yeux ouverts qui attendaient que je fasse quelque chose.

Mon esprit bouillonnait, empêtré dans un chaos inextricable. L'homme mort. Hesse et sa trahison. La disparition de Merle. Les larmes de Brindille. Ma rivalité avec Cardou. Les mystérieux contrebandiers. Et mes fantasmes d'enfant qui s'efforçaient de rabibocher tout cela, comme une coterie de tisserandes invisibles. Ce qui était certain, c'est que je voulais désespérément agir, et sans attendre. Désobéir à Hesse par pur esprit de vengeance était également une priorité. Tout cela se mélangea en un magma confus avant de se cristalliser maladroitement sous le coup de l'urgence. Je cessai soudain de faire les cent pas sur le plancher grinçant. Ma décision était prise. Je me tournai vers Brindille. « On va aller trouver Merle », lui dis-je, d'une voix assurée. « On va y aller tout de suite. »

Brindille se redressa péniblement, le doute gravé sur son visage, les lèvres tremblantes. Je craignis un instant qu'elle ne se remette à pleurer. « Mais Syffe, on a cherché partout déjà... » Je secouai obstinément la tête, et enfilai ma pèlerine sale. Je me saisis de sa main d'une prise qui se voulait ferme et me tournai pour lui faire face. « Vous avez pas pu aller partout », déclarai-je sur le ton du défi. « Vous avez pas pu aller voir les contrebandiers, parce que personne ne sait où y sont. Les contrebandiers y savent plein de trucs. Y sauront où est Merle. Et moi je sais où trouver les contrebandiers. Y sont dans le Ruisseau. » Je ne sais pas si Brindille me crut complètement, mais moi je m'étais persuadé tout seul de ce que j'avançais, et j'avais usé d'un timbre si assuré que je vis l'espoir renaître dans ses yeux. J'étais Syffe, le plus malin de nous quatre, et j'allais sauver mon ami.

Je poussai la porte, et le froid nous engloutit tandis que je traînais Brindille derrière moi, en direction de la ville basse. Mon pas décidé sur le pavé des rues vides avait fini par lui communiquer de l'énergie, un souffle qui ravivait sa combativité. Je retrouvai peu à peu cette poigne ferme et volontaire que je lui connaissais d'ordinaire. Lorsque nous atteignîmes l'allée des Portes, Brindille marchait à mes côtés, les jupes au vent, les yeux étincelants. Malgré la gravité avec laquelle j'appréhendais la situation, je ne pus m'empêcher de penser à ce qui se passerait entre nous lorsque j'aurais retrouvé Merle. Je m'imaginais devenir son protecteur au cours de combats féroces contre les contrebandiers, qui se concluaient invariablement par ma victoire héroïque, la reconnaissance de mes amis et les excuses rampantes de Hesse. Et puis, au fur et à mesure que nous approchions du Ruisseau et que les colombages et les pavés se voyaient remplacés par les planches et la terre, je me mis à regretter mon couteau, resté derrière une pierre branlante dans la grange de la veuve Tarron.

La tempête de froid laissait place à l'accalmie et la nuit reprenait son cours normal dans la basse.

D'ailleurs, à cette heure avancée, la rue des Sept-Marches était sans nul doute la plus animée de toute la ville. Les torches flambaient ici et là, éclairant des enseignes colorées, certaines évocatrices d'alcool et de dés, d'autres à la lubricité particulièrement explicite. Dans l'ombre au-delà, les ruelles disparaissaient dans l'obscurité comme de noirs affluents. Le long de la rue sinueuse, profitant des zones éclairées, nous croisâmes le chemin de dizaines de filles de joie de tous âges et de toutes formes, certaines rondes, aux attributs lourds, d'autres à l'allure fragile, sèches comme des triques. Moins dévêtues en cette saison, elles s'évertuaient à mettre leurs charmes en avant par d'autres moyens : poses suggestives, expressions de lascivité exagérées, et promesses si crues que, même sans en comprendre la moitié, nous en fûmes rapidement rouges jusqu'aux oreilles.

L'odeur du tabac trésilien, de la viande grillée, et le parfum entêtant des cierges d'encens musqués qui brûlaient dans certaines des meilleures maisons closes imprégnaient l'air frais que nous humions, auquel se mêlaient les réminiscences acides d'urine et de vomi alcoolique qui affluaient des ruelles. Des hommes et des femmes ivres titubaient, hurlant et crachant des insultes ou des rires, leurs souffles vaporeux condensés par le froid. Des chants paillards retentissaient en écho dans la pénombre. Au-dessus, les étoiles luisaient parfois, entre les interstices molletonnés des nuages. Jamais je n'avais assisté à quoi que ce soit de comparable à la débauche nocturne du Ruisseau et, malgré toutes les bonnes intentions avec lesquelles j'étais parti, j'avoue que cette cacophonie m'intimidait. Je m'efforçais toutefois de ne rien en laisser paraître, pour ne pas effrayer Brindille.

Une bagarre éclata au moment où nous dépassions une petite bicoque de jeu, et nous fîmes halte, tapis dans l'ombre comme deux rats curieux, en attendant que les choses se tassent. Une paire d'ivrognes barbus tenant à peine sur leurs jambes échangeaient de larges moulinets inefficaces tout en vociférant des insultes inarticulées. L'un d'eux finit par tomber à la renverse (de ce que je pus en juger, la faute en incombait à la boisson et non aux coups), et l'autre bagarreur en profita pour décamper avant l'intervention d'une brute peu commode, qui venait de quitter l'auvent de l'établissement en roulant des mécaniques. Comme un éclair, une petite ombre furtive surgit d'une ruelle adjacente pour fondre sur la silhouette affalée. Je perçus l'étincelle d'une courte lame, devinai la section de la cordelette de la bourse tandis que l'ivrogne barbu se redressait en maugréant, sans avoir remarqué quoi que ce soit. L'escamoteur disparut comme il était arrivé, et je compris pourquoi je ne croisais que peu d'enfants lors de mes excursions quotidiennes dans le quartier du Ruisseau : ceux qui ne travaillaient pas de jour travaillaient de nuit.

Nous reprîmes prudemment la route, mais Brindille glissa sur des gravats, ce qui nous attira le regard sévère d'une prostituée âgée au visage couvert de verrues. Presque simultanément, une mise en garde menaçante fusa dans l'allée derrière nous. « C'est not' coin ici, dégagez ! » Brindille se serra davantage contre moi tandis que je scrutais les ombres indistinctes, de crainte que le tire-laine invisible qui venait de nous apostropher ne surgisse pour nous suriner. Nous accélérâmes le pas. Nous arrivions au cœur du Ruisseau et les choses n'allaient pas en s'améliorant. Quelques individus à la mine patibulaire, des trappeurs braillards hérissés de fourrures, leurs visages rudes ornés de tatouages et de cicatrices, quittèrent une maison de passe en s'esclaffant dans un dialecte montagnard. Ils passèrent si près du recoin où nous nous terrions, derrière un tas de paille moisi, que l'un d'eux faillit me poser sa botte cloutée en plein sur la tête. Brindille tira sur le manche de ma pèlerine pour que nous reprenions notre chemin, tandis que mon regard curieux s'attardait sur le cul-de-sac à notre gauche, où deux formes indistinctes s'agitaient en haletant contre un muret de pierres croulantes.

Plus loin, un homme chauve aux yeux écarquillés, dont les lèvres portaient la teinte bleutée des consommateurs d'herbes à fumer igériennes, nous aborda, puis nous accompagna en souriant sur quelques dizaines de pas, mais il était trop ivre ou éméché pour que nous puissions vraiment comprendre ce qu'il disait, et nous l'ignorâmes. Entre deux tirades vacillantes sur les bienfaits de l'astre-gomme, nous le laissâmes là où il était, affaissé dans le caniveau puant, et j'entraînai Brindille sous un porche obscur et bancal, le temps que l'indésirable se désintéresse de nous. Je plissai les yeux dans le noir, en refoulant l'odeur ammoniaque de la sciure pourrie et de la merde de chat. À une vingtaine d'empans de là, de l'autre côté de la chaussée, se trouvait l'enseigne de « Chez Mirabelle ».

Nous traversâmes la rue des Sept-Marches en courant, entre deux groupes d'ouvriers qui repartaient et je fus soulagé de constater qu'il n'y avait personne dans l'allée adjacente à la taverne, où se trouvait ma planque habituelle dans le grand tonneau vide. C'est là que nous nous précipitâmes fugitivement. Brindille bascula dans la barrique et je suivis juste derrière. Nous nous retrouvâmes à l'étroit, pantelants mais invisibles. Comme nous étions privés de nos autres sens, l'ouïe prit le dessus. Les cris nous parvenaient distinctement depuis la rue principale. Il y avait aussi une clameur en sourdine à l'intérieur de l'établissement que jouxtait la barrique, et où je voulais croire que se trouvaient à cette heure tardive certains des contrebandiers qui m'avaient jusque-là échappé. Brindille me tira encore par la manche, et chuchota :

— Et maintenant on fait quoi, Syffe ?

— On attend qu'un contrebandier se ramène. Ensuite on lui demande où est Merle.

— Mais si y sait pas ?

— Y savent tout, les contrebandiers. T'inquiète pas pour ça.

Je plaquai mon œil au niveau du trou, en essayant de chasser mes propres doutes, mais je ne pus me défaire d'un certain malaise. Mon armure de confiance avait été ébréchée par le visage étranger que me présentait ce Ruisseau nocturne. Si je trouvais un contrebandier, comment l'aborder ? Et s'il exigeait de l'or pour la liberté de Merle ? Pire, s'il avait une épée et qu'il me hachait menu ? Un air de flûte et le battement d'un tambour s'immiscèrent jusqu'à nous, et les chants étouffés se muèrent en vacarme l'espace de quelques instants, lorsque la porte de « Chez Mirabelle » s'ouvrit. Je retins ma respiration. Trois vieux pêcheurs passèrent devant la ruelle en claudiquant et disparurent. Une grande vague de déception m'envahit. La métamorphose miraculeuse que j'espérais n'avait pas eu lieu. La nuit n'avait pas converti la taverne en un repaire de brigands. Une heure s'effilocha de cette manière, sans que rien de remarquable ne se produise. Derrière moi, Brindille s'agita :

— Syffe. J'ai froid.

Je soufflai sur mes mains et ma respiration se condensa immédiatement. Même à l'abri du tonneau, il est vrai qu'il faisait froid, et la jeune fille n'était ni habillée aussi chaudement que moi, ni habituée à se tenir immobile aussi longtemps. Je retirai ma pèlerine et la lui remis gracieusement, en espérant que mes deux chemises me suffiraient. Brindille se pelotonna auprès de moi, ce qui m'empêcha au moins de grelotter. Deux hommes barbus vinrent discuter à l'entrée de l'allée, des bûcherons à ce que je pus en juger, qui débattirent interminablement de la paye en baisse et à qui la faute en incombait : à ces caves de sauvages qui n'achetaient pas de bois, ou aux fumiers de sang-mêlé qui acceptaient de travailler pour moins cher, puisqu'ils pouvaient compter sur d'autres revenus grâce aux trocs de l'été. Je sentais contre mon dos que la respiration de Brindille se faisait plus profonde. Elle venait de s'endormir. Malgré le frais, je réprimai moi-même un bâillement.

Encore trois groupes d'ouvriers particulièrement banals quittèrent l'auberge. L'agitation du Ruisseau se calmait peu à peu. À la lune, il devait être près de minuit. Mes paupières tombaient en même temps que mes illusions s'envolaient. Pas de capes noires, pas d'épées, ni de colliers d'or clinquants. Un chat en manque d'affection miaula plaintivement dans l'allée quelque part derrière moi. Mes yeux se fermèrent, une fois, deux fois, puis, l'épuisement gagna et je cessai de lutter. Je me laissai aller en arrière contre Brindille qui murmura dans son sommeil.

Deux rires gras me réveillèrent en sursaut, si près que j'eus l'impression que cela venait de l'intérieur même du tonneau. Le bruit résonna dans la ruelle. La peur au ventre, et légèrement désorienté, bien que je n'eusse dû dormir que quelques instants, je plaquai par pur instinct ma main sur la bouche de Brindille, qui venait de gigoter. L'hilarité avinée se poursuivit encore, si près que je n'osai même pas bouger pour jeter un œil. Une voix gouailleuse s'exclama sur un ton jovial :

— ... Et là, ce cave y se met à courir. Brunide ou pas, vlan ! On le cloue comme un lapin. Et pendant qu'y crève, que j'y fais : « Et là tu la ramènes moins, Vairon, avec tes grands airs. » J'avais toujours dit qu'un type de Couvre-Col, y pouvait pas comprendre. Y vivent pas avec les teintés, eux. Y savent pas ce que ça nous coûte, et ce que ça a coûté à nos anciens.

Un liquide chaud m'éclaboussa les cheveux. L'homme se soulageait dans la barrique. Brindille remua, je vis ses yeux exorbités par le dégoût, mais la panique aidant je la maintins fermement en place, tout en réprimant ma propre révulsion. L'homme qui urinait venait d'avouer qu'il était de ceux qui avaient assassiné l'homme mort. Je n'osais pas imaginer ce qu'il ferait subir à deux petits teintés, s'il les surprenait en train de l'espionner. Un déluge de gouttelettes succéda au jet continu. L'une d'entre elles me tomba sur le nez. « Allez, ch' t'en paye une autre », fit la voix, et quelque part derrière, un grognement d'approbation se fit entendre. Des pas résonnèrent dans l'allée et la porte de la taverne claqua.

Je relâchai la pression sur Brindille, qui jaillit du tonneau tel un chat brûlé, tout en jurant comme un charretier. Misérable et couvert d'urine, je la suivis à mon tour, me coinçai sur le rebord avec mes chemises imbibées et manquai de m'affaler de tout mon long. Je n'avais pas vu le visage de l'assassin et, finalement, je ne trouvais plus mon idée de contrebandiers si bonne que cela. Je frissonnai, vaincu par la pisse – que la nuit glaçait – et à court d'idées. Brindille me fit face, les mains sur les hanches, son expression de colère était nuancée par un léger tremblement dans sa voix. Elle avait l'air d'être terriblement proche d'un nouveau point de rupture, et son ton dérapait dangereusement vers l'aigu :

— On vient de se faire pisser dessus. On vient de se faire pisser dessus, Syffe. Et on n'a rien trouvé sur Merle. Il faut qu'on fasse quelque chose. Il faut qu'on fasse quelque chose maintenant.

Je n'eus pas le temps d'ouvrir la bouche, qu'elle se précipitait déjà au beau milieu de la rue des Sept-Marches. Je m'élançai derrière elle, rempli d'une terrible appréhension. Plantée au centre du chemin, Brindille se mit à crier d'une voix chevrotante et, en dépit de tous mes efforts pour la faire taire, elle me repoussa si brutalement que je ne pus réussir à l'en empêcher. J'étais horrifié. Brindille tournoyait sur elle-même, une poupée de boîte à musique un peu désespérée qui s'époumonait en direction des masures environnantes :

— Ohé ! Du contrebandier ! On cherche notre ami Merle ! S'il vous plaît aidez-nous ! Aidez-nous par pitié ! Ohé !

Les réactions ne tardèrent pas. Quelques bougies s'allumèrent ici et là dans les cahutes, et bientôt un chœur grandissant de voix ensommeillées lui enjoignait très discourtoisement de la boucler. Une jeune prostituée aux cheveux teints approcha d'un pas vif et nous recommanda de déguerpir au plus vite, si on ne voulait pas qu'il nous arrive malheur, après quoi elle disparut rapidement dans une allée sombre en secouant la tête d'un air triste. Pour autant, Brindille ne cessait pas ses suppliques. Son flot plaintif montait crescendo vers les étoiles, ses larmes affluaient de nouveau et elle refusait de partir.

Le vacarme réprobateur en provenance des alentours atteignait des proportions tout à fait intimidantes. Ce ne fut que lorsque le fils de la tenancière de « Chez Mirabelle » sortit de la taverne pour inspecter la source du raffut, accompagné par plusieurs clients à l'air mauvais, que je compris qu'il allait *vraiment* nous arriver malheur si nous restions là. Brindille dut le voir aussi, car désormais elle sanglotait davantage qu'elle ne suppliait et permit à contrecœur que je la traîne dans la direction approximative de l'allée des Portes. Dans l'immédiat, je n'aspirais plus qu'à quitter le Ruisseau avant que nous ne ramassions des coups.

Entraînant Brindille à ma suite, je bifurquai rapidement dans le dédale des ruelles, afin de trouver une cachette sûre où elle pourrait se calmer en attendant de repartir. J'optai pour une petite cour intérieure qui sentait la chiure de volaille, vide à l'exception d'un petit tas de souches à brûler. Manœuvrant avec difficulté dans le noir, je contraignis Brindille à s'asseoir sur l'amas de bûches. Elle pleurait de manière incontrôlable. J'avais moi-même envie d'en faire autant, car à la frayeur passée et à ma déception s'ajoutait la disparition de

Merle, dont je commençais seulement à prendre véritablement conscience. Visiblement, je m'étais trompé. Je n'y pouvais pas davantage que qui que ce soit d'autre. Je réussis à me garder des larmes en réprimant mes reniflements, tandis que je serrais Brindille contre moi, et qu'elle me rendait mon étreinte. Ses pleurs finirent par s'espacer, mais je ne voulus pas me détacher d'elle, de crainte qu'elle ne retombe dans l'état d'abattement catatonique dans lequel elle s'était emmurée plus tôt dans la soirée. Il y avait aussi que je retrouvais le parfum de ses cheveux, qui m'avait terriblement manqué. Un cadeau empoisonné que ce bouquet qui me renvoyait à la grange, et donc à Merle, et donc à notre malheur partagé.

Puis il y eut soudain un pas rapide et la voix rauque d'un homme, tout près : « Y sont là ! » Une souche tomba avec fracas sur les pavés inégaux de la cour. Brindille poussa un cri étouffé. Je fus saisi par une poigne nerveuse qui me tordit douloureusement le cou. Au moment où je tentais de crier, un tissu parfumé, rêche et visqueux, fut plaqué sur mon visage. L'odeur était puissante, épaisse même, à la fois piquante et doucereuse. J'apprendrais à la nommer plus tard : de l'huile de fol-souci. Je m'efforçais de respirer, et mes poumons s'engluaient, secoués de remous, vibrants de légèreté. J'eus l'impression que quelqu'un m'avait frappé avec une massue de velours. Toute perception se délitait. Le monde entier se dissolvait en fragments. Quelque chose me serra rudement, puis la sensation s'élargit, comme une lagune sur la mer. Une lente dérive.

La panique en saccades inconstantes, puis l'obscurité.

12

Lorsque je repris connaissance, l'univers grinçait. Il faisait absolument noir. J'étais allongé face contre terre, dans une inconfortable position fœtale. Mon visage était encastré dans un plancher rude et humide, imprégné de l'odeur limoneuse du fleuve. L'esprit cotonneux et incertain, je mis un temps à renouer avec la réalité. Je crus en premier lieu que mon corps tout entier s'était transformé en douleur brute. Puis, mes repères revenant peu à peu, je réussis à cerner plus précisément les objets de ma souffrance. J'avais quelque chose dans la bouche, un bâillon rustique imbibé de ma propre salive, serré comme le mors d'un cheval, et des liens encore plus tranchants me joignaient les pieds aux mains. J'étais ficelé comme un capon pour les ides.

Une giclée de terreur me saisit aux tripes, l'instinct de l'animal que l'on met en cage. La panique prit le pas, et ce fut comme si mon esprit s'éteignait de nouveau. J'étais possédé, possédé pleinement par les démons de la frayeur et, pendant un temps, il n'y eut qu'eux. Je sais que je me débattis furieusement, désespérément, en hurlant de toutes mes forces sans pouvoir émettre rien d'autre que de petits grondements sourds. Je pleurai aussi je crois. Mes efforts s'espacèrent comme les saccades d'une créature mourante. Le calme revint peu à peu et, par crises, la lucidité fit de même. Cela n'avait rien de volontaire, c'était seulement l'effet de fatigue et le fait que mon corps n'avait plus de forces à consacrer au combat.

Une humidité tiédasse imbibait le cuir de mon pantalon gaïche. Manifestement je m'étais fait dessus. Cela me remit brutalement en mémoire les événements qui avaient précédé. Le tonneau, l'assassin de Tom Vairon, le dérapage de Brindille, les souches et l'agression dans la petite cour du Ruisseau. Mes chemises étaient froides et détrempées, elles aussi. Je devais puer l'urine. Je me tortillai de nouveau, cette fois pour essayer de trouver une position plus confortable. Ce faisant, je m'aperçus que le monde tanguait lentement, un roulis discret, difficile à distinguer dans l'obscurité. Je crus percevoir un bruit sans rapport avec le grincement cyclique : le clapotis de l'eau. C'est alors que je compris que j'étais au fond de la cale d'une cogue.

Je n'avais pas la moindre idée du temps qui pouvait s'être écoulé depuis que j'avais perdu connaissance. Je me demandais si Brindille était là avec moi, quelque part dans le noir. Peut-être qu'il y avait aussi Merle ? J'avais faim, soif, très mal aux poignets, et la nette sensation que le bâillon allait me cisailler les coins de la bouche. La position fœtale forcée me courbaturait horriblement. J'essayai de desserrer mes liens, cette fois-ci plus posément, en expérimentant torsions et tirades, mais tout cela semblait tenir terriblement bien, et je ne parvins qu'à me convaincre que j'allais m'écorcher la peau et me briser les membres si je persistais. Mes gesticulations, combinées au léger tangage, m'amenèrent à me cogner la tête contre une surface dure, à laquelle, après quelques efforts, je parvins à m'adosser. Haletant au travers du torchon, je laissai aller ma tête contre le bois.

Je comprenais peu à peu toute la bêtise dont j'avais fait preuve. Les contrebandiers m'avaient enlevé, ça ne faisait aucun doute à présent. Peut-être avaient-ils réagi aux provocations de Brindille, ou appris que je travaillais pour Hesse. Ma rancœur envers le première-lame augmenta d'un cran, même si j'aurais donné cher pour qu'il fût là à cet instant, avec son épée et son chapel à larges bords, et ses yeux glacés. Puis je fis le lien avec les autres disparitions et, si j'avais eu les mains détachées, je me serais frappé de pas y avoir pensé plus tôt. Nous avions été enlevés, nous aussi. Ce que je ne comprenais pas, c'était pourquoi. Tous ces enfants n'avaient pas pu découvrir le secret de l'assassinat de Tom Vairon. Pour quelle raison les avait-on donc ravis? Puis je paniquai de nouveau en repensant à l'avertissement menaçant que Hesse m'avait lancé avant que je ne m'aventure dans le Ruisseau. «... Sinon tu finiras à dormir avec les croche-carpes.» Je me voyais déjà au fond du fleuve, avec les squelettes des autres mômes, les membres grignotés par les poissons carnivores. Je déglutis, puis stupidement je serrai les dents, et quelque chose se déchira.

J'émis un petit grognement de surprise et de douleur, avant de comprendre que ce n'était pas ma chair qui venait de céder, mais le bâillon. La différence était infime, mais elle était là, un soupçon de liberté supplémentaire. Je secouai la tête, crispai de nouveau les mâchoires, et le tissu craqua encore une fois. Encouragé par ce résultat, je me mis à mordre, à effectuer autant de grimaces qu'il m'était possible, tout en rétractant ma nuque d'avant en arrière, comme les canards de la ferme. Quand la tension du tissu augmentait, il se déchirait simultanément quelque part près du nœud. Je m'engouffrai dans cette faille, tirant, poussant et, à force d'efforts, je réussis à cracher enfin le bâillon, qui me tomba lâchement autour du cou. J'avais la gorge parcheminée et la langue enflée, mais les choses allaient désormais un peu mieux. Mon premier réflexe fut de répondre à l'angoisse de la solitude :

— Brindille ? Brindille ?

Je croassai à plusieurs reprises à l'intention de l'obscurité. Hormis le grincement lugubre du roulis, il n'y eut aucune réponse. Puis je réalisai que, même si Brindille pouvait m'entendre, elle devait très certainement être bâillonnée comme je l'avais été. Peut-être essayait-elle de m'appeler. Cette pensée m'emplit de désespoir. Je soupirai, et laissai aller ma tête contre la coque. Pour l'instant du moins, je devais estimer que j'étais seul dans le noir. J'essayai encore de tirer mes mains insensibles de l'étau qui les enserrait, une nouvelle fois sans succès. Je réussis néanmoins, en étendant mes jambes autant que je le pouvais, à faire passer mes bras à l'intérieur de mes genoux, de manière à me retrouver courbé dans une sorte d'inconfortable position du tailleur. Cela me tirait le bas du dos, mais m'offrait au moins un semblant de stabilité : avec le tangage, je peinais à maintenir mon équilibre. Je repris encore mon souffle. Mon estomac gargouilla bruyamment.

Il faisait froid et cette sensation se voyait accentuée par mes vêtements trempés et le fait que je ne pouvais pas bouger. Je frissonnai, tout en me retournant les méninges dans tous les sens. Combien de temps s'était-il écoulé depuis ma capture ? Qu'allait-il advenir de moi ? La présence rêche du bâillon autour de mon cou se mit à me démanger horriblement. N'y tenant plus, je basculai vers l'avant, pour me frotter contre les planches de la cale. C'est alors que je sentis, pressé contre ma poitrine, l'os lisse du pendentif que Cardou m'avait offert. On ne me l'avait pas enlevé. Je visualisai soudain la courte lame qu'il contenait, et mes pensées se tournèrent immédiatement vers l'évasion. Je devais faire vite, avant que mes ravisseurs ne reviennent, et j'œuvrai donc aussi rapidement que possible, en faisant fi des éclairs de douleur qui me tiraillaient les poignets.

Ma première tâche consista à libérer le collier de mes chemises. Les fesses en air, la tête en bas, j'effectuai plusieurs va-et-vient, en secouant mon corps autant que je le pouvais. L'opération dura quelque temps, puis je finis par entendre l'os sculpté cliqueter contre les planches. Ensuite, traînant le collier sur le fond de la cale et palpant l'obscurité du bout des lèvres, je réussis à le porter jusqu'à ma bouche. J'avais pris l'habitude de grignoter le talisman lorsque, caché dans les recoins du Ruisseau, j'espionnais les discussions des passants, et je savais déjà que la lanière de cuir était suffisamment longue pour l'ouvrage en cours.

Je me redressai tant bien que mal, encouragé par ma progression, mais je perdis rapidement l'équilibre et retombai sur le côté. Du bout des dents, avec application, je dégageai la lame de son fourreau froid, et la partie amovible du pendentif se décrocha. Je sentis enfin le goût du fer et ce fil tranchant, terriblement accentué par la sensibilité de la langue et des muqueuses. Je manœuvrai la lame entre mes lèvres avec précaution, ne sachant que trop bien comme elle était aiguisée. Je m'étais déjà entaillé avec, alors que j'essayais de sculpter un bout de bois pour Driche, et avais compris par là même que j'avais eu de la chance de ne pas perdre une phalange. Enfin, je réussis à saisir l'embout entre mes dents. Je pris quelques instants pour respirer, serrant l'os davantage qu'il ne l'aurait fallu, de peur d'avoir à tout recommencer dans l'obscurité, avec la lame à nu.

Vint ensuite le plus difficile. Heureusement, comme beaucoup d'enfants, et peut-être même davantage que la plupart, j'étais souple comme une anguille. Je roulai donc sur le dos, calant mes pieds contre les planches de la coque, et m'arc-boutai, la lame en avant, à la recherche des liens. L'effort était intense et la tête me tournait, mais je réussis à atteindre les cordes. Bloqué dans cette position étrange, tirant autant que je le pouvais mes mains jusqu'à ma bouche et faisant de mon mieux pour ignorer la douleur, je me mis à cisailler. Les coups étaient inefficaces et plusieurs fois je sentis la morsure du tranchant sur mes paumes, mais la petite lame du pendentif était aiguisée comme un rasoir et, dans ce contexte, la tension même des cordes jouait en ma faveur.

Il ne se passa rien pendant un temps, puis j'entendis le minuscule claquement d'une fibre qui cédait. Je redoublai d'efforts, le visage en sueur malgré le froid, et les cordes se détendirent subitement. Je retrouvai la liberté de mes mains en quelques gestes, pleurant autant de soulagement que de souffrance, car le sang qui affluait de nouveau dans mes doigts gourds piquait aussi sourdement que le venin d'un scorpion. En comparaison, lorsque j'eus suffisamment confiance en mes mains pour tenir la lame, dégager mes pieds entravés fut un jeu d'enfant. Je tremblais tout de même assez pour m'entailler plusieurs fois les chevilles et il me fallut du temps avant de pouvoir tenir sur mes jambes flageolantes. L'étape suivante, dans mon esprit, consistait à tâtonner le long de la cale à la recherche d'une sortie. Je fis une petite dizaine de pas prudents, avant de poser la chausse sur un objet mou qui reposait à même le sol. Je m'affalai dans le noir.

Mes mains anxieuses découvrirent qu'il s'agissait d'une personne, entravée comme je l'avais été. Mon cœur bondit dans ma poitrine. Je reconnus sans mal le tissu de ma pèlerine, et surtout l'odeur des longs cheveux. C'était Brindille. À mon grand désespoir, elle ne régissait ni à mon contact, ni à mes murmures. Paniqué, je vérifiai sa respiration, qui était calme et régulière. Un parfum doucereux imprégnait son bâillon, j'en eus un haut-le-cœur suivi d'une impression légère et picotante. Prudemment, je découpai le haillon en faisant attention à le toucher le moins possible, avant de le jeter au loin. Je ne sus jamais pourquoi mon propre bâillon n'avait pas été imprégné de la même façon. Durant quelque temps, je sollicitai encore Brindille sans obtenir d'autre réponse que le rythme tranquille de ses inspirations profondes. Finalement, de dépit, je me levai, et repris mon obscure exploration.

Je me rendis compte assez rapidement que nous

nous trouvions dans un espace réduit entre la carène et le pont, mais que cet espace ne faisait manifestement pas partie de la cale en tant que telle. Le compartiment était parfaitement nu, hormis les boiseries de la coque, rectangulaire, d'environ six empans sur quatre d'après mon jugement, et je pouvais toucher le plafond (que j'estimais être le dessous du pont) sans grand effort, en étendant simplement les bras. J'en avais fait trois fois le tour en tâtonnant, avec Brindille comme repère, sans avoir réussi à discerner la moindre sortie, et je commençais à avoir les doigts lardés d'échardes à force de les traîner sur toutes les surfaces à la recherche d'une poignée ou d'une porte. Rien ne semblait indiquer que nous n'avions pas été emmurés vivants dans une prison de planches. Je finis par m'asseoir près de Brindille, parfaitement désespéré par ma tentative de fuite avortée, et craintif des répercussions que mes efforts pourraient avoir lorsque, inéluctablement, mes ravisseurs les découvriraient. Je serrais ma petite lame contre moi, tout en faisant le serment effrayé d'en marquer au moins un avant qu'ils ne nous jettent aux poissons. Puis je me serrai contre Brindille, et bercé par le roulis, je pleurai encore un peu.

Mes reniflements cessèrent pour laisser place aux bâillements et à une migraine sourde. Malgré l'épuisement, je raisonnai qu'il me faudrait rapidement trouver une solution, tant qu'il me restait des forces à mettre en œuvre. Sans voir d'alternative dans l'immédiat, je me remis donc à réfléchir. J'avais terriblement faim et surtout soif, et je réalisai que je pouvais me servir de ces sensations comme mesure approximative du temps que j'avais passé à fond de cale. Je connaissais bien la faim, et un seul jour me parut juste. Je refis plusieurs fois le tour du compartiment, sans succès. Ce qui me frappait c'était le silence absolu. Il y avait bien sûr le craquement régulier des planches, une cadence si tranquille que l'on eût dit une berceuse, et le clapotis étouffé de l'eau. Mais, en dehors de cela, pas un bruit. Même si je n'étais jamais allé à bord d'une cogue, je les côtoyais de près, et je savais le vacarme qu'il y avait à leur bord, entre les cris de l'équipage, le fouet du vent dans la voile, et le tambour écumant des rames. Or ici, il n'y avait rien de tout cela. Nous aurions aussi bien pu nous trouver à bord d'un bateau fantôme, et cette pensée-là ne me plaisait guère. En tendant l'oreille, je distinguais également un grondement lointain, qui m'évoquait vaguement quelque chose, sans que pour autant je puisse saisir de quoi il retournait.

Mon pantalon souillé était humide et collant. Je m'étais rassis dans le noir, à ruminer désespérément, et à veiller Brindille dont je caressais les longs cheveux, lorsque la lumière se mit à changer. C'était faible, mais perceptible pour qui était habitué à l'obscurité totale. Mes yeux gonflés s'agitèrent, à la recherche d'un indice, et, lorsque je les levai, je compris que cela venait de quelque part directement au-dessus de moi. Je plissai les paupières et distinguai un mince filet, à peine plus clair que le reste, un unique trait gris suintant dans la noirceur. Mon cœur bondit. Je n'avais pas pensé à sonder le plafond.

Je me redressai lentement, et posai les deux mains sur la ligne. Je poussai. Quelque chose de lourd remua, et la lueur grandit. Encouragé, je redoublai d'efforts. C'était une trappe. Je poussai encore avec la tête, les pieds dérapant sur la carène, les mains agrippées au rebord. Un air frais et humide inonda le compartiment. Mon visage s'encadrait dans l'espace ainsi ouvert. Devant moi, comme je l'avais pensé, la proue d'une cogue se dessinait dans l'obscurité grise du petit matin. Je me hissai encore davantage et dégageai mon buste, le cœur battant à l'idée que je puisse être découvert. Le grondement se précisa à ma droite, et cette fois-ci je le reconnus sans peine. C'était le tonnerre de la scierie.

Mon bonheur de retrouver l'air libre, de surcroît dans un lieu qui m'était familier, fut soudain écrasé par un dilemme de taille. Je ne pourrais pas emmener Brindille avec moi. Je n'avais ni la force pour la hisser hors de la cellule, ni pour la porter jusqu'à l'abri. De plus, le jour n'allait pas tarder à naître, et le temps m'était donc compté. Malgré les remords et l'inquiétude, je n'avais aucun doute sur le fait qu'il me fallait abandonner Brindille. Si je faisais vite, en admettant que personne ne m'intercepte une fois à l'extérieur, je pouvais rappliquer avec la garde, avant même qu'elle ne se réveille. Une autre pensée plus calculatrice se superposa à ma répugnance à laisser Brindille. Sans preuves, qui me croirait ? Peut-être Hesse. Et encore, ce n'était pas sûr. Nos ravisseurs devaient être pris la main dans le sac, et pour cela, Brindille devait rester. Je reniflai, à moitié écœuré par mon raisonnement, puis je me hissai sur le pont.

Accroupi sur les planches, je refermai silencieusement la trappe, en faisant le vœu de revenir au plus vite. La brume était épaisse, si épaisse que je distinguais à peine le fleuve autour de moi. Sans bouger d'un poil, j'avisai mes environs. Je me trouvais à l'avant de la cogue, derrière moi le pont semblait vide, le brouillard s'enroulait paresseusement autour du mât fantomatique. Le vaisseau était amarré à la jetée de la scierie, dont la masse noire se découpait sur ma droite. Le quai de Brune devait, par déduction, se trouver droit devant à moins d'une mille. Il était plus facile pour les barges et les cogues de se charger de planches directement à la source, et cela évitait aux ouvriers d'avoir à transporter deux fois le fruit de leur travail.

Je me déplaçai fugitivement vers la scierie, qui se situait sur une excroissance de la berge, transformée en île lorsqu'on avait creusé le déversoir écumant qui faisait tourner les deux auges. C'était près d'ici que Cardou avait pris son silure géant. Désormais, un ponton de pierres reliait le moulin à bois à la berge. Le quai était ouvert sur le fleuve à l'est et équipé de petites grues à poulies pour le chargement des navires marchands. Je me penchai par-dessus bord. L'avant du bateau n'était pas aligné avec le quai, mais avec une petite portion de berge pentue à l'extrémité de l'île, et je n'avais nulle envie de faire demi-tour, ni en vérité de m'approcher des quais eux-mêmes où, peut-être, malgré le calme apparent, je pouvais croiser un membre d'équipage. Le pont de la cogue devait se situer à deux empans au-dessus de l'eau. Je sautai non sans avoir hésité, et heurtai la berge si fort que les dents m'en claquèrent. Derrière moi, la cogue grinçait doucement. Le tonnerre du déversoir s'accentuait. Je soufflai.

Puis la lueur d'une torche près des quais et des éclats de voix, qui me barraient le chemin du pont de la scierie. Terrifié, je reculai, et mis un pied dans l'eau glacée. La lumière oscillait, se rapprochait sur le quai de chargement désert. Je reculai encore. Le froid me saisit aux tibias et, la mort dans l'âme, je compris que je n'avais plus le choix. Il y avait généralement un veilleur sur le pont, la scierie n'allait pas tarder à se mettre en branle, et après les événements de la nuit j'estimais ne pouvoir faire confiance à aucun adulte des environs. Je me retournai donc et, en faisant attention à ne pas provoquer d'éclaboussures, je m'avançai dans l'eau en frissonnant. Je perdis pied après quelques brasses. L'esprit empli d'images atroces, de bancs de croche-carpes voraces et de silures mangeurs d'homme, je me mis à nager, malgré la fatigue et le froid perçant.

Le courant du déversoir s'empara de moi, et l'eau noire m'emporta vers l'aval.

13

Je ne sais pas combien de temps je restai à l'eau ce matin-là. Je me rappelle la force du courant glacial de la fin d'automne, et la lumière grise. Je me souviens d'avoir été frôlé par quelque chose d'immense et de froid, sans doute s'agissait-il d'un tronc immergé, mais, à ce jour, un doute enfantin subsiste encore en moi. Je n'eus pas la force d'avoir peur. Je m'enlisai peu à peu dans un état second, entre la poigne engourdissante du froid et le rythme lent mais répété de mes brasses, et même les histoires terrifiantes des vieux pêcheurs quittèrent rapidement mon esprit. Les brumes m'environnaient, j'étais seul, perdu sur le flot incertain de limbes blancs. L'aube devait poindre, mais la lumière, au lieu de lever le voile, ne faisait que l'épaissir. Ma petite réserve d'énergie ne tarda pas à faire défaut. Je dérivais davantage que je ne nageais, crachotant parfois. Le froid et la fatigue anesthésiaient, nourrissaient une indifférence croissante et dangereuse. Envolées les pensées de loyauté envers Brindille et la colère revêche à l'intention de Hesse. Il n'y avait plus que l'abîme liquide, un gouffre glacial et sans fond au bord duquel je me tenais en équilibre précaire, quelque part entre la chaleur palpitante de ma propre chair et l'appel pressant de la fosse. C'était un combat inégal, je savais que je le perdrais, et cela m'était de plus en plus égal.

Le contact rude de la berge argileuse me fit revenir à moi. Pataugeant dans l'eau boueuse, je parvins, je ne sais comment, à me hisser sur la terre ferme, mes mains insensibles écorchées par les poignées de joncs dont je me saisissais. À bout de souffle et ruisselant, le corps secoué de tels tremblements que je croyais que mes membres allaient se décrocher, je titubai en direction des bois qui bordaient le fleuve. Malgré les secousses convulsives et l'épuisement, je comprenais vaguement que je me perdrais si je m'éloignais trop du chemin qui reliait la scierie au quai de Brune, que je ne voulais pas suivre directement par peur de croiser des passants malintentionnés. Je déambulai comme un ivrogne entre les arbres, raccroché à la réalité par un fil ténu, mes vêtements trempés, d'une lourdeur impossible. Le soleil pâle se disputait encore avec la nuit. Les feuilles et les branches mortes craquaient sous mes pas. Je me répétais sans cesse que je ne devais pas m'endormir, car je savais que, si cela arrivait, je ne me réveillerais pas.

Je ne dispose ensuite que de bribes saccadées. Les lanternes du quai de Brune. Quelques visages surpris à l'entrée du petit bourg. Les pêcheurs qui s'écartèrent de moi en invoquant la Dame des eaux, et les bouches arrondies, les regards blêmes qui répondaient à mes bégaiements. Puis le pas métallique de la garde, et le visage gris du vieux Penne penché sur moi. Mes dents qui claquaient, alors que je m'efforçais de raconter le calvaire, tout l'effort que ces instants de cohérence me coûtèrent. L'air dur et renfrogné des gardes, les sourcils incroyablement broussailleux de Penne. La brûlure insupportable du feu près duquel on me posa, dont les flammes semblaient m'arracher des lambeaux de peau. On s'agitait autour de moi, en murmurant des mots résolus et dangereux. Le cliquetis d'armes que l'on apprête, puis le silence, le crépitement des braises, et la vibration douce de la fatigue, tandis qu'avec délice je m'autorisai enfin à céder. Un sommeil long et sans rêves.

Je tiens la véritable succession des événements des deux récits séparés que me firent après coup Hesse et Penne. Ma disparition, cumulée à celle de Brindille, avait achevé de mobiliser la garde à la recherche des enfants perdus. En effet, l'état dans lequel le désespoir de Brindille avait laissé la bicoque de Hesse la nuit fatidique de notre départ pour le Ruisseau avait poussé celui-ci à croire que c'était chez lui que j'avais été enlevé et, paria infanticide ou pas, cela avait fait grand bruit. La machine avait toutefois été mise en branle en amont, lorsque Merle avait été porté disparu. S'agissant d'un enfant corne-brunois, l'affaire ne relevait plus des seuls Syffes, et les efforts répétés de Hesse et de la veuve Tarron auprès des légats et du justiciaire de Château-Corne avaient semé les graines de la mobilisation générale. Le jour qui suivit mon enlèvement, il n'y avait pas un seul citoyen de Corne-Brune qui ignorait que deux enfants avaient été ravis au sein même des murs de la ville.

Le matin d'après, lorsque je fis mon apparition chancelante aux abords du quai de Brune, la populace excessivement superstitieuse me prit d'abord pour un fantôme, tant j'avais le teint bleu par le froid, et nombre d'entre eux crurent avoir affaire à l'esprit d'un noyé surgi du fleuve. Bien sûr, le malentendu se dissipa lorsque la patrouille de Penne fit son apparition sur les lieux, et que ce dernier me reconnut. Les gardes écoutèrent gravement mon récit tremblant et, pressés par mes révélations, ils décidèrent d'agir en conséquence. Lorsqu'ils m'eurent déshabillé et séché, ils me déposèrent au coin du feu de la casemate du quai. Harnachés pour la guerre, une vingtaine d'hommes en armes avaient marché sur la scierie. La cogue fut saisie sans résistance à l'aube, son équipage capturé, et Brindille, toujours prisonnière du sommeil artificiel induit par le fol-souci, finit par être découverte dans le compartiment caché de la proue. En milieu de matinée, Hesse était arrivé à la tête d'un détachement de renforts, et, sur un coup de chance, il intercepta Vargan Fuste, le propriétaire de la scierie, qui tentait de s'éclipser par les bois avec deux hommes de main. La nouvelle scandaleuse se propagea rapidement, et avant midi toute la ville était en émoi.

Des interrogatoires musclés furent menés sur place. La garde apprit le fin mot de l'histoire lorsque Hesse interpella l'équipage de contrebandiers au sujet de la mort de Tom Vairon, tout en leur rappelant le sort peu enviable que l'on réservait aux meurtriers doublés de ravisseurs d'enfants. Un premier homme craqua, et rapidement l'ensemble des prisonniers se bousculèrent pour donner leur version des faits en échange de promesses de magnanimité. Évidemment, aucun d'entre eux n'avoua avoir joué un rôle important dans l'affaire, et Hesse leur accorda le bénéfice du doute en échange d'informations. Tous incriminèrent sans hésitation Vargan Fuste comme étant l'instigateur principal de l'histoire. Dans la mesure où ce dernier était effectivement l'armateur et le propriétaire de la cogue saisie, ainsi que l'employeur des membres d'équipage capturés, leurs témoignages semblaient crédibles.

D'après les contrebandiers, depuis plusieurs années déjà, Fuste se servait de cales clandestines pour éviter les taxes fluviales et approvisionner parfois le marché noir du Ruisseau en stupéfiants, dont il faisait indirectement l'acquisition à Franc-Lac. Plusieurs gradés de la garde, dont le capitaine Doune, touchaient ses pots-de-vin et ces derniers avaient bien fait comprendre à leurs hommes qu'il y avait certains entrepôts – et certaines enquêtes – dont ils devaient se désintéresser. Le cas Vairon était de ceux-là, ce qui jetait une lumière nouvelle sur le manque d'empressement de la garde à découvrir l'identité de l'homme mort, ainsi que sur l'avertissement étrange que Penne m'avait adressé le jour de ma rencontre avec Duranne Misolle. Après avoir manœuvré pour que ses équipages ne se composent que de scélérats sans grand amour pour les teintés, Vargan Fuste avait mis en œuvre un stratagème qui flattait leur haine des sauvages et rentabilisait davantage les compartiments de contrebande qu'il avait fait construire sur ses bâtiments.

Les enfants teintés que les hommes de Fuste enlevaient, toujours la veille du départ de l'un ou de l'autre de ses vaisseaux, étaient vendus sous le manteau à un marchand jharraïen qui transitait entre sa terre natale et Port-Sable. Malgré sa réputation de forban, Tom Vairon n'avait pas souhaité prendre part à cette horreur-là, et en conséquence, il avait été tué. Les versions du récit de la mort de Vairon divergeaient grandement et, bien que la plupart des contrebandiers aient admis que Fuste n'était pas présent, les véritables assassins se trouvaient évidemment sur la deuxième cogue, qui à l'heure actuelle, devait être arrivée à Franc-Lac. Au vu de la situation, il était probable qu'elle ne revienne jamais.

Les ramifications de l'affaire étaient lourdes de conséquences. Vargan Fuste était sans conteste l'un des marchands les plus riches de Corne-Brune, mais également l'un des hommes les plus influents parmi les familles anciennes de la haute. Il paraissait peu probable que son secret ne fût pas connu de ses amis, ce qui soulevait bon nombre de questions délicates. Jusqu'où l'intention de nuire s'était-elle répandue ? Combien avaient su, et n'avaient rien dit ? Combien avaient approuvé ? Combien d'autres projetaient pire ? S'il existait une véritable complicité entre Fuste et d'autres membres influents de l'aristocratie cornebrunoise, alors il ne fallait pas grand-chose de plus pour imaginer une conspiration générale des anciens visant l'ensemble des sang-mêlé, primat compris.

Au-delà des théories les plus rocambolesques qui bruissaient dans l'air enfumé des tavernes les jours suivant l'arrestation de Vargan Fuste, il ne faisait aucun doute que dans certains cercles de la haute comme de la basse, les actions du maître-marchand devaient être célébrées comme autant de hauts faits. Le premier coup avait été porté contre l'envahisseur teinté, et Fuste lui-même devait être considéré à la fois comme un héros et un martyr. Dans le camp d'en face, on appelait à l'exécution publique. Qu'un homme qui retraçait son ascendance jusqu'à l'ancienne Parse pût se livrer à un crime aussi odieux que l'esclavagisme était impensable. Plus révoltant encore, ces méfaits n'avaient aucune motivation, excepté la haine et la volonté de nuire. Fuste n'avait nul besoin des sommes dérisoires que la vente des enfants lui avait rapportées et, du point de vue des sang-mêlé, ces enlèvements ressemblaient à d'affreux caprices, la dépravation rancunière d'un nanti jaloux et désœuvré. Une blessure purulente avait été découverte au beau milieu de la cité, et l'éclatement des humeurs infectes avait révélé au grand jour un mal jusque-là étouffé, qui menaçait à présent de tout embraser.

Et moi je me contrefichais de tout cela, parce que je savais que je ne reverrais plus jamais Merle. La justice de Corne-Brune n'avait aucun poids en dehors de ses frontières et, si Barde lança une série de primes généreuses pour la capture des contrebandiers qui manquaient à l'appel, il était évident que, pour Merle et les autres disparus, cela arrivait bien trop tard. J'imaginais Merle, son petit visage espiègle tordu par la douleur et les larmes, pieds et poings liés comme je l'avais été, dans le fond d'une cale crasseuse en partance pour la poussière des marchés esclavagistes de Jharra. Pour avoir été à sa place, je savais qu'il devait se sentir seul et effrayé. J'étais misérable et irascible, consumé par un remords aussi injustifié que dévorant, auquel s'ajoutait un désir de vengeance dont la violence m'effrayait.

Malgré nos existences démunies, en dépit de la faim qui tiraillait de temps à autre et des coups qui tombaient parfois, je crois que c'est seulement au moment où le sort nous arracha Merle que je découvris réellement le sentiment d'injustice. Les vestiges, ce qu'il me restait de conceptions toutes faites sur le fonctionnement du monde, de notions un peu stupides qu'avaient nourries les contes brunides et claniques, les méritants récompensés et les méchants punis, se voyaient définitivement bouleversés.

Les semaines passant, ce fut en fait l'aspect irrévocable de la chose qui me hanta plus que tout le reste. J'envisageais avec difficulté que jamais plus je n'entendrais Merle jouer de son pipeau, que jamais plus je ne verrais son chétif sourire en coin. Peut-être qu'en dépit de la pauvreté parfois abjecte dans laquelle j'avais grandi, il y avait eu aussi un contrepoids, une liberté un peu rude qui nous avait soustraits jusque-là aux rouages implacables du monde. La faim était un état remédiable, les hématomes se résorbaient vite, rien n'était systématique, ni éternel. L'espoir de jours meilleurs n'était pas une chose intangible, lorsqu'on attendait, comme nous, après de minuscules bonheurs. Et voilà que l'immuable était entré dans nos vies, sous la forme de montagnes et de routes et de mer, ces milles infinis qui nous séparaient des chaînes et d'une côte étrangère dont nous ne savions que le nom. Merle ne reviendrait pas. Il m'était soudain apparu que le monde était trop grand et que ses angles pouvaient trancher d'une manière terriblement définitive. Tous mes repères s'effaçaient et, au-delà de cette frontière brisée, il n'y avait qu'un territoire sombre, un marasme fourmillant de questions sans réponse.

Je retournai vivre à la ferme Tarron, en compagnie de Cardou et de Brindille, mais tout était différent. Le regard triste de la vieille, les échanges maladroits avec mes compagnons, les non-dits de part et d'autre. J'avais nourri secrètement l'espoir que notre enlèvement poserait les premières pierres du chemin d'une réconciliation définitive entre

Brindille et moi-même. La réalité ne tarda pas à me montrer à quel point je me trompais. À l'inverse, il semblait que cette expérience douloureuse n'avait réussi qu'à creuser le fossé entre nous. D'une certaine façon je lui en voulais d'avoir été la cause de notre rapt, même si nous nous en étions bien sortis, et je crois que Brindille pensait que je l'avais abandonnée le matin de mon évasion, et que pour elle c'était la fois de trop. Cardou avait manifestement pris parti, et me traitait avec la même froideur qu'elle, comme si j'avais été responsable de ce qui était arrivé à Merle, ce qui accentuait encore davantage mon déshonneur. Je les regardais créer ensemble un nouveau noyau dur, dont j'étais exclu de fait et, les jours se succédant, la sensation que mon cœur déjà meurtri se mourait à petit feu s'exacerbait.

Je revis Driche deux brèves fois avant son départ en hivernage. Grâce à ses efforts exubérants et ses grands yeux admiratifs, elle réussit à me faire oublier quelque temps mon malheur. Pour autant, je n'étais pas de bonne compagnie, et je voyais bien que ma morosité lui faisait de la peine. Puis vint trop rapidement ce matin froid que Hure et Maille avaient choisi, et la famille s'activa à démonter la yourte afin de quitter la Cuvette pour l'hiver. Un peu à l'écart de l'activité, sombre et renfrogné, j'observais ces préparatifs, la mort dans l'âme. La yourte fut désassemblée et installée sur deux des chevaux montagnards de la famille, tandis qu'on attelait un bard au troisième pour transporter la grand-mère. Cérémonieusement, Hure, Maille et Gauve me firent leurs adieux. Driche essaya de ne pas pleurer et me serra contre elle en m'affirmant sans conviction que les beaux jours reviendraient vite et me promit d'apporter de nombreux cadeaux. Je les observai, plus seul que jamais, tandis qu'ils disparaissaient ensemble dans la forêt.

Alors que l'automne s'achevait pour de bon, je repris l'habitude de déserter la ferme. Comme je n'avais nulle part où aller, j'errais en marge, entre la ville et le fleuve, à ruminer des idées noires et courroucées. Hesse avait essayé de me recontacter à plusieurs reprises, mais obstiné et rancunier je n'avais pas donné suite. Je ne comprenais pas pourquoi il ne m'avait rien dit au sujet de l'enlèvement de Merle, je nourrissais l'idée absurde que, si j'avais appris sa disparition plus tôt, j'aurais peut-être pu le sauver et, pour cette raison, je lui en voulais terriblement.

Pendant ce temps, la politique vacillante de Corne-Brune suivait son cours. Barde le Jeune se trouvait dans une situation bien délicate, et sans doute fit-il du mieux qu'il put. Il aurait certainement été plus juste et même plus facile pour lui de se livrer à des représailles générales à l'encontre des vieilles familles, en abolissant quelques-uns de leurs privilèges, par exemple les droits commerciaux exclusifs qu'ils détenaient sur l'exploitation du bois ou de la pierre. Toutefois, cela aurait pu avoir de bien fâcheuses conséquences sur l'économie de la primeauté. Pire, le soutien d'une partie de la populace aux aristocrates de la haute aurait pu entraîner une révolte civile à l'issue douteuse. Barde tenta donc le compromis.

La complicité probable des vieilles familles fut passée sous le tapis, et Barde nomma deux nouveaux conseillers parmi les citoyens de la haute. Parallèlement, comme en échange de ces largesses accordées afin de garantir l'ordre public, la justice fut mise en œuvre aussi durement que Barde pouvait se le permettre. Vargan Fuste fut jugé pour ses crimes au cours d'un procès à huis clos, dominé selon les rumeurs par les vociférations furieuses de l'incriminé à l'encontre d'un primat «corrompu par le sang sauvage». Barde le condamna à l'exil. Ses possessions furent saisies, mais redistribuées stratégiquement parmi les membres les plus modérés de la haute, ce qui rappela du même coup que la main qui donnait était également celle qui tenait le bâton. De nombreuses démonstrations d'unité publique furent effectuées, des dîners par-ci, des discours par-là, mais la majorité ne fut pas dupe et, sous le manteau, les jeux de pouvoir continuaient de plus belle.

Le capitaine Doune fut le seul membre de la garde à être démis de ses fonctions. Pour l'exemple, il subit le même sort que les contrebandiers captifs : on lui coupa l'oreille et Barde le déclara hors-la-loi avant de le bannir de la primeauté, ce qui provoqua une série de débats enflammés dans les tavernes de la basse, mais également à la garnison de Château-Corne. D'autres gradés avaient été incriminés par les confessions des contrebandiers, mais il était tout à fait évident que la primeauté ne pouvait se permettre une purge d'une telle ampleur au sein de son propre corps armé. Aliéner certains des rupins de la haute était une chose, mais grossir le rang des mécontents avec des soldats désœuvrés en était une autre. L'éponge fut donc passée, mais cet enduit mal fait ne faisait que mettre en évidence les lézardes et les fissures. Le pouvoir du primat avait été publiquement ébréché. Ce dernier, toutefois, avait encore quelques tours dans sa manche. Dans la semaine agitée qui suivit, tandis que les premières gelées hivernales s'emparaient de la région, Barde Vollonge démontra une nouvelle fois son habileté à manipuler le cœur des foules.

Par un matin froid au ciel azur, le primat de Corne-Brune fit l'annonce de son mariage.

14

Bien qu'il fût évident pour certains que la célébration des fiançailles de Barde arrivait à point nommé pour apaiser le climat tendu de Corne-Brune, la majorité des citoyens se laissèrent prendre au jeu. Depuis plusieurs années déjà, Barde courtisait la dame Amina Niveroche, nièce du primat Damfroi de Couvre-Col, et si l'affaire paraissait soudain se précipiter de manière opportune, cela n'empêcha pas les bonnes gens de la cité de s'emparer de ce nouveau sujet de commérages, comme un chien affamé se saisit d'un os. Évidemment, quelques partisans irréductibles des vieilles familles en profitèrent pour pointer du doigt ce nouvel affront que subissaient les aristocrates corne-brunois : cela faisait désormais trois générations que la lignée de Barde s'obstinait à rompre avec les coutumes, en se mariant de manière tout à fait inconvenante en dehors de la haute traditionnelle.

Néanmoins, ces mauvaises langues étaient rares, et l'affaire ne faisait pas que des malheureux, même parmi les anciennes fortunes. En ces temps incertains qui suivaient la révocation du traité d'Opule, l'annonce d'une liaison par le sang entre Corne-

Brune et Couvre-Col, qu'il était facile d'interpréter comme une alliance tacite, servait à apaiser nombre d'esprits inquiets. Il apparaissait désormais que Corne-Brune n'était plus seule face aux tensions qui – disait-on – continuaient à croître dans le Sud. Cela, en dépit de tout le reste, était une bonne nouvelle qui faisait l'unanimité.

En quelques jours, l'ambiance changea du tout au tout, du moins en surface. Les mécontents d'hier laissèrent place à une éclosion miraculeuse de groupes de jeunes filles aux yeux rêveurs, qui, le nez rougi par le froid, soupiraient entre elles à voix basse tout en pouffant insupportablement à la moindre occasion. Les rues bruissaient d'une rumeur douce que l'on aurait pu croire printanière s'il n'y avait pas eu le gel, des couples surgis de nulle part se promenaient main dans la main et partout des regards se croisaient en luisant d'un éclat entendu. Les commerces, habituellement calmes en cette saison, furent littéralement débordés de commandes en vue des frairies à venir, et ce fut comme si la cité prenait un second souffle. Tout cela contrastait douloureusement avec mon propre désespoir et, de la même manière que j'évitais la ferme, je me mis peu à peu à éviter la ville.

Comme le froid s'installait et que l'année arrivait à son terme, les promenades ou la pêche devenaient nettement moins amusantes. Le plus souvent, je finissais par aller rôdailler du côté de la Cuvette, malgré le goût amer que me laissait l'endroit depuis le départ de Driche. Le campement était morne et quasi désert. Seules quelques yourtes éparses fumaient encore ici où là sur la crête granitique, demeures de ceux qui n'avaient pas eu d'autre choix que de rester. Le vieux Frise était de ceux-là. À son âge vénérable,

Frise comptait sur ses fils pour lui ramener les marchandises qu'il échangeait en été, et il préférait se garder au chaud à la Cuvette à travailler des fourrures ou à sculpter ses billes de bois vernies plutôt que d'entreprendre un voyage difficile qui en fin de compte ne rendait service à personne. Par désœuvrement et faute d'autres options, je me mis à traîner autour de son étal, à lui rendre de menus services en échange d'un peu de nourriture, et nous papotions parfois. D'abord circonspect, le vieux Gaïche ne tarda pas à guetter mes allées et venues, à attendre mes visites en dépit de mon humeur maussade, parce que la compagnie des autres vieillards, des malades, des éclopés et des ivrognes lui convenait encore moins que la mienne. Nous finîmes par passer de longues heures ensemble et, au coin de son feu, il me racontait sa vie et ses aventures passées tout en me montrant comment curer les peaux ou de quelle manière on pouvait faire bouillir le bois dans la graisse afin de le lustrer.

La yourte de Frise, dans laquelle nous nous retirions le plus souvent pour nous garder du froid, était petite, mais chaude et confortable. Il y régnait une odeur prégnante et agréable de graisse rance et de cuir. L'armature de bois flotté était intégralement décorée de gravures effilochées. Il était littéralement impossible de s'y déplacer sans courber la tête, tant l'endroit regorgeait de trésors suspendus, des charmes d'os, de bois ou de chitine, des ouvrages merveilleux, des breloques et des souvenirs oubliés qui cliquetaient et tintaient doucement au gré des courants d'air. C'était comme si, au moindre mouvement, la yourte tout entière enflait pour respirer d'un souffle musical. Dans cet univers bercé de sons étranges, les histoires du vieux Frise prenaient pour moi une consistance presque physique. Je ne tardai pas à découvrir que les bonheurs et les tragédies de sa vie passée, et l'aisance et le recul avec lesquelles il les narrait, me distrayaient suffisamment pour que je puisse amorcer mes propres deuils.

Je souris avec lui lorsqu'il évoqua cette femme aux cheveux noirs qu'il avait aimée dès le premier regard, tous les efforts qu'il avait mis en œuvre pour la séduire, et les quatre fils qu'elle lui avait donnés. De même, les larmes me montèrent aux yeux lorsque Frise me relata d'une voix râpeuse comment elle était morte en couches, d'une grossesse inattendue l'année de ses quarante ans, emportant avec elle une fille mort-née. Il me raconta aussi les chasses incroyables de sa jeunesse, les pêches miraculeuses et les expéditions menées jusqu'au cœur des terres sauvages, plus loin que les limites de tous les territoires connus, les ogres, les stryges et toutes les autres créatures étranges qui y vivaient encore.

Lorsqu'il avait épuisé ses propres anecdotes pour la journée, Frise me relatait les guerres anciennes et les hordes, deux sujets qui m'intéressaient particulièrement. D'une part elles nourrissaient mon imaginaire d'enfant, mais d'autre part je n'avais jamais entendu qu'une seule version de l'histoire, celle des Brunides, et les contes de Frise soulevaient des questions et des nuances qui ne m'avaient jamais effleuré auparavant. J'appris par ce biais que les clans d'antan, loin d'être les barbares sanguinaires en quête d'or et de rapines dépeints par les conteurs de Corne-Brune, venaient en fait de l'ouest lointain, où ils habitaient des terres étendues et fertiles, bien au-delà de la forêt de Pierres. Il y avait de cela des siècles et des siècles, un peuple belliqueux et sauvage avait franchi les montagnes qui s'élevaient au nord de leurs territoires, refoulant les tribus devant eux, massacrant leurs guerriers comme on abat le bétail lorsque ces derniers faisaient face au lieu de fuir.

Frise appelait ces gens les Deïsi, et j'avais déjà entendu ce terme, car l'ombre terrifiante de ces hommes-démons hantait bon nombre de contes claniques traditionnels. On leur attribuait une cruauté implacable et des pouvoirs inhumains qui découlaient de la pratique d'odieuses magies, du mélange impie de la sève, de l'encre et du sang. Chassés par un ennemi qu'ils ne pouvaient combattre, seuls survivants d'une alliance qui comptait plusieurs dizaines de tribus, Païnotes, Gaïches et Gaïctes avaient pris le chemin de l'exode et de la forêt de Pierres. Ils avaient fini par rallier le territoire syffe des Hautes-Terres et avaient voulu pousser plus avant pour chercher refuge en Haute-Brune, de l'autre côté du fleuve. C'était sans compter les murailles de Château-Corne. La vague migratoire fut brisée là, les flèches des arcs longs brunides achevèrent le travail entamé par les Deïsi et les clans décimés retournèrent dans la forêt pour mourir. Les lunes passèrent, cent lunes de chaos, de sacrifices et de folie apocalyptique, avant que le calme ne revienne et que les peuples meurtris ne se rendent à l'évidence : les démons ne les avaient pas suivis.

Ces récits sombres s'accordaient très bien avec mon état d'esprit, et m'aidaient autant à oublier ma culpabilité que la peine jalouse que je ressentais à l'égard de Brindille et de Cardou. J'en redemandais régulièrement, à tel point que je rendis bientôt quotidiennement visite à Frise, et nous travaillions tandis que Frise contait. Au fil des jours, j'appris entre autres comment Dirde Un-bras avait escaladé la plus haute falaise de la forêt de Pierres à la recherche de sa bien-aimée, et de quelle manière l'habile Sualla s'y était prise pour dérober sept haches aux fils des foyers épones. Comme Frise était intarissable et que je revenais si souvent, le vieux Gaïche se retrouva avec une réserve conséquente de colliers, de moufles et de bracelets sculptés sur les bras.

Un matin plus doux que les autres, nous nous apprêtions à découper une énième peau de lièvre et Frise entamait la narration d'une nouvelle aventure cocasse, lorsque nos regards convergèrent simultanément vers le tas de marchandises qui avait grossi de manière exponentielle sur l'établi de la yourte. Nous manquions désormais de place pour travailler. On ne pouvait pas couper la chose en quatre, et il me sembla que c'était arrivé tout d'un coup, parce que ni Frise ni moi ne nous étions vraiment rendu compte de quoi que ce soit. « Eh bien », fit le vieil homme, tout en reposant la peau qu'il tenait pour se gratter le nez, « je me demande ce que je vais pouvoir faire de tout ça, et aussi à quoi je vais bien pouvoir m'occuper durant toute la saison froide, si je n'ai plus rien à faire à cause de toi. » Je souris, ce qui n'était pas arrivé depuis longtemps, puis je me mis à réfléchir.

Corne-Brune atteignait le point culminant des préparatifs de l'union de Barde, qui devait se dérouler dans quelques jours – ce dont je me fichais royalement – mais d'après ce que j'en avais vu l'économie locale battait son plein. Des citoyens aisés arrivaient de Couvre-Col, les auberges étaient pleines à craquer, et les foires hebdomadaires, habituellement calmes en cette saison, regorgeaient de badauds et de marchands opportunistes qui profitaient de l'aubaine. Après avoir bien considéré la chose, je proposai à Frise d'aller essayer de vendre quelques-unes des marchandises en ville. Je savais que ce n'était pas dans les habitudes du vieil homme de fréquenter la cité : ceux qui souhaitaient faire affaire avec lui se rendaient généralement à la Cuvette pour le voir directement, ou s'arrangeaient pour qu'un tiers se charge de la commission. Toutefois, j'espérais qu'au fond Frise se lasse un peu de ses journées répétitives et, même s'il partageait parfois le feu des autres familles qui hivernaient au campement, je savais que l'activité et les nouveaux visages de la pleine saison lui manquaient. Je dois avouer que mon idée n'était pas tout à fait innocente. En vérité, j'espérais impressionner le vieux marchand par l'étendue de ma connaissance de Corne-Brune. Je me réjouis donc lorsque, contre mes attentes, Frise approuva mon idée et fit craquer ses jambes ankylosées.

Après que l'œil aiguisé du marchand eut sélectionné les meilleurs articles sur le tas, nous les emballâmes soigneusement dans une grande couverture de tartan rouge-vert. J'aidai Frise à sangler ce chargement sur son dos à l'aide de longues lanières de cuir usé, qui avaient jadis fait partie d'une bride tressée et qui sentaient encore la sueur de cheval. Le vieil homme déposa ensuite une motte de tourbe conséquente dans son âtre, et nous quittâmes la chaleur de la yourte pour nous engager sur le chemin cahoteux qui menait à Corne-Brune. C'était une belle journée hivernale au ciel bleu pâle, Frise sifflotait distraitement tout en marchant et, en dépit d'une petite brise venue du nord, le froid n'était pas trop mordant. De plus, la terre tassée de la route était suffisamment durcie pour que nous n'ayons pas à craindre d'arriver crottés comme des mendiants.

Comme je l'avais espéré, l'agitation en ville n'était pas retombée, loin de là. Deux cavaliers harnachés nous dépassèrent au trot tandis que nous nous engagions dans l'avenue principale ; mon visage fut frôlé par la laine colorée d'une braie longue à la coupe luxueuse. Nous marchions devant un homme qui menait deux bœufs au château. Derrière les bêtes imposantes, une dizaine de lavandières bavardaient bruyamment de l'augmentation du prix du pain. J'avais une idée très précise quant à l'endroit où nous pourrions nous installer et, à ma grande fierté, Frise me suivait aveuglément, lançant autour de lui pléthore de regards curieux, que lui rendaient bon nombre de passants. Même si la plupart des Corne-Brunois fréquentaient régulièrement les gens des clans, le visage buriné de Frise affichait une quantité tout à fait exceptionnelle de tatouages entrelacés. Son crâne rasé et sa barbe tressée parachevaient un air farouche qui contrastait avec l'apparence modérée des Syffes « civilisés » qu'il était habituel de rencontrer en ville.

Je menai Frise tout droit jusqu'à l'ancienne porte. Nous installâmes la couverture à l'angle de l'arche, là où l'allée des Portes croise le chemin des Murailles, qui ceint Corne-Colline comme un anneau bourbeux. Mon raisonnement était fort simple : les gens de la haute avec des deniers à dépenser n'étaient pas loin et l'affluence accrue des citoyens de la basse ayant affaire à Château-Corne faisait que nous étions certains de coudoyer beaucoup de passants. Après avoir nettoyé sommairement notre emplacement, le vieux Gaïche entreprit de disposer avantageusement ses marchandises sur le tartan. Il s'assit ensuite derrière elles, le dos pressé contre le muret de pierres sèches qui borde le chemin des murailles. L'apparence sauvage de Frise attirait inévitablement les chalands, mais dans un premier temps, elle les empêcha également de s'approcher de trop près. Le vieil homme avait toutefois plus d'un tour dans son sac et, lorsqu'il offrit l'une de ses billes en bois à une petite fille curieuse qui avait arrêté sa nourrice pour « regarder l'homme dessiné », l'atmosphère se détendit considérablement et les échanges purent enfin commencer.

Les heures passèrent, et le soleil pâle se trouva bientôt à son zénith. Frise vendit un nombre considérable de moufles aux autochtones, mais aussi quelques colliers, qu'une dame âgée de Couvre-Col et sa servante enrobée trouvèrent « tout à fait ravissants ». Personnellement, je m'ennuyais à mourir. Frise m'avait clairement fait comprendre que, en dépit du fait que sa maîtrise du brunois était tout à fait approximative, je ne devais pas participer aux négociations. Le vieil homme sembla se désintéresser entièrement de moi, coupant court à la moindre tentative de discussion d'un geste irrité. Le troc était une affaire sérieuse.

J'errais donc autour de l'arche, à gratter dans les interstices des pierres noires à la recherche d'escargots dont je ne sus plus quoi faire après en avoir accumulé une bonne vingtaine. Je m'assis quelque temps sur le petit muret bancal, arrachant le lierre des cailloux froids, puis me remis à marcher en soufflant sur mes mains gelées. L'inactivité me laissait le temps de réfléchir, et mon humeur ne tarda pas à prendre une teinte plus morose lorsque inévitablement je songeai à Merle et à Brindille. Je commençais à regretter d'avoir mené Frise jusqu'à la ville, et aussi à avoir très faim. Le ciel avait fini par se couvrir comme pour faire écho à mes pensées noires, un voile léger et duveteux qui masquait suffisamment le soleil pour que l'hiver fouraille sous les vêtements et morde la chair et les os en dessous.

En début d'après-midi, profitant d'une accalmie des affaires, Frise me siffla enfin. Un tremblement fugitif animait sa main calleuse. Le vieil homme me remercia d'un sourire pour mon excellente idée et me confia quelques piécettes, en indiquant qu'il désirait maintenant que j'aille lui acheter à manger. Mon estomac gargouilla audiblement. Il plissa encore davantage ses rides pour indiquer qu'il trouvait à ma déconfiture quelque valeur comique. « S'il y a assez tu prendras aussi quelque chose pour toi », gloussa-t-il avec un regard narquois. Frise m'avait remis assez de menue monnaie pour au moins quatre repas, et il le savait.

Heureux d'avoir à faire et revigoré à la perspective de me goinfrer, je m'emparai vivement de la monnaie et m'engouffrai à toutes jambes dans l'allée la plus proche. J'avais repéré au préalable mamie Rouget à l'autre bout de la rue, et l'odeur de ses tourtes à la viande (dont je raffolais) me faisait monter l'eau à la bouche depuis des heures. Mamie Rouget était une aimable vieille femme avec une mauvaise vue, mais un talent indéniable pour la confection de tourtes qu'elle vendait généralement à la criée sur la place au Puits. Mamie remballait son étal lorsque j'arrivai hors d'haleine, mais fort heureusement il lui restait une dernière tourte et une belle bouchée au fromage que je destinai à Frise.

Jonglant avec mes nouvelles acquisitions graisseuses et fumantes, je mordis à pleines dents dans la croûte épaisse de ma tourte juteuse. La bouche débordant de tubercules cuits, de pâte et de porc poivré, je me gorgeai goulûment tout en remontant la ruelle, résolu à terminer avant de rejoindre Frise. Je ne tenais pas à ce qu'il découvre qu'il s'en sortait moins bien que moi dans l'affaire. Je trottinais et j'avalais, me farcissant de chaleur et de gras, si bien que je remarquai à peine l'agitation qui enflait près de la porte. Il fallut que les premiers cris retentissent pour qu'enfin je me mette à courir.

15

Je déboulai dans l'avenue des Portes, pour découvrir Frise aux prises avec trois gardes corne-brunois. L'un des hommes plaquait fermement le vieillard à la muraille en employant à deux mains la hampe de sa lance, tandis que ses compagnons le battaient durement. Frise beuglait de tout son soûl, et tentait de se libérer, sans pour autant parvenir à échapper aux coups de ses assaillants, qui pleuvaient sur ses jambes, ses bras, et son visage affolé. Le mot « teinté » rythmait la rossée comme un dangereux tambour. Au-dessus, dans le ciel pâle, tourbillonnaient les premiers flocons de l'année.

Une petite foule s'était déjà attroupée autour du spectacle et, si quelques-uns secouaient la tête, personne n'intervenait en faveur du marchand gaïche. Pire, certaines des voix qui s'élevaient avaient pris le parti d'encourager les agresseurs. La couverture de tartan avait été arrachée pour échouer sur le muret où elle battait au vent, et les babioles de Frise s'étaient répandues au sol, piétinées par les bottes cloutées des hommes en armes. Dans l'ombre de l'arche, derrière le tumulte, je reconnus tout à coup le visage de Duranne Misolle, fendu d'un mince sourire. Qu'il fût l'instigateur de la raclée que prenait Frise ou qu'il s'amusât simplement du spectacle m'était à peu près égal. Quelque chose en moi céda.

Toute cette violence inattendue que je ne comprenais pas vraiment me renvoyait à Merle et son absence que je ne digérais toujours pas, que je nourrissais même de fantasmes de rédemption, de tempêtes de sang et de poison. Ce désir de vengeance enfantin mais absolu se cristallisa sur les cris de douleur de Frise. Je vis rouge et hurlai à mon tour, un son étrange et haut perché. Avec la ferme intention d'en découdre, je fonçai dans le tas. Je jaillis de la foule surprise comme un petit éclair furieux, et heurtai de plein fouet l'homme en armes hébété qui se tournait vers moi sans avoir compris que quelqu'un l'attaquait vraiment. J'étais jeune et chétif et, si je parvins à le déséquilibrer suffisamment pour qu'il s'écarte de Frise, je rebondis aussi sur le soldat comme le ferait un gravier lancé sur un bœuf.

Alors que je me relevais péniblement pour repartir à l'attaque, je vis un éclair de compréhension passer dans les yeux de l'homme, accompagné d'une moue mauvaise. Il avait vingt ans, peut-être moins, le visage imberbe, amène mais un peu stupide. Des cheveux châtains et bouclés, luisants d'huile, tombaient sous son chapel de fer. Vociférant toutes les insultes que je connaissais en brunois et en clanique, je revins à la charge. Il me cueillit lourdement sur le côté du visage de son poing ganté de cuir. Je fis un vol plané qui m'emporta sous l'arche, avant d'atterrir en un claquement rude sur les pavés. J'essayai de me redresser à nouveau, chancelai, et m'affalai contre une paire de jambes. Je levai un regard incertain. Bien sûr, les jambes appartenaient à Duranne

Misolle, et la situation, ou le peu que j'en comprenais encore, se passait de commentaires. Sa lèvre se recourba dédaigneusement, il me dégagea du pied en faisant tournoyer sa canne ornementale. Je fermai les yeux et me mis à ramper.

Le coup ne tomba pas. Une voix tonitruante, inhumaine, résonna sous l'arche, couvrant le vacarme de la foule, le son mat des coups et les glapissements indignés de Frise. Je chancelai, et virai encore de bord pour m'éloigner de ce nouveau danger. Un silence de mort s'abattit brusquement sur l'attroupement, comme une calme tempête. Quelqu'un avançait rapidement sous l'arche. Une peau livide sur laquelle surnageaient des taches rouges, deux iris bleus exorbités et une moustache gingembre. C'était Hesse, hors de lui comme je ne l'avais jamais vu auparavant. Je ne savais pas si je devais me sentir soulagé ou non face à cette ire écarlate. J'eus à peine le temps de contempler l'improbable coïncidence d'échapper encore une fois in extremis à une raclée de Duranne Misolle, sous la vieille porte. Hesse me dépassa sans un regard et, bouillonnant de rage, il alla se planter à quelques pas des gardes. Les soldats lâchèrent Frise pour lui faire face et le vieillard se recroquevilla sur lui-même en laissant échapper un gémissement apeuré. Hesse beugla de nouveau. Des postillons furieux giclaient de sa bouche écumante.

— Par le con de la Putain-Frêle, qu'est-ce qui se passe ici ?

Un bruissement parcourut la foule, et elle oscilla, comme sous l'effet d'une secousse. Le soldat qui m'avait sonné fit mine de répondre, d'une voix pas très assurée, confirmant du même coup ma première impression : derrière le visage stupide siégeait un esprit stupide. « Le teinté gênait le passage, sieur, alors... » Il n'eut pas le temps d'achever sa phrase. Hesse fit deux pas en avant et frappa. J'avais déjà vu des ivrognes se battre, et cela m'arrivait par jeu de me bagarrer avec Driche qui ne faisait pas semblant pour autant, mais l'assaut foudroyant de Hesse n'avait rien à voir avec tout cela. C'était un coup donné par un soldat de métier, destiné à réduire un autre homme en pulpe. Le garde étourdi fit un pas en arrière, l'air surpris. Hesse le suivit et cogna de nouveau et le troupier mit un genou à terre, le casque de travers, la tête ballante. Le sang affluait, gouttant depuis sa lèvre fendue et son nez brisé. Ses deux compagnons reculèrent, en se lançant l'un et l'autre des regards inquiets.

Le première-lame se pencha ensuite sur sa victime pour feuler quelque chose d'une voix sourde et menaçante. L'homme ne réagit pas, ou alors pas assez vite pour Hesse, qui hurla soudain d'une voix démente : « Tes armes, soldat ! » Un autre coup de boutoir s'écrasa sur l'oreille du malheureux qui se retrouva à quatre pattes, à tâtonner avec son ceinturon. Hesse tira vivement une dague et quelques murmures horrifiés échappèrent à la foule. La lame plongea à répétition, sectionnant d'abord la jugulaire du chapel qui alla heurter le sol avec fracas, puis, l'une après l'autre, les attaches du gambison y passèrent aussi. Le ceinturon d'armes tomba au sol en même temps que Hesse arrachait l'armure matelassée.

Débarrassé de sa dague, il empoigna le garde dépenaillé par le paletot, et le remit sur ses jambes. De là où je me terrais, je le voyais littéralement trembler de rage. D'une poussée brutale, il expédia le milicien dans la direction de ses compagnons, qui le reçurent disgracieusement. Hesse avança vers eux, tandis que la foule cédait du terrain. Il brandit violemment le gambison vers leurs regards fuyants, blason de Corne-Brune en avant, la montagne noire sur son fond ocre : « Le primat que vous servez est un teinté ! » s'époumona-t-il à plusieurs reprises. Les soldats baissèrent la tête. Faisant un effort visible pour se maîtriser, Hesse respirait comme un phoque, les narines dilatées. Puis, d'une voix rendue rauque par les cris et au calme aussi trompeur que la surface d'un volcan, il finit par énoncer : « Vous allez emmener cet abruti à l'infirmerie, pour qu'on lui rafistole le nez. Ensuite il ira voir le capitaine Tourque et lui fera savoir qu'il démissionne. Quant à vous deux, votre paye est retenue et sera versée au vieillard jusqu'à ce qu'il soit remis. Si jamais on me rapporte que l'un ou l'autre d'entre vous souille une nouvelle fois le blason qu'il porte par l'emploi de ce mot infect, je vous ferai condamner tous deux pour trahison et arracher la langue. Dégagez ! »

Comme les trois gardes clopinaient vers le château, Hesse se tourna vers moi, sans prêter attention ni à la foule qui se dispersait aussi rapidement qu'elle s'était formée, ni aux flocons, qui tombaient de plus en plus dru. Il affichait cet air absent que je lui connaissais parfois. J'avais profité de l'accalmie pour rejoindre Frise, qui n'avait pas bougé depuis qu'on l'avait lâché. Courbé et frissonnant, le vieillard semblait aussi détaché du monde que le premièrelame lui-même. Les yeux de Hesse, redevenus pâles et mélancoliques, se fixèrent dans les miens lorsque je me tournai vers lui, deux globes clairs sur lesquels flottait un voile de tristesse. Il fit un pas vers moi, et j'eus un mouvement de recul. Hesse grimaça, me tendit à moitié la main, puis s'interrompit, le regard figé sur le gantelet taché de sang et de morve. Une expression trouble vint voleter sur son visage. Puis, en dépit de ses airs d'égaré, il parut se ressaisir et toussota enfin en réajustant son casque. « J'aimerais que tu raccompagnes le vieux Gaïche à la Cuvette, Syffe. » Hesse ne me regardait pas. « Et aussi… il faudrait que nous discutions un de ces jours. Tu sais où j'habite, je crois. » Le première-lame prit une grande inspiration, ramassa maladroitement sa dague et posa une main incertaine sur le pommeau de son épée. Il tourna alors les talons et prit le chemin de Corne-Colline, les épaules voûtées.

Je restai près de Frise, les bras ballants, sans vraiment parvenir à saisir ce qui venait de se passer. Mes yeux s'attardèrent malgré moi sur la silhouette de Hesse qui s'éloignait. La tuméfaction de mon visage commençait à lancer sourdement et, sur la même cadence, j'avais l'oreille droite qui sifflait une mélodie sournoise. Mes nerfs étaient dans le même état que mon corps, un nœud tendu de confusion engourdie. Je finis par agir par défaut, selon les instructions de Hesse. J'aidai Frise à se remettre en état de marche. Après que j'eus récupéré les quelques marchandises qui ne semblaient pas en trop mauvais état là où elles gisaient, nous quittâmes Corne-Brune sous une neige légère. J'avais rassemblé la couverture de tartan en un baluchon improvisé et je marchais, cassé en deux aux côtés de Frise. La lande environnante se dissolvait dans la neige. On ne distinguait plus les montagnes au nord, pas plus que la forêt au sud. Les environs se couvraient d'un manteau blanc et bruissant. Frise ne parla pas sur le chemin du retour. Je crois que son orgueil en avait pris un coup, d'avoir été battu et humilié publiquement de cette manière, surtout devant moi, et le silence qui nous entourait, accentué par la chute duveteuse de la neige, était terriblement inconfortable.

Lorsque nous atteignîmes la crête, Frise s'arrêta pour souffler, appuyé contre l'une des arêtes de granit. Il avait l'air de souffrir. Un peu de sang d'un rouge métallique avait coagulé le long de son visage, là où son arcade avait été fendue par un coup de hampe plus vigoureux que les autres. Le ciel de l'après-midi s'était assombri encore davantage, et l'attente m'avait semblé interminable. J'étais resté planté au milieu du chemin, les pieds gelés, à triturer le baluchon tout en essayant de ne pas regarder Frise, lorsque le son de sa voix porta jusqu'à moi. « Tu ferais mieux de rentrer chez toi maintenant, l'errant », me dit-il d'une voix enrouée. Frise s'était redressé et il semblait respirer mieux. « Ça va aller, ne t'en fais pas. J'en ai vu d'autres, va. »

J'hésitai brièvement, puis, ne sachant ni vraiment quoi lui répondre ni même par où commencer, j'acquiesçai en évitant soigneusement son regard et lui tendis le sac improvisé. Frise me tapota maladroitement l'épaule en guise de remerciement, une expression embarrassée sur le visage. Puis, en claudiquant, il disparut dans la neige. Je me retrouvai seul, avec pour compagnie un embarras qui ne m'appartenait qu'à moitié, un mal de tête naissant et un nœud dur au fond du ventre. Dépité, je contemplai l'idée de retourner à la ferme, mais dans ces conditions faire face à Brindille et Cardou était au-dessus de mes forces. Je finis par m'asseoir à l'abri des dents de pierre, emmitouflé dans ma pèlerine, en attendant d'avoir la tête plus claire.

Tandis que les flocons voltigeaient tout autour de moi, je me pelotonnai contre le granit froid. Lové contre les entrelacs de marques anciennes que le lichen avait à demi effacées, je frissonnais en ruminant des pensées sombres. J'avais envie de pleurer comme je le faisais habituellement pour me passer les nerfs, mais, brûlant quelque part au fond de moi, une ténacité naissante faisait barrière aux larmes. Mon altercation avec la garde et le passage à tabac de Frise avaient figé une nouvelle idée dans mon esprit, une pensée aux ramifications dangereuses, mais qui me dégageait brutalement d'une partie de la souffrance coupable qui me rongeait : il existait des responsables à mon malheur, et ces responsables n'étaient pas moi.

Avec netteté, il m'apparut subitement que c'était cette haine envers les teintés, germée insidieusement au sein des murs de Corne-Brune, qui m'avait séparé de Merle. C'était aussi elle qui m'avait coupé de Brindille et de Cardou, et également de Hesse. Pour finir, elle venait de blesser Frise et de creuser entre nous un fossé de malaise, qui augurait pour moi un hiver long et solitaire, dépourvu des histoires pour lesquelles j'avais développé une passion évidente et de la compagnie d'un homme que j'en étais venu à considérer comme mon seul ami au monde. Je me remémorais les événements de l'après-midi, ce que j'aurais dû dire ou faire, et ma colère amère ne tarda pas à se cristalliser sur la personne de Duranne Misolle, qui représentait non seulement une figure emblématique de la haute haineuse, mais également un ennemi personnel. Petit à petit, tandis qu'autour de moi la neige couvrait les pierres, je résolus sombrement de le faire payer pour mon malheur.

Serré entre les dents minérales comme un chaton perdu, je soufflais sur mes mains engourdies, tout en élaborant méthodiquement ma vengeance. J'avais appris, lors de mes séjours dans le Ruisseau, que le père de Duranne, sieur Gilles Misolle, avait confié à son fils la gestion de l'une de ses échoppes les plus prestigieuses, en cadeau pour sa majorité. D'après la rumeur, que j'avais entendue de la bouche même de l'un de ses employés, le jeune aristocrate ne s'occupait guère de l'ébénisterie, et préférait passer ses journées en compagnie de ses amis. Néanmoins, il n'hésitait pas à s'en approprier le mérite lorsque telle ou telle pièce allait décorer les demeures luxueuses de la haute ou les chambres du château, et il se vantait fin marchand alors que la boutique tournait sans la moindre intervention de sa part.

C'était par ce biais que je comptais m'en prendre à lui. Ma première idée fut de passer la boutique à la torche, ce à quoi je renonçai rapidement. Un incendie avait ravagé une bonne partie du Ruisseau il y avait deux ans de cela. Nous avions regardé la ville brûler de loin, et j'avais conservé un souvenir vague de la destruction qui pouvait être engendrée par un unique départ de feu. Je voulais que l'attaque soit ciblée, et nette, que Duranne sache que quelqu'un s'en prenait à lui, directement. J'optai donc pour une seconde solution : pénétrer dans l'établissement de nuit, saccager l'endroit, et voler le contenu de la caisse.

Tandis que les ombres projetées par le granit noir s'allongeaient, la neige cessa de tomber. J'avais faim, et froid, mais j'avais encore les oreilles qui résonnaient des cris de Frise, et ma résolution s'affermissait avec chaque battement de cœur : la vengeance n'attendrait pas, cela se passerait le soir même. Je reniflai en réajustant les lanières de tissu qui emmitouflaient mes pieds transis, puis, serré dans ma pèlerine, et brûlant d'une sinistre détermination, je me mis en marche à travers la lande glaciale. J'atteignis les portes de Corne-Brune peu avant leur fermeture, et m'enfonçai dans le dédale des rues vides.

La boutique du fils Misolle se trouvait à l'ouest de la ville, dans l'un des quartiers marchands qui bordaient le chemin des murailles. Je contournai les hauteurs de Corne-Colline, silhouette noire dans la pénombre, le pas amorti par la neige, aussi discret qu'un chat de gouttière. La nuit tombait, ma marche nocturne se voyait ponctuellement illuminée par les bougies ou le rougeoiement des cheminées qui suintaient des maisons à colombages de la ville basse, projetant des ombres inégales sur la couche de flocons tapissant les pavés. Au-dessus de moi, l'ancienne muraille était un gouffre noir, duquel s'échappait de temps à autre la lueur vacillante des brasiers et des torchères dans les tours. Le vacarme de la journée était retombé et, tandis que je marchais, même l'agitation du Ruisseau à l'est, à l'autre bout de la ville, se transformait en une vague rumeur.

J'attendis dans le froid, tapi près d'un tas de paille humide à l'extérieur de l'enceinte de l'une des auberges les plus spacieuses de la ville, « La Pelle et la Gousse », observant discrètement les dernières allées et venues pour passer le temps. De l'autre côté du mur où je m'étais adossé, je distinguais parfois le piaffement satisfait des chevaux dans l'écurie de l'auberge. Je grelottais en égrainant chaque instant, tandis que l'obscurité finissait de gagner les rues. La nuit se faisait profonde, aidée par un ciel couvert et une lune décroissante. Je ne démordais pas de mon idée. Même si parfois, à contempler la chose, je cédais aux vertiges de la peur, la colère reprenait rapidement le dessus. De là où je me tenais, j'avais une bonne vue de l'ébénisterie Misolle et, depuis mon arrivée, je n'y avais pas décelé la moindre trace d'activité.

Comme je m'apprêtais à traverser la route pour accomplir mon forfait, un homme menant un cheval de trait par la bride surgit dans la pénombre à ma droite. Remontant pesamment la rue des Artisans, l'animal voyait ses larges sabots couverts d'une croûte glacée et son souffle jaillissait en volutes épaisses dans la nuit. Ils passèrent à quelques pas de ma cachette avant de tourner dans la cour de « La Pelle et la Gousse ». Un instant plus tard, des voix retentirent. J'assistai à l'escalade des négociations entre le voyageur et l'aubergiste, le ton monta en résonnant dans l'enceinte, jusqu'à ce que le claquement d'un chambranle ne coupe court au dialogue. Je patientai encore, le temps qu'un garçon d'écurie sorte s'occuper de l'animal de bât et qu'un silence relatif soit revenu. Puis, m'assurant qu'il n'y avait personne de part et d'autre de la rue, je courus, courbé en deux, jusqu'à la devanture de l'ébénisterie.

Agenouillé dans la neige, je donnai de l'œil par la vitre obscure pour vérifier que personne n'y travaillait tard. Il ne me fallut pas longtemps pour me convaincre que le bâtiment était désert, mais la porte d'entrée, dont les gravures élégantes attestaient de la compétence des artisans qui l'avaient élaborée, ne cédait pas d'un pouce. Je découvris en tâtonnant qu'elle était fermée à double tour par une serrure imposante de fer noirci. Je pris quelques instants pour réfléchir, mon cœur battant la chamade. Finalement, ne souhaitant pas attirer l'attention en brisant une vitre (même si son remplacement aurait coûté aux Misolle), je décidai de faire le tour de la bâtisse, où j'avais repéré au préalable une petite arrière-cour.

Après quelques glissades infructueuses, je réussis à me hisser précautionneusement au sommet du muret enneigé, avant de me laisser tomber à l'intérieur de l'enceinte. Alors que j'atterrissais à quatre pattes, un chien se mit à aboyer deux rues plus loin, ce qui me figea quelques instants dans la neige. Le coup de frayeur passé, je traversai fugitivement le clos, rejoignant l'auvent attenant au magasin lui-même, sous lequel s'entassaient des empans et des empans de bois dégrossi. Là, humant le parfum des essences précieuses, piétinant des tas de sciure fraîche, je découvris à tâtons une autre porte, bien plus grande, et dont le mécanisme me paraissait plus grossier que celui de la devanture. Je redoublai d'efforts pour l'ouvrir, d'abord poussant, puis tirant lorsque j'eus glissé mes doigts gelés par la fente entre la porte et le sol de moellons scellés. Je réalisai enfin qu'un loquet devait se trouver de l'autre côté, et me barrait le chemin. Sous l'auvent obscur, je sondai les débris en quête d'un éclat de bois suffisamment long et fin pour soulever le pêne.

Une fois que j'eus mis la main sur une longue écharde de pin-dur, je m'attelai à la glisser entre la porte et le mur de pierres inégales, à l'opposé des gonds. Mon rossignol de fortune remonta doucement l'interstice, sondant l'espace à la recherche du loquet. Je ne tardai pas à rencontrer une résistance et, après que j'eus forcé brièvement, quelque chose bascula. Je me pressai précautionneusement contre la porte qui s'ouvrit en grinçant. L'espace qui m'attendait était d'une obscurité peu commune et, même lorsque mes yeux se furent adaptés à la noirceur ambiante, je n'y voyais guère que des formes indistinctes. J'avançai prudemment au travers de ce qui semblait être un atelier, me cognant à plusieurs reprises aux angles durs de meubles à demi achevés. Je compris rapidement que la mise à sac du magasin allait être plus difficile que je ne le pensais. Sans lumière pour trouver une hache ou un autre objet du même genre, je risquais non seulement de me faire mal, mais également de faire trop de bruit. Lorsque j'atteignis le fond de l'atelier, où une série de courtes marches donnaient visiblement sur le magasin lui-même, je m'accroupis, le temps de bercer mes bleus. Je gravis ensuite l'escalier sans parvenir à réprimer un frisson d'excitation et, plaqué près du sol, j'étudiai les environs, le cœur battant.

Les quelques torches qui illuminaient la devanture de « La Pelle et la Gousse » dansaient à travers le verre inégal des fenêtres, en lucioles évanescentes, éclairant le magasin de lueurs vacillantes et féeriques. En comparaison avec l'obscurité d'où je m'étais glissé, j'accueillis cette lumière hésitante comme une amélioration certaine. Le silence autour de moi était étouffant, presque irréel. Il y avait quelques meubles disposés en exposition, un coffret ouvragé posé sur une table basse sculptée en forme de feuille. C'était ici que l'on recevait les clients, qu'on leur démontrait en quoi la réputation de l'ébénisterie n'était pas surfaite, et qu'on finalisait les contrats. Je m'orientai vers le comptoir à pas de loup. Mes mains s'attardèrent sur les fines ciselures, tout en reliefs, qui y dessinaient d'étranges formes d'ombres vivantes. Après avoir fouillé un peu, et renversé par mégarde un encrier sur un parchemin griffonné, je tombai sur une petite boîte qui renfermait plusieurs poignées de pièces. Je m'empressai de transvaser le tout dans mes poches. Triomphant, et tremblant d'excitation, je parachevai ma vengeance en employant l'encre pour barbouiller grossièrement les meubles d'exposition. Sur le point de laisser choir le flacon de cristal vide, je me figeai sur place, le cœur battant, la bouche sèche. Je crus entendre un chuchotement. Puis la porte d'entrée s'ouvrit brusquement, l'éclat soudain d'une lanterne m'éblouit et des cris assourdissants fusèrent dans l'air tout autour de moi.

Je ne devais jamais savoir comment la garde m'avait trouvé. Peut-être qu'un vieillard plus couche-tard que les autres m'avait vu par sa fenêtre en train de m'introduire dans la cour de l'ébénisterie, à moins qu'il ne se soit agi de la garde elle-même, vigilante depuis le sommet de l'ancienne muraille, ou encore la simple malchance, une patrouille attentive qui passait par là. Quoi qu'il en soit, désorienté et affolé, je me précipitai vers la sortie à l'arrière, pour me voir le passage interdit par un autre halo aveuglant et une nouvelle silhouette vociférante. L'estomac liquéfié par la terreur, il m'apparut rapidement que la situation était inextricable. Après avoir renversé quelques meubles en une vaine tentative d'évasion, je courbai la tête, dans un coin, pour échapper à la lumière.

Tremblant mais résigné, je dus les laisser me prendre.

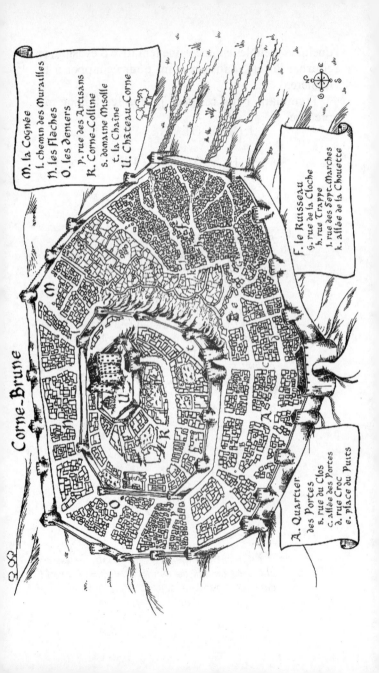

LIVRE DEUXIÈME

LE MANCHOT

En ce vingt-sixième jour de la lune des Semailles, le seigneur-primat Barde Vollonge, surnommé l'Ancien, a pris pour seconde épouse la nommée Lienne du peuple des Syffes, que l'on dit sauvage. La cérémonie s'est tenue au cercle de Château-Corne, et l'union scellée devant témoins et foule. Le sang fut versé selon la coutume brunide, et les marques claniques inscrites dans la chair selon la façon des Syffes. En guise de cadeau, le primat a fait don de trois cents ares de terre situés sur la crête ouest, en ce lieu que l'on appelle La Cuvette, afin que les clans en disposent comme ils l'entendent et que la loi syffe s'y applique. Moi, Miclon Courterame, justiciare de la primeauté de Corne-Brune, j'atteste par mon sceau de ce qui fut fait aujourd'hui.

Tiré des archives de Château-Corne
Daté de la 547e année du calendrier
de Court-Cap

Pour en terminer avec ce point, Majesté, plusieurs détails du conflit sont suffisamment curieux pour que cela vaille la peine d'y

revenir. Tout d'abord, comment se fait-il que les hordes aient systématiquement préféré tenter le passage à l'est, quitte à se mesurer aux murailles de Château-Corne où leurs pertes étaient catastrophiques, plutôt que d'obliquer vers le sud et les foyers épones de la côte des Pluies ? Certains rapports émanant de Bosque et de Morte-Mur durant le cours de l'été 480 relatent bien une poignée d'escarmouches dans la région, mais aucune véritable tentative visant à prendre possession de ce territoire pourtant moins âprement défendu. Par ailleurs, qu'en est-il des Syffes qui se sont joints à l'entreprise guerrière de la gent migrante ? La présence de ce peuple dans la forêt de Pierres était déjà documentée à l'époque où Corne-Brune posait encore ses fondations. D'après de nombreuses sources sûres, ils n'avaient jamais auparavant fait montre d'une hostilité organisée. Enfin, que penser de la diaspora des clans ? Pour chaque sauvage qui s'est installé dans les Hautes-Terres, dix autres ont trouvé refuge chez les Montagnards ou ont bravé les passes des monts Cornus pour mêler leur sang à celui des tribus d'Igérie. En conclusion, il me semble évident que les primeautés n'auraient pu accueillir un si grand nombre de réfugiés, dont les mœurs primitives divergent si sensiblement des nôtres. De ce fait, même s'il fut sanglant, le rôle joué par l'acier corne-brunois fut – à mon sens – on ne peut plus à propos. Néanmoins, il me semble tout aussi évident que, contrairement à ce que certains ont prétendu, Corne-Brune n'avait ni affaire à des vagues de migrants opportunistes, ni à des hordes conquérantes. Ma conviction profonde est la suivante : une forme étrange d'hystérie collective poussait ces pauvres diables à vouloir quitter la forêt, et ceci quel qu'en fût le prix.

OSMOND GRACQUES,
conseiller du roi Bai Solstère
Extrait d'un rapport détaillé,
commandité par le roi
au sujet de la primeauté corne-brunoise
en la 611ᵉ année du calendrier de Court-Cap

Ils sont venus de loin,
Comme le vent de cendres
Qui effrite la pierre.
En leurs bouches étaient
Des mots étranges,
Qui courbaient les arbres.
Ils ont tué nos guerriers,
Ils ont volé nos enfants,
Ils ont pris nos terres.
Ce peuple a fui,
Ce peuple n'oublie pas.

Chant païnote
Traduit du clanique

Début de l'an 622
Hiver
Lune des Neiges

16

La geôle de Corne-Brune, dont les froids cachots s'étendent en un réseau ancien sous les baraquements de Corne-Colline, est non seulement l'une des constructions les plus anciennes de la cité, mais elle constitue également l'un des centres névralgiques de l'histoire brunide. À peine trois cents ans avant l'Unification, Château-Corne n'était encore qu'un petit fortin de bois crasseux situé du mauvais côté du fleuve ; quant au nom des Vollonge, on ne pouvait alors le rattacher qu'à une lignée ambitieuse de baroudeurs douteux et de capitaines-francs opportunistes. Les seigneurs du Sud prirent l'habitude de confier leurs propres fauteurs de troubles aux hommes durs et désespérés qui avaient élevé les premières palissades de Corne-Colline. Au début, l'afflux avait été léger. Arrivaient sous bonne garde ceux dont on ne pouvait se débarrasser directement, ceux qu'il fallait écarter, des prisonniers politiques qu'il convenait d'enfermer au loin, là où ils ne risquaient plus de faire trembler ou d'embarrasser quiconque.

Corne-Brune s'était donc érigée autour d'un petit tertre pénitencier sur la frontière sauvage et sa fonction première fut celle d'une ville carcérale. Certains voudront fermer les yeux sur cet état de fait inconvenant. À ceux-là je rappellerai ce que fut Sudelle pour l'antique Parse, ainsi que l'existence du bagne de Crone et le rôle que cette île occupe encore aujourd'hui. Quoi qu'il en soit, dans le cas de Corne-Brune, les primes généreuses qui accompagnaient les taulards du Sud contribuèrent à établir, puis asseoir l'autorité des nouveaux primats de la région. Les forçats eux-mêmes posèrent les premières pierres de la fortune des vieilles familles : l'excavation du granit noir et le bûcheronnage des pins-durs étaient, originellement, des tâches effectuées par les bagnards. Les geôles de Corne-Colline furent donc construites à la mesure de l'affluence carcérale du Sud et si, à l'époque de mon enfance, l'essentiel des galeries avaient été abandonnées depuis longtemps, ce vaste complexe s'étalait encore sur des distances prodigieuses sous la surface de Château-Corne. Du temps que j'y passai, je me souviens encore du triste chant du vent souterrain, des échos lugubres et de l'obscurité dévorante que la lumière vacillante de quelques torches humides ne parvenait jamais à dissiper entièrement.

Deux semaines s'étaient écoulées depuis que j'avais été fait prisonnier par la ronde de nuit à l'ébénisterie Misolle. La garde m'avait promptement jeté en prison, puis on ne s'était plus guère soucié de moi : la ville était bien trop occupée à célébrer le mariage de Barde. Je passais mes journées emmitouflé dans la couverture miteuse de laine tachée que l'on m'avait fournie avec le foin de la couche, et le froid grignotait tout ce que je laissais dépasser. On me servait deux fois par jour un bouillon tiède et fadasse, avec un petit quartier de pain, noir et mauvais. Le peu de gras que j'avais pu faire lorsque Hesse me nourrissait avait fondu comme neige au soleil. La seule lumière qui me parvenait était issue d'un trou minuscule creusé au travers du roc à plusieurs empans au-dessus de moi. Le tout était recouvert d'une grille épaisse qui semblait terriblement superflue et par laquelle les flocons pouvaient s'infiltrer lors des bourrasques pour venir saupoudrer le sol de ma cellule.

Durant les premiers jours de mon enfermement, se succédèrent au-dessus de moi les rumeurs joyeuses des festivités qui accompagnaient l'union de Barde et d'Amina Niveroche, la lueur des torches et des chandelles, les rires, et la mélodie des rondes et des caroles. Il y avait aussi les odeurs alléchantes des viandes grasses cuites à la broche dans la cour du château, qui ressemblaient à de délicieuses tortures. Puis les échos extérieurs s'étaient tus et, les jours passant, le temps se transforma en un paradoxe douloureux. D'un côté je m'ennuyais terriblement et chaque instant passé dans cette maudite cellule me donnait l'impression de durer une année entière. De l'autre, ces heures qui s'égrainaient si lentement annonçaient l'approche inexorable de mon jugement par le primat. J'avais été pris en flagrant délit dans la boutique de l'une des familles les plus fortunées de la ville, et pour cela, je le savais, on allait me prendre la main. Cette pensée me tourmentait, à la fois terrifiante et étrangère. J'avais nourri vainement l'espoir que mon malheur n'était qu'un rêve horrible dont j'allais m'éveiller bientôt. À ma grande détresse, cela n'arrivait pas et, tandis que chaque nouveau jour donnait sur les murs glacés et la moisissure, le tambour de la panique battait cadence en mon sein.

Presque pire que la perspective du sort qui me guettait était la solitude absolue à laquelle j'étais livré. Je n'avais reçu aucune visite de Brindille ou de Cardou, et j'aurais même béni la veuve Tarron, si elle s'était déplacée pour me voir. Mon ressentiment envers Brindille enflait jusqu'à prendre des proportions dangereuses, une colère meurtrie et profonde, avant de s'effondrer platement lorsque je songeais à l'odeur de ses cheveux et au bonheur que j'aurais à retrouver une vie dont elle ferait de nouveau partie. Le geôlier qui passait deux fois par jour ne parlait pas, et je ne connaissais de lui que ses mains tachées de suie, lorsqu'il poussait sous la porte mes bols de bouillie et que je lui glissais en retour le seau dans lequel je me soulageais. Mes seuls compagnons étaient ma propre puanteur, ces quelques rats qui s'aventuraient jusque dans ma cellule et les échos mélancoliques des courants d'air souterrains.

Pour autant, je ne regrettais pas les actes qui m'avaient conduit jusque-là. Tout au plus, je me maudissais de n'avoir pas su fuir plus convenablement. Je repassais en boucle les événements qui avaient mené à ma capture, que je décortiquais et ressassais, à la recherche des erreurs que j'avais pu commettre. Ma haine envers la haute ne s'en était que renforcée, même si ce sentiment me paraissait souvent bien dérisoire face au prix que j'allais devoir payer. Je songeais souvent à Merle dans l'obscurité, et c'est avec tristesse que je découvris que je ne me souvenais plus guère de son visage. Il y avait des éléments auxquels je me raccrochais, son sourire, son pipeau, ses cheveux, mais aucun ensemble cohérent ne parvenait à prendre forme dans mon esprit. Je me demandais s'il se trouvait enfermé comme je l'étais, et s'il se sentait aussi seul. Puis l'image du bourreau me revenait brutalement en tête, accompagnée d'une nausée paralysante, et les larmes coulaient, chaudes et humides sur mes joues glacées, tandis que j'étreignais ma main. Je dormais mal, mes nuits hantées par des cauchemars d'angoisse dont je me réveillais parfois en hurlant.

Je perdis peu à peu le compte des jours. J'avais songé, dès la première nuit effrayante, à graver quelques encoches dans le mur parmi les graffitis âgés de plusieurs siècles. J'avais fini par abandonner la tâche au fur et à mesure qu'un désespoir fataliste s'installait. Allongé sur la paille humide de mon cachot, je faisais de mon mieux pour stabiliser ma main tremblante et, avec l'aide d'un clou rouillé arraché aux planches vermoulues de ma couche, j'entaillais le rocher. Mes dessins sur le granit étaient de petits gribouillis souvent obscènes, qui avaient pour seule utilité de m'éviter de penser à cette faim qui me taraudait la plupart du temps. Un matin plus sombre que les autres, le geôlier vint me glisser le potage sous la porte. J'entendis avec effroi sa voix éraillée annoncer « Le primat rendra justice à l'aube, sale petite chiure de malandrin. » Je reculai promptement, foudroyé par la boule glaciale qui naissait dans mon ventre, et m'effondrai sur la couche, sans toucher à la soupe. Quelque temps après, un cliquetis lourd résonna. Terrifié, je battis des paupières parce qu'il me restait encore du temps, encore un peu, mais c'était la silhouette de Hesse qui se découpait à l'entrée de la cellule. Je me redressai. La porte se referma derrière lui. Le soldat vint s'asseoir à mes côtés. Il portait une couverture sous son bras.

Je l'observais par à-coups, et il me rendait mes

regards. Nous restâmes assis ensemble dans le silence et la pénombre durant un long moment, tandis que, dans le couloir, le vent sifflait. Il finit par me tendre la couverture. J'avais envie de pleurer. « C'est pour demain », finit-il par dire très simplement. « Je voulais venir plus tôt, mais j'ai eu beaucoup à faire. » Je m'emparai de la couverture. C'était celle dont Hesse m'avait fait cadeau lorsque je m'étais installé chez lui. Elle était propre et sentait vaguement la lavande. Le soldat ne me regardait plus :

— Je t'avais bien dit de ne plus voler. Ce que tu as fait était idiot. Mais je crois que je comprends.

Je reniflai :

— C'est de leur faute, tout ce qui est arrivé.

— Je sais.

Hesse soupira, les yeux dans le vague. Ses lèvres se tordaient curieusement, comme s'il désirait ajouter quelque chose, mais rien ne semblait vouloir venir et son regard flou détaillait d'autres fantômes, des spectres qui n'appartenaient pas à la geôle. Je crus un instant que je lui en voulais encore, mais le ressentiment se heurta au monument de ma propre solitude. Dans l'obscurité, la lumière pâle de la grille jouait sur son visage, et je me figurai tout à coup que Hesse n'était pas aussi vieux que je l'imaginais. J'hésitai encore, plus très sûr de ce que je ressentais à propos de quoi que ce soit, tant l'effroi du lendemain anesthésiait toutes mes certitudes, mais, comme je craignais que Hesse ne finisse par partir et qu'à cet instant l'abandon m'effrayait presque autant que la lame du légat exécutoire, je formulai une question, la première qui me vînt :

— Pourquoi vous m'avez rien dit pour Merle ?

Hesse acquiesça en toussotant, comme s'il attendait que je l'interroge ainsi. « Tu es jeune, Syffe », fit-il platement. « Tu n'aurais pas voulu accepter qu'il était trop tard pour ton ami. J'avais besoin que tu gardes la tête froide dans le Ruisseau, pour mettre la main sur les responsables. J'avais peur que tu ailles faire quelque chose d'irréfléchi, et c'est exactement ce qui s'est passé. C'est pour toi que je m'inquiétais. C'est pour cela que je ne t'ai rien dit. »

Même si j'avais tiré une fierté momentanée du rôle central que j'avais joué dans le dénouement de l'affaire de l'homme mort et des enfants disparus, cette satisfaction s'était vue tempérer au fil des lunes suivantes. Le souvenir récurrent de la frayeur et des liens, la disparition de Merle et la répudiation par Brindille avaient tenu en respect tout excès de gloriole. Même si cela avait été difficile, j'en étais venu à épouser une interprétation raisonnable des événements et l'idée que, tout de même, nous avions eu une chance incroyable. Je reniflai encore, en essayant d'apprivoiser le fait que Hesse avait vraisemblablement raison et que, surtout, contre toutes mes attentes, il avait avant tout agi pour mon bien à moi. Pour autant, je restais dubitatif. Il y aurait sans doute eu un autre moyen, si Hesse avait accepté que je passe davantage de temps dans le Ruisseau, ou s'il nous avait accompagnés cette nuit-là avec Brindille. Mille autres possibilités parvinrent à s'ébaucher dans mon esprit retors. J'ouvris la bouche, mais Hesse lut en moi comme dans un livre ouvert et coupa court à toute argumentation :

— Je te l'ai dit, petit, tu es jeune, et même si tu es futé il y a beaucoup de choses que tu ne comprends pas. Que tu ne pourras pas comprendre avant un bon bout de temps. Je suis obligé de tenir compte de ça.

— Mais…

— Il n'y a pas de mais. La bêche n'a pas besoin de comprendre pourquoi elle creuse. Le couteau n'a pas besoin de savoir pourquoi il coupe. Nous sommes tous l'outil de quelqu'un, et tu peux être sûr d'une chose : c'est souvent pire de savoir sans comprendre que de ne pas savoir du tout.

Le silence revint tandis que je m'efforçais de décortiquer le sens des paroles du soldat, de m'y accrocher même, mais mon attention fuyait. Malgré mes efforts, mon regard papillonnant revenait sans cesse à ma main droite, que je serrais tout à fait involontairement contre moi. La présence de Hesse, de ses leçons trop vagues et de sa fermeté familière ne m'aidait pas le moins du monde, c'était même le contraire. Il y avait vraisemblablement une toute petite chance pour que je ne sois plus seul au monde, et cet espoir-là était une chose traître. Peu à peu, par compartiments entiers, mon esprit s'effondra sous les assauts d'une terreur innommable. Je finis par craquer après une courte lutte, les tripes retournées, mes mots hachés par un flot de sanglots hoquetants. « Les laissez pas me couper la main, première-lame ! » suppliai-je encore et encore.

Alors que les pleurs me secouaient comme un cabot tourmente un rat, Hesse quitta la couche et épousseta son blason, tout en évitant soigneusement de croiser mon regard implorant. Au travers du brouillard humide, je crus voir sa moustache trembloter. Puis il réajusta son chapel de fer, secoua la tête et fit un pas vers la porte. Son gantelet se posa lourdement sur le loquet. Je l'entendis prendre une grande inspiration, puis marmonner plusieurs amorces de phrases, avant de se retourner et d'énoncer plus clairement :

— À cette heure-ci demain, dis-toi bien que tout ceci sera derrière toi. Mais avant, il te faudra assumer les conséquences de tes actes.

La porte s'entrebâilla en crissant, et Hesse scella mon sort d'une voix terriblement froide, soigneusement purgée de toute émotion :

— Comme personne ne s'est présenté, demain, je serai ton témoin. Je ne peux rien faire d'autre pour toi.

Sur ces mots, il quitta la cellule. Je me recroquevillai en sanglotant, l'esprit vide, le corps empêtré dans un roncier d'angoisse qui m'étreignait de l'intérieur, mille dards gelés et trémulants. Je finis par m'épuiser tout seul et un sommeil incertain me trouva. Je m'enfonçai dans un univers macabre, peuplé de gardes gigantesques, de hachoirs et de sang. Trop rapidement, le geôlier m'extirpa de mes rêves sombres en tambourinant sur la trappe de la porte. Il glissa par en dessous un bol de soupe un peu plus consistant qu'à l'habitude, ainsi qu'un morceau de pain frais.

Je grignotai malgré moi un semblant de repas, emmitouflé sous les deux couvertures. Quelques images impromptues de mendiants estropiés, auxquelles se superposa le souvenir de la veuve Tarron décapitant ses volailles, achevèrent de fait mon appétit naissant. Les tripes en compote, je me précipitai sur le seau de prisonnier pour me soulager bruyamment. J'allai ensuite me rallonger, faible et nauséeux. Je ne dormis pas cette nuit-là, entre résignation et déni, essayant d'anticiper la douleur, le manque, toutes les choses que je ne pourrais plus faire comme avant. Malgré tous mes efforts, je ne parvenais pas à accepter que cette partie de moi, chaude et vivante, qui s'animait selon mes désirs, puisse être séparée du reste de mon être. L'aube me trouva dans la même position crispée, pâle et frissonnant. J'écoutais le battement de mon cœur. La lumière du jour commençait à poindre par la grille au-dessus de moi. Il allait faire beau mais froid. Je marquais dans mon esprit la moindre aspérité des pierres, la moindre moisissure, comme pour me raccrocher à quelque chose d'immuable. Puis je fermais les yeux pour constater que je ne me rappelais rien.

Soudain, on martela la porte de ma cellule. Je sursautai. La porte s'ouvrit avec fracas et je me mis à trembler, ballotté par des vagues fiévreuses, l'esprit fuyant. Je serrais ma main contre moi, lorsque la voix lugubre du geôlier m'ordonna de me lever. Je ne remuai pas. Je m'étais figé, incapable de réagir aux invectives, incapable de croire que cela arrivait vraiment. Pourtant, au fond, je le ne savais que trop bien. Ce n'était pas un cauchemar. Deux gardes bedonnants et renfrognés finirent par m'arracher aux couvertures. Ils me saisirent sous les aisselles et, comme un poids mort, je fus traîné dans le corridor. Je serrais les dents, certain qu'elles se briseraient, mais incapable de protester face au poids écrasant, à l'inéluctabilité de ce qui m'attendait. Je déglutis, la gorge sèche. Le choc sourd de la lourde porte résonna derrière moi comme le claquement d'une mâchoire d'acier.

17

Une bourrasque fraîche me fouetta le visage, sans parvenir à m'extirper de ma catatonie. De loin, à travers le filtre de l'épouvante, me parvenaient une douleur diffuse – la poigne écrasante des gardes silencieux – et l'odeur familière de la sueur rance et du métal. Le vent s'engouffrait dans la geôle en miaulant comme un félin fantomatique, me glaçant jusqu'aux os tandis que l'on me portait vers l'extérieur. Je plissai les yeux face au rectangle lumineux qui se découpait au bout du tunnel, et dont l'éclat était si intense qu'il m'était douloureux. Puis nous fûmes dehors, dans la lumière crue de la cour. Les sonorités familières de Château-Corne bruissaient dans l'air. Le remugle des chevaux dans l'écurie fumante, les jacasseries des servantes emmitouflées qui se transformaient en murmures curieux ou apitoyés lorsqu'elles nous croisaient et le tintement du burin sur la pierre, tout cela était englouti par le craquement régulier de la neige sous les pas de mon escorte et l'approche inexorable du verdict tranchant.

Nous passâmes dans l'ombre imposante du donjon principal, et l'on m'entraîna au-delà, vers l'arrière, par un chemin de pierres gelées. Parmi les jardins et les statues enneigées qui clôturaient l'enceinte se dressait le Cercle du jugement, un bâtiment élégant surmonté d'une coupole d'airain. Notre route ne me permettait pas de le voir directement. Je savais pourtant qu'à l'arrière, accolée au rempart nord se trouvait une petite cour, appelée le Cloître, où se dressait l'échafaud que l'on réservait aux crimes les plus sérieux. Lorsqu'elles réprimandaient un enfant trop turbulent ou parlaient d'un individu particulièrement canaille, les mères de Corne-Brune avaient l'habitude de s'exclamer : « Il finira au Cloître, celui-là. » J'avais déjà entendu quelques-unes des lavandières employer l'expression à notre sujet, lorsque, avec les autres orphelins de la ferme Tarron, nous leur lancions de la boue ou des grossièretés. Je regrettai soudain de ne pas avoir tenu compte de ces admonitions prophétiques.

Le ciel bleu pâle était d'une limpidité frappante ce jour-là et contrastait de façon étonnante avec les murailles noires du château. Ce sont les petits détails qui me sont restés en souvenir. La coupole étincelante du Cercle pris dans la glace reflétait le soleil comme un joyau et, tandis que nous approchions, j'avais dû détourner mon regard trop accoutumé à l'obscurité des geôles. Mes yeux endoloris se posèrent tout à fait involontairement sur la sculpture antique d'une jeune femme aux mains implorantes, enfouie sous les épines d'un rosier gelé. Nous avançâmes encore, contournâmes le bassin d'une fontaine à laquelle s'agrippaient des dizaines de stalactites luisantes. Tout autour, le silence cristallin, broyé par nos pas. C'était un lieu d'une tranquillité sinistre et, en dépit des brusques soubresauts qui m'agitaient et de l'envie explosive que j'avais de hurler et de me débattre, je n'en fis rien.

Les gardes me posèrent sur mes pieds au moment où nous atteignîmes le portillon du Cercle et ils m'obligèrent à marcher sur mes jambes défaillantes. L'un prit position devant moi et dans mon dos, son compagnon se servait de la hampe de sa lance pour me guider, comme une brebis que l'on mène au couteau. Le bois cintré de bronze s'ouvrit sur un couloir poli, bordé par des arches de gypse clair, sous lesquelles se trouvaient les alcôves aménagées où étaient censés pouvoir attendre témoins et familles. Pour mon procès, tous ces bancs étaient vides. Nous traversâmes le vestibule, les lourdes bottes coquées des miliciens frappaient le carrelage d'une cadence régulière. Les échos de notre passage se dispersaient dans les couloirs invisibles qui cintraient le bâtiment. Devant nous, une nouvelle porte, à deux battants cette fois-ci, imposante et arrondie, bardée de fer. Je déglutis. Le soldat qui marchait devant fit halte à l'entrée. Il se pencha sur moi et il me lia les mains d'un cordon de fibre, avec davantage de douceur que je n'en avais attendu. Son visage rasé de près frôlait le mien, il avait un nez épais et cassé, et je sentais à son haleine matinale qu'il avait dû boire la veille. Tandis qu'il achevait son nœud d'une torsion sèche, il me murmura quelques mots, d'un chuchotement forcé, comme si le lieu imposait de lui-même le silence :

— Tu veux pas pisser petit ?

Je secouai la tête sans parvenir à réprimer un frémissement. L'homme haussa les épaules, et je le reconnus brièvement. Il s'agissait de l'un des soldats qui patrouillaient aux côtés du vieux Penne, le jour où mon récit balbutiant les avait conduits à marcher sur la scierie. « Comme tu veux. Y en a qui font dans leur froc, mais c'est toi qui vois. » Puis il pesa sur la porte de tout son poids, et celle-ci bascula lentement sur des gonds silencieux.

Le Cercle me parut plus petit qu'on pouvait en juger de l'extérieur à la seule taille de la coupole. Une pièce circulaire, avec un dais en son centre et un grand âtre crépitant en arrière-plan. Juste sous la base de la coupole, il y avait une verrière, un beau vitrail coloré importé d'Ascolia. Mais en hiver, avec la neige et la glace qui s'entassaient sur le toit, l'éclairage naturel se faisait avec difficulté. On illuminait donc le Cercle autrement, et les colonnes et les statues sur le pourtour portaient torches et bougies. Au sol, une ligne de dallage en marbre strié remontait jusqu'au dais, scindant la pièce en deux demi-cercles distincts. Ce découpage symbolique devait servir de séparation entre les parties en présence. Une odeur prégnante de cire brûlante flottait dans l'air, sans pour autant le réchauffer.

Hesse m'attendait comme il l'avait promis, figé en une posture rigide du côté que l'on réservait aux criminels. Il avait revêtu un tabard moins usé que celui qu'il portait d'habitude et ses cheveux huilés luisaient d'un éclat fauve. Les gardes me laissèrent à ses côtés et, lorsqu'il eut posé une main sur mon épaule, ils nous quittèrent pour se placer en faction près de la porte. Je lançai un coup d'œil fugace sur ma gauche où patientaient sieurs Gilles et Duranne Misolle, le père bedonnant penché pour murmurer à l'oreille du fils. Un peu en retrait, deux autres hommes, des domestiques à en juger par leur accoutrement, gardaient les riches capes brodées de leurs maîtres. Ils ne me regardèrent pas une seule fois.

Un concert d'échos retentit tout à coup derrière le dais, le claquement de pas si forts qu'ils me firent sursauter. Je levai la tête, dans l'expectative, avant que mon attention ne soit saisie par une autre silhouette que je n'avais pas remarquée auparavant, mais dont je ne parvins plus à détacher le regard. Le vacarme de la procession qui approchait s'estompa comme par magie, englouti par la panique. Près de l'estrade se tenait Morgonne Vouge, le légat exécutoire de Corne-Brune, rasé de près comme à son habitude. Le casque parside, symbole de sa condition, reposait au creux de son coude. Ses mains étreignaient fermement le pommeau d'une épée à large lame, dont la pointe reposait sur le marbre. Vouge approchait de la cinquantaine, mais il inspirait toujours la crainte, davantage encore que Hesse parmi les gens de Corne-Brune. L'âge n'avait pu lui ôter sa stature imposante et c'était, disait-on, un vétéran des guerres carmides qui avait combattu au second siège de Phocène, où il avait reçu la large cicatrice qui balafrait son crâne chauve. À ses pieds reposait un bloc de bois taché. J'eus un mouvement de recul, et la poigne de Hesse se raffermit imperceptiblement sur mon épaule. Je frissonnais encore, incapable de voir autre chose que la lame et le billot lorsqu'une voix chevrotante retentit depuis le sommet du dais :

— En ce second jour de la lune des Neiges, le seigneur-primat Barde Vollonge le Jeune rendra justice.

Je levai des yeux effrayés vers l'estrade. Les trois chaires vides ne l'étaient plus : à droite avait pris place l'annonceur malingre et ridé qui venait d'ouvrir mon procès. Au centre trônait le primat, et aux côtés de ce dernier une silhouette plus frêle encore que celle de l'annonceur. Une femme, qui m'était partiellement dissimulée par l'ombre que projetait le fauteuil. Ces deux figures réussirent à m'arracher quelques bribes de curiosité, en dépit de la situation. J'avais déjà aperçu Barde de loin, lorsque du haut de la colline du Verger nous guettions sa suite à l'occasion de ses chasses ou de ses départs aux tables rondes. De près, il était encore plus impressionnant que dans mon souvenir. Ses vêtements étaient sobres mais de belle facture, des ourlets de fourrure épaisse ornaient son pourpoint ocre et une large chaîne d'argent embellissait la cape en peau de loup qui lui tombait des épaules. Pour seul bijou il portait une petite boucle d'oreille ouvragée, en argent elle aussi.

Barde avait un visage ouvert et amène, sérieux sans être sévère, encadré par une courte barbe noire. Celle-ci n'était pas taillée en pointe à la mode de Port-Sable, comme la portaient la plupart des hommes de la haute, mais tondue court, en une coupe de soldat. Ses yeux verts, le seul héritage clanique explicite sur son visage, si on exceptait un teint vaguement hâlé, étaient vifs et intelligents. Ni très grand, ni très imposant, ce n'était pas un bel homme au sens conventionnel du terme, mais il se dégageait de lui une assurance tranquille, un charisme solide à la fois chaleureux et paisible. Cela transpirait de lui en toutes circonstances, et je parvenais à le percevoir, même à ce moment-là. Habituellement, les primats brunides délèguent affaires et jugements à leur justicaire, mais, comme les Misolle étaient riches et influents, Barde avait choisi de siéger en personne à mon procès. Je n'aurais pas su dire si sa présence me rassurait ou si au contraire elle m'inquiétait davantage.

La femme à droite, cela me vint brusquement, devait être celle que le seigneur-primat venait d'épouser, dame Amina Niveroche de Couvre-Col. Je n'aurais pas su formuler pourquoi, mais je trouvais sa présence curieusement déplacée, une apparition délicate qui contrastait étrangement avec la violence solennelle du Cercle. Je ne discernais d'elle que la luisance de deux grands yeux noirs, quelques mèches raides et brunes et, dans l'obscurité au-delà, l'esquisse de traits doux et raffinés. Nos regards se croisèrent. J'eus l'impression distincte qu'elle me contemplait avec intérêt. Je demeurai captivé durant quelques instants, comme si j'avais reconnu à cette inconnue le pouvoir de m'extirper du pétrin dans lequel je m'étais fourré. Puis, avec un sursaut, la peur me ramena au procès et à l'écho des voix et je finis par baisser les yeux. Le vieux greffier toussota, avant de reprendre son énoncé d'une voix monocorde :

— Les plaignants sont sieur Duranne Misolle, marchand de son état, et sieur Gilles Misolle, marchand de son état. L'accusé est un enfant vagabond d'ascendance inconnue qui porte le sobriquet de Syffe. Les témoins des plaignants sont Guise Gandois, domestique de son état, et Omble Vorremain, valet d'armes de son état. Le témoin désigné à l'accusé faute de volontaires est Bertôme Hesse, première-lame de son état. Le cas est le suivant : le garçon Syffe a été surpris en flagrant délit de cambriolage et de détérioration de biens au cours de la dix-septième nuit de la lune de Glas, par la patrouille de nuit du quartier des Deniers. Les plaignants demandent réparation pour le vol d'une somme d'argent retrouvée en possession de l'accusé, au montant de trois deniers et huit sous, pour l'effraction de leur propriété commune, une ébénisterie située dans la rue des Artisans, ainsi que pour la dégradation de plusieurs meubles en exposition dans ladite boutique, dont les travaux de restauration sont estimés à trente-deux deniers. Les plaignants ont-ils une déclaration à faire ?

La voix rocailleuse de Gilles Misolle résonna dans la pièce. « Il n'y a pas à en débattre bien longtemps, on a attrapé cette graine de potence sur le fait. Qu'on lui prenne la main et qu'on en finisse. » Je me mis à trembler de tout mon corps, les oreilles envahies par la saccade fracassante de mon cœur. Le scribe se tourna vers moi, et c'est à peine si je l'entendis me questionner à mon tour. « L'accusé a-t-il une déclaration à faire ? » Je déglutis malgré moi, la bouche sèche, bien incapable de réagir à ses propos d'une quelconque manière. Derrière moi, la voix de Hesse, qui me parut venir de très loin. « Non. Rien à dire. » Le scribe toussa de nouveau avant d'énoncer :

— Le seigneur-primat va rendre son jugement.

Barde, dont le visage se dissipait rapidement derrière le voile de terreur qui s'abattait sur moi, fit un geste vague, les doigts tendus dans ma direction, avant de prendre la parole de cette voix riche et grave qui dictait la vie des citoyens corne-brunois depuis bientôt douze ans :

— La situation me paraît malheureusement fort simple. Je condamne donc l'accusé au prélèvement de sa main gauche pour le vol qu'il a commis, à trois coups de fouet pour l'infraction et sept pour la dégradation de la propriété des plaignants. Légat Vouge, devant témoins, faites votre office.

Je m'enfonçai profondément dans l'insensibilité générale, incapable d'établir le lien entre la réalité et ce qui était en train de m'arriver. Autour de moi, dans cet autre univers dont j'étais devenu l'observateur muet, les choses parurent se précipiter. Le légat exécutoire et son assistant arrivèrent à ma hauteur, l'un portant le billot, l'autre l'épée. Morgonne Vouge se ceignit de son heaume épais, masque antique de bronze luisant dépourvu de ciselures ou d'ornements, fendu au niveau des yeux et de la bouche. L'assistant, un jeune homme pâle aux orbites globuleuses, me détacha, puis me saisit par le poignet gauche tandis que, sur mon épaule, la poigne de Hesse pesait encore. Je ne sus dire si son intention était de me soutenir ou de me retenir.

On me passa une cordelette fine autour du haut de l'avant-bras, et elle fut serrée si fort que je la vis s'enfoncer dans la peau comme un sillon tracé sur l'eau. La douleur me ramena vaguement au présent. Je me mis à pleurer silencieusement, tremblant de tous mes membres. Comme l'avait prédit mon escorte, je sentis ma vessie me lâcher en une seule crispation glacée, sans en éprouver pour autant ni honte, ni soulagement. Mon corps s'était animé d'une vie propre pour se transformer en une prison de chair au sein de laquelle je n'étais plus qu'un étranger. Ma main fut placée sur le billot, je n'opposai qu'une faible résistance qui se révéla vaine, puisque l'assistant de Vouge, qui tenait la cordelette, s'était agenouillé devant moi et maintenait fermement le membre en place. J'entendis le raclement de la lame contre le dallage, perçus un éclair tandis que la lueur des bougies dansait sur l'acier. Tout mon corps se raidit et je fermai les yeux.

18

Il n'y eut pas de choc. Aucune fulgurance douloureuse comme je pouvais en attendre. Pas de morsure tranchante. Dans le silence étouffant, je finis par trouver le courage d'entrouvrir un œil. Vouge avait baissé son arme, s'était tourné vers Barde, qui levait la main dans sa direction. Penchée sur le primat, la mince figure d'Amina Niveroche murmurait à son oreille. Tandis que Barde écoutait, tout en hochant parfois ostensiblement la tête, la tension des plaignants se faisait de plus en plus palpable. Gilles Misolle finit par réagir avec impatience, même si, conscient de son faux pas en matière d'étiquette, il parvint à énoncer son exaspération d'un ton bonhomme :

— Enfin, primat Vollonge, qu'est-ce que cela veut dire ? Vous avez prononcé une sentence, qu'on l'exécute et qu'on rentre ensuite se mettre à l'abri de ce froid insupportable.

Barde haussa les sourcils et esquissa un mince sourire avant de prendre la parole sur un ton ferme et contrit à la fois :

— Sieur Gilles, je vous prierai à l'avenir de ne pas interrompre mon épouse lorsqu'elle s'entretient avec moi. Il se trouve que ma dame trouve toute cette affaire d'un bien mauvais goût, surtout en cette période qu'elle voudrait joyeuse. Aussi, malgré cette faiblesse dont le cœur du beau sexe fait souvent preuve, j'ai décidé, au vu du contexte, de considérer sa requête de clémence. Bien évidemment, il est clair que vous avez été lésés, je me dois donc de vous proposer un compromis qui sera à même de satisfaire toutes les parties présentes.

Barde s'interrompit brièvement, avant de fixer son regard pénétrant sur Duranne :

— Sieur Duranne, au risque de paraître déplacé, permettez-moi de vous demander avec franchise si vous vous êtes acquitté cette année de la modeste taxe commerciale que la cité impose à tous ses marchands, ébénistes compris ?

Je n'en croyais pas mes oreilles, et il n'en fallut pas plus pour que l'espoir ne s'ancre d'une secousse en mon esprit. Comprenant que mon sort se jouait manifestement sur la question que Barde venait de formuler, mon regard pivota vivement vers la gauche, où, le cœur au bord des lèvres, je me mis à épier désespérément les réactions des deux plaignants. Duranne avait rougi jusqu'aux oreilles et, après quelques balbutiements confus, il finit par courber la tête. Sa réaction déclencha les foudres de son père, qui se mit à l'invectiver à voix basse, les syllabes les plus dures rebondissant en écho sur les parois lisses du Cercle. Barde toussota poliment et Duranne se tourna enfin vers lui. « Non, seigneur-primat. Pas encore », fit-il d'une voix inaudible. L'espérance jaillit comme une source claire, tandis qu'aux côtés de Duranne, Gilles Misolle continuait à pester dans sa barbe. L'erreur de son fils venait de les prendre tous deux au collet et, sans qu'il eût à le formuler, Barde venait de leur ôter toute possibilité de contester son verdict. Je n'avais jamais été aussi soulagé de toute ma vie. Ma main était sauvée. Je me sentis réintégrer mon existence d'un seul souffle puissant qui balaya tout, même l'angoisse de la sentence que Barde allait m'imposer. Je pouvais supporter les coups de fouet, le pilori, n'importe quoi, mais on n'allait plus me prendre la main.

La voix de Barde résonna de nouveau dans le Cercle, mielleuse, compréhensive, mais implacable :

— Une erreur naturelle, sieur Duranne après tout, c'est la première année que vous vous engagez dans la voie qu'ont tracée vos honorables ancêtres, et ce genre d'accident regrettable est à attendre. Soyez certain que je ne retiens pas cet oubli contre vous. D'ailleurs, si nous raisonnons en termes purement pécuniaires, on pourrait affirmer que le préjudice que vous avez subi me touche également. En effet, au moment où l'enfant a commis ses méfaits, vous étiez en quelque sorte mon débiteur.

Mon regard oscillait entre le dais et l'espace où se tenaient les plaignants. Tandis que Barde parlait, le visage de Duranne semblait reprendre des couleurs, cependant qu'au contraire son père se renfrognait de plus en plus. Le primat poursuivit, après avoir acquiescé d'un air grave :

— Oui, à y réfléchir, je me considère comme solidaire des malheurs qui vous ont accablés. En vérité, je compte également exiger de l'enfant réparation pour le préjudice que j'ai subi et qui, de mémoire, se monte à environ trente deniers. Voyez, dans cette affaire, sieurs, j'ai presque davantage perdu que vous.

Barde marqua une nouvelle pause. Les yeux de Duranne s'écarquillaient enfin. Imperceptiblement, l'affaire semblait tourner de moins en moins à son avantage. La voix de Barde se raffermit légèrement. « Or », fit-il, « comme chacun le sait, on ne s'acquitte pas des taxes en mains d'enfants, je ne saurai donc accepter cela comme paiement pour mes griefs. Je me vois dans l'obligation de me dédommager par le temps et le labeur qu'il pourra me fournir. Vous le savez sans doute sieurs, Hénade, le guérisseur de feu mon père nous a quittés l'année dernière, à un âge avancé. Sachant que je lui cherchais un remplaçant, le seigneur-lige Niveroche a eu l'amabilité de m'envoyer son propre chirurgien de famille. Mon épouse me fait savoir que cet homme pourrait bénéficier de l'usage d'un assistant, et il me semble qu'une carrière honnête pourrait remettre ce jeune vagabond dans le droit chemin. Je condamne donc l'accusé à servir Corne-Brune pour une durée de trois années sans solde, en la qualité d'assistant, à la suite de quoi il pourra, s'il le souhaite, se voir offrir un poste permanent au château. Bien sûr, je n'oublie pas le préjudice qu'il a infligé à la partie plaignante, aussi je le condamne à servir la famille Misolle de la manière dont elle le jugera le plus apte, également pour une période de trois années sans solde. Enfin, pour satisfaire la demande de clémence qui m'a été adressée par mon épouse, je propose que les deux parties lésées se partagent à parts égales la condamnation de l'accusé : la première moitié de la semaine pour Corne-Brune, la seconde au service des plaignants et, par clémence, chaque dernier jour ainsi qu'aux calendes et aux ides, l'enfant sera libre de ses actes. Je déclare à présent ce procès clos, et en avoir terminé avec cette affaire. »

Mes pensées s'embrouillaient au fur et à mesure que Barde parlait et, si je n'avais pas tout saisi, je compris qu'en dépit de la miséricorde qui m'avait été accordée on venait également de me dépouiller de mon ancienne vie. Toutefois, face au vide ulcérant causé par l'absence de Brindille, de Cardou et de la veuve Tarron durant l'épreuve de ces dernières semaines, je décidai que l'alternative qui m'était offerte valait aussi bien, et peut-être même mieux. L'appréhension de l'inconnu n'était en rien comparable à la terreur de perdre un membre et aux perspectives d'avenir réduites que m'aurait laissé le handicap. De l'autre côté de la salle, Duranne Misolle, blême de colère et de confusion, éleva la voix pour protester avant d'être réduit au silence par son père, dont le teint carmin et la mâchoire serrée trahissaient pourtant les émotions. Ils quittèrent le Cercle d'un pas rapide et les réverbérations de leurs éclats de voix résonnèrent dans le couloir longtemps après leur passage. Tandis que le légat Vouge et son aide emportaient leurs outils macabres, Barde se redressa et me désigna du menton, mais ses mots ne m'étaient pas destinés :

— Première-lame, veillez à ce qu'on prodigue quelques soins au garçon pour le rendre un peu plus présentable. Qu'on lui fournisse également des vêtements et des quartiers convenables pour dormir.

Le soldat salua. Dame Amina quitta sa chaire et m'adressa un bref regard dans lequel je crus discerner une pointe de malice. Je pus enfin voir son visage et compris immédiatement pourquoi elle avait conquis non seulement le cœur de Barde, mais également celui de Corne-Brune. D'une beauté inhabituelle mais indéniable, elle n'avait pas les traits d'une Brunide de naissance : sous sa frange couleur noisette – très droite et non pas bouclée – luisaient deux grands yeux sombres taillés en amande, un nez crochu mais fin, des pommettes hautes et une bouche presque invisible. Au moment où le couple faisait demi-tour pour quitter le dais, je m'entendis murmurer un « merci » indistinct. Il me sembla qu'ils marquèrent une pause, avant de disparaître de mon champ de vision. Tandis que leurs pas résonnaient sur les dalles, Hesse, sans un mot, m'empoigna par le bras pour me traîner vers l'extérieur.

L'air frais inonda mes poumons, mais la morsure de la brise hivernale m'était bien égale. J'eus l'impression que les jardins gelés s'étaient métamorphosés en un paradis accueillant depuis mon passage une heure auparavant. Le soleil brillait, pâle et clair, et j'inspirai goulûment l'odeur délicieuse de la liberté. Hesse m'entraîna à sa suite, non pas vers le donjon mais à l'écart, où un muret recouvert de neige côtoyait la statue d'un guerrier rongé par la mousse ainsi qu'un arbuste tortueux que je ne reconnus pas. Sans prévenir, Hesse me saisit maladroitement sous les épaules et me posa sans ménagement sur le muret. Je flottais sur un tel petit nuage de bonheur, que, même s'il m'avait jeté par-dessus l'enceinte du château à cet instant, je ne crois pas que je me serais plaint davantage. Hesse se planta face à moi, l'expression faussement courroucée :

— Enlève-moi ce sourire stupide, petit, tu ressembles à un simplet. Tiens, attrape !

Une pomme m'atterrit sur les genoux, et je me découvris au même instant une faim furieuse. Tandis que je portais le trésor sucré à ma bouche, Hesse croqua dans un second fruit ridé qu'il tira de dessous sa cape. « Profites-en », me dit-il entre deux bouchées, « ce sont les dernières de l'année. » Je mordis de nouveau, laissant le goût mûr inonder mes papilles flétries qui depuis deux semaines n'avaient connu que la saveur fade du bouillon. C'est à ce moment que la chose me frappa. Les pommes. Les pommes que Hesse avait sur lui avaient été dans ses poches dès le début. J'avalai de travers, puis d'un ton accusateur et horrifié à la fois :

— C'était pour de faux. Tout ça, c'était pour de faux. Vous avez joué la comédie. Vous m'avez fait croire qu'on allait me couper la main !

Hesse manqua de s'étouffer sur sa propre pomme, avala de travers, puis ramassé sur lui-même se mit à jeter des coups d'œil furtifs autour de nous. Je ne le lâchais pas du regard, certain à présent de ce que j'avançais. L'attente insupportable, le procès, la première condamnation, l'épée du bourreau, tout cela avait été orchestré, depuis le début, et la seule chose réelle avait été ma terreur absolue. J'éprouvai soudain de la honte, une honte viscérale. Je m'étais fait dessus devant le primat de Corne-Brune, sa femme et, pire que tout, devant Duranne Misolle. J'eus envie de partir en courant, mais le regard limpide de Hesse me vrilla sur place, accompagné par le chuchotement rauque de sa voix :

— Baisse d'un ton, Syffe.

Les larmes me piquèrent brusquement les yeux tandis que le souvenir encore brûlant du billot resurgissait en moi avec une intensité telle que cela manqua de me faire tomber du muret. Le vide s'engouffra en moi tout d'un coup. Je me sentais trahi, abandonné, épuisé et très seul. Scindé en deux. « Pourquoi ? » fut la seule chose que je parvins à croasser. Hesse s'empourpra, et cette fois, j'en étais sûr, sa moustache tremblotait. Pourtant d'une voix plate, il me retourna la question. « À ton avis ? » Je secouai la tête, incapable sur le moment de penser à autre chose qu'une plaisanterie cruelle, dont j'avais été l'objet sans le savoir. Le soldat ôta lentement son chapel de fer, et le déposa à côté de moi. Il avait l'air fatigué, lui aussi. Sa voix était basse :

— Parce que, comme je te l'ai dit hier, je dois faire attention à ce que je te dis, et parce que tu ne peux pas tout comprendre. Pour parler simple, Corne-Brune est en guerre. Oh, pas une guerre avec des soldats et des armées, mais une guerre tout de même. La prise de Barde sur cette ville part en morceaux et notre affaire Tom Vairon a mis un coup de pied en plein dans la fourmilière. Nous jouons en ce moment un jeu très dangereux, et les vieilles familles de la haute jouent contre nous. Le roi est mort, le traité d'Opule a sauté, n'importe qui avec suffisamment de deniers peut acheter l'approbation de la Table Ronde, renverser un seigneur ou se faire nommer primat. Dans le Sud, ça n'arrivera sans doute jamais, pas avec toutes ces lignées anciennes, et leurs liges bien établis. Et quand bien même, ça ne changerait pas grand-chose pour les bonnes gens de Bourre ou de Sudelle qu'une autre famille prenne le pouvoir. Pour nous c'est différent. L'aristocratie du coin et les marchands sont les mêmes, il y a les clans, la haine et le souvenir des hordes, et, à mi-chemin, un primat qui à cause de son sang mêlé ne pourra pas rester éternellement le cul entre deux chaises. Imagine un peu le sort qui vous attendrait toi et tes amis de la Cuvette, si demain le primat était quelqu'un comme Gilles Misolle, ou son fils. Tu comprends ce que je te dis là ?

J'acquiesçai avec entrain, mes larmes ayant laissé place à un sérieux des plus attentifs. Voyant qu'il avait capté mon intérêt, Hesse continua :

— Notre combat se déroule dans l'ombre, avec pour seules armes les habiles paroles et les jeux d'esprit. Enfin, la plupart du temps. Lorsque tu as été pris par la garde au cours de ce stupide cambriolage, je suis immédiatement allé voir le primat. Nous avons concocté un plan pour retourner la situation à notre avantage et c'est Amina Niveroche elle-même qui a imaginé le rôle qu'elle tiendrait dans l'affaire. Celle-là, Syffe, je ne voudrais pas m'en faire une ennemie. Un esprit effilé comme un rasoir, sous ses airs de petite dame. Barde a toujours été un excellent juge de caractère, mais il s'est dépassé en choisissant cette femme. Elle a tout pris à bras-le-corps. Sa présence fera peut-être basculer les chances de notre côté. Bref. Je…

Comme s'il cherchait ses mots, Hesse hésita tout en me surveillant prudemment du coin de l'œil, avant de reprendre plus lentement :

— Il fut donc convenu qu'à l'issue du procès tu serais placé chez la famille Misolle, où tu nous serviras, faute de meilleur mot, d'espion. Ne t'y trompe pas petit, tu vas en souper, parce qu'ils te traiteront aussi mal qu'ils le pourront. Et cette fois, si tu commets la moindre erreur, on ne pourra plus te tirer d'affaire, ni moi ni personne. Aussi, Barde a décidé de t'offrir une chance de briller et un avenir, si nous l'emportons. Si, pour une fois, tu es capable d'utiliser ta caboche correctement. Je ne connais pas personnellement le guérisseur des Niveroche, mais lorsque tu le rencontreras, je pense que tu remarqueras l'ironie de la situation.

Je haussai un sourcil et bougonnai. « Ça m'étonnerait, vu que je sais pas ce que ça veut dire, *ironie*. » Hesse réprima un sourire. Je poursuivis avec prudence, en regardant mes pieds qui se balançaient au-dessus de la congère : « Si j'ai bien compris, vous m'avez rien dit pour ma main pareil que pourquoi vous m'avez rien dit pour Merle. Vous me faisiez pas assez confiance. Vous pensiez que j'y arriverais pas bien à faire semblant d'avoir peur. Alors que comme ça, vu que je me suis pissé dessus, les Misolle y croiront pas que c'étaient des âneries. C'est ça ? »

Hesse m'observa gravement. « Syffe », fit-il, « j'espère que ce que je suis sur le point de dire ne te montera pas trop à la tête. Pour un enfant de ton âge, qui vient d'où tu viens, tu fais preuve d'une jugeote remarquable. Ce que tu as très mal dit est tout à fait exact. » Hesse promenait posément son gantelet sur le chapel, et il en tapotait le fer d'un doigt distrait. Je crus que son regard allait partir, puis ses yeux se fixèrent sur moi. Hesse ramena le casque sur sa tête un peu brusquement, et il en subsista une marque étrange dans la neige du muret. « Tu sais, il y a quelques années de ça je me suis conduit en tête brûlée, exactement comme tu l'as fait à l'ébénisterie », me confia-t-il. La condensation commençait à geler sur sa moustache. « J'ai commis une terrible erreur, qui ne pourra jamais être réparée. Alors j'espère aussi que tout ça te donnera à réfléchir. Je sais que ça a été très dur, et je m'en suis voulu parfois, mais je pense aussi qu'il était important que tu comprennes. Un bel esprit ne sert à rien, si on ne s'en sert pas. »

J'esquissai un bref assentiment, trop flatté par les compliments pour prendre à cœur la rude leçon dont j'avais été l'objet. Hesse me tapota gentiment la tête et me fit descendre de mon perchoir. Mon pantalon imbibé d'urine me collait aux cuisses et commençait à sérieusement se refroidir. J'hésitai, les chausses englouties par la congère, tout en me grattant l'oreille. « On n'est pas que quatre quand même première-lame ? Vous, moi, le primat et sa femme, on n'est pas que ça ? » Hesse sourit de nouveau. « Non mon garçon, il y en a d'autres, heureusement. » « Ah. » Nous nous mîmes en route vers le donjon, et je traînai derrière tandis que mes pensées s'entrechoquaient. « Et vous pouvez pas me dire qui c'est, parce que sinon je pourrais gaffer ? » « C'est ça, Syffe. » Nous contournâmes une nouvelle statue pour rejoindre l'une des allées principales. « Je savais pas que vous vous appeliez Bertôme, première-lame. Je pourrais peut-être vous appeler comme ça maintenant ? » « Certainement pas, Syffe. » Si ma mémoire est exacte, mes jacasseries continuèrent ainsi un bon moment et ne cessèrent pas, même lorsque nous quittâmes les jardins gelés de Château-Corne.

19

Le lendemain matin, tandis que la lumière hésitante de l'aube poignait par l'étroite fenêtre de ma chambre, on frappa à ma porte. Toutes ces idées étranges remontaient en moi par bouillonnements et je jubilais à en rire sous ma couette, sans arriver encore à y croire entièrement. « Ma porte. » « Ma chambre. » « Ma fenêtre. » « Ma couette. » C'était trop beau pour être vrai, et c'était à peine si je me souvenais que, le jour précédent, j'avais été un vagabond criminel bon pour le billot. Je m'extirpai de la chaleur du vieil édredon de plumes, frais et dispos, prêt à affronter ce qui allait constituer mon nouveau quotidien.

La veille, Hesse m'avait d'abord emmené prendre un bain dans une arrière-salle fumante du château, quelque part entre les cuisines et la laverie. Le temps de faire chauffer l'eau, cela avait duré une bonne partie de l'après-midi. Je m'étais d'abord prêté au jeu avec appréhension. Puis, bien vite, la morsure de l'eau brûlante s'était estompée et transformée en une douceur étourdissante. J'y avais succombé avec délice. Une vieille femme silencieuse au visage pincé avait ensuite fait son apparition et, tandis que je me séchais avec langueur au coin d'une des cheminées des cuisines, elle avait entrepris, sans retenue aucune, de mettre un peu d'ordre dans ma chevelure broussailleuse. La vieille eut même l'indécence de me montrer son œuvre achevée dans un petit miroir ébréché. J'avais perdu la plupart de mes nœuds, mais aussi, à ma grande peine, l'ensemble des tresses tribales qui s'entremêlaient dans ma tignasse épaisse. Je portais désormais la coupe courte des pages du château, nette, droite, et sans fioritures. Mon visage dégagé de sa crinière habituelle m'avait paru horriblement squelettique, et le choc m'extirpa plutôt brutalement de l'engourdissement béat dans lequel le bain m'avait plongé. Je n'eus même pas le temps d'insulter l'antique coiffeuse avant qu'elle ne disparaisse par l'escalier de service.

Hesse était alors revenu avec un grand bol de restes, du fromage, du pain, de la couenne fumée et quelques radis blancs qui m'avaient rapidement fait oublier ma déception. Alors que j'engloutissais le repas de fortune, un page bouclé à l'air aimable, un peu plus âgé que moi, vint m'apporter mes nouveaux habits : une paire de braies noires et une chemise blanche d'un lin épais sur lequel se glissait un doublet de laine ocre. La combinaison des teintes ne m'échappa pas : il s'agissait évidemment des couleurs de Corne-Brune. S'ajoutait à cela une paire de guêtres hautes, d'un cuir déjà usé, mais fortuitement, presque à ma taille. L'ensemble neuf était toutefois raide, et me démangeait plus que de raison. Je me tortillais encore, au grand amusement de nombre des commis présents, lorsque Hesse m'annonça qu'il avait à faire, et qu'il me confiait aux bons soins de Mourton, tout en désignant le page espiègle qui n'avait pas quitté mes côtés. Le première-lame vida les lieux, et Mourton, d'un sourire complice, me fit signe de le suivre. Nous quittâmes la lente réverbération des fourneaux pour nous engager dans le colimaçon sinueux de l'escalier de service. Je dois avouer que, en dépit de mon expérience des ruelles labyrinthiques du Ruisseau, j'avais trouvé le dédale du donjon bien plus déroutant, avec ses passages, ses alcôves, et ses couloirs à n'en plus finir.

Après quelques paroles badines échangées au cours de l'ascension, accompagnées de leur lot de fanfaronnades maladroites, Mourton m'avait abandonné devant une porte étroite de l'aile est du château, à deux pas de l'escalier que nous venions d'emprunter. J'eus le temps d'apprendre que l'étage de corridors obscurs dans lequel j'avais mis pied constituait le quartier des domestiques, deux niveaux au-dessus des cuisines, et que je ne devais pas m'aventurer ailleurs sans permission. Puis je m'étais retrouvé livré à moi-même, et c'était seul que j'avais poussé la porte de ma nouvelle chambre.

L'endroit était exigu, sans autre mobilier qu'un petit lit à côté duquel on avait posé un coffre usé, taché par la cire du bougeoir unique qui reposait sur le couvercle. Sur la couche, outre des draps propres, j'avais découvert un deuxième ensemble identique à celui que je portais déjà. Il y avait aussi mes anciens habits, les quelques objets que la garde m'avait confisqués avant que je ne sois incarcéré – dont mon précieux pendentif – et une clef de bois qui verrouillait le grand coffre plat. J'avais enfilé précautionneusement la clef sur le collier que Cardou m'avait offert, avant de ranger soigneusement le reste de mes affaires. La petite fenêtre qui donnait sur le nord avait jadis été une meurtrière, et le reflet de la bougie, cumulé à la crasse sur le carreau de corne m'avait empêché de distinguer quoi que ce soit de la nuit qui tombait à l'extérieur. Je m'étais demandé si jadis un archer avait déjà tiré par là et s'il avait touché sa cible. Une fatigue nerveuse m'avait alors rattrapé et, sans avoir pris la peine de me déshabiller, je m'étais enroulé sur le lit. J'avais glissé la couverture de Hesse et ses relents persistants de lavande sous la courtepointe tachée. Un sommeil profond m'avait terrassé, presque sur le coup. Et voilà qu'au petit matin, après une nuit tranquille et sans rêves, on toquait à la porte de ma nouvelle chambre.

Je poussai le loquet pour découvrir sur le seuil un Mourton débraillé, qui maniait avec difficulté une lanterne trois fois trop grande pour lui. Ses yeux ensommeillés se plantèrent dans les miens tandis qu'il frottait lentement son nez épaté. « Faut que tu me suives », fit-il, sans préambule. Je lui emboîtai donc le pas, l'œil aux aguets, prêt à mémoriser dans le moindre de ses détails le trajet qu'il me ferait emprunter. Château-Corne commençait à peine à se réveiller, je distinguais vaguement quelques silhouettes qui déambulaient au loin, à la lueur incertaine des bougies, mais un silence crépusculaire régnait encore dans l'air, ponctué d'échos bruissants, de toux cérémonieuses et de murmures. Je frissonnai, et pas seulement à cause du froid : l'endroit me paraissait le décor idéal pour bon nombre des récits de fantômes que j'avais pu entendre de la bouche de ces conteurs itinérants qui séjournaient parfois dans les auberges de la basse.

À la place du dédale que j'attendais, le page se

contenta de me faire passer en sens inverse par le même chemin que nous avions pris la veille : juste en face de ma porte, l'escalier de service d'où montait par effluves une délicieuse odeur de boulange fraîche. Nous finîmes par atteindre les cuisines et je fus surpris de les découvrir déjà en pleine effervescence. Serviteurs et valets de chambre vaquaient ici et là, sous la supervision d'un intendant au visage sévère et au crâne dégarni. Ces sillages erratiques croisaient la ligne régulière d'une procession de bonnes qui remontaient des étages inférieurs en traînant des seaux. Au beau milieu des cuisines, elles se délestaient de leur chargement liquide dans une gigantesque bassine de cuivre battu. Au fond d'une alcôve rougeoyante, sur un immense plan de travail taillé à même le granit de Corne-Colline, j'entrevis un boulanger en sueur qui pétrissait une montagne de pâte. Il y découpait ensuite des pâtons que ses assistants enfournaient par plateaux entiers dans un four de briques ternes. Les pains cuits étaient jetés tout fumants dans des panières d'osier et acheminés vers les cuisines. Je fis de mon mieux pour ne pas perdre Mourton de vue, mais mes yeux tombaient sans cesse sur quelque détail intéressant ou appétissant, et il s'en fallut de peu que je ne m'égare au beau milieu de tout ce remue-ménage. Le petit page, lui, avançait tout naturellement et, se faufilant tantôt par la droite, tantôt par la gauche, il s'empara d'un plateau dans un coin, d'un couteau dans l'autre, et bientôt, il trimbalait un assortiment garni de viande froide, de beurre et de fromage, qu'il arrivait, je ne sais comment, à trimbaler en plus de sa lanterne surdimensionnée.

Nous quittâmes les cuisines par une série de portes

étroites et usées. Un passage biscornu mais fréquenté nous mena jusqu'au froid glacial et à la lumière incertaine de la cour du château. Tandis qu'il m'entraînait vers les ombres massives de la muraille est, et que je trottais dans la neige pour me maintenir à sa hauteur, Mourton, le nez rouge, se mit à me débiter des instructions d'une voix fluette et gouailleuse. Ses mots hachés par l'effort formaient de petits nuages vaporeux :

— Demain faudra que tu t'occupes de ça tout seul, moi j'ai déjà assez à faire avec Courterame, encore qu'il est moins lève-tôt que certains. Pense à moufter ta bougie aussi, avant de dormir, sinon l'intendant va finir par te passer une saucée. Là, t'as tout cramé d'un coup, mais ça passera pour cette fois, m'est avis. Le ménage c'est une fois par semaine, mais les jours ça change, alors évite de laisser traîner tes fracs si tu veux pas qu'ils disparaissent. Par contre, si t'as un paletot sale, tu le laisses sur le lit pour les lavandières. T'as que le becton du matin à assurer, pour le reste, le bois, les bougies et la bouffe, on vous l'apportera sur place, là-haut.

Ce faisant, il me désigna notre destination du menton, l'unique tour intacte qui se dressait encore sur cette section du mur d'enceinte, presque au-dessus de l'infirmerie, entre les baraquements et le lavoir gelé. L'empilement de pierres sombres m'évoquait le dernier chicot d'un vieillard. Nous arrivâmes au pied des escaliers polis qui y menaient, et Mourton me déposa le plateau dans les mains avec un sourire narquois :

— Ça sera aussi à toi de lui récurer les escaliers, au sableux, et plutôt deux fois qu'une. Quand la neige commence à fondre, c'est un coup à se casser les guiboles. Je te laisse maintenant, j'ai la même qui m'attend.

Un peu désorienté par le déluge d'informations, j'observai – avec une inquiétude naissante – le page s'éloigner en sautillant dans la direction des écuries, avant de porter un œil méfiant sur la vingtaine de marches usées qui m'attendaient. Le soleil devait poindre de l'autre côté des murs, car l'éclat de l'aurore illuminait déjà une partie de la façade noire du donjon. Faisant de mon mieux pour ne pas renverser le contenu fumant de la théière d'étain, j'entamai une lente et prudente ascension, soudain plus si sûr que la chambre et les habits neufs en vaillent la peine. À dire vrai, le soulagement que j'avais éprouvé face au jugement miséricordieux de Barde avait quelque peu obscurci mes esprits, et l'anticipation dont je faisais généralement preuve avait été effacée par la reconnaissance et l'excitation de la nouveauté. Jusqu'ici, happé par le tourbillon, je n'avais pas vraiment pris le temps d'imaginer ce qui pouvait constituer la suite des événements pour moi. Marche après marche, l'appréhension me submergea progressivement, tandis que dans mon esprit les écluses à questions s'ouvraient en grand. Ce fut un Syffe très troublé, portant un plateau vacillant submergé de tisane et de pain imbibé qui frappa à la porte en arche de la vieille tour.

Comme personne ne donnait suite à mes tambourinages, et que le plateau pesait très lourd, je finis par appuyer l'épaule contre le battant. La porte céda brusquement et je réprimai un sursaut. Le déjeuner que je portais s'en trouva irrémédiablement gâché. Après avoir toqué encore un peu, ce furent finalement le froid et ce poids terrible que je devais manœuvrer à bout de bras qui eurent raison de ma méfiance. Je pénétrai à reculons dans la vieille tour. Un âtre spacieux épousait les contours ronds du rez-de-chaussée, occupant un bon quart de la façade qui s'étirait à droite. Il n'y subsistait qu'un lit de cendres parsemé d'une poignée de minuscules étincelles. À gauche, un colimaçon de pin-dur massif disparaissait dans les hauteurs. Hormis une réserve conséquente de bûches entassées sous ce dernier, le rez-de-chaussée était parfaitement vide. Je haussai une voix chevrotante, et le son se dispersa en écho jusqu'au sommet de l'édifice. « Guérisseur ? Quelqu'un ? »

Cette fois-ci une trappe grinça quelque part au-dessus, et une volée de mots distants dégringola jusqu'à mes oreilles. Je parvins à distinguer sur le volet « manger », « monte-charge » et « escaliers », ce qui ne m'aida pas particulièrement à cerner ce qui était attendu de moi. Je lançai un coup d'œil désespéré sur les alentours avant de repérer un creux symétrique dans la maçonnerie de la tour, juste à côté de l'escalier. Là, reposait un amalgame sommaire (et poussiéreux) de planchettes reliées à un système de cordages et de poulies, j'en conclus qu'il devait s'agir du monte-charge en question. J'y déposai l'encombrant plateau en espérant bien faire, puis quelques bûchettes dans le foyer mourant pour faire bonne mesure. Mes pas hésitants m'entraînèrent ensuite sur les épaisses marches en tire-bouchon.

J'eus le temps de cercler la tour en entier, les pieds butant parfois dans l'escalier sombre, avant que tout à coup la lumière ne se fasse plus vive. Clignant des yeux, j'émergeai par la trappe entrouverte et pris pied sur le palier cossu du dernier étage. Une aube rougeoyante inondait la pièce circulaire, coulant comme un épais sirop d'or par l'immense vitrail situé en face de l'escalier. Dans le flot de lumière aveuglant, je pus tout de même discerner un grand bureau bien tenu au centre de la tour et un lit aux draps blancs accolé à la façade nord, tout près du conduit de la cheminée que j'avais aperçue tantôt. Plus que tout, ce qui attira mon attention, ce furent les livres. Deux étagères sculptées de taille respectable siégeaient de part et d'autre de la verrière, regorgeant d'ouvrages épais, de parchemins et de rouleaux. J'en avais déjà entendu parler, bien sûr, mais c'était la première fois que je voyais de vrais livres, et je mis un moment à en détacher mon regard. Je levai ensuite les yeux vers le plafond. La vision qui m'y attendait me rappela la yourte de Frise, ou le porche de la veuve Tarron, mais en bien plus grand. D'innombrables objets pendaient aux poutres, pour l'essentiel des bouquets de plantes sèches, et quelques sacoches de cuir. Et puis, juste au-dessus de moi, j'aperçus le squelette suspendu. Crucifiés dans le vide, les os jaunis de la cage thoracique découpaient la lumière en tranches fines. Saisi à la fois d'horreur et de curiosité, je contemplais encore le rictus figé de cette apparition spectrale lorsque la trappe menant à l'étage claqua subitement. Une voix riche retentit tout près de moi :

— Il s'appelait Mélandros Agriphale. De son vivant, c'était le porte-bouclier d'Ounaxès, troisième fils du vingt-deuxième sériphe d'Orphyse. On l'a étranglé il y a près d'un siècle, après qu'il s'est retrouvé mêlé aux intrigues politiques de la dokia Sindoï. Désormais, il se rend utile auprès de la médecine.

Je me tournai lentement vers l'homme qui m'avait

apostrophé, et ce dernier effectua une courbette sèche, tout en me fixant de ses yeux rieurs d'un bleu profond. Son timbre était chargé, un accent léger qui venait érafler parfois sa prononciation. Une insistance un peu trop longue sur certaines syllabes qui l'identifiaient facilement comme étranger malgré son discours impeccable. Un mot me revint, parmi les instructions de Mourton. « Le sableux. » Ses habits étaient somme toute similaires aux miens – une paire de braies en plaid et une simple chemise de lin – mais d'autres détails ne trompaient pas. La longue barbichette noire et tressée, le teint exotique, presque grisé, aux reflets olivâtres, sans oublier la couleur des yeux et le nez arqué qui ne laissaient aucun doute possible. Le médecin de famille des Niveroche était un Jharraïen. Je lui donnais la quarantaine ou un peu moins. Il avait des cheveux courts et crépus, d'un jais aussi prononcé que le mien, dans lesquels on pouvait distinguer les premiers reflets de gris. Une cicatrice bosselée en forme de triangle marquait sa joue droite, déformant légèrement les pattes-d'oie qui plissaient le coin de ses paupières. Son sourire n'était pas retombé, mais il se redressa en me dévisageant, avant de reprendre :

— Je suis Nahirsipal Eil Asshuri, et on m'a demandé de t'instruire dans l'art des médecines curatives et de la chirurgie. Tu peux m'appeler *Surd'Nahir*, ce qui signifie maître Nahir. Ce sera un bon début. Je devrai également t'enseigner la pratique de la langue des Neuf, étant donné que la plupart des traités dont je dispose sont rédigés en jharraïen. Sais-tu lire, jeune disciple ?

Un peu dérouté, l'esprit empli des visions que j'avais eues de Merle à bord de sa galère esclavagiste, et pas encore décidé sur les sentiments que m'inspirait cet individu dont les compatriotes m'avaient arraché mon ami, je secouai la tête en marmonnant :

— Non, sourde Naïr.

— Dans ce cas, nous allons y remédier au plus vite.

D'un geste, il m'invita à prendre place au bureau imposant qui trônait au milieu de la pièce. J'écarquillai les yeux, et comme Hesse l'avait prédit, je découvris ce matin-là de quelle manière le destin se joue des hommes, ainsi que le sens du mot « ironie ». L'homme avait eu la main gauche tranchée au niveau du poignet.

20

Les deux jours suivants passèrent bien plus rapidement que je ne l'aurais souhaité, esquissant à peine le préambule d'un univers que je soupçonnais d'être fascinant. À contempler la chose avec recul, si maître Nahirsipal avait été philosophe, historien ou même simple scribe, j'aurais certainement épousé ses sermons avec la même ferveur. Mon esprit à huit ans était un jeune loup en quête de subsistance, et cette faim était devenue tiraillante au cours de l'année qui venait de s'écouler, un appétit insaisissable mais profond. Cette porte qui s'entrouvrait, cette mince fente que me faisait miroiter le maître-chirurgien, j'y avais enfoncé le museau à m'en faire saigner, buvant avec passion les humeurs alléchantes qui laissaient présager du festin à venir.

Ce fut donc empêtré dans un tourbillon d'émotions fluctuantes que j'entamai la seconde moitié de ma semaine. Entre l'impatience de retrouver Nahirsipal et le savoir qu'il m'avait fait miroiter, la crainte des basses besognes et des coups qui m'attendaient peut-être au service de la famille Misolle, et l'excitation irrémédiable qui me saisissait lorsque je me rappelais le véritable rôle que j'allais endosser dans la tanière de mes ennemis, je donnais de la tête dans toutes les directions. Face à l'inconnu, mon imaginaire travaillait furieusement, échafaudant tantôt des histoires où je mettais triomphalement à nu les secrets troubles des vieilles familles, tantôt des fantasmagories plus sombres, qui me renvoyaient à mon séjour sur la cogue de Vargan Fuste, aux liens qui par deux fois avaient mordu ma chair et à l'éclat de la large lame du légat exécutoire.

Hesse vint me chercher dans ma chambre un peu après l'aube du quatrième jour, en me recommandant d'emporter ma pèlerine. Nous descendîmes ensemble jusqu'aux cuisines où il piocha quelques victuailles parmi les restes de la veille, et, sans ralentir ni prêter attention aux remontrances de l'intendant, il m'entraîna à l'extérieur. Le vent soufflait du nord, un vrai blizzard venu des montagnes, qui noyait la cour sous un déluge de flocons. La couche glacée était si épaisse que je m'y enfonçais presque jusqu'aux genoux. Je peinais tant à avancer que Hesse finit par s'emparer de moi et me porta comme un sac jusqu'à l'abri des baraquements, malgré mes vociférations que le vent effilochait.

Sans faire de manières ni prêter attention à mes protestations, Hesse me posa devant le feu de la salle commune. Avant que j'aie pu me remettre, il me fourra quelques restes dans les mains, puis s'appliqua à nous servir deux bols de la soupe tiède qui peinait à se réchauffer sur les braises de l'âtre. Les baraquements de Château-Corne étaient immenses, de plain-pied et tout en longueur, pour épouser la forme des murailles, mais on les avait dressés à partir d'un rivetage de rondins de pin-dur, à la manière des bâtisses de Couvre-Col. Sur ces murs épais reposait un toit de chaume couvert d'ardoises et, de ce fait, malgré l'heure précoce et le feu mourant, il y faisait bien meilleur que dans ma propre chambre.

J'engloutis la soupe dans le silence relatif du réfectoire, attablé sur un grand banc près de la cheminée. Un groupe de soldats passa, hérissé de fourrures, et les miliciens marquèrent une pause à l'entrée en échangeant des rires gras, avant d'être engloutis par la tempête. J'en avais presque fini avec mon bol lorsqu'un vétéran court mais épais au cou de taureau et à la barbe broussailleuse vint s'asseoir en face de Hesse. Il me tendit immédiatement une main gantée, aux ourlets usés. « Première-lame Dantemps », se présenta-t-il d'une voix qui me parut étonnamment fluette pour un homme de sa corpulence. Dantemps m'étudia encore quelques instants avant de reporter son attention sur son petit déjeuner, qu'il ponctua en bavardant amicalement avec son collègue. D'après ses dires, la nuit précédente, des couteaux avaient été tirés devant un bouge à boire de la rue de la Cloche, et un tailleur de pierre avait été blessé à mort. Hesse secoua la tête, puis nous excusa en se redressant et me fit de nouveau signe de le suivre. Nous quittâmes la chaleur des baraquements pour les rues glacées de la haute.

Je commençais à peine à me réveiller, le visage piqué de toutes parts par la morsure acérée des flocons. La ville entière courbait l'échine sous l'assaut de la neige, et les avenues étaient quasi désertes. Je marchais aux côtés de Hesse, dans les traces laissées par les rares passants. Nous nous dirigions vers l'ouest de la ville haute, par ce boulevard que l'on appelait la Chaîne, parce qu'il ceinturait Corne-Colline, auquel se trouvaient accolés les quartiers pavés qui abritaient les résidences des vieilles familles. Les marchands de Corne-Brune logeaient pour la plupart dans de spacieuses villas, dont l'architecture singeait celle des maisons fortes de l'aristocratie bas-brunide. Lors des rares visites de nobles venus d'autres primeautés, la présence de tels bâtiments au cœur de la cité était le sujet de discussions récurrentes.

Au sud de Corne-Brune, les places fortes de la noblesse héréditaire brunide, les liges et leurs chaiffres, servaient de centres gouvernementaux et de garnisons. Le rôle attitré de ces petits seigneurs était d'asseoir l'autorité de leur primat sur les cantons et les manses qui se trouvaient éloignés de la capitale régionale. Comme les vieilles familles de Corne-Colline ne possédaient que peu de terres, et que le primat ne leur avait confié aucune population à administrer ou à défendre, l'existence de ces villas fortifiées parmi les jardins et les fontaines de la haute était souvent perçue comme une absurdité en soi. Bien sûr, à l'époque de leur construction – à l'époque des hordes – il y avait certainement eu un avantage défensif à la multiplication de ces fortins. En cas de brèche des murs, ils hérissaient la ville de poches de résistance difficiles à capturer. Comme à Corne-Brune on n'avait jamais manqué ni de pierres ni d'hommes pour se briser l'échine à les porter, les anciennes familles avaient pu bâtir leurs petits forts personnels, et ils encerclaient aujourd'hui les murailles de Château-Corne d'un bout à l'autre de la Chaîne.

Lors d'une bourrasque plus vive que les autres, Hesse marqua une pause et s'adossa sous l'auvent spacieux du seul verrier de la ville. Je suivis son exemple. Le soldat se tourna vers moi, puis il mit un genou à terre et m'épousseta les épaules pour débarrasser ma pèlerine de la neige qui s'y était accumulée. Je frissonnais, victime autant du froid que de l'appréhension. Hesse dut s'en apercevoir, car il me tapota le crâne vigoureusement pour être sûr d'obtenir toute mon attention :

— Souviens-toi, Syffe, tu ne fais pas de vagues.

Nous n'avions pas pris le temps de reparler de la manière dont je devais conduire mes affaires d'espion au domaine Misolle, et le fait que Hesse aborde le sujet, même en retard, me rassura quelque peu. Je retrouvais avec soulagement le ton grave qui accompagnait généralement ses instructions, et que j'aimais. Ces tirades-là, il me semblait qu'elles faisaient fi de mon âge et de ma condition et parfois même je croyais y déceler de la confiance, cette confiance que Hesse avait finalement été le seul à placer en moi. Le soldat poursuivit, à voix si basse que le vent emportait la moitié de ses mots :

— C'est comme avant, comme dans le Ruisseau. Tu te fais discret, tu ne poses pas de questions et tu ne prends pas de risques. Je ne sais pas ce qu'ils te réservent, mais tu peux être sûr que ça sera désagréable, et que ça sera loin de leurs affaires. Tu ne vas pas fouiner là où tu n'as pas le droit d'aller, et tu supportes sans broncher toutes les crasses qu'ils pourront te faire. Vérifie bien tes affaires avant de dormir aussi, au cas où on essayerait d'y glisser une bourse ou de l'argenterie pour t'accuser de nouveau. Tu m'entends, dis ?

Je fis oui de la tête, tellement frigorifié que je n'ajoutai rien, même pas le fond de ma pensée qui était que non, ce ne serait pas comme dans le

Ruisseau, parce que, au moins, dans le Ruisseau, je m'étais amusé. Hesse renifla, s'essuya le nez sur la manche de son gambison, avant de se remettre debout. « Allez », me dit-il, « ce n'est plus très loin. Deuxième rue à droite. File maintenant. » Je dus soudain afficher un air de détresse profonde, car la voix de Hesse se radoucit, et un éclair de compassion passa sur son visage :

— Je ne t'accompagne pas jusqu'à leur porte, Syffe. Réfléchis un peu. Allons, courage. C'est que trois jours.

Résigné, l'estomac noué, je fis demi-tour. Ce n'était pas trois jours. C'était trois ans et pour moi trois ans auraient tout aussi bien pu être trois siècles. Je m'en voulais, quelque part, de trouver cela injuste. J'avais encore ma main, j'avais même gagné une chambre et des habits neufs qui ne me grattaient presque plus. Je fis encore quelques pas dans la neige.

— Syffe, attends !

Hesse me rattrapa et me glissa un objet froid dans la main. C'était le couteau qu'il m'avait offert. Je me demandai comment il l'avait retrouvé, alors que je l'avais caché derrière la pierre branlante de la grange, mais le soldat ne me laissa pas le temps de lui poser la question :

— Je suis passé à l'orphelinat Tarron hier soir, pour récupérer tes affaires, mais la veuve m'a dit que tu n'en avais pas. Alors je me suis souvenu du couteau et j'ai demandé aux deux enfants, Brindille et l'autre là…

Mon cœur effectua un bond, la rancœur que j'avais accumulée au cours des semaines précédentes s'évanouit à la seule mention de Brindille. Je levai des yeux pleins d'espoir sur Hesse, et ma question avait sans doute davantage le ton de la prière :

— Ils ont dit quelque chose ?

Je vis Hesse hésiter, puis d'une voix un peu trop forte il déclara : « Tes amis te passent le bonjour. » C'était un mensonge, bien sûr, et je n'y crus pas un instant. La mort dans l'âme, je me détournai de Hesse et de son regard chargé d'excuses, avant de poursuivre ma route en solitaire. Enroulé dans ma pèlerine et enfoncé jusqu'aux genoux dans la neige, mon appréhension de tantôt venait d'être noyée sous un océan de peine.

Reniflant, tête basse, je me frayai un chemin jusqu'aux murs imposants du domaine Misolle, devant lesquels je restai planté à faire les cent pas, sans oser annoncer ma présence. Le gardien de la porte finit par s'intéresser à moi et sortit en pestant, armé d'un court bâton, comme il devait le faire pour chasser les mendiants. Je parvins à lui expliquer la raison de ma présence avant qu'il ne me passe une rouste, et l'homme grimaça avant de me laisser entrer de mauvaise grâce. Je franchis le seuil et m'avançai dans la cour principale du domaine, au centre de laquelle se trouvait un puits ornemental enseveli sous la neige. L'endroit paraissait agencé comme un petit château. L'imposant manoir de pierre taillée qui me faisait face s'élevait sur trois étages aux angles sévères. Accolé tout le long des murs extérieurs se trouvaient des bâtiments utilitaires aux toits de chaume, qui fumaient dans le froid comme des pavés de tourbe découpés.

La cour était déserte, mais comme je m'aventurais vers le puits, un molosse se mit à aboyer et je vis une silhouette courtaude se détacher des bâtisses du mur gauche. L'homme devait avoir la cinquantaine, un visage rouge et disgracieux, le crâne dégarni et pelant, il agita un bras crasseux dans ma direction :

— Par ici le pisseux ! Personne y veut te voir traîner du côté de la maison.

Je me mordis la lèvre pour ravaler ma honte et me mis en marche dans la direction indiquée, résolu à suivre les conseils de Hesse en dépit de tout. Lorsque je fus arrivé à sa hauteur, le vieillard m'agrippa le col d'une poigne d'acier et me jeta presque par la porte d'où il était sorti. Je me retrouvai à quatre pattes sur un sol de terre battue, imprégné de l'odeur chaude des chevaux. L'homme me dépassa en grommelant et, tandis que je me redressais, il s'empara d'une pelle en bois taché, qu'il me fourra dans les mains. « Je m'appelle Holdène. Je suis le maître des écuries, ici », fit-il d'une voix grasse. « J'espère que tu sais te servir d'une pelle, parce que tu vas en charrier de la merde ! Mais pas aujourd'hui. Aujourd'hui, ça sera de la neige. Et si t'arrives encore en retard, je te colle la raclée de ta vie. »

Nous passâmes donc la matinée à déplacer la neige, pour l'entasser en petites congères propres le long de l'allée qui menait au manoir. Après une heure j'étais épuisé et frigorifié, mais à chaque fois que je ralentissais l'allure, Holdène me collait un coup de manche dans les jambes, et je poursuivais mon ouvrage. En plus des ecchymoses, je dus endurer les remontrances incessantes du maître des écuries, qui se plaignait qu'on lui ait flanqué un bon à rien de petit sauvage dans les pattes et regrettait de vive voix le temps où la justice du primat se montrait moins charitable à l'encontre des vagabonds de mon espèce. Vers midi, j'eus droit à un quignon de pain, apporté par une petite fille maigrichonne et muette. Je mangeai en grelottant sur un coin de paille dans les écuries, tandis que Holdène, après avoir verrouillé la porte derrière lui, alla prendre son repas aux cuisines. Il y avait six chevaux dans l'écurie des Misolle, et leur présence amicale détourna un peu mon attention des bleus que j'avais aux mollets et aux fesses. J'eus à peine le temps de me reposer que Holdène revint, et l'après-midi fut semblable en tout point au matin. Le soir, j'eus droit à un autre quignon de pain, apporté par la même muette, et on me verrouilla à l'intérieur des écuries pour la nuit. Je m'enroulai sur le tas de paille, épuisé, meurtri et misérable. Pourtant, le sommeil me trouva bien plus rapidement que je ne l'aurais cru.

21

L'hiver passa ainsi, les lunes se succédant, et je commençais à m'habituer à la routine inconfortable qui faisait mon nouveau quotidien. Il n'y a que peu à dire sur le temps que je passai au domaine Misolle, à pelleter de la neige ou du fumier. C'était dur et morne et humiliant, ce qui était sans doute l'intention des maîtres des lieux. J'appris à redouter les nuits froides, lorsque le gel prenait sous la couche blanche et que je frissonnais dans la paille en pensant au travail du lendemain. Le reste du temps, je le passais à déplacer le fumier des chevaux d'une pile à une autre, ce qui ne servait à rien d'autre qu'à me tenir occupé et éviter les bleus occasionnés par les coups du maître des écuries. La jeune fille muette qui travaillait aux cuisines s'appelait Miette et elle m'apportait mon pain lorsque le soleil atteignait son zénith. Holdène braillait et me menait la vie dure, et j'étais si occupé par mes tâches qu'il m'aurait fallu deux paires d'yeux et de bras pour pouvoir vraiment prêter attention à quoi que ce soit d'autre. De fait, je faisais un très mauvais espion. Je n'avais jamais rien d'intéressant à apprendre à Hesse et le premièrelame finit par réduire la régularité de nos entrevues.

J'en vins à vivre exclusivement pour les trois jours que je passais auprès de Nahirsipal et, tandis que je maniais la pelle en soufflant sur mes doigts gourds, je ressassais mes leçons pour tuer le temps.

En matière de médecine, je faisais des progrès rapides, et je dois dire que cela tenait autant au maître qu'à l'élève. Nahirsipal était amical et rieur, mais c'était également un passionné qui appréciait mes questions et mes remarques. Les leçons de Nahirsipal n'avaient rien de professoral : il ne m'accablait pas sous une stricte autorité, n'attendait pas de moi que je mémorise d'interminables listes et ne me punissait pas lorsque j'échouais. Le Jharraïen partait du principe que la connaissance viendrait de la pratique, et que le désir de plaire serait un bien meilleur éperon que la crainte de la baguette. Il m'encourageait à faire mes propres constats, quitte à les corriger par la suite, et je me découvris grand plaisir à passer du temps en sa compagnie. Même si je ne pense pas que j'aurais eu besoin à tout prix d'un professeur aussi attentionné pour être capable d'engloutir le savoir qu'il me proposait, sa manière amène et le contraste avec Holdène contribuèrent à me rendre la chose plus agréable encore. Je n'apprenais pas seulement la médecine, mais également à me servir de mon esprit et, encore aujourd'hui, il me semble que c'est cela, la marque d'un bon enseignant. Il m'appelait Sempa, ce qui signifie disciple dans la langue des Neuf, et comme il me l'avait demandé je l'appelais Surd'Nahir.

Bien que nous ayons souvent été affairés à l'infirmerie, en visite dans les quartiers des légats, ou empêtrés dans les leçons théoriques, le maître-chirurgien ne ratait pas une occasion de faire progresser mon écriture hésitante du brunide. Même si j'en comprenais l'utilité et que je devinais quels monceaux de savoir les textes allaient mettre à ma portée, je préférais de loin l'aspect anatomique des cours que me dispensait le maître-chirurgien. Nous avions commencé par l'étude des os, parce que le squelette de Mélandros Agriphale était là, suspendu aux poutres de la tour et qu'il me fascinait terriblement, mais aussi parce que Surd'Nahir trouvait que c'était suffisamment simple pour constituer une bonne introduction. D'une manière générale, la mécanique humaine me paraissait horriblement complexe et, par conséquent, tout à fait captivante.

Au fil des leçons, Surd'Nahir me lâchait des bribes à propos de son passé, que je guettais entre les lignes avec autant d'impatience que le reste. J'en avais appris suffisamment pour reconstituer l'essentiel, et les détails qu'il dispensait avec parcimonie ne faisaient que renforcer l'admiration naissante que je lui vouais. Nahirsipal Eil Asshuri venait de l'autre côté du Détroit, où il était né dans le servage, aux confins d'une province aride où l'on vivait à la dure, loin du luxe légendaire de Jharra. Sa mère l'avait vendu jeune à l'une des guildes les plus influentes de la capitale qui prospérait du commerce d'esclaves cultivés avec les cités de Carme. On lui avait offert la meilleure éducation qui soit jusqu'à l'âge de vingt ans, puis on l'avait cédé au sériphat d'Orphyse pour le dixième de son poids en argent. Les Carmides lui avaient taillé le triangle dans la joue, et il était venu grossir le rang des médecins de la cour. Nahir avait servi fidèlement Orphyse et la dokia Monsa dix années durant, jusqu'à la première grossesse de la fille préférée du sériphe. L'accouchement avait été difficile, l'or et les esclaves huilés n'avaient rien changé à cela, et Nahirsipal n'avait pu sauver ni la mère ni l'enfant. Après que le sériphe furieux lui eut pris la main gauche, le maître-chirurgien s'était enfui. Il avait réussi à passer la Sinde et avait échoué en pays var, où il avait exercé plusieurs années en itinérant entre Riddesheld et Brenneskepp, près de la frontière brunide. Enfin, alors que Nahir se lassait des vagabondages et des mœurs des Vars, les Niveroche de Couvre-Col lui avaient proposé de se mettre au service de leur maisonnée. À écouter le fil décousu de ses aventures, j'en vins à considérer le Jharraïen comme un grand homme, en dépit du choc que j'avais eu en apprenant qu'il avait été esclave. Lorsqu'il évoquait son passé turbulent, c'était généralement pour illustrer certaines de ses remarques, et il ne le faisait jamais de manière à se mettre en avant. J'étais fier d'être l'élève d'un homme aussi humble et avisé.

Mon obsession pour les leçons de Nahirsipal me conduisait à passer autant de temps que je le pouvais auprès de lui, si bien que je traînais dans ses pattes aux ides et aux calendes, et parfois même pendant les derniers jours de la semaine, lorsque j'étais théoriquement libre de mes gestes. Nombreux, Mourton le premier, étaient ceux qui trouvaient étrange qu'un enfant de mon âge puisse préférer s'enfermer dans une tour obscure pour étudier plutôt que de sortir jouer quand il en avait l'occasion. Pourtant, la plupart du temps, j'étais tellement épuisé par mes efforts au domaine Misolle que mes muscles endoloris n'avaient ni la force ni l'envie d'aller courir les rues. De plus, la peine sourde que m'occasionnait l'abandon par Brindille et Cardou était telle, que j'étais devenu méfiant, certainement plus que je n'aurais dû l'être, et j'avais résolu de ne pas me faire de nouveaux amis.

Alors que ma surveillance du domaine Misolle ne décollait pas du niveau du crottin, l'effleurement des mystères de la biologie parvenait à tempérer l'essentiel de ma frustration. Toutefois, malgré mon empressement à apprendre et toute la bonne volonté du monde, il m'arrivait parfois de buter sur quelques sujets plus retors. Surtout, j'étais particulièrement dérouté par l'aspect théologique de la médecine orientale. À ce propos, Nahir se laissait parfois emporter par de longues tirades exaltées, entrecoupées d'un jharraïen haché, qui me laissaient perdu et bafouillant.

N'ayant jamais eu à subir au préalable le discours d'aucun culte organisé, j'étais aussi raisonnablement superstitieux qu'un enfant de la Haute-Brune pouvait se permettre de l'être et guère davantage que cela. Les rues que je fréquentais ne résonnaient pas de la ferveur de prêcheurs étrangers, comme cela était devenu coutumier à Port-Sable ou dans les quartiers animés de la marche d'Opule. Prosélytes fiévreux de l'Astréïade, féticheurs sendous aux yeux écarquillés, venus conter les secrets mystiques de l'Astre-Terre, moniaux de Quu'Sidh voués à la stupeur de leur dieu ivre, prêtres-philosophes des neuf divins de Jharra, fraîchement débarqués depuis la citadelle pieuse de Tibrek pour convertir par le verbe tout le long de la côte Rouge, je n'avais jamais connu cela, et c'est à peine si j'aurais été capable de le concevoir.

Il faut comprendre que la religion n'a jamais été un sujet de passion pour les habitants des primeautés de Brune, et qu'il en allait vraisemblablement de même du temps de leurs ancêtres parses. Il existait des autels, bien sûr, éparpillés ici et là, et dédiés à telle ou telle divinité locale, à un fantôme ou un esprit, et ceux-ci étaient entretenus avec respect, et visités avec déférence. À cette époque, au quai de Brune par exemple, il y avait cette statuette qui célébrait la Dame des eaux, les pêcheurs y venaient parfois avec du poisson pour la remercier de s'être montrée généreuse. Dans une cour abritée de la basse, on trouvait l'autel disgracieux de la Putain-Frêle, et la légende voulait que ceux qui la touchaient d'une pièce d'argent pouvaient maudire leurs ennemis d'infertilité. Toutefois, nulle philosophie organisée n'était associée à ces pratiques, et il ne s'agissait pas de cultes à proprement parler.

Cette approche informelle est partagée par ceux des clans, qui admettent volontiers l'existence de forces qui les dépassent – et qu'il convient de traiter avec respect, sans pour autant s'en préoccuper outre mesure. En dépit de leurs différences, Brunides et Claniques portent sur le surnaturel un regard similaire : la plupart du temps, les esprits et les dieux ont autre chose à faire que de se mêler des affaires des hommes, et c'est ainsi que j'entendais les choses. Pourtant, selon Nahirsipal, c'était l'inverse. Au contraire, les dieux étaient en nous et en le monde, et l'ignorance des coutumes que ses neuf dieux exigeaient pouvait avoir de très graves conséquences. Je trouvais cette idée saugrenue à la fois incompréhensible et inquiétante.

C'était par un matin brumeux, alors que le printemps s'extirpait encore difficilement de la gangue hivernale, que Surd'Nahir aborda pour de bon la question de la religion, parce que, d'après lui, sa pratique était indissociable de celle de la médecine. Ses leçons et les traités sur lesquels je m'essayais en bégayant à l'alphabet jharraïen étaient pétris de références casuistiques et de réflexions que je ne saisissais pas, et Nahirsipal avait repoussé la chose encore et encore, lâchant des bribes par-ci par-là, jusqu'à ce que cela crée davantage de problèmes que de bienfaits. Nous travaillions sur la question des cataplasmes à appliquer en cas de fracture, lorsque Nahir, après avoir longtemps tourné autour du pot, décida d'interrompre mon instruction. Il tortillait vigoureusement sa barbichette tressée, faisant les cent pas dans ses quartiers, les sourcils froncés. J'étais assis au bureau de la tour, comme à mon habitude, et je contemplais son inconfort avec appréhension, car, nous le savions tous les deux, ce qui allait suivre serait difficile pour moi.

« Vois-tu, Sempa », finit-il par dire, « il y a trois dieux qui sont neuf, et contrairement à ce que croient bon nombre de tes semblables idolâtres, il n'y en a pas plus. La manifestation des Neuf est partout, même en ces fétiches impies vers lesquels les Brunides se tournent quand les choses vont mal, et les Neuf ont la bonté d'accéder parfois à leurs requêtes. » Devant mon air d'incompréhension, il poursuivit d'une voix claire, comme s'il récitait un discours préparé depuis longtemps :

— Ul est le gardien, celui qui maintient. Ker est l'agitateur, celui du mouvement. Et Ma, la créatrice, est celle qui fait. Les trois s'interpénètrent et s'influencent, et ainsi sont-ils neuf. À tout ce que nous faisons, l'un des neuf est associé. À Jharra, lorsque nous dressons une tour, nous faisons monter une prière à Ma'Ul, afin que ce que nous bâtissons puisse traverser les âges sans s'effondrer. Lorsque j'aide une femme à enfanter, c'est à Ker'Ma que je m'adresse pour que les contractions de la matrice délivrent une nouvelle vie. Les dieux sont présents dans tous nos gestes, et tant que tu ne comprendras pas cela, Sempa, mes leçons ne te seront d'aucune utilité. Car ce sont les Neuf qui habitent mes mots et qui ont fait don de la parole aux hommes.

Je courbai l'échine, confus et pas très convaincu, et je répondis en jharraïen :

— J'essayerai de comprendre, maître Nahir.

— Il faut que tu fasses mieux que comprendre, il faut que tu croies. Maintenant reprenons. Vois-tu pourquoi il faut faire la requête à Ker'Ul pour que l'os se solidifie ?

J'hésitai, me creusant les méninges, avant de tenter une réponse. « Parce que c'est avec le temps que l'os va pouvoir guérir ? » Nahirsipal hocha la tête. « Oui, c'est bien Sempa. Ker représente le mouvement des jours qui permettront à l'os de reprendre et de conserver la forme que Ul lui a donnée. De même, à cet effet, l'éclisse est l'outil de Ker'Ul. Les cordelettes lient, se font et se défont autour du bois qui est rigide. Nous autres mortels ne sommes que les instruments des dieux, Sempa. C'est à nous de mettre en œuvre leur sagesse, mais il est aussi bon de veiller à obtenir leur bénédiction, lorsque nous le faisons. »

J'opinai gravement du chef, mais en vérité je me sentais un peu perdu. Sans doute, si j'avais été un petit peu plus influençable ou si Nahirsipal avait fait davantage peser sur moi le poids de son savoir comme le font certains mauvais professeurs, j'aurais épousé inconditionnellement les croyances de mon maître sans me poser de questions. Restait que je m'étais toujours méfié des dieux et des esprits. Deux ans plus tôt, j'avais lancé ma dernière piécette au travers des bras du Fou Opulent, et je l'avais regardé sombrer dans les eaux claires de sa fontaine en faisant le souhait qu'il me tirât de la misère. Nous avions eu faim durant les deux semaines qui avaient suivi, et j'aurais pu acheter un gros filet de croche-carpe avec cet argent. Pourtant, Nahir semblait prendre la chose très au sérieux. Le respect que j'avais pour lui m'incita à redonner une chance aux dieux.

Ce soir-là, après mes leçons, je méditai énormément avant de décider de mettre à l'épreuve les neuf dieux dont Nahir me vantait les mérites. Je fis une requête à Ker afin que mes tâches chez les Misolle puissent passer plus vite, puis je m'endormis. Le lendemain, tandis que je donnais de la pelle dans un tas de fumier particulièrement désagréable, parce que les chevaux avaient eu la colique à cause d'un mauvais foin, j'en arrivai à la conclusion que mon respect tout relatif pour les Neuf allait devoir se limiter au cadre médical. Lorsque je rapportai mon expérience à Nahir, il me sermonna plus durement qu'il ne l'avait jamais fait. On ne devait pas mettre à l'épreuve les dieux, et la colique des chevaux avait été ma punition. J'avais même eu de la chance qu'ils ne me châtient pas davantage pour mon impudence. Je demeurais dubitatif, mais par souci de ne pas froisser ces neuf dieux étrangers j'acceptai de me plier à leurs rituels et je cessai de chercher à vérifier leur pouvoir.

Lorsque je n'étais pas pris par mes leçons, ni vissé

au manche d'une pelle, mon existence partielle au château présentait l'avantage de me tenir informé des rumeurs et des nouvelles qui arrivaient des autres primeautés. Au sud, l'hiver avait été moins clément qu'à son habitude, et les rouages de la politique s'étaient vus temporairement enrayés. Au début du printemps pourtant, une table ronde particulièrement animée avait vu resurgir toute une flopée de petites querelles frontalières aussi anciennes que futiles. Bourre et Colline avaient suspendu leurs relations commerciales pour une dispute au sujet d'un minuscule canton montagnard perdu quelque part dans les contreforts des Épines, et la délégation de Grisarme avait quitté la séance prématurément, lorsque plusieurs autres primats l'avaient accusée de vouloir profiter de la situation en soutenant la revendication de Colline. Les affaires de banditisme se multipliaient, surtout dans les cantons forestiers de Vaux et de Couvre-Col, et il se murmurait des rumeurs plus sombres d'agitation et de sorcellerie aux frontières des Ronces, ce plateau sauvage emprisonné entre le massif des Épines et le Mur carmois.

Je crois que c'est autour de cette époque que les rêves débutèrent.

Le terme rêve est insuffisant en réalité et ne dépeint que très partiellement ces fragments étranges qui venaient s'immiscer dans mon sommeil. Il s'agissait alors de pulsations, des giclées sensitives qui entrecoupaient mes songes, à peine décelables en ce début de printemps, mais qui n'allaient pas tarder à enfler comme la houle. Les contours s'esquissaient avec davantage de détails au fil des lunes, sans pour autant que cela me soit d'aucun secours pour cerner le phénomène. On peut habituellement décrire un rêve, si on se le rappelle. Pourtant, au réveil, malgré les souvenirs qui perduraient, je n'avais aucun mot pour qualifier ce que j'avais vécu durant la nuit. C'était comme si une entité extérieure, aux sens et à l'esprit si différents des miens que je n'avais aucun espoir de les comprendre, frappait à la porte de mes escapades oniriques et les entrecoupait des siennes. J'avais la ferme impression que cela ne tenait pas du hasard, que cela m'était destiné d'une certaine manière et, pourtant, le sens caché de ces tumultes, de ces possessions nocturnes et des sensations indescriptibles qui les accompagnaient m'échappait totalement.

J'en parlai à Nahirsipal, et même à Hesse, mais ils ne comprenaient pas en quoi cela différait de mes autres songes, principalement parce que je ne pouvais pas le leur expliquer. Nahir me parla de rêves récurrents qu'il avait faits, et des prophètes des Neuf, bien sûr, et si je fus tenté d'attribuer une source divine au phénomène, mon intuition me soufflait que non, il s'agissait de tout autre chose. Si un esprit avait voulu me parler, je m'imaginais – peut-être à tort – qu'il aurait su se faire comprendre de moi. Cette litanie nocturne me poursuivit donc, me laissant parfois, mais me retrouvant toujours, avec une obstination croissante qui résonnait comme un appel. Je finis par m'y habituer, comme au reste, et malgré l'intérêt que je vins à y porter, d'autres événements ne tardèrent pas à happer ce qui me restait d'attention.

22

Cet après-midi-là, Nahirsipal m'avait emmené jusqu'au bac de quai de Brune. La neige commençait à fondre dans les montagnes, gonflant le fleuve de cette eau riche et limoneuse qui lui avait valu son nom. Le vert redevenait peu à peu la couleur dominante sur l'ocre des berges et à son habitude le printemps corne-brunois s'annonçait humide. Un vent tiède soufflait du sud, faisant battre ma pèlerine et caressant les rides de la Brune. L'air sentait le frais des premières fleurs auquel se mêlait le parfum lourd et minéral de l'onde. Je me souviens très bien de cette journée. Il y a des jours où le sort fourche, même si on ne s'en rend pas compte immédiatement, les détails nous en reviennent des années plus tard, et ce jour était de ceux-là.

Le bac vibrait lorsque les turbulences printanières du fleuve le saisissaient, et je souriais, à la fois heureux de quitter la ville et amusé par le malaise évident de Nahir face aux craquements et aux soubresauts de l'esquif. Ce n'était pas notre première traversée, mais il ne s'y était pas encore habitué, chaque secousse lui arrachait une grimace douloureuse et les phalanges de sa main unique s'agrippaient comme des serres à la rambarde. Une discussion finit par s'engager tandis que le batelier grognait et haletait sur la corde trempée, et cela servit à détourner l'attention de mon maître des secousses de l'eau.

Nahirsipal m'apprit qu'il avait dîné avec Barde le soir précédent, et que ce dernier s'intéressait à mes progrès. Le primat songeait même à lui confier d'autres élèves, afin de doter Corne-Brune d'une véritable coterie de guérisseurs dignes de ce nom. J'opinai du chef, oscillant entre la fierté d'avoir été considéré comme sujet de discussion par le primat et une jalousie un peu puérile à l'idée que je puisse ne plus être le seul sempa du maître-chirurgien. Puis le bois heurta le bois, il y eut un à-coup rude, et nous accostâmes sur l'autre rive. Le bac se dégorgea de ses deux autres passagers, un marchand de laine et son bœuf, et nous nous écartâmes pour que l'homme puisse engager son chariot vide sur la route boueuse. Nous regardâmes l'attelage s'éloigner en direction de la Tour de Boiselle, ce petit fortin crasseux qui marquait la frontière avec Couvre-Col, puis nous prîmes la direction du sud.

Nous étions venus pour récolter des racines de bardane bleue, qui poussaient en quantité sur la rive orientale de la Brune parmi les saules bourgeonnants, et dont les décoctions font des miracles sur les brûlures. Nous n'avions guère besoin de nous éloigner du chemin, si on pouvait parler ainsi de cette langue fangeuse qui serpentait le long de la rive est avant d'échouer dans le canton de Cambrais. Le printemps de mes neuf ans, tout poussait à foison, même moi, et je rentrais mieux dans mes nouveaux habits depuis que j'avais dépassé un empan et quart. Pendant que nous travaillions, Nahirsipal me désignait d'autres plantes en me demandant si je les reconnaissais à partir des esquisses que contenait son herbier. Je réussis à identifier un spécimen de grande marube qui n'avait pas encore fleuri, et fis même remarquer que ce n'était pas la saison pour en récolter, ce qui me valut un sourire approbateur. « Tu as bonne mémoire, Sempa. Tu fais un bon apprenti. » Je rougissais encore du compliment lorsque nous entendîmes les chevaux.

Une colonne d'hommes en armes descendait le chemin en notre direction, leurs longues lances pointées vers le ciel. Ils devaient être trente, tous montés sans exception, et leur allure était si impressionnante que même Nahirsipal arrêta son ouvrage pour les regarder passer. Ils portaient des cuirasses lamellaires et des casques coniques à nasale, où s'accrochait un voile de mailles, de manière à ne laisser paraître que leurs yeux. Leurs destriers, entièrement harnachés de bardes de bronze lustré reflétaient la lumière de l'après-midi, et des écus étranges, couverts d'inscriptions indéchiffrables pendaient à leurs selles. C'étaient des cataphractes de Var, venus de l'autre côté des montagnes dans leur splendeur de guerre, juchés sur de grands chargeurs igériens, et ils étaient sans doute les premiers à passer dans la région depuis de nombreuses années. Je trouvais que c'était l'une des plus belles choses que j'avais vues de toute mon enfance.

Les Vars étaient nos voisins du nord, les descendants d'exilés venus jadis des terres lointaines et froides qui s'étendaient de l'autre côté de la mer d'Écume, que certains nommaient Svanjölt. Leur petit pays était bordé à l'ouest par les plaines fertiles de l'Igérie, et à l'est par le cours de la Sinde et les cités de Carme. La réputation des guerriers-var n'était plus à faire. Il se disait librement que c'étaient les meilleurs combattants du monde et il existait peu d'hommes pour affirmer le contraire. Les guerriers-var avaient toujours joué un rôle militaire au sein des primeautés, servant de mercenaires de luxe et de conseillers durant les innombrables conflits frontaliers qui avaient ponctué l'histoire brunide. Pour autant, il y avait toujours eu la paix entre le pays var et ses voisins. Même lorsque les Carmides d'Orphyse et de Lepte avaient uni leurs forces pour assiéger Riddesheld un siècle avant ma naissance et qu'il y avait eu la bataille de la Sinde, les choses n'avaient pas changé. L'assaut avait été repoussé par les Vars, qui s'étaient contentés de massacrer allègrement l'armée adverse, sans se donner la peine de poursuivre les survivants au-delà de leurs frontières. S'ils avaient depuis lors cessé de louer leurs services aux Carmides, le commerce avait continué entre les deux pays et il n'y avait pas eu d'autres rétributions. Cela était incompréhensible pour les Brunides comme pour les Carmides, et pourtant c'était la manière des Vars, parce qu'en dépit de leurs prouesses sur le champ de bataille ils n'avaient jamais eu le goût de la conquête.

Les cavaliers passèrent lentement, sans nous accorder un regard, leurs armes cliquetant et tintant au rythme des sabots pesants des chargeurs. Nahirsipal contempla leur départ d'un air sombre que je ne comprenais pas, tant il contrastait avec le spectacle lumineux auquel je venais d'assister. « Viens, Sempa », fit-il. « Rentrons. » Je lui emboîtai le pas, et nous patientâmes au débarcadère pendant que je lançais des pierres dans l'eau. « J'espère qu'ils allaient chasser les bandits de Vaux. » Je levai les yeux. Nahir avait le regard fixé sur le bac qui approchait, mais ses paroles m'étaient indubitablement destinées. « Le passage de ces hommes est un mauvais signe. Un très mauvais signe, Sempa, et tu ne devrais pas t'en réjouir. » Je rougis pour la deuxième fois de la journée, que mon admiration eût été aussi évidente, et Nahir dut prendre cela pour un aveu, parce qu'il poursuivit. « Là où vont les guerriers-var, la guerre ne tarde pas à arriver. Le métier que je t'enseigne n'est pas un bon métier en temps de guerre. Que les Neuf soient miséricordieux, j'espère que ces hommes partaient chasser les bandits. »

Nous effectuâmes le voyage du retour dans un silence morose, Nahir parce qu'il était devenu soucieux et moi parce que j'avais l'impression d'avoir été réprimandé sans bonne raison. Nous regagnâmes la tour du maître-chirurgien pour y faire sécher les racines. Après avoir découpé soigneusement les plantes, je survolai brièvement un essai bien trop complexe pour moi sur le système sanguin, en songeant aux armures et aux destriers. Pendant ce temps, Nahirsipal achevait de suspendre le fruit de mon travail aux poutres les plus hautes, tâche dont il s'acquittait admirablement pour un homme à qui il manquait une main. Par le vitrail, le ciel s'assombrissait à vue d'œil, et des nuages menaçants ne tardèrent pas à envahir la vallée. Le tonnerre gronda, et un éclair zébra le ciel au-dessus de la forêt de Couvre-Col. La pluie commença à tinter sur les ardoises. Comme je me levais pour allumer les torchères, la journée prit une tournure encore plus étrange.

Nous entendîmes un tumulte dans l'escalier,

quelques cris, puis on frappa lourdement à la trappe que Nahir s'empressa de dégager. Hesse fit son apparition en premier, traînant un second homme qui était soutenu par le première-lame Dantemps. Il arrivait, de temps à autre, que mes leçons soient interrompues par l'arrivée inopinée d'un blessé que Nahirsipal s'empressait de soigner et, parfois, à la surprise de ses patients, il ponctuait ses interventions de commentaires qui m'étaient destinés. De mon côté, je faisais de mon mieux pour observer sans le gêner. Il y avait eu ce milicien qui s'était transpercé la main à l'entraînement en voulant ramasser une flèche, et un fermier qui avait eu le pied broyé par son bœuf, et d'autres encore. Mais à chaque fois, les patients avaient attendu Nahir en bas, dans une petite bicoque qui servait d'infirmerie, accolée aux baraquements.

Hesse m'adressa un hochement grave, puis les deux hommes portèrent en soufflant le blessé jusqu'à la table que Nahir s'efforçait de débarrasser des paquets et des parchemins qui l'encombraient. Lorsqu'ils réussirent enfin à l'allonger, je pus voir son visage et le choc fut brutal. Le capitaine Doune était revenu à Corne-Brune. Je ne l'avais vu qu'une ou deux fois, cet homme qui avait accepté des deniers pour que le trafic esclavagiste de Vargan Fuste soit passé sous silence, mais son apparence m'avait marqué. Une figure dure et émaciée, comme le profil d'un oiseau charognard. Tel que je le voyais pourtant, il était méconnaissable, tremblant et balbutiant de manière incohérente derrière une barbe hirsute. Ses vêtements pendaient autour de lui en lambeaux maculés, et lorsque j'approchai une chandelle pour assister Surd'Nahir, je vis qu'il s'agissait de sang. De beaucoup de sang, qui avait collé ses hardes contre sa peau croûtée. Il fallut les efforts conjugués de Hesse et de Dantemps pour contenir les gesticulations faiblardes de Doune, afin que Nahir le dégage de ses habits pour l'ausculter. Mes yeux s'écarquillèrent. C'était une vision horrifiante que ce corps. Doune avait été atrocement lacéré, profondément labouré, tant de fois que son tronc entier n'était plus qu'une couture de plaies, d'infection et de sang séché. Mais le plus affreux, c'était que, malgré tout, cet homme était encore vivant.

— Le garçon devrait peut-être sortir.

C'était Hesse qui avait parlé, brisant le silence de mort qui s'était imposé lorsque la lumière des bougies avait éclairé la terrible mutilation de Doune. Nahirsipal déglutit et s'essuya le front avant de secouer la tête :

— Le garçon reste.

Hesse renifla. Son comparse ajouta :

— Il a marché jusqu'aux portes de la ville dans cet état. C'est…

Doune essaya de se redresser, Dantemps l'invectiva de sa voix fluette et le plaqua sur la table, tandis qu'il se tordait et grinçait des dents. Nahir me prit le chandelier des mains. « Va chercher le fol-souci, disciple », me dit-il en jharraïen. Je m'exécutai, et revins avec une fiole remplie de l'extrait huileux. Nahirsipal en imbiba un chiffon et de sa main valide il le plaqua sur le visage du patient. Je repartis pour apporter à la table les outils de mon maître et des chiffons de lin propres. Lorsque je fus de retour avec la sacoche de cuir que je dépliai sur la table à manger, Doune ne s'agitait plus. « De l'alcool », fit Nahir, « et une bassine d'eau bouillie. » J'obéis, sous le regard plat de

Hesse. Lorsqu'il fut prêt, le chirurgien commença par inciser les plaies les plus infectées d'où s'écoula un pus noirâtre mêlé de sang. Dantemps retroussa le nez. Nahir parlait tout en coupant :

— Je ne pense pas pouvoir l'aider, mais comme il va mourir de toute façon, il n'y a pas de mal à essayer. Regarde, Sempa. Pose tes doigts ici, le long du cou. L'épiderme est brûlant et l'on peut sentir que le cœur bat trop rapidement. C'est le signe que la purulence est passée dans le sang.

J'opinai du chef, écœuré mais attentif. L'une des coupures les plus profondes laissait apparaître la blancheur d'une côte. Nahirsipal continua ses observations tout en nettoyant méticuleusement les blessures de son patient. La bassine d'eau rougissait à vue d'œil. Puis soudain il recula avec un hoquet. Nous reculâmes tous, parce que les derniers coups de chiffon avaient débarrassé le corps de Doune du sang séché qui le maculait, ce qui avait mis à nu ses blessures. Hesse jura. Dantemps toucha son pendentif en forme de lune. Les entailles n'avaient pas été faites de manière aléatoire.

Elles dessinaient quelque chose, aucun homme sain d'esprit n'aurait pu affirmer de quoi il s'agissait exactement, mais les sillons se recoupaient de-ci de-là pour donner naissance à un sigle unique, formé de traits entrelacés aussi complexes qu'une toile d'araignée. Il y eut un long moment de silence. Puis Nahir inhala audiblement avant de tremper de nouveau le chiffon dans l'eau. « Je ne reconnais pas cette marque », fit observer Hesse, aussi platement que possible, et Dantemps secoua également la tête d'un air mystifié. Le chirurgien versa un peu d'alcool sur un chiffon propre. « Moi non plus », dit-il. « S'il y avait davantage de symétrie, cela me ferait penser aux glyphes que traçaient les Illuminés du sériphe, à Orphyse. » Dantemps porta une nouvelle fois sa main à son pendentif lunaire en murmurant quelque chose à propos de la sorcellerie. Hesse ne dit rien, le regard vissé au visage de Doune, puis il fronça les sourcils. « Il a quelque chose », fit-il. « Là, dans l'oreille. Enfin, là où il y avait son oreille. » Nahir se pencha, et j'en fis de même, portant une chandelle avec moi.

Dehors, un éclair souligna le contour déchiqueté des nuages. Le tonnerre explosa, faisant vibrer le vitrail. Nahir se mordit la lèvre inférieure. « Vous avez raison, soldat. Sempa, passe-moi la pince. La petite. » Doune n'avait plus d'oreille droite, depuis que le primat l'avait banni, l'année dernière, et la blessure avait cicatrisé. Le chirurgien en tâta les plis avec son outil, puis inséra fermement la pince. Il la referma sur quelque chose et tira, en se servant de la paume de sa main comme d'un levier. « Ça ne vient pas ? » demanda Dantemps. Nahir ne répondit rien, s'accroupit à hauteur du visage de son patient et renouvela ses efforts.

Il y eut un minuscule craquement mouillé. Nahir tomba à la renverse. Quelque chose d'obscène pendait au bout de la pince. D'un mouvement vif, les traits déformés par l'horreur, le maître-chirurgien envoya la chose au milieu de la tour. Elle atterrit mollement devant le bureau. Hesse et Dantemps jurèrent de concert, et firent un pas en avant, leurs mains se portant instinctivement à leurs épées. « Par ici la lumière », fit Hesse d'un ton dur qui ne laissait pas place à la discussion. Je m'exécutai en tremblant. Dantemps dégagea son arme de son fourreau, et de la pointe, il effleura la chose au sol. Je crois que nous nous étions tous attendus à ce que cela bouge, mais cela ne bougeait pas. C'était long, pour quelque chose qui venait d'être arraché à l'oreille d'un homme, un bon quart d'empan, épais comme un doigt d'enfant et blanc-rose, rouge vif de sang aux extrémités. Nahirsipal s'approcha à son tour. Dantemps renifla :

— On dirait un ver.

Nahir se pencha. « Ce n'est pas un ver », fit-il lugubrement. « C'est une racine. Je vois les radicelles d'ici. » Comme il allait s'approcher davantage, Hesse lui posa la main sur l'épaule. « Jéraime », dit-il, en s'adressant à Dantemps, « mets ça au feu. » Malgré les protestations de Nahir, se servant de sa lame comme d'une pelle, Dantemps emporta la chose flasque jusqu'aux flammes de l'âtre qui crépitait de l'autre côté de la pièce et la déposa dans le brasier. Il y eut un léger grésillement. Le soldat revint lentement, l'air à la fois étonné et pensif. « J'ai jamais rien vu de semblable. J'en ai même jamais entendu parler. » Nahir secoua la tête et ouvrit la bouche. Puis Doune se mit à hurler.

Nous pivotâmes de concert. L'ancien capitaine n'était plus sur la table, il titubait vers nous de la démarche d'un ivrogne tout en s'époumonant. Du sang gouttait de sa tête qui ne tenait plus vraiment droite. Ses mots étaient incompréhensibles au début. Il n'avait pas l'air menaçant, plutôt plaintif même, mais il vociférait comme un forcené. Ses yeux vitreux s'étaient fixés dans les miens, si bien que j'eus l'impression que c'était à moi qu'il s'adressait, mais c'était tantôt Nahir, tantôt Hesse qu'il semblait accuser d'un doigt incertain. « Elle vient ! » rugit-il, et cela je l'entendis distinctement. Nous l'entendîmes tous. « Elle vient ! » Comme Hesse tirait à son tour l'épée pour s'interposer, Doune tomba à genoux. Sa voix venait brusquement de s'éteindre, mais ses lèvres murmuraient encore. Puis il s'affaissa sur le flanc, et cessa de bouger. Nahirsipal s'avança, et cette fois, Hesse ne le retint pas. « Mort », déclara-t-il simplement. Je tremblais comme une feuille.

Plus tard dans la soirée, après que Hesse m'eut raccompagné à ma chambre silencieuse, j'essayai sans succès de lire. L'orage s'était dissipé comme il était venu, et il régnait un calme étrange. Je soufflai ma bougie, seul dans le noir, en pensant à la ferme Tarron et à la compagnie réconfortante des corps des autres enfants. Je ne pouvais pas faire sortir l'image de Doune de mon esprit et j'entendais encore résonner ses cris terribles. Je ne dormis que très peu cette nuit-là et, lorsque je parvins enfin à fermer l'œil, les rêves m'attendaient, comme ils le faisaient toujours.

Je me laissai entraîner par l'étrange appel nocturne, heureux pour une fois de ne plus rien comprendre.

23

Il me fallut plusieurs semaines pour me remettre de la mort du capitaine Doune. La chose me hanta, du lever au coucher, et je n'avais aucune issue pour y échapper, hormis un sommeil agité. Le corps eut droit aux rites, Dantemps s'en chargea discrètement d'après mon souvenir, et selon la coutume, Doune fut brûlé et ses cendres dispersées dans le fleuve. Néanmoins, avant même que les braises du bûcher funéraire ne se fussent refroidies, la rumeur du retour du capitaine – et la fin affreuse qu'il avait connue dans la tour du guérisseur – s'était propagée comme une mauvaise peste parmi les baraquements de Château-Corne, avant de se déverser dans la ville. La plupart des versions que je pus entendre étaient farfelues, mais les meilleures, qui gagnaient en popularité dans la ville haute, suggéraient l'implication directe du primat et de son « sorcier sableux ». Cela m'aurait sans doute fait sourire, si j'avais pu songer à la scène dont j'avais été témoin sans frissonner.

Nahirsipal s'était renfermé sur lui-même depuis l'incident, et une gêne étrange nous empêchait de l'évoquer. Je crois que mon maître s'en voulait de s'être opposé à Hesse ce soir-là et d'avoir insisté pour que je reste. Nous n'en reparlâmes donc pas, mais il y avait cet inconfort et, lorsque je parvenais à le surprendre d'une manière ou d'une autre, je voyais clairement les stigmates de l'inquiétude sur son visage, alors même qu'il s'efforçait de les cacher. Je savais qu'il avait entamé des recherches sur ce qui s'était passé, parce que de nouveaux traités botaniques, dont certains concernaient les plantes parasitaires ou les rituels magiques, avaient fait leur apparition sur les étagères de la petite bibliothèque de la tour. Pourtant il m'excluait obstinément de son enquête, et je dus faire face à l'angoisse en solitaire. Nahir faisait de son mieux pour sauver la face, et les leçons continuaient, de manière à m'offrir un peu de répit lorsque ma curiosité reprenait le dessus, le temps de quelques heures. Ensuite, je songeais aux cris de Doune, et cela me renvoyait à ma propre solitude, et je me souviens encore comme j'avais hâte de grandir.

Je dormis mal pendant cette période, et ce fut pour cette raison que, fortuitement, je pus progresser dans ma récolte d'informations au domaine Misolle. J'avais passé une journée plus facile que d'autres, à nettoyer la grange et à brosser les chevaux, ce que j'avais le droit de faire si Holdène était là. Le maître des écuries manquait cruellement d'imagination et il avait de plus en plus de mal à inventer pour moi de nouvelles tâches. La plupart du temps, donc, je faisais son travail à sa place, tant que cela se pouvait. Holdène avait davantage de temps libre, et il le consacrait à boire, ce qui me facilitait la vie : lorsqu'il passait me surveiller, feindre d'être occupé suffisait souvent pour qu'il me fiche la paix. Tant que je faisais suffisamment reluire les écuries, il se contentait de m'insulter et de retourner à sa bière. J'ai visité quantité d'écuries dans ma vie, mais je jure qu'aucune n'était plus propre que l'écurie des Misolle sous ma garde : sitôt qu'un cheval relâchait ses sphincters, j'accourais pour nettoyer. La reine de Bessane en personne aurait pu y passer la nuit sans être incommodée.

Un soir, environ dix jours après le retour du capitaine, Holdène m'adressa une dernière remarque cinglante – de celles que je connaissais déjà par cœur – et il verrouilla la porte des écuries pour la nuit. À mon habitude, après avoir salué individuellement les chevaux, je retrouvai mon tas de foin, dont il ne restait plus grand-chose après l'hiver, et je fermai les yeux. Les horreurs vinrent à moi, comme tous les soirs depuis que c'était arrivé, depuis la chose dans l'oreille de Doune, les plaies, le pus et les hurlements. Tout à coup, je rouvris les yeux, certain d'avoir entendu quelque chose d'inhabituel.

Un des chevaux, le petit coursier gris-marchois, s'ébroua dans sa stalle. Je tendis l'oreille. Des voix semblaient provenir de la direction générale du manoir et se rapprochaient, accompagnées d'un bruit de pas. Je me levai précipitamment et avançai prudemment vers le mur de planches de l'écurie, le cœur battant. Entre les interstices du bois, je vis trois silhouettes, un peu à l'écart des lumières nocturnes de la villa, qui se dirigeaient vers les portes du domaine. Les quelques torches qui crépitaient à l'intérieur de l'enceinte semblaient créer davantage d'ombre que de lumière, si bien que je distinguais seulement les formes noires et le souffle qui accompagnait leurs échanges. Je retins ma propre respiration et tendis l'oreille. L'une des voix était celle de Duranne Misolle, je n'eus aucune peine à identifier le ton hautain et le phrasé sec. Un homme silencieux lui emboîtait le pas, j'en conclus qu'il devait s'agir de Vorremin, son valet d'armes. En revanche, je ne reconnus pas l'interlocuteur de Duranne, ni le léger accent qui frisait ses propos. L'inconnu s'arrêta à quelques pas de la porte et se retourna vivement, comme piqué par une mouche, pour faire face au jeune aristocrate. Il éleva la voix, suffisamment pour que je puisse entendre :

— Et que voulez-vous dire par là, au juste ?

Duranne répondit sur un ton cassant, en articulant bien chaque mot. « Vous savez très bien ce que je dis », fit-il. « Mon père est un homme de qualité, mais je l'ai trouvé bien prompt à vous accorder sa confiance. Je veux que vous sachiez que, contrairement à lui, je n'ai pas été convaincu par la présentation de ce bijou fort quelconque. Je vous tiendrai à l'œil. »

Un ricanement amusé accompagna la réponse. « Votre père m'a fait bonne impression, c'est vrai. Quel dommage que son fils se comporte comme un roquet agaçant, toujours à japper et à renifler les visiteurs. Que croyez-vous que je sois venu faire ici, si je ne suis pas celui que je prétends être ? »

J'entendis Duranne s'étouffer dans l'obscurité, avant de riposter d'une voix rendue rauque par la colère :

— Comment osez-vous me parler sur ce ton ? Je suis ici chez moi ! Vous ne portez sur vous aucune lettre officielle attestant de quoi que ce soit. Vous pourriez être n'importe qui. Je devrais vous faire rosser, puis jeter à la rue !

L'inconnu cracha nonchalamment sur le mur, puis il fit un pas en avant, le pas fluide d'un bretteur expérimenté. Ses mots s'étaient débarrassés de leur étiquette soutenue. Le ton comme la manière étaient aussi familiers que dangereux :

— Ne me menace pas, petit cave. Je ne suis pas le genre d'homme qu'on menace à la légère. Tu serais pas le premier coq aristo que j'doive remettre à sa place, et c'est pas ton soudard domestique qui pourrait me jeter à la rue, si j'ai pas envie qu'on m'y jette. C'est pas dans mes habitudes de me promener avec les poches pleines de preuves. J'aimerais pouvoir en dire autant à propos de ces pitres effrayés que vous avez envoyés à Franc-Lac. Cet anneau suffit, parce que ceux qui le reconnaissent, comme ton aristo de père, savent ce qui arrive à ceux qui le questionnent.

L'homme fit une nouvelle enjambée et, face à lui, Duranne céda du terrain. « C'est ça que tu fais, petit cave ? » gronda l'homme. « Tu questionnes le symbole que je porte ? » Duranne recula à hauteur de son valet, qui n'avait pas l'air d'en mener plus large que lui et il produisit un son étranglé, avant de répondre d'une voix plaintive :

— Non, non, bien sûr que non. Je voulais juste m'assurer que tout était en règle. Vous comprenez ?

L'homme renifla, amusé et méprisant à la fois, et, malgré son vocabulaire, il retrouvait peu à peu un ton plus convenu. « Oh oui, je comprends. Je comprends très bien. Je vous connais par cœur, vous et les vôtres. Et il serait bon que vous, vous compreniez ceci. Je ne suis pas bien né et je chie sur cette insupportable attitude d'ayant droit qui vous anime tous. Mais c'est moi que mes employeurs ont décidé d'envoyer pour vous assister. Ils ne me demandent ni d'être accommodant, ni d'être poli. Pourtant, je l'ai été jusqu'à votre petit caprice.

Méprisez-moi si vous le souhaitez, mais faites-le en silence, et je vous retournerai la faveur. Maintenant, comme convenu, vous allez me conduire chez sieur Trempe, ou bien je trouverai le chemin par moi-même. »

Je ne parvins pas à discerner la suite, la réponse minaudante de Duranne fut couverte par le grincement des gonds. Les trois hommes franchirent la porte, et le mur d'enceinte les dissimula à ma vue. J'entendis des bottes claquer sur les pavés dehors et, quelque part dans l'obscurité, un chien aboya. Il commença à pleuvoir sur les moellons de la cour, la dernière averse froide de l'année, qui fit fumer les parterres ornementaux à la lueur des torches grésillantes. Je retournai lentement à ma couche, pas très sûr de ce que je venais d'entendre, mais en faisant de mon mieux pour mémoriser chaque mot. Je m'endormis plus facilement cette nuit-là, aidé principalement par la satisfaction que j'avais eue à assister à la correction de Duranne. Le lendemain soir, qui précédait la calende de la lune Fleurie, je quittai le domaine Misolle à grandes enjambées et, sans y réfléchir davantage que cela, le torse gonflé d'importance, je filai tout droit chez Hesse pour lui rapporter la scène dont j'avais été témoin.

Cela me fit drôle, après ces longues lunes qui venaient de s'écouler, de retrouver le quartier bancal qui s'était greffé aux murs du château. J'eus l'impression stupide d'avoir commis une erreur, d'avoir déplacé le lieu dans mon esprit et de l'avoir reconstruit ailleurs, bien plus loin, alors qu'en réalité la maison de Hesse n'avait pas bougé et se situait à un jet de pierre de là où j'étudiais. Je poussai la porte rugueuse de la bicoque tordue, en humant les odeurs familières de ragoût et de cuir mouillé. Je me mordis la lèvre pour étouffer le tourbillon confus qui montait en moi, et qui mourut doucement après quelques battements de cœur. Je n'avais pas remis les pieds ici depuis cette nuit où Brindille et moi-même avions été enlevés. Je reniflai et fis un pas en avant.

Après avoir vérifié le bureau à l'étage, et constaté que Hesse était absent, je posai ma pèlerine à sa place, sur le clou de la porte avant de sortir une bûche de la réserve pour raviver le feu du petit âtre. Je fis distraitement réchauffer la marmite et son contenu, étonné de la trouver bien plus légère qu'avant, et, comme la nuit tombait, j'allumai la grosse bougie sur la table basse. Je patientais en salivant, rangeant les quelques affaires qui traînaient ici ou là pour faire passer le temps, lorsque Hesse fit enfin son apparition. Il n'eut pas l'air surpris de me voir. « Bonsoir, Syffe », fit-il d'une voix un peu lasse, avant d'accrocher sa longue cape auprès de ma pèlerine. Il s'étira en grognant, se délesta de son ceinturon d'armes avant de sortir les deux bols de son unique placard. Nous mangeâmes près du feu, comme avant, et le soldat me raconta comment il avait patrouillé depuis l'aube dans les rues de la basse à la recherche de l'un de ses informateurs pour finir par apprendre en fin de journée que ce dernier l'attendait au château. Nous rigolâmes un peu, Hesse eut l'air moins bougon, et j'en oubliai presque la raison de ma venue tant j'étais content de retrouver la chaleur familière de la bicoque. Hesse finit néanmoins par me demander d'une voix un peu trop pointilleuse si je passais pour une visite de courtoisie et je repris mes esprits. En racontant chaque événement aussi posément que possible, je déballai précautionneusement mon histoire.

Le soldat hocha la tête d'un air grave. « Oui », dit-il simplement. J'ouvris deux grands yeux surpris, un peu désarçonné que mon annonce ne lui fît pas plus d'effet que cela, et Hesse poursuivit. « S'il a mentionné Franc-Lac, c'est sûrement lui. Cela fait un certain temps que les anciennes familles courtisent l'assistance de la Ligue. Ils ont fini par envoyer un de leurs sicaires. Cela fait trois jours qu'il est à Corne-Brune. Il n'y a pas grand-chose que nous puissions faire, malheureusement. » Il y eut un silence, couvert par le crépitement du feu, le regard de Hesse se perdit dans les flammes et je risquai une question. « C'est quoi la Ligue, première-lame ? » Hesse toussa. « Un groupe d'hommes d'affaires très influent. La Ligue de Franc-Lac », répondit-il. « Au sud, ils ont leurs pattes dans nombre de transactions, de Bourre jusqu'à Port-Sable. Ils veulent maintenant un morceau de Corne-Brune. » Je fronçai. « Qu'est-ce qu'il vient faire ici alors, ce type ? » demandai-je, intrigué. « Il vient pour aider les anciennes familles à renverser Barde », fit Hesse d'une voix lugubre.

J'étais si estomaqué que j'en perdais mes mots. « Mais... mais alors pourquoi vous ne faites rien ? » finis-je par murmurer. Le soldat haussa les sourcils. « Comme quoi ? » rétorqua-t-il un peu brusquement, avant de se radoucir. « Tu sais, Syffe, changer de primat, ça ne se fait pas en un jour. Malgré toutes les courbettes, personne n'est dupe dans cette histoire, mais personne ne veut non plus d'une guerre civile. Ni nous, ni eux. Ce sicaire a du travail sur les bras avant qu'il ne serve à quoi que ce soit, et d'ici là beaucoup de choses peuvent changer. Barde a déjà noué contact avec la Ligue et, s'il leur propose un marché suffisamment juteux, ils rappelleront leur homme. »

J'acquiesçai, pas très rassuré, parce que le personnage du sicaire m'avait fait forte impression. Hesse réprima un bâillement et poursuivit. « Pour l'instant, tâche d'être prudent. Tu es venu ici directement depuis chez eux ? » Je pris immédiatement conscience de mon erreur. Non seulement j'avais échoué à apporter une information utile, mais j'avais de surcroît compromis ma couverture. Je rentrai la tête dans les épaules, certain que Hesse allait me passer un savon. « Il ne faudrait pas que cela se reproduise », énonça-t-il contre toutes mes attentes. Je regardais mes pieds, les oreilles brûlantes, avec la sensation d'être on ne peut plus inutile. Je n'avais pas besoin de lever les yeux pour savoir que le regard de Hesse était posé sur moi, et qu'il était très probablement en train de se lisser la moustache. Je l'entendis s'humecter les lèvres, mais sa question me prit par surprise :

— Depuis combien de temps t'es pas allé jouer, Syffe ?

Pris de court, je levai la tête avant de me mettre à babiller. Hesse m'interrompit d'un geste de la main. « Tu as davantage de poches sous les yeux qu'une bonne moitié des limiers du chenil, et tu fronces tellement que tu vas nous faire des rides avant d'avoir dix ans. » Je réussis à interjeter un « mais » balbutiant, et le soldat leva la voix pour couvrir mes protestations. « Tu n'es pas personnellement responsable du destin de Corne-Brune, Syffe, ni de la venue du sicaire... » Hesse soupira, sa phrase en suspens, et me lança un regard chargé tout en radoucissant le ton. « ... ni de la mort de Doune. » Sur ces mots, il se leva en époussetant la place qu'il avait occupée sur la natte, et ramassa les bols que nous avions laissés posés sur les briques de l'âtre. Hesse passa la main dans ses cheveux rouille en me dévisageant d'un air las. « Essaye de te rappeler parfois que tu n'es qu'un enfant, Syffe », dit-il. « Tu devrais rentrer au château, moi j'ai besoin de dormir. »

Je me levai, piqué au vif, la mine défaite. Rouge jusqu'aux oreilles, j'allai prendre ma pèlerine, que j'enfilai d'une secousse. J'entrouvris la porte avec une vigueur qui ne visait qu'à dissimuler des larmes que je ne comprenais pas, mais qui montaient tout de même. Sans le regarder, je reniflai misérablement une formule d'adieu à l'intention de Hesse et, comme je me glissais dans l'ouverture, je sentis la main du soldat agripper l'épaisseur de mon habit. Il me tourna vers lui et s'accroupit à hauteur de mon visage. Ses traits étaient à moitié dissimulés par la pénombre de la rue, mais ils étaient sans doute encore plus tirés que les miens :

— Demain c'est la calende. Ensuite c'est le septième jour. Ça te fait deux journées pour toi tout seul. Tu devrais en profiter pour aller faire un tour à la Cuvette.

Hesse esquissa un sourire fatigué mais espiègle :

— Y a eu un gros arrivage de Gaïches avant-hier. Il me semble que tu en connais certains. Une en particulier.

Il pointa mon torse du doigt, un peu trop fort, juste sous la clavicule, là où se trouvait mon tatouage, et je mis un instant avant de comprendre qu'il me parlait de Driche. Je ne dormis guère mieux que les semaines précédentes cette nuit-là, mais pas pour les mêmes raisons.

24

La Cuvette m'avait manqué. Tantôt emporté par l'excitation qui accompagnait les leçons passionnantes de Nahir, tantôt abattu par la monotonie épuisante du domaine Misolle, je m'étais adapté à mes nouvelles circonstances – somme toute – avec facilité. Pourtant, tandis que je grimpais le sentier en direction de la crête et qu'autour la brume matinale relâchait peu à peu son emprise sur la lande, je me sentis envahi par une étrange et heureuse mélancolie. Comme je l'avais fait pour la bicoque de Hesse, j'avais écarté la Cuvette, j'avais coupé les ponts pour laisser au passé le soin d'engloutir ce lieu. Retrouver ce chemin que j'avais fait disparaître avait le goût d'une petite résurrection.

Je n'étais pas seul sur le sentier de la Cuvette. À cette époque de l'année, lorsque les clans commençaient à revenir, leurs petits chevaux chargés de denrées exotiques, les marchands de Corne-Brune et les intermédiaires des négociants bas-brunides y accouraient par dizaines pour dénicher les meilleures affaires. Après que les échanges eurent été conclus, les fourrures, la chitine, l'ambre et autres aromatiques séchées qui avaient été glanées au cours de l'année par les familles restées dans les Hautes-Terres, tout cela partait par chariots entiers jusqu'au quai de Brune où des matelots bruyants en chargeaient les cales des cogues. J'avais déjà été dépassé par deux des charretiers qui offraient leurs services aux négociants et l'un d'entre eux m'avait même proposé de monter avec lui. Comme il faisait beau et que le sentier n'était pas trop bourbeux, j'avais décliné son offre, préférant faire le voyage à pied.

En fin de matinée, j'atteignis les éclats granitiques qui se dressaient sur le haut de la crête. Après avoir jeté un regard en arrière vers la Brune et les quelques voiles qui la sillonnaient, je me détournai pour plonger vers le tumulte de la Cuvette. Le soleil n'était pas encore à son zénith, mais le camp bouillonnait d'activité. Ici et là, des yourtes bigarrées se montaient avec force cris, chiens et enfants couraient entre les tentes et dans les pattes des adultes affairés. Dans l'enclos des chevaux, les animaux hennissaient, folâtrant comme des poulains à la joie de retrouver leurs congénères. Des groupes d'hommes et de femmes tatoués bavardaient aux alentours d'une dizaine de feux de camp et s'esclaffaient autour des marmites bouillonnantes et des broches à viande. Les négociants haranguaient et ergotaient entre eux devant les marchandises entassées, vantant à pleins poumons la qualité de leurs produits, et monnayant énergiquement avec les acheteurs potentiels. J'avançais au beau milieu de ce joyeux désordre, un sourire aux lèvres, les narines emplies de mille odeurs familières et alléchantes.

Comme je me baissais sous la ganache d'un cheval dun que l'on emmenait par la bride jusqu'au corral, j'aperçus Frise du coin de l'œil, qui déchargeait une charrette avec deux autres hommes tout en dialoguant avec un gros armateur barbu. Je lui adressai un timide salut de la main, et pendant un instant je crus qu'il n'allait pas me reconnaître ou que l'embarras d'avoir été rossé devant moi lui fasse détourner la tête. Et puis un sourire illumina son visage buriné, et le vieux Gaïche posa le paquet qu'il portait pour se diriger vers moi. À ma surprise, il dégagea son avant-bras de sa tunique, et m'offrit un salut de guerrier. J'empoignai maladroitement sa main, et il m'attira vers lui. « J'ai quelque chose pour toi, mon garçon », me dit-il sans préambule. Il y eut un cliquètement, et le marchand me posa une bourse rebondie dans la main. Je marmonnai quelques remerciements confus. « C'est ta part pour ton aide cet hiver », expliqua Frise avant de rebondir. « On m'a dit que tu avais eu des ennuis avec les soldats. J'ai voulu venir plaider en ta faveur, mais l'épéiste rouquin m'en a dissuadé. Il m'a dit que ça ferait plus de mal que de bien. Peut-être qu'il avait raison. Je suis heureux que tu t'en sois bien tiré. » Je hochai la tête et m'éclaircis la gorge. « Merci. Merci beaucoup Frise. » Je souris, parce que les intonations lentes du clanique m'avaient manqué elles aussi. Le vieux Gaïche renifla, et jeta un regard par-dessus son épaule avant de grimacer. « Il faut que je retourne travailler, Syffe. J'ai encore trois familles qui cherchent un acheteur aujourd'hui. Reviens plus tard si tu veux, je te présenterai mes fils. » Nous échangeâmes un salut et je fis le signe pour lui indiquer que j'étais satisfait de son don. Frise répéta mon geste en souriant, puis il retourna à son chargement en se massant les reins.

Je fis encore quelques empans avant de m'esquiver derrière une tente pour pouvoir compter ma fortune inespérée sans être bousculé par les passants. La bourse que Frise venait de me remettre contenait presque cinq deniers en sous de cuivre, la plupart frappés de la montagne de Corne-Brune ou de la charrue de Bourre. Un terrassier de la ville aurait mis une saison entière à gagner cette somme. Je n'avais pas la moindre idée de la manière dont j'allais dépenser cet argent inattendu, maintenant que j'étais nourri et blanchi aux frais de la primeauté, mais mon esprit travaillait furieusement à y remédier. Comme je remettais les pièces dans la bourse, une voix retentit derrière moi. « Hé ! Toi ! Garçon ! » Je pivotai, mais pas assez rapidement pour éviter Driche.

Elle me tomba dessus et me serra si fort, que je crus qu'elle allait m'étouffer. Puis elle se dégagea, faisant fi de mon air embarrassé, et me toisa brièvement avant d'éclater de rire. Comme elle ne s'arrêtait pas, je finis par pouffer moi aussi, parce qu'elle avait le rire horriblement contagieux. En fait, j'étais si heureux de retrouver Driche, son regard mutin et ses airs de garçon manqué, que je ne me souciais pas de savoir pourquoi nous nous esclaffions. J'eus l'impression que tous les soucis que j'avais accumulés durant les six lunes précédentes s'envolaient avec ce rire partagé. Driche finit par s'asseoir en se tenant les côtes, la tête appuyée contre le feutre usé. « Tes cheveux », réussit-elle à expulser après beaucoup d'efforts, « ils sont ridicules. » Je passai la main dans ma coupe courte de page. La vieille dame qui les soignait récidivait toutes les deux semaines, et j'avais fini par m'habituer à mon reflet dans la tour de Nahirsipal, mais au fond je partageais l'avis Driche. Je parvins à trouver suffisamment de souffle pour chuchoter «Je sais», ce qui nous fit repartir de plus belle.

Le calme revint peu à peu et enfin nous pûmes nous lever, les yeux rouges et le ventre tenaillé par des crampes douloureuses. Nous rejoignîmes le passage encombré en chahutant. La familiarité de nos manières me donnait l'impression que nous nous étions quittés la veille. Sans qu'aucun de nous deux y ait vraiment songé, nous prîmes le chemin de la lande. Nous marchâmes en direction de la forêt, cheminant entre les pierres tordues, donnant des coups de pied dans les racines sèches et les crottes de mouton, comme si nous n'avions jamais été séparés. Pour une fois je jacassais davantage que Driche. Le récit des aventures que j'avais vécues au cours de l'hiver semblait captiver la jeune fille, et elle m'arrêtait parfois pour me poser une question ou me demander davantage de détails, particulièrement lorsque j'abordai mon séjour en prison. Nous finîmes par nous asseoir à l'orée du bois, sur ce grand rocher plat que nous affectionnions particulièrement, parce qu'il avait vaguement la forme d'un bateau si on le regardait du dessus.

Alors que je lui parlais de Nahir et du squelette qui pendait aux poutres de sa tour, je vis le regard de Driche se détourner de moi pour se perdre dans les nuages blancs qui flottaient à l'horizon. Son menton tremblait de plus en plus au fur et à mesure que je jasais, et j'interrompis mon histoire tant il était devenu évident que quelque chose n'allait pas. Il y eut un silence. À quelques pas de notre rocher, un oiseau pépiait sous les frondaisons. Je vis les mâchoires de Driche se durcir et elle déglutit. «Mamie est morte», finit-elle par expirer d'une voix empreinte de tristesse. Je jurai tout bas. Je connaissais à peine la vieille femme qui occupait le fond de la yourte familiale, elle m'avait tatoué et c'était à peu près tout, mais cela me fit tout de même quelque chose, d'autant que je savais comme elle comptait pour Driche. Je me sentis soudain ridicule et minable de n'avoir pensé qu'à me faire mousser sans même avoir pris des nouvelles de mon amie. « C'est arrivé quand ? » murmurai-je, sans oser la regarder. « Juste avant la fin de l'hiver », renifla Driche, et elle écrasa une larme du revers de la main. « Un homme est entré dans la yourte. Ça s'est passé la nuit. On pense qu'il voulait voler quelque chose, mais mamie s'est réveillée, et elle a crié. Il... » Driche inspira profondément. « Il a coupé mamie. Il l'a coupée beaucoup avant qu'on puisse faire quoi que ce soit. Papa l'a poursuivi dehors et les guerriers l'ont tué. »

Je levai les yeux vivement, empli d'un doute affreux. « Cet homme », demandai-je, « il lui manquait pas une oreille ? » Driche secoua la tête. « Non. Il avait l'air d'un homme des clans, mais ses marques n'étaient pas comme les nôtres. » Sa mine se renfrogna, et sa voix se fit plus basse. « Les vieux sont inquiets, parce qu'il se passe des choses bizarres à l'ouest. Ils disent que les Deïsi nous ont retrouvés. Mais on l'a tué celui-là, et les démons, ça ne meurt pas. Papa pense que c'est des foutaises, et que ce type, c'était plutôt un exilé de chez les Montagnards. » Elle toussa, puis se leva rapidement et mit fin à la discussion en soupirant. « Elle me manque, ma mamie. »

Nous jouâmes aux contrebandiers jusqu'à la fin de l'après-midi, avant que nous ne tombions sur un pied de lierre-acier que nous eûmes tôt fait de transformer en collet. Nous rentrâmes au camp crépusculaire, guidés par les lueurs des feux de joie, et Driche insista pour que je mange avec sa famille ce soir-là, ce qui me convenait fort bien. La yourte familiale se trouvait au sud de la Cuvette, nous n'eûmes donc pas à retraverser le camp, même si l'endroit semblait avoir retrouvé un semblant de calme par rapport à la matinée. Le rythme lent d'un tambour résonnait sur la lande, et un air de flûte aérien me fit monter une boule dans la gorge lorsque le souvenir de Merle me prit par surprise. Ce fut Gauve qui vint à notre rencontre, l'air soucieux et soulagé à la fois. Il me salua chaleureusement avant de sermonner Driche sur son absence prolongée, puis en secouant la tête il nous mena tous les deux jusqu'à l'un des grands feux qui illuminaient la crête. Les clans célébraient leur retour à Corne-Brune.

Je retrouvai Hure et Maille, ainsi qu'une dizaine d'autres Gaïches dont le visage m'était connu. Nous échangeâmes des salutations enthousiastes, ternies par le sermon que Maille infligea à sa fille. « Nous avons perdu suffisamment de proches pour cette année », fit-elle d'un ton sévère. « Pensez à nous prévenir la prochaine fois que vous disparaissez comme ça. » La morosité se dissipa toutefois rapidement, et nous mangeâmes autour du feu, du canard sauvage tué le jour même, avec une soupe de pousses et du pain noir brunide. Hure m'entretint de son hivernage et déplora la perte de sa mère, tandis que Gauve m'annonça avec fierté que Frise s'était décidé à le prendre comme apprenti et qu'il allait quitter la yourte familiale dans les lunes à venir. Pendant ce temps, à mon grand inconfort, Driche déployait tous ses efforts pour faire de moi le centre de l'attention en racontant aux autres convives sa version édulcorée de mes aventures de l'année passée. Bien sûr, il s'agissait pour elle de démontrer qu'elle avait eu raison de m'accorder sa première marque, mais aux sourires voilés qui répondaient à son récit, je constatai que je n'étais pas le seul à trouver que tout cela manquait de subtilité. À mon grand soulagement, elle eut la présence d'esprit de ne rien évoquer qui aurait pu me compromettre chez les Misolle, et pour cette raison je ne lui en voulus pas.

La lune montait dans le ciel au-dessus de l'assemblée et je finis par me lever. J'étais déjà resté plus longtemps que de raison, et si je ne forçais pas le pas, j'allais devoir négocier sec pour que la garde me laisse rentrer au château. Driche leva vers moi un regard déçu, puis tirailla la manche de la tunique de son père avant de lui murmurer quelques mots à l'oreille. Ce fut donc Hure qui m'arrêta en me saisissant par l'avant-bras, et il leva la voix bien plus qu'il ne l'aurait fallu, pour que ses propos puissent être entendus par tous. « Syffe de Corne-Brune », fit-il, « ce serait un honneur pour moi de t'offrir l'hospitalité de ma yourte pour cette nuit. »

C'était une formule très convenue, et je compris immédiatement ce qu'il était en train de faire. Comme j'étais moi-même apprenti, on pouvait considérer que je n'étais plus un enfant selon la coutume, et la manière dont il s'était adressé à moi, malgré mon jeune âge, laissait entendre la distinction. Si je n'étais plus enfant, Hure était libre de m'accueillir pour la nuit. Je hochai la tête, parce que la perspective de la marche nocturne ne m'enchantait pas, et quelques murmures approbateurs s'élevèrent de la petite assemblée. J'inspirai pour pouvoir élever la voix, et bafouillai la réponse traditionnelle. « J'accepte ton offre généreuse, Hure des Gaïches. » Driche se fendit d'un sourire fier, Hure exprima son contentement en grognant, et je repris ma place entre eux, près du feu, où on me resservit un bol de bière d'orge.

La nuit finit par se dissoudre lentement autour de nous. Il y eut des contes et des danses et des chants, je ne me souvenais pas de la dernière fois que je m'étais autant amusé. La vie d'ermite que j'avais adoptée au château depuis l'hiver me parut soudain froide et plate, futile même, en comparaison de la chaleur humaine qui transpirait du quotidien des hommes et des femmes des clans. Je ne regrettais pas pour autant, mais je me rassasiais, je buvais, comme une éponge. Le regroupement se dispersa lorsque la lune atteignit son zénith, et nous nous retirâmes dans la yourte. Je m'endormis près du foyer, sur une natte que Hure me prépara, la tête pleine de musique et de voix. Je rêvai de Brindille et de la veuve Tarron, puis il y eut le doux crissement de cette chose qui s'immisçait si souvent dans mes songes et je m'abandonnai à son refrain étrange.

Le lendemain, Driche me secoua un peu après l'aube. Gauve était déjà parti et une soupe de céréales sauvages chauffait sur le feu. Tandis que je faisais mes ablutions dans un grand bol d'eau fraîche, Driche me tourna autour comme une mouche bourdonnante, en énumérant d'une voix excitée toutes les choses que nous allions faire, avant que sa mère, qui préparait déjà le pain pour la journée, ne lui demande de se calmer. « Ça m'étonnerait que vous alliez voir les cogues aujourd'hui, ma fille. Ton père ne va pas tarder à revenir et je crois qu'il a autre chose en tête. » Nous nous renfrognâmes tous les deux, puis Driche protesta vivement sans obtenir autre chose de Maille que des mimiques évasives. Comme je me résignais à une journée de corvées en compagnie de mon amie, Hure rabattit la draperie de l'entrée.

Il nous entraîna à sa suite au travers du campement matinal tandis que Driche l'assommait de questions. Malgré sa nature enjouée et généreuse, Hure avait un visage dont les traits rudes exprimaient difficilement autre chose qu'une dureté implacable, si bien qu'il était difficile de savoir à quoi il pensait vraiment. Je me demandais par conséquent si nous n'allions pas au-devant d'une leçon mémorable inspirée par notre escapade de la veille. Autour de nous l'activité de la Cuvette reprenait, les premiers chariots arrivaient de la ville et les marchandises s'entassaient près des yourtes. Nous dépassâmes l'enclos des chevaux et, là où la lande était plate et dégagée de ses rochers, Hure s'arrêta. Il nous montra du doigt une petite cible de bois rectangulaire posée au milieu du champ, à une trentaine d'empans de là où nous nous tenions. Driche sourit immédiatement. Confus, je tournai la tête vers Hure, pour constater que ce dernier cordait son arc court. « J'ai pensé que tu aimerais montrer à ton ami ce que tu as appris cet hiver », fit-il. Son ton était autoritaire, mais à l'étincelle dans son regard je compris qu'il s'agissait d'un jeu. « Ce n'est pas parce que Syffe est passé nous voir que tu échappes à tes leçons. »

Nous passâmes une bonne partie de la journée à tirer à l'arc. Driche était ravie de me faire l'étalage de ses talents, qui, bien que largement inférieurs à la maîtrise de son père, étaient nettement supérieurs aux miens. Hure ne rata pas la cible une seule fois, et il corrigeait les erreurs de sa fille en lui indiquant patiemment les raisons de ses échecs. Je fis de mon mieux pour appliquer à mon tour ces conseils, mais je dois avouer que ma technique était assez irrécupérable. Je crois que je touchai les planches moins de cinq fois en totalité. Les arcs claniques sont courts mais puissants, faits à partir d'épaisses coupes d'if dont le bois est travaillé et trempé pour le rendre flexible, et les muscles développés par l'usage de la pelle ne sont pas les mêmes que ceux qui servent à tendre un arc. Après une heure d'efforts j'avais l'impression que mes bras allaient tomber, alors que Driche enchaînait les tirs sans se plaindre. Quelques autres chasseurs se joignirent à nous au cours de la journée et tous louaient le talent de la jeune fille, ce qui ne l'aida pas à tempérer sa confiance en elle.

Nous nous séparâmes en fin d'après-midi, fatigués mais exubérants, et je promis évidemment de revenir la voir dès que je le pourrais. Elle fit la moue, puis me serra maladroitement. Je rentrai au château, tellement emmêlé dans mes pensées que je remarquai à peine la marche. Mon passé était manifestement loin d'être mort, et cela me fit songer une nouvelle fois à la ferme Tarron. La route défilait sous mes pas, tandis que j'avançais au milieu de mes souvenirs. J'en vins, je ne sais comment, à me rappeler les étalages fumants des commerces de la basse et de mes premiers vols, et pris conscience que c'était à ce moment-là que j'avais perdu l'amour de Brindille. Pour la première fois, je me mis à regretter mes actions.

Alors que mon humeur prenait une teinte décidément morose, je grimpai en solitaire le colimaçon de service jusqu'au plancher grinçant de ma chambre, où j'allumai la bougie neuve qu'une bonne avait dû y porter. Je soupirai tristement en essayant de remettre un semblant d'ordre dans mes affaires. La semaine précédente, Nahir m'avait confié un traité sur les rhumatismes que je n'avais pas le cœur à décortiquer, mais lorsque j'eus terminé de ranger mes vêtements propres, comme je n'avais rien d'autre à faire, je finis par me saisir du parchemin. C'est au moment où je m'installais au pied de mon lit pour l'étudier que je sus soudain avec clarté ce que j'allais faire de l'argent de Frise.

25

Les beaux jours arrivèrent tout d'un coup cette année-là. Une semaine auparavant nous nous demandions encore quand les gelées tardives et les grêles allaient cesser. Puis subitement le soleil se mit à briller pour de bon et l'air à vibrer au-dessus des routes et il faisait sec et poussiéreux. Je me souviens que mes pensées avaient accompagné la météo, suivi un cours aussi inexorable et aussi brusque. J'avais emprunté un chemin étrange, le chemin de mon ancienne vie, parce que j'avais la sensation, depuis que Driche était revenue, d'avoir laissé quelque chose en friche, comme si j'étais parti en voyage en oubliant trop de choses pour qu'il me soit possible de continuer. Le demi-tour s'imposait. Je ne tardai pas à comprendre que la solitude que j'avais pensé endurer m'avait pesé terriblement et que, contrairement à ce que j'avais cru, malgré mes efforts, la science de Nahir ne me suffisait pas. Mais ce n'était pas tout. Une impression étrange, étrangère même, m'emplissait d'un trouble profond.

Je retournais voir Driche presque tous les jours que j'avais de libres, et l'amitié qui nous liait, ainsi que l'affection de sa famille, reprenait un rôle essentiel dans mon existence. Je contemplais parfois avec effroi le moment où ils allaient devoir repartir, et je savais qu'inexorablement cet événement se rapprochait à chaque semaine qui passait. En revanche, je voyais de moins en moins Hesse. Parfois le soir, lorsque je passais aux cuisines avec un petit creux à satisfaire, j'apercevais fugitivement son visage fatigué parmi ceux des hommes en armes qui venaient chercher leurs repas du lendemain. En de pareilles occurrences je l'évitais de mon mieux et faisais en sorte à ne jamais rester trop longtemps dans la même pièce que lui. J'ignorais si mon comportement visait à ne pas reproduire mon imprudence passée ou bien s'il s'agissait de tout à fait autre chose, et mes humeurs flottantes ne m'aidaient pas vraiment à faire la part des choses.

Je réussis à me persuader que les émotions embrouillées qui me bringuebalaient de-ci de-là étaient liées à la ferme Tarron, et c'était sans doute vrai, en partie. S'ajoutaient à cela le jeu d'échecs grandeur nature qui se jouait en ville et ces faux-semblants exaspérants qui contrastaient douloureusement avec la vie simple des clans, que je regrettais de plus en plus. Tout cela n'empêchait pas que je me sois résigné à l'existence que le sort m'avait imposée, ni même à ce que j'en tire quelque satisfaction. Nonobstant, j'avais l'intime conviction de devoir régler ce qui devait l'être avant que ma vie ne me rattrape, et cette idée me lançait avec une urgence obstinée. C'était sans doute une curieuse réflexion pour un enfant de neuf ans, mais il en était ainsi et je n'avais pas l'intention de déroger à mon instinct, si confus soit-il. J'étais résolu à agir, et cette résolution ne tarda pas à cimenter le destin que j'avais commencé à élaborer pour la bourse de Frise au cours de cette nuit solitaire qui avait succédé à mon retour à la Cuvette.

Une lune passa, puis une autre, et Corne-Brune ne tarda pas à épouser le pesant rythme estival. J'explorais avec Nahirsipal la nature des tissus cartilagineux, les arthrites, et nous n'allions pas tarder à passer au rôle des nerfs. J'étudiais avec un sérieux inébranlable et mon professeur exprimait souvent son appréciation des efforts que je déployais. Je savais nommer sans hésitation la plupart des os du squelette de Mélandros Agriphale, et j'avais appris, aussi, quelles prières accompagnaient le plus efficacement la résorption des fractures et des fêlures. J'éprouvais toujours un sentiment mitigé quant à l'efficacité de tels procédés, et restais dubitatif quant à l'existence même des neuf dieux de Jharra. Néanmoins, l'approche holistique que Surd'Nahir maintenait vis-à-vis de la médecine avait fini par déteindre sur moi, si bien que les prières me semblaient désormais une étape comme une autre dans la rémission des patients.

Un matin ensoleillé, à la fin de la lune Basse, avant que la chaleur n'eût gagné les hauteurs de la tour, Mourton le page nous fit mander à l'infirmerie des baraquements. Peu avant l'aube, le messager du légat Courterame avait vidé ses étriers sur la route du sud, après que sa monture nerveuse eut été inexplicablement saisie de peur. Le pauvre homme avait chuté sur un tronc, et une branche sèche lui avait empalé le biceps, juste au-dessous de l'épaule, avant de se briser. Nous nous affairâmes autour du blessé en sueur et, à mon habitude, je préparai les outils pour le maître-chirurgien. Lorsque tout fut prêt pour l'intervention, et que le messager somnolait sous l'effet du fol-souci, Nahirsipal me prit par surprise en m'invitant à faire la première incision. « Tu m'as déjà vu faire sur une flèche brisée, Sempa. Il s'agit de la même chose », me rassura-t-il en voyant mon hésitation. « Sur ce cas, tu ne peux pas vraiment te tromper. Il faut libérer la chair qui s'est refermée autour de la branche. Une petite entaille et nous pourrons alors dégager l'extrémité et la retirer. » Je hochai la tête en m'emparant de la lame que Surd'Nahir me tendait, avant de prendre une grande inspiration. Je raffermis ma prise, pour éviter de trembler, puis je coupai méticuleusement.

L'opération fut un succès. La branche avait miraculeusement épargné veines et tendons, et il semblait même que l'homme allait pouvoir s'en tirer sans séquelles notables, pourvu que l'inévitable infection ne fût pas trop grave. Je nettoyai les outils tandis que Nahir achevait de recoudre son patient. Lorsqu'il eut fini, il toussa gravement. « Tu t'en es très bien sorti, Sempa. » Il me posa la main sur l'épaule. « Si tu continues comme ça, un jour, tu feras un grand chirurgien. » Je souris à pleines dents, parce que j'étais franchement content de moi, et Nahir poursuivit :

— Je t'accorde le reste de la journée. Nous reprendrons les leçons demain.

Fier et confiant, et parce que j'avais jugé cet instant – somme toute – plutôt symbolique, je décidai que l'attente avait suffisamment duré. Ce jour devait être celui où je faisais la paix avec mon passé. « Maître ? » demandai-je en jharraïen. Nahir se tourna vers moi. « Sauf votre respect, j'ai encore une faveur à vous demander », poursuivis-je en brunois cette fois. « Demande, Sempa », fit le chirurgien avec un sourire en coin. Il s'évertuait à m'apprendre à parler correctement, en une langue qui de surcroît n'était pas la sienne, et lorsque je le faisais il ne pouvait s'empêcher de me montrer à quel point il trouvait cela amusant.

Je m'éclaircis la gorge, et continuai hâtivement avant que ma résolution ne faiblisse. « Je voulais savoir si je pouvais prendre l'un des petits pots de baume qu'on a fabriqués il y a deux semaines. Pour les rhumatismes », complétais-je. Nahir haussa un sourcil et secoua la tête. « Non », répondit-il simplement, et je sentis la déception m'envahir. « Ils ne sont pas prêts », poursuivit le chirurgien. « Ils ont besoin de macérer encore une bonne lune. Si tu veux un baume efficace, sers-toi dans ma réserve de l'année dernière. Il doit bien m'en rester un pot. Si tu m'accompagnes en me montant un seau d'eau, je pourrais même t'aider à le dénicher. »

Après être retourné à la tour où, sans poser de questions, Nahir m'offrit gracieusement le pot d'onguent qu'il m'avait promis, je repassai par les cuisines, où j'avalai un déjeuner rapide sous l'œil sévère de l'intendant. Une fois rassasié, j'empruntai l'escalier de service pour grimper jusqu'à ma chambre. Je dois dire que, si en hiver j'avais eu l'impression de n'avoir jamais suffisamment de couvertures pour me prémunir du froid, avec la venue de la belle saison je trouvais la fraîcheur du château des plus salutaires. J'employai la clef qui ne quittait pas mon pendentif pour accéder au contenu de mon coffre, où je pris d'abord la bourse de Frise, avant d'enfiler des habits propres : je m'étais taché la manche ce matin-là avec le sang du messager. Puis, mes deux trésors, le pot et la bourse soigneusement enveloppés dans un des petits sacs en jute que j'utilisais habituellement pour ramasser les plantes avec Nahir, je me mis en route.

Je quittai le château sous le regard paresseux des gardes en faction et descendis Corne-Colline par l'allée pavée, passant la première porte jusqu'au brouhaha étouffé de la ville basse, puis la seconde, qui me mena hors des murs de la cité. L'air était immobile, et semblait surgir du sol, de sorte que je me retrouvai rapidement en nage, les cheveux plâtrés à mon front et les braies collantes. Pourtant, je ne démordais pas de mon idée. J'empruntai la route poussiéreuse du quai de Brune jusqu'à atteindre le petit chemin qui fourchait sur la droite, vers la colline du Verger. Je marchai encore d'un pas décidé sur le sentier familier bordé de rocaille et d'herbes aromatiques, tout droit jusqu'à la cour de la ferme Tarron. Là, je fis halte, la gorge nouée et l'estomac en compote. L'endroit n'avait guère changé, suspendu dans l'air ardent comme un souvenir biscornu fait de bois et de vieilles pierres.

Je crois qu'à ce moment, il s'en fallut de peu pour que je renonce entièrement. Puis Lasso le jars émergea de sous le porche en criaillant, et quelques instants plus tard la veuve Tarron, sèche comme une trique, apparut au coin de la maison en portant à deux mains le grand seau dans lequel elle préparait la purée des porcs. Ses cheveux étaient plus blancs que dans mon souvenir et elle avait l'air d'avoir aussi chaud que moi. Elle m'aperçut immédiatement et posa le seau pour se redresser lentement, les mains sur les hanches, avant de s'éponger le visage avec son mouchoir taché. Je levai timidement la main, et la vieille, sans répondre, m'épingla d'un regard aiguisé.

Nous restâmes ainsi le temps d'un battement de cœur, puis la veuve m'apostropha de sa voix de crécelle :

— Alors, jeune impudent, vas-tu laisser une vieille femme porter son seau toute seule ?

Cela suffit à m'extirper de ma chaude léthargie. « Non maîtresse », lançai-je de vive voix, et j'accourus pour l'aider à ramener la lourde seille à l'abri du porche. La vieille pesta contre les piquerons et sa truie qui ne voulait pas se laisser saillir, tandis que je m'arc-boutais pour poser le seau à sa place. « Allez, rentre donc, le syffelin », fit-elle lorsque j'eus terminé. « Je peux au moins t'offrir un bol de soupe pour ta peine. » Je toussai poliment tandis que nous franchissions le pas de la porte. « Non merci », répondis-je. « J'ai déjà mangé. » « Ah », fit la vieille. « Eh bien pas moi. »

Sa bicoque était fort simple, une table, une chaise, une cheminée et un lit. Il y faisait chaud, mais moins qu'à l'extérieur, malgré le petit lit de braises dans la cheminée. Pendant que la veuve se servait un bol de soupe je restai debout près de l'entrée, jusqu'à ce qu'elle me propose de rentrer le tabouret qui trônait sur le porche. Sans trop oser parler par peur de la déranger, je m'installai donc de l'autre côté de la petite table tandis qu'elle mangeait en silence. Enfin, après avoir saucé avec une tranche de pain dur qu'elle mâcha péniblement, elle repoussa sa jatte et me fixa d'un air grave alors que je me tortillais inconfortablement sous son regard. « Je me demande bien ce que tu es venu faire ici, le syffelin », finit-elle par déclarer. « Si tu as encore des ennuis, tu es au mauvais endroit. » La vieille ne me lâchait pas du regard, et son visage avait pris un air désapprobateur que j'eus le sentiment de n'avoir pas vraiment mérité.

Je bafouillai, rouge jusqu'aux oreilles, tout en farfouillant dans mon petit sac. La vieille eut l'air surprise lorsque je posai le pot sur la table, et ses yeux s'arrondirent davantage encore lorsque j'y joignis la bourse cliquetante. Elle ouvrit la bouche, le regard accusateur, et je la coupai avant qu'elle n'ait eu le temps de me faire une nouvelle remarque désobligeante. « Non, je les ai pas volés », fis-je d'une voix un peu trop forte. « L'onguent vient de mon maître, le guérisseur Nahirsipal, et l'argent, je l'ai gagné honnêtement l'hiver dernier, chez Frise le Gaïche. » Comme je voyais bien que la veuve ne comprenait pas encore qu'il s'agissait d'un don et non d'une vantardise, je m'expliquai d'une voix tremblante à la fois d'aigreur et de déception. « Le baume est pour vous, il soulagera ces douleurs dont vous vous plaignez tout le temps quand il pleut. L'argent, je vous le donne. J'avais pensé que Cardou et Brindille devraient pas trop tarder à chercher un apprentissage, et j'espère que ça pourra les aider, mais si vous préférez l'utiliser pour autre chose, ça vous regarde. » La veuve eut l'air à la fois confuse et irritée. « Eh bien », fit-elle après un instant de réflexion, « je suppose que je devrais te remercier. Alors merci. »

J'étais habitué à la brusquerie de la veuve et, même si j'avais secrètement nourri l'espoir d'un mot gentil, ou même d'un compliment, son air de défiance ne me surprenait guère. Je me levai en silence, puisque j'avais fait ce que j'étais venu faire et que je voyais bien qu'il était inutile d'en espérer davantage. Puis la vieille parla de nouveau. Son ton s'était radouci et, malgré mon envie de vider les lieux sans traîner, je me rassis pendant qu'elle causait. « Je ne les vois plus beaucoup, tous les deux, ces derniers temps. Cardou s'est trouvé un travail d'aide à la scierie et il se dit qu'il y bosse dur. Mais ton pécule pourrait bien servir à Brindille. Depuis que tu es parti, elle fréquente la petite couturière du quai de Brune, celle qui fait aussi les filets. Peut-être qu'avec ça elle voudra bien en faire son apprentie. » Je déglutis en m'affaissant sur le tabouret. « Ils vont bien, alors ? » demandai-je d'une petite voix. La vieille eut un petit rire sec. « Ah, pour ça, j'en sais autant que toi. Mais figure-toi, quand ils sont passés y a deux semaines, y m'ont fait comprendre qu'ils pensaient à se marier, une fois qu'ils auront l'âge. C'est pas plus bête, remarque, vu qu'ils ont pas de famille pour se payer la dot. »

Mon cœur se retourna dans ma poitrine aux mots de la veuve, mais je me rendis aussitôt compte que j'en attendais autant. C'était dans l'ordre des choses, voilà tout. J'aimais toujours Brindille, cela ne faisait aucun doute, et la jalousie douloureuse que j'éprouvais à la savoir entichée de Cardou me le rappelait à chaque instant. Toutefois, il me semble que, sans l'accepter pour autant, j'avais soupçonné que Brindille, comme nombre de choses que j'aimais, allait être engloutie avec le reste de mon passé et que je n'y pouvais plus grand-chose, désormais. Sans trop savoir ce que je ressentais, et sans trop non plus vouloir m'en préoccuper, j'écoutai distraitement la vieille radoter tout en m'imprégnant de la nouvelle. Elle finit par me proposer une tisane froide, que j'acceptai, la bouche sèche. Les ragots et les plaintes s'estompèrent et la veuve en vint enfin à prendre de mes nouvelles. Je lui racontai mes journées, elle enchaînait des mimiques marquant sa désapprobation, mais elle m'écoutait tout de même et rebondissait parfois sur ce que je lui racontais. Je ne me souviens plus très bien comment nous en arrivâmes là, ni même pourquoi la question me vint aussi brusquement, mais cela sortit tout d'un coup, tandis que la veuve creusait dans ses souvenirs. « Vous vous rappelez comment je suis arrivé ici ? La première fois, je veux dire. »

La vieille toussota et prit une gorgée d'infusion. « C'était il y a quatre ans. Il pleuvait beaucoup cette année-là. Un homme est descendu du château, pour me dire que les Syffes avaient trouvé un enfant dans les bois, et qu'y pouvaient pas s'en occuper. Comme j'avais déjà Brindille et Merle, j'ai dit que ça ne me dérangeait pas. On m'a laissé garder pour moi l'un des deux porcs que je devais au château, et un charretier t'a déposé à la ferme. Tu étais très sale, et tu parlais pas la langue. Mais personne n'avait idée de ce que tu faisais tout seul dans la forêt. Je pense que c'est mieux comme ça, si tu veux mon avis. » J'opinai en essayant de me rappeler, mais l'histoire que la vieille m'avait contée n'éveillait en moi aucun souvenir. Nous papotâmes encore un peu, avant que je ne prenne congé en fin d'après-midi, après l'avoir aidée à rentrer ses volailles.

Je retournai donc au château, incertain d'avoir véritablement accompli ce que j'avais cru bon de faire. Brindille me trottait furieusement dans l'esprit, et j'avais une pierre au fond du ventre à chaque fois que je songeais à elle. D'une part j'étais soulagé, de l'autre je ne l'étais pas du tout. Ce soir-là, je ruminai ma journée au creux de mon lit étroit, alternant sensations de paix et de trouble. Pour me rassurer, j'en vins à me dire, juste avant que le sommeil ne me gagne, qu'une page venait d'être tournée et qu'au moins ma vie ne pouvait pas être plus compliquée qu'elle ne l'était déjà.

26

Avec une lenteur illusoire, l'été vibrant laissa place à un automne tardif, qui bascula à son tour vers un hiver sec et doux. Les jours ruisselaient autour de moi, un fleuve au cours implacable, et si je pris l'habitude de cette nouvelle cadence, je n'y puisai pas la moindre tranquillité. Driche était repartie avant que le froid n'arrive, bien trop rapidement à mon goût. J'étais retourné à la Cuvette autant que je l'avais pu mais cela m'avait paru fugitif, et insuffisant. Par défaut, mon existence se recentra sur Château-Corne, où je me sentais trop à l'étroit – lorsque je n'avais pas l'impression de perdre pied. Les rumeurs et les informations qui circulaient dans l'entourage du primat évoquaient nos tumultes domestiques, mais aussi des troubles plus lointains, et j'en étais venu à percevoir la vie au château comme une chose à part, un refuge étranglé qui plaçait paradoxalement ses habitants au plus près du déchaînement du monde. Je ne pouvais m'empêcher de prendre la mesure de ces flots-là, parce que je commençais à comprendre de quelle manière les vagues lointaines pouvaient déferler jusqu'à nos portes, et grossir la tempête qui y enflait déjà.

Ainsi, durant l'hiver, une série de nouvelles préoccupantes vinrent nourrir les conversations des légats et des hommes liges, et ajouter à l'effervescence naturelle de Corne-Colline. Des émeutes de guilde avaient fait couler le sang à Port-Sable, où les partisans du syndicat des armateurs s'en étaient pris aux marchands du Consortium de Parse, soupçonnés de financer l'activité des flibustiers de Tour-Noire. Une guerre complexe avait éclaté de l'autre côté du Détroit, entre Jharra, le concordat de Kjiisa et la cité oasis de Kaj'Alesh. Et, plus près de nos frontières, les primeautés de Bourre et de Colline achetaient du fer, et renforçaient leurs places fortes de granit corne-brunois. Dans ce contexte, les fêtes de l'Embole, qui eurent lieu après la lune de Glas, me parurent ternes et sans âme.

Le calendrier de Court-Cap, calqué sur le modèle de l'ancienne Parse, est un calendrier luni-solaire, et l'Embole annoncée par les Horospices de Court-Cap tous les trois ans, constitue une période de festivités placée en dehors du calendrier. On y rattrape le temps perdu par les lunes, en rapport avec les révolutions du soleil. Les fêtes de l'Embole durent environ quinze jours, et les Brunides passent ce temps à célébrer l'avènement de la nouvelle année. Il est coutume de suspendre des lampions aux fenêtres des maisons, de préparer des plats à l'intention des voyageurs, ou des orphelins, et d'accueillir tous ceux qui n'ont pas la chance de passer l'Embole en famille. Comme la plupart des fêtes brunides, la célébration de l'Embole rime avec alcool, en quantités généreuses, danses énergiques et chansons paillardes.

Pris au dépourvu par cet afflux de temps libre, je ne sus pas du tout quoi en faire. S'il me fut agréable de ne pas subir Holdène durant deux semaines entières, les pitreries des histrions et des troubadours sonnaient faux à mes oreilles. Je mangeai mon content de viande poivrée sur les tables de la grande salle, mais les célébrations elles-mêmes ne réussirent qu'à m'inspirer lassitude et indifférence, et je repris bien vite mes habitudes solitaires.

Je consacrais des heures et des heures à la lecture, que ce soit dans ma chambre ou au coin de la cheminée de la tour. Lire devenait pour moi si naturel, que c'était à peine si je me souvenais d'un temps où il n'y avait pas eu la texture du vélin sous mes doigts, l'odeur alcaline de l'encre et cette farandole de miracles calligraphiés à parcourir. Au début Nahirsipal s'inquiéta de mon introversion soudaine, mais une discussion franche nous permit de mettre les choses à plat. Je lui racontai pour la première fois de manière détaillée ce que je vivais au domaine Misolle (je crois qu'il n'y avait peut-être jamais vraiment songé) et de quelle manière ses parchemins me permettaient d'oublier mes mornes corvées, ainsi que les quolibets qui les accompagnaient. Dès lors, Nahir veilla à ce que j'eus toujours deux ou trois ouvrages à ma disposition, et insista même auprès de l'intendant – un pingre notoire – pour que ma chambre soit pourvue d'une bougie supplémentaire.

Durant cette période de fin d'année, les rêves allaient et venaient, leur intensité croissant à tel point qu'il me fallait parfois un temps d'ajustement au réveil pour faire sens de la réalité. J'avais l'impression de plus en plus tenace de mener deux vies distinctes. Je passais le jour dans un corps, à déneiger les allées du domaine Misolle ou à assister Nahir à l'infirmerie, et mes mains se couvraient de gerçures, des taches du fumier et des teintures médicinales. Lorsque arrivait la nuit, je quittais mon enveloppe, cals et usure se dissolvaient dans un tourbillon d'étrangeté au sein duquel le monde concret n'avait pas de prise, et guère davantage de sens. Une présence extérieure à tout ce que je pouvais envisager m'enserrait de sa démesure et érigeait dans mon esprit son univers fragmenté. Cela m'emportait, cela me possédait parfois pour me laisser ensuite, pantelant, secoué par les chuintements étrangers et l'ondulation d'une chose mouvante qui ressemblait autant à l'ombre qu'à la lumière.

J'avais fini par me faire à l'idée que j'étais seul face au phénomène, seul et incompris, et pour cette raison j'avais cessé d'essayer d'en faire sens. Peut-être aurais-je réagi différemment si le rêve avait été douloureux, ou fondamentalement effrayant, ou si la récurrence avait altéré la tranquillité de mon sommeil. En l'état, si mes nuits étaient chaotiques, mon corps ne s'en trouvait pas moins reposé au réveil et, de ce fait, la bizarrerie du songe et la curiosité que cela suscitait chez moi prenaient le pas sur tout le reste. J'étais à peu près certain qu'un grand mystère – et encore c'était peu dire – devait palpiter quelque part sous la surface de ces tempêtes oniriques et m'étais donc mis en tête de les endurer, convaincu qu'à force de pratique et de familiarité je parviendrais, un jour prochain, à en prendre la véritable mesure.

Le froid finit par refluer timidement, chassé par les pluies printanières, et le fleuve se remplit de limon sombre et du ruissellement glacé des neiges. Au nord, des averses torrentielles s'abattaient sur les montagnes et en arrachaient des monceaux de terre et des troncs brisés. Lorsque le temps s'apaisa enfin et que les premiers bourgeons vinrent à éclore de l'autre côté de la Brune, sur les branches des hêtres et des chênes qui bordaient la route de Couvre-Col, je pouvais déchiffrer convenablement la plupart des ouvrages brunides que Nahirsipal avait réussi à se procurer. De plus, je commençais à maîtriser suffisamment la lecture du jharraïen pour que mon maître se permette de me laisser quelques-uns de ses traités les plus simples, dont j'étudiais avec avidité le moindre croquis. J'avais fait en parallèle de bons progrès en écriture et Nahir me disait qu'à l'automne suivant, il m'initierait aux sciences mathématiques. Toutefois, j'aimais moins l'écriture que la lecture, je trouvais le processus plus laborieux et surtout je ne pouvais pas m'y exercer seul. Mon maître avait rapidement restreint l'usage de la tablette de cire à nos seules leçons, parce qu'en privé ma pratique dégénérait rapidement en dessins et en gribouillis.

Le soir, il arrivait de plus en plus souvent que Bertôme Hesse rejoigne les quartiers du chirurgien, et alors Nahirsipal et le première-lame s'entretenaient à voix basse au sujet du destin funeste du capitaine Doune. Ils faisaient de moins en moins d'efforts pour me tenir à l'écart de leurs échanges, principalement parce que leurs suppositions, soutenues par de rares bribes évasives glanées sur de vieux parchemins, valaient à peu près autant que les miennes. Hesse avait réussi à établir que, durant les deux lunes qui avaient suivi son exil, Doune avait trouvé refuge dans un camp de contrebandiers quelque part sur les berges de la Hirse, le seul affluent de la Brune à prendre sa source dans les Hautes-Terres. Une dispute avait ensuite scindé le groupe en deux et il semblait qu'il était parti vers l'ouest en compagnie de quelques trappeurs. Doune avait seulement refait surface le printemps suivant, lorsqu'il s'était traîné jusqu'aux portes de la ville.

Au début, j'avais soupçonné que Hesse menait l'enquête pour son propre compte et, vu le temps qu'il y passait, j'avais trouvé cela déconcertant, voire déplacé. La mort de Doune m'avait certes secoué, mais je songeais aussi au sicaire et à sa sinistre mission. En trois occasions distinctes, de petits groupes d'hommes encapuchonnés et trop richement accoutrés pour que je ne les reconnaisse pas comme des aristocrates de la haute avaient fait leur apparition au domaine Misolle sous couvert de la nuit. J'avais guetté ces allées et venues par la porte fendue de l'écurie, sans penser un instant que ces messes basses pouvaient être liées aux activités commerciales de sieur Gilles. J'y devinais la marque du sicaire et des complots politiques des vieilles familles et, en voyant Hesse affairé à tout autre chose, à la lecture d'archives et de traités botaniques, je ne pouvais m'empêcher de penser qu'il aurait eu mieux à faire.

Ce fut seulement lorsque le première-lame Dantemps se mit à accompagner Hesse, et à parcourir les mêmes manuscrits poussiéreux, que je compris que, pour une raison que j'ignorais, la primeauté prenait le destin funeste du capitaine Doune très au sérieux. Je mettais un point d'honneur à tenir les deux hommes informés des réunions nocturnes des aristocrates, à leur répéter aussi les verbiages hachés dont je parvenais à me saisir sur leur passage, mais ni l'un ni l'autre ne semblaient particulièrement intéressés par la question. Hesse lissait sa moustache et acquiesçait d'un air absent, Dantemps grattait sa nuque épaisse en laissant échapper de petits couinements approbateurs, sans pour autant parvenir à feindre un intérêt réel pour mes rapports. Découragé à répétition, je pris la décision de les laisser persifler entre eux et me concentrai sur mes lectures.

Avec le retour des clans, qui s'effectuait au compte-gouttes, il m'arrivait de quitter parfois la ville, ce que je n'avais pas fait depuis l'hiver. Je partageai plusieurs repas avec Frise et Gauve, qui n'avait cesse de grandir. Désormais, le jeune homme mesurait deux têtes de plus que moi, et son tatouage le plus récent, à l'intérieur de l'avant-bras, annonçait sa rupture avec son foyer et le début de son premier apprentissage. Les deux Gaïches semblaient ravis d'avoir de mes nouvelles, et je me sentis un peu stupide de ne pas leur avoir rendu visite plus tôt. Je découvris Gauve – que j'avais relégué malgré moi dans le rôle du grand frère – sous un jour nouveau et j'en arrivai à l'apprécier pour ses manières douces et son sourire séduisant, qui contrastaient avec la tenue parfois sévère de Frise. Driche, Hure et Maille firent leur apparition à la Cuvette alors que les fleurs finissaient de chuter des cerisiers de Château-Corne, ce qui était beaucoup plus tôt que ce que j'avais espéré. Après l'avoir égaré durant plus de cinq lunes, je retrouvai enfin mon sourire.

La saison avait été bonne si j'en croyais Hure et les autres chasseurs que je croisais, et il y avait de nombreuses peaux à vendre et de la chitine en abondance. Néanmoins, en dépit de la manne, une nervosité saturait l'air et les discussions autour des feux. L'ambiance s'électrisait au fur et à mesure qu'arrivaient les groupes aux hivernages distants :

les silences troubles et les chuchotements craintifs accompagnaient bon nombre de ces derniers. Les familles païnotes et gaïctes qui s'aventuraient davantage à l'ouest que la plupart des autres rapportaient d'étranges événements, la disparition de trappeurs chevronnés, le comportement inexplicable de certaines bêtes, et des silhouettes effacées qui hantaient la nuit. Driche me parut plus soucieuse que je ne l'avais connue, plus sérieuse aussi, mais après quelques visites et la venue du beau temps cette tension qui ne lui appartenait pas s'envola d'elle-même. Comme l'année précédente, je lui consacrais chacun de mes jours de repos, et il arrivait fréquemment que je passe la nuit sous la yourte familiale.

Au milieu de la lune Tranquille, il y eut une vague de chaud comme la Haute-Brune n'en avait pas connu depuis des décennies, et cela empira encore à la calende suivante. L'été 623 fut véritablement caniculaire, les champs cultivables agrippés aux collines environnantes payèrent le prix fort de la sécheresse, tandis que leurs propriétaires désespérés effectuaient des allers-retours entre les plantations et le fleuve pour sauver ce qui pouvait l'être, un seau à la fois. Pendant que les récoltes cuisaient dans la terre brûlante, et que même les puits de Corne-Colline menaçaient de se tarir, il m'arrivait de songer à la fermette et à la veuve Tarron, à qui je souhaitais d'avoir été épargnée par la fournaise. À ces occasions, et à bien d'autres, Brindille et Cardou occupaient également mes pensées. Je ne les avais pas vus depuis plus d'un an, mais il m'arrivait de discuter avec le vieux Penne au réfectoire, et il m'entretenait parfois à leur sujet. Brindille était devenue l'apprentie de la petite tisserande des quais (et je me plaisais à croire que mon argent y était pour quelque chose), Cardou œuvrait en tant que saisonnier, et il y avait fort à parier qu'il deviendrait un jour bûcheron. Ils me manquaient souvent, et bien davantage que je ne voulais l'admettre, mais je crois que les choses étaient plus simples ainsi.

Je dormais mal à cause de la chaleur, particulièrement dans l'écurie Misolle que l'été avait transformée en étuve et où la paille que j'avais chérie durant l'hiver s'amalgamait avec la sueur en un calvaire urticant. Les chevaux étaient partis rejoindre leurs pâtures de l'autre côté du fleuve, et je n'avais pas grand-chose à faire. Holdène me trouvait de petites tâches ingrates à effectuer, des trous à creuser, des pierres à déplacer dans le jardin aux heures les plus chaudes, l'entretien et le nettoyage des stalles vides, le désherbage des parterres de fleurs desséchées. J'œuvrais torse nu lorsqu'on me l'autorisait et, si le maître des écuries pestait toujours autant après moi, avec la température étouffante les coups lui demandaient trop d'effort. Il se contentait donc de cracher des invectives et des glaires épaisses dans ma direction, avant de partir s'enivrer à l'ombre de sa cahute.

Je m'ennuyais fermement sans les bêtes dont j'avais fait des amis, et ma solitude était telle, que j'en vins même à m'attacher au regard délavé de la petite Miette, qui restait parfois lorsque je dévorais les restes qu'elle m'apportait deux fois par jour. Maigrichonne et maladivement pâle, elle avait le nez rougi et des cernes noirs qui donnaient l'impression qu'elle était sans cesse sur le point de pleurer. Je lui murmurais des mots doux de la même manière que je le faisais avec les chevaux, et il arrivait qu'elle me réponde d'un geste ou d'une grimace. À voir les bleus qu'elle traînait parfois sur les bras, je regrettais de lui avoir envié sa position aux cuisines. Ses yeux étaient vert clair, d'une limpidité dérangeante, et elle pouvait me fixer sans cligner durant une éternité.

Absorbé comme je l'étais par les suées et la fourbure, c'est à peine si j'avais conscience du passage des jours. Par une soirée étouffante, au milieu de la lune Basse, j'achevais de dépoussiérer le bureau du maître-chirurgien lorsque j'entendis craquer les marches en colimaçon. Hesse, les cheveux plaqués par la transpiration, gravissait les escaliers jusqu'à nous, et je lui adressai un regard compatissant lorsqu'il déboucha sur le palier en soufflant. Sous leurs armures matelassées, les soldats de la garde civile pâtissaient de la canicule, et nous avions déjà eu plusieurs cas sévères de déshydratation à l'infirmerie. Nahirsipal souhaita la bienvenue à Hesse tandis que ce dernier me tapotait l'épaule en guise de salut. Avant de rejoindre mon maître, le première-lame ébaucha un sourire tiré qui m'était destiné. « Aujourd'hui, je me suis rendu compte que tu étais arrivé à mi-chemin » m'annonça-t-il en reprenant son souffle. Mon air ahuri le força à compléter ses dires. « De la sentence que Barde a prononcée. » Je secouai la tête au premier abord, certain qu'il ne pouvait en être ainsi, et pourtant, après calcul, je m'aperçus que c'était vrai. Une année et demie s'était écoulée depuis le matin où j'avais cru perdre ma main, et je réalisai qu'en dépit des longueurs je n'avais pas vu le temps filer.

Un peu plus tard, après que Nahir m'eut congédié, je m'étais allongé sur mon lit et, abrité de l'atmosphère torride par les murailles épaisses de Château-

Corne, je contemplais distraitement les concrétions de suie qui striaient le plafond de ma chambre. Près de moi, ma bougie achevait de se consumer en un minuscule grésillement et mes doigts jouaient dans la flaque de cire chaude qui s'accumulait sur le bois graisseux du coffre. Dehors, un vent du sud-ouest s'était mis à souffler, tiède et tranquille, et par les carreaux de corne tachée je voyais reluire la pleine lune. Je fermai les yeux et inspirai profondément, prêt à me laisser happer par la chimère étrange du rêve, comme je le faisais chaque soir en préambule à l'immersion. Je dormis ensuite, ignorant des bouleversements que la tranquillité de la nuit portait en son sein.

27

Il y eut un crissement familier, et je sus que la chose était venue à moi.

L'instant d'avant, je me tenais sur les rives de la Brune, avec Cardou, Merle et Brindille, à contempler l'homme mort, que les eaux turbulentes de la scierie noyaient, encore et encore. Puis il n'y eut plus que le rêve et la présence qui s'y tapissait, une anomalie arachnéenne et sa toile vivante, maîtresse d'un univers que je ne pouvais comprendre, mais qu'elle me dévoilait tout de même. Il n'y eut soudain plus rien à décrire. Seulement cette entité écrasante, dont la centralité était incontestable, mais qui était en même temps partout, liée à un nuage de facettes palpitantes dont le désordre individuel battait la mesure d'une valse commune. Jamais auparavant le rêve n'avait été aussi puissant. Habituellement, c'était vague, et je me tenais à l'écart en observateur hésitant, spectateur de sensations qui n'étaient pas les miennes. Ici, le tiraillement était plus fort et les émotions s'étaient faites palpables, une pression douce mais irrésistible qui me cajolait tendrement, amoureusement même, pour que je vienne participer au réseau. Séduit et intrigué, j'entrai dans la danse pour tournoyer moi aussi parmi la nuée de lumières vivantes.

C'était léger comme un jeu, mais si beau, si époustouflant, que cela transpirait malgré tout la gravité et l'importance. Des fils invisibles se tendaient, se nouaient entre les facettes et moi, entre moi et la chose, entre nous et tout le reste. C'était extraordinaire et rassurant à la fois. Je gravitais, comète absolue faite seulement de mes sens, et les luminescences m'accompagnaient dans ma lente rotation autour du centre. Autour d'*Elle*. C'était *Elle*, la chose était *Elle*, d'une puissance si éblouissante et si incontestable que je n'avais pu le distinguer jusque-là. Un condensé total, implacable et aimant. Un soleil de sentiments éblouissants. Je me détournai par réflexe, de peur de disparaître dans *Sa* lumière, dans *Sa* fusion incandescente, et me tendis vers l'extérieur, vers le tissu de facettes, qui en retour m'entraînèrent dans leur ronde exubérante. Grisé par la course, je m'abandonnai aux circonvolutions de la vibrante mer d'étoiles.

Il me fallut beaucoup de concentration pour dompter l'ivresse, mais je réussis enfin à m'absorber dans la contemplation de la myriade de palpitations parmi lesquelles j'évoluais. Certaines étaient si éloignées que je les distinguais à peine, d'autres étaient si proches qu'elles me paraissaient familières. Cela bourdonnait, cela chantait même, une infinité de carillons qui battaient ensemble un rythme assourdissant. J'étais doucement ballotté, tiraillé et tiraillant, et les orbites complexes que les facettes dessinaient me semblaient aussi évidentes qu'incompréhensibles. Il y en avait tant, mais il y en avait une, une palpitation en particulier qui m'entraînait en une trajectoire elliptique vers l'extérieur, vers son propre horizon étrange. Je me sentis enfler d'une joie curieuse, et, même si je n'y pouvais pas grand-chose, une grande délectation m'envahit lorsque je la vis m'ouvrir le chemin. Les fils s'allongèrent, se réalignèrent, quelques facettes luminescentes nous quittèrent et d'autres nous rejoignirent, et nous flottions, presque en dehors de *Son* orbite.

Puis déferla sur moi comme une vague, et je ressentis enfin d'*Elle* quelque chose d'identifiable, des bribes fulgurantes entre la jalousie et l'amour et la peur. *Elle* me réclamait avec urgence tandis que je m'éloignais, et j'eus de la peine, je crois, tant *Son* désespoir et *Son* amour étaient tonitruants. Tout à coup, surgie de nulle part, une palpitation étrangère croisa notre sillon et éteignit celle qui m'emportait au loin. Je recommençai à dériver vers le milieu, vers *Sa* musique, *Sa* palpitation et la paix fébrile qui y régnait. Méticuleusement, *Elle* caressait les fils innombrables, jouant comme d'une lyre aux cordes infinies, écartant ou éteignant toutes les facettes dont l'orbite pourrait nous séparer. Mais je percevais bien la complexité de *Sa* tâche, son impossibilité même, avec ces sillages qui se nouaient en permanence, et cette infinité de palpitations luisantes. Je me perdis dans leur nombre. Je doutai d'*Elle* et *Son* mensonge, son biais m'apparut. *Elle* me montrait un centre, *Son* centre, mais il y en avait d'autres, autant de centres que de lumières frémissantes. Il n'y avait ni intérieur, ni extérieur, ni autre chose que la grande révolution de la mer palpitante. *Son* centre était bien là, puissant comme un petit astre, mais en vérité il n'y avait que des centres, c'était une question de point de vue. Moi-même, j'étais un centre. Je *La* sentis se durcir.

Elle ne comprenait pas, ne voyait pas. Je *La* sentis frémir et *Elle* se retira brusquement, avec répugnance, comme pour éviter la contagion de ma pensée. Je fus éjecté en tourbillonnant, le crissement redevint une chose incompréhensible, et la toile lumineuse se défit à la manière d'un orage, en crépitements déchirés sur les rebords de moi-même.

C'est alors que je vis le réseau. *Son* réseau, dans un ensemble, sous une configuration qu'*Elle* n'avait pas su me montrer. Je me débattis soudain. La forme, la géométrie bancale que je connaissais par cœur, qui avait hanté mes sursauts et mes cauchemars. Qui avait été gravée jusqu'à l'os sur le corps de Doune. Empli d'horreur, je m'arrachai au rêve comme une sauterelle quitte son brin d'herbe, sans me soucier des remous que je laissais derrière moi. Désorienté, j'ouvris les yeux sur un tracé plus simple : les lignes assombries du plafond de ma propre chambre.

Secoué de nausées, je me débarrassai de ma couverture, comme si elle risquait de m'étouffer, tremblant de tous mes membres tandis que les derniers vestiges du rêve s'effilochaient tout autour. Je réussis à m'asseoir en frissonnant sur le bord de mon lit, le cœur battant, à essayer de faire la part des choses. Cette fois-ci, même si cela n'avait guère eu plus de sens que les autres, je me figurais que j'allais devoir en parler à Hesse ou à Nahir. Je devais les forcer à écouter, à comprendre, à m'aider. Il se passait quelque chose d'important, cette présence dans mes songes et les coupures de Doune, tout cela était lié, je ne savais pas comment, mais j'en avais acquis la certitude confuse. Et il y avait autre chose. Une terrible prémonition, une anxiété que je ne cernais pas, mais qui m'agitait d'un trouble fébrile lorsque j'essayais de la creuser.

Dehors le soleil se levait, une aube blanche et guerrière et je finis par déplier mes genoux courbaturés par l'entretien méticuleux des massifs desséchés du domaine Misolle. J'enfilai rapidement mes habits avant de m'aventurer jusqu'aux cuisines. Le brouhaha qui précédait le réveil du château glissait autour de moi comme un théâtre d'ombres vivantes, tandis que, machinalement, je m'emparais d'un plateau où s'empilaient tranches de pain chaud et restes froids. La journée s'annonçait torride, et je m'avançai dans la cour sous un ciel immobile, d'un azur si profond que l'on aurait pu croire à une immense étoffe de soie trésilienne. J'emplis mes poumons d'un grand bol d'air que la fraîcheur de la nuit avait pour moitié déserté. En hauteur, les murs noirs que le soleil pourléchait déjà étaient mouchetés de petits lézards léthargiques, apparus en nombre exceptionnel cet été-là, au grand bonheur des enfants de la ville et des faucons qui nichaient parmi les créneaux de Corne-Colline.

Une main devant les yeux pour me protéger de la lumière aveuglante, l'autre portant le plateau que je ne faisais plus tomber que rarement, j'atteignis enfin les marches de la vieille tour. La porte vermoulue était ouverte. Après avoir déposé le petit déjeuner dans le monte-plats, j'entrepris de gravir les marches en colimaçon. La plupart du temps, nous mangions en milieu de matinée, parce que Nahirsipal affirmait que la faim aiguisait l'esprit et insistait pour me questionner sur les leçons de la veille, avant que nous ne rompions le pain. Je ne sais pas si j'approuvais la technique, parce que même en été je préférais de loin mon pain fumant et ma tisane chaude.

J'ouvris précautionneusement la trappe au sommet, ébloui une nouvelle fois par l'aurore féroce qui irradiait par la verrière. J'éternuai à plusieurs reprises, puis, larmoyant, je retirai mes chausses en marmonnant pour annoncer ma présence : « *Ush'Our vou telesh, Surd'Nahir.* » Devant moi, dans le triangle que formaient le bureau et les bibliothèques, la poussière dansait parmi les rayons du soleil, une pluie de poussière virevoltante dont je distinguais chaque grain, et cela me renvoya immédiatement aux facettes tournoyantes du rêve. Un vague malaise m'envahit, et un frisson involontaire me parcourut l'échine. Je m'avançai en plissant les yeux et renouvelai la formule de politesse un peu plus fort. « Que le jour brille sur toi, maître Na... »

Puis je mis les orteils dans quelque chose de sombre et de collant, mon regard se posa sur la main grisâtre qui dépassait de derrière le bureau sculpté et je m'agrippai à la table, pris de vertiges. Il me fallut un certain temps avant de réussir à contourner le pupitre. Je savais d'avance ce que j'allais y trouver. Nahirsipal Eil Asshuri gisait sur le dos, les yeux grands ouverts, les bras en croix, son doublet arraché. Une grosse mouche bleue explorait la commissure de ses lèvres retroussées en un rictus inhumain. Le tronc mis à nu était déchiqueté par le motif que j'avais vu en rêve, le même qui avait été gravé sur Doune, sous lequel on pouvait distinguer le rouge profond des viscères. Il n'y avait rien à faire évidemment, il était trop tard, bien trop tard. Surd'Nahir était mort. Les tempes battantes, je m'assis d'un coup sur la natte ensanglantée, aussi engourdi que si on m'eût arraché à cet instant tous mes nerfs.

Je ne me souviens pas d'avoir appelé la garde, ni d'avoir appelé tout court, et j'ignore comment la scène fut découverte par d'autres que moi. Néanmoins, lorsque je repris mes esprits quelques heures plus tard, je me tenais recroquevillé au pied de la bibliothèque, les genoux serrés contre le menton, et personne ne faisait vraiment attention à moi. Il y avait deux gardes que je ne connaissais pas en faction près de la trappe d'accès, et le première-lame Dantemps était occupé à fouiller dans les documents qui débordaient du bureau. Puis la voix familière de Hesse retentit dans l'escalier et les soldats murmurants s'éclipsèrent. Derrière Hesse venait Barde le Jeune, le visage grave et figé, un masque à semblance humaine dont seuls les yeux mouvants trahissaient les émotions. Du désarroi, de la colère peut-être. Le primat se pencha sur le corps de mon maître et, tandis que Dantemps leur égrainait son compte rendu, Hesse m'adressait de temps à autre de petits regards inquiets.

« Il a été tué dans la nuit », fit Dantemps d'un ton vacillant. « Ça a été vite, je ne suis même pas sûr qu'il ait essayé de se défendre. Le coup mortel a été porté droit au cœur, au travers des côtes, qui m'ont l'air fendues. Ça a cogné si fort qu'il y a un hématome autour de la plaie. Au moment de la découpe, il était déjà mort, les blessures n'ont pas beaucoup saigné. J'ai comparé avec le tracé que nous avions fait des marques de Doune, ce sont exactement les mêmes. » Dantemps toucha involontairement son pendentif lunaire, la voix encore plus aiguë qu'à l'accoutumée. « Il y a de la sorcellerie là-dessous, seigneur Barde, j'en mettrais ma main au feu. »

Le primat se frotta les paupières avant de poser son regard sur moi. « Comment se fait-il qu'on ne se soit pas occupé de l'enfant, Jéraime ? » Dantemps se tourna vers moi pour me contempler de ses grands yeux bruns comme si c'était la première fois qu'il me voyait. « C'est-à-dire qu'il réagissait pas au début. Je lui parlais, mais c'était comme s'il n'était pas là. Je me suis dit que, enfin... qu'il ne valait mieux pas le déranger. » Une nouvelle fois, sa main s'égara brièvement vers son collier et Hesse eut un reniflement méprisant. « M'est avis que tu as passé trop de temps à palabrer avec la piétaille, Jéraime, pour avoir peur d'un enfant », souffla-t-il tout bas. « Je me rappelle que j'ai pas été très causant après mon premier macchabée, et encore c'était pas quelqu'un que je connaissais. » Dantemps devint écarlate et sa réponse vint comme un aboiement. « Je suis pas poltron, il se passe quelque chose de pas naturel, ici. Faudrait être aveugle pour pas le voir. Je ne sais pas, moi, quelles sciences le sableux pratiquait ici au nom de ses Neuf. Ni ce que le môme a pu en faire de son côté. »

La voix de Barde coupa court à la riposte colérique de Hesse, et pour la première fois, le primat s'adressa directement à moi, plongeant ses yeux verts dans les miens comme on sonde un récif. « Syffe. C'est bien comme cela que l'on t'appelle, n'est-ce pas ? » Je hochai la tête. « Lève-toi s'il te plaît, et viens ici. » Tremblant malgré la douceur de la voix de Barde, je m'exécutai faiblement, en m'étreignant les côtes. Le primat se pencha sur moi. Un pan de sa courte cape de soie tomba près de mon visage. Il me posa les mains fermement sur les épaules et jeta un coup d'œil fugitif aux deux autres hommes avant de prendre une inspiration. « Pour dissiper le doute de certains, je veux t'entendre jurer devant ton seigneur-primat que Nahirsipal et toi ne faisiez qu'étudier ici la médecine, et rien d'autre. » « Je le jure, seigneur », marmonnai-je après une courte hésitation. Barde se redressa. « Voilà qui est réglé », dit-il en fixant Dantemps. « Point de sorcellerie ou de maléfices. Hesse, toutes vos autres affaires sont suspendues au bénéfice de cette enquête. Un de mes hommes liges a été tué dans l'enceinte de mon propre château et je veux savoir pourquoi. »

« C'est dans mes rêves, seigneur », murmurai-je sans réfléchir. J'étais soudain certain d'avoir vu Nahir s'éteindre la nuit précédente. Barde reporta vivement son attention sur moi et Hesse fit un pas en avant. « Arrête avec ça, Syffe », dit-il brusquement. « On en a déjà parlé. Tout le monde fait des rêves. » Je secouai la tête et baissai le regard, incapable de faire naître les bons mots. Au sol, je retrouvai le rictus mortuaire de Nahir, un visage dont la familiarité était devenue horrifiante. Je fermai les yeux, mais, tel un terrible cadeau d'adieu, ce dernier sourire grotesque ne disparaissait pas. Hesse reprit la parole, les yeux figés sur l'écritoire comme s'il se parlait à lui-même. « Nous reparlions de Doune, seigneur. Avec le Jharraïen. Lui et moi, et parfois Jéraime aussi, comme vous l'aviez demandé, et on a causé de tout ça au réfectoire plus que de raison. Voici ce que je pense. Doune était salement amoché, trop salement amoché pour pouvoir s'être déplacé autant qu'on le pense. Il ne pouvait pas se trouver si loin que ça de la ville, quand on l'a attaqué. Celui qui a tué Doune a dû apprendre que le chirurgien était mêlé à l'enquête, et a dû craindre qu'on le découvre. Il est venu ici pour le faire taire. En ce qui me concerne, l'assassin se trouve à Corne-Brune depuis le départ. »

Dantemps secouait la tête avec énergie au fur et à mesure que Hesse parlait. « C'est pas possible Bertôme », rétorqua-t-il de sa voix aiguë. « Pour Doune, peut-être, mais le sableux, là, c'est autre chose. La garde n'a arrêté personne cette nuit, et les portes de Château-Corne étaient fermées. Regarde la force du coup qui l'a tué. Tu as déjà vu quelque chose de semblable ? Et les marques ? Cette... racine dans l'oreille de Doune ? Pourquoi attirer notre attention avec ces... ces choses ? Ça n'a aucun sens. »

Barde fronça des sourcils, et Hesse se renfrogna. « Les gardes étaient probablement ivres », riposta-t-il sèchement. « Le tueur est un homme au corps puissant, mais à l'esprit dérangé, voilà tout. Des hommes comme ça, il n'en manque pas dans les parages, tu es aussi bien placé que moi pour le savoir. »

Barde se racla la gorge gravement. « Premières-lames, vous aurez tout le loisir de vous disputer en temps voulu », énonça-t-il d'un ton acide. « Pour l'heure, nous avons à faire. Dantemps, si vous en avez fini avec la dépouille de ce pauvre homme, il faudra le faire préparer pour les rites. J'espère que vous vous emploierez aussi à étouffer les rumeurs les plus nocives, qui, ne nous voilons pas la face, ne tarderont pas. Hesse, ramenez l'enfant à sa chambre. Je veux être tenu au courant de tous les développements de l'enquête. Quant à toi, jeune homme, tu assisteras le page du légat Courterame, jusqu'à ce que je trouve un remplaçant à Nahirsipal. Et... et je t'adresse également mes condoléances. Je sais que vous étiez proches. Nous vivons des temps troublés, assurément. »

Comme je ne répondais rien, Hesse m'empoigna sous le bras et m'entraîna dans l'escalier vers l'extérieur, sa prise douloureusement crispée. Face à nous, un soleil rougeoyant déclinait à l'horizon, embrasant à l'ouest les sapins et les falaises de la forêt de Pierres. Les murs irradiaient la chaleur du soleil, tandis qu'un vent frais venu des montagnes s'enroulait autour du donjon frémissant. Il y avait quelque chose d'étrange dans l'air, un calme, une sérénité qui ressemblait à un rêve. Je me souviens d'avoir entendu vivre la cité de l'autre côté des murs, et d'avoir été surpris qu'autour de moi tout continuait comme avant.

Puis nous franchîmes la porte de service de l'aile est et le silence mortel qui s'abattit sur les cuisines lorsque nous les traversâmes ruina mon impression précédente. Le claquement de nos pas sur les pierres usées fut remplacé à notre passage par le bruissement des murmures. Hesse serra les mâchoires, jura dans sa cape et releva le menton en un défi silencieux, tout en continuant à me pousser au-devant de lui. Quelques pages effrayés s'écartèrent sur notre passage, et je vis l'une des grosses lavandières secouer la tête avec désapprobation. Il n'y eut que le vieux chien du boulanger, celui qu'on laissait parfois traîner près du feu, pour me fixer un temps dans les yeux.

Lorsque nous arrivâmes enfin à ma chambre, Hesse me fit asseoir de force sur le lit, claqua la porte comme une bourrasque et me contempla avec sévérité. La pénombre maquillait à moitié ses traits cireux. Il me pointa du doigt tout en parlant d'une voix basse mais vive et décidée. «Tu dois faire plus attention à ce que tu dis, Syffe. On t'a retrouvé à patauger dans le sang du mort. Tu sais ce que ça veut dire?» Je levai vers lui un regard apathique qu'il dut prendre pour un non. «Les gens ragotent, Syffe. Y en aura pour dire que c'est toi qui l'as tué, ou que vous vous livriez à de la sorcellerie, que ce sont les démons que vous invoquiez qui l'ont dépecé, et bien d'autres sottises du même genre. Ces histoires de rêve doivent cesser. Tu ne dois plus en parler, pour ton propre bien. Je te l'ordonne. Tu gardes ça pour toi, sinon tu finiras par avoir un accident dans l'escalier ou dans l'écurie, ou ailleurs, mais ça arrivera. Il y a déjà assez de rumeurs depuis ce qui est arrivé à Doune, alors n'empire pas les choses en jetant de l'huile sur le feu.»

Je crois que je marmonnai quelque chose en guise de réponse, ou que j'essayai du moins, mais cela faisait trop. L'engourdissement s'arracha de mon corps pour faire place à la peine, un poids immense qui me broya comme un coup de masse. Je me mis à sangloter. Hesse s'assit à mes côtés, m'entoura gauchement d'un bras maladroit, et il eut quelques paroles réconfortantes tandis que je pleurais dans l'odeur familière de sa cape. Le soldat resta avec moi jusqu'à ce que je m'endorme, creux et cassé, bercé par mes propres sanglots. Je ne rêvai pas cette nuit-là.

Il n'y eut que le vide, agité par des remous sombres de frayeur et de tristesse.

28

La chaleur excessive des semaines suivantes n'aida pas à faire fondre ce noyau glacé qui s'était solidifié en moi depuis le meurtre de Nahir. Cette mort, cette première vraie mort parmi la poignée de personnes qui m'étaient proches fut une douche froide à bien des égards, encore autre chose que ce que j'avais ressenti lors de la disparition de Merle. Merle, je pouvais me payer le luxe de l'imaginer vivant. J'avais vu le cadavre de mon professeur, j'avais vu le sang et les mouches qui pondaient dans les entailles. Je n'avais côtoyé Surd'Nahir que durant dix-huit lunes, et pourtant son phrasé riche et ses yeux rieurs avaient représenté beaucoup pour moi. Il avait joué de nombreux rôles, peut-être seulement dans mon esprit, mais c'est ainsi que je le voyais : enseignant, ami, et aussi figure paternelle, à ses heures. La marque que cet homme a laissée sur moi s'est révélée indélébile. Je dois à Nahirsipal le Jharraïen un certain goût pour le savoir, et surtout, un aperçu précoce de la mécanique complexe des choses banales, comme le battement routinier d'un cœur.

Quelques jours après le drame, il y eut une petite cérémonie, au cours de laquelle je pleurai beaucoup, et les cendres de Nahirsipal Eil Asshuri furent remises à la Brune, sans que quiconque pût dire si c'était bien cela que le maître-chirurgien aurait voulu. La chose fut organisée un peu avant l'aurore, autant pour échapper aux regards curieux de la populace qu'aux rayons cuisants du soleil estival. Il y avait Hesse et Barde, et cet intendant dont j'ai oublié le nom, ainsi qu'une poignée de mièvres courtisanes venues accompagner Amina Niveroche, qui fut la seule hormis moi à verser une larme pour le mort. J'eus le privilège de lancer la première poignée de cendres, un vent retors en laissa la plupart dans un tas d'ajoncs. Puis nous retrouvâmes nos existences. Barde partit pour Franc-Lac et une table ronde qui s'annonçait agitée, Hesse retourna à son enquête, et moi à la chiure des écuries Misolle, de nouveau pleines depuis que les chevaux étaient rentrés de Cambrais.

La perte inattendue de mon maître amorça en moi le début d'une lente transformation. Cela tenait à une combinaison d'attitudes et de réflexions, qui, je crois, commencèrent à cisailler lentement mais sûrement le fil ténu qui me reliait encore à l'enfance. Je me raidissais, ou plutôt, les prévisibles soupçons dont j'étais l'objet me raidissaient. En retour, le mutisme froid avec lequel je traitais les autres pages et le personnel du château ne fit qu'entretenir davantage les histoires à dormir debout qui entouraient la mort de Surd'Nahir. Je ne me rendais pas service, je le savais, mais quelque part, je crois que le traitement que l'on m'infligeait convenait à mon état d'esprit.

Parmi les échos des couloirs du château courait le bruit que j'avais assassiné le chirurgien sableux, que je savais conjurer les démons et parler le langage des ombres et des spectres, et bien d'autres inepties douloureuses, exactement comme Hesse me l'avait garanti. Les cuisines se vidaient lorsque j'y faisais quelque rare apparition et souvent il n'y avait plus pour moi ni pain, ni soupe, ni restes. La plupart des gardes m'évitaient, les plus hardis crachaient sur mon passage. Même le pauvre Mourton – pourtant débordé depuis la naissance du troisième fils des Courterame – faisait de son mieux pour que nous passions ensemble le moins de temps possible, alors même que j'étais censé l'assister. En retour, en réaction épidermique à ces regards, à ces murmures venimeux qui entachaient ma peine de doutes et de culpabilité, je me mis à prendre davantage de distance avec les choses, à réfléchir et à ruminer, à contempler les autres pour la première fois comme de la chair en sursis.

Les orages secs du début de la lune des Moissons me trouvèrent maussade et renfermé. Comme Mourton insistait pour se charger de la plupart des tâches qui auraient dû me revenir, il m'arrivait parfois de fréquenter la tour abandonnée, et les fantômes que j'y avais laissés. Hesse montait aussi de temps à autre pour se plonger dans les notes et les parchemins de Nahir, la peau tendue comme une voile en plein vent, avec cet air de limier affamé qui ne le quittait pas. Je l'avais déjà vu ainsi, lorsque le défi de l'enquête s'emparait de lui, l'obsédait jour et nuit, à ce qu'il en parle dans son sommeil et en oublie même de manger. Hesse m'ignorait pour l'essentiel, donc je lisais moi aussi, autant pour passer le temps que pour conjurer les souvenirs que m'évoquait l'odeur des vieux traités jharraïens. Je me lassais, toutefois, je butais sur les ouvrages les plus complexes et le silence, le silence devenait parfois trop englobant, un filet sournois au sein duquel naissait quelque chose de dangereux, comme la peur d'être étouffé.

Il n'y avait que Driche et les clans qui trouvaient grâce à mes yeux et c'était seulement lors de mes visites à la Cuvette que l'ombre quittait mon regard noir et que, parfois, je riais encore comme un enfant. Lorsque nous n'étions pas en train de nous baigner dans la Brune, la fraîcheur des bois qui bordaient la route du sud nous abritait de la chaleur, cachait nos courses et nos cabanes de branchages. Driche reparlait souvent de sa grand-mère, et nos pertes respectives avaient forgé entre nous une connivence compréhensive, une entente sévère qui, parfois, contre toute attente, resurgissait à l'improviste sous la forme d'un regard grave pour entrecouper nos jeux. Pour autant, voyant l'effet que les rumeurs et la suspicion avaient eu sur mes relations avec les gens du château, j'avais pris la décision de ne pas lui reparler de mes rêves. Je ne craignais pas que cette révélation pût nuire à notre amitié ou à ce que Driche pouvait penser de moi, il s'agissait davantage d'une pudeur respectueuse, le choix assumé de ne pas l'entraîner dans une histoire qui nous dépassait tous les deux.

Pendant ce temps-là, aux écuries Misolle, les coups que Holdène m'avait épargnés durant l'été firent leur retour avec des renforts. Depuis que la plupart des gens affichaient envers moi cette méfiance superstitieuse, le maître des écuries prenait plaisir à montrer que lui ne me craignait pas. Malgré les hématomes, j'en vins à regretter que d'autres ne se mettent pas à raisonner de la même manière :

si je savais conjurer des démons, c'est certainement à eux que je ferais charrier le crottin. Les semaines passèrent ainsi, de longues semaines sombres à la fin desquelles m'attendait une seule journée lumineuse, loin de la ville.

La canicule estivale reflua peu à peu, mais les premières pluies arrivèrent trop tard pour sauver la primeauté d'une récolte particulièrement pauvre. La sécheresse de cette année-là fut loin d'être régionale, et le prix des céréales en provenance de Bourre et d'Alumbre augurait d'un hiver difficile pour les plus démunis. Je ne tirais évidemment aucun plaisir de cela, mais au moins, à l'approche de l'automne, je n'étais plus le seul à froncer des sourcils. Comme la Brune rentre dans son lit après la crue, ma vie reprenait son cours, parmi les dégâts et les choses noyées. Puis, par un soir de pluie et de vent, deux cavaliers franchirent la porte de Château-Corne, et le première-lame Dantemps vint me trouver tandis que je mangeais seul, dans un coin des cuisines.

« Suis-moi », me dit-il simplement. Obéissant, je lui emboîtai le pas, intrigué, mais terriblement reconnaissant que quelqu'un se décidât enfin à me parler directement. Je lisais facilement en Dantemps et peut-être que cela tenait au fait qu'il ne voyait pas l'utilité de masquer ce que je lui inspirais. Il se méfiait de moi, c'était évident, mais il avait aussi choisi de m'accorder le bénéfice du doute. Tandis que nous traversions la cour et que les gouttes ruisselantes s'écrasaient sur mon visage, je crus au premier abord qu'il me menait à la tour et l'angoisse me prit à la gorge, parce que je ne tenais pas à y retourner de nuit. Puis nous obliquâmes à droite, et avançâmes à l'abri de la muraille noire jusqu'à l'infirmerie des baraquements.

« C'est inhabituel », fit Dantemps en m'ouvrant la porte, « mais tu feras ce qu'on te demande. Barde Vollonge tient à rester en bons termes avec les Vars, et ceux-là ont fait le voyage depuis la forêt de Vaux. » Je trottai derrière le soldat, au travers du petit dortoir, puis le long du couloir sombre qui menait à la poignée de cellules de quarantaine. J'essayais ce faisant d'imaginer ce que l'on pouvait bien attendre de moi, chamboulé par l'excitation et la crainte de rencontrer de vrais guerriers-var. Dantemps effectua une pause devant la dernière porte du corridor et se pencha vers moi pour chuchoter, ce qui transforma sa voix déjà aiguë en un pépiement d'oiseau que j'aurais trouvé drôle, si ses mots avaient été différents. « Ils sont venus voir le sableux. Comme il est mort, c'est toi qu'ils veulent. Alors par la Putain-Frêle, tu as intérêt à faire de ton mieux. » Il poussa la porte.

Deux regards vert-de-gris convergèrent sur moi. Il n'y avait, dans la chambre exiguë, qu'un seul lit étroit et un petit tabouret posé à son chevet, une paire de meubles minuscules desquels débordaient littéralement deux hommes massifs. Leur chevelure mi-longue était nattée en arrière et ils portaient la barbe, blond vénitien pour celui qui se juchait avec peine sur le tabouret, poivre et sel pour l'homme alité. Le plus jeune n'avait pas quitté son armure, une cotte lamellaire imposante qui épaississait considérablement sa silhouette, mais son compagnon, malgré sa posture, semblait le plus volumineux des deux. Ce dernier grogna lorsqu'il m'aperçut et referma ses yeux fiévreux. L'autre se leva promptement et s'avança vers moi, son ombre immense obstruant la lumière de la lanterne clouée au mur derrière lui. Je dus fournir un effort pour ne pas faire un pas en arrière. Il y avait quelque chose dans l'assurance de son corps, quelque chose de dangereux, de carnassier, en dépit de son air apaisé. Le Var m'étudia calmement durant quelques instants, puis, sans me quitter des yeux, il apostropha Dantemps d'une voix profonde aux intonations sèches et marquées :

— C'est le disciple ?

Le première-lame acquiesça. « C'est lui. » L'homme renifla, sans prendre la peine de masquer sa déception. « Il est jeune », énonça-t-il maladroitement. Dantemps soupira en écartant les mains d'un geste d'impuissance. « Vous l'avez demandé, je vous l'ai amené. » Le guerrier-var inspira violemment, comme s'il allait invectiver son interlocuteur, puis parut se raviser et d'un geste fit comprendre à Dantemps que sa présence n'était plus utile. Le soldat fit demi-tour sans demander son reste, sans doute aussi heureux de quitter ma compagnie que celle des Vars. Lorsque la porte se fut renfermée derrière lui, le jeune guerrier reporta son attention sur moi et me tendit une main gantée d'acier. « Je suis Eireck, disciple. Tu as appris médecine de Jharra, c'est exact ? » Je déglutis et répondis par l'affirmative, tout en effleurant le gantelet froid qui m'était tendu.

La voix de l'homme alité me fit sursauter. Son timbre était rugueux comme du vieux bois, mais son brunois était presque impeccable. Il avait levé la tête, le front en sueur, et me contemplait d'un regard aussi dément que furieux « Dis-moi, disciple », fit-il d'un air narquois, « est-ce qu'avant de rejoindre ses neuf dieux, le Jharraïen t'a appris autre chose que des prières et des courbettes?» Je rougis en bafouillant et le guerrier se fendit d'un rictus féroce avant de reposer sa tête sur l'oreiller. Son comparse lui admonesta quelques phrases sur le ton du reproche en une langue dure que je ne comprenais pas, et l'homme partit d'un rire rêche. « Uldrick est malade, disciple » me dit-il, comme pour s'excuser. « Nous voyageons pendant longtemps. Nous espérons trouver ici Nahirsipal, le chirurgien. Mon ami Uldrick est un blessé, une mauvaise blessure. Il a, comment dit… »

« J'ai une pointe de flèche plantée derrière le genou, morveux », coupa le dénommé Uldrick. « Et personne ne sait quoi en faire. Le guérisseur du lige de Spinelle voulait me couper la jambe, alors j'ai demandé à voir un rebouteux. Le rebouteux a dit que c'était enfoncé dans la rotule, qu'il fallait cautériser, immobiliser la jambe, et laisser ça dedans. J'ai préféré tenter ma chance avec le foutu Jharraïen. Je chevauche depuis deux semaines, ça purule et le Jharraïen est mort. Alors c'est fini. Je ne veux pas qu'on me coupe la jambe, mais je veux encore moins crever. » Je hochai la tête en tremblant. Après un bref silence, le vieux Var referma les yeux, épuisé par sa tirade. « Je vais regarder, seigneur », dis-je d'un ton peu assuré. Tandis que le guerrier se retournait pesamment sur le lit, des grognements s'échappant entre ses dents serrées, j'essayai de conjurer les images et les croquis que j'avais étudiés avec Nahir. Puis quelqu'un frappa à la porte et Eireck alla ouvrir. C'était Mourton. Le page des Courterame leva de grands yeux sur les Vars, les baissa sur moi, puis finit par s'adresser à ses pieds tout en murmurant des mots qui m'étaient visiblement destinés. « L'intendant m'a dit de venir. Pour aider. »

J'hésitai, puis, comme tout le monde attendait après moi, qu'il n'y avait que cela à faire et que quelque part j'espérais bien pouvoir retrouver une vie normale, je décidai que j'allais opérer le Var blessé. Et prouver par là même que je n'étais ni un sorcier, ni un invocateur de démons. J'adressai une requête muette à Surd'Nahir pour qu'il m'assiste depuis la tombe, puis à Ker et à Ul et à Ma aussi, et à tous les esprits et les dieux qui me passaient par la tête. Enfin, je pris mon courage à deux mains. « J'ai besoin d'eau, Mourton », fis-je d'une voix bien plus assurée que je ne l'étais en réalité. « Bouillie, comme on en trouve aux cuisines. Les instruments de Nahirsipal sont dans la tour, dans une sacoche de cuir. L'huile de fol-souci est aussi là-bas, une fiole verte sur l'étagère près de la fenêtre. De la gnôle bien forte et des chiffons propres. » Mourton acquiesça et disparut.

Je reportai mon attention sur mon patient, qui grommelait en brunois dans l'oreiller, parce qu'il tenait manifestement à ce que j'assiste à son mécontentement. « Des enfants », maugréa-t-il. « Et pour allumer mon bûcher funéraire, ton primat enverra quoi ? Un nourrisson ? Une timbale de son foutre ? » J'approchai mon visage de la plaie, que Eireck avait pris le soin de découvrir, tout en ignorant les propos vindicatifs qui s'échappaient de l'oreiller. C'était rouge et enflé, mais pas aussi sanieux que je ne m'y étais attendu. Les deux hommes avaient dû laver régulièrement la blessure, avec de l'alcool sans doute. De la fente boursouflée émergeait une hampe épaisse, longue comme une phalange, et je frissonnai en imaginant le voyage, deux semaines entières avec le mouvement du cheval et cette chose fichée dans la jointure de la jambe. J'approchai une main moins stable qu'il ne l'aurait fallu et écartai aussi doucement que possible les bords de la plaie. Uldrick grogna et enfonça son visage dans la literie. La tête de la flèche était invisible, profondément enfouie sous les plis filandreux de la chair. Je me redressai. « Vous pouvez plier le genou ? » demandai-je sans préambule. Une goutte de sueur perla sur la tempe du guerrier. « À peine. Et ça fait foutrement mal. » Je passai ma langue sur mes lèvres. « Est-ce que ça racle ? » continuai-je.

— Oui, oui. Ça racle.
— Devant ou derrière ?
— Plutôt au milieu.

Je m'assis sur le tabouret pour me creuser les méninges, tandis qu'Eireck et Uldrick échangeaient à voix basse des propos tendus. Je revoyais clairement les illustrations qui figuraient sur l'un des derniers traités que nous avions étudiés avec Nahir, celui qui exposait l'anatomie articulatoire du coude et du genou. Je grimaçai. La tête de flèche devait avoir glissé entre les deux « palets » de l'articulation, en plein centre, sans pour autant avoir traversé. Je poursuivis ma méditation. Les Vars cessèrent leur conciliabule. Lorsque je levai la tête, Eireck m'observait avec un air circonspect. Le silence était total, interrompu seulement par les crachotements sifflants de la bougie à l'intérieur de la lanterne.

Je finis par toussoter, puis énoncer sur un ton qui se voulait positif : « Je ne pense pas que ce soit planté dans la rotule. À mon avis vous ne pourriez pas bouger du tout si c'était comme ça. » Uldrick cracha furieusement. « Ah, c'est ton avis ? Pourquoi on ne peut pas l'arracher alors ? » Tandis que je baissais les yeux et que Uldrick me foudroyait du regard, j'entendis la porte de l'infirmerie claquer. Mourton était de retour en un temps record, grâce à son chic habituel pour porter mille choses en même temps. Il se tint silencieusement dans un coin tandis que je faisais l'inventaire de ce qu'il m'avait apporté. Il ne manquait rien et l'eau fumait encore dans la bouilloire. Je le gratifiai d'un remerciement muet et je crois qu'il eut l'ombre d'un mince sourire. D'une main hésitante, j'imbibai l'un des chiffons de fol-souci.

J'inspirai profondément, en un vain effort pour tuer les papillons infernaux qui dansaient dans mon ventre et qui faisaient trembler mes membres. « Je vais faire de mon mieux, seigneur », fis-je, tandis que j'approchais le tissu du visage barbu de Uldrick. « Au moins t'as des petits doigts », fit-il avant que l'huile ne le plonge dans l'inconscience. Je me tournai vers son compagnon. « Je vais essayer d'enlever la flèche, mais si j'y arrive pas, il va falloir… » Je déglutis. « Il va falloir couper. Je suis pas assez fort. Vous devrez le faire. » Eireck eut un regard perplexe avant de me donner son accord. Je déballai les outils de Nahir sur le lit, choisis sa lame la plus tranchante et, sans attendre que le courage me fasse défaut, j'incisai méticuleusement derrière le genou. La plaie saigna, je dus éponger à plusieurs reprises avant d'y voir quoi que ce soit. La hampe apparaissait clairement, je l'agrippai avec les tenailles, et tentai quelques torsions précautionneuses. Comme je l'avais pensé, la pointe semblait se trouver quelque part au centre de l'articulation et pourtant, en tirant vers moi, cela ne venait pas, il y avait une résistance à la fois dure et élastique. Je recommençai, en imprimant de petites secousses à gauche et à droite. Rien n'y fit, la pointe n'apparaissait pas.

Je secouai la tête et reposai les tenailles, la mort au ventre. J'avais beau creuser il n'y avait rien à faire. Je recommençai encore une fois, sans conviction, et sans davantage de succès. J'observai la plaie en biais durant ce qui me sembla être une éternité, avant de me décider à me tourner vers Eireck, la scie tendue, les larmes aux yeux. Il hésita, puis me prit l'outil des mains, plus délicatement que je ne l'aurais pensé. Mourton eut un hoquet et quitta la pièce précipitamment. Je m'emparai du garrot, et l'enroulai autour des muscles noueux de la jambe nue. Eireck s'approcha. Je battis des paupières pour chasser les larmes qui perlaient et donnai au garrot en nerf de bœuf une ultime torsion. Les deux extrémités tombèrent l'une sur l'autre, dessinant une petite croix. Je m'arrêtai brusquement devant la forme qui s'esquissait et ce qu'elle pouvait avoir de familier. «Attendez», reniflai-je. «Attendez.» Eireck posa la scie sur le tabouret et passa ses doigts dans sa chevelure.

Je repris position au pied du lit, et incisai une nouvelle fois, très délicatement pour ne pas aller trop loin et estropier Uldrick, mais plus profond. C'étaient les nerfs. C'étaient forcément les nerfs. J'y allai en force avec l'écarteur, et la blessure s'ouvrit davantage. J'épongeai. Je vis la tête. La tête fine était passée exactement entre les nerfs croisés, ne les avaient pas sectionnés comme je l'avais pensé. Tel un petit piège de chair, les ligaments s'étaient renfermés autour de la pointe triangulaire. J'eus un petit rire sec, entre la satisfaction d'avoir eu raison et la nervosité de ce qui restait à faire. Je fouillai dans la trousse de Nahir, trouvai le plus petit écarteur, celui en cuivre galatéen dont il se servait pour ausculter les yeux. Je forçai sur les ligaments d'une main tout en tirant la hampe de l'autre, priant pour ne rien déchirer. Je ripai, crispai les dents, recommençai. Le saignement reprit. J'épongeai. La tête se coinça une nouvelle fois, je la tordis, en biais, puis soudain il y eut assez de place et en une ultime saccade elle se libéra. Derrière moi, Eireck poussa un cri d'exultation. Je soufflai, un sourire crispé sur les lèvres.

Ensuite, il ne fut plus question que de recoudre et de nettoyer, ce que j'avais déjà fait sous le regard de Nahirsipal une bonne dizaine de fois. Lorsque tout fut fini, j'étais fatigué, éreinté même, les yeux douloureux de s'être autant plissés dans la pénombre de l'infirmerie. Mais j'avais réussi, j'avais sauvé sa jambe. Le guerrier-var allait sûrement boiter à vie, pourtant il marcherait et pourrait même courir. Restait encore l'infection, qui pouvait balayer tous mes efforts, mais malgré cela j'étais estomaqué par ce que j'avais accompli. Sans oser croire encore à mon succès, je plongeai les outils dans la bassine d'eau tiède, avant de les rincer méticuleusement à l'alcool. Comme les tourbillons d'hémoglobine se diluaient et que l'eau prenait une teinte rosée, mon soulagement se colora aussi d'une goutte de tristesse. Nahir me manquait. J'aurais donné n'importe quoi pour qu'il fût là, à cet instant, et qu'il me dise comme il était fier de son sempa.

29

Je passai les jours suivants à veiller mon patient. La plaie devait être lavée régulièrement, et la fièvre, qui consumait déjà Uldrick lorsqu'il avait franchi les portes de Corne-Brune, ragea en ses veines comme un brasier furieux. Pour éteindre l'incendie, je lui faisais avaler des lacs entiers de tisane, de l'écorce de saule, du sureau et des baies d'asphète. C'était terrifiant de constater avec quelle facilité la fièvre pouvait réduire à l'impuissance cet homme pourtant robuste et, durant la première semaine, je vécus dans la crainte permanente que la fièvre ne le prenne. Il suait de telles quantités que je devais changer sa literie quotidiennement et tremblait convulsivement, les yeux exorbités, les lèvres blanches fissurées de gerçures sèches. Comme je ne pouvais pas couper à mes corvées au domaine Misolle, je dus laisser des instructions à Eireck, et j'avoue que je ne quittai pas les Vars l'esprit tranquille. D'une part je n'étais pas certain qu'Eireck eût bien compris ce que j'attendais de lui, de l'autre, même s'il appliquait mes consignes à la lettre, je savais que le blessé pouvait bien crever de toute manière.

Ruminant tout cela, j'entassais le crottin avec

monotonie sous les quolibets de Holdène. Le maître des écuries n'arrivait pas à se débarrasser de sa vilaine toux, ce qui le rendait encore plus rouge et irritable que d'habitude. À plusieurs reprises je contemplai l'idée de lui proposer mon aide, ne serait-ce que pour avoir la paix. Comme j'étais certain qu'il y avait davantage de chances qu'il me soupçonne d'être en train d'essayer de l'empoisonner, je laissai rapidement tomber et dus me résoudre à accepter de courber l'échine sous ses coups. Mon unique et maigre consolation était de le voir avaler deux fois par jour cette potion immonde à base de dégueulis de porcelet, qu'un mège local lui concoctait. Il m'apparut que peut-être, ledit mège aimait encore moins Holdène que moi. Il n'empêche que je dormais mal sur mon tas de foin frais, courbaturé par le travail et les hématomes, à espérer que l'on viendrait me chercher si Uldrick s'affaiblissait davantage. À la fin de semaine, je rentrai hâtivement à Château-Corne, inquiet de ce que j'allais y trouver.

À mon grand soulagement, après une inspection méticuleuse du patient, le pire semblait être passé. La blessure me paraissait avoir pris, tant bien que mal, le chemin cahoteux de la guérison. Je décidai toutefois, par acquit de conscience, de ne pas aller voir Driche ce jour-là, rompant pour la première fois la tradition que nous avions instaurée depuis qu'elle était revenue des Hautes-Terres. Comme aucun courrier du château n'avait le temps ou l'envie de porter quelques mots jusqu'à la Cuvette, surtout s'il s'agissait des miens, Eireck proposa de me payer un messager. Cette générosité inattendue me toucha beaucoup. Apaisé à l'idée que Driche n'allait pas s'inquiéter de mon absence, j'entrepris d'inonder

Uldrick de décoctions antiseptiques et de tisanes calmantes, qui achevèrent d'étouffer les dernières braises. Les journées passèrent ainsi, de longues journées pluvieuses et mélancoliques, à lire à la lanterne, à veiller le blessé et à éponger son front, à essayer de ne pas penser à tout ce que Nahirsipal n'avait pas eu le temps de m'apprendre.

Ce ne fut que la semaine suivante, aux ides de la lune Glanante, que j'eus enfin la certitude que la constitution étonnante du Var allait triompher de l'infection. Dès lors, les choses retrouvèrent leur cours normal. Eireck m'annonça dans son brunois bancal qu'il devait partir au plus vite rejoindre ses compagnons d'armes et leur campagne ardue contre les hors-la-loi de la forêt de Vaux. La convalescence de Uldrick devrait donc avoir lieu sans lui. De fait, comme ce dernier n'avait presque plus besoin de moi et que je supportais de moins en moins les remarques acides du guerrier, je retournais de plus en plus souvent à la tour. Bravant ma peur, j'y dormis même quelques fois, sous le regard vide de Hesse et le rictus moqueur du squelette de Mélandros Agriphale. Lorsque je ne lisais pas, j'observais distraitement le brouhaha de la ville. Par la vue imprenable que m'offrait la verrière, je pouvais voir rentrer les équipées de bûcherons que l'automne obligeait à quitter les montagnes et, plus loin, les dernières voiles saisonnières sur la Brune.

Barde revint de Franc-Lac, lui aussi, où les mauvaises récoltes n'avaient fait qu'envenimer les discussions. La situation entre Bourre et Colline s'était aggravée depuis qu'un violent incident frontalier avait éclaté entre patrouilles : les deux factions, malgré les appels à la paix de quelques-uns, levaient des troupes, courtisaient des alliés potentiels et recrutaient des mercenaires. En désespoir de cause, Servance Damfroi, le primat de Couvre-Col, avait proposé la ratification d'un nouveau traité de non-agression, qui avait été rejeté par la plupart des autres seigneurs. Le conflit armé, qui depuis un an menaçait d'éclater au cœur même des primeautés de Brune, semblait désormais inévitable. Nahirsipal avait eu raison. Lorsque arrivaient les Vars, la guerre ne tardait pas à les suivre.

Au château, je constatai – avec une apathie croissante mais sans réelle surprise – que mon statut n'avait guère évolué, et ce malgré le succès de l'opération du Var. Je restais un paria, en dépit de tout. Peut-être en serait-il allé autrement si le blessé avait été brunide, un bon gars du coin, le mari d'une amie ou de la boulangère. Malheureusement, ce n'était pas le cas, j'avais seulement rafistolé un mercenaire, j'avais seulement arraché une flèche de la rotule d'un étranger et je pris vite conscience que, finalement, mon exploit chirurgical était passé largement inaperçu. Ce n'était pas la gloire que j'avais espérée, ni les louanges, seulement une reconnaissance de ce que Nahir avait entrepris de faire de moi, non pas un sorcier mais un médecin, et par là même le droit de porter son deuil plus dignement, sans que la rumeur vienne éclabousser ma peine.

Bien sûr, je mentirais si j'affirmais qu'il ne se passa rien du tout. J'eus droit aux remerciements écrits de Barde, un petit mot concis et impersonnel, Mourton m'adressait de nouveau la parole lorsque nous étions seuls et la plupart des gardes se montraient moins hostiles. Je n'en demeurais pas moins un être en suspens, prisonnier d'un entre-deux frustrant. C'est pourquoi j'accueillis avec une joie douce-amère la calende amorçant le passage entre la lune Glanante et la lune des Labours, qui m'offrait l'occasion de souffler un peu. Il faisait enfin beau après des semaines de pluie et de brouillard et je décidai de troquer les dalles froides de Château-Corne contre la terre battue de la Cuvette.

Driche m'attendait sur la crête à son habitude, perchée sur le granit fracturé tel un petit faucon mutin, ses mèches rouges battant au gré des bourrasques tièdes. Nous passâmes la matinée à flâner au campement, tandis que je lui parlais de l'état de santé de mon patient var, et que je vidais mon sac sur le traitement indigne que je subissais au château. De son côté, Driche me racontait ses premières chasses (elle avait accompagné son père à plusieurs reprises au cours de l'hiver précédent, mais passait sous silence le fait qu'elle n'avait pas encore le droit de tirer) et les règles d'un nouveau jeu de billes de bois que son père avait appris d'un trafiquant qui revenait de Trois-Îles. Nous savions tous les deux que c'était sans doute la dernière fois que nous nous verrions de l'année, mais ni elle ni moi n'en fîmes mention, fermement décidés que nous étions à profiter de cette journée.

Nous mangeâmes sous la yourte, avec Hure et Maille. L'endroit me paraissait étrangement vide et silencieux depuis que Gauve n'y habitait plus. Cette sensation était encore accentuée par l'absence de la grand-mère, dont les regards perçants, qu'elle lançait depuis sa couche, avaient autant habité le lieu que les histoires fantasques de son petit-fils. Lorsque nous eûmes terminé notre pain, nous partîmes au galop en direction de la lande. Le soleil était agréable sur ma peau, compensait parfaitement la brise fraîche qui soufflait depuis les monts Cornus, dont nous pouvions apercevoir les lointains pics blancs, pour la première fois depuis presque une lune. C'était une journée idéale, l'air sentait la résine de pin et le parfum douceâtre des achillées, qui fleurissaient par touffes rêches entre les rochers de la prairie. Driche m'entraîna à sa suite jusqu'à notre bateau-pierre à l'orée des bois, où nous nous affalâmes comme un seul homme pour profiter de l'éclaircie tout en jacassant.

« Non ! C'est là je te dis », martelai-je en lui tapotant énergiquement le torse, sans tenir compte de ses protestations. « La plus grosse, c'est attaché au cœur, je l'ai vue dessinée déjà. » Driche fit la moue, et écarta mon doigt d'un revers sec de la main. « Tu fais mal et en plus c'est pas ça qu'ils disent, les guerriers. » Elle eut un sourire malicieux, puis m'administra par surprise une solide manchette en pleine trachée. « Ils disent que c'est à la gorge », fit-elle, tout en m'examinant avec intérêt tandis que je me tordais en gargouillant. Puis, comme si mes râles lui donnaient raison, elle se leva et fit un pas décidé vers la proue du rocher, et ce faisant sa voix s'affermissait. « En plus, j'ai vu que c'est vrai quand les guerriers ont tué l'homme qui avait coupé mamie. » Il y eut un silence comme elle contemplait l'horizon, puis elle se tourna de nouveau vers moi en plissant les yeux. « Je m'en souviens comme si c'était hier. » Je me redressai sur un coude, en essayant de me protéger du soleil avec le dos de la main. « Ils l'ont attrapé au milieu du campement. Ils l'ont percé avec des lances. » Le regard de Driche me détailla avant d'étinceler dangereusement. « Et là… *crac !* » hurla-t-elle en se jetant sur moi.

Driche était bien meilleure que moi à la bagarre. Elle avait eu un grand frère sans pitié qui lui avait appris les bases à la dure et maintenant son père et la moitié des trappeurs gaïches de la Cuvette s'attelaient à faire d'elle une chasseresse. J'étais peut-être un peu plus fort, dans les épaules surtout, mais je n'avais alors ni ses réflexes, ni sa technique. Elle finit par me prendre en clef derrière la nuque et me fit basculer du rocher tout en poussant un cri victorieux. Je rugis un défi depuis la grosse touffe de nard dans laquelle je venais d'échouer et Driche, sans quitter son rocher, se pencha sur moi. « Ils lui ont ouvert le cou comme un mouton », dit-elle férocement. « Et pendant qu'il saignait je lui ai craché dessus pour ce qu'il avait fait à mamie. » Sur ce, elle m'expédia un glaviot dans l'œil, partit d'un rire cristallin qui se voulait lugubre et détala à toute vitesse en direction de la forêt. Je rugis une nouvelle fois et bondis après elle.

Nous filions entre les arbres comme deux flèches rieuses. Encore une fois, physiquement, Driche avait l'avantage sur moi. La forêt était sa maison pendant la moitié de l'année, alors que pour moi, l'enfant de Corne-Brune, c'était un endroit inconnu et sauvage que j'évitais autant que possible. Driche gambadait avec l'agilité d'une biche naine, par-dessus des troncs couchés que je devais prendre le temps de contourner et entre les lianes les plus épaisses, sans jamais ralentir. Pour autant, je n'en étais pas à notre première course-poursuite forestière, et je ne me laissais plus distancer autant qu'avant. J'entendais devant moi le rire de Driche entre deux souffles, je voyais parfois l'éclat de son pectoral ou de ses mèches et cela était suffisant. Nous allions vers le sud-ouest, en parallèle à la Brune, où les bois giboyeux donnaient l'illusion de la sauvagerie que l'on pouvait trouver au-delà, lorsque commence réellement la forêt de Pierres.

Puis soudain, je ne vis plus Driche. Elle avait été là, bondissant au-devant de moi, lançant quolibets et rires, et d'un seul coup ce fut comme si elle avait disparu. Habitué à ce qu'elle me joue ce genre de tours, je progressai prudemment vers l'endroit où j'avais cru l'apercevoir en dernier, à l'orée d'une grande clairière cerclée de roches, tout en lançant autour de moi des regards méfiants, au cas où elle chercherait à me prendre par surprise. Puis il y eut un petit bruit, juste sur ma gauche, alors que j'atteignais la lisière. Je vis un vieux tronc de pin-dur, couché le long de la piste que nous suivions, recouvert presque entièrement par des voiles pâles de lichen vert. Entre ces rideaux de végétation, apparut le visage de Driche, ses yeux grands et ronds, un doigt posé sur ses lèvres, l'autre main me faisant signe de la rejoindre. Je m'accroupis aussitôt, pour me glisser jusqu'à elle. Je crus d'abord à une blague avant de comprendre que la peur que je lisais sur ses traits était réelle et qu'elle ne cherchait pas à me la dissimuler sous sa bravade habituelle :

« Syffe », chuchota-t-elle. « Écoute. » Je fis de mon mieux pour contenir mon souffle rendu bruyant par la course, et tendis l'oreille. Après un moment, je secouai la tête. « J'entends rien », fis-je. Elle acquiesça à mon propos. « Les oiseaux ne chantent plus. » Nous attendîmes encore un peu. Puis il y eut un son furtif à quelques dizaines d'empans de là, un frottement rêche, comme si on brossait deux feuilles mortes l'une contre l'autre. Driche agrippa mon épaule, les larmes aux yeux. Son chuchotement s'était à moitié transformé en plainte. « Quelque chose nous chasse, Syffe », couina-t-elle, et une giclée de terreur froide me prit aux tripes. « Faut qu'on coure », murmurai-je. « Faut qu'on sorte des bois. » Driche hocha la tête, émit un petit bruit désespéré et me prit par la main. Puis, comme un seul corps, nous nous élançâmes vers la clairière.

Au même instant, comme si nos pensées avaient été interceptées par le prédateur invisible, le sous-bois derrière nous explosa. L'espoir que tout cela n'était qu'un autre jeu m'abandonna brutalement et nous accélérâmes encore. Nos pas faisaient s'envoler derrière nous des nuages d'épines de pin. Driche hurla, je hurlai aussi et nous franchîmes la bordure des bois. À une centaine d'empans, droit devant nous au beau milieu de la clairière se dressaient les squelettes pourrissants de quelques cabanes grossières, un camp de bûcherons à l'abandon. D'un commun accord, nous fonçâmes. Nous serions trop lents, je le savais, mais cela valait la peine d'essayer. Quelque chose d'immense, de sombre et de luisant jaillit des buissons qui encadraient la clairière. « Oh non, oh non, oh non », pleurait Driche tout en courant. Je tournai la tête, et me pris les pieds dans une souche coupée à ras, ce qui nous fit tous deux rouler dans les mauvaises herbes. Driche fut sur ses pieds plus vite que moi, une branche pourrissante en main et elle hurla encore, un râle féroce et plaintif, tandis que je me redressais, moitié dérapant, moitié courant. Je l'avais vue.

C'était une stryge. Une scolopendre géante dans une région d'où on pensait les avoir exterminées depuis plus d'un siècle. Quatre empans de chitine noire et bleue, aussi large et aussi haute que la grosse truie de la veuve Tarron. La stryge nous contourna par la gauche, ses segments luisants travaillaient ensemble comme une silencieuse machinerie huilée. Driche hurla, interrompit notre course et se baissa en pleurant, puis ramassa une pierre qui alla rebondir contre la carapace lustrée. Le monstre s'arrêta, presque entre nous et les cabanes au-delà, puis se redressa en faisant cliqueter ses mandibules. Driche s'empara de ma main. Nous courûmes dans l'autre sens, vers les bois, et la chose sifflante, bien plus leste que nous, s'interposa en chuintant, se leva d'un bon empan, tout en sinuant dangereusement. Driche agita sa branche ridicule d'une main tremblante, et nous repartîmes à en perdre haleine vers le camp abandonné. La stryge nous suivit cette fois, ondulant gracieusement entre les souches, ses antennes, longues comme mon bras, dressées droit vers nous. Je ramassai moi aussi un bâton en pleine course, une solide branche de hêtre. Unis dans la terreur, nous protégeâmes notre retraite de gesticulations futiles et de cris effrayés.

Je trébuchai à plusieurs reprises, Driche en fit de même, mais enfin, comme la chose n'approchait pas davantage, nous réussîmes à atteindre le campement. Je ne comprenais pas tellement pourquoi la chose ne se jetait pas sur nous, ne se portait pas en avant pour nous tuer tous les deux avec cette facilité qui transpirait de tous ses mouvements par rapport aux nôtres. Sentant que nous touchions au but, je lançai mon gourdin sur la stryge, puis Driche m'agrippa et me tira par une ouverture découpée entre quatre murs de torchis pourrissant. Nous roulâmes sur le sol de l'une des cahutes les moins abîmées, il y avait un toit moisi et une porte avec ses gonds de cordeau encore intacts, que Driche ferma aussitôt derrière nous. Pantelants et geignants, nous entreprîmes de nous barricader en entassant à l'entrée les quelques bûches véreuses qui reposaient en vrac au fond de la case. Puis nous nous effondrâmes, dos à la porte, comme si nos petits corps pouvaient empêcher la créature d'entrer, si elle le souhaitait vraiment. « Elle joue », pleurnicha Driche en pantelant. « Elle joue avec nous. » Elle me prit la main, tandis que je me dévissais la nuque pour essayer d'apercevoir la scolopendre entre les interstices du bois.

« Elle bouge plus », fis-je tout en tâtonnant dans les poches de ma pèlerine à la recherche de mon couteau, pour le peu que j'aurais pu en faire. Je ne le trouvai pas. Dehors, le gigantesque invertébré s'était immobilisé au milieu du camp, ses deux antennes, dressées vers la cahute, tournoyaient de façon erratique. Driche finit par me rejoindre, arc-boutée contre la porte, son visage rougi collé au bois fendu. « Elle sait qu'on est là, Syffe », fit-elle entre deux souffles rauques. « Ouais » répondis-je. « Pourquoi elle fait rien ? » Au vu de la taille de la chose et de la puissance qu'elle déployait, il me paraissait évident qu'elle pouvait balayer la cabane avec facilité si elle le souhaitait, ou simplement passer au travers du chaume pourri. Mais non. Le monstre s'était enroulé à moitié sur lui-même, cliquetant et chuintant doucement, tout en étudiant notre refuge avec intérêt.

Comme je montais la garde, Driche entreprit de fouiller la cabane à la recherche d'une arme de fortune avec laquelle nous pourrions nous défendre.

À part le manche brisé d'une cognée, sa recherche s'avéra infructueuse, et elle se remit aussitôt à larmoyer doucement. Je ne parvenais pas à décoller mes yeux de la créature, comme envoûté. Une fascination morbide pour sa force gracile, la beauté étrange de ses reflets, et son curieux chant sifflant. J'eus le temps de reprendre peu à peu mon souffle, mais, à l'exception de ses antennes, la stryge ne bougea pas, lovée en face de la cabane comme une monstrueuse sculpture d'obsidienne. Puis quelque chose d'autre apparut. Quelque chose qui marchait avec le corps d'un homme, et qui pourtant n'en était pas un.

Cela avançait avec nonchalance, entièrement nu, le corps couvert de marques dont je ne parvenais pas à distinguer s'il s'agissait de tatouages ou de peintures. Cela n'était pas très grand et l'entrelacs de ses stigmates m'empêchait de voir distinctement son visage. Son corps paraissait tout aussi étrange, paré de courtes excroissances symétriques à la coloration sombre, dont la matière noueuse me faisait penser à de l'écorce. Cela surgissait des articulations, du dos de ses mains, et il avait des plaques plus massives sur le tronc, qui s'imbriquaient, comme une armure, ou une seconde peau. La chose tenait distraitement une lance épaisse de bois noirci, et un long poignard de fer pendait, attaché par un cordon de fibre à sa ceinture tressée. Cela approcha rapidement, faisant preuve de la même agilité surnaturelle qui animait la stryge. Frénétiquement, je tapotai Driche pour qu'elle assiste elle aussi à la scène. La chose qui n'était pas un homme pénétra dans l'enceinte du campement, contourna un tas de charbon abandonné et, comme s'il s'agissait de la chose la plus naturelle du monde, vint se camper devant la cabane, s'accroupit, et posa délicatement sa main sur la tête plate de la stryge. Driche hoqueta et confirma du même coup mes pensées. « Deïsi », souffla-t-elle d'une voix tremblotante, et elle se remit à pleurer. Deux yeux entièrement noirs rencontrèrent les miens au travers des planches. Je fis un pas en arrière, le souffle coupé.

Ce que je ressentis ne fut pas surnaturel en soi, je n'eus pas l'impression que l'on me sondait l'âme comme peuvent le raconter parfois ceux qui ont eu affaire aux esprits ou aux divinités. C'était tout à fait autre chose. Je vis mon propre reflet dans ces yeux noirs. Je vis quelque chose d'horriblement familier, sans que je parvienne à me rappeler, vraiment. C'était comme être observé par un chat, un gros chat plus malin et plus fort que moi, qui me percevait si entièrement qu'il pouvait savoir à l'avance tout ce que j'allais faire. Je compris en un regard que tenter de fuir serait tout à fait inutile. Le démon parla alors d'une étrange voix gutturale, énonça quelque chose que je ne compris pas, puis marcha droit sur notre refuge. Nous nous recroquevillâmes dans un coin, sur la terre battue à l'arrière de la cahute. Driche me prit dans ses bras. Nous sanglotions tous les deux. Il y eut une légère secousse qui ébranla notre refuge, et je devinai que la porte venait de céder d'une largeur de main. Je fermai les yeux.

Puis nous entendîmes soudain le son du cor, et le cœur lointain des chiens. Driche me serra plus fort. Sa respiration s'accéléra et la révolution du monde me sembla suspendre son cours dans l'obscurité derrière nos paupières. La meute se rapprochait, et avec elle un mince espoir. Nous pouvions distinguer à présent le tonnerre des chevaux. C'était le dernier jour, et Barde chassait la forêt de la route du sud. Dehors il y eut un trille aigu, un sifflement de frustration, puis plus rien. Je trouvai enfin le courage de rouvrir les yeux. Le Deïsi était parti et le camp semblait de nouveau désert. Nous nous levâmes en tremblant, pleurant sans honte de chaudes larmes de soulagement. Les chasseurs passaient vers l'ouest en un grondement de sabots, et le chant des dogues les accompagnait. Nous finîmes par émerger de la cabane, tandis qu'un cavalier trompetant traversait la clairière au galop, lance en main. D'autres cors lui répondirent en écho au travers des bois et lorsque le silence revint enfin, j'étreignais encore Driche comme un rocher dans la tempête.

30

Nous courûmes une nouvelle fois à en perdre haleine, et je crois que nous n'étions jamais rentrés à la Cuvette aussi rapidement. Il fallut attendre que la fumée, l'ébrouement des chevaux et le feutre coloré des yourtes ne soient plus qu'à quelques centaines d'empans au travers de la lande dégagée, pour qu'enfin nous nous autorisions une pause. Tandis que la frayeur refluait, mon esprit, lui, bouillonnait. Si les démons des contes claniques refaisaient leur apparition, si un Deïsi foulait le sol de Corne-Brune, alors il me semblait que cet être aux attributs surhumains pouvait constituer un coupable idéal pour le meurtre de Nahir et les blessures mortelles qui avaient été infligées à Doune. J'avais vu la grâce terrifiante de la créature et je la croyais plus que capable d'avoir infiltré les murs de Château-Corne sans alerter la garde et d'avoir porté à mon maître le coup inexplicablement puissant qui avait mis fin à ses jours.

Tandis que la brise se rafraîchissait et que Driche soufflait, pliée en deux, son regard inquiet virevoltant à l'orée des bois, je tentai de tisser encore d'autres liens, car il restait la question essentielle des rêves. Mes rêves avaient bien quelque chose à voir avec tout cela, je n'en démordais pas. Toutefois, je ne pensais pas que le Deïsi en était à l'origine, pour la simple et bonne raison que *Celle* de mes rêves était incontestablement un être femelle, et que le démon qui nous avait pris en chasse dans le plus simple appareil ne l'était manifestement pas. Outre ce détail, qui me chiffonnait considérablement, il y avait quelque chose de bien plus simple. Je ne comprenais pas. Cela n'avait aucun sens. Les rêves, les meurtres, et maintenant le démon et sa stryge. Ce fut Driche qui m'arracha à mes pensées, alors que mon regard s'était égaré dans les achillées ondoyantes :

— On aurait dû être morts, Syffe.

Elle me regardait d'un air presque intrigué, le front plissé et le nez rouge, mais son menton s'était raffermi. J'abondai immédiatement dans son sens. « C'est ce que je me disais », répondis-je doucement. « La stryge aurait pu nous tuer, facile. Le Deïsi aussi. Ils auraient pu tuer Barde et ses bucellaires, et nous aussi s'ils avaient voulu. » Driche opina du chef. Le vent fit danser ses mèches. « Je dois en parler à papa. » Elle fronça les sourcils. « Il ne va jamais me croire. » Je fis la moue, parce que je me trouvais confronté au même problème. Il fallait absolument que j'informe Hesse de ce qui venait de se passer, mais après sa violente mise en garde à propos des rêves, je doutais qu'il écoute une histoire aussi farfelue. « Faut rien leur dire aux adultes », fis-je, après un moment de réflexion. « Faut que tu les emmènes, les chasseurs. Pour qu'ils voient les traces. Après tu leur diras. » Driche soupira, puis secoua la tête. « Non », dit-elle. « Je veux pas que le Deïsi tue mon père. J'irai plus jamais dans les bois, maintenant. » Je reniflai, puis crachai – un peu par défi – sur l'arête du bloc de granit noir au pied duquel nous nous étions arrêtés. « Il a pas tué Courterame ou les autres mous de la ville. Il tuera pas ton père, chasseresse. » Driche sourit à moitié, rumina encore un peu, puis céda enfin. « J'essayerai de trouver une ruse pour pas l'emmener tout seul », fit-elle lentement.

J'inspirai tristement en regardant mes pieds. « Je vais devoir rentrer maintenant. » « Je sais », répondit Driche avec sobriété. Elle me prit l'avant-bras en un salut de guerrier et m'étreignit avec force. « Tu viendras nous aider à démonter la yourte la semaine prochaine ? » Je hochai la tête, soudain morne et creux à l'intérieur. Driche me déposa un baiser furtif sur la joue, ses lèvres battirent comme un papillon de chair, puis elle s'enfuit à toutes jambes en direction de la Cuvette. Je la regardai partir, figure leste entre les rochers, avant de prendre à mon tour la poudre d'escampette. Je me hâtai sur le chemin de la crête et piquai ensuite vers Corne-Brune au rythme d'une marche rapide. Mon esprit surchargé avait fort à faire, digérant à la fois le départ de Driche, le Deïsi, l'énigme des rêves et l'improbabilité d'être encore en vie.

Le lendemain, au château, tandis que nous changions la literie de sieur Courterame, Mourton me fit le récit de la chasse de la veille, qu'il avait entendu de la bouche du légat lui-même. Les chevaux s'étaient comportés étrangement, bronchant et renâclant comme des poulains effrayés, et, aux chenils, certains chiens hérissaient encore le poil tout en jappant craintivement. Les gens de Barde murmuraient avec inquiétude qu'il s'agissait là d'un mauvais présage, et les regards en biais et les chuchotements que je surprenais parfois à mon encontre ne firent que redoubler. Je me mis en tête que c'était une bonne chose, un argument de plus à faire valoir lorsque j'y confronterais Hesse. Même si je savais bien qu'il y avait toutes les chances pour qu'il ne m'écoute pas, Driche allait partir et il était hors de question que je passe un hiver entier à garder le secret, en attendant que d'autres corps viennent le mettre sur la bonne piste, si fantasque soit-elle. J'élaborais encore mon plan d'attaque lorsque arriva le quatrième jour, et que je dus, bien malgré moi, me rendre au domaine Misolle.

Il faisait froid ce matin-là. Holdène avait été malade, alité toute la semaine précédente, et sa toux avait empiré jusqu'à lui tirer des glaires sanguinolentes. J'avais passé l'essentiel de mon temps enfermé dans les écuries, puisque personne d'autre n'avait voulu prendre la peine de me surveiller. Invariablement, lorsque je retournais au domaine, le premier jour était celui que je redoutais le plus. Il arrivait que les écuries n'aient pas été nettoyées durant mon absence, et je pouvais m'attendre à hériter en conséquence de longues heures de labeur ainsi que de ces courbatures féroces qui accompagnaient le maniement de la pelle.

J'entrepris mon voyage matinal vers le manoir avec l'esprit aussi gourd que mes doigts glacés, sur lesquels je soufflais régulièrement. Il avait gelé, peut-être pour la première fois de l'automne, et j'avais oublié ma paire de mitaines dans ma chambre. Comme j'étais déjà en retard, je ne pouvais pas me permettre de faire demi-tour sans m'exposer par là même à une correction solide de la part du maître des écuries, s'il était remis sur pied. Entre le froid et le bâton j'avais choisi, tout en espérant que je me réchaufferais avec le travail. Le quartier de la ville haute était plongé dans un silence presque irréel, chacun de mes pas réveillait toute une armée d'échos. Les volutes d'une brume spectrale se hasardaient au coin des rues et agrippaient les murs comme des draps éthérés. Je finis par atteindre la grande porte du domaine et cognai aussi fort que je le pouvais sur le chêne renforcé de l'épaisseur de ma main. Comme à chaque fois, le portier (qui était à moitié sourd) me laissa passer sans m'adresser le moindre mot, et je pris la direction des écuries tout en lorgnant distraitement sur les parterres de fleurs givrées, nourries par mon travail du crottin.

Je trouvai la cour du domaine déserte, je poussai la porte de l'écurie. Un des coursiers piaffa avec impatience. Je n'en voulais pas aux bêtes, malgré tout le travail que leur digestion me faisait faire. Pour tout dire, je les aimais plutôt bien, parce qu'elles me tenaient compagnie le jour, réchauffaient le foin la nuit, et je crois que je les avais même affublées de petits surnoms dont je ne me souviens plus. Je m'avançai vers les stalles pour saluer les chevaux comme je le faisais chaque matin et c'est alors que subitement je retrouvai mon couteau.

J'aurais dû me méfier. J'aurais dû questionner le silence inhabituel du quartier ce matin-là. Il n'aurait pas fallu que je relâche ma vigilance, ni que j'abandonne la tradition que j'avais instaurée dès le début, qui consistait à vérifier mes affaires tous les soirs, comme Hesse me l'avait conseillé, au cas où l'on aurait essayé d'introduire un objet volé dans mon baluchon. Mais comme mon attention avait été émoussée par les courbatures et les raclements monotones de la pelle, comme la moitié du temps j'en oubliais même que j'étais censé être un espion au domaine, j'avais fini par baisser la garde. Et quelqu'un en avait profité pour planter le couteau que Hesse m'avait offert en plein dans la poitrine de Holdène.

Il gisait sur le dos, dans la paille, les vêtements arrachés et le torse découpé. Il n'y avait pas de sang, pas beaucoup en tout cas et, à son teint creusé, je compris qu'il était mort depuis un certain temps. Je m'approchai lentement, en essayant de contenir les vagues de panique. Je m'emparai du manche du couteau et tirai. La lame se dégagea en deux secousses et apparut, bien moins rouge et poisseuse que je ne m'y étais attendu. Le reste du tronc velu de Holdène avait été maladroitement lardé de coups et entaillé aussi. Toutefois, les marques me semblaient aléatoires. Ce n'était pas le symbole qui avait été sculpté dans la viande de Doune ou de Nahir. Ce n'était d'ailleurs pas un symbole du tout. À regarder les blessures de plus près, et le peu de sang, j'en vins même à douter que le maître des écuries eût été tué par le couteau. Puis une ombre me vola ce qu'il y avait de lumière pâle, il y eut un cri à l'extérieur et je vis, encadrée dans la porte, la silhouette tout en jambes de Duranne Misolle. Il se mit à hurler, encore et encore :

— À l'assassin ! À l'assassin ! Il a tué Holdène !

Et comme je me tenais là avec le couteau dans la main et le mort à mes pieds sans rien comprendre encore, le bon sens me quitta absolument et je commençai à courir. Duranne s'élança vers moi, Vorremin, le valet d'armes, sur ses talons. Des chiens se mirent aussitôt à aboyer un peu partout et ce fut comme si toute la haute venait de se réveiller en même temps. Duranne dérapa sur une motte de crottin tandis que j'esquivais par une stalle attenante. Les chevaux trépignaient à cause des jurons et de l'agitation, et l'un d'eux manqua de me piétiner lorsque je roulai sous sa panse. Vorremin essaya de me prendre par le col tandis que j'escaladais une barrière vers la sortie, réussit à agripper ma pèlerine avant de perdre prise, et je retombai lourdement de l'autre côté de la stalle. Je me relevai, puis Duranne fut sur moi. Il me saisit en criant et me souleva du sol, le visage rouge d'excitation. « Je le tiens ! » triompha-t-il. « Je le tiens ! »

Dans ma panique j'avais oublié le couteau, et je crois que Duranne aussi, mais lorsqu'il s'empara de moi je perçus soudain que j'en serrais toujours le manche. Affolé, je tranchai dans le tas, et Duranne hurla d'une voix de fausset. Je retombai sur le cul, Vorremin me cueillit d'un coup de pied dans les côtes qui m'envoya valser dans le foin. Duranne serrait sa main contre lui, et cette fois-ci, du sang, il y en avait. « Mon doigt ! Le petit sauvage m'a coupé le doigt ! » Le jeune aristocrate semblait avoir du mal à y croire et pourtant, recroquevillé dans la paille sale comme une petite larve rose, se trouvait son index gauche. Comme je haletais dans un coin à essayer de retrouver mon souffle et que les deux hommes me bloquaient la seule issue, Vorremin jugea le moment opportun pour faire quitter les écuries à son maître blêmissant. J'entendis le lourd loquet retomber derrière lui. Dehors, de nouveaux cris résonnaient déjà. « À la garde ! À la garde ! » J'étais pris au piège.

Je mis un moment à retrouver mes esprits. Cette

fois-ci, si la garde parvenait à mettre la main sur moi, je savais pertinemment que je n'échapperais pas à la corde du Cloître. Poussé par la trouille et le désespoir, je me mis en quête d'une issue, dont je ne savais que trop bien qu'elle n'existait pas. Après avoir tourné comme un lion en cage, j'entendis le pas lourd des miliciens, le tintement du fer dans la rue à l'extérieur, de l'autre côté des murs, et l'échange avec le portier. Je songeai à me cacher dans le tas de foin sans imaginer un instant que cela pût marcher, me figurai les lances sonder la paille, et déglutis. Mes jambes se mirent à trembler de manière incontrôlable. Je pouvais peut-être libérer les chevaux et essayer de les lancer sur les miliciens lorsqu'ils viendraient pour moi, mais cela exigerait du courage, et du courage je n'en avais pas. Puis il y eut un bref sifflement au-dessus et je vis la main, une petite main qui s'était frayé un chemin par le chaume.

J'escaladai vivement la courte échelle qui menait au grenier, tellement désespéré que j'étais prêt à accepter l'aide de n'importe quel inconnu. À ma grande surprise, je découvris Miette, la petite muette qui m'amenait mon pain, accroupie dans la paille. Elle fit un geste pour m'indiquer l'arrière du grenier, là où se trouvait la poulie qui servait à monter les bottes. « J'ai déverrouillé la porte », me dit-elle rapidement. « Tu peux sauter le mur de là. Dépêche-toi. » J'ouvris la bouche. Il m'apparut tout à coup qu'elle devait être un peu plus vieille que moi, les cheveux blonds, taillés, mais qu'elle faisait moins âgée, parce qu'elle était très petite et très frêle, comme l'ombre pâle de quelqu'un. Manifestement, elle n'était pas muette du tout. « Dépêche-toi », répéta-t-elle avec insistance, tandis que, incrédule, je la contemplais avec des yeux ronds. Je repris mes esprits tandis que le pas de la garde martelait les pavés de la cour. Je murmurai un « merci » très confus, avant de me ruer vers la porte de l'étage, que j'ouvris à la volée. Après quelques contorsions au-dessus du vide je réussis à passer la jambe autour de l'une des solives qui débordait du toit. De la cour j'entendis quelqu'un crier. J'agrippai le rebord du mur du domaine, faillis perdre l'équilibre lorsque la mousse se déroba sous mes doigts, puis péniblement, je me hissai sur les pierres humides. Derrière moi, au milieu des soldats, un homme aux traits durs me montrait du doigt tout en vociférant. Je reconnus le visage acéré du sicaire de Franc-Lac. Je déglutis, me râpai le ventre lorsque ma pèlerine s'accrocha aux moellons et me laissai basculer de l'autre côté.

La réception, sur les pavés froids plus de trois empans plus bas, fut rude. Pourtant, lorsque je réussis à me relever, l'instinct de survie prit le dessus, et je me mis à courir, presque à l'aveugle. Il y avait des gens aux fenêtres et aux portes, certains s'élancèrent même après moi, et les clameurs d'une petite foule me poursuivaient encore lorsque, à bout de souffle, je réussis enfin à atteindre la porte de la ville haute. Je m'engouffrai sous l'arche à toute vitesse, passai au nez et à la barbe des deux miliciens à peine réveillés qui y montaient la garde, avant de m'enfoncer dans le dédale des ruelles de la basse. Comme je m'arrêtais pour souffler à l'abri d'une allée sinueuse, la cloche d'alarme du beffroi se mit à tinter dans les hauteurs de la vieille muraille. Je crachai par terre, sans la moindre idée de ce qu'il me restait à faire, et les larmes me montèrent aux yeux. C'était trop tard. La garde allait barrer les portes, et je ne pourrais plus quitter la ville. Je m'esquivai de nouveau en reniflant et trottinai prudemment vers les bas quartiers, où je ne risquais pas de croiser de patrouille.

Je finis par trouver refuge dans l'une de mes anciennes planques dans le quartier du Ruisseau, une petite case branlante, agrippée à l'étage d'une autre bâtisse. Ce perchoir abandonné donnait sur une arrière-cour de la rue Trappe, remplie de détritus et de fientes de pigeon. Là, je m'assis sur le bois piqué et m'attelai à recouvrer mes esprits.

Je n'avais que peu d'options devant moi. J'allais être accusé de l'assassinat du maître des écuries et, dans ma fuite, d'avoir mutilé le fils de l'un des hommes les plus influents de Corne-Brune. En soi, même si je parvenais à prouver mon innocence vis-à-vis du meurtre, ce qui me paraissait improbable au vu de la réputation de sorcier que je traînais, le doigt seul pouvait me coûter une oreille ou une main. Je frissonnai involontairement à la pensée de la lame épaisse du légat exécutoire. Il me fallait quitter la ville, je n'avais pas le choix. Je conjecturai que peut-être, peut-être, je pouvais disparaître, partir avec Driche et sa famille, partir vivre avec les clans dans les Hautes-Terres et ne jamais revenir. En vérité, je ne voyais rien d'autre à quoi me raccrocher. Il me fallait donc franchir les murs, et je n'avais pas la moindre idée de la manière dont j'allais bien pouvoir m'y prendre. Ce qui était certain, c'était qu'il me faudrait attendre que les choses se tassent. La garde allait sans doute ratisser la ville et j'allais devoir me terrer, jouer à cache-cache, mais pour de vrai cette fois, comme je l'avais fait auparavant dans le Ruisseau.

Le calme semblait revenir au fur et à mesure que

je réfléchissais à une solution. Je tirai de la poche de ma pèlerine l'unique pomme que j'avais emportée des cuisines ce matin-là et, en croquant dedans, je compris qu'il me faudrait également sortir pour me nourrir. À l'extérieur, j'entendais les habitants du Ruisseau aller et venir, l'écho du jappement des chiens errants et de temps à autre le fracas d'une charrette que l'on décharge. Je soupirai, l'esprit tournoyant tandis que je songeais au sicaire, à Miette qui n'était pas muette, à ce que Hesse allait penser de tout cela, et au regard noir du Deïsi. Mes yeux se brouillèrent de larmes, parce que je ne comprenais pas, je ne comprenais rien du tout, et que tout était allé si vite. Ma vie entière venait d'être réduite à néant. J'étais un fugitif dans ma propre ville et on me cherchait pour me pendre.

Je passai la journée sans quitter mon refuge, à osciller dangereusement entre détermination et désespoir, à faire les cent pas parmi les déjections glissantes, à échafauder des plans rocambolesques qui s'effondraient lorsque mon humeur changeait. Doucement, la nuit commença à tomber, et avec, une pluie fine qui vint goutter sur les planches pourries de la case. J'avais déjà faim, j'allais aussi avoir froid. Je me réfugiai dans un coin plus sec que les autres et m'emmitouflai dans ma pèlerine, misérable et furieux. Le sommeil me gagna, porté par l'obscurité et la température anesthésiante. Puis une voix familière me tira de ma somnolence tourmentée et j'ouvris les yeux sur la lueur d'une torche qui brûlait dans la cour en contrebas.

— Syffe ! Tu es là ?

C'était la voix de Hesse qui montait jusqu'à moi. Je fus debout en un instant, tiraillé entre l'espoir et la terreur. Je me traînai jusqu'à l'entrée comme un chien craintif et jetai un coup d'œil méfiant à l'extérieur, le cœur battant. Le soldat se tenait dans la cour, il était seul et sa torche se levait vers les hauteurs. Je lui avais parlé de mes cachettes, bien sûr, mais je ne pensais pas qu'il pouvait les situer toutes avec certitude. Si je ne disais rien, il passerait sans doute son chemin. Mais en même temps, de le voir ainsi, de voir ce visage perplexe que je connaissais si bien, j'eus envie de croire, une envie terrible d'être rassuré. J'étais si fatigué, et je voulais penser qu'il pourrait s'occuper de tout, tout arranger, et que les choses pourraient redevenir comme avant. Je me retirai dans les ombres et pris une grande inspiration. « Je suis là », fis-je assez fort pour être entendu par-dessus le bruit de ses pas qui s'éloignaient. Le soldat pivota vers moi, le corps raide, la torche brandie en arrière, et son visage était plongé dans l'obscurité. Je le vis soupirer. « Descends, Syffe », dit-il d'une voix plate. « Non », répondis-je. La peur me gagnait de nouveau, mais Hesse sut trouver les mots pour l'effacer. « Tu t'es mis dans un sacré pétrin, mon garçon. Nous allons devoir te faire quitter Corne-Brune. J'ai un cheval qui t'attend sur la place au Puits. Dépêche-toi, maintenant. »

Mon cœur bondit dans ma poitrine. Je me mis à pleurer doucement, tandis que je me glissais jusqu'à la cour le long des boiseries humides. Hesse attendait, la moustache tremblotante, ses yeux pâles et humides brillaient à la lueur vacillante de la flamme. « Je veux partir avec Driche et les autres Gaïches », lui dis-je. Il hocha la tête. Je lui emboîtai le pas en larmoyant, et nous quittâmes la cour. Mon protecteur marqua une pause au moment où nous nous engagions dans la rue Trappe. Hesse regardait droit devant lui. Autour de nous, le Ruisseau s'animait en vue de ses jeux nocturnes. « Je suis désolé, mon garçon », fit-il d'une voix étranglée. Puis la main de Dantemps se resserra sur mon épaule et quatre miliciens quittèrent les ombres biscornues où ils se terraient. « N'essaye pas de courir », dit Dantemps. « J'ai assez couru pour la journée. » Je levai les yeux vers Hesse, incrédule, et le première-lame se détourna. Son mensonge me fendit l'âme comme un coup de hache, pire que toutes les pendaisons du monde, et me traversa les entrailles pour m'arracher un hoquet. Mes forces m'abandonnèrent d'un seul coup, et je flottais, au milieu de la rue cahoteuse. Trahi. Abandonné. Vidé de toute substance.

Je ne courus pas.

31

— À n'en pas douter, nous sommes pour moitié responsables de ce merdier.

De l'autre côté de la grille rouillée, Jéraime Dantemps me regardait, le visage couturé d'ombres. J'entrevoyais de temps à autre l'éclat de ses yeux et le reflet huileux de sa courte barbe bouclée. Ce n'était pas la première fois qu'il me rendait visite. Je restais muet tandis qu'il parlait, parfois des heures à la suite. Je l'écoutais distraitement, de loin, séparé de ses mots par le fer de la cage et le froid détachement qui s'était imposé à moi depuis que j'avais eu le loisir de méditer les événements qui avaient eu lieu ce jour-là, d'abord chez les Misolle, et plus tard, la trahison de la rue Trappe. J'avais été roulé, depuis le début.

Cela devait faire une bonne dizaine de jours que j'avais retrouvé le chant lugubre des geôles. Cette fois-ci, point de cellule. On m'avait mis au cachot, près des quartiers du garde-chiourme. Le capitaine Tourque avait ignoré les protestations ignares de ce dernier, qui se faisait dessus à l'idée que je l'envoûte. Il ne me parlait pas et évitait même de me regarder, s'il le pouvait, pour ne pas que je lui lance le mauvais œil.

Les chaînes cliquetèrent dans le noir. Je regardai droit devant moi, emmuré dans le silence, et Dantemps finit par se redresser prudemment. Les articulations de ses genoux craquèrent de conserve. J'eus un sursaut d'amertume, et comme il s'enroulait dans sa cape chaude, sans le regarder, pour la première fois depuis une semaine, je parlai à mon tour :

— Pourquoi venez-vous, Dantemps ?

Le première-lame me contempla longuement, avant de faire un pas vers moi. « Ma foi... parce qu'à ta place j'aimerais savoir », dit-il doucement. « Il n'y aura pas beaucoup de vérité au procès, mais il me semble que l'on te la doit, à toi. Du moins en partie. » Je reniflai et crachai dans le seau puant dans lequel j'avais chié le matin même. « Vous inquiétez pas, j'ai bien tout compris. Vous vous doutez que c'est le sicaire qui a planté Holdène, ou qui l'a découpé, du moins. Vous allez quand même me pendre, à cause des gens qui me prennent pour un sorcier. » Dantemps s'accroupit devant moi, avec un air peiné sur le visage. « Nous n'avons plus tellement le choix, malheureusement », répondit-il. Il me sembla qu'il le pensait, au moins en partie.

Je serrai les mâchoires et le fixai dans les yeux. « Mais c'est pas tout, pas vrai ? » énonçai-je sur le ton du défi. Dantemps ouvrit la bouche, mais je lui arrachai la parole comme j'aurais voulu lui arracher la langue. « J'ai compris le reste, aussi. C'était pas moi l'espion, pas vrai ? » En face, le soldat pinça ses lèvres et détourna brièvement le regard. « Ben oui », fis-je, et l'émotion me serra la gorge par surprise. « L'espion, c'était Miette. J'y ai bien pensé. Ceux de la haute, ils devaient savoir que j'avais travaillé pour Hesse avant que vous fassiez semblant de me couper la main. Ça aurait été crétin que ce soit moi l'espion. Mais vous leur avez fait croire que vous étiez crétins, et que j'étais l'espion, et vous saviez qu'ils allaient tout gober, parce qu'ils vous prennent pour des caves. »

Dantemps se redressa. « J'ai souvent répété à Bertôme que tu es trop intelligent pour ton propre bien », dit-il sombrement. « Si tu avais suivi ses conseils, nous n'en serions pas là. » Je pleurnichais maintenant. « C'est Hesse qui m'a menti depuis le début », fis-je entre deux sanglots. « Si vous m'aviez fait confiance, j'aurais compris. Vous m'avez balancé chez les Misolle comme un appât pourri. » Dantemps acquiesça. Ses mains disparurent derrière sa nuque tandis qu'il trifouillait dans sa cape. « Je sais », dit-il. « Mais, je te le répète, tu es trop malin pour ton propre bien. Il faudra que tu sois bâillonné au procès, pour ne pas que tu mettes Miette en danger. Il y aura beaucoup de monde. Nous serons obligés de dire que c'est pour éviter que tu ne lances des sorts. Tiens, c'est pour toi. »

Le soldat avait décroché son pendentif en forme de lune et me le tendait au travers des barreaux. « Ma mère m'a donné ce collier, et il appartenait à sa mère avant elle. C'est de l'argent des Forges d'Arruel, du canton de Niveroche. Tu sais qu'on dit qu'il rend courageux. » Dantemps agitait la main, son visage épais et rouge était crispé, cramoisi même, à la lueur de la torche. « Je veux que tu l'aies », poursuivit-il. « Pour bien mourir. Beaucoup d'hommes sont tombés avant toi à la défense des murs de Corne-Brune. Tu rejoindras leurs rangs, dans l'esprit de ceux qui sauront. Tu ne seras pas oublié. » Je m'emparai du pendentif et d'un geste rageur je l'expédiai droit dans le seau à merde.

Dantemps m'adressa un regard à la fois noir et compatissant, puis il me quitta et je ne le revis plus.

Les jours défilèrent, du moins à ce que je pus en juger par les allées et venues du geôlier, lents et monotones, puis traînants et craintifs lorsqu'il devait m'approcher. Je passais mon temps à me rêver ailleurs, au loin avec Driche et Hure et Maille, entre les arbres immenses et les rochers moussus et ravinés des Hautes-Terres. Je m'étais pourtant résigné à mon sort, d'une certaine manière. Depuis que Hesse m'avait donné, je ne ressentais plus grand-chose. Ils n'auraient pas la satisfaction de me voir pleurer ou supplier au procès, à cela je m'étais résolu. Puis, après les rêveries, il arriva un soir où mon bol de soupe fut plus consistant que les autres et le pain plus frais, et je sus que j'allais être pendu le lendemain.

Je finissais à peine de manger que l'imposant verrou de la porte de la prison se rabattit avec fracas. Je levai les yeux. Dans le jeu d'ombre liquide des torches se tenait une petite forme fine, très droite, qui avança vers moi d'un pas hésitant. Je plissai les yeux. C'était Brindille. Ma résolution céda brusquement et je me mis aussitôt à sangloter éperdument. Brindille franchit l'espace qui nous séparait, se colla aux barreaux, et y passa ses deux petites mains. Je m'en emparai à travers la grille. Elle avait grandi depuis la dernière fois que je l'avais vue, on aurait dit une petite femme engoncée dans ses jupes, plus jolie que jamais, et ses longs cheveux noirs étaient nattés. J'eus tant de bien et de mal à la fois de la voir ainsi, aussi vivante et aussi belle. Elle pressa sa bouche couleur cerise contre mon front. Des larmes muettes coulaient le long de ses joues. « Dis rien, Syffe », renifla-t-elle. « Ce sera plus facile comme ça. »

Je me pressais contre elle, en dépit du métal froid et, prostré, je respirais l'odeur du foin frais de la ferme Tarron et son parfum à elle, qui me manquait à chaque inspiration depuis presque deux ans. Elle passa ses bras minces autour de moi. Je pleurais comme je ne l'avais jamais fait. « On s'est cotisés avec Cardou » fit-elle d'une voix mouillée. « On t'a acheté des noix glacées. On viendra te voir demain. » Je secouais la tête tout en sanglotant. Brindille me caressait les cheveux. Nous restâmes ainsi longtemps, très longtemps, le rythme de sa respiration sucrée me berçait. Je finis par m'endormir d'épuisement, malgré le froid et ce monstre de peur qui me rongeait les tripes, affaissé dans ses bras sur la paille du cachot.

Je ne sais pas ce qui me réveilla, sans doute était-ce la morsure inconfortable des barreaux, et Brindille était partie. Les fers gelés pesaient lourdement sur mes pieds. Il faisait presque entièrement noir et les torches ne brûlaient plus qu'à demi. Un bol en bois, rempli de noix, était posé sur le sol de l'autre côté de la grille. Je compris que je n'avais pas rêvé. Je tendis la main, pour en glisser une dans ma bouche. Cela croqua, mais j'eus l'impression d'avaler des cendres. Puis, soudain, il y eut un cliquètement. Je sursautai malgré moi, me redressai, et les gonds de la porte de la prison grincèrent de nouveau leur plainte métallique.

Je me pressai aux barreaux, le cœur battant. Je n'y voyais rien, mais j'entendais le bruissement de pas hésitants qui se dirigeaient vers mon cachot. Puis le visage du geôlier apparut dans la pénombre. C'était un homme laid, maigre et chauve, avec un bubon noir sur la lèvre supérieure. Je vis la sueur sur son front, et pourtant il faisait froid. Il y eut un tintement presque mélodieux, et le trousseau de clefs dont il ne se séparait jamais s'agita dans la serrure. Sa patte osseuse tremblait, alors que le fer épousait le fer. Je reculai d'un pas. Il avait le visage rigide, comme celui d'un fou ou d'un fiévreux. La grille s'ouvrit avec un raclement. Le vent chantait au loin, dans les couloirs abandonnés. L'homme avança encore, un seul pas raide. J'eus peur de ce qu'il allait me faire, puis je vis l'éclat de l'acier sous sa gorge. Derrière, comme mariée aux ténèbres, une ombre imposante se détacha. Les braises des torches rougeoyantes jetèrent leur éclat sur les plis du tissu et, par intervalles, les écailles lustrées scintillaient. Une voix rocailleuse retentit dans le noir :

— Les fers maintenant.

Le geôlier s'avança et s'accroupit, tâtonnant avec son trousseau près de mes chevilles. L'ombre qui le commandait fit un pas en avant. Je reconnus sans peine les rides, et la barbe poivre et sel. Uldrick le guerrier-var tenait la pointe de sa longue épée courbe sous la glotte du geôlier. Il me lança un bref regard. « Tu veux vivre, *Sleitling*, je ne me trompe pas ? » grommela-t-il. Je hochai lentement la tête, mais le guerrier avait reporté son attention sur son otage frémissant. Les chaînes tombèrent, l'une après l'autre, comme de lourds serpents. Uldrick fit asseoir le geôlier, le plat de sa lame pressé durement contre son visage humide de sueur, puis il m'empoigna par la pèlerine et me tira hors du cachot. « Comment vous autres Brunides pouvez penser qu'un tas d'os comme ça a pu tuer trois hommes, ça m'échappe », cracha-t-il avec mépris. « Passe-toi les fers, le gardien. » Pour appuyer son ordre, Uldrick tapota l'épaule du geôlier avec son épée. L'homme obéit en murmurant et j'entendis distinctement le claquement des verrous.

« Prends sa chemise, *Sleitling*, et bâillonne-le. Prends ses clefs aussi. » Je m'exécutai. Le geôlier terrifié se laissa faire, si bien que je pus introduire maladroitement une manche de tissu au travers de sa bouche édentée, avant de lui entourer le visage avec le reste de l'habit. Mes mains tremblaient. J'entendis la remarque narquoise de Uldrick résonner dans la geôle. « Si Eireck ne t'avait pas vu à l'œuvre sur ma jambe, je dirais que tu ne sais pas faire grand-chose de tes dix doigts. Remue-toi maintenant. » Le Var referma la grille d'une secousse, puis à grandes enjambées il franchit la poterne pour rejoindre le couloir obscur qui menait à l'extérieur. Les courants d'air faisaient onduler sa lourde cape. Je lui cavalais sur les talons. Une dernière porte, droit devant, à l'extrémité du corridor venteux. Le Var fit une halte et se retourna vers moi tout en rengainant son épée, une ombre cliquetante d'acier et de bronze :

— Quand nous serons dehors, nous marcherons, *Sleitling*, nous ne courrons pas. Nous ne parlerons pas non plus. Tu resteras près de moi. C'est compris ?

J'opinai et déglutis. « Comment allons-nous passer les portes, seigneur ? » demandai-je d'une petite voix. Uldrick renifla et me lança un regard particulièrement méprisant. « Contente-toi de m'obéir. Je me suis déjà chargé du reste. Tes chaînes sont encore chaudes, *Sleitling*, il n'est pas trop tard pour changer d'avis, et ça me fera moins d'ennuis. » Comme je ne répondais rien, et que je regardais mes pieds, Uldrick fit claquer ses doigts devant mon visage. Je levai de nouveau les yeux. « Rabats ton capuchon », fit le Var, puis la porte s'ouvrit et l'air froid me saisit. Au-delà, une agitation indistincte bourdonnait. Nous montâmes les escaliers d'un pas vif et je suivis le guerrier jusque dans la cour, l'estomac liquéfié. Puis je vis la lumière rouge, la fumée chaude me brûla les poumons et j'entendis les cris.

L'arche de la porte était illuminée par le brasier aveuglant, et la nuit même semblait se consumer. Les cendres pleuvaient dans la cour. L'entrepôt à fourrage juste en face du château vomissait des flammes hautes comme la tour, qui ronflaient comme autant de dragons. Les gens de Barde, les yeux hagards, leurs visages illuminés par le feu, essayaient tant bien que mal de créer une chaîne entre l'incendie et les puits souterrains qui affleuraient sous le donjon. Tout autour de nous couraient de noires silhouettes tachées de suie, portant de l'eau ou des outils. Les gardes hurlaient des ordres incompréhensibles, leurs lances avaient laissé place aux seaux et aux haches. Le Var marchait calmement au milieu du chaos et je remarquai pour la première fois qu'il boitait légèrement. Nous traversâmes la cour. Il y eut un grand craquement, une charpente carbonisée s'affaissa dans la rue, projetant une nuée d'étincelles dans le ciel étoilé. Des bourrasques chaudes me balayèrent le visage, soulevèrent la capuche de ma pèlerine. Je toussai. Nous franchîmes l'arche, deux soldats passèrent près de nous au pas de course. Je courbai la tête. Personne ne nous barra la route.

Uldrick accéléra la cadence de sa marche, tourna à droite pour rejoindre l'allée des Portes, et je dus trotter pour rester à son niveau. Les échos résonnaient derrière nous, je plissais les yeux dans l'obscurité et enfin la cloche à incendie se mit à carillonner frénétiquement. Les ombres embrasées dansaient sur les pierres. Quelques visages ensommeillés jetaient des coups d'œil par l'entrebâillement de leurs portes, certains nous apostrophèrent, mais Uldrick ne rompit pas son silence. Obéissant, je suivis son exemple. Une patrouille de la garde de nuit remonta l'allée en courant, avec une seconde escouade sur les talons, et quelques volontaires dépenaillés les suivaient en désordre. Uldrick me souleva par la pèlerine et m'emporta dans l'ombre d'une allée adjacente. Les miliciens passèrent près de nous en soufflant, un torrent désorganisé de cuir, de métal et de voix rauques. Nous reprîmes notre route, avant de bifurquer dans une nouvelle ruelle, puis l'arrière-cour au-delà. Deux grands chevaux harnachés nous attendaient, attachés sous un auvent, leurs naseaux soufflant dans la nuit froide. L'une des bêtes, la jument qui portait la barde d'écailles, hennit doucement à l'approche du Var. Je vis le cuivre reluire, tandis que sans mot dire, Uldrick lançait quelques sous dans l'obscurité. Deux silhouettes en haillons surgirent, et leurs mains rapides s'emparèrent de l'aubaine. Elles disparurent avant même que ne meure l'écho de la monnaie sur les pierres.

Le Var défit les brides de ses montures, puis fouilla dans les sacoches que portait le cheval de bât. Ses mains ressortirent en tenant un heaume à panache, dont il s'adouba. Il fixa rapidement le voile de mailles sur son visage et ajusta les sangles en grognant, avant de se tourner vers moi. Avec son casque, le guerrier-var me dominait de presque un empan. Je ne voyais plus que les ombres ovales où devaient se trouver ses yeux. Ailleurs, il n'y avait plus que la maille rivetée et l'écaille de bronze. « J'imagine que tu n'es jamais monté à cheval, *Sleitling*? » demanda-t-il. « Non, seigneur », fis-je. Uldrick ricana. « Tu monteras derrière moi alors. Il faudra peut-être forcer le passage de la muraille. Si j'utilise la lance, penche à gauche, mais ne lâche pas ma ceinture. C'est compris ? » Je déglutis et ma bouche se tordit en une acceptation silencieuse.

Uldrick m'attrapa promptement sous les aisselles et me déposa sur la selle. C'était plus haut que je ne le pensais, et le dos de la jument bardée était si large que j'avais l'impression de faire le grand écart. Le Var souffla, jura dans sa barbe, et mit le pied à l'étrier. Je fus brièvement écrasé, le visage enfoncé dans sa cape qui sentait la graisse et la fumée. Sa main gauche libéra l'écu sanglé au flanc du chargeur, la droite saisit la longe du cheval de bât. Je sentis les cuisses du Var se contracter légèrement et je tâtonnai à la recherche de son ceinturon d'armes. La grande jument s'ébranla, avança jusqu'à l'allée, et derrière nous le hongre obéissant lui emboîta le pas. J'étais malmené par le roulis inhabituel et me cognai à plusieurs reprises dans l'armure du Var avant de réussir à me stabiliser correctement. Mon cœur battait dans l'extrémité de mes doigts gourds, crispés autour de la ceinture.

Au-dessus, le ciel rougeoyait et l'écho de l'incendie peuplait les ruelles de fantômes flamboyants. Nous continuâmes notre route d'un clopinement lent et passâmes sous l'arche abîmée de la vieille porte et ses pierres de taille envahies par le lierre. Le mur avait été déserté par les miliciens partis combattre le feu. Autour, la ville nocturne semblait paisible, mais nous croisions tout de même quelques curieux noctambules qui se hâtaient vers Corne-Colline. D'ici, on avait l'impression que le sommet tout entier était gagné par les flammes. Les sabots ferrés résonnaient régulièrement sur les pavés, martelant un rythme tranquille tandis que nous descendions l'allée des Portes. En contrebas, agrippées à la muraille, luisaient les torches du corps de garde. En dessous, un gouffre plus noir que les murs, et qui se rapprochait, ouvert sur la liberté au-delà. Je n'osais pas encore y croire. Pas vraiment. Puis une silhouette ensommeillée quitta l'obscurité des tours, une lance à la main et la lanterne levée. Uldrick arrêta les chevaux à quelques empans de la porte. L'homme qui nous barrait le chemin fit un pas en avant, et je reconnus le visage grimaçant du vieux Penne. J'enfonçai mon visage dans la cape de Uldrick. « Vous savez ce qui se passe là-haut, guerrier ? » demanda Penne sur le ton de la conversation. « C'est pas le château qui brûle au moins ? »

Uldrick grommela aimablement. « Un imbécile a mis le feu à un grenier à foin. Rien de grave si ça ne s'étend pas. » Penne acquiesça et ouvrit la bouche. Puis il m'aperçut, à moitié enfoui dans le tissu épais du manteau, et ses yeux s'écarquillèrent. La main de Uldrick se serra immédiatement sur son écu, tandis que l'autre se posait sur le pommeau de son épée courbe. Penne nous barrait de nouveau le chemin, et sa lance se leva vers le cavalier. Uldrick changea de ton, du tout au tout. « Si nous nous battons cette nuit, Brunide, tu mourras », siffla-t-il d'une voix basse et dangereuse. Je vis Penne hésiter et avaler sa salive. La jument de guerre piaffa impatiemment, comme si elle avait senti le changement d'humeur. Puis l'arme du garde s'abaissa de quelques pouces. « Je suis vieux, guerrier, et je n'ai pas peur de mourir », dit Penne d'un ton égal. Il pencha la tête et ses yeux gris rencontrèrent les miens. Ses rides se plissèrent avec tristesse. Il m'observa quelques instants, avant de faire un pas de côté. « Il y a vingt hommes dans ces tours », poursuivit-il, « et je n'ai qu'un cri à pousser pour faire tomber la herse. Mais j'aime bien l'enfant.

Je ne crois pas qu'il ait tué comme on le raconte. Je crierai tout de même, lorsque vous serez passés. »

Uldrick reprit ses rênes en main. « Merci, Brunide », dit-il. « *Sleitling*, si tu tombes, je ne m'arrêterai pas. » La jument s'élança, une accélération vertigineuse dont je n'aurais pas soupçonné la bête capable, engoncée qu'elle était dans sa barde de bronze. Je faillis être éjecté de la selle et, par pure terreur, je fermai les yeux, certain que j'allais me rompre le cou. Le vent d'ouest, dont nous avions été abrités par les murailles me saisit soudain et je compris confusément que nous étions dehors. J'entendis le cri d'alerte de Penne derrière nous, puis le grondement métallique de la herse quelques instants plus tard. Le hongre galopait à nos côtés maintenant, et Uldrick lança les chevaux écumants sur la route du quai de Brune. L'air frais cinglait mon visage, je ne sentais plus mes doigts, et la lourde cape du Var menaçait de me désarçonner à chaque fois que le vent la rabattait. J'ignore comment je réussis à rester en selle cette nuit-là, pendant la mille inégale qui nous séparait du bac, pourtant, malgré la douleur croissante et la sensation que mes jambes allaient s'arracher à chaque secousse, je ne lâchai pas le ceinturon épais.

Le batelier nous attendait. Uldrick me fit descendre et je dus m'asseoir quelques instants pour retrouver mes esprits. La Brune clapotait doucement autour des pontons, son odeur était limoneuse et forte. Notre ménage lui était bien égal. Le batelier maugréa, Uldrick grogna à son tour, j'entendis le tintement de la monnaie, et l'homme conduisit un à un les chevaux sur le bac. J'y pris place, moi aussi, appuyé contre la rambarde et je regardai en arrière, sans vraiment comprendre encore que nous avions réussi et que je n'allais pas pendre au matin. Il y avait des torches qui descendaient vers nous à présent, et j'entendis souffler un cor qui retentit dans la vallée embrumée.

Le batelier parut hésiter, puis Uldrick tira l'épée et sans un mot l'homme grimaça et s'empara de la corde. Le guerrier-var ficha l'estoc de sa lame dans les planches, où elle se balança en chuintant, puis il s'arc-bouta lui aussi. Le chanvre humide grinça, et le bac quitta les quais. Nos poursuivants étaient proches désormais. Je vis les montures et la poussière rendue grise par l'obscurité, et les hommes qui sautaient de selle, leurs arcs longs en main. Nous étions presque à mi-chemin. Uldrick jura, jeta à l'eau les torches qui grésillaient sur le bac, et se saisit de son grand écu. « J'ai assez goûté de flèches pour cette année », fit-il sombrement. « Couche-toi, *Sleitling*. » En face, les hommes s'alignaient dans l'obscurité. Je me réfugiai en tremblant derrière le tonneau vide qui était cloué au bac, mais finalement, la garde ne tira pas cette nuit-là.

Corne-Brune rougeoyait à l'horizon, le seul chez-moi que j'avais jamais eu. Je songeai à Brindille, Merle, Cardou, la veuve, et Driche et mes amis des clans. Je pensai à Hesse. Mes yeux se brouillèrent, un mélange indéchiffrable de regrets et de soulagement. Puis Uldrick y coupa court en aboyant ses ordres, lorsque la forêt de la rive opposée surgit brusquement. Il nous fit débarquer tous les trois, trancha les cordages du bac qui partit à la dérive et dédommagea son propriétaire tremblant d'une poignée de deniers argentés. Sans m'adresser un mot, le Var m'agrippa, et me remit en place sur la selle de son chargeur. La jument s'ébroua. Devant nous, la route de Couvre-Col s'enfonçait entre les arbres tordus, et au-delà, je devinais déjà la réverbération d'une aube triomphante.

LIVRE TROISIÈME

LE GUERRIER-VAR

Les païens nous attendaient sur la berge à chaque point de débarquement, et arrivaient trop rapidement pour que les phalanges puissent être formées. Durant deux jours nous avons été tenus en échec et nos morts sont si nombreux que leurs corps menacent de faire barrage au cours du fleuve. Les flèches empêchaient les soldats de vider les barges en bon ordre et les charges des cataphractes brisaient les lignes avant même qu'elles ne soient formées. Les Vars tuaient mes officiers en premier et profitaient du désordre pour charger de nouveau. La moitié des hommes se sont noyés en essayant de regagner les bateaux, tous ceux qui retournaient se battre sur la terre ferme y étaient mis à mort. Le général Beleos du détachement de Lepte et la plupart des autres commandants de la dokia Laïa sont tués ou mourants, et j'ai été blessé à deux reprises en tentant de rallier leurs troupes. J'ai fait sonner la retraite à l'aube du troisième jour, après qu'un ultime débarquement eut échoué. Les augures pourtant étaient clairs et sans ombre. D'impies pensées m'habitent, mon fils. J'ai cessé de croire que la bénédiction du Dieu-Soleil brille sur cette campagne. (…) Je présenterai ma nuque au sceptre du lumineux sériphe lorsque j'aurai ramené ce qui reste de mes hommes à Orphyse. De cette manière, mon déshonneur n'entachera pas le nom de notre famille. Fais parvenir mon affection à tes frères et à ta mère. Je vous attendrai dans la lumière.

SCAPHEÏOS XIPHAXE,
général des légions d'Orphyse
et *Afiliade* de la dokia Monsa
Missive à son fils aîné,
rédigée peu avant son exécution
quelques jours après la Bataille de la Sinde,
en la 515ᵉ année du calendrier de Court-Cap
Traduit du carmide

Et au sixième jour de la lune des Neiges, il advint que le capitaine-franc d'une compagnie bagaude, un condottiere gris-marchois nommé Basquien Causse, alla trouver le primat sous le pavillon des commandants. Après s'être présenté à lui, le mercenaire déclara : « Seigneur, j'ai pour vous un présent » et il fit entrer un homme en chaînes. « Voici Fevvaï, seigneur, qu'ils appellent aussi le roi des ormes. » Le primat demanda au prisonnier s'il en allait bien ainsi et l'homme à son tour le confirma. « J'ai porté un autre nom, mais je suis devenu Fevvaï, le roi des ormes, tombé en votre pouvoir par la trahison et le mensonge. » Le primat ordonna alors qu'on le fît approcher. « Les rebelles feuillus ont empalé mes cousins à Spinelle et Gorsaule, et tous leurs chaiffres avec eux », dit-il au roi des ormes. « Voici douze années que vous combattez votre primat, Vaux est à feu et à sang, et mes griefs à votre encontre sont grands. » « Je suis le porte-parole de l'Akeskateï, et l'élu de la Verte-Vigne », répondit le roi des ormes, « et mes griefs sont plus grands que les vôtres. Vous avez revendiqué des terres qui sont miennes, et vous y avez tué mes sujets. »

Le primat Villune fut courroucé par ces mots. « Roi des ormes », dit-il, « vous êtes capturé, et vos sorciers ketoï ont fui. Cette guerre est désormais finie. La vigne a été arrachée, il ne reste plus qu'à la brûler. » Il ordonna ensuite qu'un bûcher fût érigé et, au soir, le roi des ormes brûla.

TRISTOPHE DE BLANGRÈS,
conteur port-sablois,
Histoires de la Haute-Brune
À propos de la fin de la guerre de la vigne en 557,
rédigé en la 611e année du calendrier de Court-Cap

Nageur, tu es venu en un pays libre, où aucun homme ne clamera qu'il est ton maître, mais où tous clameront que tu es ton propre esclave. Tu ne trouveras ici nul seigneur pour entraver ton corps, et nul prêtre pour entraver ton esprit. Tes chaînes t'appartiennent désormais, toi qui es le moins à même de les briser.

Paroles adressées à un esclave carmide évadé,
attribuées à un Var anonyme
Immortalisées sur l'arche de la Porte du Fleuve,
à Riddesheld, et datées approximativement
de la 400e année du calendrier de Court-Cap

Milieu de l'an 623

Automne

Lune des Labours

32

Depuis la rive est de la Brune jusqu'aux berges de la Gorce, qui délimitent la frontière avec Bourre, la Haute-Brune vit à l'ombre d'une vaste forêt de feuillus centenaires. Les Brunides l'appellent la forêt de Vaux, bien que ces bois recouvrent également l'essentiel des cantons de Couvre-Col, jusqu'aux pieds granitiques des monts Cornus. Il s'agit d'une forêt véritablement ancienne, où les troncs noueux et les racines torturées jaillissent de la mousse épaisse comme des jardins de statues végétales. En été, l'ombre est si dense que la réverbération du soleil sur les routes de glaise y est presque aveuglante, et en certains endroits on peut marcher de nuit sans craindre de chuter tant l'air est saturé par le vol des lucioles. Insectes, gibier, prédateurs et oiseaux, sous la canopée, tous mêlent leurs chants en une musique étrange et perpétuelle, que certains appellent « la voix de Vaux ». Il est dit que les trappeurs de la région peuvent comprendre le langage des bois aussi bien que les paroles de n'importe quel homme, mais si cela est vrai, je l'ignore.

Les arbres de la forêt de Vaux ont fourni, depuis des siècles, des essences de qualité aux artisans des primeautés du sud : on retrouve le chêne vauvois dans les planches des barges grinçantes de Franc-Lac, et le bouleau vauvois dans les fours brûlants des boulangers d'Alumbre. Par ailleurs, de tout temps, la forêt elle-même a servi de rempart à la guerre, en dissuadant les invasions et en offrant un refuge sûr à ses habitants. Pour autant, la vie dans les cantons boisés de Vaux et de Couvre-Col est loin d'être idyllique. La terre arable y est un luxe rare à l'extérieur des clairières dégagées autour des villes et des manses et, en conséquence, l'agriculture y est particulièrement fragile. L'existence même des primeautés de Vaux et de Couvre-Col est un combat permanent, seuls les haches et les outils à curer se dressent pour protéger les pierres de la végétation dévorante. Cette situation délicate en crée de fait une autre : le brigandage et les soulèvements à l'encontre des chaiffres et des liges locaux y sont fort répandus. Cette tradition d'insoumission du peuple vauvois est particulièrement présente dans les contreforts des Épines, où la proximité avec le plateau des Ronces – et le peuple sauvage des Ketoï qui l'habite – aiguise une tension confuse. À propos des mystérieux Ketoï circulent autant d'histoires de sorcellerie, de massacres et d'enlèvements que de récits de dons, de sauvetages et même d'assistance armée aux rébellions paysannes. Ce fut notamment le cas durant la guerre de la vigne, qui eut lieu plus d'un demi-siècle avant ma naissance.

À Corne-Brune, si les regards se tournaient davantage vers l'ouest, si les ravins et les pins-durs de la forêt de Pierres étaient plus proches, plus à même de nourrir les ballades et les légendes, il n'empêche que, sur la rive d'en face, la profonde forêt de Vaux s'étendait elle aussi à perte de vue. Ce fut seulement après ma fuite de Corne-Brune, alors que je voyageais sous les frondaisons rougissantes de l'automne que je pris véritablement la mesure du vaste monde. La forêt de Vaux était un réel ailleurs, pas un décor lointain et bruissant, ni un spectacle intangible dont les couleurs changeaient avec les saisons. Pour la première fois de ma vie, chaque bruissement furtif, chaque chant d'oiseau, chaque chemin forestier s'étirait devant moi en une myriade de possibilités et d'inconnues.

Je m'éveillai alors que la nuit tombait, courbaturé et meurtri par la chevauchée. Il me fallut un moment pour retrouver mes marques et me rappeler comment j'en étais arrivé là, cerclé par une nature babillante, une racine enfoncée dans les côtes. La veille, au petit matin, nous avions traversé au galop la Tour de Boiselle, pour nous enfoncer dans la forêt au-delà. Mes doigts étaient ankylosés de s'être autant crispés autour du ceinturon de Uldrick. Nous avions marché, ensuite, pour reposer les chevaux en sueur, puis trotté de nouveau, sur la route de terre qui se couvrait par endroits des premières feuilles mortes de la saison. Le Var ne m'avait pas adressé la parole pendant la cavalcade et, malgré mes jambes endolories, je m'étais mis à somnoler vers midi, épuisé par le manque de repos, la faim, et la tension nerveuse. J'avais failli tomber de la selle du chargeur. Uldrick, toujours silencieux, avait arrêté notre progression le temps de me faire passer devant, m'avait remis un morceau de viande séchée à suçoter, et j'avais fini par m'endormir pour de bon, entre les rênes.

Désormais, alors qu'autour de moi les ombres s'allongeaient, j'avais l'impression de ne pas m'être reposé du tout. Je me trouvais étendu dans une petite combe, à moitié adossé à la selle chaude du chargeur, recouvert d'une couverture de laine grossière. Près de moi reposait le fardeau du hongre de bât, avec l'armure et l'équipement du guerrier-var. Plus loin, une toile goudronnée avait été tendue entre deux aulnes jaunissants, devant laquelle grésillait péniblement un petit feu de camp. Les chevaux paissaient près de là, arrachant bruyamment mousse et herbes sur leur passage. Je fus surpris de les voir brouter ainsi, en toute liberté, puisque autour, il n'y avait aucun signe de Uldrick. Je me levai péniblement et, frissonnant, je boitillai en direction des brandons hésitants. De l'eau chauffait difficilement dans une marmite en étain cabossé et je remuai les braises pour encourager les flammes. Mes pensées revinrent à la nuit précédente, à la pluie de cendres sur Corne-Colline, et je me remémorai l'incendie. Mon ventre grommela bruyamment.

J'éprouvais des difficultés à appréhender ce qui m'arrivait, maintenant que se dissipait l'anesthésie émotionnelle dont je m'étais drapé pour faire face à l'échafaud. En un sens, je me sentais soulagé. Après tout, je n'allais plus pendre. Néanmoins, à regarder les choses, il y avait ce petit garçon déraciné, assis seul près d'un feu timide, à la merci de sons étranges et d'une obscurité grandissante. Je fourmillais d'appréhension et d'inquiétude. Pour la première fois, mon avenir tout tracé avait cessé de l'être. Tout ce que je connaissais était resté derrière moi et tout ce que j'aimais aussi. Il n'y avait plus en face qu'un désert inconnu, et l'absence de Uldrick à cet instant, le protecteur de fortune dont j'avais fouillé la chair sans rien en connaître d'autre, ne faisait que renforcer le malaise. J'avais échappé aux chaînes et à la corde, mais rien ne m'avait préparé à ce qui pouvait se trouver au-delà. En cet instant solitaire, j'eus le sentiment de m'effondrer en dedans, aussi impuissant que les feuilles mortes que le vent avait balayées sur nos traces. Tout était allé si vite. Je soupirai et fouillai de nouveau les braises, avant de jeter un regard en direction des chevaux, le seul réconfort disponible.

La grande jument, dont la robe baie luisait dans les reflets du soleil couchant, leva la tête à mon approche tandis que le hongre gris continua à brouter sans me prêter attention. Je m'avançai, lentement, pour ne pas l'effrayer, avec une poignée d'herbes grasses tendue devant moi. Un pot-de-vin, en échange d'un peu de chaleur. La jument piaffa nerveusement, rabattit ses oreilles en arrière et fit quelques pas dansants vers moi, tout en soufflant. Je m'arrêtai, interloqué, soudain plus très sûr de moi. C'était une bête imposante, rien à voir avec les chevaux lestes de l'écurie Misolle, pas même les coursiers les plus turbulents. La jument s'approcha encore, en crabe, secouant sa grosse tête et faisant voltiger sa crinière noire coupée en brosse. Elle retroussa les lèvres. Je fis un pas en arrière. L'animal accéléra brusquement. L'humus s'écrasait sous ses larges sabots et la bête s'était métamorphosée en une montagne hurlante de muscles nerveux, d'yeux roulants et de dents. J'ouvris la bouche et lâchai les herbes, puis le cri profond de Uldrick claqua comme un coup de fouet depuis les bois :

— *Naï Bredda! Naï!*

La jument souffla et se détourna tranquillement de moi. Je récupérais de ma frayeur alors que le Var avançait entre les arbres, une grosse brassée de branches sèches sur l'épaule. Il ne portait plus que son gambison, ce qui le faisait paraître à peine moins massif que d'habitude, et il descendait dans la combe à grands pas, le visage rouge, en gesticulant de l'autre main. Penaud, je fis retraite jusqu'à feu. « Tu es stupide, *Sleitling* » cracha-t-il lorsqu'il arriva à ma hauteur, et je vis la colère dans ses yeux et autre chose aussi, de plus triste mais pas moins rageur. Il jeta les branchages à côté du feu. « Bredda n'est pas un jouet pour tes caresses. C'est un cheval de guerre, un chargeur igérien. Elle te cassera les os, elle te tuera si elle le peut. » Je déglutis misérablement et baissai les yeux. « Pardon, seigneur », fis-je d'une petite voix. Uldrick fronça les sourcils, décala le pot et déposa une branche sur le lit de braises. « Je ne t'ai pas tiré de ta prison pour que mon propre cheval t'écrabouille. Laisse-lui le temps. Elle s'habituera. » J'acquiesçai craintivement, tandis que le Var jetait trois poignées d'avoine sèche dans l'eau frémissante. Je m'accroupis près des flammes, et mon ventre grommela de nouveau.

Uldrick s'assit en face de moi, et il passa la main sur ses cheveux grisonnants avant de briser une branche sur son genou. Les flammes commencèrent à prendre pour de bon et les premières étoiles pointaient. Le Var leva le regard vers moi, ses yeux vert-de-gris scintillèrent. Ce n'était pas un beau visage que la figure de Uldrick. Son nez de rapace avait été brisé par trois fois et une cicatrice ancienne coupait en deux son arcade droite, selon un angle étrange jusqu'à la moitié de la pommette. Une autre pointait sous la courte barbe poivre et sel, au coin de la bouche. À dire vrai, c'était un des visages les plus durs que j'aie jamais vus, davantage encore que celui de Hure, mais il était tout aussi assuré et imposait le respect sans qu'un seul mot soit nécessaire. Le guerrier toussa. « Nous devons parler, *Sleitling* », dit-il posément. Ses doigts épais aux ongles noirs s'enfoncèrent en grattant dans les poils de sa barbe. J'ouvris grand mes oreilles. « Demain nous atteindrons la ville de Boiselle », poursuivit-il, « et tu devras décider de ce que tu veux faire. » Je fis la moue. « Je ne sais pas, seigneur », répondis-je. Uldrick leva une main irritée pour chasser le piqueron qui lui tournait autour des oreilles. « Il va falloir que tu cesses d'appeler seigneur chaque cavalier que tu croises », me dit-il d'un ton acide. « Je suis Var, je suis né libre et j'ai un nom que ma mère libre m'a donné. Laisse leurs titres aux Brunides et aux *geddesleffe*. Uldrick suffira. »

Je hochai la tête, mal à l'aise, tout en contemplant les flammes. « C'est à cause du genou que vous m'avez pris avec vous, Uldrick ? » finis-je par demander. Le Var toussota. « Oui », annonça-t-il simplement. « Tu es stupide et faible, mais je me suis figuré que je te devais une vie. Voilà qui est remboursé. Je te dois aussi un métier, puisque je peux encore marcher, et de métier je n'en connais qu'un. Alors soit tu décides de tenter ta chance tout seul, soit tu restes avec moi. » Je contemplais toujours le feu, les jambes pressées contre le menton. « Si tu restes », poursuivit Uldrick d'une voix grave, « je t'apprendrai à manier l'épée, et avec les temps qui viennent tu ne manqueras pas de travail. C'est une vie dure, et si je devais choisir pour toi je préférerais la terre ou les tisanes. Mais je ne regrette pas non plus ma vie, et c'est ton choix *Sleitling*, pas le mien. » Je fronçai les sourcils, piqué d'intérêt, et le fardeau confus d'incertitude et de peine que je portais s'allégea imperceptiblement. Mon cœur accéléra. « Vous feriez de moi un guerrier-var ? » demandai-je, incrédule.

« Je ferais de toi un guerrier », répondit prudemment Uldrick, tout en me dévisageant. « Si c'est ce que tu veux. » Ma tête bourdonnait, je me remémorai Nahirsipal et cette journée lumineuse, lorsque j'avais vu les Vars descendre des montagnes, et que leur souvenir avait nourri mes rêves pendant les lunes qui avaient suivi. Comme Uldrick me l'avait affirmé, j'étais stupide. Comme tous les petits enfants, je rêvais stupidement d'aventures et de gloire, et je m'imaginais que ce que le Var grisonnant me proposait, c'était l'incarnation tangible de ces mêmes rêves stupides. Je me voyais déjà grand et altier, vêtu d'une armure sur un destrier scintillant. La réalité était tout autre, bien sûr, et durant les heures qui suivirent Uldrick tenta de me faire comprendre ce qu'étaient la guerre, la terreur, la boucherie et les hurlements. Si ses récits morbides tempérèrent quelque peu mon enthousiasme initial, je m'accrochai malgré tout à mon idée. Je crois que cela tenait au fait que j'éprouvais le besoin d'être reconnu, ou aimé. Et surtout, je n'aurais pas survécu à un nouvel abandon. Je marchais sur un fil, le dernier fil ténu qui me reliait encore à ma foi en l'homme, et que la récente trahison de Hesse avait failli trancher net.

Uldrick était là, et en dépit de sa dureté, il se considérait comme lié à moi par une espèce de dette bancale, ce qui n'était pas grand-chose, mais déjà davantage que tout ce j'avais jamais eu. Il avait juré de ne pas m'abandonner, si je voulais rester avec lui. Il était grand et fort, il m'avait sauvé de la potence, et je voulais gagner son respect, et lui ressembler aussi. Devenir un homme, et pas n'importe lequel, quelqu'un que l'on ne pouvait pas prendre à la légère. Un homme que l'on ne traiterait pas de raclure de Cuvette, de sauvage ou de teinté, ou pire, que l'on ne ferait pas semblant de ne pas voir du tout. Quelqu'un que l'on ne trahissait pas, et à qui l'on ne mentirait plus jamais.

Comme je ne lâchais pas le morceau, Uldrick finit par céder. «Tu es bien certain, *Sleitling*?» me demanda-t-il pour la toute dernière fois. «Il n'y aura pas de retour en arrière. Celui qui donne sa parole doit s'y tenir.» «Oui», fis-je fermement, la mâchoire crispée et les yeux sombres. J'avais compris que ce serait dur, même si je ne pouvais pas encore imaginer à quel point. Pas encore. Pas vraiment. «Tu me détesteras», avait dit Uldrick. «Je ne serai ni tendre ni aimable. Tu voudras t'enfuir, tu voudras mourir. Tu voudras me tuer. Tu es bien certain d'avoir compris?» Je n'en avais pas démordu. J'avais acquiescé, encore, avec fermeté. Uldrick était resté silencieux. Le pacte avait été scellé. Il avait versé l'avoine dans son bol, me l'avait tendu, et avait mangé, lui, à même le pot d'étain. Ce fut la seule occasion où je devais voir le Var ainsi, presque hésitant. À s'inquiéter pour ce qu'il me restait encore d'enfance, à questionner mes certitudes immatures. Cela dura le temps d'un repas.

Lorsque nous en eûmes fini avec l'avoine, je nettoyai brièvement le bol et le pot d'une poignée de feuilles mortes, tandis que Uldrick soignait les chevaux et déplaçait son équipement sous la toile tendue. Il faisait noir, mais le feu brûlait bien à présent, et jetait autour du camp un halo de lumière vacillant. Uldrick revint jusqu'au feu. «Nous arriverons à

Boiselle demain, à l'heure où l'on casse le pain », dit-il de sa voix profonde. « Nous y prendrons des provisions. Ceux de Corne-Brune vont te chercher, et moi aussi sans doute, et je ne doute pas que le primat Damfroi les assiste, s'ils le lui demandent. Si on te questionne, nous nous rendons à Brenneskepp, en pays var. Répète après moi. Brenneskepp. » « Brénèssecaipe », murmurai-je maladroitement, en levant les yeux sur Uldrick. « Mais c'est pas là qu'on va, c'est ça ? » Le Var roula exagérément les yeux. « Évidemment qu'on ne va pas à Brenneskepp, *Sleitling*. Nous partirons vers le nord, mais nous obliquerons ensuite vers le sud. Nous hivernerons dans la forêt, côté Vaux. Maintenant, déshabille-toi. »

J'ouvris la bouche, pensant avoir mal entendu et me mis à balbutier. « Pourquoi ? » demandai-je, timidement. Le regard noir de Uldrick me réduisit au silence. Lentement, j'ôtai mes habits tout en tremblant, ma pèlerine, mon doublet et mes braies. « Tout », fit le Var fermement, après que j'eus hésité plus qu'il ne l'aurait fallu avec mes dessous. Je me retrouvai donc assis près du feu, nu comme un ver, en faisant maladroitement de mon mieux pour dissimuler mon intimité. Je n'avais pas réellement peur, alors que sûrement j'aurais dû, seul et nu au milieu des bois avec cet homme incomparablement plus fort que moi.

« Debout *Sleitling*, les bras le long du corps », dit Uldrick avec un rictus. « C'est pas pour ce que t'as à cacher que ça en vaut la peine. » Le guerrier déplia les jambes, et fit le tour du feu d'un pas lourd. Il vint se placer derrière moi. Je voulus lui faire face, mais sa main imposante se posa sur mon crâne et, sans effort, il m'immobilisa. Je frissonnai. Ses doigts étaient froids sur ma peau et laissaient de la chair de poule sur leur passage rugueux. Il tâtait, sans délicatesse, comme on tâte le bétail à la foire. Les bras, le dos, les fesses, les cuisses que j'avais déjà fort endolories, les testicules. Je serrai la mâchoire. Uldrick grogna, me fit pivoter, et ouvrir la bouche. Il compta mes dents, et s'attarda quelque temps sur mes deux tatouages. Ensuite il cracha, puis retourna à sa place en boitant. Le feu faisait luire ses cheveux tressés, le charbon pâle et le fer gris.

D'un geste, il me fit comprendre qu'il en avait fini avec moi. « Pas même dix printemps et déjà marqué par une femme. Je t'ai peut-être épargné pire que la potence », fit-il d'un ton narquois tandis que je me rhabillais, et j'étais à la fois si honteux et si intimidé que je ne songeai même pas à défendre Driche. Je me rassis à mon tour, tout à fait humilié, les bras serrés autour des jambes, que j'avais ramenées sous mon menton. Le chant stridulant d'un oiseau de nuit déchira le silence, et je sursautai malgré moi. Uldrick se fendit d'un sourire méprisant. « Tu ne feras jamais un *vaïdrogan*, *Sleitling* », me dit-il, sans préambule. « Tu as trop mal mangé, et il est trop tard pour le rattraper. Tu as déjà de la chance d'avoir toutes tes dents. Tu seras chétif. Ni assez grand, ni assez fort pour tenir la ligne avec moi, derrière le mur de boucliers. »

La déception m'envahit. Je levai les yeux. « Mais vous aviez dit… » Uldrick me coupa la parole sèchement. « J'ai dit que je ferais de toi un guerrier », fit-il. « Pas un *vaïdrogan*. Il y a beaucoup de guerriers, *Sleitling*, même si aucun n'est plus redoutable que le *vaïdrogan*. Peut-être que tu feras un bon archer. » Je reniflai tristement, tandis que mon destrier imaginaire et mon armure étincelante s'envolaient en fumée. « Je suis nul à l'arc », bougonnai-je. Uldrick expectora dans le feu, puis ramassa posément une poignée de glands qu'il m'expédia au visage d'un revers de poignet. Je lâchai un cri de surprise et de douleur. « Alors tu t'entraîneras », rétorqua-t-il d'un ton irrité. « Va dormir, *Sleitling*. Prends la couverture pour cette nuit. » Je m'éloignai du feu en marmonnant, sans demander mon reste, une main plaquée sur le bleu qui naissait sur mon front. Je rejoignis la selle, les racines inconfortables et la laine chaude. J'avais la tête qui tournoyait, emplie d'une myriade de questionnements, de pensées conflictuelles et de regrets pour cette partie de moi qui était restée de l'autre côté du fleuve, quelque part entre Corne-Brune et la Cuvette. Pourtant, malgré les idées virevoltantes et le chant étranger de la forêt nocturne, je m'endormis presque sur le coup.

33

— Debout *Sleitling*.

Uldrick me tapota les côtes sans ménagement de la pointe de sa botte, puis, sans autre forme de procès, il retira la selle qui me servait d'oreiller. Le Var avait revêtu son armure, dont les lamelles de bronze poli luisaient faiblement. Je me mis sur pied, aussi courbaturé que frigorifié. L'humidité m'étreignait le corps comme un vêtement intangible. La brume avait envahi les bois, si dense que je devinais davantage que je ne voyais les arbres en bordure de la combe. « Il y a du bouillon de pain trempé sur le feu, et il n'y aura rien d'autre avant midi », me lança le guerrier par-dessus son épaule tout en s'éloignant en direction des chevaux, avec la selle sur le bras. « Dépêche-toi de manger. Finis le pot, prends des forces. Tu vas en avoir besoin. » Encore trop endormi pour être curieux, je suivis ses instructions à la lettre. Près du feu crachotant, je m'emplis le ventre à en craquer et émis un rot sonore lorsque j'eus fini. Le Var revint entre les chevaux qu'il menait par la bride, le brouillard s'effilochait entre leurs longues jambes. La fraîcheur vive des sous-bois acheva de m'arracher au sommeil plus vite que je ne l'aurais voulu.

Je levai la tête, plissai les yeux en scrutant un ciel que je ne voyais pas, la bouche pâteuse. J'étais loin de chez moi, même si je ne l'avais pas tout de suite perçu comme tel, je le voyais à présent. Les frondaisons s'évanouissaient dans le voile gris, déchiquetées dans la lumière étouffée, comme les noires ramures d'un grand cerf. Uldrick m'administra une tape sur l'oreille. Il avait attaché les bêtes à l'un des ormes et me dévisageait impatiemment. « C'est pas le moment de rêvasser *Sleitling* », dit-il d'une voix acide. « J'ai quelque chose à te prêter. Je suis sûr que ça va te plaire. » Son ton transpirait d'ironie. Je baissai des yeux méfiants. Dans ses mains, il tenait un haubergeon de mailles brunes et ternies. « Je l'ai raccourcie pour toi hier soir », ajouta-t-il. « J'ai voulu vendre cette cotte à Corne-Brune, mais personne n'en a voulu en l'état. Les mailles sont en cuivre. Autant porter de la laine mouillée. Tu as de la chance, j'allais les faire fondre. » J'effleurai l'objet sans entendre la moitié de ce que Uldrick me racontait, captivé que j'étais par le bruissement du métal patiné. « C'est pour moi ? J'aurai le droit de la porter ? » demandai-je, l'œil brillant. Le Var eut un rire sec. « Oh, pour la porter, ça, tu vas la porter *Sleitling* », répondit-il. « Lève les bras ! »

J'obtempérai, radieux, et Uldrick m'aida à enfiler l'armure. Je soufflai sous l'effort, et mon sourire initial retomba quelque peu. C'était horriblement lourd, surtout sur les épaules. Le Var s'accroupit, une lanière de cuir en main, qu'il attacha en un nœud serré au-dessus de mes hanches. « Pour mieux répartir le poids », précisa-t-il. « J'essayerai de te trouver une ceinture correcte cet après-midi. » Je fis quelques pas maladroits, avec l'impression de porter une montagne sur mon dos. « Je ressemble à un guerrier maintenant ? » demandai-je avec fierté. Le Var poussa un grognement amusé. « Tu ressembles à un os de poulet dans un sac de jute, *Sleitling* », dit-il. « En route maintenant. Je voudrais avoir atteint Boiselle avant que la matinée ne s'achève. » Uldrick prit alors le hongre obéissant par la bride et enfourcha lestement Bredda, la grande jument igérienne. Ses cuisses aiguillonnèrent les flancs de sa monture, et sans comprendre, les bras ballants, je le regardai quitter la combe embrumée sans moi. Juste avant que les limbes ne l'engloutissent, le Var tira sur les rênes de la jument, lui fit faire un pas de côté. Je vis ses yeux se rétrécir. « Tu marches, *Sleitling* », me dit-il, avant de reprendre son chemin. J'obtempérai, la mort dans l'âme, et nous quittâmes les sous-bois.

Ce fut ainsi que commença mon apprentissage de guerrier. Non pas, comme je l'avais imaginé, sur la selle d'un cheval fougueux, avec une épée luisante dans la main, mais avec les pieds qui malaxaient la boue froide de la route de Boiselle, à traîner sur mes épaules le poids mort d'une armure inutile. Dans la forêt, l'humidité gouttait des feuilles pour imprégner le sol détrempé et j'avançais péniblement, la capuche de ma pèlerine rabattue sur le visage. J'ignore de quelle manière j'avais réussi à l'extraire de sous la maille glacée. Le vaste monde, dont l'idée même m'avait empli à la fois d'appréhension et d'émerveillement, se renferma lentement autour de moi en une gangue d'effort, jusqu'à ne plus comprendre que quelques empans de bauge immédiate. Il n'y avait que la succion gluante des chevaux devant, le clapotis humide de la glaise foulée et, tout autour, la voix de Vaux, étouffée et irréelle, comme le chant d'un esprit moqueur.

Après une heure de marche, la brume se levait et la route se mit à monter en pente douce qui ondulait, aussi glissante qu'une anguille, au travers des bois sombres. Je commençais réellement à souffrir. Chaque pas était devenu un effort, puis un véritable supplice, et la seule chose qui me maintenait encore sur mes pieds était la peur. La peur de chuter, de ne pas avoir la force de me relever, et de mourir noyé, la bouche pleine de fange. Uldrick faisait périodiquement des haltes pour m'attendre et, du haut de son chargeur, il m'agonissait de quolibets et de railleries tandis que je luttais pour le rattraper. «Tu es faible, *Sleitling*», me lançait-il. «Tu te traînes comme un limaçon.» Je courbais l'échine et, péniblement, je plaçais un pied devant l'autre.

Les quelques milles qui suivirent me semblèrent être un continent entier, mais le chemin cessa enfin de grimper. Je haletais, à bout de forces, les pieds gelés au travers de mes chausses trempées tout en songeant avec regrets à la douleur moindre de la selle. Je crus que Uldrick allait encore poursuivre sa route, mais il me laissa le rejoindre cette fois et, sans quitter ses étriers, il me tendit une gourde souple en peau de chèvre. «Reprends ton souffle *Sleitling*, nous sommes presque arrivés», fit-il. Je piaulai faiblement mon assentiment, dus m'y reprendre à trois fois pour lever le bras, et parvins avec peine à porter l'embout de corne jusqu'à mes lèvres. Je scrutai les alentours tout en aspirant goulûment l'eau fraîche. Il y avait par endroits les signes indéniables d'une activité humaine : ici et là, des souches recouvertes de mousse et d'autres coupes plus récentes qui s'espaçaient entre les feuillus, rendant la forêt moins dense et plus lumineuse. Au-dessus, le soleil arrivait à son zénith. Mes mailles pesantes se réchauffaient, et je commençais à transpirer. Uldrick me reprit la gourde des mains, avala lui-même une lampée dont la moitié coula le long de sa barbe, puis fit claquer sa langue et d'une pression des jambes engagea la jument sur le chemin. J'avais à peine eu le temps de reprendre mes esprits que déjà nous repartions. Je titubai, enfonçai un genou dans la boue, puis, les jambes aussi lourdes que du granit, je m'engageai misérablement à sa suite.

Nous avançâmes encore pendant une heure, puis je sentis avec soulagement que la route se raffermissait sous mes pas, et la glaise laissa subitement place à une succession interminable d'énormes tronçons de bois, qui avaient été fendus sur leur longueur, puis enfoncés dans la terre meuble à la manière d'un plancher massif. L'eau bourbeuse suintait entre les fentes de ces troncs, mais la surface dure quoique inégale offrait à mes pieds gelés des appuis plus solides. Nous croisâmes les premières maisons au détour d'une boucle, de petites constructions tristement plates de pierre et de bois, à moitié englouties par la forêt. Là où les arbres avaient été dégagés et à l'ombre de ceux qui se tenaient encore debout, poussaient difficilement quelques minuscules champs de raves, cloîtrés derrière des clôtures légères de noisetier tressé. Les têtes touffues des raves jaunissantes dépassaient de ces frêles paniers dont je ne voyais pas vraiment l'utilité. Des regards méfiants nous détaillaient parfois depuis l'obscurité des porches ou par la fente des fenêtres, et les quelques chiens qui aboyaient férocement sur notre passage me firent presser le pas, malgré l'épuisement.

Puis la forêt s'espaça tout à coup, l'horizon s'ouvrit sur le bleu du ciel et, soudain, nous descendîmes en serpentant vers une grande clairière, longue de plusieurs milles, ouverte, telle une immense tranchée que l'on aurait creusée à même la forêt. En contrebas, au sommet de la motte verdoyante qui s'élevait au centre de la trouée, se dressait un fortin rude, bâti de pierres grises. Le bourg de Boiselle s'étalait au pied de cette motte castrale, une centaine d'habitations aux toits d'ardoise qui fumaient paisiblement dans le soleil de midi. Le reste de l'immense clairière se perdait en une succession de petits champs mouilleux, dans lesquels je voyais labourer des attelages de bœufs à poil long, d'une race que je ne connaissais pas. Un charretier nous dépassa en silence, couvant un regard inquiet à la vue de Uldrick, puis ce furent deux gamines de mon âge qui arrivèrent dans l'autre sens, en poussant devant elles un petit troupeau de chèvres bêlantes. J'essayai de me redresser, mais mes efforts pour les impressionner furent vains et elles ne m'accordèrent pas un seul regard. Je pestai sous ma capuche, épuisé et meurtri.

Le Var avait ralenti la cadence des chevaux tandis que nous descendions vers le village, si bien que je marchais désormais aux côtés du hongre. Le guerrier toussota. « Souviens-toi, *Sleitling* » murmura-t-il lorsque le charretier ne fut plus à portée d'oreille, « nous nous rendons à Brenneskepp. » Je hochai la tête, trop fatigué pour parler. Je ne faisais même plus attention aux visages rustauds qui nous regardaient passer avec insistance, par-dessus la mousse des murets qui bordaient le chemin. Nous fîmes halte à l'entrée du village, où trônait un corps de garde de bois massif, deux tourelles, de part et d'autre de la route que soutenait une basse palissade de rondins. Uldrick échangea brièvement avec un garde bouffi et rougeaud, puis régla le péage d'une poignée de pièces d'étain. L'homme me contempla avec indifférence tandis que je trottais derrière le hongre, crotté, à bout de forces, mon visage luisant aussi rouge que le sien.

Il semblait n'y avoir que deux vraies rues à Boiselle, l'une s'étirait vers l'est autour du fortin, l'autre coupait la première en deux, et partait vers le sud, avant de se transformer en un chemin forestier qui menait à Cambrais. Nous nous arrêtâmes donc au milieu de ce carrefour. Uldrick quitta enfin sa selle et, courbé en deux, les mains sur les genoux, sans me soucier des regards curieux, je m'attelai à reprendre mon souffle. Le marteau d'un forgeron tintait quelque part un peu plus loin, et un vol de tourterelles passa en chuintant au-dessus des maisons, avant d'obliquer vers les hauteurs de la motte. Il y avait l'odeur aussi, l'odeur âcre de la civilisation, qui reniflait le feu et l'ordure et la merde moisie.

Le Var attacha sa jument sous l'auvent de l'auberge à colombages qui se dressait au coin du carrefour, avant de me tendre les rênes du hongre gris. « Attends-moi ici avec Pikke », dit-il. « Profites-en pour faire sa connaissance, tu le monteras d'ici quelque temps. » Puis, au cheval : « *Pikke, net bewette.* » La bête de somme cligna des yeux immenses, sa courte queue remua lentement. Uldrick lui tapota le museau et cracha sur les planches glaiseuses, puis il disparut par la porte usée du bouge, près de laquelle grinçait une enseigne délavée en forme de lit, sur laquelle je pus déchiffrer avec effort « Repos de Boiselle ». Je me retrouvai donc en tête à tête avec Pikke, qui, obéissant, ne bougea pas d'un seul doigt. Je le flattai timidement pour éviter les regards muets des passants, ce qu'il sembla apprécier. Je me perdis dans ses grands yeux lents et la chaleur de son souffle, heureux de m'être peut-être fait un ami. Du moins, il n'essayait pas de me tuer comme la jument. Uldrick réapparut peu de temps après, dans mon dos, sous l'arche qui menait à l'écurie :

— *Sleitling !* Fais le tour !

Je menai le cheval placide jusque dans l'arrière-cour et attendis près d'un puits délabré, sur des pavés d'ardoise qui puaient la pisse, que Uldrick revînt avec Bredda. Le Var confia les deux bêtes à un aide boutonneux qui était sorti nous rejoindre et précisa qu'il payait pour une double ration d'avoine. Je m'attendais à ce que Bredda l'aplatisse sur-le-champ, mais à ma surprise, et peut-être aussi à ma déception, elle se laissa emmener sans faire d'histoires par le jouvenceau débraillé. Lorsque les chevaux eurent disparu, le guerrier m'entraîna à sa suite. Nous passâmes sous l'auvent croulant qui cintrait l'étage du bâtiment, par un portillon dérobé, jusqu'à rejoindre la salle principale.

La pièce était enfumée et bruyante, pourtant il ne semblait pas y avoir grand monde. Plusieurs tables massives y étaient disposées en carré, à la manière d'un réfectoire, où une poignée de camelots et trois voyageurs encapuchonnés, qui portaient les masques sculptés de la guilde des pérégrins, échangeaient les nouvelles en un désordre turbulent. Une petite assemblée de bûcherons et de vieillards locaux se partageaient une table ronde près de l'entrée, et contemplaient le vacarme de leurs yeux rougis. Pour la plupart, ils étaient déjà ivres. Nous nous installâmes en retrait, sous l'escalier étroit et grinçant qui devait mener au dortoir du premier étage. Calé contre le torchis, je n'avais jamais été aussi heureux de m'asseoir de toute ma vie. Uldrick grogna en s'asseyant. Son genou pliait encore difficilement. « Première leçon, *Sleitling* », me dit-il doucement. « On ne tourne jamais le dos à la porte. Comme ça on voit qui entre, qui sort, et on évite que des lames qu'on ne voit pas se trouvent dans notre dos. » J'opinai distraitement du chef, trop fatigué pour écouter vraiment.

Le maître des lieux, un petit rouquin au pied bot et à l'air pressé, boitilla jusqu'à notre table pour y déposer deux calebasses fumantes remplies à ras bord d'un ragoût odorant, ainsi qu'un grand pot à cervoise. Je me jetai sur mon repas avec une faim de loup. Nous mangeâmes dans un silence que Uldrick brisa une seule fois pour réclamer à l'aubergiste davantage de viande dans nos jattes. Ce dernier obtempéra, la bouche pincée. Alors que j'avalais la dernière rasade de cervoise que le Var m'avait autorisée, l'un des pérégrins se leva et déambula jusqu'à notre table. Uldrick lui signifia d'un geste qu'il l'invitait à s'asseoir avec nous.

Les pérégrins, que certains appellent simplement marcheurs, dissimulent leur visage sous un masque de bois verni, de manière à ne laisser paraître que leurs yeux et leur bouche. La guilde à laquelle ils se sont promis est un ordre ancien de mendiants et de colporteurs, dont le métier est la circulation des nouvelles et la propagation des rumeurs. À cet effet, ils voyagent en permanence, et j'ai souvent entendu dire qu'en une vie un pérégrin peut avoir parcouru davantage de milles qu'un marin. On leur réserve généralement bon accueil, en échange des derniers ragots du canton d'à côté, ou contre le transport d'un courrier qui ne presse pas trop. Pour se préserver des dangers de la route, les pérégrins ont une politique fort simple : ils ne conservent jamais de monnaie lorsqu'ils repartent en vadrouille et, de toute manière, la plupart du temps ils échangent leurs services contre un toit ou un repas. L'ascétisme de leur attirail de voyage est tel que les bandits ne prennent que rarement la peine de les importuner. Les masques des marcheurs, dont aucun ne ressemble à un autre, qu'ils soient joyeux, tristes, particulièrement sobres ou finement ouvragés, visaient originellement à dissocier le messager du message : les premiers seigneurs brunides avaient la fâcheuse et colérique habitude de faire perdre la tête aux oiseaux de mauvais augure. Aujourd'hui, la tradition est tout autre : ne pas accueillir un pérégrin ou, pire, lui faire du tort est considéré comme source de mauvaise fortune.

Le pérégrin qui s'était attablé avec nous portait un grand vêtement qui le couvrait de la tête aux pieds, sorte de compromis bancal entre la cape et la pèlerine. Le tissu devait avoir été vert, mais avait été recousu en tant d'endroits que, désormais, il ressemblait à un patchwork effacé. Uldrick poussa nonchalamment le pot de cervoise vers l'homme et se laissa aller en arrière, contre le torchis noirci du mur, tout en lissant sa natte d'une main distraite. Il attendait que l'homme boive. Sous le masque, qui avait été taillé puis couvert de laque sombre de manière à offrir l'illusion d'une masse mouvante de racines enchevêtrées, deux yeux verts brillaient joyeusement. Lorsque le marcheur eut pris trois longues gorgées, il m'adressa un clin d'œil coquin et reposa fermement le pot devant lui avant de s'adresser à Uldrick. « Merci bien, sieur », énonça-t-il d'une voix mélodieuse, avant d'entrer dans le vif du sujet. « J'arrive de Couvre-Col et, avant, de Haute-Passe. J'y ai croisé plusieurs de vos compatriotes. Ils se rendaient à Vaux, à la demande du lige de Spinelle. »

À mes côtés, Uldrick pencha la tête et esquissa un sourire amical. « C'est là que je me rends justement. À Haute-Passe. Puis en pays var. » Sentant que le temps était venu, j'intervins à mon tour « Brénèssecaipe », fis-je maladroitement, tout en acquiesçant vigoureusement, avant que le Var ne me réduise au silence d'une tape irritée. « La dernière fois que j'y suis passé, le pont aux bergers avait été emporté par le torrent. Les routes sont bonnes jusqu'au col ? » demanda-t-il au pérégrin. « Je n'ai pas eu à me plaindre, sieur », répondit ce dernier. « Et le pont a été refait à neuf cet été. Mais j'ai d'autres nouvelles, qui vous concernent plus directement, il me semble. » Uldrick, impassible, lui désigna la bière du menton. L'homme saisit de nouveau le pot entre ses mitaines grises et cette fois il le vida d'un trait. « Hier soir, deux cavaliers de Corne-Brune sont passés ici même et sont repartis dans la foulée vers Couvre-Col. Ils ont fait circuler des portraits. Un enfant des clans, peut-être en compagnie d'un Var boiteux. Ils offraient du cuivre et de l'argent pour des informations, de l'or pour la capture de l'enfant. L'un d'entre eux portait l'insigne des sicaires de Franc-Lac. »

Je déglutis. Uldrick fronça les sourcils et remercia le pérégrin qui retourna avec ses compagnons, à la grande table. Lorsque nous fûmes seuls, le Var se pencha vers moi, le regard sombre. « Tu as des ennuis *Sleitling* », dit-il d'une voix basse. « De gros ennuis qu'il va falloir que tu m'expliques. »

34

Durant l'heure chuchotante qui suivit, sous l'escalier noirci du bouge de Boiselle, je racontai tout à Uldrick, depuis le début. Les cheveux de Brindille, mes premiers vols, comment Hesse m'avait pris à son service. L'homme mort que j'avais repêché, et les contrebandiers de Vargan Fuste. Merle, dans sa galère jharraïenne. Ma colère contre Duranne Misolle et les vieilles familles, qui avait précipité mon premier séjour aux geôles. Le faux procès. La conspiration de la haute avec les marchands de la Ligue de Franc-Lac. Puis la mort de Doune, de Surd'Nahir et enfin le faux meurtre de Holdène, perpétré par le sicaire. Toutefois, je ne parlai ni du Deïsi que j'avais vu, ni des rêves que j'avais faits. Le Var m'écouta patiemment, haussant de temps à autre un sourcil interloqué, tandis que je sautais sans habileté d'un sujet à l'autre, et il garda le silence, hormis pour me rappeler de baisser la voix.

Lorsque j'eus fini, Uldrick demeura tout aussi insondable, et j'eus peur qu'il ne se lève et m'abandonne. « Eh bien cela m'apprendra », finit-il par énoncer d'une voix grave. « Je pensais t'épargner une mort stupide aux mains d'imbéciles. Si je ne te devais pas la vie, *Sleitling*, je ne t'aurais pas secouru, et si je ne te devais pas une jambe, je te laisserais sans doute ici, sans même me retourner. Il me semble que tu attires les ennuis comme la chiure attire les mouches. » Les larmes que j'avais réussi à garder sous contrôle durant mon récit, avec les souvenirs qui remontaient, me vinrent brusquement aux yeux. Je mordis ma lèvre pour ne pas pleurer devant le Var. Uldrick le vit tout de même, sa bouche se plissa en une ligne mince et dure, et il m'administra un soufflet sur l'oreille. « Quelques gouttes d'eau et de sel n'ont jamais rien changé au monde, *Sleitling*, et ma dette demeure. J'ai promis de faire de toi un guerrier, et je tiendrai cette promesse. Je la tiendrai même quand tu me supplieras du contraire, ce qui arrivera bien plus vite que tu ne le crois. » Il se redressa lentement. « Nous avons suffisamment parlé. Il nous faut partir d'ici au plus vite. » Je dépliai les jambes à mon tour et les anneaux de métal cliquetèrent. Le haubergeon pesa de nouveau sur mes épaules, comme pour m'enfoncer sous terre.

« Aubergiste ! » rugit le Var, et le rouquin accourut, un sourire contraint sur les lèvres, qui s'effaça au fur et à mesure que le guerrier parlait. « Nous serons de retour dans l'heure. Je veux des vivres pour une lune. Du pain. Des tubercules. Des haricots ou des pois. De l'orge, un fromage à sécher si vous arrivez à en trouver, et je paierai bien. Que mes bêtes soient chargées et sellées ! S'il manque quoi que ce soit à mes affaires, je reviendrai prendre des mains », conclut-il férocement. L'homme pâlit visiblement, mais se fendit tout de même d'un air serviable et disparut en appelant son aide. Uldrick m'empoigna par le bras et me poussa vers la sortie.

«Je comprends mieux pourquoi il tire la gueule depuis qu'on est arrivés. Il a peur qu'on ramène du grabuge chez lui», grogna-t-il. «J'espère que la garde ne va pas s'en mêler.» Les autres clients nous observaient tandis que nous quittions la taverne, sans se cacher pour la plupart. Le pérégrin avec les yeux verts et le masque de racines me fit un dernier clin d'œil. Je ne sais pas pourquoi, mais je n'y vis pas malice.

Nous nous rendîmes en premier lieu jusqu'au puits qui se dressait dans la cour à l'arrière de l'auberge. Uldrick y remplit sa gourde, ainsi qu'une grande outre prise dans le paquetage. Le garçon boutonneux courait de-ci de-là, les bras chargés de provisions. Il m'évitait soigneusement du regard, moi et mon armure, ce que je finis par prendre mal, à souhaiter que Bredda se montrât moins coopérative avec lui. Ensuite, nous quittâmes l'enceinte du bouge. Uldrick marchait d'un pas rapide et assuré, la main sur le pommeau de sa longue épée courbe, et je trottais derrière lui en pestant contre les mailles. Malgré l'odeur d'égout, à laquelle j'étais habitué pour avoir fréquenté les quartiers de la basse, les rues de Boiselle étaient plutôt agréables à arpenter. Cela tenait essentiellement au fait qu'il n'y avait pas de boue, et je me demandai pourquoi l'on n'avait pas mis en œuvre la même chose à Corne-Brune : ce genre de plancher grossier me plaisait. C'était comme si le village entier flottait à même la terre, d'un remous si lent qu'il en était invisible.

Nous marchions vers le sud, la motte castrale et le chemin qui y grimpait dans notre dos, et Uldrick marmonnait seul devant moi. Je me retournais de temps en temps, malgré l'effort que cela me coûtait, pour contempler l'édifice. Si je pouvais éventuellement retrouver une certaine familiarité dans l'architecture du reste du village (même si à Corne-Brune on préférait le chaume pour les toits), le château était différent. Cela me faisait un peu penser aux domaines fortifiés qu'avaient érigés les vieilles familles sur Corne-Colline, mais en plus imposant et en plus martial. Des angles durs et tranchés et peu de place pour l'agrément. Les bannières délavées de Couvre-Col flottaient sur les créneaux, un corbeau noir sur fond blanc, pour me rappeler que j'étais désormais un étranger en terre étrangère. Ce qui me marqua encore davantage, c'était l'aspect ancien, usé même, du fort. En comparaison, si l'on avait placé les deux constructions côte à côte, Château-Corne, bien que cinq fois plus grand, aurait paru terriblement jeune, et propre.

Une patrouille de miliciens nous suivait à distance depuis que nous avions quitté l'auberge. Ils nous gardaient à l'œil, sans pour autant nous approcher ouvertement. La nouvelle que nous étions recherchés avait dû se répandre dans tout le village et nous y étions entrés sans nous douter de rien, comme on marche sur une vipère. Toutefois, lorsque nous quittâmes le centre-bourg, la garde ne nous suivit pas plus loin. Uldrick ne tarda pas à s'arrêter pour tambouriner à la porte close d'une masure isolée, qui, d'après l'odeur nauséabonde qui s'en dégageait, ne pouvait être que l'atelier d'un tanneur. Un quadragénaire aux traits tirés et aux dents noires finit par ouvrir la porte, son visage balafré se fendit d'un sourire surpris. Tandis qu'il essuyait ses deux mains rongées dans l'épais tablier de cuir taché qui lui pendait du cou jusqu'aux genoux, l'homme nous souhaita la bienvenue, puis son regard tomba sur les cinq miliciens gambisonnés qui traînaient à la sortie du bourg. «Guerrier», dit-il. «Entre.» Nous nous exécutâmes, après que j'eus secoué mes chausses crottées à l'entrée.

Une vieille femme couverte de verrues noires était assise dans un coin sombre de la masure où, à même le plan de travail souillé, elle perçait méticuleusement une série de trous dans la jointure d'un joug. Comme elle était concentrée sur sa tâche, ses yeux encroûtés ne quittèrent pas son ouvrage lorsque nous fîmes notre apparition sur le seuil. L'odeur puissante et ammoniaque des bacs de trempage, pourtant quelque part à l'extérieur, semblait suinter au travers des murs pour envahir ma bouche, ma gorge, mon nez et déborder, une noyade alcaline des sens. Aux murs pendaient çà et là des pièces de cuir de formes et de tailles variées, ainsi que plusieurs outils de fonte noircie, une alêne, quelques tranchets, et d'autres encore dont l'usage m'était inconnu. Après avoir présenté au Var une petite coupelle de bois, dont le contenu fut aussitôt avalé, le tanneur posa ses yeux bleus sur moi, une expression curieuse sur le visage. «J'avais entendu que...» commença-t-il, avant que Uldrick ne le coupe d'un geste de la main, et d'une voix plus dure que je n'attendais. «Ce n'est pas le mien. Et je n'ai pas le temps de bavarder, Treuce.» L'homme fronça des sourcils, ses rides plissant un visage perplexe. «Je comprends», fit-il lentement sans me quitter du regard. Puis ses yeux se reportèrent sur la figure du Var. «Qu'est-ce que je peux faire pour toi?»

Uldrick inspira profondément. «As-tu encore ton enfant? Le plus jeune?» demanda-t-il à voix basse.

Treuce acquiesça, avec un air peiné que je ne comprends pas. « Le petit a besoin de bottes correctes », enchaîna le Var. « Je paierai double pour celles de ton gamin, si elles sont en bon état. Ils doivent faire à peu près la même taille. » L'homme fit la moue. « Donne-moi cinq heures et je pourrais lui réaliser une paire sur mesure », déclara-t-il en grattant ses cheveux courts. Le Var secoua la tête. « Je n'ai pas cinq heures, Treuce », dit-il sans ambages. Le tanneur hésita, puis il donna son accord. « Par amitié pour toi, guerrier. Autre chose ? » Uldrick fouilla sa barbe, l'air pensif. « Il me faudrait aussi un bon ballot de cuir corroyé », finit-il par répondre. « J'aurais préféré ton travail, mais cela devra attendre une prochaine fois. Je voudrais aussi que tu gardes l'enfant chez toi, le temps que je m'occupe de mes affaires. Il y en a pour une petite heure. »

Le regard du tanneur s'assombrit et il me dévisagea de nouveau. « Un homme de la Ligue est passé hier, à ce qu'on m'a dit. » Le Var le coupa d'un rire sec. « Et il doit être loin à présent, à se demander comment j'ai pu autant pousser mes chevaux », dit-il. « Mais je préfère être prudent. Il y a des gens ici qui ne cracheraient pas sur l'or de ce sicaire. J'aime autant ne pas leur agiter le garçon sous le nez. » Treuce plissa le front, puis, sans un mot, il pivota sur ses talons et se dirigea vers son arrière-boutique d'un pas traînant. Il revint quelques instants plus tard, avec une épée usée à la main. La vieille leva les yeux pour la première fois. « Tu peux partir tranquille », dit le tanneur, tout en fixant Uldrick d'un air étrange. « Je barrerai la porte, même à la garde. » L'ombre d'un sourire effleura les lèvres du guerrier-var. Il s'inclina, fit demi-tour, et me laissa là, dans la puanteur de la tannerie.

À peine fut-il parti que Treuce se tournait vers moi, en me faisant signe de le suivre. « Depuis combien de temps tu es avec lui, le môme ? » demanda-t-il tandis que nous franchissions une petite porte derrière l'établi de la vieille. « Depuis hier », répondis-je d'une petite voix. « Il te protégera », fit-il. « Moi, il m'a protégé. Tiens, voilà tes bottes. Mon gamin préféré aller nu-pieds, en cette saison. » L'homme me désignait une paire de jambières souples qui traînaient sur une étagère dans le passage sombre. « Elles sont étanches, normalement », ajouta-t-il. « Enfile-les, qu'on voie si tu as besoin de les rembourrer. » Je m'exécutai péniblement sous le poids des mailles, en laissant mes chausses boueuses là où elles étaient tombées.

Comme les bottes se révélèrent être un peu trop grandes, le tanneur les porta jusqu'à son atelier. Je l'observai les travailler avec patience, jusqu'à ce qu'elles épousent convenablement la forme de mon pied. Près de nous, la vieille silencieuse poursuivait inlassablement son travail. Sa respiration sifflait. « Tu pourras retirer le cuir quand tes pieds grandiront. Mieux vaut trop grand que pas assez », dit Treuce, lorsqu'il eut fini. « Ton Var te l'expliquera sans doute, ça. Une bonne paire de bottes, y a pas mieux. On court moins vite quand on a les pieds en sang. » Je levai le regard, pour contempler ses cicatrices. « Vous connaissez Uldrick depuis longtemps ? » demandai-je. L'homme acquiesça, et ses yeux bleus se portèrent involontairement sur l'épée ébréchée posée sur le plan de travail. « Vous pourriez me raconter comment vous vous êtes rencontrés ? »

poursuivis-je d'une petite voix, lorsqu'il fut évident que mon interlocuteur n'allait pas se lancer de lui-même. Treuce prit une inspiration un peu abrupte, et je crus qu'il allait me refuser, puis, d'une voix basse et brusque à la fois, il se lança dans un récit haché.

« C'était bien avant ta naissance, le môme. Quand le dernier lige de Cambrais est mort, ses fils se sont battus pour la succession. L'aîné avait passé sa jeunesse dans les guerres du roi Bai, mais quand il a appris pour son père, il est rentré de Carme. L'autre n'avait jamais quitté le canton, il était connu du peuple, et les gens l'aimaient. Moi aussi je l'aimais, et je l'ai suivi même quand le primat a soutenu la revendication de son frère. J'étais son esquire, vois-tu, le plus jeune à avoir été nommé de tout le canton. On a pris les bois. Deux ans, à crever de faim, et les morts s'empilaient de chaque côté. On était tous fatigués, on ne voulait plus rien, à part rentrer chez nous. Mais on pouvait pas, parce que l'autre, l'enfant de la guerre, il nous aurait pendus. Le primat a fini par envoyer les Vars, pour trancher comme qui dirait. Pour trancher, ça, ils ont tranché. Ils nous sont tombés dessus un soir, cinquante hommes, et avec la nuit on croyait bien qu'ils étaient cinq cents. Ils ont décimé notre avant-garde en deux charges et refoulé le désordre qui restait devant eux. Trois jours plus tard ils ont écrasé ceux qui voulaient encore se battre sur les berges de la Brune. L'homme que je servais est mort, beaucoup d'autres aussi, et j'ai pas été le seul à jeter les armes. Puis on a voulu nous pendre. À ce moment-là, la plupart des nôtres étaient si fatigués et découpés que ça nous était presque égal. Mais les Vars, qui nous avaient donné assez de sang pour que la corde paraisse comme une délivrance, ils nous ont protégés de l'homme pour qui ils avaient combattu. Ils nous ont protégés, et escortés au nord, jusqu'à Boiselle. Le primat leur a donné raison dans l'année, et donc on ne m'a pas pendu. Voilà. Uldrick était de ceux-là. »

Absorbé par l'histoire, j'écarquillai deux grands yeux interrogateurs. « Mais alors vous vous êtes battus l'un contre l'autre ? C'est lui qui vous a découpé le visage ? » demandai-je, réellement impressionné. L'autre secoua la tête. « Pas vraiment l'un contre l'autre », fit-il avec un sourire amer, et la tension douloureuse qu'il semblait avoir accumulée durant son monologue se dispersa quelque peu. « Je ne serais pas là pour en parler sinon, j'imagine. Mais nous avons été ennemis, je suppose. » « Mais maintenant, vous êtes amis », insistai-je. Il y eut un long silence que je n'attendais pas. « Il a tué mes compagnons, et je ne pourrai plus jamais rentrer chez moi. Mais il m'a aussi sauvé la vie », répondit Treuce. « Moi aussi il m'a sauvé la vie », complétai-je joyeusement. Le tanneur ne me regardait plus, il fixait le vide, perdu dans ses pensées. « C'est une chose étrange, la vie », finit-il par déclarer doucement, sans me regarder. « Les certitudes changent. Même celles pour lesquelles on a donné le plus. »

J'ouvris la bouche pour ne rien dire, puis la voix craquelée de la vieille me fit sursauter. « On dit que c'est une route que l'on trace. Alors que c'est une rivière que l'on suit. » Ses longs doigts fripés cessèrent leur ouvrage. Elle tourna ses rides vers moi, et m'offrit un sourire édenté. « Ne rends pas ta rivière trop rouge, petit soldat », grinça-t-elle, « tu tuerais tous les beaux poissons. » J'opinai aimablement, sans vraiment comprendre de quoi elle parlait. Puis le clopinement des chevaux se fit entendre à l'extérieur et Treuce se leva pour jeter un coup d'œil. « Le guerrier est revenu », dit-il, tout en retirant la barre qui bloquait la porte.

Uldrick m'attendait sur le chemin, où, la tête penchée, il réajustait les étriers de Bredda. Le tanneur me suivit à l'extérieur, avec un rouleau de cuir sous le bras. Le Var lui remit un denier d'argent lorsque le cuir fut sanglé au paquetage qui débordait du dos pourtant large du hongre de bât. « Nous allons à Brenneskepp, si on te le demande », fit Uldrick d'une voix amusée. Treuce sourit. « Je n'en doute pas, guerrier », dit-il. « Bonne route à vous deux. Que le Chasseur vous garde. » Le Var renifla. « Si j'avais eu besoin du Chasseur pour me garder, je crois que je le saurais depuis le temps », grogna-t-il. « Je ne risque pas de repasser par ici pendant un bout de temps, Treuce. Prends soin de toi et des tiens. » Comme je reluquais la selle avec envie, il ajouta fermement : « *Sleitling*, tu marches. »

Grimaçant, j'emboîtai le pas aux deux chevaux. Nous nous dirigeâmes jusqu'au carrefour de Boiselle, avant d'obliquer à droite, vers Couvre-Col. La sensation des bottes était plus inhabituelle qu'inconfortable, mais j'avais l'habitude des chausses. Mes pieds étaient emprisonnés et cela ne me plaisait pas vraiment. Nous dépassâmes bientôt le groupe de gardes qui nous avaient suivis plus tôt dans l'après-midi. Appuyés sur la hampe de leurs lances, ils nous laissèrent passer sans faire d'histoires. Il y eut bien des regards fixes, des murmures et des roulements d'épaules que Uldrick ignora, mais aucun milicien trop aviné n'eut l'idée idiote d'essayer de se faire un nom en interpellant un guerrier-var. Nous avançâmes encore, entre les murets de pierre humide qui serpentaient parmi les champs et la mousse épaisse qui les recouvrait. Je levai la tête lorsque, haut dans le ciel, un faucon chanta son cri aigu. Nous laissâmes Boiselle derrière nous, et, au rythme mat des sabots sur la route de bois, nous nous enfonçâmes dans la forêt au-delà.

35

Je m'effondrai sur la mousse, plus fatigué que je ne l'avais jamais été. Sûr que les journées de pelle et de raclées au domaine Misolle avaient été difficiles, mais au moins, à leur issue, j'avais encore pu marcher. La première heure, tant que nous étions restés sur la route, cela avait été éreintant, mais supportable. Puis, nous avions bifurqué au sud, à travers bois. Uldrick était revenu en arrière, pour couvrir les traces qu'avaient laissées les chevaux en quittant le sentier, ce qui m'avait offert un bref répit. Alors la torture avait commencé réellement. J'avais peiné à lever les pieds par-dessus les branches et les ronces, j'avais eu l'impression que mes jambes allaient gonfler et éclater dans mes nouvelles bottes. La douleur était venue d'abord dans les épaules, dans le dos et la nuque, un flot lent, qui effeuillait en profondeur, jusqu'à passer le cap du corps pour venir grignoter ce qu'il y avait en dessous, d'âme et de résolution. Affalé de tout mon long, les yeux fermés, j'inspirais l'humus entêtant. J'étais certain qu'à cet instant un pas de plus, un seul pas, m'aurait été tout à fait impossible. Sans doute Uldrick le savait-il, et sans doute m'avait-il poussé à bout, pour voir jusqu'où je pouvais être poussé.

— Je peux savoir ce que tu fabriques, *Sleitling* ?

Je levai la tête. Le guerrier-var nous avait menés au sommet d'une butte, d'où émergeaient quelques lames de basalte émoussé, recouvertes de mousse et de lichen. Autour, la forêt nous encerclait de ses couleurs automnales. Le brun luisant des châtaigniers se mariait à l'ocre des chênes, tandis que les ormes, d'un jaune conciliant, adoucissaient le ton général. Un ruisseau chantant coulait en contrebas et les chevaux y étaient allés boire d'eux-mêmes, après que Uldrick les eut déchargés. Le Var se tenait à présent devant moi, les poings sur les hanches et le front plissé. Lorsque je me mis à bafouiller, il m'agrippa par la capuche de ma pèlerine, et me souleva rudement du sol pour me poser sans douceur sur mes pieds. « Le campement ne va pas se monter tout seul » grogna-t-il dangereusement. « C'est ça, tu crois, la vie qui t'attend ? Que je te pouponne comme un petit seigneur ? » Je secouai la tête énergiquement, craignant son courroux. Uldrick plissa les yeux. « Alors viens m'aider à dresser la toile. »

Je ne sais pas où je trouvai la force de m'exécuter, pourtant, j'emboîtai le pas au Var, trébuchant sous l'effet de la fatigue. Uldrick parlait tandis que nous travaillions. « Je sais que tu es fatigué, *Sleitling*. Tu le seras davantage en bien d'autres occasions. À chacune, il te faudra trouver des forces pour manger, monter un abri pour dormir au sec et soigner ton équipement et tes bêtes. » Je réprimai un bâillement distrait, tout en nouant la corde que Uldrick me tendait autour du tronc d'un jeune frêne. Irrité par mon air absent, le Var s'arrêta tout à coup pour me transpercer du regard. « Je ne sais pas si tu es au courant », fit-il, en haussant le ton, « mais je vais faire de toi un guerrier. Chaque mot que je prononce, chaque geste que je fais vise à t'y préparer. Et tu as intérêt à m'écouter quand je te parle, *Sleitling*, parce qu'un jour cela fera peut-être la différence entre un *Sleitling* mort et un *Sleitling* vivant. » Je cessai mon ouvrage, trop épuisé pour rétorquer quoi que ce soit. « Oui, Uldrick », fis-je, d'une voix plate. Le Var haussa un sourcil et sa mâchoire se durcit. « Je t'ai dit quelque chose d'important à l'auberge. Rappelle-moi ce que c'était. » Je me mordis la lèvre en rougissant. « Je ne me souviens plus », fis-je après quelques moments d'hésitation. « Je suis trop fatigué pour me souvenir. »

Uldrick s'avança soudain vers moi et je cédai du terrain devant lui, craignant qu'il ne me batte, mais j'étais ralenti par la maille et il fut plus rapide. Il me saisit rudement par le haubergeon, et, tout en grognant, me traîna dans la descente. Je glissais sur le derrière, parmi les feuilles mortes, en dépit de mes protestations et des faibles efforts que je fournissais pour me dégager. Puis je vis Bredda et Pikke qui s'écartaient, les oreilles rabattues. Le Var me souleva à deux mains, par la jambe et la peau de cou. Sans autre forme de procès, il me plongea, tête en avant, dans l'écume du ruisseau glacial.

Je me débattis comme un damné, pris de panique, la bouche grande ouverte sous l'eau gelée. Puis Uldrick me lâcha aussi rapidement qu'il m'avait saisi, et je me vautrai lourdement sur la berge caillouteuse. Je rampai en toussant sur quelques empans, agrippé aux galets comme un nourrisson à la mamelle de sa mère. Le Var me retourna du pied.

« Tu es réveillé maintenant, *Sleitling* ? » demanda-t-il, d'une voix acerbe. J'acquiesçai tout en clignant des yeux, dégoulinant et misérable, mais plus vif aussi. « Qu'as-tu appris ? » Le ton était autoritaire. Je secouai la tête, affolé. « Je ne comprends pas », murmurai-je d'une voix chevrotante. « Je te demande », dit Uldrick avec insistance, « quelle sagesse le ruisseau t'a murmurée aux oreilles. Tu viens d'être trempé comme du vieux linge, et je te demande ce que cette expérience vient de t'apprendre. »

Je frissonnai, quasiment certain à présent d'avoir affaire à un fou. « Si je ne retiens pas ce que vous me dites, vous me tremperez dans l'eau ? » fis-je tout en grimaçant confusément. Le Var m'observait avec intérêt. « Dis-le, alors. C'est important. » Je le contemplai, tout à fait hébété. Uldrick se pencha sur moi. « J'ai appris que... » Je déglutis. « J'ai appris que, si je retiens pas ce que vous me dites, vous me tremperez dans l'eau. » Uldrick renifla. « Bravo *Sleitling* », dit-il d'un ton sarcastique. « Tu y es arrivé. En fait, je te tremperai seulement dans l'eau quand tu seras trop fatigué pour te souvenir de mes leçons. » Il cracha dans l'onde babillante. « Alors, as-tu retrouvé la mémoire, ou as-tu besoin d'être réveillé encore un peu ? À l'auberge, je t'ai dit que... » Je m'essuyai le front en soufflant. « Qu'il faut jamais tourner le dos à la porte », finis-je par expirer en un flot soulagé. « Tout à fait, *Sleitling* », dit Uldrick. « Va te sécher maintenant. Enlève tes mailles, et tout ce qui est mouillé, et trouve-toi une branche basse pour les suspendre. Évite que ça coule dans tes bottes, ou tu le regretteras demain. Je vais finir d'installer la toile. »

Je retirai mes jambières prudemment, avant de

remonter la pente, la queue entre les jambes. Pikke coupa pesamment ma trajectoire, la bouche pleine de sphaigne qu'il mâchonnait avec énergie. Plus loin Bredda s'ébroua, et ses renâclements avaient le ton du rire. J'ôtai avec peine le haubergeon, courbé en deux près du tronc biscornu d'un chêne centenaire, à me tortiller comme un serpent qui mue, et mon ventre se contracta douloureusement pour me rappeler combien j'avais faim. Comme Uldrick me l'avait demandé, je suspendis le tout, mailles, pèlerine et doublet. Débarrassé de ce poids, j'eus l'impression de renaître, malgré le frais qui annonçait la tombée de la nuit. Torse nu, je m'avançai vers la toile goudronnée sans pouvoir me débarrasser de l'étrange sensation que chacun de mes pas allait me porter jusqu'au ciel. Le guerrier-var finissait d'entasser le paquetage à l'abri, tout en grognant sous l'effort. « Nous ne ferons pas de feu ce soir, *Sleitling* », dit-il, sans me regarder. « Prends ma vieille couverture, pour ne pas attraper froid. Elle est à toi maintenant. J'en ai acheté une autre à Boiselle. »

Je m'emmitouflai sous la toile tandis que la lumière diminuait, mais Uldrick n'en avait pas fini avec moi. « Viens par ici », me dit-il. « J'ai quelque chose à te montrer, avant qu'il ne fasse noir. » Je m'exécutai péniblement. Le long d'une souche moussue, le Var avait installé son armement. « Regarde, *Sleitling* », fit-il, en survolant son équipement d'un geste de la main. « Voici les outils d'un *vaïdrogan*. Le *sacsae* est mon épée. Le marteau de guerre, nous l'appelons *uthemme*. La lance longue, *vinsperre*. Voici l'arc recourbé. Et le poignard. Regarde-les bien. Touche-les si tu veux. Et dis-moi, quand tu seras prêt, lequel est le plus redoutable. » Uldrick me regarda tripoter maladroitement les différentes armes, que je trouvai si lourdes que c'en fut décourageant. L'arc et le marteau, je m'en désintéressai rapidement, au bénéfice de l'épée, que le Var m'aida à tirer hors de son fourreau. Je devais la tenir à deux mains pour ne pas qu'elle traîne par terre. La lame épaisse à un seul tranchant avait une courbe subtile que je trouvais plaisante à regarder, et le pommeau de fer avait été grossièrement sculpté en forme de tête de rapace. « C'est une épée à une main et demie », déclara Uldrick. « Je peux l'utiliser avec ou sans l'écu. » J'opinai du chef, admiratif, et finis par la reposer. La lance était bien trop longue, et c'est à peine si je parvenais à en maintenir la pointe hors de la mousse forestière, ce qui me valut un quolibet désobligeant. Enfin je saisis le large poignard à deux tranchants, trois pouces d'acier de Carme, aiguisé comme un rasoir. « Pour le sale boulot », fit Uldrick sombrement, tandis que je le rengainais avec soin. « Alors, *Sleitling*, selon toi, quelle est ma meilleure arme ? » J'hésitai, quoique brièvement. « C'est un piège, non ? » hasardai-je en toisant Uldrick d'un air méfiant.

Le Var esquissa un sourire mince. « Tu es faible, mais pas aussi stupide que tu en as l'air », fit-il doucement. Il mit un genou à terre et me tapota le crâne, tout en me fixant avec insistance. J'essayai de lui rendre son regard, plissant les yeux sous le rythme de ses doigts tendus. « C'est ça, la meilleure des armes », dit-il. « Un esprit affûté. Quand j'ai tué l'homme qui portait tes mailles, il chargeait notre mur de boucliers en écumant comme un égaré. Les guerriers ne vivent pas vieux, pour la plupart, *Sleitling*, parce que n'importe qui peut apprendre à se

battre. Ce n'est pas cette foule qui maîtrise le
« comment » qui survit, mais cette poignée qui sait
réfléchir aux « quand », et aux « si ». *Si* l'homme aux
mailles de cuivre n'avait pas combattu ce jour-là, *s'il*
avait compris qu'on n'attaque pas de front une ligne
de *vaïdrogans* expérimentés, il porterait encore son
armure. Tu comprends? » J'acquiesçai. « Je crois
que oui » répondis-je. « Les miliciens que je connais
sont plutôt caves. » Ce n'était pas entièrement vrai,
bien sûr, et je fronçai les sourcils, parce qu'il y avait
le vieux Penne que je trouvais sympathique et que,
même si j'en étais venu à les mépriser, au fond de
moi je savais que Hesse et Dantemps étaient loin
d'être idiots. Le Var m'étudia gravement, mais ne
parut pas remarquer mon trouble. « Évidemment »,
dit-il. « Il faut être cave pour aller risquer sa vie pour
le caprice d'un seigneur. Il n'y a même que les caves
pour le faire. »

Je souris et Uldrick en fit de même, quoique plus
tristement. « Cela ne rend pas le *vaïdrogan* meilleur,
Sleitling », finit-il par dire. « Le *vaïdrogan* risque sa
vie, lui aussi. La seule différence, c'est que le *vaïdrogan* est libre de choisir ses combats. Et s'il a appris
à réfléchir, il les choisira bien. » « Mon maître
Nahirsipal m'a raconté que vous avez pas de seigneurs chez les Vars. C'est vrai ça? » demandai-je,
curieux. Uldrick se releva en grognant « Oui, *Sleitling*. C'est vrai. Mais nous en parlerons une prochaine fois. Il faudrait manger, maintenant. Range
mes armes, pendant que je prépare le repas. »

J'obéis en transportant précautionneusement
l'équipement du guerrier jusque sous la toile goudronnée. Lorsque j'eus fini, Uldrick me tendit un
bon quart de pain frais, un morceau de fromage,

ainsi qu'une grosse pomme, que je m'empressai d'attaquer goulûment. L'éclat froid des armes m'avait fait oublier à quel point j'avais faim. « Demain, nous pourrons ralentir un peu », fit le Var, la bouche pleine. « On en a pour deux semaines à mon avis. Nous hivernerons dans les hauts, dans le canton de Cullonge. Nous y passerons sûrement l'année prochaine et peut-être même la suivante. » J'avalai de travers, trop affamé pour mâcher correctement. « Cullonge, c'est là d'où vient le cuivre, non ? » croassai-je, et le Var opina silencieusement tout en mangeant. Je songeai que le métal de mes mailles avait peut-être été extrait à Cullonge, et je me demandai quel genre d'homme en avait été le propriétaire, et quelle folie l'avait poussé à charger un guerrier aussi redoutable que Uldrick. Nous nous rinçâmes le gosier avec un peu d'eau fraîche du ruisseau, puis le Var m'emmena soigner les chevaux toujours emmitouflé dans ma couverture. Il me montra comment curer les sabots de Pikke, qui se laissa faire docilement, en levant ses grosses jambes les unes après les autres, et je lui donnai le trognon sucré qu'il restait de ma pomme.

Le trille aigu des oiseaux et des insectes nocturnes se faisait plus assourdissant tandis que le soleil achevait son lent déclin, comme si jusque-là, la lumière dorée avait étouffé les sons. Un vent frais soufflait de l'ouest, ajoutant à la voix de Vaux le chuchotement fantomatique des feuilles mourantes. Je frissonnai et serrai davantage la vieille couverture autour de mes épaules. Cela sentait la pluie pour les jours à venir, même si le ciel était presque limpide. Uldrick mena les chevaux jusqu'à notre petit campement et attacha leurs longes à un frêne voisin. Puis il se tourna vers moi, en faisant rouler ses épaules. « *Sleitling*, avant que nous allions dormir, nous allons nous battre », fit-il platement. J'eus un petit rire, tandis que le Var s'approchait d'un pas lourd, puis je vis l'éclat dur de ses yeux et je compris qu'il ne plaisantait pas. « Mais vous êtes trop grand », hoquetai-je, à moitié horrifié, tout en me dérobant devant lui. « Et trop fort. C'est pas du jeu, j'ai aucune chance. » Uldrick s'arrêta à quelques empans de moi. « Ce n'est pas un jeu », gronda-t-il avec mépris. « Plus grand, plus fort, peu importe. Parfois il faut vaincre. » Je me mis à balbutier, mais le Var me coupa sèchement la parole. « Laisse ta couverture, et essaye de me frapper. »

Je fis glisser la laine épaisse de mes épaules tout en faisant la moue. Uldrick m'observait, impassible, se profilant au-dessus de moi comme la sculpture minérale d'un immense faucon. Je n'aurais pas pu atteindre son visage, même sur la pointe des pieds, et je m'avançai gauchement, sans conviction aucune. Le Var cracha par terre, les bras le long du corps. Il m'attendait. Je fis un nouveau pas. Uldrick m'observait sans bouger. Je simulai un coup de poing faiblard en direction de son ventre. Le Var réagit instantanément à mon attaque peu enthousiaste. Il détourna mon bras d'une frappe puissante, et je pivotai sur moi-même en poussant un cri de surprise. Son second coup, du plat de la main, me cueillit sur le côté du visage. Il y eut une explosion de douleur étourdissante et je roulai dans les feuilles mortes.

Je me relevai en vacillant, aussi désorienté que si j'avais ramassé un coup de marteau. Le Var avait placé ses mains sur ses hanches, et il pointa le menton vers moi, la bouche dure. « Qu'as-tu appris,

Sleitling?» demanda-t-il. Je me tenais le visage en essayant de ne pas pleurer. «Que vous êtes...», reniflai-je, mais Uldrick secouait la tête. «J'ai appris que...», dit-il, patiemment. Je pleurais à moitié. «J'ai appris que c'est pas pour jouer», fis-je misérablement. Le Var haussa un sourcil. «C'est tout?» cracha-t-il après quelques instants de silence, la voix pleine de morgue. Je fis non de la tête. «J'ai appris aussi que si j'essaye pas, vous me frapperez quand même.» Uldrick grogna son approbation, et se détourna.

Je le suivis à petits pas jusque sous l'ombre épaisse de la toile tendue, la tête basse. Mon enthousiasme initial pour la vie de guerrier s'effritait rapidement, sous l'effet de la fatigue et de la douleur confuse. Je ne comprenais pas vraiment Uldrick. Je ne le comprenais pas du tout, à vrai dire. Que nous puissions alterner ainsi sourires, mépris, et maintenant les coups, me laissait creux et inquiet, avec une impression de solitude tiraillante. Je voulais lui plaire, lui obéir, lui donner ma confiance, et en retour, il m'avait fait marcher dans la souffrance pendant des heures et m'avait noyé, puis battu lorsque nous nous étions arrêtés. J'avais été loin de m'imaginer que ma première journée avec lui allait se dérouler de cette manière. J'avais compris que cela serait dur. Mais dur et étrange, tout en dents de scie, que la violence viendrait de lui, cela je ne l'avais pas envisagé. Cette inconstance perturbait toutes les certitudes que j'essayais vainement de reconstruire, et je soupçonnais vaguement que cela fût intentionnel. Je m'enroulai dans ma couverture sans un mot tandis que, de son côté, Uldrick graissait la barde de Bredda d'un morceau de couenne, sans me prêter la moindre attention. Je lui tournai un dos boudeur tout en pansant mon visage enflé et je finis par fermer les yeux. Dans le noir, le chant des bois se modulait du doux clapotis du ruisseau en contrebas, et parfois, comme le souffle rauque de cors sauvages, les premiers brames des cerfs retentissaient sous les frondaisons obscures.

Puis la voix profonde du Var entrecoupa soudain le silence bruissant. « Le coup n'était pas pour te punir, *Sleitling*, et je n'y ai pris aucun plaisir », dit-il avec une lenteur méthodique. « Mais nous recommencerons. Tous les jours, tu essayeras de me frapper. » Les serres glacées de l'angoisse me saisirent aux tripes et je ne répondis rien. « Tu dois comprendre que c'est nécessaire », poursuivit Uldrick. « Tu vivras si tu es endurci, et mes coups t'endurciront. » Je me retournai vivement dans ma couche. « C'est par gentillesse que vous m'avez cogné, alors », fis-je d'une voix revêche. Je vis les yeux du Var se plisser dans le noir, et je crus distinguer aussi l'ombre d'un sourire. « Il vaut mieux que tu apprennes avec moi, *Sleitling* », grommela-t-il. « C'est toujours mieux que sur le tas, je te l'assure. » La colère refluait lentement de mon visage bourdonnant, tandis que dans l'obscurité le Var frottait méticuleusement la graisse sur les écailles de bronze. Je bâillai, en essayant de ne pas penser aux futures raclées que le guerrier venait de me promettre. « Je sais même pas ce que ça veut dire, *Slaïtline* », fis-je d'une voix ensommeillée. « Vous arrêtez pas de m'appeler comme ça, et je sais même pas pourquoi. » J'entendis le bref ricanement de Uldrick. « Si tu as déjà vu ce qui sort par le cul d'une chèvre malade », fit le Var d'une voix douce, « alors tu sais ce que veut dire *sleitling, Sleitling.* »

Je m'endormis peu après, sans parvenir à ôter ce cul de chèvre de mon esprit.

36

Je ne conserve qu'un souvenir flou des jours qui suivirent, engoncé que j'étais dans un cocon lancinant, tissé de mille souffrances. Chaque nouvelle torture disputait mes attentions aux précédentes, avec la même ardeur que si l'on m'avait consacré une coterie zélée d'inquisiteurs personnels. Une pluie fine mais persistante s'abattit sur nous dès notre départ le lendemain. L'eau s'infiltrait partout, détrempait même ma pèlerine, et je regrettais amèrement mon pantalon gaïche, qui devait moisir au fond de la malle de mon ancienne chambre à Château-Corne. Le poids des vêtements mouillés alourdissait encore davantage la charge des mailles que Uldrick m'avait fait rendosser dès le lendemain. Mon corps entier hurlait à chaque pas misérable et, si nous avions effectivement réduit notre allure comme le Var me l'avait promis, je ne m'en rendais compte qu'à moitié. Avec le frottement des bottes humides, je ne tardai pas à attraper des ampoules, petites brûlures insupportables qu'il me fallait endurer, car l'effort même de boitiller était trop fatigant. Parmi la flopée de pensées morbides qui vinrent m'habiter au cours des longues heures de cette morne marche, revenait sans cesse la question des limites, les frontières de cet abîme d'épuisement dans lequel je semblais voué à disparaître tout entier. Pouvait-on en mourir ? Était-ce le plan de Uldrick depuis le début ? Se débarrasser de moi et de la promesse qu'il m'avait faite, sans qu'il eût pour autant à revenir sur sa parole ?

De jour, la pluie dégouttait des formes tordues des arbres pour venir imbiber la mousse épaisse, faisant pleurer les feuilles mourantes comme de minuscules spectres flétris. Nous montions et descendions, par des sentiers à gibier sinueux qui se ressemblaient tous et que l'écoulement de l'eau rendait glissants et traîtres. Le soir venu, nous allumions de petits feux crachotants qui ne faisaient presque rien pour contrer le froid qui se logeait jusque dans mes os, et mes vêtements n'y séchaient qu'à moitié. Les soins de plus en plus importants que je devais apporter à Pikke me volaient des forces que je n'avais pas, et lorsque Uldrick se levait, peu avant que la nuit ne tombe, pour exiger que je me batte avec lui, mon cœur sombrait au fond de mes bottes mouillées. J'essayais, bien sûr, mais il balayait mes faibles efforts avec toute la facilité que l'on pouvait attendre. J'avais déjà écopé d'un coquard jaunissant qui me couvrait la moitié du visage, ainsi que d'une lèvre fendue lorsque j'étais tombé contre une souche, mais pires encore étaient les hématomes au ventre et aux jambes, qui venaient ajouter leur morsure à mes autres maux, quand la marche reprenait. Rapidement, j'en vins à en perdre l'appétit par anticipation de ces coups, mais avec une fermeté sinistre le Var me forçait à manger. Au quatrième jour j'en vomis d'angoisse. Uldrick me fit ravaler ce que j'avais régurgité à même le sol ruisselant. Je ne vomis plus après cela.

Le guerrier-var marchait lui aussi désormais, enroulé dans sa cape de cuir huilé, en menant les chevaux trempés par la bride. Devant moi ondoyait sa silhouette inconstante, et je distinguais parfois le choc de la corne sur la pierre, lorsque l'un des chevaux trouait l'humus jusqu'au basalte. Je le craignais à présent, même si cette crainte était organisée, une montée en puissance avec le cycle du soleil voilé, qui culminait après le repas du soir en quelques instants de douleur terrifiée. Oui, je le craignais, je craignais son incompréhensible folie, sa faculté à se montrer encourageant puis retors, patient et professoral et brutal. L'indifférence avec laquelle il me frappait, puis la chaleur que nous partagions lorsque je dormais serré contre lui, tout cela me faisait tourner la tête. À vivre sur cette brèche imposée, j'en venais à glisser sur le fil de la réalité. Surgissaient en moi de faibles instincts contradictoires, de fuite et de combat, mais je n'avais plus la force pour l'un, et j'échouais pitoyablement à l'autre. À peine pouvais-je nourrir les braises froides de mon désespoir avec un combustible obscur de reconnaissance et de haine mêlées. Je me perdais, petit à petit, dans cette tourmente, et pourtant mes pas chancelants, ceux-là même qui donnaient vie à ce mal, s'enfonçaient inexorablement dans les siens. Chaque nouveau jour, je le suivais à la trace, comme un chien battu mendie après son maître, tenu en laisse par l'espoir et la soumission, et les justifications pernicieuses qui naissent de la souffrance.

Puis, vers le sixième jour, il y eut un bref rayon de soleil et la pluie s'arrêta. Sous nos pieds, le terrain commençait à grimper pour de bon, et je me souviens d'un arc-en-ciel, qui cernait à l'horizon la roche fissurée des hauts de Cullonge. C'était un instant irréel et la lumière transfigurait les bois sombres et luisants en une vision de beauté tranquille. Nous fîmes halte plus tôt ce jour-là, en début d'après-midi, dans une clairière ensoleillée pour mettre à sécher nos habits et manger enfin un vrai repas chaud. Les chevaux levèrent la tête pour la première fois depuis la pluie, et Uldrick les laissa s'attaquer librement à la fétuque épaisse qui poussait là, pour compléter leur régime de sphaigne forestière. Quant à moi, je m'assis lourdement dans l'herbe encore humide et ôtai mes bottes avec délectation, profitant du bonheur simple de mes deux pieds libres et du soleil sur ma chair meurtrie. Le Var ne tarda pas à me rejoindre, avec un pot d'onguent à la main. De la pointe de son couteau, Uldrick perça mes ampoules, celles qui avaient résisté au voyage, puis les nettoya et frotta le tout avec sa teinture qui sentait l'ail et l'alcool d'ortie noire. Ensuite, je dormis et rêvai de Hesse et du Deïsi.

  Je ne fus réveillé qu'au soir. Uldrick m'avait enveloppé dans ma couverture, et nos vêtements pendaient non loin, aux branches tordues du vieux chêne solitaire qui se dressait au milieu de la prairie. Le guerrier avait monté le campement sans mon aide pour une fois, et il me tapotait de son pied nu. Lorsque je me redressai sur un coude, il me tendit silencieusement un bol de haricots chauds et de lard. Je lui pris la nourriture des mains et, faisant de mon mieux pour ignorer les haut-le-cœur provoqués par ce qui allait suivre, je m'empressai d'avaler le tout. Les nuits se faisaient de plus en plus fraîches avec l'approche de la lune des Semailles, et je frissonnais tandis qu'autour de moi le jour déclinait.

De tous mes habits trempés, je n'avais conservé que mes dessous. La clairière était baignée d'une lueur dorée, et la voix de Vaux, qui avait été étouffée par les crépitements incessants de la pluie sur le feuillage d'automne, se faisait de nouveau entendre.

Uldrick attendait que je finisse de manger, immobile et parfaitement nu, ses muscles saillants comme des racines velues. Je déglutis, avant de me lever péniblement, quittant la laine chaude avec la mort dans l'âme, pour venir, tremblant, me placer devant lui. Je ne le regardais pas, j'attendais seulement, résigné, qu'il me donne l'ordre tant redouté, mais le Var ne fit que me contempler, sans rien dire. Je me focalisai sur le délai insupportable qui me séparait de mon prochain hématome. « Est-ce que tu comprends qu'il y a un sens à tout ceci, *Sleitling* ? » finit par me demander Uldrick. C'était la première fois qu'il me parlait de la journée. Je secouai la tête, et serrai les poings. « Tu comprendras, bientôt », fit-il. « Lorsque nous aurons trouvé un bon hivernage, je commencerai à t'apprendre de quelle manière se battent les *vaïdrogans*. Mais cela ne te servira à rien, tant que tu ne seras pas allé jusqu'au bout de cette leçon. Et tu en es encore loin. » Il prit une inspiration qui me parut lasse. « Allez, *Sleitling* », dit-il. « Essaye de me frapper. » J'approchai, telle une bête craintive, le front plissé par anticipation de la rossée, mais impatient d'en finir. Uldrick me faucha d'un coup à l'estomac. Je crachai à quatre pattes dans l'herbe, crispé sur la douleur autant que sur la rancune.

Sous le regard impassible du Var, je boitillai ensuite jusqu'à ma couverture abandonnée, et la traînai sous la tenture goudronnée. Près du feu, je m'enroulai, et fermai les yeux. J'entendis Uldrick vaquer ici et là, soigner les chevaux, puis ramener du bois, sans parvenir à me rendormir. Les oiseaux de nuit ululaient lorsqu'il finit par me rejoindre, et le Var grogna en s'asseyant. L'idée que son genou pût encore le faire souffrir me procurait un maigre réconfort, dont je savourais silencieusement le goût amer. « Tu devrais regarder ça, *Sleitling* », finit-il par dire. « C'est sans doute la dernière fois cette année. » J'entrouvris un œil tuméfié, avant de me redresser lentement. La clairière obscure avait été envahie par un vol de lucioles. Elles virevoltaient en silence, des milliers de lueurs minuscules qui tournoyaient autour du chêne central, comme une procession de bougies féeriques.

Parfois, il y avait un bruissement furtif, un chasseur ailé piquait dans la clairière, une luciole s'éteignait brusquement, et autour, cela faisait comme une vaguelette lumineuse, comme les rides sur l'eau lorsqu'il pleut. Fasciné par le spectacle phosphorescent, j'en oubliai quelque temps les bleus et l'épuisement. « J'ai toujours aimé les bois de Vaux pour ça », fit Uldrick doucement. « À chaque fois, c'est quand tu commences à ne plus la supporter que cette forêt se rachète pour la lune qui vient. Comme si elle avait besoin qu'on l'aime. » J'acquiesçai, la bouche entrouverte, envoûté par la danse lumineuse. « On dirait des fées », fis-je. « On dirait que c'est la nuit qui... qui ondule. » Uldrick me lança un regard étrange par-dessus le feu. « C'est vrai », fit-il. « On dirait que la nuit ondule. »

Le lendemain, je me levai aux aurores, endolori mais reposé. Le Var dormait encore, paisiblement enroulé dans sa cape, et je ne le réveillai pas. Mes vêtements étaient toujours humides, mais la journée s'annonçait belle, quoique frisquette, et je les trouvai bien plus secs qu'ils ne l'avaient été pendant la semaine précédente. Je déambulai quelque temps sur l'herbe de la clairière, les pieds nus détrempés de rosée, avant de libérer les chevaux afin qu'ils puissent aller brouter. Bredda acceptait ma présence désormais, et même si nos rapports étaient tout autres que ceux que j'entretenais avec le hongre, elle me laissait l'approcher et la toucher de mauvaise grâce. Je flattai brièvement Pikke, puis je m'occupai de raviver les braises du feu mourant. Le petit déjeuner en tête, je fouillai dans le paquetage entassé, avant de constater que la grande outre était vide. Comme nous suivions le cours d'un ruisseau depuis plusieurs jours, je décidai de m'aventurer un peu plus loin dans les bois en quête d'eau fraîche.

Le pépiement des oiseaux matinaux m'accompagnait et le soleil filtrait par rayons dorés entre les branches des arbres qui bordaient la clairière. Je vis un grand lièvre détaler devant moi, et ma courte marche me mena rapidement jusqu'aux berges caillouteuses du ru, grossi par la pluie des jours précédents. Le cours d'eau décrivait un arc et, de l'autre côté, à quelques empans de la petite plage de galets où je me tenais, le courant avait creusé profondément sous les racines. La vue des truites qui se dispersèrent à mon arrivée me fit grommeler le ventre, et je regrettai de ne pas avoir de fil pour pêcher. Agenouillé sur la plage, je remplis l'outre vide, avant de tremper mes pieds dans l'onde glacée. La teinture que Uldrick avait passée sur mes plaies avait bien fait son affaire, et les ampoules s'étaient tellement asséchées durant la nuit, que j'arrivais même à trouver du plaisir au contact de l'eau. Lorsque je me fus accoutumé au froid, je me déshabillai entièrement et entrepris de me laver, frottant ma peau avec le sable du lit, comme Driche me l'avait déjà montré. J'inspirai profondément, enfoncé jusqu'aux genoux dans le ruisseau, mes pensées virevoltant entre la raclée que j'allais recevoir de Uldrick une fois le soir venu, et l'odeur des cheveux de Brindille lorsqu'elle m'avait rendu visite la dernière fois, au cachot.

Je clignai des yeux en frissonnant, faisant rouler un galet rond entre mes doigts. Il y avait un jeu d'ombre dans l'eau en face de moi, près des racines qui s'emmêlaient au travers de la berge opposée. Sous la surface scintillante je distinguais une forme immobile, un tronc submergé, qui tremblait dans le courant rendu trouble par ma toilette. Intrigué de ne pas l'avoir remarqué plus tôt, je me penchai, immobile et attentif. Les contours semblaient prendre consistance sous mes yeux, comme si le lit même de la rivière venait prudemment à ma rencontre. Je souris, curieux, avant de faire un pas en avant, et mes pieds s'enfoncèrent avec délice dans la boue tiède.

Soudain, quelque chose de lourd chuta dans le ru en une gerbe d'éclaboussures, et je fus saisi sous la gorge, puis traîné en arrière jusqu'à la berge, trop surpris pour crier. Uldrick glissa sur les galets humides et tomba sur le dos en pestant et je m'effondrai à moitié sur lui. Les écailles froides de son armure étaient rudes et inconfortables sous mon dos nu. « *Fekke*, que tu es cave, *Sleitling* », me siffla-t-il dans l'oreille. J'émis quelques balbutiements incohérents tandis que le grand Var me remettait sur pied. Une large tête arrondie venait d'apparaître dans le courant, noire et constellée de gris, lustrée comme du cuir humide. Deux yeux jaunes et minuscules me fixaient, presque avec regret, depuis l'onde. La mâchoire luisante était aussi large que mes épaules.

Uldrick tendit le doigt vers la créature qui se submergeait de nouveau sous les racines. « La salamandre t'aurait bouffé tout entier, petit crétin », fit-il d'une voix méprisante. « Je voulais juste aller chercher de l'eau », protestai-je, sans quitter la chose des yeux. « Je savais pas. » Uldrick me tapota le crâne du bout des doigts. « Utilise un peu ta tête, *Sleitling* », me sermonna-t-il. « Quand on ne sait pas, on ne s'approche pas. » Je fronçai les sourcils. « Mais j'ai cru que c'était juste une branche sous l'eau... » Le Var me coupa. « Une grosse branche alors », ironisa-t-il. « Il t'aurait chié dans le ruisseau, et j'aurais même pas retrouvé tes os. Ces bois peuvent être dangereux *Sleitling*, pour qui ne les connaît pas. Il y a les ours, les loups, les chats-vèches aussi, les vers à viande qui te rentrent dans le cul quand tu dors et les tiques blanches qui te refilent la narcose aussi sûrement que n'importe quelle putain. Ne t'éloigne plus jamais sans me le dire. Je ne peux rien apprendre à une merde de salamandre. »

Je scrutais le ruisseau, le cœur battant. Un sourire carnassier vint orner les lèvres de Uldrick. « Tu as de la chance que ma Bredda soit aussi gourmande », fit-il. « C'est elle qui m'a réveillé, à essayer de trouver l'avoine. » Il me frotta les cheveux, qui étaient pleins de sable, et parut ne rien remarquer lorsque je sursautai à son contact. « Mais c'est bien », poursuivit-il posément. « C'est bien qu'un guerrier ait de la chance. » Le Var renifla et ramassa l'outre pleine, puis alla récupérer l'arc et le carquois qu'il avait laissés sur la berge. Je m'empressai de me rhabiller, sans tourner le dos au cours d'eau, et je vis la forme noire de la salamandre glisser paresseusement jusqu'aux galets, là où l'onde était moins profonde. Elle était plus longue encore que Uldrick. Je frissonnai de nouveau. « Vous n'allez pas la tuer ? » demandai-je à haute voix. « Je ne vois pas pourquoi », cracha sèchement le Var, qui observait l'amphibien géant, lui aussi. « Nous n'allons pas rester ici et, tant que tu ne retournes pas te baigner, tu ne risques rien. Tu es plus gênant pour moi que cette salamandre dans son ruisseau. »

Nous rentrâmes au campement tandis que je méditais amèrement les paroles de Uldrick, puis je l'aidai à préparer le petit déjeuner. Nous venions de finir notre soupe de haricots, lorsque le Var toussota. « Je veux que tu restes ici aujourd'hui, *Sleitling* », dit-il tout en s'essuyant la bouche. Je vais te donner un peu de couenne pour les armes que je n'emporte pas. Frotte-les bien, tes mailles aussi, mais fais bien attention à ne pas te couper. Je les veux propres et prêtes à mon retour. » Il se redressa et je le contemplai sans comprendre. « Reste près des chevaux, loin du ruisseau, et tu n'auras pas d'ennuis », poursuivit-il. « Fais en sorte qu'ils ne s'éloignent pas trop d'ici. Bredda aime bien me suivre, et Pikke suivra Bredda. » Je me levai à mon tour, tandis que le Var ceignait son épée courbe. « Mais vous, vous allez où ? » demandai-je sur un ton plus inquiet que je n'aurais voulu le laisser paraître. Uldrick cracha dans le feu en se grattant la barbe, puis son regard me transperça. Ses yeux étaient devenus aussi froids que deux puits givrés. « Je vais aller attendre cet homme qui nous piste », dit-il sombrement. « Puis je le tuerai. »

37

Après que le Var eut disparu dans les bois, son arc à la main et son épée à son côté, les heures s'écoulèrent encore plus lentement que le cours paresseux de la Brune. Chaque bruissement sauvage qui naissait alentour se superposait aux suivants en un long flot anxiogène. L'angoisse que me provoquait ce subit abandon par Uldrick dépassait encore ma crainte de le voir revenir à temps pour les coups du soir. D'une manière confuse et rétrospectivement tout à fait injuste, j'avais choisi de le tenir pour personnellement responsable de la transformation de cette journée de repos en une succession d'instants grinçants qui cisaillaient ce qu'il me restait de nerfs. Avant de me quitter, le Var m'avait expliqué froidement que, dans le cas où il ne serait pas revenu le lendemain matin, je devrais prendre la direction de Cullonge, mais il m'avait également fait comprendre que j'aurais autant de chances d'y parvenir que de m'échapper sans son aide de la geôle de Corne-Brune. Incapable d'oublier l'avertissement du guerrier, je ruminai tout au long de la matinée, tout en sursautant au moindre craquement de la forêt. Mon imagination et cette solitude soudaine nourrissaient mon inquiétude et la forêt vauvoise en rajouta une couche. Je faillis mourir de peur lorsque vers midi, en un fracas que j'identifiai à tort comme une armée de brigands venus m'écharper, une harde de biches naines traversa au trot l'extrémité ombragée de la clairière.

Comme je n'avais rien d'autre à faire pour me changer les idées, je graissai les armes de Uldrick avec méfiance, le regard virevoltant entre mon ouvrage poisseux et les frondaisons jaunissantes de la forêt. Je haïssais la facilité avec laquelle je lui obéissais presque autant que je haïssais le Var lui-même. Il n'empêche que j'étais inquiet pour Uldrick, même si dans ma situation actuelle, j'étais incapable de l'admettre. Malgré la force implacable qui émanait du Var, je ne pouvais m'empêcher de penser que notre poursuivant invisible pouvait vraisemblablement être le sicaire. Je n'avais pas oublié l'allure à la fois brutale et féline de l'homme de Franc-Lac, et il me semblait que ce tueur-là comptait parmi les rares individus à pouvoir se mesurer au *vaïdrogan*. Et puis, tout au fond du ravin de mes terreurs les plus secrètes, il en résidait une que mon esprit osait à peine effleurer et qui me contemplait d'en bas, avec les yeux noirs du Deïsi. Je n'avais pas rêvé depuis mon départ de Corne-Brune, mais ma crainte du démon n'avait pas tari pour autant, et je ne sais pour quelle raison, je craignais qu'il pût encore retrouver ma trace, même de ce côté-ci de la Brune.

J'avais bien les chevaux pour me tenir compagnie, mais Bredda semblait bouder parce que le Var l'avait attachée avant de partir, et Pikke avait fait un choix on ne peut plus clair entre l'herbe de la prairie et ma quête de réconfort. L'appétit me manquait toujours lorsque j'eus fini de passer la couenne sur mes mailles, et c'est à contrecœur que je me forçai à avaler ce qu'il restait des haricots de la veille. Je mâchais sans appétit, les fèves froides se transformaient sous mes dents en une pâte lourde qui me collait au palais et que j'avalais avec difficulté. Je tentai ensuite de me reposer un peu, mais il apparut rapidement que ma nervosité exacerbée, alliée aux variations de la voix de Vaux allaient m'interdire de trouver un quelconque refuge dans le sommeil. Je me mis donc en tête de promener Bredda afin qu'elle puisse paître davantage. Sitôt que j'eus détaché sa longe, je regrettai mon initiative compatissante.

La jument igérienne s'aventura d'abord jusqu'à l'orée des bois où Uldrick avait disparu, en me traînant derrière elle comme j'aurais moi-même tiré un rat au bout d'un fil. Puis, après avoir hésité, elle rebroussa chemin, tout en ignorant mes cajoleries et mes insultes et, comme je n'osais pas lâcher la longe, je dus me résoudre à passer mon temps à la suivre dans ses déambulations. À mon soulagement, la jument ne quitta pas la clairière, mais elle semblait prendre un malin plaisir à me montrer qui dirigeait vraiment lorsque Uldrick était parti. Les heures s'effilochèrent avec lenteur, tandis que Bredda me tirait de-ci de-là. Rapidement à bout de forces, je n'eus pas d'autre choix que de devenir son jouet pour l'après-midi. Comme la nuit tombait, en quête d'avoine, la jument de guerre finit par s'aventurer suffisamment près du campement pour que je puisse passer sa longe autour d'une branche basse du grand chêne. Je réussis tant bien que mal à empêcher le pillage de nos provisions, même si elle me lançait de temps en temps un regard féroce, elle avait fini par se désintéresser lorsque j'eus déplacé les comestibles hors de sa portée. Tandis qu'en pestant je tentais de raviver le feu de camp que les caprices de la jument m'avaient empêché d'entretenir, je me rendis compte que j'avais développé pour Bredda le même respect rancunier que m'inspirait son maître.

L'eau frémissait dans le pot d'étain, et j'y jetai assez de tubercules pour deux, tout en guettant le retour de Uldrick avec une anxiété croissante. Dans l'obscurité qui semblait palpiter autour de moi, les oiseaux de nuit ululaient leurs chants étranges, le feu crépitait et crachait et, en arrière-fond, il y avait ce tonnerre doux qui naissait dans la panse des chevaux. Je scrutais l'ombre, attentif au moindre craquement dans les sous-bois, sursautant à chaque brame et à chaque glapissement. Puis, loin au sud, quelque part entre les rocs déchiquetés des hauts de Cullonge, une meute de loups se mit à converser, et je me terrai en frissonnant près des flammes, terrifié par leurs hurlements lugubres. Je savais que je ne dormirais pas de la nuit, pas tant que le Var ne serait pas revenu, et cette pensée m'emplissait à la fois d'exaspération et de désespoir. Après une bonne heure, mes tubercules se mirent à grésiller faute d'eau, et c'est en jurant que je retirai le pot fumant du feu.

Soudain Bredda hennit doucement et je levai les yeux. La rosée fraîche reflétait la lumière pâle des étoiles. Quelque chose se mouvait dans la nuit plus épaisse sous les arbres. Je fronçai des sourcils en sondant la pénombre. Il y eut un craquement. Une silhouette indistincte approchait du campement à grandes enjambées, au travers des herbes scintillantes de la clairière. Je me mordis la lèvre, tiraillé entre la panique et l'espoir, avant de m'esquiver furtivement derrière le grand chêne. Mes doigts tendus s'agrippèrent à l'écorce rêche. J'entendais des pas désormais, des pas lourds qui se rapprochaient de plus en plus. Je retins ma respiration, le cœur battant.

— *Sleitling ?* Tu es là ?

J'expirai lentement, un long flot soulagé, avant de surgir de ma cachette. Uldrick se tenait près du feu, en tâtant les tubercules trop cuits. Lorsqu'il m'aperçut, le Var me fit signe et je le rejoignis près des flammes. Mon effroi s'était dissous promptement pour céder place à l'habituelle confusion craintive. Au loin, les loups hurlèrent encore, de longues plaintes qui semblaient s'étirer à l'infini. Sans que je parvienne à l'expliquer vraiment, je me sentais penaud. C'était une journée à loups, me semblait-il, et je n'avais pas été à la hauteur. Uldrick mâchonna bruyamment un tubercule, tout en grimaçant. « Il va falloir que je t'apprenne à cuisiner aussi », me dit-il sur un ton si ordinaire que cela contrastait furieusement avec la frayeur qui m'avait étreint depuis son départ, et davantage encore avec ce qui avait dû se passer plus tôt dans les bois. Je haussai des épaules sans trouver de mots appropriés. Uldrick vida les tubercules sur l'herbe près du feu, tout en me dévisageant de ses yeux étincelants. « On va essayer de sauver tes patates », poursuivit-il après un court silence. Je fis involontairement la moue, et le Var me toisa d'un œil indifférent.

Uldrick fit fondre un peu de lard dans le fond de la casserole, puis il tira un lapin dépecé d'un paquetage rugueux que je ne reconnus pas et entreprit d'en débiter la carcasse dans la graisse fumante. L'eau me vint à la bouche lorsque Uldrick y rajouta un peu de sel et quelques herbes, puis enfin mes tubercules qu'il découpa en tranches. J'eus tout à coup faim, très faim, pour la première fois depuis notre départ de Boiselle. Comme je ne quittais pas des yeux le pot grésillant, le Var se pencha et me fit claquer les doigts près de l'oreille pour avoir mon attention. En levant mon visage vers lui, je remarquai le sang séché qui incrustait sa main épaisse. Uldrick piocha de nouveau dans sa besace, et cette fois-ci, il en ressortit une tête.

C'était une tête humaine, qu'il tenait par des cheveux bouclés. L'ombre projetée par les flammes en occupait la moindre cavité, comme si la noirceur suintait par les yeux, le nez et la bouche tordue. J'eus un mouvement de recul. « Tu le connaissais ? » me demanda Uldrick d'une voix surprise. Je secouai la tête. « Tu es sûr ? » insista le Var, en me lorgnant avec intérêt « Regarde-le bien. » Je pris une grande inspiration. « Oui », fis-je faiblement. « Je ne le connais pas. » Uldrick cracha dans le feu.

« C'est ce que je pensais », dit-il sombrement, et il posa la tête dans l'herbe près de lui. Même de biais, je ne pus détacher mon regard des orbites creuses. Notre poursuivant n'avait pas vingt ans. « J'ai tiré trop haut », grommela Uldrick. « On saura jamais. Un traîne-bissac de Boiselle, sans doute. Vois comment on en vient à mourir bêtement pour une poignée d'argent, *Sleitling*. Regarde bien, et rappelle-toi. » Je levai deux yeux effrayés sur le visage balafré du guerrier-var. « Mais il devait bien savoir qu'il pouvait pas vous tuer », fis-je d'une petite voix, comme pour prendre la défense du mort. Uldrick secoua la tête. « Ce n'était pas son intention, *Sleitling*. Il n'aurait pas essayé de me tuer. Il voulait seulement savoir où on allait, pour pouvoir te vendre ensuite à l'homme de la Ligue. Maigre comme il était, il devait pas bouffer souvent. » Le Var cracha de nouveau dans les flammes. « *Geddesleffe* », conclut-il, amèrement.

Nous mangeâmes un peu plus tard, et je fus surpris de constater que la compagnie de la tête tranchée ne m'avait pas coupé l'appétit. Nous dévorâmes littéralement le lapin et épongeâmes la graisse avec quelques fines tranches de pain sec. « Tu peux remercier le pisteur pour ce garenne », fit Uldrick en désignant les boucles brunes de la tête. « C'est lui qui l'a pris au collet. » Malgré mon estomac satisfait et distendu, je ressentis aussitôt une pointe de culpabilité. Le guerrier toussa. « Tiens. Il y a ça aussi. J'ai oublié d'en demander une à Treuce, quand nous étions à Boiselle. » Le Var me tendit une ceinture épaisse de cuir usé, dont je m'emparai avec hésitation. Les traînées sombres qui tachaient le cuir étaient trop nettes pour que je ne les remarque pas. « Ça t'aidera mieux avec les mailles que ta pauvre lanière », fit-il. Je contemplais l'objet qui avait appartenu au mort, horriblement effrayé, et en même temps, je bourdonnais d'une excitation ambiguë à l'idée d'accompagner un homme aussi dangereux que le guerrier-var.

« Vous avez déjà tué beaucoup d'hommes ? », demandai-je, surpris par ma propre audace. Uldrick fit la moue et ajouta une bûche dans le feu. « Oui », répondit-il d'une voix plate, tout en agaçant les braises. « Combien ? » insistai-je, avant de regretter ma persistance. Le Var leva les yeux sur moi. « Beaucoup », grogna-t-il plus rudement. Je déglutis, avant de replier les genoux sous mon menton pour scruter le feu. L'air nocturne se rafraîchissait très rapidement et les naseaux brûlants des chevaux émettaient de petits nuages de condensation à chacun de leurs souffles profonds. Le Var se redressa et fit craquer son dos. «Allez, *Sleitling*», dit-il, en roulant des épaules. Mon cœur accéléra brusquement. L'admiration fébrile que j'avais pu ressentir quelques instants auparavant disparut entièrement, pour laisser seulement place à une petite boule froide et désespérée, fichée quelque part dans mes tripes. Je me demandai brièvement comment j'avais fait pour l'oublier, puis je fus sur pied moi aussi, les yeux pleins de haine et de trouille. «On a de la route demain, il vaut mieux qu'on dorme», continua Uldrick tout en me dévisageant étrangement. «On ne se bat pas ce soir?» soufflai-je d'une voix étranglée. Le Var secoua la tête et détacha son ceinturon d'armes. «Pas ce soir, *Sleitling*», fit-il doucement, sans me regarder. «Demain.»

Le lendemain matin, nous repartîmes à l'aurore, et notre marche dura encore quatre jours. Plus nous avancions vers le sud, plus le terrain se faisait pentu et rocailleux, et les arbres épars. Le grès des hauts de Cullonge avait été sculpté par l'eau, de sorte que nous rencontrions souvent des gorges ravinées, qu'il fallait contourner, et des colonnes de pierre dressées qui émergeaient d'entre les arbres, que Uldrick appelait des cheminées de fée. La forêt ne cessait jamais réellement, mais s'espaçait, s'agrippait à la pierre déchiquetée par des racines raides et tendues comme les mains d'un mort. C'était une région très giboyeuse, et il ne se passait pas une heure sans que nous apercevions la queue d'un lièvre des bois, d'une biche naine ou d'un chamois. Un soir, au coucher, nous assistâmes de loin à la bataille de deux grands cerfs, qui se chargeaient encore et encore au fond d'une gorge et dont le choc des ramures résonnait à des milles à la ronde.

Uldrick tint parole, et nos affrontements nocturnes reprirent de plus belle. Le lendemain de notre départ, j'arborais en grimaçant un nouveau coquard. Néanmoins, malgré le terrain qui grimpait parfois brutalement, je souffrais beaucoup moins de la marche. Il ne pleuvait plus, même si un vent retors s'était mis à souffler et que les nuits se rafraîchissaient considérablement. Mes bottes commençaient à se casser, je n'avais plus d'ampoules et, malgré les bleus et le poids de la maille, je ne traînais plus derrière et je me fatiguais moins. Bien sûr, mon nouveau ceinturon aidait à mieux répartir le poids de l'armure, mais, surtout, comme le Var l'avait prédit, je commençais à faire du muscle. Ce n'était pas bien impressionnant et les changements étaient si indécelables que je ne voyais pas moi-même la différence. Pourtant je durcissais. Mon corps entier durcissait et se tendait comme un nerf de bœuf que l'on tresse.

En parallèle, ma colère après Uldrick croissait lentement mais sûrement, telle une petite braise que j'entretenais méticuleusement tout au long de la journée, que je nourrissais de ses ankyloses, de ses grognements d'effort et de ses rares chutes, lorsqu'il dérapait parfois sur la pierre humide. Je me mis à attendre le soir, non pas avec impatience, car la crainte subsistait, mais avec mes nouvelles forces, j'essayais de lui faire du mal. Je n'y arrivais pas, évidemment, mais je me répétais sans cesse qu'un jour, un jour bientôt, j'y parviendrais. Ce que je supportais le moins, c'était sa façon de se conduire avec moi lorsqu'il ne me frappait pas, cette capacité affreuse à ne pas remarquer la haine que je lui vouais. Les coups, qui ne duraient pourtant que quelques instants à l'échelle de toute une journée, étaient devenus pour moi la norme, la seule chose que j'attendais de Uldrick, et lorsqu'il se montrait patient ou attentionné cela m'emplissait d'une rage noire et confuse. Je détestais particulièrement cette habitude que nous avions prise de dormir ensemble pendant la pluie, pour nous prémunir du froid.

Lorsque au dixième jour nous atteignîmes le dernier sommet, nous pûmes voir en contrebas un manteau boisé lové entre les hauts. Uldrick me montra à distance les panaches de fumée qui trahissaient la présence de Cullonge et, un peu plus au sud, les mines de cuivre de Long-Filon, nichées en face de nous, contre le flanc opposé de la vallée. « Nous allons redescendre encore un peu *Sleitling*, puis nous commencerons à chercher un hivernage », me dit-il tandis que j'épousais la vallée du regard, et que le vent me rabattait les cheveux dans les yeux. J'avais hâte qu'ils repoussent à une longueur plus confortable. Je reniflai sans répondre, et le Var reprit la parole tout en ajustant la longe de Bredda pour la descente. « Nous sommes à trois ou quatre jours de Cullonge. On a dû passer hier soir la frontière avec Couvre-Col. Nous marchons sur la terre des seigneurs de Vaux, désormais. » Sans attendre de réponse, il engagea les chevaux dans la pente rocailleuse. Je lui emboîtai le pas.

Nous cherchâmes un ruisseau tout en marchant, puis, après que Uldrick eut découvert un petit torrent babillant au fond d'une ravine, nous en suivîmes le cours vers le sud. En fin de journée, nous tombâmes opportunément sur un endroit propice, presque parfait, dont la splendeur me fit oublier quelque temps ma rancune. La gorge que nous longions prenait fin abruptement pour s'ouvrir sur un beau plateau herbeux, parsemé de nombreux bouleaux-vifs, dont l'écorce blanche scintillait dans le soleil couchant, et dont le rouge sang des feuilles faisait écho à l'astre flamboyant qui déclinait à l'horizon. Entre les troncs éclatants des bouleaux poussait une fétuque dense, encore grasse pour la saison, dont les tiges n'avaient pas encore commencé à jaunir. Le ruisseau cailouteux, gonflé par quelques autres rigoles, traversait le plateau de part en part, plein sud-ouest durant plus d'une mille, avant de partir en une série de cascades écumantes, là où le dénivelé reprenait. L'eau limpide martelait le grès moussu, s'enfonçait dans la forêt plus profonde en dessous et chantait entre les pierres avant d'être engloutie par les arbres qui se coulaient au lit de la vallée.

La ravine par laquelle nous étions arrivés tranchait au travers d'une petite falaise inégale, surplombée de pins retors, suffisante pour nous abriter du vent du nord et des grosses neiges. Nous avions un panorama époustouflant sur l'est, où le plateau avait été découpé nettement, trônant loin au-dessus des frondaisons bigarrées qui s'étendaient au-delà, jusqu'aux contreforts des Épines. Les montagnes étaient de lointains pics contre la ligne claire du ciel, à peine des esquisses un peu plus sombres qui se découpaient contre l'azur. À l'ouest, les bois étaient plus accessibles et le plateau s'éclipsait en une pente plus douce, puis les hauts se tordaient vers le sud comme un enchevêtrement d'échines sculptées, pour nous ôter toute visibilité en direction du ponant. Quelque part de l'autre côté devait couler la Brune. Le Var acquiesça en signe d'approbation à la vue du versant boisé, tout en marmonnant quelque chose à propos de la chasse et du bois mort.

Le plateau se trouvait à quelques jours de marche de la route invisible qui sinuait au fond de la vallée pour relier Cullonge à Blancbois, ce qui en signifiait bien le double pour qui tenterait l'ascension vers nous. Uldrick avait insisté à de nombreuses reprises sur la valeur de notre solitude : l'isolement du plateau contribuerait à nous préserver de tout contact indésirable. Les bois de Vaux abritaient autant de loups à quatre pattes que de loups qui marchent debout, et Uldrick m'avait déjà expliqué que nous avions bien plus à craindre des seconds que des premiers. J'aidai le guerrier à décharger les montures, et nous installâmes temporairement la toile contre le flanc de la falaise, soutenue par quelques grosses perches de noisetier et alourdie au sol par une poignée de galets lisses. Je me retournai pour souffler lorsque nous eûmes fini. Les mains sur les hanches, mes yeux balayèrent l'horizon qui semblait s'étaler de la pointe de mes bottes jusqu'au bout du monde.

38

Tandis que les feuilles perlaient des branches des bouleaux comme des larmes de sang que le ruisseau emportait, les graines que Uldrick avait plantées en moi durant notre voyage se mirent doucement à germer. Ce fut dans le froid grandissant de cette fin d'année, au printemps de mes dix ans, que mon initiation au métier des armes débuta pour de bon. Au début, c'était si parcimonieux que c'en était frustrant, et cette frustration s'ajoutait au courroux de plus en plus volcanique que je vouais à mon professeur. J'avais l'impression que Uldrick mettait un frein volontaire à mon apprentissage et, dans les rares moments que je pouvais encore dédier à la réflexion, j'en vins à deviner ses raisons. Il savait ma haine à son encontre, et partait du principe que ma haine m'empêcherait d'apprendre. Je le maudissais tout en le méprisant davantage, car d'une part je ne pouvais envisager qu'il pût avoir raison, et que d'autre part son attitude envers moi n'avait pas changé pour autant. Il feignait encore l'ignorance, ce que je trouvais profondément insultant. Après tout, n'avais-je pas vu clair dans son jeu ?

Durant notre première lune sur le plateau, alors

que les journées raccourcissaient inéluctablement, le Var avait découpé notre emploi du temps en deux activités distinctes. Pendant une heure, tous les jours, Uldrick m'apprenait les bases de la lutte à mains nues. Comment frapper, et où, comment saisir, et où, comment recevoir un coup. Durant ces cours très théoriques, il ne me touchait pas, et nous ne nous affrontions pas réellement. Paradoxalement, alors qu'au soir ses poings portaient pour de bon, l'essentiel de ma frustration naissait de cette heure. De cette courte et minuscule petite heure. Uldrick me répétait souvent, lorsque après le dîner il m'avait décoré d'un nouvel hématome, que mon bleu était une leçon et que je n'étais pas arrivé à son terme. J'en avais conclu que les coups cesseraient lorsque je réussirais enfin à le toucher, et j'avais une conscience aiguë de la manière dont les entraînements de la journée me rapprochaient de cet objectif. Comme je n'avais droit qu'à une heure, non seulement je progressais bien trop lentement à mon goût, mais de surcroît je développais une compréhension de plus en plus précise du niveau démoralisant de mon adversaire. Là se situait très précisément le noyau de ma frustration. C'était comme apprendre à lire dans un ouvrage auquel on découvrait à chaque nouvelle lettre, qu'il y avait aussi davantage de pages.

Même si, par confort intellectuel, j'aimais blâmer Uldrick pour cette heure trop courte, les cohortes gelées de l'hiver approchaient désormais à grands pas, et nous devions consacrer l'essentiel de nos journées à la construction d'un abri digne de ce nom. Sur la centaine de bouleaux qui poussaient sur le plateau, Uldrick en abattit la moitié à la hachette, ce qui était un travail difficile et épuisant, même pour lui. De plus, nous n'avions que peu d'outils à notre disposition : la hachette usée, une petite scie à main, un couteau de fer épais et un large foret à bois. La pluie automnale ne tarda pas à nous retrouver et, même si la falaise dans notre dos nous abritait de l'essentiel du vent, la toile goudronnée ne constituait qu'un maigre rempart aux assauts de l'eau. Comme nous devions travailler quel que soit le temps, nous nous retrouvions bien souvent trempés jusqu'aux os durant des journées entières. Je pestais continuellement à cause de la pluie et, lorsqu'il se trouvait à portée d'oreille, tout ruisselant qu'il était, Uldrick me répétait d'un ton moqueur : « Tu n'es pas en sel, *Sleitling*, tu ne fondras pas. » Je taisais alors mes marmonnements, et le détestais un peu plus.

Pendant que Uldrick s'occupait du bûcheronnage, mon rôle consistait à peler l'écorce des bouleaux tombés, que je débitais en forme de tuile avant de l'entreposer un peu plus haut sous les pierres de la ravine, pour l'aplatir et empêcher que le vent n'emporte mes découpes. C'était un travail monotone qui exigeait beaucoup de concentration pour éviter les blessures au couteau, et j'en exécrais chaque instant, même si le Var m'avait expliqué quel rôle vital mon écorce allait jouer dans la finalisation de notre construction. Nous parvenions à transformer environ trois arbres par jour en carrés d'écorce et en grands troncs pâles de tailles diverses, dans lesquels le guerrier-var forait patiemment des séries de trous en vue d'un chevillage futur. En dépit de la mauvaise volonté avec laquelle j'exécutais les tâches que le Var me confiait, l'urgence du froid grandissant et les conditions misérables dans lesquelles nous vivions suffisaient pour que j'accomplisse ces corvées correctement. Je pouvais me réfugier dans l'idée que je trimais pour mon propre confort, et non pas parce que le guerrier me le demandait, ce qui rendait la chose légèrement moins ingrate à mes yeux.

Comme nous travaillions côte à côte la plupart du temps, Uldrick en profitait pour me parler de l'histoire de son peuple et des us et coutumes de son pays et, parce que c'était le seul divertissement sur lequel je pouvais compter, je l'écoutais. Il me raconta comment les ancêtres des Vars avaient fui les terres froides de Svanjölt et la tyrannie d'un roi despotique près de cinq cents ans auparavant et me détailla leur périple semi-mythologique au travers de la mer d'écume. Après de nombreuses aventures, le convoi maritime avait fini par s'échouer sur une côte déserte près de l'embouchure d'un grand fleuve. Là, les réfugiés avaient entrepris d'ériger leur nouvelle demeure : Varheld, la cité libre. Depuis ce premier bastion, leur influence s'était peu à peu étendue sur ces terres fertiles mais désertes, à l'est jusqu'à la Sinde et la frontière avec Carme, et plus lâchement vers le ponant, jusqu'en Igérie, où ils avaient bâti Harstemet pour troquer avec les tribus nomades de la région.

Alors que je trouvais l'histoire des Vars somme toute distrayante, j'avais davantage de mal à me représenter leur mode de vie, tant il était éloigné de ce que je connaissais déjà. Les Vars, confirma Uldrick, n'avaient ni seigneurs ni chefs et, même si les clans de la Cuvette avaient un fonctionnement similaire, je crois que je ne me représentais pas vraiment ce que cela pouvait signifier à l'échelle d'une civilisation organisée et sédentaire. Plus étonnant et insaisissable encore, ils ne faisaient usage de l'or que pour échanger à l'extérieur de leurs frontières : entre citoyens du pays var, point de monnaie, ni même de troc. Uldrick entrecoupait ses récits d'expressions, puis de phrases entières en sa langue maternelle, et je compris que son intention à terme était de m'enseigner son parler de la même manière que Nahirsipal m'avait initié au jharraïen.

« La poignée de seigneurs qui sont arrivés de Svanjölt avec les réfugiés n'avaient plus de terres, et plus de soldats pour défendre leurs titres », me fit savoir le guerrier, par un après-midi pluvieux. Nous travaillions du côté de la bordure est du plateau, tout près de la pente ravinée qui partait en éclats rocheux jusqu'aux arbres de la vallée. Le Var parlait sans quitter son travail des yeux, tandis que la pluie détrempait sa natte. Ses mots étaient hachés, parce qu'en même temps il sciait vigoureusement l'extrémité d'un bouleau abattu. « Un titre, ce n'est plus rien quand on porte les mêmes haillons que le potier ou le paysan, quand il faut ramer, baiser et chier au milieu des autres, et ramer encore, pour ne pas se noyer. Et puis ils savaient ce qu'ils fuyaient, et ce qu'ils ne voulaient plus. Les bûchers, et les vieux maîtres. C'étaient des penseurs d'un genre nouveau. Des hommes qui n'avaient pas peur de clamer haut et fort leur ignorance. C'était cela, leur force. »

Je levai les yeux et posai quelques instants le couteau glacé pour essayer de faire passer la crampe qui me nouait les doigts autour du manche comme les serres d'un rapace. « Nahirsipal Eil Asshuri m'a appris que l'ignorance est le lot de ceux qui ne prennent pas le temps d'y remédier », récitai-je vénéneusement, en coupant la parole au Var. Je ne sais pas vraiment ce que j'essayais d'accomplir à le défier ainsi, peut-être que la douleur crispée me renvoyait à mon amertume envers lui, mais Uldrick me répondit par un sourire faible et il cessa brièvement son ouvrage. « Une belle idée, *Sleitling*, mais ce sont ses certitudes qui ont empêché ton Jharraïen de trouver sa place parmi nous. » Je baissai les yeux. « Je me demande bien pourquoi », murmurai-je d'un ton sarcastique, tout en tapotant mes mailles pour en faire choir les lourdes gouttes. À mon grand désappointement, le rictus de Uldrick ne fit que s'élargir. « C'est une chose que de chercher le savoir, *Sleitling*, c'en est une autre que de croire qu'on l'a trouvé, et que tout ce que l'on ne comprend pas au-delà de ces connaissances relève du domaine des dieux. Ce n'est pas de cette manière-là que progresse le savoir. »

« C'est son savoir qui vous a sauvé le genou, Uldrick », fis-je d'une voix revêche. Je n'aimais guère la tournure que prenait la discussion que j'avais moi-même provoquée, ni le ton méprisant que Uldrick employait pour parler de mon maître assassiné. Le Var me fixait d'un regard perçant. « C'est son savoir, oui. Mais je n'ai pas entendu ses prières dans ta bouche », fit-il lentement. « J'ai prié, pourtant », rétorquai-je en fronçant les sourcils, mais Uldrick poursuivit implacablement. « Quand on fait du savoir une tour, cela ne reste qu'une chose morte et inachevée. La vraie sagesse est un arbre qui n'a de cesse de croître, *Sleitling*. Les branches vivantes tombent et renaissent. Elles n'ont aucune limite, hormis celles que l'on veut bien leur donner. » Je crachai mon dégoût dans la fétuque courbée. « Ça se saurait, si les guerriers pipaient quoi que ce soit à la sagesse », feulai-je à moitié, furieux sous la pluie crépitante. Uldrick haussa un sourcil. « Avant d'être un guerrier, je suis un Var », rétorqua-t-il simplement. « Nous n'avons personne pour être sage à notre place. À Jharra ils ont leurs prêtres, et vous, vous avez vos primats. »

« Je ne suis pas Brunide ! » ripostai-je avec véhémence, mon courroux titillé par le calme amusé de mon interlocuteur. « Et personne ne pense à ma place ! » Le Var ricana dans sa barbe. Ma colère l'amusait et, curieusement, semblait le satisfaire. « Ma mère était à moitié igérienne, et mon père avait du sang carmide », me répondit-il doucement. « Ne suis-je pas Var pour autant ? Nous sommes ce que nous sommes, *Sleitling*, aussi vrai que les pierres, et le sang ne veut pas dire grand-chose là-dedans. Mais tu as raison, tu n'es pas Brunide. Tu es déjà un mélange, et je compte bien te mélanger encore un peu. » Sans rien trouver à rétorquer à cela, je m'accroupis rageusement pour reprendre mon travail. Uldrick me mélangeait, je n'en doutais pas, et il n'en avait pas encore fini. Au loin, dans la vallée, un éclair frappa la forêt ruisselante, et le tonnerre gronda comme une avalanche de pierres. Je pestai, en secouant de nouveau mes mailles. « Je vais te dire ce qu'il y avait d'esclave carmide en Nahirsipal Eil Asshuri, tout jharraïen qu'il croyait être », poursuivit Uldrick, qui avait recommencé à scier. « Il ne comprenait pas pourquoi la vie devait être plus inconfortable pour un homme libre que pour l'esclave d'un sériphe. Lorsque Couvre-Col lui a proposé de l'or, il est parti. Pas parce qu'il manquait de quoi que ce soit chez nous, mais parce qu'avec son savoir il pensait mériter davantage. Et aussi parce que ses prières stupides nous faisaient rire, alors qu'elles étaient la seule chose qu'il avait pu garder de chez lui. »

Ma lame ripa sur l'écorce trempée, je me cognai en jurant avec le manche du couteau. « Attention à ce que tu fais », m'avertit Uldrick, mais je levai la main pour chasser ses paroles comme je l'aurais fait pour éloigner un piqueron. « Je serais parti moi aussi. Vous vous moquiez d'un grand homme », fis-je d'une voix accusatrice. L'orage se rapprochait, un nouvel éclair zébra le ciel, et je sursautai lorsque le tonnerre claqua comme un tambour métallique pour se disperser en écho au fond de la vallée. « Personne ne se moquait de *lui*, mais c'est sûr qu'à chaque tournant quelqu'un devait pisser sur ses croyances. Moi le premier, même quand il m'a recousu à Brenneskepp », fit Uldrick, tout en tapotant son arcade fendue. Il posa sa scie pour me dévisager. « Un grand homme, sans doute », finit-il par me dire. « Mais nous parlions de sagesse. Et il me semble que le temps est parfait pour une démonstration en matière de sagesse. » Il se redressa en agitant sa cape de cuir comme un chien mouillé secoue son pelage, le regard scintillant, le visage plissé par un sourire dangereux. « Regarde bien, *Sleitling*, parce que je vais te montrer la sagesse d'un Var libre. » Sur ces mots il s'avança vers l'orage qui approchait, jeta la cape à ses pieds, écarta les bras et les tendit vers le ciel. L'eau ruisselait sur son visage tandis qu'il scrutait les nuages enflés.

Je l'observai sans comprendre, vis son torse enfler alors qu'il prenait une grande inspiration. Les lourdes gouttes crépitaient autour de lui. Puis Uldrick hurla en direction du tonnerre. Sa voix caverneuse partit en rebonds sur les coteaux environnants. « Les dieux sont des mange-merde et des caves ! » vociféra-t-il. « Je chie sur le Chasseur et les esprits pisseux de cette forêt ! Je fourre les anciens dieux comme les nouveaux ! Je fourre les Neuf de Jharra ! Je me torche avec l'Astréïade ! Tous, je vous conchie ! » Incrédule, je me mis à hoqueter de terreur, avant de tomber à genoux, mais le Var poursuivait sa diatribe impie. Je finis par me réfugier contre le sol détrempé, mes doigts rigides fichés dans le tapis rouge des feuilles mortes où je voulus me transformer en eau, disparaître dans l'humus, et la peur me serrait d'aussi près qu'une amante. Pour autant, j'étais incapable de me détourner du spectacle. Uldrick était devenu fou. Je m'attendais à voir, d'un instant à l'autre, la foudre et le feu le consumer, une horde de spectres vengeurs surgir des bois pour lui faire payer ses calomnies, et je craignais le sort qu'ils me réserveraient alors.

Le Var écarta davantage les bras et s'époumona enfin : « Foudroyez-moi ! Frappez-moi si vous le pouvez ! » Un éclair illumina les hauts de l'autre côté de la vallée, le guerrier récidivait à tue-tête, encore et encore et encore. La voix du Var devenait rauque à force de hurler et, devant lui, en une sombre procession, les nuages noirs passaient entre les hauts. L'orage finit par s'éclipser en grondant en direction de la Brune. Uldrick n'avait pas bougé, mais il ne hurlait plus, statue figée de chair ruisselante, qui scrutait le ciel, la tête haute et victorieuse. Enfin, alors que le pire était passé, il se tourna vers moi. Lorsqu'il m'aperçut, recroquevillé près du bouleau abattu, à essayer de ne faire qu'un avec la terre, il se mit à rire à gorge déployée. Sa moquerie m'extirpa de la boue et des feuilles, et je me redressai en vacillant, honteux et confus à la fois. Le Var vint à moi tout en se désignant de la main pour me signifier qu'il ne lui était rien arrivé. « Alors ? » railla-t-il. « Qu'as-tu appris ? »

Je le dévisageais avec incrédulité, comme on regarde un homme dont on ne sait s'il proclame une vérité lumineuse ou une folie absolue. « J'ai appris que les dieux se fichent des insultes », fis-je d'une voix étranglée. Uldrick secoua la tête. « Foutaises, *Sleitling*. Si les dieux existent et qu'ils sont ce que les hommes en disent, j'aurais dû mourir aujourd'hui. Alors, soit les dieux ne sont pas ce que les hommes en disent, soit ils n'existent pas du tout. La seule sagesse qui peut exister ici, c'est dire que nous ne savons pas. Les premiers-penseurs dont je te parlais plus tôt l'avaient compris. Nous appelons leur philosophie la *Pradekke*, et c'est le ciment du pays var tel qu'il existe aujourd'hui. La *Pradekke*, c'est la différence entre le savoir et la croyance. Croire que l'on sait est ignorant. Savoir que l'on croit ne l'est pas. L'homme sage est capable de discerner les nuances entre ce qu'il sait et ce qu'il croit, parce que la croyance est la plus dangereuse des ignorances. Les *vaïdrogan* n'ont jamais été vaincus parce que nous raisonnons ainsi. Voilà la première leçon qu'un enfant var apprend. L'aveu de sa propre ignorance est une démonstration de force. »

J'écoutais Uldrick avec attention, malgré la colère, pour la première fois depuis des semaines. « Je ne vois pas le rapport avec Nahir. Il disait lui-même qu'il y avait des choses qu'il ne savait pas guérir. Il a perdu sa main pour ça », argumentai-je plaintivement. Uldrick acquiesça avant de me rétorquer doucement. « Oui, mais il collait tout sur l'intervention de ses neuf dieux. Et avant que leurs marchands ne rapportent le fol-souci de Trois-Îles, ou les traités de l'antique Bessane, d'autres chirurgiens de Jharra ont dû dire la même chose. Ce n'est pas un aveu d'ignorance que de déclarer les dieux responsables, *Sleitling*. C'est juste du tripotage pour ne pas dire qu'on sait pas. Pour sûr, ton Jharraïen détenait un grand savoir, mais le reste, ce qu'il *croyait* savoir, ça ne valait pas plus qu'une merde dans un seau. »

« J'ai prié et votre jambe a guéri », insistai-je d'une voix sombre. « Nahir avait raison. » « Foutaises », répliqua le Var d'une voix plus forte. « *Tu* as soigné ma jambe et elle a guéri. » Il se pencha en arrière pour essorer méthodiquement sa longue natte poivre et sel. « Pourquoi des dieux que j'encague me sauveraient la jambe, *Sleitling* ? » conclut-il. Je secouai la tête, obstiné, parce que la perte de Nahir était encore douloureuse, mais mon trouble était tel que je ne trouvai plus rien à répondre. Uldrick chercha à m'apaiser une dernière fois, ce qui ne fit qu'enfler mon ressenti à son égard. « N'empêche que c'est ton Jharraïen que je cherchais pour ma jambe, *Sleitling* », fit-il. « La vérité soit dite, en dépit de ses prières stupides, c'était un excellent chirurgien, et j'ai eu de la chance qu'il ait fait de toi son élève. C'est pas les prières qui ont sauvé ma jambe. C'est tes mains et son savoir. » Je reniflai sous ma pèlerine pour ne pas pleurer, tout en détestant le Var d'avoir su conjurer en moi la faiblesse. La mâchoire serrée, je me courbai amèrement sur l'écorce glissante, en imaginant le visage balafré de Uldrick sous la pointe du couteau.

39

La semaine qui suivit le face-à-face entre Uldrick et l'orage fut changeante et venteuse. Les premières gelées se faisaient encore attendre, mais je sentais leur menace, je devinais les neiges qui nous guettaient en embuscade, quelque part au nord, de l'autre côté des hauts. Je songeais souvent à la scène dont j'avais été témoin : les hurlements du Var, minuscule face à l'immense horizon tuméfié, et les échos assourdissants de la foudre. Tandis que les jours passaient et que le guerrier ne payait toujours pas le prix de ses blasphèmes, des souvenirs que j'avais écartés durant le deuil de Nahir me revenaient en mémoire : ma propre expérience avec les neuf dieux de Jharra et, avant, avec les esprits brunides, toutes ces prières qui étaient restées sans réponse, et le genou de Uldrick, qui avait vécu et qui marchait alors qu'il avait récusé tout cela et bien plus.

Ailleurs en moi, sous l'usure des coups, le monde se tordait, comme un serpent à l'agonie, mais à cet endroit confus où siégeaient les dieux et les esprits, un nouvel ordre prenait le pouvoir. Je nourrissais obstinément mon incroyance, insultant à mi-voix mes anciennes superstitions et cela restait libératoire malgré les bleus et la rage. Si je pouvais insulter un dieu, alors qu'avais-je à craindre d'un homme ? La peur diffuse d'offenser quelque chose que je ne comprenais pas, que je ne voyais pas, et qui pouvait m'écraser comme un insecte s'envolait au fur et à mesure que je m'enhardissais dans mes récusations. Derrière ce voile de plus en plus ténu, il y avait la promesse d'un monde très différent de celui qui m'avait vu grandir. Un monde moins effrayant, moins incertain et où, surtout, je pouvais imaginer les rêves et le Deïsi comme quelque chose qui pouvait être affronté, de la même manière que le Var avait affronté la foudre.

À l'approche du milieu de la lune des Semailles, nos vivres diminuaient si dangereusement que Uldrick dut se résoudre à nous rationner. Nous ne mangions plus que deux repas par jour, mais heureusement, comme en contrepartie, le temps se montrait à peu près clément, le vent séchait rapidement nos vêtements pendant les éclaircies de plus en plus fréquentes et, lorsqu'elle tombait, la pluie avait laissé place à une petite bruine, froide mais supportable. Après plus de trois semaines de travail épuisant, nous apercevions enfin le bout du chantier et pûmes nous atteler à l'assemblage. Les trous que Uldrick avait forés dans les bouleaux abattus furent comblés par des chevilles épaisses qui nous permirent d'unir solidement les troncs les uns aux autres. Nous montâmes les plus gros madriers de cette manière, afin qu'ils servent à la fois de plancher et de fondations, au pied même de la falaise, où les graviers étaient plus faciles à niveler. Nous nous empressâmes d'y entasser l'équipement du Var, qui commençait à souffrir de l'humidité, et couvrîmes temporairement le tout avec la toile goudronnée.

Je me rappelle avoir trouvé que c'était une vision bien surprenante que cette espèce de grand radeau échoué en pleine montagne, telle une épave abandonnée par son batelier. Quelques jours plus tard, lorsque nous eûmes assemblé de la même manière les murs et la toiture, le tout avait pris la forme d'un gros coffre un peu surélevé à l'arrière, d'où le toit redescendait en une pente simple jusqu'à l'avant de la bâtisse. Il n'y avait pas de porte, seulement une minuscule ouverture d'un empan sur un, par laquelle le Var parvenait à peine à se faufiler. Nous pouvions la fermer de l'intérieur par le biais d'une trappe légère, renforcée d'une doublure du cuir épais que Uldrick avait emporté de Boiselle.

La toile quitta nos vivres pour protéger le toit tandis que nous nous lancions à toute vitesse sur le chemin des finitions. Les nuits se faisaient de plus en plus longues et de plus en plus froides, et Uldrick craignait qu'avec l'humidité nous ne finissions par tomber malades. En compagnie de nos affaires, nous migrâmes sous la structure inachevée. Au premier soir, j'en oubliai presque ma rancune envers le Var, tant j'étais content de dormir enfin au sec, et ce en dépit des courants d'air et de l'inconfort des madriers inégaux dans mon dos. Comme les troncs séchaient, la charpente craquait plaintivement, mais j'étais bien trop épuisé pour me préoccuper des murmures du bois. Durant mon sommeil, je rêvais parfois de Merle et de Brindille, et des cogues grinçantes qui avaient changé nos vies. Je revoyais aussi ces visages indistincts qui avaient peuplé le quai de Brune de ma petite enfance, les vieux pêcheurs et les négociants, et ce rude armateur de Franc-Lac qui me faisait cadeau d'une piécette pour que je surveille ses marchandises. Je me réveillais parfois sans comprendre, au bruit de l'eau qui coulait, puis mes hématomes me lançaient, je me rappelais le ruisseau, je me rappelais le Var et des hauts de Cullonge balayés par le vent, et le regret et le manque s'emparaient de moi durant un court instant, avant que je ne les écarte pour ne pas avoir à faire face.

Les dernières étapes de la construction, au cours desquelles Uldrick éleva à l'extérieur, caillou par caillou, une cheminée accolée au mur est de la cabane en même temps qu'il employait mes tuiles d'écorce pour étanchéifier le toit, furent pour moi les plus ingrates. Le pire n'était pas le transport des pierres de la ravine, ni le morne entassement de mes piles d'écorce au pied de la cabane. Ce n'était pas non plus ces excursions épuisantes sur le flanc ouest, d'où nous revenions chargés de grandes plaques d'humus découpées à même le sol, qu'il fallait ensuite étaler sur le toit pour y plaquer l'écorce. Le pire était le bourbier. À l'extrémité du plateau, un peu en amont de l'endroit où les cascades plongeaient vers les bois, Uldrick m'avait fait creuser un trou dans la berge du ruisseau, là où la terre grise trahissait la présence d'un peu d'argile. Je passais mes journées dans ce bourbier, à faire des allers-retours en forêt pour y déverser des feuilles mortes et des brindilles, que je mélangeais ensuite avec la glaise froide, enfoncé jusqu'aux genoux dans la bauge gluante. Puis, courbé en deux, avec l'aide de la marmite et d'un petit sac de jute désormais vidé de son avoine, il me fallait rapatrier l'épais mélange jusqu'à la falaise, à près d'une demi-mille de là. Uldrick plâtrait le tout sur les pierres de la cheminée et dans les interstices des madriers, et je devais recommencer la corvée aussitôt.

Mon seul réconfort, tandis que glacé et trempé je pétrissais mon ouvrage au fond du trou, était Pikke, le grand hongre lusanne. Il broutait près de moi pendant des heures entières et me soufflait son haleine chaude dans la nuque lorsqu'il se penchait parfois pour me mâchonner les cheveux. En cette fin d'année sur le plateau sauvage, j'en vins à considérer Pikke comme mon seul ami au monde. Je fus surpris, au début, de la liberté que Uldrick laissait à ses chevaux, mais au final ils ne s'éloignaient guère. Ils préféraient l'herbe du plateau à la mousse de la forêt environnante, et comme nous avions dû retirer la toile goudronnée du toit pour y placer l'écorce, le Var s'en était servi pour confectionner aux chevaux un auvent de fortune. Lorsqu'il pleuvait, ils passaient là l'essentiel de leurs journées, à nous dévisager avec incompréhension tandis que nous, stupides humains, nous nous affairions sous les averses. J'avais fait part au Var de mon inquiétude à propos de la meute de loups qui traînait dans les environs, mais Uldrick était parti d'un grand rire, et j'avais compris que sur ce point il avait sans doute raison. Je plaignais par avance le pauvre vieux loup qui essayerait de planter ses crocs dans Bredda.

Les jours passaient et je commençais à me détacher peu à peu de la construction, courbé en deux sur la marmite et le sac dégoulinant, à me répéter encore et encore que ce serait le dernier voyage que je ferais entre le ruisseau et la falaise. À chaque fois que je levais le regard sur la cabane, je ne voyais aucun progrès, et donc je ne regardais plus. Il ne subsistait que mes mains desséchées par l'eau et la glaise, mes vêtements trempés et crottés, les hématomes et le mal qui me tiraillait les tripes, un vitriol de colère, de peur et de faim. Puis, par un début d'après-midi couvert, alors que je n'attendais plus rien, alors que l'épuisement et la froide monotonie du bourbier hantaient autant mes pensées que les coups du soir, Uldrick m'annonça platement que je venais de lui apporter mon dernier chargement. Sans un mot, maculé de glaise des pieds à la tête, je rejoignis ma couche, où je m'endormis aussitôt.

Je fus réveillé par une odeur délicieuse. Je me levai, lentement, pour constater que j'étais nu comme un ver sous ma couverture. Uldrick m'avait déshabillé sans même rompre mon repos, et cela me déplut immédiatement. Le Var était penché près de la cheminée, dans lequel crépitait vivement notre premier feu d'intérieur. Je me rendis compte que je n'avais pas froid, ce qui n'était pas arrivé depuis près d'une lune. Le guerrier remuait quelque chose dans la marmite, quelque chose qui sentait rudement bon. Je me dépliai avec précaution, enroulé dans ma couverture de laine, pour aller profiter de la chaleur, même si cela signifiait devoir partager le même espace que le guerrier. Uldrick se tourna vers moi, tout en me tendant le contenu fumant de la grande cuillère de bois. « Attention, c'est chaud », fit-il aimablement. Je réprimai mon envie de tout lui envoyer à la figure, pour céder aux gargouillis de mon estomac et à l'eau qui me montait déjà à la bouche. C'était un bouillon d'herbes sauvages, un goût anisé et iodé à la fois, et j'avalai sans faire attention à la brûlure tant c'était bon. « Je suis allé laver tes vêtements près de la cascade », dit Uldrick en reportant son attention sur le feu. « Je suis tombé sur un bon coin à écrevisses. » Je me passai la langue sur les dents, pour ne pas en perdre une goutte. « J'ai jamais goûté d'écrevisses », fis-je à voix basse. Le Var eut un petit sourire, mais ne répondit rien. J'attendis ainsi, dans le silence, jusqu'à ce que Uldrick me serve un bol fumant avec notre dernier quignon de pain.

Tandis que nous mangions et que je découvrais que j'aimais énormément l'écrevisse, le Var parlait, en avalant entre ses phrases de grandes lampées de bouillon. « Demain, j'irai chasser », dit-il. « Je t'apprendrai cela aussi, *Sleitling*. Ces bois pullulent de gibier. On peut à peine faire dix pas sans tomber sur quelque chose à manger. Je te raconte même pas quand viendront les lures. » Il esquissa une grimace, avant de finir son bol. « Nous allons pouvoir nous concentrer sur ton entraînement, désormais. Mais demain, pendant que je chasse, je veux que tu ailles chercher du bois. Nous allons bientôt en manquer », conclut-il d'une voix ferme, tout en se resservant. Je lui donnai mon accord, trop las pour protester.

Uldrick tapota son estomac distendu et étendit les jambes. « *Fekke* que c'est bon un toit et un repas », fit-il. J'exprimai mon accord mental, le regard perdu dans les flammes. Je songeais encore à Corne-Brune et à la ferme Tarron. Avait-il fait moins chaud dans la grange de la veuve ? Le Var émit un rot sonore, tandis que, de l'extrémité de mes doigts, je dépiautais la dernière écrevisse. « Vous avez une maison quelque part chez les Vars ? » demandai-je subitement. Uldrick secoua la tête. « Les Vars vivent ensemble. Nous bâtissons des longères, qui n'appartiennent à personne. L'endroit où dort un homme n'est pas important », répondit-il d'une voix lasse.

« Mais pour les *vaïdrogan* c'est différent. Nous vivons en dehors. » Uldrick hésita, les yeux dans le vague. « Il y a eu un endroit, une fois, à Riddesheld », dit-il, puis sa voix s'éteignit peu à peu et ses yeux devinrent plus tristes.

Comme la discussion semblait repousser les coups et que, de manière inattendue, je voyais qu'à défaut de mes poings mes mots pouvaient toucher le Var, je décidai d'insister davantage. « Et une femme, vous en avez une de femme ? » questionnai-je d'un ton plat. Uldrick leva le regard sur moi, affichant une mimique amusée et amère à la fois. « Tu ne comprendrais pas, je pense. On ne se marie pas, chez moi. Les femmes n'appartiennent pas. Si deux Vars veulent être ensemble, alors ils le sont, et lorsqu'ils ne veulent plus l'être, alors ils ne le sont plus. J'étais avec une femme, après les guerres du roi Bai. » Il inspira profondément. « Nous avons eu un fils. Il s'appelait Gaborn. Il a eu cinq ans, puis mon cheval l'a tué, et sa mère n'a plus voulu de moi. Alors j'ai repris les armes, et je suis reparti. » J'écarquillai les yeux. « Bredda a tué votre fils ? » fis-je avec stupéfaction. Uldrick secoua la tête, et déplia les jambes. « Non », fit-il. « C'était un autre cheval. Mais je l'ai gardé, jusqu'à ce qu'il soit trop vieux. » J'observais Uldrick, stupéfait. « Vous avez gardé le cheval ? » Le Var hocha la tête et s'étira, les traits fatigués. « C'était un cheval de guerre », dit-il doucement. « Il faisait seulement ce que je lui avais appris à faire. C'était un bon chargeur. Aussi bon que Bredda, peut-être même meilleur. »

Je jurai à voix basse. « J'aurais tué le cheval », fis-je sombrement. Uldrick fronça les sourcils, sans pour autant hausser le ton. « Alors tu aurais été stupide, *Sleitling*. Cela n'aurait pas ramené mon fils, et ce chargeur m'a sauvé la vie plus de fois que je me souviens. » Je fixai le Var, ma rage éperonnée par sa remarque. « Raison de plus », murmurai-je sur le ton piquant du défi. Uldrick cracha dans le feu, et son regard étincela. « Sans le maître de ce cheval, tu te balancerais au bout d'une corde, *Sleitling*. N'oublie pas cela », rétorqua-t-il froidement. Je ne répondis pas, assis sur le sol inégal de la cabane, mais je ne quittai pas non plus le Var du regard. Je lui cherchais des noises, et je tenais à ce qu'il le sache. « Allez », finit-il par dire lentement. « Debout. » Je fus sur pied dans l'instant, bouillonnant de rage et de peur et, en silence, je le suivis à l'extérieur. Le vent mordit cruellement ma chair nue, et les pierres étaient dures sous la corne de mes talons. Je frissonnais en attendant le signal, une chance de m'engouffrer dans les brèches que j'avais aperçues tantôt, avant d'achever le travail. Uldrick se tenait face à moi, les mains sur les hanches. « Vas-y », dit-il. « Essaye de me frapper. »

Je fis un pas en avant, le pied tendu sur un galet mouillé. « Ton fils était faible », feulai-je vénéneusement. Le Var impassible croisa les bras. « Il est mort par ta faute », poursuivis-je, en le contournant par le flanc. « Et tu n'as même pas eu les couilles de tuer le cheval. » Uldrick pivota pour ne pas me perdre de vue. Je ne savais pas ce que je faisais, pas vraiment. J'envisageais vaguement que le Var pouvait céder à son ire et me tuer, et en même temps, quelque part, je m'en fichais. Je voulais lui faire mal. Je ne sais pas à quoi tinrent les choses, ce soir-là. J'étais reposé, et Uldrick ne l'était pas. Peut-être que mes railleries l'avaient touché davantage qu'il ne le laissait paraître, ou que l'heure d'entraînement que je grappillais chaque jour commençait à porter ses fruits. Quoi qu'il en soit, je feintai vers la gauche, et Uldrick fut un peu plus lent. Je passai sous le coup qu'il me destinait, et ma frappe du pied le prit à l'intérieur de son genou boiteux. Le Var chancela, et je hurlai ma victoire.

Puis Uldrick me balaya, et me fendit la lèvre avant que je ne retombe. Mon dos heurta les pierres. Le guerrier me dévisageait sombrement, tout en se massant le genou. Je me tordais sur les galets, à essayer de retrouver mon souffle. La colère m'envahit. « C'est pas juste ! », hurlai-je à tue-tête, et ma voix rebondissait sur la roche déformée de la ravine. « J'ai gagné ! Je vous ai touché. » Je me redressai en titubant. Le sang dégouttait de ma mâchoire. « J'ai gagné ! » criai-je encore. « Vous aviez pas le droit de me cogner, sale cave ! » Le Var fit un pas en avant. « Je suis encore debout », dit-il sombrement. « Et il n'y a pas de justice, ici. Il y a un homme debout qui peut encore se battre, et un *Sleitling* qui saigne et qui ne le peut pas. » Je commençai à pleurer de rage, nu et tremblant dans la nuit tombante. Mon dos meurtri me lançait. Le Var cracha dans les graviers. « Tu devrais mieux retenir ce que je te dis », fit-il d'une voix plus forte. « Je t'ai parlé l'autre jour de la *Pradekke*. C'était pour une bonne raison. Tu *croyais* que nous arrêterions, si tu réussissais à me toucher. Je l'ai vu. C'était ta croyance. En vérité, tu ne *savais* pas. Ce sang est la conséquence de ton erreur de jugement. »

Je me pris la tête dans les mains en hoquetant, et me recroquevillai, nu et désespéré. « Mais vous avez dit… », commençai-je à pleurnicher, en tournant vers lui un visage suppliant. Le Var secouait la tête.

« Je n'ai rien dit », rétorqua-t-il durement. « Tu as cru, et tu n'as pas su voir ton erreur. » Il marqua une pause de réflexion, avant de reprendre, tout en se penchant sur moi. « Mais c'était bien tenté », fit-il. « Tu as utilisé ce que tu pouvais contre moi. Tu as frappé là où tu as vu la faiblesse. Mais cette leçon n'est pas une mesure de ta capacité à me frapper. Ni même à me vaincre. Va dormir, *Sleitling*. Nous recommencerons demain. » Je ne bougeais pas, je ne bougeai pas avant un long moment, accroupi sur les gravats froids, perdu dans les sillons humides que mes larmes traçaient sur les pierres lisses.

Uldrick finit par s'écarter de moi, pour aller rejoindre les chevaux qui n'avaient pas encore été soignés. Lorsque enfin je repartis vers la cabane, je traînais derrière moi un désespoir plus profond que tout ce que j'avais jamais connu. Et la fureur aussi. La fureur me consumait comme le feu ravage un toit de chaume. Je bouillonnais et, au cœur de l'incendie, je titubais sur mes propres frontières. Pourtant, je ne chutai pas. Je réussis encore une fois à m'agripper à la haine et, tout en bas, au fond de l'abîme, quelque chose d'affamé fit claquer des mâchoires impatientes. Si je passais par ce gosier-là, je savais qu'il serait trop tard pour moi – qu'il n'y aurait plus de moi, d'ailleurs – plus de Syffe, seulement cette bête enragée que j'entrevoyais déjà. Pas encore, me répétais-je. Pas encore. Mais je sentais aussi que je glissais, que je dérapais et que mes prises étaient de plus en plus faibles. Je m'enroulai sous ma couverture en pansant ma lèvre enflée, avec un goût rouge sur la langue. Je jurai qu'un jour, Uldrick payerait pour ce sang. Puis je pleurai encore un peu, et m'endormis.

40

L'aurore se réverbérait dans l'eau claire comme dans un miroir liquide. Sur la surface lustrée, la lumière ondulait et ruait à la manière d'une chose vivante. Ébloui, je crachai dans le ruisseau, un mince filet rouge. La plaie dans ma bouche s'était rouverte. J'endurai la piqûre en silence, tout en me frottant méticuleusement les dents du bout des doigts. Je prenais particulièrement soin de mes dents depuis que Uldrick m'avait fait remarquer la chance que j'avais de toutes les avoir en dépit de mes carences. Comme je me rappelais avoir lu dans l'un des traités jharraïens de Nahirsipal que certaines variétés de prêle pouvaient fortifier les gencives et les racines, à tort ou à raison, je m'étais appliqué à en mâcher régulièrement. Que le Var s'en soit pris à mes dents alors que je faisais de mon mieux pour les préserver avait touché à quelque chose de plus profond. Habituellement, Uldrick me frappait au corps et aux muscles, et il évitait toujours de me cogner d'une manière qui risquait de m'estropier ou de me blesser sérieusement. Je n'étais toujours pas tout à fait certain de ce qui s'était passé la veille, si le Var avait réellement perdu le contrôle lorsque j'avais raillé la mémoire de son fils ou si, encore une fois, cela avait été calculé. Je me massai la mâchoire sombrement. J'avais l'impression qu'il s'en était fallu de peu pour que mes dents ne se déchaussent.

Uldrick était parti un peu avant l'aube, en me laissant seul avec ma hargne et ma lèvre tuméfiée. S'il m'en voulait, il ne l'avait pas laissé paraître. Le guerrier-var avait emporté son arc et son poignard et, même si je lui souhaitais surtout de tomber sur une légion d'ours affamés, j'espérais qu'à défaut de cela il ramènerait quelque chose de consistant à manger. Nous avions fait l'inventaire de nos réserves quelques jours auparavant et, même en rationnant ce qui restait, il était évident que nous n'aurions plus rien à l'issue de la lune des Semailles, lorsque l'hiver commencerait pour de bon. Pendant que nous travaillions sur la cabane, le Var m'avait prévenu que la saison froide risquait d'être rude, mais il m'avait également assuré que nous en sortirions grandis, juste à temps pour l'opulence du printemps.

Je crachai de nouveau dans l'eau limpide et m'essuyai la bouche sur la manche de ma pèlerine. Il faisait suffisamment froid pour que mon souffle se condense entre mes mains endolories, et le contact ruisselant de l'onde glacée m'avait frigorifié encore davantage. Mes habits dépenaillés n'avaient pas tout à fait eu le temps de sécher durant la nuit, et je les avais découverts froids et collants. Je lançai un regard par-dessus mon épaule, en direction de la falaise. Sous l'auvent, Pikke et Bredda semblaient fumer tranquillement, deux placides fournaises de peau. Je me passai encore un peu d'eau sur le visage avant de me diriger vers les chevaux en traînant du pied, pas vraiment pressé de les déranger. Bredda me montrait parfois les dents lorsqu'elle estimait que je la levais trop tôt.

Je sanglai Pikke tout en évitant soigneusement la jument de guerre, puis muni de la plus longue corde de Uldrick et de la hachette émoussée je m'aventurai sous les frondaisons jaunissantes du versant ouest. Le hongre m'emboîta docilement le pas. Ce n'était pas la première fois que je le sollicitais pour cette tâche, et il savait qu'à son issue je le récompenserais par une bonne session de toilettage. Uldrick m'avait montré comment le harnacher, ce que je parvenais à faire tout seul si je me dressais sur la pointe des pieds, et aussi comment le diriger à la longe, ce qui était à peu près aussi compliqué que cela en avait l'air. Après quelques voyages sous la supervision du guerrier, j'avais acquis le droit d'emporter Pikke avec moi dans mes quêtes régulières pour le bois de chauffage. À mon grand dépit, durant la construction de la cabane, le Var m'avait interdit d'en faire de même pour la glaise du bourbier, prétextant que j'avais besoin de l'exercice pour m'endurcir. Je devais bien reconnaître à contrecœur que ces semaines difficiles avaient porté leurs fruits. Je ne sentais quasiment plus les mailles, que mon corps était en passe d'accepter comme une seconde peau. Même Uldrick avait été impressionné par la vitesse à laquelle je m'étais adapté à ce poids mort. En ces rares occasions où je tombais l'armure, je me sentais aussi leste et rapide qu'une rafale de vent.

Dire que ce fut une journée particulière serait un peu en dessous de la vérité. Malgré la tranquillité répétitive de ma corvée de bois, l'air était comme saturé, et oppressant. Je flottais sur un calme dangereux, un lac immobile qui masquait traîtreusement les turbulences en dessous. La voix de Vaux, de plus en plus paisible en cette fin d'année, me paraissait étouffée et lointaine. Les arbres me semblaient plus serrés, plus sombres, et le bois mort plus lourd, plus difficile à briser. C'était un temps à mouches, un temps à peste. J'attendais qu'un orage éclate, que quelque part quelque chose cède, mais rien ne venait, et au-dessus de moi le ciel était frais et clair. Il y avait pourtant la tension qui vrombissait derrière mes oreilles, un fil raide et vibrant, tiré comme les nerfs d'un supplicié. Bien sûr ce n'était ni le ciel, ni autre chose. C'était moi, mais je ne voulais pas m'en rendre compte.

Je ramenais tout juste mon deuxième chargement de branchages lorsque Uldrick apparut au détour d'un amas de grès, traînant une jeune biche derrière lui sur la pente boisée. Il souriait à pleines dents et grimaçait aussi sous l'effort. L'odeur du sang me monta au nez. Le parfum électrique de fer et de mort satura l'air encore davantage. Uldrick ne traîna pas au dépeçage. Le temps que j'entasse le bois le long de la falaise, le Var avait déjà écorché sa proie et commençait à débiter la carcasse en quartiers. À mon quatrième voyage, il ne restait plus rien. La peau de la biche était tendue dans un cadre à sécher contre la falaise, l'essentiel de la viande était accroché à l'intérieur de la cheminée, une épaule juteuse cuisait à la broche sur notre feu extérieur et, dans l'âtre, le peu de gras mijotait dans la marmite pour que le Var puisse en extraire le suif.

Nous mangeâmes lorsque j'eus déchargé Pikke. La viande grillée était tendre et succulente, mais je n'arrivais pas à distinguer si le sang que je goûtais était le mien ou celui de la biche, et ma mâchoire me faisait mal. Je grignotai à peine. Uldrick me dévisageait curieusement. « Nous aurons assez à manger cet hiver », finit-il par lancer. « J'ai aperçu des pieds de racine blanche après les cascades, là où ça devient marécageux. » Je ne levai pas les yeux de la bûche rougeoyante. « Il y aura des champignons aussi », poursuivit le Var. « Je te montrerai lesquels on peut manger. » J'acquiesçai avec l'impression tenace d'être un chien que l'on amadoue avec un os, comme si cela était une manière pour le Var de s'excuser. Je n'avais pas l'intention d'accepter son offrande, mais je n'avais pas non plus compris que nous nous trouvions en fait bien au-delà de ce genre de considérations.

Uldrick claqua des doigts. « Je te parle, *Sleitling* », fit-il d'un ton plus sec. « J'ai entendu », répondis-je d'une voix basse. « Quand est-ce que vous allez m'apprendre l'épée ? J'en ai marre des poings. Je suis trop petit. » Le Var cracha dans les flammes. « Tu commences à bien frapper, pourtant », fit-il. « Et tu es rapide. L'épée, ça sera quand on en aura terminé avec la leçon du soir. » Uldrick s'interrompit en serrant les dents, comme s'il en avait trop dit. Je plantai des yeux accusateurs dans les siens. « Ça s'arrêtera bientôt ? » demandai-je doucement, et l'espoir jaillit comme une étincelle, avant d'être étouffé dans l'instant par quelque chose de plus sombre. Le vieux guerrier fit une moue douloureuse qui lui plissa les rides comme du cuir fripé. « Je ne peux pas te répondre », dit-il. « Ça dépendra de toi. Je sais que c'est difficile, j'ai parcouru ce chemin, moi aussi. Et tu n'es pas le premier *yungling* que je forme. »

Peut-être que sa réponse aurait dû m'apaiser, ou m'encourager, mais en vérité les paroles du Var firent immédiatement naufrage sur la mer houleuse qui écumait en moi, comme s'il avait jeté un seau d'eau sur un feu de forêt. J'étais en guerre, il était mon ennemi, et j'étais forcé de côtoyer mon ennemi. Ma seule interaction de fond avec Uldrick – lorsqu'il ne me prenait pas par surprise, ou par là où ça faisait mal, comme avec Nahirsipal et l'orage – était l'apprentissage qu'il me dispensait, ce que j'acceptais uniquement parce que cela me permettrait peut-être de le vaincre. C'était l'intention de Uldrick depuis le début, bien sûr mon état d'esprit était sa création et, si l'on m'avait extirpé des hauts de Cullonge pendant une petite semaine, j'aurais peut-être eu le recul pour le voir. Puisque mon monde n'existait plus que par le pouvoir de l'épuisement et des hématomes, j'avais cessé de vivre mon quotidien comme une rude formation, j'avais oublié les mises en garde initiales de Uldrick, et je n'étais plus capable d'envisager tout cela que sous l'aspect d'un combat à mort.

L'entraînement fut plus long ce jour-là. Pour la toute première fois, le guerrier me consacra l'après-midi entier, quatre heures sans répit au cours desquelles je dus repousser les limites de mon endurance. Une répétition de gestes, toujours les mêmes, jusqu'à l'usure. « Il y a peu de façons de frapper un homme », disait souvent Uldrick, et il avait raison. En deux lunes de bleus, il ne m'avait cogné que de cinq ou six manières différentes. C'était ce même éventail de balayages et de frappes qu'il m'enseignait, une brève liste de mouvements sobres et efficaces. Nous nous entraînions en armure, et je suais sous mes mailles lorsque le soleil embrasa enfin l'horizon. Uldrick me signala d'un geste de la main que nous nous arrêtions. Il me semblait que l'effort l'avait épuisé, lui aussi, et je tirais satisfaction des signes de sa fatigue.

Nous nous dirigeâmes lentement vers la falaise, quittant le bord de ruisseau où la terre meuble était plus propice aux chutes. En dedans, je frémissais. C'était différent de la férocité effrayée que je couvais habituellement avant l'invitation nocturne du Var. Je touchais au point de rupture. Ma jarre de rage était pleine, nous arrivions aux dernières gouttes, le moment où, acculé, je cessais d'être une victime pour me retourner et combattre vraiment. L'effort n'avait pas émoussé cela. C'était même le contraire. Uldrick m'observait toujours, par à-coups, avec une curiosité à peine voilée, comme s'il l'avait perçu, comme s'il savait exactement ce qui allait arriver. Ma hargne ne fit que croître.

Lorsque nous atteignîmes de lit de gravier et de galets qui entourait la cabane, le Var me posa une main lourde sur l'épaule. Je me dégageai d'une secousse pour lui faire face. « J'ai décidé quelque chose », fis-je d'une voix tremblante. « Je ne veux plus être guerrier. » Uldrick secoua la tête. « Je t'avais prévenu que ce jour arriverait, *Sleitling* », dit-il laconiquement. Je fis un pas en arrière. Ma tête me donnait l'impression d'être en train de bouillir tout entière. Quelque chose me brûlait les yeux. « Je t'ai donné ma parole. Je ferai de toi un guerrier. Et je la tiendrai, ma parole, jusqu'à ce que tu l'acceptes de nouveau. » Le Var se plaça devant moi, les mains sur les hanches.

Mon dernier baroud pour sauver ce qui pouvait

encore l'être avait avorté. L'air se figea dans ma gorge et je me tins immobile dans le silence crépitant. Uldrick me transperça de ses yeux vert-de-gris. Quelque part, de très loin, je le reconnus, et l'espace d'un instant je vis qu'il savait exactement ce qu'il faisait. Je suivais le chemin qu'il me destinait, depuis le début. Par ses silences et ses coups, sa manière de faire traîner l'angoisse tout en la noyant dans sa propre nonchalance, il cisaillait volontairement ce qui restait de la bride, la bride qui tenait les fauves. Ce soir, la lanière allait lâcher. Nous le savions tous les deux. Ses mots, énoncés de la pointe de la langue, claquèrent l'un après l'autre. Un fouet ardent, qui fit sauter une à une les dernières barrières. «Allez, *Sleitling*. Essaye de me frapper.» J'inspirai profondément, mais mes poumons s'emplirent de feu et de cendres. Je dérapai. Après avoir tenu deux lunes agrippé à moi-même je dérapai enfin, et le déluge carmin m'emporta en rugissant comme un volcan.

Je hurlai, c'est certain, un grondement sourd et inarticulé tandis que je chargeais Uldrick, mais je ne saurais guère en dire beaucoup plus. «*Fekkling*», je me souviens d'avoir feulé. «*Fekkling*», dans la langue de mon ennemi, et puis ce fut le vide. Un blanc sifflant comme l'acier dans un haut-fourneau, et je dégringolais au travers de mon propre visage. Soudain, *je* ne fus plus là. *Je* était terré quelque part de profond, quelque part où il n'était pas obligé de voir ce que le flot brûlant ferait de son corps trop fragile. *Je* s'était réfugié à l'endroit où il ne sentirait pas de douleur lorsque son ennemi le terrasserait de nouveau. Il n'y avait plus rien désormais, hormis ce démon volcanique, une furie primaire, hérissée de griffes et de crocs. Délicieusement, il n'y avait plus de peur et plus de peine. Seulement la houle. Une explosion bestiale de flammes dont la seule raison d'être était de brûler.

Lorsque je repris mes esprits, Uldrick me tenait fermement contre le sol rugueux, allongé sur moi de tout son poids, et il m'enfonçait le visage dans les graviers. Je me débattais encore, j'écumais comme une bête féroce en faisant claquer mes mâchoires. Je m'étais mordu les lèvres et la langue jusqu'au sang et mes autres blessures s'étaient rouvertes, elles aussi. La tête du Var était toute proche de la mienne. « C'est bien, *Sleitling* », murmurait-il. « C'est bien. » Je cessai de gigoter tout d'un coup, le corps flasque, aussi vide que mon esprit. J'éprouvais une sensation sourde à la jambe, là où il m'avait fauché, et je sus que la bête en moi avait perdu. Que j'avais encore perdu. Je me rendis compte que je pleurais, que je hoquetais, parce que Uldrick me tenait par les cheveux, et qu'il pesait sur moi de tout son poids, et que les pierres m'écorchaient le visage et le ventre. Mes mains étaient plaquées le long de mon corps et je ne pouvais plus frapper. Mon ennemi parlait encore. Je pouvais l'entendre, entre chacun de mes sanglots tendus. « C'est bien », dit-il encore entre ses dents serrées. « Tu as trouvé ta rage de bataille. » J'eus un soubresaut. Le Var raffermit sa prise et m'enfonça davantage dans les gravats. La douleur arrivait maintenant. « Et je t'ai battu », gronda Uldrick, son souffle chaud contre mon oreille. J'essayai encore de me dégager, mais c'était parti. C'était trop d'effort et trop de douleur.

« Je t'ai battu », poursuivit Uldrick. « Souviens-toi que, malgré la rage, je t'ai battu. Je te battrai encore, et encore, et ensuite tu iras au-delà. » Il parlait calmement, entre ses respirations aussi lourdes que les miennes, sa voix était douce et ferme, et elle me parvenait comme depuis un rêve. « Écoute bien, *Sleitling*. Ce n'est pas notre manière. Tu le verras un jour. Les hommes qui doivent se mettre en colère pour ne pas avoir peur, crient, hurlent et font de grands gestes qu'ils ne comprennent qu'à moitié. Ils gaspillent leurs forces et disparaissent, avalés par la folie et la rage. » Le Var pressa son genou au creux de mes reins et lâcha mes cheveux. Je ne pleurais plus. La haine enflait de nouveau. « Ceux qui sont chanceux, les stupides contes brunides en font des héros », continua Uldrick tout en raffermissant sa prise sur mes mains. « Mais pas le *vaïdrogan*. Le *vaïdrogan* sait combien les contes sont stupides, parce qu'il a trouvé sa rage, et qu'à chaque fois il a été battu. Tu dois en passer par là, toi aussi. »

Il relâcha brusquement son étreinte. Je me relevai précautionneusement, mû seulement par un réflexe de bipédie. Brièvement, je ne fus qu'un corps. Mon regard s'était figé, perdu dans les arbres dégarnis à l'ouest du plateau. Uldrick me prit par le poignet, me fit pivoter, et je n'eus pas la force de résister. Désorienté et endolori, je priais maintenant. Je priais pour retrouver la paix qui m'avait submergé au moment où j'avais fui le déluge, qui m'avait abrité de la torture et des mots que je ne pouvais plus entendre. « Voici ce que je te dis, *Sleitling*. Comme mon guerrier me l'a dit quand il m'a brisé le nez lorsque j'ai trouvé ma rage. » Le Var se pencha sur mon visage boursouflé. « Je sais que tu m'entends à peine, mais tu t'en souviendras. Et tu verras », me dit-il avec intensité, son regard vissé au mien. « Au-delà du feu, *Sleitling*, tu dois chercher la glace. Quand tu n'auras plus besoin de la colère pour faire face, alors nous aurons fini. Je ne sais pas combien de temps cela prendra. Mais à chaque fois que le voile rouge te prendra, mes coups t'en arracheront. » Il sourit amèrement. « Nous arrivons au plus dur », conclut-il. Puis il cracha à mes pieds et s'éloigna en boitillant en direction de la cabane.

J'hésitai longtemps, le corps flottant, avant de remarquer sans m'en soucier vraiment que le froid de la nuit tombante se cristallisait tout autour de moi. Je réprimai un frisson. Une bourrasque balaya le plateau et, sous l'assaut du vent, les bouleaux courbèrent leurs échines pâles. Je me tenais seul, face à l'immensité du monde, empli d'une cacophonie turbulente. Dans l'obscurité croissante, je me coulais avec cette chose volcanique qui s'était lovée dans chacune de mes fibres, qui avait grondé comme un torrent sauvage. Depuis un lieu qui paraissait très éloigné, Uldrick lança un cri dans la nuit, pour que je vienne manger. Comme si j'étais encore le même et que rien n'avait changé. Je sentis la bête remuer en moi. Jurer férocement que le feu nous prendrait tous les deux.

41

La lune des Semailles bascula lentement vers la lune de Glas. La fin de l'année approchait à grands pas, et j'errais au loin, dans l'ombre des flammes qui me consumaient. Pour dire les choses telles qu'elles étaient, je devenais fou. Uldrick avait sciemment nourri ma rage de ses coups, et il entendait maintenant l'affamer de la même manière. J'avais vécu ce déferlement de colère comme une libération, au début. Puis, tandis que les jours et les semaines passaient, que le monde se faisait de moins en moins cohérent, je pris peu à peu la mesure des choses, du prix auquel brûlait le brasier. Mon âme et mon être étaient les combustibles de ce feu. Je me retrouvais plongé dans un combat encore plus important que celui qui m'était imposé chaque soir. L'issue de ces batailles déterminerait la souveraineté de mon propre corps, et il ne faisait pour moi aucun doute que j'étais en train de perdre la guerre.

Chaque soir, la bête mugissait lorsque Uldrick me confrontait, et je m'effilochais derrière le voile rouge. Il me battait alors, comme il m'en avait fait le serment, plus durement que jamais. Mon corps entier était décoré de bleus et de bosses, qui n'avaient même plus le temps de guérir avant que d'autres hématomes ne viennent les remplacer. J'étais la douleur faite chair. De jour, nous nous entraînions inlassablement, jusqu'à l'épuisement, et parfois la fatigue et la concentration induites par les manœuvres ne suffisaient pas. La rage pouvait exploser à tout instant, même pendant nos exercices. Je refaisais alors surface en écumant comme un animal, rongé par le désespoir de ces doubles défaites. Je perdais contre la fureur, puis la fureur perdait face au Var. Il s'en fallut de moins d'une semaine pour que je comprenne lequel de ces deux échecs me coûtait le plus cher.

La rage cessa rapidement d'être une délivrance, pour se faire chaîne et fouet, collier clouté d'un chien de combat. Au fur et à mesure que ce qu'il me restait de lucidité partait en lambeaux, ce petit coin sombre où mon esprit assiégé se retranchait encore devint le bastion d'une frayeur grandissante. Je craignais de plus en plus ce qui pouvait arriver lorsque la rage de la bataille me possédait. Le démon du courroux n'avait peur de rien, ni de la douleur, ni de la mort, et lorsque je perdais pied je me faisais du mal, parfois davantage que le Var ne m'en faisait lui-même. Uldrick ne me confiait plus que les tâches ménagères les plus simples, les plus physiques, pour le reste, même pour m'occuper de Pikke, je ne servais plus à rien. La bête qui accaparait tout ce que j'étais ne savait ni aimer, ni soigner, ni faire autre chose que détruire. J'ai compris, bien après, qui j'étais durant cette fin d'année, ou plutôt *ce* que j'étais. Je remercie encore Uldrick de m'avoir montré à quoi ressemble un tueur ordinaire, soldat ou coupe-jarret, ou égorgeur d'enfants. Cela m'a permis de saisir que, derrière les massacres et les rapines et les viols, derrière les pires horreurs que le monde peut contenir, il n'y a ni mal, ni démons, ni mauvais sorts, mais seulement la folie d'hommes désespérés, dont la peur a fait des monstres.

Le givre de l'hiver ne tarda pas à jaunir les herbes du plateau, les dernières feuilles vinrent ajouter leurs tons secs au tapis brun de la forêt, puis nous eûmes aussi notre première chute de neige, mais à dire vrai, je ne me rappelle que la sensation terrifiante de ne plus avoir été moi-même. Uldrick aurait probablement eu besoin de mon aide et de ma compagnie à cette époque. J'avais cessé de parler, pour m'enfermer dans un mutisme qui n'était qu'à moitié délibéré. Le Var me causait souvent, mais j'entendais ses monologues sans les écouter ni y répondre. Il devait se sentir seul, lui aussi. Il boitait davantage, son genou le lançait avec le froid, mais il partait tout de même dans les bois enneigés, disparaissait entre les troncs sombres avec son arc et son poignard, et ses chasses nous gardaient de la faim. Les peaux et la saucisse-sèche qui durcissait s'accumulaient sous le toit de la cabane. Chaque jour, Uldrick me montrait obstinément qu'il avait en lui la force de nous porter tous les deux, en plus de ses années et de ses anciennes blessures. Je crois qu'il n'y a pas beaucoup d'hommes qui auraient été prêts à accepter cela. Je ne dirais pas qu'il était facile pour moi de me complaire dans la douleur, de ne songer qu'à moi-même et à ce que j'endurais. Mais je reconnais aussi quel sacrifice cela a dû être pour Uldrick du pays var, loin des siens et de chez lui, mi-fugitif, mi-ermite. La solitude et l'isolement que nous avons vécus dans les hauts de Cullonge, tout cela et bien plus pour honorer cette dette qu'il estimait avoir contractée auprès d'un enfant.

Pris dans le tourbillon de ces semaines rouges, et même avant, j'avais eu l'impression de sombrer. Il s'agissait en fait de l'inverse. Une montée, un crescendo grinçant, la pénible maturation d'une blessure suppurante, amorcée depuis le premier jour lorsque j'avais endossé les mailles d'un homme mort. Les loups hurlaient à la lune dans les bois escarpés qui enserraient les plateaux et les pics, et dans la vallée, à l'abri des manses et des murailles des villes, les Vauvois devaient se préparer à fêter l'ide du solstice et la nouvelle année. Je les enviais depuis l'enfer, en grignotant la viande fumée qui me constipait, à me réveiller trois fois par nuit lorsque je m'agitais et que je roulais sur un hématome. Je me rappelais les danses et les troubadours et les marionnettistes de Corne-Brune. Les châtaignes chaudes et les beignets. Je me rappelais les airs de pipeau que jouait Merle, et le nez rouge de Brindille, et la piqûre du vin cuit sur mes lèvres gercées. Je ruminais mon passé, mon enfance, comme une gourmandise amère. Et c'est alors qu'un soir, de manière inattendue, tout cela culmina en un pic de folie, et que l'abcès finit par éclater.

La nuit était froide et une neige fine voletait paresseusement pour se déposer sur les coteaux noircis des hauts. Nous nous trouvions à l'intérieur, j'étais recroquevillé sur ma couche de fougère, à essayer de dormir, et Uldrick était agenouillé devant le feu, à graisser la barde de Bredda. Durant la construction de la cabane, l'équipement du Var avait souffert à la fois de l'humidité et du temps qu'il n'avait pu consacrer à son entretien. Le suif issu de la chasse servait autant pour l'éclairage que pour la réhabilitation des armes et des armures. Ce soir-là, Uldrick parlait, comme il en avait pris l'habitude, pour combler le silence. Sa voix était rocailleuse et monocorde, et il ne se souciait plus de ses digressions. Parfois il s'adressait à moi, mais il ne détachait pas son regard de son ouvrage minutieux, parce qu'il savait que, de toute manière, je ne répondrais pas :

— ... en voilà une chose étrange. Je repensais aujourd'hui à ma propre formation. J'avais l'un des meilleurs guerriers des *vaïdroerks* de Brenneskepp comme professeur. Il s'appelait Roïgeirr. Un combattant remarquable. Très vieux maintenant. Il perdait la tête la dernière fois que je l'ai vu. Et je te regardais, *Sleitling*, et j'ai essayé de me rappeler comment c'était. D'être son propre prisonnier. Figure-toi que je n'y suis pas arrivé.

Le Var sourit pour lui-même et humecta la barde avant de se remettre à frotter vigoureusement. « C'est une question de liberté, tout ça », fit-il tout bas, en mâchonnant la lanière de viande séchée qu'il malmenait depuis que la nuit était tombée. « Je te l'ai dit, déjà, que le père de mon père était un esclave carmide. Est-ce que tu sais que la plupart des esclaves de Carme sont Carmides eux aussi ? Là-bas, quand un homme ne peut plus payer ses dettes, on l'enchaîne. Ceux qui s'échappent comme mon grand-père, et qui réussissent à passer la Sinde, on les recueille en pays var, s'ils veulent rester. Et je songeais à lui, justement, à mon grand-père. C'était un esclave des champs. Quand il a débarqué à Riddesheld, il est redevenu libre, puis il est allé travailler la terre dans un petit hameau sur la *Wudde-Wot*. Il faisait la même chose qu'à Carme, et il le faisait aussi dur. Il est mort en fauchant. Tombé raide dans le blé. J'en ai croisé beaucoup comme lui. Ils ne comprennent rien, pour la plupart, à ce que cela signifie, d'être Var. Ils meurent en n'ayant rien compris, en regrettant l'or et leur dieu-soleil. Mais ils restent, parce qu'ils pensent être libres. Ce sont leurs enfants qui deviennent vraiment Vars. Et qui deviennent vraiment libres. Sais-tu ce que mon père m'a dit, *Sleitling*? Que le jour où on a lui ramené son vieux à lui, encore crispé sur la faux, il a ri. Il venait de saisir la nuance entre le courage et l'obstination. C'est la liberté. Pour être courageux, il faut être libre. Alors que l'obstination appartient aux esclaves, et à ceux qui ne voient pas leurs propres chaînes. Mon aïeul était courageux lorsqu'il a franchi la Sinde, et obstiné quand il est mort. Enfin. Je me suis dit qu'il fallait que je partage cette pensée avec toi, *Sleitling*. Plus de courage et moins d'obstination, voilà ce qu'il te faut. »

Tandis que le Var enroulait grossièrement la barde qui devait peser deux fois mon poids, je tournai la tête pour étudier haineusement son large dos voûté. Tandis que je scrutais le jeu de ses épaules noueuses, que je m'abreuvais de ses grognements et que je guettais, comme un fauve, le moindre signe de faiblesse, je vis soudain ma propre délivrance. Je sus à ce moment que j'allais le tuer. J'allais tuer Uldrick. C'était un sursaut, une pulsion primaire de vie et de mort mêlées. J'allais tuer le Var et abattre du même coup le démon rouge et la souffrance. Mon corps se mit en branle, guidé seulement par la rage et le mal lancinant. Sans un bruit, je me dépliai méticuleusement, et ma main fugitive glissa vers le poignard à deux tranchants qui se trouvait accroché après le ceinturon d'armes que Uldrick suspendait au-dessus de sa couche. Mes yeux ne quittèrent pas le dos du Var, tandis que, pouce par pouce, je dégageais l'acier de son étui. Puis, dans le même geste, aussi discret que les chats de gouttière m'avaient appris à l'être, je regagnai ma couverture, serrant contre moi l'objet de ma libération. Accroupi devant l'âtre, le guerrier agaçait les braises du foyer en murmurant tout seul.

Enfin, après un temps qui me parut interminable, il finit par ajouter une souche pourrissante sur le lit rougeoyant, se dévêtit en craquant de toutes ses articulations et souffla la lampe à graisse. J'attendis, dans la pénombre, les mains crispées autour du manche taché. La respiration du guerrier ne tarda pas à se faire plus profonde, et je plissai les yeux. Dehors, les loups hurlaient. Quelque part, je trouvai cela approprié. Doucement, très doucement, j'écartai le plaid décoloré qui me couvrait pour me redresser furtivement, grimaçant lorsque mon genou écorché appuya contre la dure rondeur d'un madrier. Je fis un pas, courbé en deux, puis un autre, tel un fantôme assassin étreignant sa lame luisante. J'étais suffisamment près pour distinguer le visage paisible de Uldrick à présent. L'âtre vacillant dessinait sur sa figure un paysage raviné, sculpté par l'âge et l'acier. J'allais y ouvrir une nouvelle vallée, de laquelle jaillirait une rivière rouge. Ma main se crispa sur le manche du poignard et je pris une grande inspiration avant de me pencher sur lui.

Les yeux du Var s'ouvrirent tout à coup et il me sourit aimablement. Mon corps se contracta d'une secousse. Je lâchai l'arme sous l'effet de la surprise, tout l'air quitta mes poumons, et ce fut comme s'il m'avait frappé, alors qu'il n'avait pas bougé d'un cheveu. « Moi, je me suis dégonflé », me confia-t-il, avec un rictus. « J'ai pris une de ces branlées, ce soir-là. Pas pour avoir essayé de le tuer, mais pour lui avoir pris son épée sans sa permission. » Je me tendis comme un animal paniqué, et mes yeux virevoltants se posèrent sur l'arme qui m'avait échappé. Uldrick me coupa dans mon élan d'une voix plus tranchante que l'acier carmide qui gisait à mes pieds :

— Si tu touches au couteau, *Sleitling*, je te casse le bras.

Il se redressa sur sa couche et tendit le doigt vers la trappe, les sourcils froncés. « Tu vas faire demi-tour », fit-il plus posément. « Tu vas prendre ta couverture, et aller dormir avec les chevaux. J'ai pas envie de passer la nuit à me demander si tu ne vas pas encore essayer de me trancher la gorge. » Tremblant sous l'effet de la colère et du désespoir, j'hésitai quelques instants, puis, face au constat de ma propre impuissance, je m'exécutai, à la fois honteux et ridicule. Tandis qu'à quatre pattes je franchissais l'ouverture, la queue entre les jambes, et que l'air glacé me saisissait dans son étreinte, Uldrick enfonça le clou final. « Tu crois vraiment que je sais pas où se trouvent mes propres armes ? » lança-t-il avant que la trappe ne se rabatte. Je me retrouvai seul, face à la tranquillité immobile d'une nuit d'encre et de neige.

Les flocons minuscules papillonnaient autour de moi, tels les pétales d'un cerisier déchu, et la lune était pâle et pleine, quelque part au-delà des nuages invisibles. Le plateau baignait dans un halo douceâtre relevé par un parfum frais de résine et de roche. Misérablement, je me traînai jusqu'aux chevaux. J'avais échoué de nouveau et mon ennemi ne m'avait même pas laissé échouer dignement. Bredda leva sa grosse tête à mon approche et rabattit ses oreilles pour protester contre ma présence. Sa crinière avait poussé depuis que je l'avais rencontrée, la brosse guerrière, noire et luisante, cédait lentement place à une broussailleuse frange tombante. À ses côtés, Pikke piaffa amicalement et, même si Bredda ne cessa de rouler ses yeux immenses pour m'exprimer son déplaisir, la jument me laissa finalement m'immiscer entre leurs flancs pesants, sur la literie épaisse de joncs et de feuilles. Mon nez était engourdi par le froid, j'étais inconfortablement serré mais la présence massive des deux animaux était rassurante. J'avais presque aussi chaud que dans ma propre couche.

Tandis que je gigotais à la recherche d'une position qui n'appuyait sur aucun de mes bleus tout en ruminant de nouvelles résolutions carnassières, Pikke s'ébroua doucement. Il ramena son museau curieux vers moi et posa sa lippe charnue dans mes cheveux. Il palpait, délicatement, du bout des lèvres, le souffle tranquille et régulier. Alors que je n'attendais plus rien de personne, je réalisai que le hongre gris me réconfortait. Je soupirai et lui rendis une caresse. Pikke était un peu plus vieux que Bredda, dix-sept ou dix-huit ans, bien moins malin et beaucoup plus docile. C'était un grand benêt qui ne désirait rien d'autre que des caresses et des gourmandises, mais j'aime à me dire qu'il avait senti à quel endroit je me trouvais cette nuit-là, et que cela ne lui plaisait pas plus qu'à moi. Alors, comme il ne savait rien faire d'autre il me mâchonna les cheveux avec tendresse, et je me mis à pleurer.

Ce n'étaient ni des larmes de frustration cette fois, ni de colère, c'étaient des larmes saines, un élixir pur de tristesse et de douleur. Blotti contre Pikke, je me vidais un peu plus avec chaque sanglot de tout ce que j'avais accumulé sans l'évacuer, depuis mon départ de Corne-Brune. Je fis mon deuil. Je pleurai mon ancienne vie, je pleurai Brindille et Driche et Cardou et Merle qui me manquaient tous terriblement et que je ne reverrais sans doute jamais. Je pleurai par contractions violentes, comme une femme qui enfante, et chaque spasme douloureux puisait en profondeur pour aller arracher le mal à la racine. Je me purgeais. Tandis que ces perles glacées me ruisselaient le long des joues, sous couvert de la nuit neigeuse et sans m'en rendre compte vraiment, je noyai le démon de feu sous un déluge de larmes gelées.

Le lendemain soir, après notre entraînement quotidien, je me tins devant Uldrick, et mon port avait changé. Je gardais la tête haute. J'étais nerveux, pourtant, et crispé sur moi-même, de peur de me perdre encore, mais ma crainte s'était muée en défiance. J'avais été silencieux et pensif durant la journée et je m'étais plié aux exercices avec une application et une rigueur pour lesquelles le Var m'avait félicité. La neige de la nuit n'avait pas tenu, mais le sol commençait à geler et une brise glaciale emportait les volutes condensées de nos respirations jusqu'aux premières branches des bouleaux. La sueur qui imbibait ma pèlerine sous les mailles tiédissait et, en dessous, je devais faire rouler chaque muscle pour ne pas me refroidir. Je respirais profondément face au Var, la mâchoire serrée, sans le quitter du regard. Uldrick m'observa longtemps, les yeux brillants derrière une barbe devenue broussailleuse, avant de donner l'ordre que j'attendais. « Essaye de me tuer pendant que je suis éveillé, *Sleitling* », fit-il d'un ton narquois, et il leva ses mains pour prendre la posture de combat. Je crachai et fis un pas en avant, pareil à une fourmi avançant sur une montagne. Je sentis la rage enfler brusquement et faillis crier de dépit, je crus glisser en dedans, vers la lave et le volcan, et puis en un battement de cœur je passai au travers du voile rouge, comme on écarte une tenture. Je vis qu'après le feu, il y avait la glace.

Mes pensées étaient devenues froides. Il n'y avait pas de meilleur mot pour le décrire. J'étais cohérent et lucide et je savais exactement ce que j'allais faire, et pourquoi. J'accueillis la sensation avec un plaisir féroce, le temps d'en prendre la mesure. Le calme m'envahit et je le laissai couler en moi comme une avalanche paisible. Puis je feintai à gauche, Uldrick suivit, et je le pris à contre-pied. Le Var avait vu clair dans mon jeu dès le départ. Il frappa tandis que je franchissais la distance entre nous. Nous savions tous les deux qu'il frapperait à cet instant, qu'il me toucherait, aussi, mais c'était mon intention. Je courbai la tête, sans ralentir. Je me portai à la rencontre de son coup comme on va à la rencontre d'un ami. J'encaissai, là où je l'avais décidé, juste sous l'épaule. Mon corps s'ébranla sous l'impact, mais je gardai les yeux ouverts et pivotai. J'eus le temps de voir Uldrick amorcer une contraction qui ressemblait à un sourire, puis mon poing droit le cueillit en pleine bouche. Son genou me plia en deux à ses pieds.

Le Var secoua la tête en jurant et expédia un glaviot ensanglanté sur l'écorce argentée d'un bouleau. Je m'accroupis en crachotant, et Uldrick partit soudain d'un rire profond. Il se pencha sur moi et me scruta avec amusement, mais il y avait autre chose aussi dans ce regard. Le sang gouttait dans sa barbe depuis la lèvre fendue. Il me tendit la main. Je la saisis avec hésitation et d'un geste ferme il me remit sur pied. «*Iss finne*, Syffe», fit-il, en posant son autre main sur mon épaule. Je hochai la tête et déglutis. C'était la première fois qu'il m'appelait par mon prénom. Jusque-là, je n'étais même pas certain qu'il le connaissait. «Alors?» poursuivit-il en plissant les yeux. «Qu'as-tu appris?» Je fronçai les sourcils. «J'ai appris...», répondis-je lentement avant de marquer une pause. Je n'avais pas parlé depuis si longtemps que le son de ma propre voix m'apparut comme étranger. «J'ai appris à ne plus avoir peur.» Le Var acquiesça. «Nous en avons fini alors. Je ne te battrai plus. Est-ce que tu comprends, maintenant?» me demanda-t-il doucement. J'inspirai profondément, meurtri et fier à la fois. «Je crois que oui», répondis-je. «Il fallait que je veuille prendre ton coup pour te vaincre. Et il fallait que je me débarrasse de ma colère pour le vouloir. J'ai appris que la colère et la peur sont les pires ennemis du guerrier. Et je suis un guerrier maintenant.» Uldrick secoua la tête gravement. «Pas encore», fit-il. «Pas encore. Mais tu es devenu un homme.» Et c'était vrai.

À partir de ce carcan d'effroi, de colère et de douleur, le vieux guerrier-var m'avait fait un cadeau inestimable, dont je ne devais mesurer pleinement la valeur que plus tard. J'étais devenu un homme, non pas par les années, ni en perdant mon pucelage, ni par toutes ces autres façons stupides qui bien souvent définissent la chose. J'étais devenu un homme de la manière dont l'entend le peuple var: par l'émancipation. Uldrick m'avait assuré, hématome après hématome, que jamais plus je ne serais l'esclave de moi-même. Que je m'appartiendrais tout entier, même dans la peur, même dans la rage, même dans la souffrance et le désespoir le plus abyssal. Je crois que je le devinais déjà, mais avec le temps qui passe, j'ai acquis la certitude qu'il n'existe guère d'autre liberté que celle-là.

42

La piste était encore chaude, et je regrettais presque qu'elle soit aussi évidente. Pas pour le cerf, qui mourrait vite et bien, mais parce que j'étais censé apprendre quelque chose et qu'il n'y avait aucune subtilité dans ces traces-là. Je m'accroupis entre les racines d'un grand pin-dur, en triturant le lit d'aiguilles capiteux sur lequel reposait la dernière éclaboussure. Tout autour, la forêt semblait retenir sa respiration. La voix de Vaux, qui chantait tantôt, s'était tue. Les vocalises acidulées des pics et des merles, le jappement lointain du renard, les stridules alarmées des biches naines, rendaient désormais un hommage silencieux à la mort qui marchait parmi eux. « Je ne pense pas qu'il fasse cent empans de plus », finis-je par murmurer par-dessus mon épaule. Je tenais à montrer à Uldrick qu'au moins j'essayais de mettre mes connaissances à l'épreuve.

Le Var grisonnant suivait mon avance depuis qu'il avait tiré, grognant périodiquement son approbation tandis que nous remontions les îlots d'écume rouge. Il tenait encore son arc composite, mais n'avait pas pris la peine d'encocher une nouvelle flèche. « À quoi le vois-tu ? » me questionna-t-il, tandis qu'il se penchait une nouvelle fois sur la piste. « Les bulles. Le poumon est percé, peut-être même les deux », répondis-je prudemment, et pour illustrer mes propos j'effleurai la mousse ensanglantée de la pointe d'un index. « Il saigne depuis une mille et s'arrête de plus en plus souvent pour tousser. Il s'étouffe. Cent empans au mieux et il tombe. » Le Var passa un pouce pensif sur la pointe de son nez aquilin. « Je crois bien que tu as raison », fit-il en se redressant. Nous poursuivîmes notre chemin en contournant un châtaignier biscornu, fendu par le gel de l'hiver précédent.

C'était le début de l'automne, les bois n'allaient pas tarder à se strier de mille couleurs, et nous savions que le beau temps ne durerait plus très longtemps dans les hauts. Un peu plus de dix lunes s'étaient écoulées depuis que nous nous étions installés sur le plateau, et huit avaient passé depuis que j'avais vaincu ma rage. Comme prévu, l'hiver avait été rude, mais pour moi, en dépit du froid et du dénuement, le pire était passé. Depuis que le Var avait cessé de me battre, il s'était érigé entre nous une complicité un peu dure et un peu féroce, quelque chose qui ressemblait finalement au *vaïdrogan* lui-même. Cela n'était pas venu facilement, il avait fallu dépasser la rancune et les habitudes, mais, petit à petit, nous avions fini par occuper un terrain commun fait d'un pragmatisme sévère et d'un respect partagé. Nos rapports demeuraient très différents de ceux que j'avais tenus avec Nahirsipal Eil Asshuri, qui avait été à la fois plus doux et plus professoral. Il y avait un aspect bien plus universel aux leçons de Uldrick, précisément parce qu'elles ressemblaient moins à des leçons qu'à une philosophie de vie, et j'étais venu à l'épouser. De manière plus importante, nous n'étions plus seuls, ni lui ni moi. Nous étions devenus une meute, à l'instar de cette fratrie de loups qui hurlaient parfois sur la crête, qui chassaient les mêmes bois que nous, et à qui nous ressemblions de plus en plus.

Nos vêtements s'étaient vus complétés par des tissages inégaux de fourrures diverses, glanées sur les proies de Uldrick. La chaleur des peaux était un confort que nous avions accueilli avec délectation durant les lunes les plus froides. Ma pèlerine avait récolté son lot de trous lorsque j'étais encore prisonnier de ma rage, et les bottes de cuir que je tenais de Boiselle étaient certes étanches, mais pas fourrées pour autant, et l'étroitesse de leur coupe en rendait le rembourrage impossible. À la fin de l'hiver, nous avions cerclé mes jambières d'une couche hirsute de peau de biche pour éviter que mes orteils ne gèlent – ce qui rendait les bottes plus encombrantes à la marche – et la courte cape de chamois qui pendait autour de mes épaules servait de renfort à la pèlerine vieillissante. Uldrick en avait fait de même avec ses propres habits et, depuis, nous ressemblions à deux trappeurs hérissés, aux visages mordus par le froid. Il y avait quelque chose que j'appréciais particulièrement dans la fourrure et le cuir. Je crois que cela tenait à l'odeur, la cohabitation entre cette douceur tout animale et les relents huilés d'un parfum plus fauve. Uldrick tannait les peaux à la cervelle, processus particulièrement nauséabond que nous laissions suivre son cours, plus haut dans la ravine. J'avais craint au début que cela n'attire les charognards, mais le Var m'avait affirmé que même les loups n'en voudraient pas.

À l'hiver avaient succédé un printemps pluvieux et triste, puis un été si aride que le ruisseau avait menacé de se tarir. Nous avions quitté nos fourrures pour leur préférer la nudité et, malgré le vent poussiéreux qui caressait la forêt de Vaux, j'avais été certain de cuire comme un crabe si la canicule avait duré encore une semaine. Heureusement, les orages étaient venus à l'amorce de l'arrière-saison, secs au début, striant le ciel de dragons électriques, avant que des troupeaux entiers de nuages ne surgissent de l'est, épais et enflés comme d'imposantes bêtes célestes. Craignant de manquer d'eau, nous avions accueilli la pluie torrentielle à bras ouverts, et la grêle aussi, même si, à l'altitude où nous nous trouvions, ce ciel assombri avait fait chuter la température de moitié.

Durant tout ce temps, mon entraînement s'était poursuivi inlassablement, au même rythme effréné. Qu'il pleuve, qu'il vente ou qu'il neige, quatre heures par jour, davantage si aucune autre corvée n'était prévue, je suais sous l'effort des exercices. Le soir venu, au coin du feu, le Var me dispensait sa science de manière plus théorique. La stratégie, les formations, les batailles, et surtout l'organisation. Mes idées un peu enfantines sur les héros qui arrachaient des victoires par leurs seules prouesses s'étaient effritées face aux railleries de Uldrick. Je comprenais désormais qu'une armée qui gagnait était une armée qui mangeait, et que seules la logistique et l'information étaient réellement déterminantes pour l'issue d'un conflit, si on faisait fi de la chance et des éventuels coups de génie stratégiques. Les accidents et l'infection tuaient plus souvent que l'épée, et la maladie davantage encore que tout le reste réuni.

Pour illustrer ses propos, Uldrick me parlait souvent des guerres carmides et du rôle majeur que les guerriers-var avaient joué dans les invasions du roi Bai, en tant que guerriers, mais surtout en tant que conseillers. Si le service sanglant des *vaïdrogans* était tant courtisé par les seigneurs des primeautés de Brune, cela tenait autant à leur savoir qu'à leur savoir-faire. De jour, pourtant, nous écartions la majeure partie du conceptuel pour nous consacrer à la pratique. « Tu as le temps d'apprendre la théorie », disait souvent Uldrick avec un rictus féroce. « La théorie, c'est comme la flotte. Ça te sert à rien si quelqu'un t'a troué le pot. »

Le Var m'avait taillé des répliques d'armes dans du bois qu'il imbibait de suif pour les alourdir et elles pesaient presque autant que les originales. Il m'enseignait principalement l'usage de la lance et de l'épée courte – une arme versatile et mortelle pour qui sait la manier – ainsi que le poignard. Uldrick ne pensait pas que j'aurais un jour la taille requise pour briller à l'épée longue, alors que je semblais naturellement prédisposé à exceller à courte portée. Il avait appris ce qu'il savait du glaive à Brenneskepp, où il avait été instructeur durant plusieurs années et c'était un esclave évadé, un spadassin carmide de la dokia Sindoï qui l'avait initié. Le Var me formait désormais à cette technique explosive, que j'appréciais pour son agressivité fulgurante et la manière dont elle pouvait surprendre les habitués d'une brette plus classique. Je devenais agile, avec des réflexes de serpent et un sens de l'équilibre aiguisé qui, sans rivaliser encore avec le talent et l'expérience du *vaïdrogan*, laissaient présager que dans quelques années, si j'étais chanceux et que je choisissais bien le moment, je pourrais espérer lui tenir tête. Je grandissais encore, et mes vêtements jadis lâches se resserraient inexorablement autour de moi. Malgré mes dix printemps, mon corps n'avait plus rien de la mollesse de l'enfance.

En plus de mes deux lames de bois, je m'essayais maladroitement à la masse d'armes (Uldrick avait lesté un gourdin avec du plomb fondu à cet effet) et, même s'il apparut rapidement que j'aurais de la chance si je devenais seulement moyennement compétent, le guerrier tenait à ce que je persiste. Il me fallait un outil qui me donnerait une chance contre une vraie armure, si je n'avais pas d'autre choix que de combattre. Tandis que j'ahanais sous le poids du gourdin après des séries entières de moulinets, de derrière son écu cabossé Uldrick me racontait, encore et encore, comment il avait tué au marteau l'homme qui portait mes mailles, sans que l'épée de son adversaire eût même esquinté sa cote lamellaire.

Le seul véritable pendant à tout cela était ma maîtrise abominable de l'arc. Vers la fin de l'hiver, Uldrick avait décidé que je serais *hobbelar*. J'étais vif, intelligent et observateur, mais pas assez grand, ni assez fort pour arriver à constituer autre chose qu'un point faible dans le mur de boucliers, et j'avais davantage de chances d'être désarçonné si je devais charger quoi que ce soit en tant que cataphracte. J'avais nourri l'espoir de faire changer Uldrick d'avis en mangeant comme quatre et en me pendant aux branches basses des bouleaux pour me faire grandir plus vite, mais comme rien n'y faisait je dus finalement me faire une raison : l'armure et le destrier n'étaient pas pour moi. Je serais donc *hobbelar*, un éclaireur pour la cavalerie lourde, et comme je cernais de mieux en mieux l'importance capitale de la reconnaissance et du ravitaillement en temps de guerre, l'idée me séduisait de plus en plus. Restait que j'étais indéniablement mauvais à l'arc, dont Uldrick n'avait de cesse d'insister qu'il s'agissait de l'outil le plus précieux du *hobbelar*.

L'arc composite de Uldrick était un objet remarquable, un peu plus d'un empan de corne de bœuf et de bois de mûrier finement travaillé. Lorsqu'il ne s'en servait pas, le Var le conservait précieusement dans un étui de cuir étanche pour le prémunir contre l'humidité. Malgré sa taille réduite, qui le faisait presque ressembler à un jouet entre les mains du grand guerrier, c'était une arme puissante qui pouvait être employée facilement depuis le dos d'un cheval. Au début de l'été j'avais eu droit à une démonstration, et Uldrick avait lancé Bredda au triple galop entre les souches qui parsemaient désormais le plateau, avant de loger un tir en plein dans mes mailles, que nous avions accrochées à la cabane à cinquante empans de là. Durant les beaux jours, nous nous étions servis de l'arc régulièrement et, la première fois que j'avais peiné à le bander, je m'étais rappelé l'après-midi que j'avais passé au tir avec Driche et Hure, sur la plaine rocailleuse près de la Cuvette.

Malheureusement, je m'étais également montré à peu près aussi performant que ce jour-là. Malgré des heures et des heures à tirer sur les bouleaux, et davantage encore à chercher les flèches que j'égarais, je faisais toujours un piètre archer. On pouvait compter sur moi pour toucher sans grande précision une cible à dix pas, mais au-delà de vingt-cinq j'échouais trois fois sur quatre. Uldrick avait exigé que je m'entraîne encore, et, en parallèle, je l'accompagnais à la chasse pour affiner mon savoir-faire de pisteur. En ce début d'automne, j'avais su débusquer le cerf solitaire que le Var avait tiré, et sous les vertes frondaisons c'était moi qui nous menais sur la sente du sang.

J'avançais courbé, la main sur le pommeau du poignard à large lame, et Uldrick marchait sur mes talons. Il avait boité considérablement au cours de l'hiver et son genou avait fini par enfler pour se gorger d'eau, mais depuis cet épisode il n'avait plus eu à s'en plaindre et sa claudication, bien que visible, ne le handicapait plus autant. Mon regard virevoltait sur les herbes plus longues de la clairière que nous traversions, à la recherche de la moindre trace.

Derrière moi, j'entendais le Var grommeler en maudissant les piquants du bosquet d'épine noire par lequel l'agonie de notre proie nous avait menés tantôt. « Si j'avais eu de vraies flèches de chasse, il aurait pas eu le temps d'aller aussi loin », fit-il aussi doucement que sa voix rocailleuse le lui permettait. « Mieux pour lui et mieux pour nous.

— Au moins ça l'a pas traversé comme la biche naine de l'autre fois », murmurai-je en guise de réponse. J'avais mis un après-midi entier à retrouver le trait en question. Les dix projectiles que Uldrick avait emportés avec lui lors de son voyage désespéré jusqu'à Corne-Brune étaient des flèches de guerre au poinçon effilé, capables de percer la maille dans les bonnes conditions, mais pas très pratiques quand il s'agissait de tuer du gibier. J'en avais déjà brisé trois à l'entraînement, et le Var en avait perdu deux autres dans un sanglier particulièrement coriace que nous n'avions jamais retrouvé.

— Là. En bas. J'y vais.

Je fis halte sur la corniche empierrée qui marquait la fin de la clairière, le doigt tendu. En contrebas, une petite combe au fond de laquelle une mer de fougères s'agitait paisiblement, cerclée d'une châtaigneraie bruissante. Le cerf s'était échoué entre deux écueils de grès, tel un navire brisé par les vagues, son museau rouge tendu comme ces figures de proue sculptées qui décorent les caraques de Louve-Baie. Je sautai lestement dans la cuvette, avant de dégainer le poignard. C'était à moi qu'il incombait d'achever nos proies. « Pour t'endurcir », avait dit le Var. « Pour vaincre l'hésitation. » Je n'aimais pas ça, mais je comprenais. J'avançai rapidement entre les grandes fougères, le cœur battant, en murmurant les mots que Uldrick m'avait appris. « *Iss hareuss neï fridd oï vaïdrogan. Dief seu giebb iss clieff eu qwiess.* » La souffrance n'est pas l'ami du guerrier-var. La mort qu'il donne est propre et rapide.

Devant moi, le cerf se débattait de nouveau, ses larges sabots labourant l'humus sans qu'il parvienne à se redresser. La bête toussa rouge tandis que j'escaladais d'un bond le grès couvert de mousse. Le trait de Uldrick était enfoncé jusqu'à l'empennage dans son flanc, un petit oiseau, gris et mortel. Je m'accroupis près de la tête et agrippai la large ramure. J'avais déjà compté ses andouillers avant le tir. Nous avions à peu près le même âge, ce qui était une pensée curieuse. Mon regard rencontra le sien, il s'agita, et je plongeai le couteau sous la mâchoire. Deux poussées de plus pour ouvrir la trachée, quelques giclées palpitantes sur le rocher, puis il ferma les yeux, et ce fut fini. J'essuyai la lame dans la mousse épaisse, ce qui était idiot. Nous allions nous servir du poignard pour le débitage.

Je quittai mon poste de vigie tandis que le Var contournait la corniche par les bois. « Il est gros », me lança-t-il depuis les arbres, alors que je m'évertuais sans succès à dégager la carcasse. « On pourra pas le remonter en entier. » Je m'arc-boutai obstinément jusqu'à ce que Uldrick me rejoigne. Nous ne fûmes pas trop de deux pour faire basculer le cerf dans les fougères. Je lui ouvris l'abdomen de haut en bas en cisaillant furieusement, et le Var empila les viscères rouges sur le sol. Je lui tendis le couteau lorsque j'eus fini, il s'attela à la découpe qui était un domaine qu'il maîtrisait mieux que moi. Je l'observais donc et j'apprenais.

« Le cerf, c'est comme l'homme à bien des égards », fit Uldrick en sectionnant vigoureusement. « Quoique sa queue soit plus petite que la mienne », ajouta-t-il en ricanant. « Regarde ces nerfs, là, derrière le genou. Ce sont ceux-là que je t'apprends à trouver au couteau. Tranche-les et la jambe ne sert plus à rien. » Je reniflai dédaigneusement, tout en triturant une tête de fougère et le Var leva la tête vers moi, les avant-bras rouges et luisants. Il fit une moue un peu stupide, entre amusement et excuse. « Je radote et j'oublie, c'est ça que tu penses ? Le vieux Uldrick a encore oublié que tu connais mieux les genoux que lui ? » fit-il en tapotant exagérément sa propre jambe. « *Vessukke* », répondis-je sur un ton faussement indifférent. *Pour sûr.* Les rides de Uldrick se plissèrent imperceptiblement et ses yeux vert-de-gris étincelèrent comme ceux d'un chat qui joue. « N'empêche que j'en ai ouvert plus que toi des genoux, *Sleitling*, quoique moins finement.

Ramène-toi et tiens-moi cette patte, ça vaudra mieux. » Je m'exécutai en guise de concession, la bouche tordue par l'ombre d'un sourire. Le Var cisaillait dans la jointure de la cuisse :

« Y a une idée qui me démange depuis un moment », dit-il tout en coupant. « Les racines blanches et la pâte de gland, j'en ai ma claque. J'ai envie de pain et de cervoise. Je me suis dit que, d'ici quelques jours, quand le temps s'y prêtera, on pourrait descendre à Long-Filon, et ramener des vivres pour l'hiver qui vient. Il me reste une poignée de deniers et on a des peaux à ne plus savoir quoi en faire. Et puis j'aimerais aussi glaner quelques nouvelles et tâter le terrain. Pour voir si on nous cherche encore. » Je levai les yeux, à la fois excité et inquiet à l'idée de retrouver la civilisation, même brièvement. « Je ne pense pas », fis-je lentement. « Qu'on nous cherche encore, je veux dire. Le sicaire devait me vouloir pour faire du tort au primat, mais il avait besoin de moi l'année dernière, pendant que les... les meurtres étaient encore frais. Et puis Hesse disait que Barde négociait avec Franc-Lac, si ça se trouve, le sicaire est déjà reparti. »

Uldrick travaillait vigoureusement l'articulation de la pointe de la lame. « Peut-être », répondit-il, les dents serrées. « Mais peut-être pas. Tu lui serais encore utile, même aujourd'hui. L'espion sorcier du sang-mêlé, ça ferait tache, et il doit aussi espérer que tu puisses lui en livrer d'autres, des espions. » Je déglutis en pensant à la petite Miette, et Uldrick posa le couteau pour s'emparer de la patte tranchée. « Et puis », poursuivit-il en grimaçant, « il n'y a pas que le sicaire. Tu m'as dit avoir mutilé quelqu'un avant que je ne te délivre, le fils d'un homme influent qui possède des terres près de Cambrais, si je me rappelle bien. Cambrais n'est pas si loin de Long-Filon et ces terres peuvent être tout près de la frontière vauvoise. » La cuisse se détacha avec un craquement mouillé. « Il ne faut jamais être trop confiant », conclut Uldrick d'une voix prudente, en s'appuyant sur la carcasse. « La *Pradekke*, *Sleitling*. Il faut admettre que nous ne savons pas et agir en conséquence. »

Tout en me grattant les cheveux pensivement, je posai mes fesses sur un rocher confortable pendant que le Var s'occupait du dépeçage. Je les portais désormais mi-longs, une crinière noire mêlée de tresses et de nattes plus longues, comme à l'époque où je courais les rues de Corne-Brune. « Ils cherchaient un Var boiteux à Boiselle », affirmai-je avec un air satisfait. « Des enfants, y en a mille et j'ai grandi en plus. C'est toi le repère. » Uldrick me dévisagea exagérément, par-dessus son épaule. « Comme tu es subtil, *Sleitling*. Tu penses vraiment que je suis assez cave pour me ramener à Long-Filon en tenue de guerre ? » grogna-t-il. « Évidemment que c'est moi le repère. Toi tu ressembles à n'importe quel autre morveux traîne-bissac, pour peu que tu caches tes tatouages. » Je rougis. « Ouais, mais toi tu ressembles à un ours des bois pesteux, et y a du lichen dans ta barbe », crachai-je, vaguement mortifié. « Exactement », fit le Var en m'adressant un regard noir. « Un ours des bois, et pas un guerrier. Je passerai bien comme trappeur, si on n'y regarde pas de trop près. Je serai ton père, et toi tu seras le petit bâtard gringalet que m'aura chié une putain des routes. » Je n'aimais guère la tournure que prenaient les choses, mais comme la perspective du voyage me plaisait, je me mordis la langue pour ne pas répondre. Nous nous chamaillions souvent, mais on ne savait jamais quand on allait trop loin avec Uldrick. Il aurait été capable de me laisser garder la cabane et en vérité, nous savions tous les deux que l'entreprise serait nettement moins risquée si je ne l'accompagnais pas. Puis quelque chose grimpa sur ma main, et je décollai du rocher comme un chat ébouillanté.

Uldrick partit de son rire profond tandis que je me débattais en jurant, dansant une gigue maladroite au travers de la combe, mais irrité de perdre ainsi ma contenance réellement paniqué. Cela ressemblait à une grosse araignée. Je réussis enfin à la décoller de ma peau et elle retomba mollement parmi les fougères. «*Fekke*», feulai-je, encore tout secoué, et ma main tremblante se porta à ma ceinture, à la recherche de la dague qui n'y était pas. Uldrick se baissa parmi les tiges et ramena entre ses doigts, en la tenant par son abdomen rebondi, une petite bête d'un marron sale strié d'ocre, de la taille de ces prunes jaunes qui poussent sur les coteaux de Sudelle. Huit tentacules se tortillaient mollement en dessous, dont certains se tendaient vers moi comme de minuscules bras préhensiles. D'autres s'étaient déjà enroulés autour des phalanges du Var. Uldrick étudia la chose grouillante avec intérêt, puis soudain il jeta la tête en arrière et la goba tout entière. «Ch'est exjactement che que j'attendais», fit-il en mâchonnant. Je l'observais, bouche bée, entre dégoût et fascination, tandis que cela croustillait sous ses dents. Un tentacule se tordait encore lorsqu'il disparut au coin de ses lèvres. «*Iss finne*», marmonna-t-il, avant d'avaler. «La saison des lures vient de commencer.»

43

Tous les quatre ans, sous les rameaux verdoyants de la forêt de Vaux, il se produit une éclosion miraculeuse. Peu avant que les premières feuilles ne commencent à se décolorer, l'humus fragrant s'agite et se déforme et, par millions, les lures s'extraient de leur longue hibernation souterraine. Durant deux lunes, elles se gorgent de végétation en surface, puis s'accouplent, et disparaissent aussi rapidement qu'elles sont arrivées. Les habitants de la forêt prêtent autant de vertus que de vices à ces petits céphalopodes terrestres. Si une nappe de lures peut ravager un champ de cultures en moins d'une nuit, il n'empêche que l'on ne compte plus les familles qu'elles ont sauvées de la faim lors des années de disette. À Boiselle il se dit que la poudre de lure séchée accorde longue vie à celui qui en consomme quotidiennement, à Blancbois on prétend qu'elle ferait bander un homme comme un taureau. Le long de la Gorce, les lures sont mises en bouteille dans un vin d'écorce artisanal que l'on surnomme « *la grouillante* », tandis que dans les contreforts des Épines, on préfère les fumer en prévision des mauvais jours. Il se trouve également plus d'une légende locale qui les associe à cette riche sphaigne forestière caractéristique des bois de Vaux et de Couvre-Col, et qui est à la fois une bénédiction pour le bétail et une malédiction pour le paysan.

Quoi qu'il en soit, lorsque débute la saison des lures, la vie des Vauvois s'anime brusquement. Les routes s'engorgent de cueilleurs bigarrés, de marchands de fortune et de vagabonds plus improbables les uns que les autres. Durant quelques semaines, même dans les manses les plus minuscules, on alterne fêtes et chants, concours de ramassage, de gobage, et une myriade d'autres divertissements auxquels se mêlent les spectacles et la musique des saltimbanques ambulants. C'est une période d'excès festifs dont la réputation dépasse de loin les frontières de Vaux, qui attire autant de troubadours que de saisonniers – ainsi qu'un contingent moins savoureux d'escrocs et de tire-laine en tous genres. En somme, pour nous les lures tombaient à point nommé. Les beuveries et l'affluence des étrangers étaient telles que nous n'aurions sans doute jamais meilleure occasion de passer inaperçus.

Nous quittâmes le plateau au lendemain de notre chasse, pressés de retrouver le monde des hommes. Uldrick montait Bredda, je montais Pikke, et nous avions chargé les chevaux de plusieurs dizaines de peaux à troquer. La selle ouvragée du Var avait été grossièrement recouverte de fourrure pour en dissimuler les motifs et il avait laissé ses étriers à la cabane pour éviter d'attirer des soupçons. Bien sûr, il n'échapperait pas à un regard averti que Bredda était un chargeur igérien, une jument de guerre et non un quelconque cheval de travail, mais nous avions concocté quelques histoires plausibles pour qui n'insisterait pas de trop, tout en espérant que de l'insistance, nous en croiserions le moins possible.

Uldrick avait emporté son arc, ce qui ne ferait lever aucun sourcil tant qu'il restait dans son étui, ainsi que son épée, que nous avions enfouie sous le chargement de fourrures et de vivres que portait Bredda. Le *vaïdrogan* m'avait confié le poignard d'acier carmide pour que je le planque sous ma pèlerine et, en dehors du gambison que Uldrick portait sous ses peaux, nous avions caché le reste de ses armes – ainsi que nos deux armures – à l'abri et au sec, au fond de l'une des profondes crevasses qui balafraient la ravine. De cette manière nous voyagions léger, et si quelqu'un décidait de piller la cabane durant notre absence, ce qui était tout de même improbable, il n'y aurait rien à voler, à part un peu de saucisse-sèche. En ce qui me concernait, des dizaines de pillards pouvaient venir prendre autant de saucisse-sèche qu'ils pouvaient en porter, avec ma bénédiction en prime.

Le soleil n'était pas encore tout à fait levé et le ciel était couvert. Les nuages gris, incertains et tumultueux, se bousculaient vers l'est sous l'influence d'une brise humide. Je souriais intérieurement malgré la météo capricieuse, encore hébété par le sommeil, mais résolument ravi de partir à l'aventure. Uldrick avait pris la tête. Il me fit signe de rester derrière lui lorsque nous atteignîmes la lisière rocailleuse qui coupait le sud du plateau des bois en contrebas. Nous descendîmes précautionneusement, en biais pour adoucir la pente, serpentant entre les rochers moussus et les arbres épars, tout en gardant le tintement des cascades dans notre dos. Les sabots énormes de Pikke et de Bredda sculptaient des prises dans la terre humide du dénivelé, marquant leur passage comme de gigantesques tampons. Nous les laissâmes prendre leur temps pour parer aux chutes. J'eus parfois l'impression d'être un faucon perché au-dessus du vide, et je me crispais sur la selle tandis que les lourdes jambes du hongre épousaient les aspérités de la descente. Malgré mes efforts pour rester en place, le mouvement saccadé du grand cheval de bât me bringuebalait de tous côtés, comme une vermine dans la gueule d'un ratier. « Plus lâche ! », me cria Uldrick par deux fois. « Plus mou dans la selle ! » mais je n'arrivai pas à me détendre suffisamment et ne fus véritablement rassuré que lorsque nous atteignîmes enfin la pente plus douce, où le ruisseau reprenait, et où la forêt commençait pour de bon.

Nous fîmes un écart en direction de l'ouest pour éviter les bourbiers qui bordaient le ru et les plants de racine blanche qui y poussaient en quantité importante. Les deux chevaux s'étaient déjà aventurés dans cette zone au printemps et Uldrick avait dû les en chasser à plusieurs reprises, à grand renfort de haro et de coups de trique. Malgré leur arrière-goût amer et saumâtre, les racines blanches étaient les seuls légumes sur lesquels nous pouvions compter toute l'année durant, et nous n'allions pas rappeler aux chevaux combien ils en appréciaient les pousses tendres – ni par là même risquer de nous embourber.

Uldrick appela à la halte vers midi, afin que je puisse grignoter un peu de viande séchée sans risquer de la régurgiter aussitôt sous l'effet du roulis, mais surtout pour laisser le temps aux bêtes de paître convenablement. Je m'étirai douloureusement tandis que le Var se passait de l'eau sur le visage, penché sur le cours d'eau caillouteux que nous avions fini par rejoindre. Mes jambes avaient certes poussé depuis que je connaissais Uldrick, mais pas suffisamment pour pouvoir voyager confortablement sur le large dos de Pikke. Chaque cahot me donnait l'impression d'être lentement écartelé sur un monstrueux pilori de chair. Cependant, je n'oubliais pas notre dernier voyage, celui qui nous avait menés dans les hauts, et malgré les à-coups tiraillants, au moins cette fois-ci je ne marchais pas. Après quelques heures, nous fîmes boire les chevaux, et repartîmes du même rythme chaloupé.

Le ciel se dégageait peu à peu, ce qui laissait augurer une météo favorable pour les jours suivants. Nous suivions notre ruisseau, qui filait droit vers le sud au travers des arbres en babillant joyeusement, alternant plages de galets humides et petites cascades écumantes. Uldrick interrompait parfois le chuintement de la voix de Vaux pour me montrer en souriant la queue blanche d'une biche qui détalait, ou la merde d'un ours, ou encore un arbre malchanceux dont les branchages déguenillés grouillaient de lures. L'après-midi s'écoula ainsi et, lorsque la lumière commença à décliner, nous montâmes le campement à la hâte, sans faire de feu pour ne pas attirer l'attention. J'étais inquiet à propos des merdes d'ours, mais Uldrick m'expliqua patiemment qu'à moins d'être très malchanceux, avec autant de lures en liberté, les ours avaient bien mieux à faire que d'enquiquiner les voyageurs. Une fois mes craintes apaisées, je retrouvai – avec un plaisir inattendu – la sensation de n'avoir que le ciel pour seul toit et, emmitouflé dans ma couverture de laine, je m'endormis à la belle étoile, le regard prisonnier de la poussière des constellations.

Le second jour, la pente se fit moins escarpée et les conifères moins nombreux. Le soleil était sorti pour de bon semblait-il, et sa lumière dorée filtrait entre les feuilles pour faire danser les ombres sur le tapis d'humus. Le ruisseau s'était vu grossir de plusieurs petits affluents, si bien qu'au plus profond il m'arrivait désormais à mi-cuisse, et nous pouvions y apercevoir des bancs entiers de truites se disperser sur notre passage. Le crissement des lures était partout, un son doux et bruissant, comme une pluie légère. Des grappes sombres pendaient aux arbres et les clairières ondulaient sous l'effet des tapis vivants en quête de pitance. De temps à autre, Uldrick en piochait une dans le tas et se tournait vers moi pour l'avaler tout entière en arborant des expressions de délice plus exagérées les unes que les autres. Malgré son insistance j'avais refusé d'y goûter cru, sans écarter pour autant l'idée des brochettes assaisonnées dont il m'avait assuré l'abondance à chaque fête de village.

Quelques heures après notre pause de midi, le Var tira sur la bride de Bredda, tout en m'indiquant un point plus sombre dans les bois devant nous. « Voilà enfin l'occasion de te prouver meilleur comédien qu'archer », fit-il en grimaçant. Une petite forme plate se découpait entre les arbres, à quelque cent empans devant nous, et j'identifiai sans peine le bardage d'une toiture. « La route ne doit plus être loin », dit le Var. « Rappelle-moi comment on s'appelle, déjà. » « Jaramie et Miclon », répondis-je en faisant la moue. « On arrive de la Tour de Boiselle, mais en vrai on est de nulle part. Juste un trappeur ambulant et son fils. » Uldrick toussota, l'œil espiègle. « Son fils bâtard », corrigea-t-il. Je fronçai des sourcils.

« C'est vraiment obligé, cette partie-là ? Parce qu'en vrai... » Le Var me coupa la parole d'une voix sèche. « Oui c'est obligé. On en a déjà parlé. En vrai, tu ne me ressembles pas du tout, *Sleitling*. Si notre histoire est suffisamment honteuse, les gens s'arrêteront à la honte, et ils n'iront pas plus loin. Maintenant cesse de tirer la gueule et passe devant ! »

J'appuyai mes talons contre le flanc de Pikke en maugréant et nous avançâmes lentement en direction de la bâtisse lointaine. Comme mon postérieur et mes cuisses souffraient le martyre, je fus heureux de pouvoir fixer le rythme, même sur une distance aussi brève. Malgré sa nature placide et aimable, Pikke n'était pas vraiment une monture idéale et, exception faite des premiers jours qui avaient suivi ma fuite de Corne-Brune, je n'avais jamais été en selle aussi longtemps. Nous émergeâmes bientôt de la forêt pour déboucher sur une petite clairière dégagée et lumineuse. Je clignai des yeux durant quelques instants, le temps de m'accoutumer au soleil. Devant nous s'étendaient quelques parcelles étroites de tubercules jaunissants, et plus loin un corps de ferme qui se dressait tout en long, une maison, une grange, et un enclos à cochons.

À notre approche, une petite fille se redressa parmi les cultures en faisant de grands yeux, puis elle tourna les talons et s'en fut vers la maison en criant. À l'ombre du porche, deux gros chiens noirs dressèrent l'oreille, avant de se lancer dans un concert d'aboiements furieux. Un peu dépité par l'accueil, je poussai néanmoins Pikke afin qu'il contourne les champs vers la ferme, sans quitter les bâtiments du regard. Une silhouette longiligne apparut sur le faîte de la ferme. Juste avant que nous ne pénétrions dans la cour, je constatai avec soulagement que les deux cabots vociférants étaient attachés, et j'entendis derrière moi la voix basse de Uldrick.

— Laisse-moi m'occuper de la parlotte, maintenant qu'ils t'ont vu.

J'acquiesçai en silence, pas vraiment rassuré. Une petite femme d'âge moyen aux airs de souris émergea par la porte de la maison pour venir se camper entre les chiens, les mains plaquées sur les hanches. Elle me fit immédiatement penser à la veuve Tarron, en plus jeune. Par-dessus son épaule, une adolescente pâlichonne nous toisait avec méfiance et la fillette aux grands yeux s'agrippait à ses jupes. Depuis le toit, la silhouette que j'avais repérée tantôt, un jeune homme tout en jambes, nous lançait des coups d'œil prudents en tripotant nerveusement le manche de sa houe à récurer. «C'est assez près comme ça», lança la femme, lorsque nous fûmes arrivés à une dizaine d'empans du porche. «Vos gueules!» hurla-t-elle ensuite, en brandissant son bâton en direction des deux chiens. Ces derniers se couchèrent en couinant, sans demander leur reste.

Uldrick avança Bredda pour qu'elle fasse front avec Pikke, puis il me tendit les rênes et mit pied à terre. «Bonne journée à vous», dit-il poliment à la maîtresse de maison. «Je m'appelle Jaramie Brosse, et voici mon fils naturel, Miclon.» Je me mordis les lèvres, le regard noir, pour réussir à garder le silence. «On a fait la route depuis Couvre-Col, pour vendre nos peaux à Long-Filon. Miclon et moi, on se demandait si vous auriez l'amabilité de nous proposer le gîte pour la nuit. En échange de quoi nous saurions nous rendre utiles, bien sûr.»

La femme plissa le front et passa la main sur le

foulard qui retenait sa chevelure châtain. « Ici c'est la ferme de Gusonne, et je suis la mistresse Gusonne », fit-elle d'un air pincé. « Si vous allez du côté de Long-Filon, vous y croiserez peut-être mon mari et mes fils aînés. Ils y sont embauchés comme saisonniers. » Elle marqua une pause avant de reprendre avec son accent vauvois très marqué. « Je n'aime pas bien ouvrir nos portes à deux étrangers tant que mon mari n'est pas rentré, sieur Brosse. Sauf vot' respect, vous ne présentez pas très bien, et les voyageurs ne sont pas tous honnêtes en cette saison. J'aimerais mieux que vous passiez votre chemin. » La mistresse Gusonne croisa les bras sur son tablier taché. Je lançai un regard en biais aux chiens hérissés. Mes retrouvailles avec l'humanité ne se déroulaient pas vraiment comme je l'avais espéré : on nous chassait comme deux mendiants.

Uldrick, qui semblait avoir l'habitude de ce genre de situation, lissa sa barbe broussailleuse sans se laisser démonter par un premier refus. « C'est que… », fit-il, « nous vous demandions seulement l'usage de votre grange pour la nuit, et rien de plus. Vous ne remarquerez même pas qu'on est là », négocia-t-il d'une voix conciliante dont je ne l'aurais pas soupçonné d'être capable. « Je pourrais peut-être finir de récurer vos toits, je sais que c'est un travail difficile, avec la mousse qui s'agrippe », ajouta-t-il en adressant un sourire compatissant en direction du jeune homme perché sur le bardage. « Ça fait près d'une semaine qu'on est sur la route. » Une lueur d'hésitation traversa les yeux de la femme et le Var sauta sur l'occasion pour me désigner de la main. « Je sais que le sommeil est rare pendant la saison des lures. Mon petit n'est pas le plus futé des enfants, mais il pourrait surveiller vos champs cette nuit. » Je devins rouge écarlate tandis qu'intérieurement j'étranglais Uldrick. La femme secouait la tête. « Je ne sais pas… » fit-elle d'un ton qui s'était tout même adouci. Uldrick enfonça le clou. « J'aurais même un sou pour vous, ou une belle peau, si vous aviez un peu de fourrage pour nos bêtes. » Mistresse Gusonne laissa choir ses bras le long de sa robe rêche. « Bon allez », finit-elle par dire. « C'est d'accord. Mais au moindre ennui, je vous colle mes chiens au cul. » Elle se retourna en scrutant le toit. « Descends de là gamin ! » cria-t-elle. « Va ouvrir la grange pour ce sieur Brosse et son enfant. »

Nous déchargeâmes les chevaux dans une minuscule étable, que nous partagions avec deux tas de paille, sous l'œil du jeune gringalet, qui s'appelait Clémon. Il nous informa que le bœuf qui l'occupait habituellement était parti avec son père et ses frères, qui comptaient le vendre au marché aux lures, à Long-Filon. Comme il l'avait promis, Uldrick consacra son après-midi à récurer les toits et je remarquai que, lorsqu'elle passait dans la cour, mistresse Gusonne lorgnait parfois un peu longuement l'enchevêtrement luisant de ses muscles en sueur. Je m'ennuyai ferme durant tout ce temps, n'ayant rien d'autre à faire après avoir soigné les chevaux, et je passai ce qui restait de la journée à traîner près du ruisseau qui coulait derrière la ferme. La fille aînée vint y laver un peu de linge, mais resta muette comme une carpe malgré mes tentatives hésitantes pour amorcer la discussion. Le soir arriva tout de même trop rapidement à mon goût et, après un bol de soupe poivrée offert gracieusement par la maîtresse de maison, j'allai me planter au milieu des champs, tout en scrutant la nuit tombante à la recherche de nappes errantes de lures affamées.

Depuis la maison éclairée me parvenait de temps à autre un rire profond, qui trahissait la présence de Uldrick dans la cuisine. Apparemment il avait réussi à désamorcer la méfiance initiale et profitait désormais du feu et d'une compagnie nettement plus amicale que mes plants de tubercules. Après que j'eus passé quelques heures tout seul à ruminer amèrement dans le noir, le Var vint me rejoindre, l'haleine chargée d'alcool. Il me remit une tisane chaude que je bus lentement, en boudant copieusement. « J'aurais préféré qu'on dorme à la belle étoile », marmonnai-je misérablement, après avoir terminé. « On n'avait même pas besoin de s'arrêter ici. On pourrait être sur la route avec les ménestrels. » Uldrick se racla la gorge. « Avec les coupe-jarrets aussi », dit-il. « Tu pourras monter avec moi demain, et te reposer pendant le trajet. Crois-moi, on est mieux ici que sur la route. » Je reniflai dédaigneusement. « *Tu* es mieux ici. Moi je m'encague dans un champ pendant que tu bois. » Uldrick fronça des sourcils :

— Considère ceci comme un échauffement. Il n'y a pas d'enjeux et on peut se tromper sans que ce soit bien grave. Apprends à jouer ton rôle.

— Mais je m'ennuie !

— On n'est pas là pour s'amuser, *Sleitling*. Tu foutais rien cet après-midi, pendant que je trimais sous le soleil. Chacun son tour.

— J'ai même pas eu de gnôle avec tout ça !

— T'en auras demain. Arrête de geindre et surveille ce foutu champ. Moi je vais dormir.

Je haussai des épaules et cessai mes reproches, parce que les arguments de Uldrick transformaient mes plaintes en caprices d'enfant. Le Var me tourna le dos et s'éloigna en direction de la grange. En tout et pour tout, j'écrasai deux lures au cours de la nuit, ce qui fut une maigre consolation. Lorsque Clémon vint me relayer au petit matin, je me traînai jusqu'à l'étable, tellement fatigué que je n'étais pas certain de ne pas déjà être en train de dormir. Pikke m'accueillit d'un souffle satisfait, le ventre rebondi et la gueule pleine de foin. Alors que je cherchais ma couverture à tâtons, hébété par l'épuisement, je réussis à me prendre les pieds dans le tablier de la mistresse Gusonne qui gisait quelque part dans la paille, avant de m'affaler de tout mon long sur les jambes de Uldrick. Le Var se réveilla avec un grognement sourd. Je lui balançai rageusement le tablier à la figure. « Quoi ? » grinça-t-il, avant de se rendormir. « L'hospitalité ça se refuse pas. »

44

Le jour suivant, un peu après que l'aube eut embrasé les hauts, nous quittâmes la ferme Gusonne. Le chemin était étroit et humide, enclavé parmi les arbres, de grands houx sombres et des noisetiers tortueux qui se penchaient sur la piste pour former un tunnel de végétation obscure. J'avais à peine eu le temps de dormir une heure avant notre départ, et la fraîcheur du matin m'avait suffisamment éveillé pour que cela ajoute à mon humeur massacrante. J'avais refusé net que Uldrick me prenne avec lui sur Bredda, et c'est en dodelinant que je m'agrippais à la selle de Pikke sur la sente forestière.

Peu de temps après notre départ, nous atteignîmes un pont biscornu de pierres et de troncs duquel pendaient de longues franges de lichen et au-delà, nous apercevions la ligne pâle de la route. En cet endroit, le ruisseau obliquait vers le sud et partait en bouillonnant le long de la chaussée, en direction de Blancbois et de la Brune. De part et d'autre de la grand-route, les arbres avaient été dégagés sur une cinquantaine d'empans (Uldrick m'expliqua que c'était censé servir à dissuader les bandits) et l'espace ainsi libéré avait été envahi de ronciers et d'une variété d'autres buissons épineux. Nous obliquâmes vers l'est et Long-Filon. Le pas des chevaux battait sa cadence sur la route de bois et, bercé par les cahots et les chants matinaux des oiseaux, je commençai à sérieusement piquer du nez.

Pendant tout ce temps, Uldrick sifflotait des airs radieux avec une légèreté agaçante et entrecoupait mes somnolences de sourires entendus qui plissaient son visage balafré. Sa bonne humeur était insoutenable. « Rien ne vaut l'hospitalité d'une femme qui te veut, *yungling*, et bon sang celle-là me voulait. Trempée comme un orage d'été », lançait-il de temps à autre, tout à fait satisfait de lui-même. Je m'agitais, rouge jusqu'aux oreilles, en le maudissant de tous les noms sous mon souffle, et il partait de grands éclats de rire qui résonnaient entre les arbres. « Tu comprendras bientôt », faisait-il entre deux gloussements, et même si mon indignation était loin d'être feinte elle se teintait également de curiosité. J'arrivais à un âge où les pensées que j'avais pour Brindille s'emmêlaient confusément de sensations plus adultes, et cela me plongeait parfois dans un embarras des plus vifs. Malgré tous les efforts que Uldrick déploya pour me rendre sa présence insupportable, je m'endormis en selle bien avant midi et n'eus pas l'énergie de protester lorsqu'il me saisit par le col pour me déposer entre les rênes de Bredda. Je m'enfonçai dans un sommeil chaloupé duquel j'étais tiré, de temps en temps, par les sons étrangers qui naissaient du trafic sur le grand-chemin. Nous ne tardâmes pas à rencontrer d'autres voyageurs, et leur tintamarre caressait mes songes erratiques.

Uldrick bavarda quelque temps avec un jeune marchand bourrois qui se rendait à Cullonge, puis nous dépassâmes son attelage de bœufs et les gros fûts de vinaigre qu'ils traînaient. Mon repos fut interrompu à deux autres occasions sur le chemin. La première fois, ce fut un saltimbanque peinturluré qui menait à grands cris un groupe de cueilleurs avinés et soufflait bruyamment dans une flûte de roseau. Puis il y eut l'avertissement rauque poussé par l'un des gardes burinés de la caravane derrière laquelle nous nous retrouvâmes coincés, peu avant que nous ne quittions la grand-route entre Blancbois et Cullonge. D'un geste, l'homme nous fit comprendre qu'il ne voulait pas nous voir approcher davantage. Lorsque Uldrick lui proposa de troquer une ou deux flèches contre quelques peaux, l'homme en armes se contenta d'encocher un trait à son arc composite, sans nous quitter de ses yeux méfiants.

« Regarde », me fit doucement le Var en désignant le garde du menton. « C'est un Kadjé, de l'autre côté du détroit. On n'en voit plus beaucoup à l'étranger depuis qu'ils refont la guerre à Jharra. » Je réprimai un bâillement tout en scrutant le visage hirsute et le regard féroce qui virevoltait de tous côtés sous la coiffe de soie tachée. L'homme portait un long tabard poussiéreux aux reflets bleutés, qui avait dû être, un jour, couvert de motifs entrelacés. « Le grand désert fabrique des gens durs, *yungling* », me murmura-t-il à l'oreille. « Ils ont la soif, le soleil, les araignées chasseresses, et de bien pires horreurs encore, à ce que j'ai entendu. On dit que les archers kadjés peuvent tuer un piqueron à vingt-cinq pas. Celui-là m'a l'air un peu bourré, alors on va lui laisser autant de marge qu'il en veut. » Nous ne tardâmes pas à obliquer à droite vers les hauteurs de Long-Filon. Je hochai péniblement, Uldrick tira sur les rênes pour faire ralentir Bredda, et je me rendormis.

La nuit tombait à mon réveil. Ce que je pouvais encore distinguer du chemin grimpait en boucles pâles à travers les bois et, entre les conifères, je pouvais voir les lumières de Long-Filon. Une vibration curieuse résonnait dans les combes obscures tout autour de nous, et je mis un moment avant de comprendre qu'il s'agissait du rythme d'un tambour. Des bribes de chants et des cris joyeux filtraient parfois jusqu'à nos oreilles, lorsqu'ils ne se perdaient pas dans le grondement du torrent invisible qui écumait quelque part dans la forêt au-dessus. « Nous sommes presque arrivés », grogna le Var, qui avait dû me sentir gigoter. « Tu vas pouvoir remonter sur Pikke, j'ai mal au bras à force de tenir la longe. » Nous fîmes halte le temps que je m'exécute, le cœur battant. Mon regard ne quittait pas les éclats du feu, et je m'imprégnais du vacarme grandissant qui émanait du village. Des souvenirs du quartier du Ruisseau ressuscitaient en moi et venaient ajouter leur saveur étrange à cette promesse lumineuse qui oscillait dans la nuit.

Soudain, les arbres laissèrent place à une pente rocheuse et là, lovée entre deux coteaux comme une perle flamboyante, j'eus mon premier aperçu de la manse minière de Long-Filon. Le torrent que nous entendions tantôt passait avec fracas dans un ravin obscur situé au sud du village et plus loin une quarantaine de masures s'agrippaient au flanc de colline en un demi-cercle inégal. Au centre, il y avait une place de terre battue, bruyante et noire de monde, au milieu de laquelle se dressaient les murs balafrés d'une antique maison fortifiée. Le reflet des braseros qui avaient été allumés tout autour se tordait sur les lézardes de la vieille pierre, pour y projeter les ombres folles des danseurs et des larrons.

Nous poussâmes les chevaux le long du chemin usé, serpentant entre des rochers balafrés gros comme des maisons. Puis les allers-retours sinueux cessèrent enfin, la musique se fit plus forte que le fracas de l'eau dans l'abîme et nous débouchâmes sur le plateau où s'élevaient les premiers bâtiments. De la main, Uldrick désigna la crête découpée qui surplombait la manse. « Les carrières sont là-haut », me lança-t-il. « C'étaient les meilleures du canton, avant qu'ils n'ouvrent les mines à Cullonge. » À notre arrivée, trois ou quatre gamins décampèrent dans l'obscurité en chahutant, et une volée de rires gras retentit dans la nuit. Il refluait du village un fumet de boulange qui me fit venir l'eau à la bouche. Je humai profondément l'air frais en frissonnant d'excitation. Bredda piaffa, rabattit les oreilles pour exprimer son déplaisir face à tant d'agitation, et nous dépassâmes une cahute de pierre bancale occupée par deux soldats ivres. Uldrick lança une piécette qui tinta sur leur table à boire, l'un des hommes lui adressa un salut de main, l'autre se fendit d'un large sourire édenté en levant sa chopine dans notre direction et les chevaux pénétrèrent sur la place.

Nous fûmes immédiatement assaillis par la clameur de la foule. Debout sur l'une des grandes tables qui avaient été dressées là, trois musiciens frappaient la cadence de leurs sabots, y allant énergiquement du rebec et de la nacaire, tandis qu'autour d'eux une foule de danseurs tournoyaient en battant la mesure. Plus loin, quelques ivrognes s'amusaient des cabrioles d'un ours savant et buvaient la cervoise à la louche, à même la barrique. L'odeur de la fumée et de la lure grillée était partout et des centaines de brochettes grésillaient au-dessus des brasiers. Uldrick mit pied à terre au milieu de la cohue, je suivis son exemple en me servant de la masse de Pikke pour me frayer un chemin entre les corps serrés. Je fus bousculé par une grosse femme agitant un tambourin, qui s'excusa maladroitement lorsqu'elle manqua de me renverser, et quatre petits dogues de chasse me reniflèrent frénétiquement tout en remuant la queue jusqu'à ce que nous atteignissions un appentis de fortune, qui avait été – semblait-il – dressé pour accueillir les bêtes de somme des voyageurs.

Je patientai tant bien que mal en lorgnant les braises qui fumaient sous le goutte-à-goutte des marinades, l'estomac déformé par d'horribles gargouillis tandis que Uldrick négociait avec un type pâlot au nez tordu qui s'était présenté comme responsable des lieux. Ce dernier accepta finalement deux de nos plus belles peaux en échange de soins particuliers pour les chevaux, un curage des sabots, une ration d'avoine et surtout une stalle individuelle. Lorsque l'homme disparut à la recherche de l'avoine, Uldrick en profita pour dissimuler son épée sous la paille de l'étable de fortune et il posa les selles par-dessus, puis enfin, nous allâmes rejoindre la fête en emportant les rouleaux de peaux avec nous. «Ton cheval, c'est ton gagne-pain», me dit le Var tandis que nous nous enfoncions dans la foule. «Veille à ce que tes bêtes soient toujours traitées au mieux, même si pour cela tu dois te contenter de moins.» J'opinai du chef en souriant, ma rancune miraculeusement dissipée par la musique et les fumets épicés.

Quelques heures plus tard, nous avions troqué la

plupart de nos fourrures contre trois sacs de belles céréales dorées, deux autres de fèves sèches, une dizaine de demi-planches de pin-dur, deux grosses poignées de clous en fer, autant de brochettes et de pain que nous avions pu manger et une petite barrique de cervoise. Nous nous étions installés sur un muret croulant, un peu à l'écart de l'agitation qui régnait sur la place, pour savourer une pinte bien méritée tout en écoutant les rires et les chants paillards. Uldrick avait dû desserrer sa ceinture, et mon estomac était si rebondi que je craignais qu'il n'explose, ce qui ne m'empêchait pas de grignoter encore une brochette marinée aux herbes fines et au miel sauvage. La nuit était tombée et, autour des brasiers qui illuminaient la manse, une brume fantomatique se coulait des bois obscurs jusqu'au ravin. Un saisonnier chancelant quitta la ronde en trébuchant, et sous les quolibets de la foule il vint uriner, puis vomir à quelques mètres de nous. Uldrick eut un rictus, et le malade s'effondra dans un déluge de rires. L'heure était à la boisson, et moi-même je commençais à me sentir la tête légère.

— Holà ! Trappeur ! Par ici !

Un homme nous apostrophait depuis l'une des tables. Mon attention se détourna des spasmes du type ivre pour fouiller la pénombre. Uldrick se leva tout d'un coup en jurant dans sa barbe. C'était le pérégrin aux yeux verts que nous avions rencontré à Boiselle. Je sentis plus d'un regard se braquer sur nous et le Var se fendit d'un sourire forcé tout en levant la main. Le pérégrin, dissimulé par son masque de racines laquées, était assis sur un banc au beau milieu de la place, les pieds sur la table, avec un autre compagnon de guilde à ses côtés et le bras autour d'une putain au rire aigu. Cette dernière me paraissait tout à fait ivre. Uldrick m'empoigna et me poussa en direction de la table. «Garde le poignard sous la main», me murmura-t-il. «J'aime pas ce genre de coïncidence. Si ça tourne mal, reste près de moi.» Le cœur battant, je trouvai l'acier sous ma pèlerine. Nous contournâmes le saltimbanque et son ours dansant, qui tendit une patte velue pour recevoir une pièce. Je l'ignorai, le souffle tremblant et les sens aux aguets.

Uldrick s'arrêta en face du trio et je suivis son exemple, sans desserrer ma prise du poignard. La foule semblait trop occupée à danser ou à parier sur les concours à boire qui se déroulaient aux tables alentour pour nous prêter attention. «Mes amis», fit le pérégrin, tout en m'adressant un clin d'œil coquin, «je vous présente sieur…» «Brosse. Jaramie Brosse», compléta Uldrick, sur un ton aimable mais crispé. «Brosse. Oui voilà», poursuivit impassiblement l'homme masqué. «Nous nous sommes rencontrés… où était-ce déjà?» Le Var cracha par terre. «Cambrais», grogna-t-il en fixant son interlocuteur dans les yeux. «Exact!» s'exclama le pérégrin, d'un air joyeux. «Vous m'aviez payé un verre. J'aimerais vous retourner la faveur.»

D'une main très sûre pour quelqu'un qui avait passé la soirée à boire, il poussa une bouteille de tord-boyaux à moitié vide dans notre direction. Uldrick secoua la tête. «Je crois que mon fils et moi, on a suffisamment bu pour ce soir. Mais merci tout de même.» L'homme nous contempla quelques instants, puis fit glisser son bras des épaules de la putain et, d'une cabriole qui lui valut quelques applaudissements et un rire stupide de la part de la fille de joie, il se retrouva soudain debout sur la table. Je commençais à tirer lentement ma lame hors de son fourreau lorsque son regard vert me saisit. Il se pencha sur nous, sa cape décolorée drapée autour de ses épaules. Sa posture m'évoqua celle d'un oiseau dépenaillé, et le feu dansait sur son masque luisant comme sur de l'obsidienne. «À défaut d'un verre, acceptez donc de faire quelques pas avec moi. J'ai besoin de me soulager.» Le Var hésita, puis acquiesça de mauvaise grâce. Le pérégrin sauta lestement entre nous, et nous le suivîmes tandis qu'il traversait la place en direction du ravin, fendant la foule comme seuls les citadins expérimentés savent le faire.

Nous nous enfonçâmes dans la nuit derrière la cape ondulante. Peu à peu, le tonnerre des cascades remplaça même le battement des tambours. Le pérégrin pivota sur ses talons à quelques empans de l'abîme écumant. Uldrick fit un pas en avant. «On arrête les jeux maintenant», dit-il sur un ton menaçant. Je vis que son regard oscillait entre le pérégrin et les ténèbres environnantes, détaillant la nuit en quête d'une embuscade. La brume débordait de la gorge comme d'un calice trop plein, pour venir laper les semelles de nos bottes. «Vous vous méprenez sur mes intentions, Uldrick du pays var», fit le pérégrin d'une voix devenue grave. «Je suis passé à Corne-Brune il y a quelques lunes», poursuivit-il doucement. «Il y a toujours une prime sur l'enfant. Vous n'auriez pas dû quitter les bois.»

«Je n'aime pas qu'on me dise ce que je dois ou ne dois pas faire», répondit Uldrick. L'ombre d'un sourire se dessina sur les lèvres du pérégrin. «Des messagers ont circulé à Boiselle et Cambrais, jusqu'à Cullonge aussi, et même Couvre-Col», répliqua-t-il.

« J'ai pensé que vous aimeriez le savoir. Seize couronnes d'or pour l'enfant sorcier. Un meurtrier qui a estropié l'héritier des Misolle et envoûté un guerrier-var, m'a-t-on dit. » J'eus un rire nerveux. « Seize couronnes », fis-je. « À ce prix-là je vais me dénoncer moi-même. » Uldrick me réduisit au silence d'un soufflet sur l'oreille. « Qu'est-ce que vous voulez ? » demanda-t-il à l'ombre masquée qui nous faisait face. « Vous aider », fut la réponse inattendue. Le pérégrin écarta les bras. « Vous ne pouvez pas vous cacher éternellement. » Il se pencha vers nous et sa voix se fit plus basse. « Les années qui viennent seront difficiles. Il y a eu des émeutes à Corne-Brune, et des morts aussi. Un nouveau roi des Ormes a été nommé à ce que j'ai entendu, et les Feuillus renaissent dans le secret à Spinelle. »

J'inhalai bruyamment, mais le Var croisa les bras. « Rien de nouveau sous le soleil », déclara-t-il à ma grande surprise. « Corne-Brune puait le désordre comme une pustule bien mûre, avant même qu'on ne quitte la ville. Le roi des Ormes, on s'en doutait depuis un bon moment. J'ai combattu pour Spinelle durant deux ans, et c'était déjà la rumeur. Les Ketoï ne nous ont jamais fait face, mais ils étaient là, et pas pour rien. Vos manières secrètes mystifient peut-être le gamin, mais avec moi ce n'est pas la peine. » Le pérégrin ne cacha pas son amusement. « Une nouvelle plus fraîche alors. Carme a renié le traité des Proches-Îles. » Le regard de Uldrick se redressa comme un coup de fouet :

— Quand ?

— Il y a quelques jours.

— Comment pouvez-vous le savoir dans ce cas ?

Le pérégrin eut un gloussement étrange et il fit un

pas en arrière. Il se tenait littéralement au bord du gouffre et les courants d'air humides faisaient claquer sa cape dépenaillée. « Voici mon conseil pour vous deux », dit-il. « Les chasseurs de primes sont encore sur vos traces et pour seize couronnes ils ne lâcheront pas le morceau de sitôt. Partez aussi rapidement que vous le pourrez. Vous serez en sécurité auprès des vôtres, Uldrick du pays var. Il y a encore deux *vaïdroerks* à Spinelle. Vous devriez les rejoindre au plus vite. » Je reniflai, intrigué, sans prêter attention à l'avertissement du pérégrin. « C'est quoi le traité des Proches-Îles ? », demandai-je à Uldrick. Le vieux guerrier me lança un regard en biais qui en disait long. « C'est le traité qui a été signé pour mettre fin aux guerres du roi Bai. Ça veut dire que, tôt ou tard, les cités de Carme vont lancer une nouvelle invasion. » Le Var se redressa. « Vous ne m'avez toujours pas dit ce que vous vouliez vraiment », fit-il, mais il ne parlait plus qu'à l'abîme. Le pérégrin avait disparu, comme s'il avait tout bonnement sauté dans le vide. Nous restâmes à contempler le ravin écumant. Le guerrier-var mâchonnait sa lèvre.

« Nous partons », dit Uldrick après un moment. « Vers Spinelle ? » demandai-je avec hésitation, toujours impressionné par la manière dont notre interlocuteur s'était volatilisé. « Non », répondit-il sans hésiter. « Ça sent pas bon tout ça. Je n'aime pas qu'on me manipule, et il n'a fait que ça, l'autre, avec ses tours de passe-passe. Tu n'es pas prêt pour Spinelle. T'emmener là-bas serait une charge pour les autres, et tu finirais avec une flèche dans le dos. Nous n'y serions pas plus en sécurité qu'ici. Non, on va aller récupérer nos affaires et rentrer à la cabane.

Comme prévu. » J'opinai du chef, même si au fond de moi je n'étais pas d'accord. Je me sentais prêt pour Spinelle. Les rumeurs mystérieuses que j'avais entendues circuler sur le canton le plus sauvage de Vaux ne faisaient qu'accroître mon envie d'aller voir par moi-même de quoi il retournait. Malgré mes doutes et mon envie d'aventure, j'emboîtai le pas au Var tandis que nous retournions à la musique et aux danses, d'une marche décidée. Et c'est ainsi qu'au lendemain, par la faute du pérégrin et de la méfiante obstination de Uldrick, je goûtai pour la première fois au combat, et que mes rêves d'aventure disparurent pour de bon.

45

Nous avions dormi dans les bois humides, à quelques milles de Long-Filon. Même si notre départ précipité avait dû soulever quelques questions, Uldrick tenait à quitter la manse le soir même, et il avait veillé une partie de la nuit pour s'assurer que nous n'avions pas été suivis. Il ne se défaisait pas de la suspicion qu'avait éveillée en lui la présence du pérégrin sur les lieux, ni de l'idée que, derrière sa bienveillance affichée, il pouvait se cacher autre chose, de plus sombre ou d'intéressé. Personnellement, je n'étais pas certain de ce que je devais penser. D'un côté l'homme masqué ne m'inspirait aucune crainte, de l'autre Uldrick m'apprenait à me méfier de mes intuitions. Tout comme lui, il me semblait que la rencontre était trop improbable pour ne relever que du simple hasard. Nous en étions réduits à deviner les motivations du pérégrin, et c'est là que le bât blessait. Dans le doute, Uldrick avait opté pour une prudence sceptique et, finalement, si la décision avait été mienne, il me semble que j'aurais probablement fait des choix identiques.

Nous avions traversé la grand-route au milieu de la matinée, mais, au lieu d'obliquer pour la suivre vers le sud, comme à l'aller, nous avions poursuivi tout droit par le premier sentier venu. Uldrick espérait ainsi éviter la circulation et le regard des voyageurs, et rendre du même coup la tâche plus ardue à d'éventuels poursuivants. La contrepartie de ce crochet était que nous allions rallonger notre trajet de plusieurs jours, sans compter les éventuels détours qu'il faudrait faire pour retrouver l'accès à notre plateau. Malgré cela, je crois que nous étions tous deux plus à l'aise dans la forêt. Même si je regrettais d'avoir dû abandonner les fêtes de la saison des lures aussi rapidement, je comprenais également à la lumière des avertissements du pérégrin, quoi qu'ils puissent valoir, qu'un séjour plus long n'aurait servi qu'à nous mettre sur les nerfs. Tandis que les chevaux avançaient sous les arbres, nos conversations intermittentes étaient ponctuées par les murmures de la voix de Vaux et les coups d'œil fréquents que nous lancions sur la piste tortueuse qui s'évanouissait derrière nous.

« Je croyais que vous combattiez des bandits à Spinelle », lançai-je à Uldrick au début de l'après-midi. Les chevaux aspiraient goulûment l'eau d'une minuscule rigole sablonneuse, dont le fond scintillant était pailleté de mica et d'éclats de quartz. Le Var renifla, tout en réajustant sa position sur la selle. Il avala lui-même une rasade d'eau avant de me tendre l'outre que nous venions de remplir. « Le primat Villune n'est qu'à moitié idiot, *yungling* », me répondit-il d'une voix grinçante en s'essuyant la bouche. « Je t'ai déjà parlé de la guerre de la vigne. Si le bruit courait que les Feuillus se soulèvent de nouveau, cela pourrait se propager à d'autres cantons, comme autrefois. En prétendant qu'il s'agit seulement de bandits, il espère garder le contrôle à l'intérieur de ses frontières, et sauver la face à l'extérieur. » Je reniflai dédaigneusement. « Dans ce cas il est idiot tout court », fis-je sans ambages. « Ça va bien finir par se savoir tôt ou tard. » Uldrick eut un sourire carnassier, le premier de la journée. « Oui, c'est vrai », me dit-il. « Les primats voisins ne sont pas dupes et les autres ont leurs doutes. Les gens du cru savent très bien ce qui se passe, certains aident les Feuillus, d'autres pensent à les rejoindre ou attendent de voir comment le vent va tourner. Mais ce n'est pas pour ça que j'ai dit qu'il n'est pas complètement cave. »

Je haussai un sourcil. « Il a fait appel aux Vars », fit Uldrick en me contemplant avec intérêt. « Nous ne pillons pas, nous ne violons pas, et nous ne menons pas la vie dure aux villageois simplement parce que nous le pouvons, comme tous les manches de la milice cantonale. Et ça, c'est plutôt malin de sa part. » J'acquiesçai avec lenteur. « En fait vous servez de tampon entre les Vauvois et les hommes du lige. Ça lui fait gagner du temps, au primat Villune », finis-je par dire. « Exactement », répondit le Var, et il se pencha pour me frotter exagérément les cheveux, de la même manière qu'il aurait flatté un chien. « Au moins, tout ce que je te raconte ne ressort pas par l'autre oreille. » Je lui lançai un regard noir et il se lissa la barbe comme si de rien n'était. « Comme tu l'as dit, tout ça ne va pas pouvoir durer indéfiniment », poursuivit-il après un silence. « Le souci pour Villune, c'est qu'on coûte cher, que le lige de Spinelle perçoit notre présence comme le désaveu de son autorité, et qu'au final on ne change pas grand-chose au problème. Le souci pour nous, c'est qu'on a beau ratisser les bois, la plupart du temps on ne fait que ramasser des flèches sans jamais retrouver les tireurs. C'est ce qui est arrivé à mon genou, et c'est pour ça qu'on ne va pas encore à Spinelle. Un boiteux sur deux, c'est suffisant. »

Je ris jaune tandis que le Var se tapotait la jambe en grimaçant, avant de quitter la selle pour me débarbouiller un peu le visage. Le soleil scintillait sur les rides de la rigole, qui avait été brouillée par les museaux impatients des chevaux. Je fis quelques pas vers l'amont pour me rincer la nuque dans l'onde plus claire, appuyé sur un tas de joncs. Le vent bruissait paisiblement dans les fougères qui parsemaient la petite butte au pied de laquelle coulait le ru. C'était une belle journée de fin d'été et dans le ciel au-dessus de nous quelques vols de canards sauvages passaient en cancanant, seuls points noirs dans l'azur limpide. Uldrick réajusta une nouvelle fois ses étriers et se pencha pour me lancer un morceau du pain frais qui restait de nos emplettes de la veille. « Au fait », dit-il en mâchonnant, « à Court-Cap, vos horospices ont annoncé l'Embole. Quatorze jours de plus l'année prochaine. » Je lui lançai un regard exaspéré en portant le pain à ma bouche. « Ce ne sont pas *mes* horospices... », commençai-je à protester, puis trois hommes sortirent de la forêt.

Maigres et dépenaillés, ils ne ressemblaient pas à grand-chose, mais leur silence et leurs expressions dures ne mentaient pas sur leurs intentions. Deux d'entre eux portaient des lances qui avaient connu de meilleurs jours, le troisième tenait une flèche sur la corde de son arcet. Ils s'avancèrent vers nous d'un air décidé. Je fis immédiatement un pas en arrière, la main sur le poignard. Lorsque les bottes du premier homme atterrirent dans le ruisseau, Uldrick dégagea son épée de dessous ses fourrures et manœuvra Bredda pour leur faire face. L'archer resta en retrait parmi les fougères, l'arc levé, avec le guerrier-var en ligne de mire.

Les deux autres s'arrêtèrent prudemment à une dizaine d'empans de nous, sur la berge ensablée. « On veut les chevaux et les bourses », fit sans préambule l'homme de tête. C'était un vétéran chauve et malingre, dont le visage émacié était aussi cabossé que celui de Uldrick. Ses dents étaient noires et brisées. Je fis retraite jusqu'à ce que mon dos touche le flanc de Pikke, mon cœur battant la chamade. « Tu n'es pas prêt. » Les paroles de Uldrick tambourinaient à l'intérieur de moi comme un écho infernal. Le compagnon de l'homme chauve, un adolescent à peine plus grand que moi, tripotait nerveusement la hampe de sa lance, son regard sombre virevoltant sous sa frange, entre l'épée de Uldrick et mon poignard.

Le guerrier-var cracha dans le ru depuis le dos de Bredda qui hennissait d'excitation, et il désigna l'archer de la pointe de sa lame. « Je te laisserai pas le temps pour deux flèches », grogna-t-il avant de reporter son attention sur les deux autres. « Vous faites erreur, les gars », dit-il à celui qui nous avait apostrophés. « Je suis *vaïdrogan*, et voici mon *yungling* », poursuivit-il d'une voix claire. « J'ai pas d'or, et je préfère tuer mes chevaux que de vous les céder. Il n'y a rien pour vous ici, à part mon épée. »

Tandis que le Var parlait, bien calé sur sa selle, et que sous lui Bredda tressautait d'impatience en griffant furieusement le banc de sable de ses larges sabots, je vis l'adolescent déglutir et le vétéran hésiter. Peu d'hommes auraient volontairement cherché querelle à un guerrier-var. L'arc tendu s'abaissa de quelques pouces. Visiblement, les bandits ne s'étaient pas attendus à rencontrer de résistance, et l'attitude assurée de Uldrick les avait plongés dans le doute. « Remonte en selle », me murmura le Var. J'obtempérai lentement, tout en lorgnant l'archer, dont le bas du visage était dissimulé sous un tissu noir et délavé. Mon cœur cognait. La tension dans l'air était palpable. Cela crissait sur ma peau. Cela jouait sur mes tendons comme sur les cordes d'un rebec. Je savais qu'il ne faudrait qu'un seul geste, un seul mot de travers pour que tout s'enchaîne : le tir, Uldrick chargeant la côte, et moi face aux deux autres avec un poignard et un hongre maladroit. « Nous allons partir maintenant », fit Uldrick d'une voix autoritaire. « Si quelqu'un essaye de nous en empêcher, je vous tuerai tous les trois. » Les deux bandits sur la berge se mirent à échanger vivement d'une voix basse tandis que Uldrick engageait Bredda au travers des arbres. « Passe devant », me fit-il tandis que nous nous éloignions, et je pressai Pikke jusqu'à ce qu'il se lance en un galop pesant. Après une mille, je ralentis, les mains tremblantes, et la jument igérienne me dépassa.

Uldrick tira sur les rênes et fit pivoter sa monture pour me barrer la route. « Bredda boite », lançai-je avec inquiétude. Le Var secoua la tête. « C'est moi qui lui ai appris à faire ça », me répondit-il posément. Son regard vert-de-gris accrocha le mien, plein d'intention. « C'est pas fini, *yungling*. Ils étaient désespérés, et ils ont faim. Ils vont nous suivre de toute façon. J'ai fait boiter Bredda pour qu'ils se précipitent. Pour qu'ils pensent qu'on est à bout, comme eux.» Je m'humectai les lèvres, tout en essayant d'agripper la réalité. «Quand?» croassai-je nerveusement, tandis que mon esprit se cabrait, secoué par le doute et les questions. «Cette nuit», répondit Uldrick. «Ils viendront avec la nuit. Tu prendras le gamin. Je m'occuperai des deux autres.» L'angoisse m'enveloppa de ses serres glacées, et j'essayai de me remémorer le visage de celui que j'allais devoir tuer, avec sa frange et ses airs de furet mal nourri. Uldrick me fit claquer les doigts devant les yeux. «C'est pas le moment de flancher, *Sleitling*», fit-il, la voix teintée d'une once de mépris. «Tu as retenu quoi de ce que tu as vu?» Je fronçai les sourcils en essayant de me recadrer, avant de prendre la parole d'une voix hésitante. «Ils sont trois, tous droitiers», commençai-je, et mon ton se raffermit. «Pas d'armures. Deux lances et un arc. Je voyais pas combien de flèches à cause des fougères. Celui qui a parlé était balafré comme un soldat, et il tenait bien sa lance. Je pense que c'est lui le meneur.»

«C'est pas mal», grommela Uldrick lorsque j'eus fini. «Mais un bon *hobbelar* doit saisir tous les détails. Tu ne m'as pas parlé du garçon. Il semblait nerveux, alors que les autres ne l'étaient pas. Il ne doit pas être avec eux depuis longtemps. L'archer, il lui manquait un doigt. Sa position était un peu rigide, mais bonne. Il a peut-être été soldat, lui aussi.» J'acquiesçai. «Alors il faudra le tuer en premier et espérer que les deux autres prennent la fuite», complétai-je. Uldrick me fixa une nouvelle fois avec désapprobation, et je me passai la main dans les cheveux, tandis que je prenais conscience de la portée de mon erreur. « Non », rectifiai-je avec une appréhension croissante, « il faudra les tuer tous les trois. Sinon l'histoire va se répandre, et les chasseurs de prime en auront vent, et on saura où nous trouver, à pas grand-chose près. » En guise de réponse, la bouche du Var se tordit en une moue étrange, entre dégoût et férocité. Je déglutis. Il fit pivoter Bredda vers le nord, et je suivis la direction qu'il prenait, le cœur au bord des lèvres.

Nous avançâmes encore durant quelques heures et, tandis que nous méditions sur ce qui allait advenir, j'en vins à me demander si tout cela était bien réel. Puis, lorsque les ombres s'allongèrent, je me mis à espérer de tout mon cœur que Uldrick se trompait, et que les bandits ne nous suivraient pas. Nous fîmes halte en début de soirée, alors que nous traversions une petite clairière pentue, bordée d'aulnes et de bouleaux. « Ici ce sera bien », annonça sommairement Uldrick, après avoir étudié le lieu durant quelques instants. Je me rappelle m'être dit : « Voilà de quelle manière on décide de là où quelqu'un va mourir », en trouvant cela affreusement simple. Je comprenais pourtant très bien. La déclive nous offrirait l'avantage si nous attendions dans les bois au-dessus, et l'espace dégagé nous permettrait de voir nos adversaires arriver. Nous montâmes un campement à la hâte, puis le Var me chargea de ramasser du bois mort. Le feu serait l'une des composantes essentielles du piège.

« C'est pas de chance, mais nous allons les tailler en lambeaux », fit Uldrick tandis qu'il soufflait sur le feu de camp naissant et que je disposais les deux sacs de haricots sous nos couvertures avec ce qui restait des fourrures pour rembourrer la couche du Var. Le faux campement se situait tout près d'un amas de granit moussu, à guère plus de dix empans des bois et de la souche où nous avions entreposé l'arc et le carquois. « Il faudra y aller aussi fort et aussi vite que nous le pourrons. Tu te souviens bien de ce que je t'ai appris sur les lances ? » J'inspirai profondément. « *Haï.* Je me souviens », répondis-je d'une voix qui se voulait ferme. Nous avions consacré de longues, longues heures à la lance durant l'entraînement. En raison de sa simplicité, de son efficacité et de son coût, il s'agissait de l'arme à laquelle, généralement armé d'une lance lui-même, n'importe quel guerrier faisait face le plus souvent. J'avais répété les gestes et les techniques jusqu'à ce que tout cela se soit transformé en une somme de réflexes quasi naturels et j'avais récolté mon lot d'hématomes durant le processus. Mais ce soir-là, tandis que les flammes prenaient en faisant claquer le bois mort, qu'elles éclairaient le visage de Uldrick et son masque carnassier, je ne pus m'empêcher de penser à ces rares occasions où j'échouais à franchir la distance, à accrocher la hampe ou à détourner la pointe. Cette fois-ci, sans armure ni écu, la moindre erreur pourrait s'avérer fatale.

La nuit se mit à tomber rapidement. Une brise légère soufflait depuis l'ouest et caressait les frondaisons. Nous attachâmes les chevaux plus loin dans les bois, à quelques pas de notre cachette, avant de prendre place nous-mêmes à couvert des troncs lisses et de la pénombre. La situation me parut soudain étrangère, malgré l'année que Uldrick venait de passer à me dresser pour ce genre d'occasion. Je m'étais adossé à la souche et j'étreignais le poignard d'acier carmide, que j'avais utilisé pour achever des dizaines de proies, tout en me demandant pour la première fois si j'aurais le courage de l'enfoncer dans la chair d'un homme. Autour de moi, la nature chantait ses chants du soir, et j'avais été irrité par l'obscénité de ce calme insouciant. Immobile et attentif, son arc de corne en main, Uldrick guettait l'ombre des sous-bois, de l'autre côté de la clairière. « Tu es nerveux, *yungling*, et c'est normal », chuchota-t-il sans me regarder. « Essaye de te concentrer sur ce que tu as à faire. Ici et maintenant, tout est simple. C'est après qu'on aura le luxe de philosopher. » Je hochai la tête, en essayant de me focaliser sur ma respiration et d'écarter tout le reste. L'attente débuta.

Le feu se consumait peu à peu, enfumant le ciel étoilé, projetant un mince cercle de lumière sur l'herbe de la clairière constellée de rosée et nos couvertures rembourrées qui gisaient là comme deux appâts rebondis. Les heures s'effilochaient, au rythme de l'air frais qui gonflait mes poumons. J'en vins parfois à douter, mais à chaque fois que mon regard se posait sur le guerrier-var et son immuable masque de tueur, ma résolution se voyait ravivée.

Puis Bredda hennit doucement. Uldrick se déplia comme un fauve qui part en chasse. « C'est maintenant », me souffla-t-il. « Sois prêt. » Je m'arc-boutai contre la souche, et mon cœur se mit à battre si fort que j'eus peur qu'il ne nous trahisse. Tout s'enchaîna ensuite, une mécanique inéluctable et véloce. Trois silhouettes se matérialisèrent près du rougeoiement du feu, leurs pas fouettant le sol, et quelques instants plus tard les lances s'enfonçaient au travers des sacs en un crescendo de chocs mats. Près de mon oreille, l'arc composite du Var claqua, il y eut un hurlement et Uldrick fondit sur le camp aussi silencieusement qu'un aigle plonge sur sa proie. Les jambes flageolantes, j'accélérai sur ses talons. L'archer eut le temps de hurler encore, et nous fûmes sur eux.

Je vis Uldrick détourner la hampe de l'homme balafré qui pivotait pour lui faire face, puis il le percuta de tout son poids et sa lame dessina un nouvel arc mortel. Au-delà de l'éclat du feu, la silhouette indistincte de l'archer se tordait au sol en serrant l'empennage du trait qui l'avait transpercé. Au moment où le second coup de Uldrick portait avec un craquement révulsant, le jeune homme au physique de belette, les yeux exorbités par la peur, essaya de m'embrocher en plein milieu. La forêt résonna d'un long cri gargouillant, puis des sifflements humides de l'épée du Var. Je ne ralentis pas face au gamin. Mon entraînement prit le dessus. Je m'enroulai autour de la lance mal ajustée, réprimai un cri lorsque la pointe accrocha ma chemise, et puis j'avais passé la garde de mon adversaire. La bouche du garçon dessina un grand rond surpris. Mon poignard lui ouvrit les phalanges jusqu'à l'os et il lâcha son arme en jappant. Je l'agrippai par les haillons, puis frappai encore et nous tombâmes au sol dans un enchevêtrement de jambes.

Je me relevai en titubant pour finir ce que j'avais commencé, juste à temps pour voir Uldrick décapiter à moitié l'archer. Le sang grésilla sur les braises. C'était fini, nous avions gagné, mais le garçon ne voulait pas mourir. C'était la première fois que je tuais un homme, je n'avais pas encore douze ans, et ce fut plus terrible que tout ce que j'avais pu imaginer. J'avais beau me fendre de tranchants et d'estocs, ses mains s'interposaient comme par miracle, deux anguilles insaisissables, rouges et ruisselantes. Il sanglotait en hurlant, et me suppliait d'arrêter. Au bout d'un moment je pleurais moi aussi, j'appelais Uldrick pour qu'il m'aide, mais Uldrick s'était assis près du feu et avait courbé la tête, et il ne vint pas à mon secours. Je dus m'acharner seul sur le gamin frémissant jusqu'à ce que les cris s'espacent, que les mains glissantes faiblissent et que je puisse enfin planter ma lame sous ses côtes. Il eut un hoquet que je me rappellerai toute ma vie, essaya de se dégager entre deux pleurs, puis ses yeux grands ouverts se brouillèrent. Je récidivai, pour être sûr, et il mourut ainsi, les lèvres entaillées jusqu'aux dents et la bouche déformée par la terreur.

Je restai penché sur le corps du garçon pendant très longtemps, dans l'odeur âcre de la fumée et de l'urine, puis Uldrick me posa la main sur l'épaule et me remit sur mes pieds. Je fis trois pas en vacillant et vomis bruyamment, après quoi je me tournai vers le Var, la bouche tremblante. « Pourquoi tu n'as rien fait ? » sifflai-je tout bas, mais il ne me répondit pas. Alors je me remis à pleurer tout d'un coup et il me tint serré contre lui tandis que je faisais de mon mieux pour le rouer de coups. « Pourquoi tu n'as rien fait ? » m'époumonais-je dans sa cape, mais il ne disait toujours rien. Mes sanglots finirent par s'espacer et Uldrick me lâcha. « Tu tueras mieux la prochaine fois », fit-il sombrement. Je secouai la tête et il mit un genou à terre pour essuyer mon visage éclaboussé.

Plus tard, après que nous eûmes rassemblé nos affaires, je soignais les chevaux en silence. Uldrick vint me trouver. Il flattait Bredda sans me regarder, tout en parlant doucement. « Toute vie est une vie, du moucheron, au cheval, au sériphe. » Il se tourna vers moi, ses yeux graves fouillaient les miens en reflétant la lueur du foyer mourant. « Aucune vie ne veut s'éteindre et aucune vie ne vaut mieux qu'une autre. C'est la vérité la plus cruelle qu'un homme puisse comprendre et, crois-moi, je mesure mes mots. Il n'y a rien de plus cruel que cela. Mais il n'empêche que tu serais peut-être mort moins vite que ce gamin, si tu avais été à la place des haricots. » Le regard de Uldrick était triste, mais il appuyait ses propos avec férocité de la pointe de son index, qu'il enfonçait rudement dans ma poitrine. « Tu es un guerrier, Syffe. Philosophe, parce que tu es vivant, et fais ton deuil. Tu tueras mieux la prochaine fois. » Je reniflai. Uldrick cracha, puis il enjamba le corps charcuté de l'homme chauve pour lancer une brassée de branches sèches dans le feu.

Bien des années se sont écoulées depuis cette nuit-là, et bien des morts aussi, mais il me semble pourtant qu'il me reste encore à faire le deuil du gamin au visage de fouine et que, guerrier ou pas, je ne me suis jamais pardonné vraiment.

46

Nous passâmes encore une année dans les hauts de Cullonge. Quelques jours après la nuit sanglante, nous retrouvâmes la cabane, et bien rapidement nous retournâmes à nos habitudes. Lorsqu'il n'était pas en train de parfaire mon entraînement, Uldrick pêchait l'écrevisse sous les pierres en amont des chutes, je récoltais le bois mort ou les racines de la pente ouest en compagnie de Pikke, et nous chassions ensemble, suffisamment pour que la saucisse-sèche et les peaux s'accumulent de nouveau à ne plus savoir quoi en faire, sous le toit de notre petite demeure. L'hiver vint avec ses neiges, le ruisseau gela et la cascade se transforma, le temps de quelques semaines, en une sculpture de stalactites cristallines que nous découpions à la hache pour obtenir de l'eau. Les chevaux grattaient le sol pour trouver leur pitance et, au plus froid, nous dûmes nous résoudre à leur céder nos rations quotidiennes de céréales.

Peu après notre retour de Long-Filon, Uldrick avait employé les planches et les clous que nous avions emportés pour me confectionner un bouclier digne de ce nom, une rondache un peu trop grande pour moi avec un rebord de cuir doublé, à laquelle il suspendait parfois des pierres pour me rendre la vie plus dure. L'apprentissage du bouclier, aussi important que le maniement de mes répliques en bois, m'occupa jusqu'à l'été suivant. J'eus tôt fait de comprendre en quoi ma rondache était un outil précieux, une arme à part entière en combat individuel, mais aussi le socle de la plupart des formations militaires. L'écu des *vaïdrogans* avait une forme particulière, une sorte de goutte d'eau allongée et recourbée qui protégeait particulièrement bien les cavaliers lors des charges, mais Uldrick souhaitait que j'apprivoise un bouclier plus simple, plus adapté au *hobbelar* qu'il voulait faire de moi. Nous pûmes bientôt nous livrer à de vrais-faux combats et, même si je perdais la plupart du temps, Uldrick m'assurait qu'il décelait chez moi la marque d'un combattant convenable, pour peu que je fasse preuve d'un peu de persévérance.

Nous avions récupéré les armes des bandits et je m'étais approprié la lance du vétéran, qui était moins abîmée que l'autre. De plus, avec l'arc court de l'homme décapité – moins difficile à bander que celui de Uldrick – je m'exerçai tant sur les bouleaux du plateau, que j'amorçai ce qui pouvait être considéré comme une progression bancale. Globalement, je demeurais toutefois inexplicablement mauvais et tout cela s'enchaînait en une boucle de frustration et de découragement qui me faisait perdre de vue mes avancées dans d'autres domaines. Mes talents de pisteur étaient pourtant indéniables et, si je le souhaitais, je pouvais me déplacer dans la forêt aussi silencieusement qu'un chat-vèche. Le guerrier-var estimait que j'avais tout d'un *hobbelar* prometteur et il espérait que, lorsque nous rejoindrions enfin l'un des *vaïdroerks* de Spinelle, un autre professeur pourrait rectifier mes lacunes, et consolider mes points forts. Cette idée me plaisait autant qu'elle me troublait, parce que notre départ des hauts signifierait également qu'un jour ou l'autre je retrouverais la violence tremblante du combat.

J'avais davantage écarté le souvenir de la tuerie de mon esprit que je ne l'avais réellement digéré. Je me réveillais parfois en pleine nuit, couvert de sueur, et je devinais les hurlements et la chair entaillée, enfouis au-delà de l'obscurité, à la lisière de mes songes. Je crois que, même si nos chasses m'avaient appris à tuer, rien n'aurait pu me préparer à participer comme je l'avais fait à la souffrance et à la terreur d'un autre être humain. Je ne sais pourquoi, mais il m'était resté de mon enfance l'idée un peu stupide que la mort survenait tout d'un coup, comme dans les jeux d'escrime que je pratiquais parfois avec Driche. C'était d'autant plus imbécile, que j'avais étudié avec Nahirsipal et davantage encore avec Uldrick, et que j'avais vu de mes propres yeux que les choses ne se passaient pas du tout de cette manière. L'homme que l'on tuait était encore vivant au moment où la lame quittait son corps. Il avait mal et peur, et bien souvent le temps de comprendre qu'il allait mourir.

L'angoisse qui me venait à l'idée de prendre une nouvelle vie ou de risquer de nouveau la mienne restait néanmoins contenue par le conditionnement féroce que me faisait subir Uldrick, qui m'apprenait au cours de nos affrontements à déployer envers mes futurs adversaires une agressivité sauvage, sans pour autant sacrifier mon calme ou ma raison. J'égorgeais toujours nos proies et, même si cela ne m'était pas agréable, je le faisais souvent et je le faisais bien. J'en étais ainsi venu à accepter – à contrecœur – que je tuerais à nouveau, et que cette fois-ci, au moins, je m'y prendrais mieux.

Un nouvel été touchait à sa fin et il planait dans l'air un parfum de changement. Les orages se succédaient, Uldrick était devenu plus irritable qu'à son habitude et nous savions que bientôt il nous faudrait quitter notre havre de paix pour de bon. Nous repoussions tous les deux ce moment, je crois, mais cet avenir s'inscrivait désormais dans nos existences et planait entre nous comme une menace tangible dont il fallait taire le nom. Même si, à la lueur des révélations du pérégrin, les formulations que je faisais du monde extérieur se teintaient de méfiance, je me sentais également envahi d'un fourmillement oppressant, une démangeaison de l'esprit et du corps que j'assimilais de plus en plus au plateau, à la cabane, et à la routine qui s'y succédait, jour après jour. La lune Glanante nous fixait depuis son orbite, enflée et passive, et nos soirées autour du feu devenaient de plus en plus silencieuses. Nous commencions à manquer de racine blanche, et le temps s'étirait en une spirale aussi étroite et vicieuse qu'un nœud coulant.

Le déclic eut lieu par un après-midi tranquille. L'air portait encore la fraîcheur acide de la dernière tempête et les relents doucereux de l'humus qui pourrit. Pikke et Bredda paissaient non loin de nous, sous les bouleaux et leur écorce argentée. Je les avais emmenés vagabonder sur la pente ouest ce matin-là, où ils s'étaient gorgés de sphaigne forestière et de pousses sucrées, et je les y avais laissés sous l'orage de midi. Comme toujours, le choc de nos armes de bois les avait ramenés sur le plateau et ils erraient désormais entre les troncs clairs, à palper le sol de leurs lèvres épaisses et à se disputer pour ce qu'ils pouvaient bien y trouver. Près d'eux, le ru coulait, troublé par l'averse récente.

Je plissai les yeux en ignorant la sueur et levai ma rondache pour qu'elle vienne frapper l'écu du Var, qui riposta sur mon flanc. Le claquement de mon épée sur celle de Uldrick mit un terme à notre échange. Nous haletions tous les deux sous nos armures, que nous avions perdu l'habitude de porter durant les canicules estivales. Le Var fit un pas en avant et retira son casque à panache. « Et voilà », me fit-il tranquillement. « Tu es mort. » Je protestai tout en sachant pertinemment que j'avais tort. Uldrick me coupa d'un geste exaspéré. « Il n'y a pas d'excuses *Sleitling*, je te l'ai dit cent fois. Tu pares avec le fil. Ton épée est brisée, et tu es mort. » Je grommelai faiblement tout en m'essuyant le visage. Le Var posa son grand écu. « Je vais aller me passer un peu la tête sous la cascade, et puis nous referons quelques séries. » Je m'assis lourdement, le dos contre un saule, en attendant que le Var revienne. J'avais l'impression de cuire à l'étouffée dans ma pèlerine, que je ne portais plus que comme gambison de fortune sous mes mailles, et dans laquelle j'étais de plus en plus à l'étroit.

« Mon bouclier m'a empêché de voir l'angle », lançai-je au Var, qui s'était agenouillé sur les galets. « J'arrête pas de te dire qu'il est trop grand. » Uldrick s'ébroua, en faisant sauter les gouttelettes ruisselantes de sa barbe comme l'aurait fait un chien hirsute. « C'est ça que tu diras à Spinelle ? » me répondit-il en pivotant lentement. « Quand les Ketoï viendront pour toi ? Oh pardon, Feuillu, mais je n'avais pas vu l'angle, parce que mon bouclier est trop grand ! » Il se retourna vers les chutes avec un rictus moqueur, et versa encore un peu d'eau sur sa natte épaisse. « Il va falloir que tu cesses de tout le temps... », poursuivit-il, avant d'interrompre sa tirade. Je le vis scruter brièvement la forêt en contrebas, murmurer un « *Fekke* » bien senti, avant de s'aplatir au bord du ruisseau. Quelques instants plus tard il se repliait vers moi, courbé en deux et pestant profusément.

J'étais déjà sur pied et aux aguets, le cœur palpitant, lorsqu'il parvint à ma hauteur, ruisselant et troublé. « Pas de panique, Syffe », chuchota-t-il. « Les hommes du lige sont dans les bois, juste en dessous. Ils viennent par ici, et je crois qu'ils m'ont vu. » Je déglutis. Uldrick eut l'air de réfléchir quelques instants, puis il passa une main sur son visage. « On retourne à la cabane. Et on récupère les chevaux. » J'acquiesçai et nous nous exécutâmes aussi silencieusement que possible. Je rassemblai nos armes en bois avant d'enfourcher Pikke, et le Var prit la tête en menant Bredda par la bride. Lorsque nous atteignîmes la falaise, Uldrick s'engouffra dans la cabane et ressortit en traînant son équipement. « Selle les chevaux », m'ordonna-t-il, sans prendre le temps de me regarder. « S'ils nous font des ennuis, on filera par la ravine. La frontière de Couvre-Col est à moins d'un jour. Ils ne nous suivront pas beaucoup plus loin que ça. »

Une heure plus tard nous avions chargé les chevaux à la hâte. Bredda avait été revêtue de sa barde d'écailles, et nous attendions nerveusement la colonne de miliciens qui émergeait de la forêt. À leur tête se trouvaient quatre cavaliers que les armes, les habits de lin rembourrés de fourrure et les belles cottes de mailles rivetées marquaient à part. Il s'agissait d'hommes d'un certain rang. Je comptai huit soldats dans leur suite et crus de surcroît reconnaître l'un d'entre eux. J'avais une bonne mémoire pour les visages et il me semblait avoir entrevu le soldat en question l'année précédente, dans la cahute de garde, à l'entrée de Long-Filon.

Lorsque la procession atteignit la lisière des bouleaux, la troupe marqua une pause. Après un bref échange, les cavaliers s'avancèrent de front vers la cabane. Ce fut un homme ridé d'un certain âge, affublé du nez bulbeux de ceux qui s'adonnent plus qu'ils ne le devraient à la boisson, qui nous apostropha. « Mon fils était certain de trouver ici un camp de bandits », lança-t-il d'une voix grêle tout en désignant le grand cavalier à sa droite. Il nous contempla longuement, les yeux plissés, et je décelai sans peine une vivacité dans son regard rougi qui contrastait ostensiblement avec son allure de vieillard alcoolique. « Il semblerait qu'il se soit trompé », poursuivit l'homme, en observant Uldrick avec intérêt, « néanmoins, guerrier, je dois vous demander ce que vous faites sur mes terres, et pourquoi vous ne vous êtes pas annoncé plus tôt. »

Le Var humecta ses lèvres. « Nous tenions à notre solitude, seigneur », répondit-il prudemment. Le fils, dont les cheveux bruns étaient attachés en une queue rustique, se tourna vers son père et lui murmura quelques mots à l'oreille. Le vieillard eut l'air d'écouter attentivement et il posa un regard curieux sur moi. Ses yeux délavés pétillèrent. Je remuai inconfortablement dans ma selle. « Je comprends, guerrier », grinça-t-il. « Malgré tout, il semble que vous vivez dans mes bois depuis un certain temps. Vous mangez sans aucun doute mon gibier, et vous avez abattu mes arbres pour construire cette demeure. Ne pensez-vous pas que je sois en mesure de vous demander compensation ? » Le patriarche ne m'avait pas lâché du regard, si bien que je répondis à la place de Uldrick, sans réfléchir et presque malgré moi. « L'année dernière nous avons tué trois bandits près de la route de Cullonge, seigneur », fis-je d'un ton tremblotant. « C'était pendant la saison des lures. » Le vieillard fronça les sourcils, et ce fut son fils qui prit la parole. « Un gardien de porcs a trouvé les restes de la bande à Bauddie l'automne dernier, à une journée de la grand-route. Vous affirmez qu'il s'agit là de votre ouvrage ? » Uldrick répondit sans hésiter, d'une voix claire.

— Oui, c'était nous.

Il y eut un flottement un peu tendu, je triturai maladroitement mes rênes. Face à nous, les destriers opulois s'agitaient autant que Bredda et dansaient sous les cavaliers qui conversaient à voix basse. Puis le vieillard mit pied à terre et s'avança vers nous, les rides déformées par un léger sourire tandis que, derrière lui, les trois autres imitaient son exemple. Uldrick quitta la selle à son tour. Parvenu à notre hauteur, le vieillard lui saisit la main en guise de salut. Je fus frappé par le contraste entre le Var hirsute et l'aïeul soigné, on aurait dit un ours étreignant un homme.

— Je suis Pettire Vaulne, chaiffre de la manse de Long-Filon. Voilà mon fils aîné, Tristophe, mon esquire, Mourton Omfrai, et le sergent de milice Guinche. Nous chevauchons depuis dix jours déjà, et ce détour n'aura pas arrangé les choses. Partageons un peu de pain, et du vin aussi. Il se fait soif.

Le Var courba la tête en guise d'accord, tandis que l'esquire Omfrai, un petit homme sec et nerveux s'en revint vers nous en balançant une outre à vin. « Je suis Uldrick, du pays var », répondit simplement le guerrier. « Voici mon *yungling*. » Le vieillard fit un pas en arrière, puis rabattit sa cape et s'assit promptement sur l'une des souches disposées autour de la petite fosse à feu que nous avions creusée dans le gravier. Uldrick me lança un regard insistant, puis, voyant que je ne réagissais pas, il m'agrippa par l'épaule en grommelant et me désarçonna d'un coup sec. « Un peu de manières, *yungling* », gronda-t-il tandis que je me redressais péniblement. « Va chercher de la saucisse-sèche pour tout le monde. »

Plus loin, les miliciens s'étaient mis à l'aise eux aussi et ils nous toisaient depuis l'ombre des premiers bouleaux. Omfrai et le fils Tristophe s'assirent à leur tour, tandis que le sergent retournait à ses hommes, une main noueuse étreignant le pommeau poli de son épée. Le vieux chaiffre déboucha l'outre avec les dents et y but une longue rasade. Il s'essuya ensuite la bouche du revers de la main, et un filet rouge goutta depuis le coin de sa barbe lorsqu'il passa le vin à Uldrick. « Merci pour votre honnêteté », dit-il lorsque le Var eut pris une gorgée. « Nous savions qui vous étiez lorsque nous avons aperçu votre armure. Vous êtes le Var et l'enfant que recherchent les Misolle. Dis-moi, garçon, est-il vrai que tu es sorcier comme on le raconte ? » Je tendis une tranche de saucisse-sèche au vieillard, tout en bafouillant confusément. « Non, seigneur-chaiffre. Et je n'ai jamais tué personne. Enfin si... », fis-je maladroitement,

«... mais seulement l'année dernière.» Le vieux eut un rire craquelé, la bouche débordant de viande séchée. «Dommage», crachota-t-il. «J'en connais plus d'un qui aurait apprécié les services d'un bon sorcier par les temps qui courent.»

Tristophe défit ses cheveux qui tombèrent en boucles grasses autour de son visage en lame de couteau et me tendit l'outre en grimaçant. Le jeune homme lança un regard en biais à son père, puis se tourna vers Uldrick. «Nous n'aimons pas les Misolle», dit-il avec franchise, «pas plus que leurs amis de la Ligue. Long-Filon était prospère avant que les banquiers de Franc-Lac n'ouvrent leurs foutues mines à Cullonge.» Je bus une lampée du vin, une piquette bon marché de Sargues ou d'ailleurs, et toussotai à cause de son acidité. Le chaiffre m'ignora et reprit après la tirade de son fils. «En ce qui me concerne, vous pouvez rester ici autant que ça vous chante», annonça-t-il, tout en agitant un morceau de saucisse-sèche dans la direction de Uldrick. «Contre un ou deux bandits par an, je vous verserais même un salaire, et tout le monde serait content. Mais comprenez bien que certains de mes hommes ont dû vous reconnaître aussi, et que la prime sur vos têtes pourrait en allécher plus d'un. Je crains qu'à la suite de notre visite imprévue, que je le veuille ou non, il soit plus prudent que vous déménagiez.»

Le vieil homme dévisageait Uldrick avec intérêt, étudiant la moindre de ses réactions. Sa bouche tremblotante était déformée par une contraction étrange, entre l'excuse et le sourire. Le Var reprit une rasade de vin. «De toute manière, nous comptions partir, seigneur», fit-il. «Pour tout vous dire, j'espérais rejoindre l'un des *vaïdroerks* de Spinelle.»

Tristophe eut un nouveau regard en biais, et son père secoua la tête. « Spinelle ? Isolés comme vous êtes, ça ne m'étonne pas que vous ne soyez au courant de rien », marmonna le chaiffre. « Le primat Villune est mort. Nous revenons de ses funérailles. Il a été tué par un assassin feuillu, et sa fille Ovégie a pris la succession. Le canton de Spinelle est en rébellion ouverte. On raconte que les nobles y ont tous été mis à mort de la pire manière et qu'un nouveau roi des Ormes s'est levé. Je crains que cela ne finisse par s'étendre jusqu'ici. » Uldrick resta un moment sans rien dire, puis il posa la main sur mon épaule. « Une deuxième guerre de la vigne. Du travail pour nous », annonça-t-il d'un ton dont je ne savais s'il était amusé ou lugubre, mais Tristophe secoua la tête. « Non, guerrier », fit-il. « Les Vars sont partis. Les liges de Blancbois et de Cullonge ont tenté de la raisonner, mais Ovégie est intransigeante. Elle veut venger son père et épurer Spinelle. Reconquérir de manière à faire un exemple des Feuillus, une fois pour toutes. Les Vars ne voulaient pas prendre part à cela. Ils sont partis. »

Uldrick renifla. « Les *vaïdrogans* ne donnent pas dans le massacre de paysans », grommela-t-il, comme s'il cherchait à justifier le choix de ses compagnons d'armes. Le vieillard en face de lui fit plisser ses rides. « Vous avez le luxe du choix. En tant que chaiffre je dois quinze hommes au primat, et Tristophe les mènera à ma place. » Ce fut au tour de Uldrick de faire la moue. « Je ne vous envie pas », fit-il en s'adressant au fils. « Voilà de quoi salir un homme pour une vie entière. » L'homme en question ne répondit pas, et reprit sombrement une gorgée de vin. Le soleil de l'après-midi scintillait sur sa cotte de mailles. Je remarquai qu'elle était bien entretenue, mais beaucoup plus ancienne que je ne l'avais pensé. Long-Filon n'était plus aussi riche qu'autrefois.

Le vieillard redressa le menton. « Il en faut davantage que cela pour salir le nom des Vaulne. Même si je n'approuve pas, quelque chose doit être fait. » L'expression de Uldrick se figea avant de se faire plus vague. « La politique brunide ne me concerne pas », finit-il par répondre. Son visage, pourtant, en disait long sur ce qu'il pensait vraiment. Une latence inconfortable suivit ces paroles, et je fus pris d'une quinte de toux sous l'effet d'une nouvelle rasade de piquette. Le guerrier-var passa une main sur sa natte humide. Il n'avait pas besoin de parler. Avec les *vaïdroerks* partis, nous nous trouvions seuls et exposés, ce qui nous laissait présager une fin d'année dangereuse, si nous ne parvenions pas à les rattraper.

« Savez-vous quelle route les Vars ont prise pour rentrer ? » demanda Uldrick, et je fus effrayé par la lassitude de ses mots. L'esquire Omfrai renifla et gigota sur son tronc. « Ils ne rentrent pas tous », expectora-t-il d'une voix enrouée, et le Var leva vers lui un regard plein d'intérêt. Ce fut le vieux Pettire qui poursuivit. « Mon esquire a appris qu'une des compagnies est partie vers l'est », dit-il. « Bourre et Collinne sont entrées en guerre. Il y a déjà eu quelques escarmouches dans les contreforts et le sénéchal de Naude Corjoug a levé des troupes pour mener l'assaut du canton d'Aigue-Passe. Bourre recrute une arrière-garde de mercenaires à Granières et c'est là qu'ils comptaient aller, d'après ce que j'ai compris. Tout fout le camp en ce moment. Je ne pensais pas dire ça un jour, mais je regretterais presque l'époque du roi Bai. »

Uldrick eut son premier vrai sourire depuis que les miliciens étaient arrivés. « Merci infiniment seigneur-chaiffre », fit-il. « Ces nouvelles vont peut-être nous sauver la vie. Ce *vaïdroerk* devra forcément passer par le bac de Gorsaule, à cause des chargeurs. Nous avons une chance de les y rejoindre. » Le nobliau essora l'outre vide dans son gosier. « Dans ce cas je vous souhaite bonne chance », dit-il. « À votre place j'éviterais la route autant que faire se peut. Et au cas où vous changeriez d'avis, ne retournez pas à Couvre-Col sans prendre beaucoup de précautions. Même si vous réussissez à traverser le canton, la route de Haute-Passe est bien facile à surveiller. » Uldrick acquiesça gravement. « Mille mercis, seigneur-chaiffre, encore une fois. Nous allons partir sur-le-champ. »

À ces mots il se leva, et fit craquer ses articulations. « Ce n'est pas grand-chose, mais il y a des réserves dans la cabane, et quelques belles fourrures aussi. Elles sont pour vous, pour compenser l'impôt que nous n'avons pas payé. Entre ça et les bandits, je dirais que nous sommes quittes. » Les yeux du Chaiffre étincelèrent et il tendit la main vers Uldrick, qui s'en empara chaleureusement avant de saluer Tristophe et l'esquire Omfrai de la même manière. « Si tout se passe comme je le prévois », conclut Uldrick en fixant le vieillard, « et qu'un jour votre lige a besoin d'un *vaïdroerk*, je vous assure qu'à la mention de votre nom le prix des Vars baissera. Vous avez été bon avec nous. Je ne l'oublierai pas. » Comme j'hésitais, il m'agrippa par les mailles et me mit sur pied. « En route, *yungling* », fit-il d'un ton sec. Je crachai à ses pieds, puis exécutai une courbette en direction du chaiffre, comme je les avais apprises à Château-Corne. Il me gratifia d'un rictus édenté et je me dirigeai vers les chevaux.

Quelque temps plus tard, le vent tiède jouait dans mes cheveux et entre mes cuisses, les muscles puissants de Pikke roulaient lentement, tandis que nous nous enfoncions dans la forêt. Uldrick, impressionnant dans son armure, fermait la marche, un air résolu gravé sur le visage. Je lançai derrière moi un dernier regard sur le plateau, le ruisseau et la falaise, et la troupe de miliciens qui s'y installait pour la nuit. Quelque chose de triste et de beau s'empara de mon être durant quelques instants et je fis pivoter Pikke pour pouvoir contempler la crête où parfois les loups venaient hurler. J'inspirai profondément l'air parfumé des hauts, puis d'une pression des talons je tournai le dos à deux années de ma vie, à ce lieu où j'avais connu autant de souffrances que de joie féroce, et où le guerrier-var m'avait appris à être un homme.

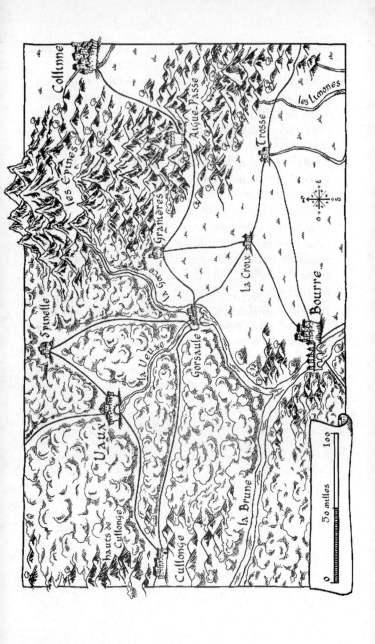

LIVRE QUATRIÈME

AIGUE-PASSE

Après que nous nous fûmes ravitaillés auprès de la colonie du grand-lac et que j'y eus recruté un guide parmi les hommes qui s'y installent, je pris la décision de ne pas accoster immédiatement sur la berge nord, comme l'exigeait mon mandat. Les pêcheurs locaux me parlèrent de grands vestiges semblables à ceux près desquels s'élève leur palissade, dont la description m'a immédiatement évoqué l'architecture du Brise-Écume du bassin de Sudelle, ainsi que le Phare de Court-Cap. Nous avons donc poursuivi par bateau, en remontant le fleuve, ce qui nous occasionna un retard d'une semaine et la perte d'un nouveau cheval par la maladie, mais il est ma satisfaction de Vous informer que le détour en valait la peine. À sept jours en amont du lac, le fleuve est traversé par un immense pont fortifié, dont les dimensions sont telles que je peinerais à Vous les décrire. L'édifice est constitué de blocs de pierre noire d'une taille impressionnante, dont la mise en œuvre a dû nécessiter quelque miracle d'ingénierie. Trois charrettes y passeraient de front, et même nos plus grands navires parviendraient à voguer sous ses arches sombres. Les dix tours qui ornent le pont sont hautes d'une quarantaine d'empans et envahies par la végétation, mais je ne doute pas que quelques années de labeur leur feraient retrouver toute leur majesté d'antan. D'après mes mesures, la longueur totale de ce vénérable monument est de neuf cent et quatre-vingts empans. La taille même des portes et des meurtrières donne à penser qu'elles n'ont pas été conçues pour l'usage des hommes, ainsi qu'il en va pour les autres grands-vestiges que le Conseil a répertoriés sur la péninsule. Quels géants ont érigé cette bâtisse, je ne saurais le dire. Les marques y sont effacées et l'ensemble paraît avoir été déserté depuis bien longtemps. Nous avons installé notre camp de base à l'ombre de ces ruines et, comme prévu, nous nous lancerons dans l'exploration du pays environnant dans les jours qui suivent. De ce que je peux en juger pour l'heure, le relief à l'est du fleuve est constitué d'une suite de vastes plaines et de collines, qui s'étendent à perte de vue jusqu'aux lointaines montagnes. Le sol me paraît y être d'une excellente qualité, riche et noir, et couvert d'une herbe grasse susceptible de plaire au bétail. Je Vous enverrai un rapport plus détaillé dans les lunes qui suivent, mais mon impression première est excellente et, en l'état, il me semble que la région constituerait un terrain accueillant et fertile, propre à l'installation d'une nouvelle colonie.

JARAMIE RALÈNE,
cartographe, extrait d'un rapport
préliminaire adressé au Conseil
Concernant l'exploration de la Porte du Ponant
et de la région de Bourre, en la 56ᵉ année avant
l'établissement du calendrier de Court-Cap
Traduit du parse antique

Je me questionne encore sur ce que je suis sur le point d'entreprendre et, malgré tout, je me surprends parfois à croire que les générations futures sauront porter sur ma décision un regard clément. Mes gens se meurent, mes chaiffres craignent maintenant des soulèvements, et la folie semble s'être définitivement emparée du primat Collinne, dont je n'espère plus aucun secours. Notre dernière entrevue s'est soldée par mon renvoi, de longues tirades délirantes et la menace de m'arracher mon titre, mes terres et mes entrailles. Longtemps, je me suis interrogé sur les serments que j'ai prêtés à Collinne, que j'ai honoré durant toutes ces années, que ma famille honore depuis l'établissement de sa lignée. Comment mon allégeance peut-elle encore aller à cet homme qui ne m'offre que la faim, qui m'écrase sous un impôt de guerre alors que de guerre il n'y a point, et dont l'esprit titube sans cesse au bord de la démence? La réponse me semble désormais claire. Elle ne le peut point. (...) Molonde est revenu de Court-Cap aujourd'hui. Voilà deux lunes que je l'ai envoyé fouiller les archives du Phare dans le plus grand secret, mais maintenant que je tiens le document entre mes mains, cela ressemble davantage à une défaite qu'à une victoire. Il me paraît absurde d'avoir pensé user d'une chose si fragile et si terne pour justifier d'une trahison. Et pourtant. Le papier est cassant mais l'écriture est claire, et le sceau, quoique effacé, ne pourra être contesté. En l'an 173, mon aïeul Gaustave, premier lige d'Aigue-Passe et homme lige des Collinne, fut uni à Félucie Pallaes, cousine du primat de Bourre. (...) En vertu des vieilles lois qui permettaient l'ascendance et l'héritage par la fille, mon intention est de céder légitimement mon canton à Bourre, de prêter serment aux Corjoug, et de sauver mes sujets d'un monstre torturé qui les abandonne à la famine. Bourre m'a assuré seconder ma position lorsqu'il faudra en faire part à la table ronde. Seigneur Corjoug me promet également des renforts rapides pour aider à tenir la ville, et davantage d'hommes au printemps suivant. Collinne aura enfin la guerre dont il rêve tant, Aigue-Passe en sera le front, mais mes chaiffres sont avec moi. De toute manière, nous n'avons plus le choix, et le blé bourrois est désormais notre seul espoir de passer un nouvel hiver.

TRISTOPHE CHEVAILLE,
treizième lige du canton
d'Aigue-Passe, extrait de son journal

Concernant l'annexion du canton par la primeauté
de Bourre, qui résulta en vingt années de conflit
durant la Première Guerre de la Passe

Daté de la 487ᵉ année du calendrier de Court-Cap

Un peuple libre n'a pas à acheter son confort par le sang versé, que ce soit le sien ou celui d'étrangers. Nous nous vantons d'avoir brisé nos chaînes, mais je ne vois là que vanité et aveuglement. De ce point de vue, nous ne valons pas mieux que nos voisins, et ceux qui affirment le contraire ont vu leur raison s'égarer. Une chaîne est une chaîne, qu'elle ait le poids du métal froid, ou la douceur filante de la soie. Vins sucrés de Sudelle et de Vaas! Verreries bigarrées d'Ascolia! Épices musquées de l'Astre-Terre! Poivres enchanteurs des Cinq-Cités! Je vous nomme poisons, je vous nomme chaînes. Pour ces plaisirs nos fils meurent et tuent, et l'or sacrificiel qu'ils rapportent ne cimente pas notre liberté, mais nous assujettit à des luxes qui ne nous appartiennent pas.

WALFHERE,
philosophe var, extrait d'un discours
public livré au *Peopperund* de Varheld,
au cours duquel il dénonça le mercenariat
des *vaïdrogans*
et établit les bases de la Naudenekke,
la philosophie des ascètes vars
Daté de la 516ᵉ année du calendrier de Court-Cap
Traduit du var

Milieu de l'an 625

Automne

Lune Glanante

47

Le chaos qui agitait les primeautés de Brune durant l'année de mes douze ans laissait présager pour ses habitants un avenir violent et tumultueux. Bourre et Collinne avaient fini par entrer en guerre à propos du canton disputé d'Aigue-Passe, et ce premier retour aux anciens conflits depuis le règne du roi Bai polarisait autant les esprits des nobles que ceux des paysans. Au cours de tables rondes de plus en plus orageuses, seule une poignée de primats appelait encore à l'unité, dont Barde le Jeune, Servance Damfroi de Couvre-Col, et dame Céresse Fleurance, de Ventesol. Lorsqu'ils ne prenaient pas ouvertement parti, les autres aristocrates avaient choisi de se replier sur leurs propres frontières et leurs propres problèmes, qui existaient déjà en nombre suffisant pour qu'ils ne s'encombrent pas en plus de ceux des autres. En réalité, Aigue-Passe n'était que la partie visible d'un long et macabre carnaval, fait de rancœurs et d'anciennes disputes qui ressuscitaient avec l'éclatement du Royaume-Unifié. D'ores et déjà, la tendance des années à venir se dessinait sous un signe guerrier.

Sur les terres de Vaux, un nouveau roi des Ormes

s'était levé et, au cours d'une chasse, des agents feuillus avaient réussi à assassiner le primat Villune, ce qui avait jeté la région dans la discorde. Ovégie Villune ralliait les hommes liges de son père, et nul ne doutait que la pacification de Spinelle allait en réalité virer au bain de sang, même si certains émettaient ouvertement des doutes sur qui massacrerait qui. Derrière le trône du roi des Ormes se lovait l'ombre mystérieuse des Ketoï, et il subsistait suffisamment de récits horrifiants sur la première guerre de la vigne pour refroidir les têtes brûlées les plus fanatiques. À l'ouest de la Brune, les tensions croissaient entre Sudelle et Louve-Baie et se cristallisaient autour du canton de Puy-Rouge, pour lequel on avait déjà combattu deux guerres meurtrières par le passé, et dont le seul nom suffisait à évoquer les excès sanguinaires des anciens conflits frontaliers. Sous couvert de neutralité, les diplomates de Franc-Lac aiguisaient patiemment les poignards de cette vieille discorde, en espérant pouvoir tirer profit d'une nouvelle guerre du Puy.

Comme souvent, c'étaient les petites gens qui payaient en premier les pots cassés et, malgré les manœuvres de la guilde des maîtres-meuleurs d'Alumbre, le prix du grain bourrois montait en flèche. Alors que l'économie brunide oscillait dangereusement sur le précipice de la récession, les nouvelles compagnies bagaudes fleurissaient, et pour se prémunir contre la menace de la faim, un nombre croissant de cherche-pain et de fils de familles pauvres partaient grossir les rangs des soldats de fortune. Les ports de la Basse-Brune et de la marche d'Opule voyaient débarquer des contingents de mercenaires étrangers, des anciens chevaliers d'Améliande, des archers féroces venus de Kjiisa ou des oueds parcheminés de Kaj'Alesh, et autant de sabreurs en quête d'or et de gloire que les Cinq-Cités et les corsaires des Terres-Brisées pouvaient en fournir. Comme cet afflux soudain d'hommes en armes ne pouvait être entièrement absorbé par les bourses des seigneurs brunides, le fléau du banditisme ne tarda pas à enfler, pour se déverser sur les campagnes comme la peste marquaise.

Malgré tout, si certains rares privilégiés disposaient encore du luxe de pouvoir contempler ces événements de loin, nul n'ignorait que le grand sériphe de Carme avait renié le traité des Proches-Îles. De fait, l'ombre d'une quatrième invasion planait désormais sur les primeautés. Grisarme et Alumbre s'étaient lancés dans une série de vastes chantiers visant à renforcer leurs places fortes, mais en cas de guerre cela ne pourrait durer qu'un temps. Une poignée de seigneuries désorganisées n'avaient aucun espoir de résister à Carme, si les maisons carmides décidaient de mobiliser contre elles toute la puissance de leurs légions. De l'extérieur, les primeautés devaient sembler bien mûres pour la cueillette, et les Brunides, fidèles à leur réputation, persistaient avec entêtement dans leurs traditions nombrilistes, préférant la discorde aux alliances et les petites divergences aux grands points communs. Malgré mon jeune âge et ma compréhension évasive de toutes ces problématiques, je me rappelle que j'en venais souvent, en prenant du recul, à me demander comment les primeautés avaient fait pour perdurer aussi longtemps. Lorsque je lui faisais part de mes réflexions, Uldrick souriait de son sourire carnassier et me confirmait qu'en effet cela tenait à quelque chose de pas très éloigné du miracle.

Les vagues successives de mauvaises nouvelles qui continuaient à déferler sur les primeautés furent l'objet de discussions récurrentes entre le Var et moi au cours de notre voyage jusqu'à Gorsaule. Tandis que nous poussions les chevaux un peu plus tous les jours dans l'espoir de rattraper le *vaïdroerk* et que, autour de nous, l'automne drapait sur la forêt de Vaux une cape bariolée, Uldrick essayait de me faire prendre conscience de la fragilité du monde que je connaissais, et de la chance que j'avais eue, d'une certaine façon, de naître sous les auspices pacifiques du règne de Bai Solstère. Je saisissais lentement, presque par bribes, que j'avais grandi dans un monde à part, une sorte d'anomalie tranquille, et que, malgré son lot de troubles, Corne-Brune avait été quelque chose de différent, un havre de paix dégagé des primeautés du sud et de leur longue histoire antagoniste. Je me rappelais comment Hesse avait souvent évoqué cet état de fait, mais à l'époque, chaviré par la perte de Merle et de Brindille, puis de Nahirsipal, j'avais écarté tous les mots – les siens en particulier – qui auraient pu me faire relativiser ma peine. En selle, j'avais tout le loisir d'y méditer et mes pensées vagabondaient parfois jusqu'au seuil de l'orphelinat Tarron, d'où je devais m'arracher violemment lorsque j'en arrivais au souvenir parfumé des cheveux de Brindille.

Nous chevauchions avec les premières averses de la demi-saison, et les heures se ressemblaient toutes misérablement. La pluie parfois battante qui faisait courber l'échine à nos montures et détrempait leurs robes boueuses jetait sur le trajet déjà difficile une humeur encore plus morose. C'étaient des journées épuisantes, autant nerveusement que physiquement. Uldrick, pressé de retrouver les siens, dictait un rythme aussi soutenu qu'il l'osait et, sous l'effort, les chevaux perdaient rapidement leur gras d'été, ce qui les rendait irritables et capricieux. Un matin, au plus dur, Pikke en vint même à me montrer les dents, mais leurs efforts quotidiens constituaient un mal nécessaire : nous étions pris par le temps, et cela faisait presque deux années qu'ils manquaient d'exercice convenable. Bredda n'avait pas combattu depuis trop longtemps, et Uldrick souhaitait la voir en meilleure forme lorsque nous rejoindrions enfin la protection des autres *vaïdrogans*.

Cela faisait plus d'un an que nous avions appris que ma tête était toujours mise à prix. C'était une pensée étrange pour moi que de me savoir encore traqué, encore assujetti à la haine des Misolle, alors que je me trouvais si loin de chez moi. Depuis que nous avions quitté la sécurité toute relative du plateau, chacun de mes actes, et chacun des actes de Uldrick, était conditionné avant toute chose par cette préoccupation constante. Nous avions déjà tué pour préserver notre anonymat l'année précédente, et nous craignions que la question puisse se poser encore. En une occasion, nous avions sérieusement envisagé de rebrousser chemin pour égorger un gardien de porcs qui nous était tombé dessus par hasard, et dont nous avions tous deux trouvé le regard étrangement insistant. Au final nous avions accordé au pâtre le bénéfice du doute, mais cette tension nous nassait en permanence, et nous taraudait en sourdine au moindre détour. Alors qu'en théorie notre vie d'ermite venait d'arriver à son terme, je ne m'étais jamais senti aussi isolé. C'était une chose que d'être l'objet du mépris constant de ses pairs, comme je l'avais été à Château-Corne, c'en était tout à fait une autre que d'accepter qu'un seul regard, qu'un seul mot, qu'un seul ragot dénué de malice pouvait m'arracher ma liberté ou coûter la vie à Uldrick.

Comme nous avions pris le parti d'éviter les routes, le voyage qui aurait pu être l'affaire de quelques jours nous prit presque deux semaines. Ce constat n'aidait en rien à l'amélioration de l'humeur générale : nous nous savions déjà en retard et, tandis que nous empruntions pesamment les détours sinueux et glissants des sentiers à gibier, ce retard s'accumulait sans que nous y puissions quoi que ce soit. Par ailleurs, nous déployions également des efforts constants pour éviter tout contact humain, et cette prudence nous ralentissait davantage que tout le reste. Si la chose fut relativement aisée au début, cela changea lorsque nous quittâmes les hauts du canton de Cullonge pour rejoindre la topographie plus clémente du centre de la primeauté, puis de Gorsaule. Les fermes isolées se firent plus nombreuses, les camps de bûcheronnage et les manses aussi, et notre tâche devint plus complexe. Je vivais cette appréhension perpétuelle de l'autre comme un épuisement supplémentaire. Outre le risque que des chasseurs de primes retrouvent ma trace par le biais de bénignes rumeurs, nous pouvions toujours tomber sur des bandits. De plus, au vu de notre allure générale et du contexte politique, nous n'étions pas tout à fait certains qu'en cas de rencontre avec une patrouille de la milice cantonale ils ne tireraient pas avant, et poseraient des questions après.

Je ne voyais plus le bout de ces journées cahoteuses et ardues, où la forêt succédait interminablement à davantage de forêt. Nous avancions tout de même, petit à petit, en dépit de l'impression tenace de tourner en rond sous les arbres. Rejoindre le *vaïdroerk* était devenu une obsession qui ne nous quittait jamais, le point focal de chaque pas et de chaque secousse, une délivrance après laquelle nous courions comme deux assoiffés. Au douzième soir, alors qu'au-dessus de nous, les nuages violacés s'étaient vus transpercés par un unique rayon de lumière dorée et que les ramures sombres des châtaigniers se dressaient vers le ciel comme les lances d'une armée squelettique, Uldrick m'annonça que nous touchions enfin au but. Nous avions fait halte près d'un ruisseau glaiseux qui s'écoulait depuis les hauteurs plus au sud, et, ankylosé par la fatigue, j'aidai le Var à caler notre toile goudronnée entre deux branches de hêtre. « Demain », fit-il, sans m'adresser un regard. « Demain nous serons au bac de Gorsaule. Ensuite nous irons par la route jusqu'à Granières. On fera forcer le pas aux chevaux. Ça ne devrait pas nous prendre plus de deux jours. » J'acquiesçai mollement, les dents crispées autour d'un nœud.

Cette nuit-là, nous nous autorisâmes à allumer notre premier feu de camp depuis que nous avions quitté Cullonge. Cela faisait des jours entiers que nous portions des vêtements humides, et nous empestions tous deux le cuir mouillé et la moisissure. La chaleur comme l'eau chaude furent accueillies comme deux plaisirs simples dont nous nous étions passés depuis trop longtemps : même les chevaux se pressèrent hâtivement autour du brasier hésitant.

Après que nous eûmes savouré un bouillon brûlant, le Var tira sa pierre à aiguiser et se mit à l'œuvre sur sa petite lame utilitaire. Comme la dissimulation de nos identités compterait moins que la vitesse, une fois que nous aurions franchi la Gorce, Uldrick décida que le moment était venu de nous préoccuper de notre apparence. Deux trappeurs pourraient être retenus et questionnés par la garde locale, mais il y avait de grandes chances qu'on laisse un guerrier-var et son *yungling* tranquilles. Ainsi, la barbe broussailleuse de Uldrick disparut en grande partie dans les flammes. Bredda retrouva la queue courte et la coupe en brosse d'une jument de guerre. Je fus moi-même soulagé d'une certaine longueur de nattes rêches. Tandis que le fil du poignard allait et venait, je regardais impassiblement mes tresses les plus hirsutes se tordre en grésillant sur les bûches. L'odeur du poil et du cheveu brûlé flottait dans l'air comme une brume écœurante.

Lorsqu'il fut satisfait du résultat, Uldrick me montra brièvement à quoi je ressemblais dans le fragment de miroir qu'il baladait dans sa bourse vide. Ses coups de couteau avaient dégagé ma crinière de nœuds noirs pour rendre à ma tonsure davantage de finesse, sans que j'aie perdu toutes mes nattes pour autant. Les côtés avaient été rasés court, dans le souci de me donner l'allure d'un Var. Avec ma lance en main, mes mailles, la rondache et la dague carmide qui me pendait à la ceinture, je n'avais pas exactement l'air impressionnant, mais il y avait tout de même quelque chose. Malgré mon empan et demi, dans mon maintien et dans mon regard, il y avait eu du changement. Je dus sourire ou fanfaronner, car je réussis à m'attirer les remontrances de Uldrick.

« Tu as peut-être l'air d'un guerrier gringalet, *yungling*, mais rappelle-toi que c'est une épée à double tranchant », me sermonna-t-il sombrement. « Cela peut te protéger. Cela peut aussi bien faire de toi une cible. » Nous passâmes quelques heures supplémentaires à mâchonner la saucisse-sèche en silence, briquant nos armes et nos armures avec ce qui restait du suif que nous avions emporté de la cabane. Nous sentions toujours le rance, mais lorsque nous nous installâmes enfin pour dormir, notre allure était martiale et notre équipement soigné. Au lendemain, personne ne nous confondrait avec la paire de traîne-bissacs ordinaires à laquelle nous ressemblions tantôt.

Alors que j'essayais de trouver une position confortable sous ma couverture mitée, les écluses du ciel s'ouvrirent de nouveau et, pour la centième fois cette semaine-là, la toile goudronnée se mit à crépiter sous l'impact des gouttes. À l'extérieur, Pikke protesta d'un hennissement indigné, tandis que la pluie faisait siffler le feu de camp mourant. J'essayai de me caler plus douillettement contre le cuir de ma selle. La toile avait souffert de ces années dans les hauts et de l'usage permanent que nous en avions et, parfois, l'eau parvenait à filtrer par la fibre pour venir imbiber nos couvertures. « Je déteste ce pays », pestai-je à haute voix, tout en gigotant maladroitement. « Je déteste tous ces arbres et toute cette flotte et je déteste... et je déteste plus que tout ces caves de Vauvois. Ils sont idiots et superstitieux... et fourbes et... »

Uldrick rabattit son bras et me flanqua un coup à travers la couverture. « *Iss auffe* », grogna-t-il dangereusement. *Cela suffit.* Mais je m'agitais encore, exaspéré par la météo, les yeux vissés sur la toile sombre, en attendant la prochaine goutte qui allait m'éclabousser le nez. « Quoi, t'en as pas marre, toi ? » finis-je par demander. La réponse fut longue à venir, la voix du Var était rocailleuse dans l'obscurité. « Si », fit-il. « Mais c'est pas une raison pour t'en prendre aux gens de Vaux. Crache sur leur forêt si tu veux. Mais je n'aime pas le mépris que j'entends dans ta voix. » J'eus un petit rire sec. « Du mépris ? C'est toi qui voulais égorger le gardien de porcs », lançai-je vénéneusement. « Peut-être », répondit le Var, « mais il n'y avait pas de mépris là-dedans. Je n'ai pas estimé que je pouvais le tuer, parce qu'il était fourbe ou je ne sais quelle foutrerie, mais seulement parce que je le pouvais. Nos vies ne valaient pas mieux que la sienne. »

Je méditai ces mots en silence, tandis qu'autour la pluie crépitait dans les bois délavés et que le feu humide finissait de s'éteindre. Puis, à mes côtés, la voix profonde de Uldrick coupa net le fil chaotique de mes pensées. « J'ai vu un homme, un compagnon var, *hetman*, de surcroît, prendre le chemin du mépris. Cela arrive, parfois. Il en était venu à penser que la vie des étrangers valait moins que celle des Vars. Il le disait même tout haut. C'est une route dangereuse. C'est cette route-là qui mène aux massacres. » Il y eut une pause, et j'entendis Uldrick humecter ses lèvres. « Nous ne pouvions pas laisser rentrer l'homme qu'il était devenu et nous l'avons tué, tout Var qu'il était. » J'eus un hoquet morbide et silencieux, et ma mauvaise humeur enfla. « Il y a des fois, je ne comprends rien à vos manières », lançai-je à l'obscurité. « Vous passez votre temps à traiter les étrangers de *geddesleffe*, mais ça, ça n'est pas du mépris. Vous tuez un compagnon, parce que la vie des siens comptait plus que celle des gens qu'il tuait. Vous vous émouvez des massacres tout en faisant métier de la guerre. Et moi je me fais engueuler, parce que les caves qui croient aux fées et aux ogres et au Chasseur, ils m'encaguent. »

Près de moi, Uldrick ricana dans sa barbe. « C'est pas que tu ne comprends rien à nos manières, c'est que tu ne comprends rien tout court », maugréa-t-il. « Les étrangers *sont* esclaves de l'or. L'or est la pierre angulaire de vos sociétés. Ce n'est pas du mépris que d'énoncer une vérité. *Geddesleffe* vous êtes, et c'est ainsi. » Exaspéré, je tentai d'intervenir comme je le faisais à chaque fois que Uldrick me mettait dans le même sac que les Brunides, mais il poursuivit sa tirade avec insistance et je finis par me taire. « Le compagnon en question, ce n'est pas que la vie des siens *comptait plus*, c'est qu'il tuait les autres, *parce qu'il estimait* que leur vie *valait moins*. Quant aux fées et aux ogres, eh bien je n'ai jamais vu de fée, et je ne sais même pas si elles existent. Mais les Igériens troquent parfois avec les ogres dans les contreforts des monts Cornus. J'y suis allé une fois dans ma jeunesse pour les voir et j'en ai vu trois. Alors tu vois, *yungling*, les caves et les idiots ne sont pas toujours ceux que l'on pense. » Allongé dans la nuit, ces quelques mots fouettèrent mon imagination, jusqu'à ce qu'elle en déborde de mille formes monstrueuses, et l'irritation que je ressentais à cause de la pluie et de la méfiance et des mœurs incompréhensibles des Vars s'envola brusquement. Je lâchai promptement la philosophie au bénéfice des ogres et, tout excité, je me redressai sur un coude.

« T'en as vu trois, sans rire ? Tu leur as parlé ? Ils

étaient comment? Tu mens pas, ça existe vraiment?» lâchai-je en rafales successives. J'entendis Uldrick glousser sous sa couverture, manifestement amusé par la rapidité avec laquelle il avait réussi à changer de sujet. «*Vesukke*, ça existe», répondit-il. «Mais il n'y en a plus beaucoup maintenant. Ils se sont retranchés dans les montagnes depuis très, très longtemps. Ils sont grands comme deux hommes, et encore plus épais, avec des visages très marqués, très creusés. Je les ai trouvés... tristes.» Le guerrier marqua une pause, et je l'entendis se gratter pensivement la barbe, puis il reprit d'une voix hésitante. «Ils avaient un certain regard, avec des yeux noirs tu vois, et ils parlaient lentement, et... c'est difficile à expliquer comme ça, mais je les ai trouvés si tristes que juste de les regarder ça me rendait triste, moi aussi. C'était comme... comme d'être face à quelque chose de très fort qui se laisse mourir de chagrin. Je n'y suis jamais retourné.»

Je fermai les yeux, parce que je ne trouvais plus rien à dire après cela. La tête emplie de rêves bouillonnants et d'une mélancolie que je ne comprenais qu'à moitié, je laissai le silence nous engloutir tous les deux. Peu de temps après, je m'enfonçai dans un sommeil vagabond. Le lendemain, à mon réveil, le Var était parti.

48

Au soleil, la matinée entrait dans sa dixième heure. La combe où nous avions passé la nuit vibrait désormais d'une lumière claire. Une myriade de rayons enjoués dansaient au travers des branches entrelacées pour se poser délicatement sur l'onde trouble du ruisseau. L'eau boueuse bouillonnait, sertie de joyaux prismatiques. Je me redressai lentement, confus et désorienté. À quelques empans de moi, le feu n'était plus qu'un tas de charbon triste et humide. Je fis quelques pas au hasard, les yeux plissés. En dehors de ma couverture, de mes mailles et des vêtements dans lesquels j'avais dormi, il ne restait plus rien du campement. Les chevaux avaient disparu, notre équipement avait disparu, Uldrick avait disparu et j'étais seul. Un merle siffla dans les ronces de l'autre côté du ru et s'envola vers la châtaigneraie. Le bruissement de ses ailes se fondit avec la voix de Vaux comme une rumeur discrète, tandis que, perplexe, je scrutais les alentours. Rien n'indiquait que la veille j'étais venu en ce lieu avec un guerrier-var nommé Uldrick, que j'avais soigné ses chevaux, graissé ses armes et dormi près de lui.

Indécis, je m'assis sur une souche plus sèche que les autres, en attendant que les choses se clarifient.

Mon embarras initial céda place à un mélange fluctuant de peur et de colère. Je songeai à une blague, ce qui ne me fit pas rire du tout, avant de me laisser aller à une panique des plus totales et l'idée que, peut-être, Uldrick m'avait purement et simplement abandonné, comme tous ceux avant lui. Je dus mettre presque une heure à me défaire de mes émotions, à dompter ma détresse et à tuer cet espoir latent que le Var reviendrait me chercher. Je réussis à prendre enfin une inspiration profonde. J'étais confronté à un problème, le premier vrai problème auquel je devais faire face en solitaire depuis très longtemps. Cela faisait deux ans que le Var m'instruisait la méthodologie obscure de sa philosophie et je décidai donc d'aborder la chose sous cet angle. Le front plissé, je mis en pratique ce que je savais de la *Pradekke*.

Uldrick avait dissimulé ses traces, et les traces des chevaux. J'en conclus immédiatement qu'il ne voulait pas que je le suive et la panique me glaça de nouveau les veines avant que je ne me remémore mes leçons. « Il faut admettre que nous ne savons pas et agir en conséquence. » Je m'ébrouai. Le Var ne semblait certes pas souhaiter que je lui file le train, mais je ne devais pas pour autant spéculer sur ses motivations. Peut-être s'agissait-il d'une plaisanterie ou d'un test de mes aptitudes. Faute de mieux, je décidai d'explorer cette dernière piste. Les yeux vissés au sol, attentif à la moindre feuille froissée, je tentai de retrouver la trace des chevaux. Logiquement, même si Uldrick avait pris son temps, il n'aurait pu cacher entièrement l'empreinte des lourds sabots de nos montures sur l'humus détrempé de la forêt. Je m'orientai donc vers le ruisseau, que je parcourus en long et en large sur quelques milles, à la recherche d'indices. Vers midi, l'estomac serré par la faim, je tombai en amont sur une éraflure suspecte dans la glaise et suivis au-delà d'autres traces furtives dans les bois, qui se rabattirent finalement en demi-cercle sur leur point de départ. Fatigué et irrité par la perspective que le Var pût jouer ainsi avec moi, je contemplai mes autres options.

Le ru devait certainement rejoindre la Gorce en aval : si je souhaitais rallier Gorsaule, je pouvais toujours en suivre le cours jusqu'à la rivière, puis remonter à contre-courant vers le nord. Peut-être était-ce cela que Uldrick attendait de moi : que je trouve la direction du bac sans son aide. Je rebroussai donc chemin en ressassant la longue liste d'insultes sous laquelle je comptais le noyer, lorsque je l'aurais enfin retrouvé. À ma grande déception, après deux heures de marche, le ruisseau se dilua dans une vaste étendue de marécages tourbeux. Malgré les nuées de piquerons et les ajoncs touffus plus grands que moi, je tentai de pousser encore un peu vers l'avant. Je fus rapidement couvert de boutons urticants et de fange puante, et manquai de perdre une botte en m'engluant dans la vase noire. Face à la peur de me perdre ou d'être englouti par les marais, je renonçai et repartis alors vers les bois.

La peur commençait à revenir par vagues : j'avais faim, et très soif, et j'étais absolument perdu. J'avalai quelques baies en errant au hasard entre les arbres, avant de m'asseoir pour prendre mes marques. L'idée que le Var m'avait abandonné me taraudait sans cesse. Je me creusai la cervelle pour tenter de me rappeler ce que j'avais bien pu dire ou faire pour mériter un tel sort et cela ne fit qu'accroître mon désespoir. Qu'il me consacre deux années de sa vie pour ensuite me laisser tomber, cela me paraissait absolument incompréhensible et, de ce fait, parfaitement cohérent. Au bord des larmes, je maudissais Uldrick dans ma barbe en essayant de comprendre pourquoi il me laissait mourir dans la forêt, lorsque la chose me frappa enfin. Évidemment, il s'agissait encore d'une leçon. Je me passai la main sur les yeux pour me frotter les tempes. Après quelques instants de méditation, vaincu, je hurlai à tue-tête :

— J'ai appris que je ne sais pas où je vais ! Uldrick ! J'ai appris que je devrais savoir où je vais !

Durant un laps de temps qui me parut très long, il ne se passa rien. Puis je vis soudain la silhouette massive du Var apparaître entre les troncs des grands chênes biscornus, et il se dirigea vers moi d'un pas nonchalant. J'oscillais entre l'envie de lui briser tous les doigts les uns après les autres et un soulagement à la fois immense et honteux. Lorsqu'il parvint à ma hauteur, la bouche déformée par le dégoût, il détailla mes braies couvertes de boue putride, mes bottes imbibées, et les piqûres enflées qui me parsemaient le visage. Il finit par me lancer son outre, que je débouchai d'une main fébrile. « C'est la dernière chose que je voulais te voir comprendre avant que nous ne rejoignions le *vaïdroerk* », me lança-t-il d'une voix neutre, tandis que je m'abreuvais férocement. « Tu vas combattre aux côtés d'hommes qui estiment qu'il est du devoir de chacun de penser pour soi-même. Si tu es concerné par une situation, alors tu as intérêt à tout faire pour la comprendre. Personne d'autre ne devrait avoir à le faire à ta place. »

J'essorai l'outre dans mon gosier parcheminé tout en essayant d'assembler la litanie d'insultes la plus mordante que mon répertoire pût conjurer. Je pris une grande inspiration, avant de me désister, parce que, au fond, Uldrick avait raison. « C'était une bonne leçon », concédai-je, aussi humblement que possible.

Le Var eut un mince sourire, et il m'ébouriffa les cheveux, l'œil luisant. « J'ai bien rigolé quand tu as glissé dans la tourbière », gloussa-t-il d'un air taquin. « Mais tu as fait de gros progrès en pistage. J'ai même dû déplacer les chevaux à un moment, tellement tu étais près. *Iss finne*, Syffe. Très, très bien. » Je levai les yeux, ne sachant encore si je devais rire ou pleurer, et Uldrick cracha en avisant les bois autour de nous. « Va te débarbouiller dans le ruisseau », poursuivit-il sans me regarder. « Je reviendrai avec les bêtes. » « Attends », lançai-je au moment où le Var allait faire demi-tour. « Tu m'as pas dit comment on va à Gorsaule. » Uldrick eut un nouveau sourire. « Plein est jusqu'à la route de Vaux. Puis trois ou quatre heures au pas. » Je pris acte d'un hochement raide, avant de me diriger vers le ru d'une démarche pesante mais déterminée.

La nuit tombait lorsque nous quittâmes enfin la pénombre de la forêt. Depuis plus de deux semaines, nous nous étions habitués à ne disposer que d'une visibilité réduite et la route de Vaux, ce long ruban pâle que nos yeux pouvaient parcourir tout en long, m'emplit d'un espoir étrange. La lune était pleine ce soir-là, elle se levait droit derrière nous, et sa lueur fantomatique réverbérait sur les planches argileuses du grand chemin qui partait en s'effilochant sous l'opacité des arbres. L'air était frais et vivifiant, les nuages rares et blancs, et mes oreilles aux aguets étaient saturées par les mélodies et les brames des créatures de la nuit. Les chevaux clopinaient d'une démarche tranquille, pas mécontents de cheminer sur une surface plate et stable.

Peu à peu, la voix nocturne de Vaux fut remplacée par une litanie moins sauvage. Je pouvais distinguer tout autour les lueurs étouffées des fermes et des maisons qui tremblaient dans la nuit comme de timides lucioles. Le cours de la Gorce, enflé par les pluies de l'automne, ronflait paisiblement dans l'obscurité au-delà. Ce n'était pas la Brune, et pourtant, ce rythme lent et profond, si semblable à celui qui avait bercé mon enfance, fit resurgir en moi des souvenirs à foison. Je me rappelai les filets de croche-carpe et les fricassées de poisson-broche qui me firent monter l'eau à la bouche. Je me rappelai cet été brûlant, lorsque nous avions aperçu la longue et sinueuse silhouette d'un vrai Catiche des îles Pelisse, qui démêlait la mâture de cette felouque de Louve-Baie sur laquelle il était arrivé. Je me rappelai le sourire de Merle et les nombreux enfants qui le regardaient travailler, et Cardou, qui avait traité la créature de « grosse loutre » avant de s'enfuir. Lorsque nous arrivâmes enfin en vue de Gorsaule, je méditais le souvenir de l'homme mort et du silure.

Nous traversâmes bientôt un large pont de bois sous lequel coulait la Veuse, cette petite rivière caillouteuse qui prend sa source à l'intérieur même des murs de Vaux, et qui creuse le pays d'une série de gorges avant de se jeter dans les eaux plus placides de la Gorce. Perdu dans mes pensées, je remarquai à peine les premiers miliciens dans leur maison de garde, et leurs propos furent emportés par le grondement rageur de l'affluent. Quelques feux brûlaient le long de la route. Sur des buttes bourbeuses, des tentes crasseuses s'empilaient en désordre. Uldrick m'expliqua qu'elles devaient être emplies de réfugiés à qui l'on avait refusé l'accès à la ville, mais je ne l'écoutais que d'une oreille distraite. Ce ne fut que lorsque Pikke s'arrêta de lui-même que je revins réellement à moi.

Nous avions fait halte devant la haute palissade de bois qui cintrait la ville jusqu'à la rivière, et Uldrick quitta lestement sa selle pour aller tambouriner sur le portail clos. Il avait revêtu son heaume à nasale et chacun de ses gestes faisait cliqueter la maille et les écailles de sa lourde armure lamellaire. Sur sa silhouette, en jeux d'ombre, ondulaient les flammes des torches de résine que l'on avait accrochées aux troncs de la palissade. Quelqu'un finit par ouvrir une trappe à notre hauteur et, après un échange aussi bref que direct, puis le tintement de quelques piécettes, le portail bascula au-dessus de nous à la manière d'une herse, en grinçant sur des gonds usés. Pikke s'engagea à la suite de Bredda, et nous pénétrâmes lentement dans une modeste enceinte fortifiée, sous le regard vigilant de la garde de Gorsaule. Sur le tour de ronde, des archers invisibles conversaient nerveusement à l'abri des créneaux de bois noirci, et j'aperçus un visage méfiant se pencher sur notre passage. Deux soldats patibulaires se disputèrent nos pièces, puis Bredda éternua bruyamment, ce qui fit sursauter l'homme engambisonné qui nous escortait au travers de l'enceinte.

Ce fut ce dernier qui nous ouvrit la seconde porte, celle qui donnait sur la ville. C'était un jeune homme bien bâti, avec l'insigne d'un caporal de milice sur l'épaule et les yeux un peu trop rapprochés l'un de l'autre. Il nous lançait des regards en coin d'en dessous de sa barbute. « On aurait pas craché sur trois ou quatre compagnies de Vars pour nous aider à la mettre aux Feuillus », lança-t-il, son accent vauvois horriblement caricatural, tandis qu'il s'écartait pour nous laisser passer. « C'est les sorciers ketoï qui vous foutent la trouille ? » Il y avait quelque chose d'ambigu dans sa voix, comme s'il ne savait pas lui-même s'il posait une question ou formulait un reproche, et il me paraissait légèrement ivre. Uldrick ne lui répondit pas et je me contentai de lui adresser un sourire amical. Comme nous nous engagions dans la rue principale et que la seconde porte basculait, j'entendis le soldat murmurer derrière nous. « Si les Ketoï foutent la trouille aux Vars, qu'est-ce qu'on devrait en penser nous autres... » Uldrick se passa la langue sur les lèvres, mais il ne pipa mot et nous poursuivîmes notre chemin.

À mon grand regret, je ne pus découvrir grand-chose de Gorsaule cette nuit-là. Uldrick m'avait parlé d'un joli château fort au centre de la ville, cerclé par un système ingénieux de douves détournées directement depuis la Gorce, et dont les chenaux découpaient la ville en petits quartiers lacustres. Nous traversâmes bien quelques ponts de pierre voûtés qui reliaient entre elles des rues sombres et abandonnées, et il y eut aussi ces effluves de sciure fraîche et de tanin qui filtraient parfois jusqu'à mes narines. Toutefois, ce qui me frappa le plus, c'était l'atmosphère pesante et les patrouilles incessantes. Le canton de Gorsaule avait été l'un des cœurs de la dernière rébellion feuillue, et même si cela datait du siècle dernier, personne, semblait-il, ne l'avait oublié. Le son des bottes cloutées se répercutait en écho sur les pavés des ruelles humides, pour venir ricocher entre les hauts bâtiments à colombages. Certaines des maisons donnaient l'impression oppressante de se courber de part et d'autre à notre passage.

Sur l'ensemble du trajet, la seule animation que je pus distinguer provenait d'un bouge à boire de l'autre côté de l'un des canaux, où, à la lueur des lanternes, une vingtaine de soldats portant le blason de Blancbois, un saule pâle sous le grand pin noir de Vaux, s'étaient installés à même la rue. La plupart d'entre eux semblaient avoir bu plus que de raison, et ils s'esclaffaient grassement à chacune des minauderies de cette poignée de filles de joie venue se mêler à leur compagnie. Visiblement, Ovégie Villune n'avait pas perdu de temps pour renforcer ses cantons du nord, et je n'enviais pas les habitants qui allaient devoir s'accommoder d'autant de soldats à la fois désœuvrés et inquiets.

Nous finîmes par rejoindre l'eau noire de la Gorce, et après que Uldrick eut effectué quelques allers-retours sur les quais endormis, une patrouille de passage nous indiqua où trouver la cahute du batelier. Je gardai les chevaux tandis que le guerrier-var négociait notre passage en échange de son dernier sou de cuivre. Je me régalais des odeurs de poisson salé, du grincement des petites barques amarrées et du clapotis de l'onde sous les pilotis, lorsque Uldrick revint avec un homme mal luné, mais visiblement désireux de ne pas s'attirer les foudres d'un *vaïdrogan* pressé. Tandis que le batelier préparait son bac en pestant, à moitié emmêlé dans ses cordages humides, le Var me prit à part. « Il les a fait passer il y a une semaine », me dit-il à voix basse. « J'espère que nous pourrons les rattraper avant que l'arrière-garde bourroise ne quitte Granières.» Je haussai des épaules. «Deux jours», fis-je d'une voix désinvolte, parce que je voyais combien Uldrick souhaitait rejoindre ses compagnons d'armes. «Si les routes sont aussi bonnes que tu le dis», ajoutai-je prudemment.

Le bac s'enfonça dans la nuit, et nous laissâmes les lueurs de Gorsaule derrière nous. Lorsque nous nous retrouvâmes seuls sur le bois creusé du débarcadère d'en face, Uldrick eut un faible sourire. «Écoute», me dit-il, en levant la main. Je secouai la tête, incapable de distinguer autre chose que les borborygmes de la rivière. «La voix de Vaux», fit-il doucement. «On ne l'entendra plus du tout d'ici quelques milles.» J'inspirai l'air frais, en prêtant l'oreille aux sons étranges de la nuit qui n'étaient plus pour nous si étranges que cela. Je songeai brièvement que je n'avais jamais été aussi loin de chez moi, avant de me rappeler que je n'avais plus de chez-moi depuis longtemps. Peut-être même que je n'en avais jamais eu. Uldrick pressa Bredda en avant et je le suivis, l'esprit bourdonnant, avec une appréhension trouble au creux du ventre. Mon intuition ne me trompa pas. La nuit me réservait une dernière surprise.

49

Le crissement m'extirpa brutalement d'un songe lent et chaud, flou et caressant comme un vent désertique. Je fus plongé, littéralement, au beau milieu d'un ballet carillonnant, où, à contre-courant, je me débattis faiblement. La sensation était similaire à celle d'avoir été enfermé dans un sac de jute, puis jeté dans un sirop épais et glacial. En dehors de l'effroi, il me restait deux certitudes. Cette fois-ci, le rêve ne m'était pas destiné, et cette fois-ci je n'étais pas seul. Je retrouvai la révolution des facettes, une poussière éclatante dont la danse rythmique pulsait d'énergie et de lumière, une parodie incompréhensible de la vie elle-même. Pas d'émerveillement, seulement une terreur sans nom. À l'idée qu'*Elle* puisse me retrouver, qu'*Elle* puisse diriger sur moi tous les faisceaux éclatants de son être, je tentai de prendre la fuite. Puis, très rapidement, je compris qu'*Elle* ne m'avait pas appelé. Il n'y avait aucun astre dévorant ici. Aucun noyau. *Elle* était absente et n'avait aucune prise ici. C'était un rêve semblable, mais aussi très différent.

Je fus subitement englobé, cerné par un filet rayonnant. Mes efforts frénétiques pour m'éclipser avaient attiré sur moi une attention que je ne désirais pas.

Plusieurs facettes iridescentes me sondèrent, sauvages et curieuses à la fois, puis je fus entraîné au loin en une unique saccade nauséeuse. La disposition de cet espace-ci me paraissait incertaine sans *Elle*, sans son imposant soleil central, et les circonvolutions étaient confuses, et chaotiques. J'essayai maladroitement de quitter l'influence des pulsations inconnues qui m'avaient saisi, me lançant ici et là en spasmes convulsifs, mais je ne réussis qu'à changer de perspective. Leurs sentiments filtraient clairement jusqu'à moi. Méfiance et surprise. Je ne devais pas être ici. J'étais risiblement maladroit. Je devais partir. J'étais un étranger, et ma présence incongrue n'était pas la bienvenue. Si les palpitations avaient pu me faire du mal, ou m'éjecter du songe, je crois qu'elles n'auraient pas hésité. En l'état, elles devaient se contenter de bravade et de défis guerriers, et cela les irritait.

Puis une autre facette vint à nous et dispersa les autres avec légèreté. La lumière était paisible et rassurante, et j'eus l'étrange sensation de la reconnaître. On ne me voulait que du bien ici, me fit-elle comprendre. Je cessai de me débattre et, au même instant, je réalisai qu'en fin de compte nous ne bougions pas. Nous n'avions jamais bougé. C'était notre regard qui changeait et qui apportait le changement avec lui. La pulsation rassurante se glissa avec moi, me montra comment changer ma disposition, ma vision, comment nager à la surface du rêve comme on naviguerait sur une mer étoilée. C'était clair et simple, et curieusement intuitif. Cela me mit plus à l'aise. Comme je ne pouvais pas partir, j'expérimentai lentement. Cela pouvait être tant de choses à la fois. Je retrouvai les palpitations lumineuses qui m'avaient intercepté tantôt et qui se mouvaient comme je le faisais, décrivant des sigles fascinants, striés d'énergie et d'une intention implacable. Elles naviguaient en figures sinueuses parmi la grande fresque des autres poussières.

Je réalisai soudain ce que j'avais face à moi. Il s'agissait d'un plan de bataille. C'était trop complexe pour que je puisse en comprendre les tenants exacts, mais cela ne faisait aucun doute. C'étaient les fondements d'une stratégie, et je me trouvais en quelque sorte sous le pavillon de commandement. La facette amicale approuva, puis fut brusquement balayée par une autre présence, infiniment plus lumineuse. La chose rayonnante m'observait, me retournait, me sondait avec émerveillement. Malgré sa ressemblance avec *Elle*, l'idée de comparer leurs deux consciences ne m'effleura pas. Je restais fondamentalement libre en sa présence et, même si ses pulsations étaient trop puissantes, trop étrangères pour que je puisse espérer les décoder, cet astre-là ne m'obligeait pas à me courber selon son orbite. J'exultai quelque temps dans sa bienveillance grandissante, comme un chat en extase qui se laisse caresser. Enfin, cela éclata en un appel tonitruant.

La supplique fut si intense que je faillis être arraché à moi-même. Je devais venir. Son désir sans limites, son amour. La tempête émotionnelle balaya mes défenses en une vibration infiniment plus érotique que tout ce que j'avais déjà pu ressentir. Je devais venir, je viendrais, elle m'aimerait absolument, infiniment. Tout commença à se déliter autour de moi, la mer fut balayée. Il ne restait plus que moi désormais. C'était l'inverse, l'opposé de tout ce qu'*Elle* m'avait exposé, je restais intimement convaincu qu'il s'agissait de deux présences différentes, et pourtant c'était tout aussi dérangeant. Je vibrais, je paniquais maintenant, je m'entrechoquais en moi-même si fort que je m'en serais brisé les dents si j'avais eu un corps en cet endroit. À deux doigts de l'explosion, quelque chose me frappa.

J'ouvris les yeux au second choc. Uldrick abattit sa main une troisième fois, en plein sur mon visage. Je me rendis compte qu'il criait mon nom. Mon corps, qui avait été tiré comme un arc, se détendit avec violence. J'eus un haut-le-cœur, le Var me fit rouler sur le côté et je vomis bruyamment dans l'herbe froide, aspergeant à moitié la toile goudronnée. Par l'entrée de notre tente de fortune, je voyais les dernières constellations qui finissaient de disparaître. Je toussai, couvert de sueur, et une bourrasque fraîche qui remontait la vallée me balaya le visage. Tremblant de tous mes membres, je pris une inspiration hésitante, la gorge brûlée par la bile. Uldrick me tapotait avec fermeté pour s'assurer que j'allais mieux. « Ça va, Syffe, ça va », me répétait-il, doucement. Je secouai la tête, sans avoir encore la force de bouger. Puis la peur revint à la charge, un déferlement si brusque et débilitant que j'en pleurai de frayeur, de courts sanglots hoquetants. Les souvenirs vinrent s'enrouler autour de moi comme un lierre insaisissable, et je me rappelai comment, la dernière fois, le rêve avait annoncé la mort de Nahirsipal Eil Asshuri et aussi peut-être la venue du Deïsi, et j'en frissonnai de terreur. J'étreignis Uldrick, et il me tint serré dans ses bras immenses, comme il avait peut-être, un jour, tenu son fils.

La panique fut dissoute par l'odeur rassurante du cuir mouillé et la respiration patiente du Var. Je finis par me dégager, fébrile et désorienté, mais maître de moi-même. «Je crois que j'ai fait un cauchemar», murmurai-je en guise d'explication. En vérité, maintenant que c'était passé, que le choc se dissipait pour ne laisser derrière lui qu'un fourmillement de doutes et de sensations confuses, je ne savais plus trop quoi penser. Toutes les personnes à qui j'avais parlé de ces rêves ne les avaient pas pris au sérieux. Je savais pertinemment que Uldrick me renverrait à la *Pradekke* et à cent explications plus sensées que les mythes claniques auxquels je rattachais maladroitement l'expérience. Si je n'avais pas vu le Deïsi de mes yeux, j'en aurais certainement fait de même. Et encore, ces deux dernières années j'en étais souvent venu à m'interroger. Peut-être que la créature que j'avais vue avec Driche n'avait strictement aucun rapport avec les rêves ou le meurtre de Nahir et que c'était seulement mon imagination qui associait les deux. Peut-être que ce que nous avions vu n'était pas un Deïsi du tout, mais un chamane ou un bandit montagnard qui avait simplement réussi à apprivoiser une stryge sauvage.

«Un sacré cauchemar, alors», fit Uldrick alors que j'avais oublié que je venais de parler. «Tu ne te réveillais pas.» Je reniflai misérablement et, sans ajouter quoi que ce soit d'autre, je me levai en vacillant. «On sera en sécurité d'ici deux jours», lança le Var qui m'étudiait toujours. Je respirais profondément et l'air vif du petit matin ramenait quelques couleurs à mes joues. «Tu es tendu et je dirais que c'est normal.» Je me retournai vers lui, pour le dévisager, encore enroulé dans sa couche, avec sa barbe grisonnante et ce mufle familier couturé de cicatrices. Une boule d'angoisse me noua la gorge. Je repensais au Deïsi et au cadavre grimaçant de Nahir. Je m'inquiétais pour Uldrick, et c'était pour moi une pensée étrange. «Je veux qu'on parte maintenant», lui dis-je fermement. «Je veux qu'on s'en aille rejoindre les Vars.» Uldrick eut l'ombre d'un sourire. Il quitta sa couverture sans un mot et, comme tous les matins, je l'aidai à enfiler son armure. Nous avions levé le camp avant même que l'aube ne pointe le bout de son nez. Je crois que, pour des raisons tout à fait différentes, Uldrick était aussi pressé que moi de prendre la route.

La topographie de Bourre était si différente de celle de Vaux, que je mis un certain temps à m'y faire. La forêt qui m'entourait depuis deux ans, qui me nourrissait et dont le moindre bruit, la moindre odeur avaient été les compagnons permanents de mon quotidien, s'arrêtait net sur l'autre rive de la Gorce. Nous avions dormi à l'abri d'un bosquet de saules, en bord de rivière, mais au fur et à mesure que le jour se levait, que nous quittions les rives embrumées de la vallée, je commençai à relever la rareté des arbres sur la route. Tandis que le soleil poursuivait son ascension, dévoilant le paysage comme on dévêt une femme, mon angoisse fut progressivement noyée par le trot pesant de Pikke et la beauté de la campagne environnante. Je fus bientôt si absorbé par la contemplation des alentours que le rêve fut relégué dans un coin de mon esprit.

Le grand-chemin que nous empruntions était pavé et louvoyait paresseusement en direction de Granières à travers un pays qui semblait touché par la grâce. Les collines douces succédaient aux vertes prairies, sous un ciel bleu et immense. L'horizon était plus vaste, les manses plus nombreuses et plus peuplées, et les champs n'avaient plus rien à voir avec les minuscules lopins forestiers que je m'étais habitué à apercevoir près des demeures vauvoises. Lancé sur la route de pierres pâles, avec de l'acier à ma ceinture et le monde devant moi, je réalisai comme je m'étais senti à l'étroit sur le plateau. Cela avait été confortable et familier, mais cela avait également fini par étouffer cette puissante sensation de liberté que j'avais ressentie lorsque Uldrick m'avait arraché aux geôles de Corne-Colline. Nous avions beau chevaucher vers une destination précise, l'air frais qui me caressait le visage dessinait un univers de nouveaux possibles.

Durant cette première journée, nous dûmes traverser une dizaine de petits villages animés et, tout autour de nous, le vent d'est faisait onduler de petites mers de céréales dorées. Le blé, le seigle et l'avoine y remuaient en vagues successives, mais rien n'était plus impressionnant que les pâturages qui s'étendaient à perte de vue, verts et bleus, marbrés de fleurs sauvages et de vergers. Lorsque la brise touchait ces prairies-là, nous assistions à de véritables déferlantes de couleurs, qui balayaient le paysage, d'un bout à l'autre, de bourrasques végétales. Je n'avais encore jamais vu la mer, mais ce fut au milieu des champs de Bourre que j'en tombai amoureux.

Au fur et à mesure que nous avancions, les pics sombres des Épines prenaient consistance, pour se matérialiser sur l'horizon au nord. Nous pouvions toujours apercevoir à notre gauche le manteau automnal de la forêt de Vaux, qui se coulait jusqu'aux montagnes, et je me représentais parfois ces lignes perpendiculaires comme les deux côtés d'une grande boîte. À l'inverse, si je tournais mon regard vers la droite, l'illusion s'envolait et le monde semblait s'étirer à l'infini en un tableau de nuances luxuriantes. Nous arrivions à point nommé pour les récoltes, et les champs étaient peuplés de paysans à la peau rougie par le soleil, qui travaillaient une terre riche et sombre. Il y avait de grands troupeaux de bœufs noirs, et des chèvres tachetées qui bêlaient dans les collines et cabriolaient sur les rochers des coteaux. La sérénité qui se dégageait de cette succession de scènes bucoliques contrastait curieusement avec la tension que j'avais ressentie la veille à Gorsaule, alors que, tout comme Vaux, Bourre était théoriquement en guerre.

Nous fîmes bon temps ce jour-là, et c'est à peine si je remarquai les heures défiler tant il y avait de choses à voir, mais Uldrick ne voulait pas que nous poussions excessivement les chevaux. Après les dernières semaines de pluie, et tout ce temps passé à crapahuter sur des sentiers boueux, il craignait que la corne de leurs sabots ne se fende sur les pavés. Nous nous arrêtâmes un peu avant la tombée de la nuit à Fourche, un hameau-étape au carrefour des routes de Granières et du Clos. Une poignée de masures aux toits de chaume s'y trouvaient agglutinées autour d'une auberge spacieuse et prospère, dont les murs en torchis blanc disparaissaient ici et là sous le bruissement d'un lierre rougissant. Avec ses murets d'enceinte et sa grande porte renforcée, l'auberge paraissait encore mieux fortifiée que la vieille tour de guet bancale qui s'élevait en bordure de la manse.

Fourche, en dépit de sa petite taille, voyait passer un nombre important de voyageurs, qui faisaient le trajet entre les deux cantons voisins. Uldrick avait discuté avec un scribe ambulant sur la route, et j'avais retenu deux choses de leur échange : l'arrière-garde de l'armée bourroise se trouvait encore à Granières, et l'auberge de Fourche appartenait au chaiffre local. Le copiste nous avait davantage dressé le portrait d'un marchand que d'un seigneur, un homme habile qui avait su tirer profit de l'emplacement de sa manse minuscule. En dépit de l'aspect cosmopolite du village, notre arrivée ne passa pas inaperçue et, depuis les champs environnants, plus d'une tête se tourna sur notre passage. Je mis cela sur le compte de l'aspect exotique du guerrier-var, tout en espérant qu'il ne s'agissait pas d'autre chose. Nous pressâmes les chevaux jusqu'à la cour intérieure du relais, qui était joliment pavée d'une mosaïque alternant de gros galets sombres et du quartz blanc. Uldrick eut un grand soupir lorsqu'il quitta enfin sa selle, ses bottes claquèrent sur la chaussée. Nous avions hâte, l'un comme l'autre, de retrouver le confort d'un vrai lit, aussi spartiate fût-il.

Comme nous n'avions plus un sou en poche, je m'étais préparé à dormir dans un coin d'étable miteux, mais le Var n'était pas du même avis, et il lui restait un dernier tour dans sa manche. Il proposa au tenancier moustachu d'échanger les chutes qu'il avait gardées de mes mailles contre un séjour des plus luxueux. Évidemment, le gérant accepta sans battre une paupière. Pour une demi-livre de cuivre, il aurait pu héberger encore dix hommes dans les mêmes conditions, et toujours tirer profit de l'affaire. Lorsque nous eûmes confié nos chevaux au palefrenier, qui reçut l'instruction de leur apporter autant de céréales et de foin qu'ils voulaient bien en manger, nous allâmes rejoindre notre chambre au premier étage. La salle commune que nous dûmes traverser était bondée et animée, chargée de marchands et de colporteurs. J'y vis aussi une petite troupe de mercenaires bruyants, sans doute sur la route pour la même raison que nous. Nous évitâmes soigneusement leur compagnie, pour leur préférer l'étage, et leurs murmures nous accompagnèrent jusqu'en haut.

On nous apporta à manger et à boire dans la chambre, et je crois que je n'avais jamais eu accès à un tel luxe de toute ma vie. La pièce était spacieuse, avec une fenêtre en verre, une cheminée, un chandelier ciselé, et un grand baldaquin avec son édredon rembourré de plumes, que je testai immédiatement. Mon corps meurtri par deux semaines de voyage s'enfonça dans le duvet moelleux comme un couteau dans du beurre, et j'eus hâte de pouvoir m'y endormir, avant que l'arrivée de la nourriture ne me fasse changer d'avis. Je me gorgeai de chapon rôti et de pain blanc jusqu'à en avoir mal au ventre, le tout arrosé d'une cervoise délicieuse, aussi riche et brune que la terre des collines environnantes. Cerise sur le gâteau, sitôt que nous en eûmes terminé avec le chapon, une bonne gloussante bien en chair nous fit passer par l'escalier de service et nous escorta jusqu'à une petite salle embuée, située quelque part derrière les cuisines. Là, sur un sol carrelé, nous attendaient deux baignoires d'étain fumantes et remplies à ras bord. En m'immergeant dans l'eau chaude, j'eus envie de pleurer pour la deuxième fois de la journée, cette fois-ci de bonheur.

Une heure plus tard, je me séchais devant l'âtre crépitant de notre chambre, tandis que Uldrick terminait un autre pichet de bière en rongeant le trognon d'une poire presque mûre. Du bout du doigt, je grattais distraitement les briques chaudes. Nos vêtements séchaient sur un fil que le personnel avait tendu au-dessus de la cheminée, et le linge propre sentait distinctement la lavande, ce qui me fit penser à Hesse avant que je ne chasse le souvenir du traître de mon esprit. «Je crois qu'on méritait bien un petit plaisir depuis le temps», grogna le Var, entre deux lampées de cervoise. «D'autant que ça risque de ne pas se reproduire avant un moment.» Je fermai les yeux, légèrement ivre, pour savourer mon propre bien-être. Je savais bien que l'opulence était éphémère, et j'essayais justement de ne pas trop m'en préoccuper.

«Faut qu'on discute de quelque chose, Syffe», m'annonça soudain Uldrick en reposant le pichet sur la table un peu plus rudement qu'il ne l'aurait fallu. «Faut qu'on parle avant demain.» J'entendis le plancher grincer. Massif et gauche dans sa couverture de laine épaisse, le Var vint s'asseoir à mes côtés près du feu. Je trouvais que sa voix était un peu moins assurée que d'habitude, comme s'il avait honte de ce qu'il me disait. «Bon», commença-t-il, après s'être éclairci la gorge. «Tu sais que nous irons avec les autres à Aigue-Passe. Pour faire la guerre. C'est mon métier et c'est en train de devenir le tien. Ça veut dire qu'on sera payés.» Je battis des paupières, parce que la question de la paye ne m'avait pas vraiment effleuré. Dans mon esprit, nous rejoignions le *vaïdroerk* pour ma protection et je n'avais pas accordé une seule pensée à une possible rémunération. «*Haï*, Uldrick», répondis-je après quelques instants d'hésitation, sans vraiment voir où il voulait en venir.

« Je... Tu comprends que l'or part directement en pays var ? » fit lentement le vieux guerrier. « On garde ce dont on a besoin pour vivre, et on envoie tout le reste. Tu le sais, ça. » Il y eut une pause épineuse. Je fronçai des sourcils, sans comprendre. Uldrick s'humecta les lèvres « Tu ne vois vraiment pas ce que j'essaye de te dire. » Je secouai la tête, tout à fait mystifié. « Tu comprends bien que, si tu restes avec le *vaïdroerk*, tu ne seras pas payé. Jamais. » Je fronçai encore une fois des sourcils. « *Haï*, Uldrick. Je sais. L'argent va aux Vars, pour acheter ce qu'ils n'ont pas chez eux. » Perché inconfortablement sur le bord de la cheminée, mon interlocuteur se balançait maladroitement d'avant en arrière, et me fixait d'un regard insistant. « Et ça ne te dérange pas ? » Je réfléchis quelques instants, avant de hausser des épaules. « Non », finis-je par dire. Uldrick ne me lâchait pas des yeux. « Tu es certain ? » Je me grattai la tête. « Vous allez me protéger. Ça me paraît équitable. Plus tard, je ne sais pas. Pour l'instant ça me va. »

Uldrick me tapota le crâne aimablement – ce que je détestais – puis il prit un air vaguement peiné que je lui connaissais mal. « Tu sais que... Enfin, Syffe, pour dire les choses telles qu'elles sont, tu n'as personne en ce bas monde. Pas de famille, pas d'argent, pas même de nom. Ça sera dur pour toi de te faire une vie chez les Brunides, tu t'en rends bien compte ? » Le sang me monta au visage comme si quelqu'un venait de me gifler. « Je le sais », fis-je, d'une voix basse. J'entrepris de me détourner, les yeux piquants, mais la patte épaisse du Var m'agrippa. « Ce que tu dois savoir », fit-il de sa voix rocailleuse, « c'est qu'il y a une place pour toi au pays var. Une place respectée, même, si tu combats dans un de nos *vaïdroerks*. Je devrai bien rentrer chez moi un jour. Tu pourrais peut-être m'accompagner. »

Cette dernière remarque me plongea dans un silence confus. En vérité, je ne m'étais jamais vraiment penché sur des projets d'avenir. Les rues de Corne-Brune et les sentiers de la Cuvette m'avaient tous deux appris à vivre au jour le jour, et c'est ce que j'avais toujours fait, même depuis que je les avais quittés. Il m'arrivait parfois de rêver au futur, mais cela restait épisodique, des scènes détachées, inaccessibles, et j'en étais conscient, douloureusement conscient, parfois. J'en étais venu à accepter que Uldrick me formait et que, fondamentalement, les décisions qui concernaient mon avenir immédiat lui appartenaient. Au-delà, il m'arrivait occasionnellement de flirter avec les détails ultérieurs de ma propre indépendance, mais cela me semblait distant et brouillé et, au vu de ma brève expérience de la vie, parfaitement imprévisible. Lors de la seule occasion où l'on m'avait proposé un chemin tout tracé, Nahirsipal avait été tué, et les plans vagues que j'avais pu élaborer avaient été balayés. Mon regard se posa sur le brasier qui ronflait dans l'âtre, et je murmurai un assentiment fumeux, sans trop savoir quoi penser. Gracieusement, Uldrick s'en tint là pour la soirée et nous ne tardâmes pas à aller nous coucher.

L'angoisse revint me hanter au moment de fermer les yeux, mais je ne rêvai pas cette nuit-là. Aux questionnements que Uldrick m'avait involontairement assénés s'ajouta mon propre malaise, et même la douceur trop inhabituelle des draps devint un obstacle au sommeil. Je finis tout de même par m'endormir au petit matin, épuisé et nerveux. Le lendemain, nous reprîmes la route, et même les paysages voluptueux de Bourre ne purent m'arracher au fil labyrinthique de mes pensées.

50

Nous atteignîmes Granières au soir, presque trois semaines après notre départ du plateau. Tout au long de la journée, les pics des Épines s'étaient rapprochés et leurs cimes sombres croissaient à l'horizon comme les barbeaux hérissés d'un vieux dragon. Progressivement, imperceptiblement même, sans rien perdre de leur charme luxuriant, les collines de Bourre s'étaient faites plus nombreuses et plus escarpées. Il y avait davantage de moutons que de bœufs désormais, et les mers de céréales cédaient la place aux plantations de raves et de tubercules. On distinguait de nouveau des arbres au loin, de petits bois verts agrippés aux contreforts vallonnés des montagnes. Depuis la route, ces modestes coulures végétales semblaient si distantes qu'on aurait pu les croire inaccessibles, et pourtant, je savais aussi que nous aurions pu les atteindre en une seule journée de cheval.

Granières était une ville coquette, dont les créneaux cerclaient le sommet d'une colline épatée. En son centre trônait un grand donjon carré, tout en hauteur, qui devait offrir une vue imprenable sur la campagne environnante. La disposition des lieux me fit un peu penser à Corne-Brune, mais en plus plat, et en plus vieux. Pas de granit noir ici, on avait bâti avec le calcaire local et, à plusieurs milles déjà, on pouvait deviner la pierre tachée des murailles, rongée par l'eau et l'usure de la mousse. J'avais eu tout le loisir d'étudier le bourg de loin tandis que nous nous étions rapprochés par la route de plus en plus sinueuse, mais, sous mon regard, le soleil qui déclinait rapidement à l'ouest transformait Granières en une sculpture incohérente, tout en ombres et en éclats, qui faisait mal aux yeux et à la tête.

Je fus un peu déçu lorsque je compris que nous n'allions pas en ville, mais que notre destination était le camp puant dressé à l'extérieur des murs, qui fumait et grouillait sous un ciel enflammé. Nous pouvions apercevoir, parmi le capharnaüm des tentes et des trous à feu, toute une multitude de formes noires qui s'agitaient en contrebas du flanc est de la ville, une petite fourmilière chaotique à l'ombre des murailles. Je croisai les doigts pour que nous y trouvions les Vars, et le silence attentif de Uldrick aiguisait mon espoir. Alors que la nuit n'en finissait pas de tomber, nous lançâmes les chevaux au trot sur la dernière ligne droite.

Le vent avait tourné ce jour-là. L'atmosphère sur le grand-chemin m'avait paru fébrile et saturée de méfiance. Les portes s'étaient fermées sur notre passage, et les rares regards qu'on nous avait adressés depuis les champs étaient soit apeurés, soit carrément hostiles. Je pouvais très bien m'imaginer de quelle manière l'intrusion de la violence dans cet univers lent et paisible devait être perçue par ses habitants. En tant que complice, j'en éprouvais parfois un sentiment proche de la honte. Au cours de la matinée, nous avions déjà croisé quelques hommes en armes, d'abord au compte-gouttes, un trappeur en déveine avec son arc de chasse, un fils de paysan et la lance rouillée de son grand-père. Puis, vers midi, ce fut une petite compagnie bagaude, une douzaine d'hommes durs et crasseux venus de la forêt de Vaux, qui portaient de longs vouges et des hauberts rapiécés. Quelques-uns adressèrent à Uldrick de brefs saluts pleins de hargne, puis la route les engloutit derrière nous. « Ils ne nous aiment pas », avait dit le Var. « On est payés vingt fois mieux qu'eux, et aucun seigneur ne nous utilisera comme boucliers de viande. Mais surtout, ils savent qu'on peut les aider à rester en vie, et ça ils ne nous le pardonneront jamais. »

Après que nous eûmes contourné la dernière colline, nous tombâmes sur un barrage de la milice cantonale, à peine une clôture assemblée à la hâte et tenue par une poignée de soldats fatigués, appuyés sur la hampe de leurs lances. Un gros sergent aux bajoues pendantes nous dévisagea quelque temps avant d'indiquer à Uldrick qu'il nous fallait désormais quitter la grand-route. Par un chemin de terre boueux creusé d'ornières à cause du passage des charrettes, nous plongeâmes vers le vallon qui s'étalait au pied de la ville. Avec l'obscurité croissante, les feux du campement prenaient l'allure d'un essaim de lucioles infernales et le vent charriait un parfum appétissant de viande grillée, auquel se mêlaient les relents plus nauséabonds du lisier, de l'urée et de la fumée de tourbe. Nous entendîmes bientôt des éclats de voix et, peu après, l'ombre imposante de la muraille de Granières surgit devant nous. Les yeux plissés par la pénombre, nous pénétrâmes dans le camp.

De part et d'autre du chemin s'agglutinait un bric-à-brac de tentes, de tailles et de formes variées. Leur arrangement devait se plier à un ordre qui, pour l'heure, m'échappait entièrement. Autour des trous à feux siégeaient de petits groupes d'hommes, et quelques femmes aussi, dont la plupart étaient trop occupés à manger, boire ou discuter pour nous prêter attention. Nous nous dirigeâmes tout d'abord vers le corral que nous avions repéré depuis la route. Une centaine de chevaux et quelques gros bœufs avaient été parqués dans un petit enclos de l'autre côté du bivouac, où les animaux pataugeaient dans la terre humide tout en se gorgeant de foin frais. Le troupeau curieux se pressa vers nous à notre arrivée, roulant de grands yeux rendus luisants par la nuit. Je fus soulagé d'identifier parmi eux un certain nombre de chargeurs igériens, qui renâclèrent furieusement à la vue de Uldrick. Un vieux palefrenier boiteux et son fils délaissèrent leur dîner pour venir nous aider à décharger les chevaux, puis, lorsqu'ils furent libérés des brides, bardes et selles, nous lâchâmes Bredda et Pikke dans le pacage. Aux hennissements exubérants qui suivirent, je compris qu'ils avaient retrouvé là quelques amis.

Les quelques doutes qu'il me restait se dissipèrent entièrement lorsque le fils du palefrenier nous indiqua où trouver les pavillons des Vars : ils étaient donc bien ici. Nous devions avoir l'air plus épuisés que je ne le pensais, parce que le gamin se proposa de prendre en charge l'équipement des chevaux après nous avoir aimablement recommandé d'aller prendre du repos. Uldrick le remercia de quelques mots courtois et nous réussîmes tant bien que mal à entasser sur nos dos meurtris le surplus qui restait : nos maigres vivres, les outils, les armes, et les quatre sacoches de selle. J'emboîtai maladroitement le pas au guerrier-var, jonglant entre nos deux lances, ma rondache, le pot à cuire et les couvertures, tandis que Uldrick lui-même courbait l'échine sous le poids de la barde et des sacoches. La lune décroissante montait lentement au-dessus de nous, un demi-cercle pâle nimbé d'étoiles, qui disparaissait parfois sous le brouillard âcre de la fumée.

Quelque part près des feux de bordure, un air festif de flûte se fit entendre et il y avait des rires aussi, mais malgré cela, instinctivement, je me hérissais de plus en plus, les sens aux aguets. Avec chaque pas, l'impression de malaise enflait : je me trouvais en un endroit dangereux, avec des gens dangereux. Au détour des premières tentes, nous croisâmes un homme entièrement nu, assis dans la boue près d'un feu éteint. Maigre et hirsute, les lèvres tachées, il aiguisait une longue dague qu'il honorait périodiquement d'un baiser sensuel. L'homme, qui portait des tatouages montagnards, cessa son ouvrage pour nous regarder passer. Il tira sur sa pipe bourrée d'herbes igériennes et me fixa avec des yeux si étranges que j'en frémis. J'oubliai l'énergumène bien plus rapidement que je ne l'aurais cru, sursautant quelques empans plus loin lorsqu'un long hurlement viscéral se fit entendre tout près. Dans l'ombre au-delà, un bruit de course retentit dans la nuit.

J'hésitai brièvement près d'un foyer de tourbe qui brûlait, projetant des ombres inégales tout autour. Le cri ne sembla pas déranger les quatre hommes ivres qui s'y trouvaient affalés. Il y eut quelques murmures et une tournée de rires gras lorsque je repris ma route au trot pour rattraper le Var. « Je peux te protéger, mon p'tit gars », me lâcha l'un des hommes au visage huileux, d'une large grimace édentée. « Faudra juste que tu m'astiques un peu la lance. » Une nouvelle bordée de rires accompagna le fracas cristallin d'une bouteille qui se brise, puis un juron. « Viens là, petit », fit une autre voix plus suave, « not' garçon à nous y peut plus marcher. » Loin devant, Uldrick ne se retourna pas et je pressai l'allure tandis que dans mon dos les mercenaires avinés s'esclaffaient de plus belle.

Au centre du camp se dressaient les trois pavillons du *vaïdroerk*, un grand chapiteau rond et deux autres structures plus petites, en feutre gris. Leur conception ressemblait à celle des yourtes que j'avais connues à la Cuvette, mais en plus léger et sans plancher. Des éclats de voix, en la langue rude des Vars, s'échappaient par intermittence de la toile épaisse. Je souris, pressé et anxieux à la fois. Nous nous délestâmes de l'équipement à l'extérieur et, alors que je m'avançais, Uldrick me prit à part. « Tu as vu le genre de personnages que nous allons fréquenter », me dit-il à voix basse. J'acquiesçai, même s'il ne s'agissait pas d'une question. Le vieux guerrier me fixa droit dans les yeux et appuya ses propos de la pointe de son index. « Ne. T'éloigne. Jamais. Seul. » Je déglutis malgré moi, tout en me demandant quel genre de fou irait volontairement traverser en solitaire le coupe-gorge par lequel nous venions de passer. Même le quartier du Ruisseau pâlissait en comparaison, et j'étais capable d'affirmer cela après une brève visite. Uldrick replia enfin le feutre qui couvrait l'entrée de la grande tente et nous nous glissâmes tous deux à l'intérieur.

Au centre du chapiteau brûlait un large foyer rougeoyant, dont la fumée grimpait en spirales élégantes jusqu'à l'ouverture béante du sommet. Tout autour, assis sur d'épaisses nattes de roseaux tressés, une quarantaine de guerriers-var et leurs *yunglings* débattaient tranquillement. Pour la plupart, c'étaient des hommes grands et robustes, avec des visages durs et velus, les joues rouges de santé et le sourire facile. Certains étaient typés comme leurs ancêtres de Svanjölt, des blonds vénitiens aux traits anguleux, mais d'autres, marqués par le sang carmide ou igérien, arboraient des complexions nettement plus sombres. Leurs cheveux étaient tressés en arrière, souvent en une torsade unique, parfois rasés sur les côtés et, chez les plus vieux, balafres et nez brisés abondaient. Je fus immédiatement saisi par leur aspect, comme je l'avais été trois années auparavant, lorsque avec Nahirsipal nous les avions vus passer vers l'est au bord de la Brune. Leur manière calme et leurs yeux d'acier dégageaient une sorte d'assurance à la fois fière et tranquille. À contempler les guerriers ainsi, même placidement installés sur le sol de la tente, le *vaïdroerk* donnait l'impression de pouvoir conquérir le monde. Mon regard détailla *vaïdrogans* et *hobbelars*, puis vint se reposer sur le feu. La vue du cochon à la broche, qui cuisait et ruisselait en grésillant au-dessus des braises, me fit venir l'eau à la bouche. Peu après notre irruption, le Var qui parlait, un grand blond barbu d'âge moyen, dont le visage était aussi effilé qu'une lame de couteau, nous remarqua et s'interrompit avant de se fendre d'un large sourire. Les regards verts et bruns convergèrent sur nous et aux calmes échanges de tantôt succéda soudain un brouhaha des plus agités.

L'un des premiers à se lever pour venir nous saluer

fut Eireck, qui n'avait pas du tout changé depuis son séjour à Corne-Brune : même tresse claire, même expression rieuse, même allure de fauve. Il étreignit Uldrick avec force, les yeux étincelants. « Quelle bonne surprise de voir ta vieille tête de mule ! » fit-il en ricanant de plaisir, et dans ses bras, Uldrick souriait à pleines dents, lui aussi. « *Fekke*, vous m'avez manqué », répétait-il encore et encore, d'une voix étranglée. Lorsque Eireck eut fini d'asséner des tapes dans le dos épais de son compagnon, il se pencha sur moi, le regard curieux et joueur à la fois. « Ce n'est pas bien », me dit-il en son brunois bancal. Il agitait le doigt devant mon nez. « Il ne faut pas sorceler les guerriers-var, disciple ! » J'eus un rictus un peu inconfortable. En dépit de la boutade, la situation m'intimidait. Les empoignades se poursuivirent un certain temps, tandis que je recevais de mon côté des saluts plus distants et des regards interrogateurs. Il y eut également une poignée de présentations, trois *vaïdrogans* que Uldrick ne connaissait pas encore, Wimredh *Haudman* de la vallée de la Wuddewot, Raured *Rotsakke*, un géant tonitruant qui me plut immédiatement et Sidrick *Harstelebbe*, le plus jeune guerrier de tout le *vaïdroerk*.

Au cours de nos longues soirées sur le plateau, Uldrick m'avait déjà expliqué de quelle manière les Vars s'affublaient de surnoms, et comment ils servaient surtout à différencier deux hommes d'un même prénom, mais, curieusement, jamais je n'avais songé à lui demander le sien. Lorsqu'il se présenta aux trois inconnus sous le sobriquet de Uldrick *Treikusse* – Uldrick Trois-Baisers – je ne pus m'empêcher de glousser dans les vestiges de ma pèlerine. L'orateur au visage acéré qui discourait lorsque nous étions entrés vint nous trouver en dernier, et ce fut également l'un des seuls à me parler directement. « Osfrid », me dit-il sobrement, en étreignant mon avant-bras de sa main puissante. « J'ai été désigné *hetman* de ce *vaïdroerk* », ajouta-t-il à notre intention à tous les deux, d'un ton auquel affleurait l'interrogation. « *Iss pessekket o mei* », lui répondit amicalement Uldrick. *Cela me convient.* Osfrid courba gracieusement la tête, avant de repartir vers le feu, et les perles de bois tissées dans sa longue natte tintèrent sur les écailles de son armure.

Après que nous nous fûmes assis près d'Eireck et d'un *yungling* espiègle nommé Svein, le calme revint suffisamment pour que les discussions puissent reprendre. Malgré la fatigue, j'en appris beaucoup sur la vie du camp et me rassasiai d'informations autant que de porc à la broche. Le *vaïdroerk* fonctionnait comme une sorte de petit monde à part, luttant pour conserver autant d'indépendance que possible vis-à-vis des autres groupes d'influence et des commandants brunides. Leur statut de mercenaires de luxe leur permettait de négocier avec bien plus de poids que la poignée de compagnies bagaudes déguenillées avec lesquelles nous devions cohabiter. Par exemple, j'appris que notre ravitaillement était pour l'instant à la charge du lige de Granières. En conséquence, nous mangions bien mieux que la plupart des autres hommes d'armes, qui devaient se contenter des rations destinées au front. Il y eut ensuite une délibération sur la quantité de têtes de flèches à commander à un marchand de fer de passage, et il fut également décidé de la perquisition de deux chevaux de bât supplémentaires pour le voyage jusqu'à Aigue-Passe.

Je fus intrigué par la manière dont les apprentis guerriers prenaient une part très active aux causeries, même si c'était souvent pour poser des questions auxquelles les adultes répondaient patiemment. Je me mis en tête de les imiter à mon échelle et, n'osant pas m'humilier publiquement, je harcelai impitoyablement Uldrick au sujet du *hetman* Osfrid, qui m'avait fait forte impression. Lorsque je lui laissai enfin la parole, Uldrick m'informa que le *hetman* était celui auprès duquel les *vaïdrogans* attendraient leurs ordres de bataille dans le cas où ils ne disposeraient pas de suffisamment de temps pour en discuter au préalable. C'était également à lui qu'il incombait d'organiser la tenue des *folnwordde*, les débats. Osfrid était un guerrier respecté dont le sang-froid et l'esprit tactique étaient connus de tous et c'était donc en toute logique qu'il avait été nommé. Lorsque Osfrid annonça que les discussions étaient closes pour la soirée, une clameur grandissante fut instiguée par Eireck afin que Uldrick fasse part de nos aventures au *vaïdroerk*. Lorsque le vacarme eut atteint des proportions inquiétantes et que chaque homme sous le chapiteau scandait son prénom, le vieux guerrier se leva en souriant. En guise d'introduction, il en profita pour me présenter officiellement comme son *yungling*, ce qui occasionna une vague de questions qui coupèrent court à la suite.

La discussion qui s'ensuivit me mit horriblement mal à l'aise. Non seulement je me trouvais au centre de toutes les attentions, mais quelques Vars questionnaient de manière détournée ma présence sous leur pavillon. Même s'ils me firent poliment comprendre que ce n'était pas contre moi en tant que tel, on me décrivit comme maigrichon, et pas très grand de surcroît, ce que je pouvais aisément comprendre à la vue des autres Vars de mon âge. Lorsque la question de ma mise à prix fut évoquée, avec les conséquences que cela pourrait avoir sur la réputation du *vaïdroerk*, le débat éclata vraiment et un grand homme nommé Stigburt demanda franchement à Uldrick s'il ne plaçait pas ses propres sentiments avant la sécurité du plus grand nombre. Uldrick rétorqua que le plus grand nombre était plus en sécurité en compagnie d'un guerrier expérimenté comme lui et que, sans mon aide, il ne serait pas là du tout. Stigburt réfléchit quelques instants avant de lui concéder ce point et par la suite il changea d'avis pour rallier sa position. Les tons restaient pondérés et respectueux, mais, malgré tout, la tension enflait. Cela finit par culminer lorsqu'un *yungling* de quatorze ans vint planter son regard dans le mien et insinua d'une voix forte qu'il ne me croyait pas capable de me battre aux côtés du *vaïdroerk*.

Un silence tomba sur le pavillon et je vis le regard de Uldrick se poser sur moi. Les têtes qui ne me dévisageaient pas déjà se tournèrent elles aussi. Rouge jusqu'aux oreilles, j'hésitai quelques instants, puis sans un mot, le cœur battant, je me levai promptement et tirai mon poignard. L'adolescent, qui devait avoir une tête de plus que moi, me toisa longuement, les mains le long du corps. Il me jaugeait. Je ne bougeais pas, le menton ferme, mes yeux froids fixés dans les siens, le couteau tenu pointe vers le bas, une extension tranchante de ma propre chair. Le calme de bataille s'était emparé de moi et je respirais lentement, avec application. Il n'y avait plus que nous deux au monde, le *yungling* brun et moi. J'attendais après lui, à l'écoute du moindre mouvement de son corps, comme s'il eût été mon amante. *Vaïdroerk* ou pas, s'il relevait mon défi muet, je lui ouvrirais le visage en deux. L'adolescent le vit et le reconnut comme tel. Il plissa les yeux, puis sa joue eut un tic qui ressemblait à un début de sourire. Il finit par acquiescer. « Pardonne-moi », fit-il tout bas, puis il leva la voix pour que tous l'entendent. « J'ai fait erreur. Il est chétif, mais c'est un guerrier. » Je vis Uldrick sourire, puis apostropher le *yungling* d'une voix pleine de chaleur. « Tu as grandi et ta sagesse t'honore, Frodi. *Seu iss veblauddet.* » Cette dernière remarque, difficile à traduire, signifiait que, effectivement, j'avais déjà prouvé ma valeur en versant le sang d'un adversaire. Uldrick enchaîna sur l'histoire de notre altercation avec les bandits. Je rangeai ma lame et la discussion put reprendre.

Eireck, puis Osfrid se portèrent successivement à ma défense, tandis que, de son côté, Uldrick dressait mon portrait en employant à mon égard des termes plus flatteurs que je ne l'aurais pensé. Rapidement, j'en vins à rougir davantage à cause des louanges que des reproches et, peu à peu, les derniers réfractaires se turent pour se ranger à l'avis général. Je me rassis en gigotant inconfortablement. Ma présence avait été acceptée. Une heure auparavant j'avais été un inconnu, l'apprenti maigrichon d'un chirurgien mort. Personne. En l'espace de quelques mots, je m'étais vu métamorphoser en compagnon, pour qui chacun était prêt à donner sa vie, et à qui on n'hésiterait pas à confier la sienne. J'en vins à me dire une fois encore que, décidément, les mœurs des Vars étaient bien étranges. Uldrick put enfin poursuivre son récit et il transforma notre histoire en un conte picaresque, grinçant et fleuri. Bientôt, ses mots furent accompagnés du vacarme des rires et des quolibets amusés. Eireck m'administra une solide tape dans le dos qui manqua de me démettre les vertèbres, m'adressa son sourire le plus charmeur et me servit une tranche rose du porc juteux.

51

Durant la semaine qui suivit, le camp continua à grossir comme une pustule fumante sur la plaine. Il arrivait toujours des mercenaires, mais l'essentiel de l'affluence se constituait des équipages à charrette et des artisans que l'arrière-garde allait escorter jusqu'aux premières lignes. Le gros de l'armée commandée par le sénéchal Vittorie écumait pour l'heure le canton d'Aigue-Passe. Aux dernières nouvelles, Vittorie s'était déjà emparé de plusieurs maisons fortes et ses troupes étaient occupées à pacifier les campagnes. De cette manière, les lignes de ravitaillement pourraient fonctionner sans entrave lorsque le siège d'Aigue-Passe commencerait pour de bon. De leurs rares contacts, les Vars avaient dressé du sénéchal un portrait mitigé. Rigide et sévère malgré son jeune âge, il leur avait semblé excessivement confiant, et trop ambitieux pour son propre bien. Nul n'ignorait que Vittorie figurât parmi les rangs des courtisans d'Émalie, la fille aînée de Naude Corjoug, et le jeune noble devait voir en Aigue-Passe une chance en or, son billet d'entrée dans la famille du primat. En conséquence, les Vars se méfiaient de son empressement. Malgré cela, le sénéchal Vittorie leur avait également paru compétent et méthodique. De plus, il avait déjà exprimé à plusieurs reprises son intérêt pour le conseil des *vaïdrogans*, ce qui en soi, était la seule chose qui comptait vraiment.

De son côté, Cléon Gône, le primat de Collinne, avait manifestement fait une croix sur les manses d'Aigue-Passe. Il n'y avait pas encore eu d'accrochage avec autre chose que les milices locales et, quand bien même, d'après les échos que nous en avions, l'avant-garde de Vittorie ne rencontrait qu'une résistance sommaire. Pour l'heure, Gône encaissait, et assemblait ses forces à l'arrière en vue d'une contre-offensive. Il circulait toutes sortes de sottises à ce sujet, les plus optimistes affirmaient que Collinne ne se battrait même pas, tandis que les oiseaux de mauvais augure expliquaient ce laisser-faire par la levée d'une troupe gigantesque. Fidèles à la *Pradekke*, les Vars préféraient ne pas spéculer sur une situation aussi floue, et ils riaient gentiment au nez de tous les colporteurs de nouvelles un peu trop sûrs d'eux.

Quarante-trois guerriers et seize *yunglings* composaient le *vaïdroerk*, tous endurcis par les années passées à Vaux, à combattre dans l'ombre une rébellion larvée. Les plus expérimentés avaient joué un rôle dans les guerres du roi Bai, et on m'apprit que Osfrid et quelques autres étaient également vétérans des conflits de succession de Cambrais. Tous cohabitaient dans un groupe uni et fonctionnel. La plupart étaient amis et certains étaient amants. Je fus initialement surpris par cette découverte, parce que chez les Brunides, on voue un mépris stupide à ce genre d'hommes, considérés comme inférieurs, des sortes de femmes ratées qu'il est permis de traiter avec tout le dédain que l'on souhaite. Les Vars, eux, s'en fichaient éperdument, et n'en faisaient aucun secret. Lorsque au lendemain de notre arrivée Eireck me surprit à fixer un baiser entre Sidrick *Harstelebbe* et son compagnon, un guerrier à la peau mate dont j'ai oublié le nom, mon expression troublée dut l'interpeller. «À Carme», me dit-il sur le ton de la discussion, «les phalangistes ont le devoir d'aimer d'autres hommes. Leurs généraux pensent qu'un soldat se battra plus férocement pour défendre celui qu'il aime. Là-bas, les femmes sont des matrices et rien de plus. Nous, nous pensons que chacun devrait être libre de ses préférences.» Je pris à cœur ces paroles et, lorsque la bizarrerie initiale m'eut quittée, je les méditai souvent pour leur justesse.

La sphère d'exclusivité qui nous liait, Uldrick et moi, éclata absolument à notre arrivée à Granières, et je crois que cela nous fit le plus grand bien à tous les deux. Le guerrier-var passait l'essentiel de son temps à renouer avec ses anciens camarades et je passais le mien à en découvrir de nouveaux. Je me pris rapidement d'affection pour Svein, le *yungling* pétillant près duquel je m'étais assis le premier soir. Il avait la plaisanterie facile et un visage avenant, cerclé de boucles noires. J'aimais sa manière ouverte et franche, et sa sensibilité naturelle me rappelait celle de Merle. Il y avait également Katje, l'une des quatre filles du *vaïdroerk*, qui était à la fois l'enfant et le *yungling* de Raured *Rotsakke*. Katje était trapue et silencieuse, avec de grands yeux en aile de papillon d'un bleu incroyable et un goût un peu trop évident pour les blagues de Svein. À peu de chose près, nous avions tous les trois le même âge, et nous nous entendîmes dès le départ comme larrons en foire.

Je préférais le campement au petit matin, lorsque l'air était frais et que le concert cacophonique des coqs venait rompre le silence de la nuit : c'étaient aussi de petites choses comme cela qui m'avaient manqué durant mes années forestières. Au lever du jour, les soudards les plus éméchés cuvaient encore leur vin et nous pouvions aller et venir sans crainte d'être dérangés par leurs vociférations lubriques. Malgré tout, nous ne nous déplacions jamais sans nos armes. Les autres enfants nous regardaient passer avec une sorte de respect craintif qui, je l'avoue, me faisait parfois un peu trop plaisir. Au tout début, je bombais le torse en adoptant une démarche exagérée et une expression féroce, ce qui me valait des regards inquiets de la part des laitières matinales, et des réprimandes à moitié hilares de la part de mes compagnons. Leurs remarques embarrassées ne tardèrent pas à se muer en reproches moins nuancés : ils prenaient très au sérieux la réputation des *vaïdrogans*, et me firent clairement comprendre que désormais j'en étais le gardien, moi aussi. Cette révélation m'emplit d'un sentiment d'importance et, après quelques jours, mon attitude changea du tout au tout. Je me fis comme eux, serviable, respectueux et courtois.

À l'aube, nous allions souvent voir les chevaux pour leur apporter les pelures qui restaient de la veille et je me battais même pour le privilège d'aller vider les seaux à merde dans la fosse creusée sous les remparts. Ces quelques instants d'indépendance étaient pour moi salutaires et, même si c'était en un autre temps et un autre lieu, je ne pouvais m'empêcher de songer à mes anciennes expéditions dans les ruelles de la ville basse, et cela aussi me faisait du bien. J'eus, l'espace d'une semaine, l'illusion de retrouver ma liberté et, même si finalement mon autonomie n'était pas moins limitée qu'avant, cela n'était plus le fait d'un seul homme. La métaphore est déplacée, parce que je ne le vivais pas du tout comme cela, mais ce fut comme quitter les oubliettes pour rejoindre le donjon : soudain il y avait suffisamment de place pour que je puisse étirer mes jambes, et cela m'emplissait d'une douce et vibrante euphorie.

Le temps qui n'était pas occupé par les discussions ou les tâches quotidiennes était consacré à l'entraînement. Je compris que le rythme martial que Uldrick nous avait imposé sur le plateau était en fait un mode de vie et, comme la chose prenait une dimension nouvelle depuis que nous n'étions plus seuls, j'y repris goût avec une force renouvelée. Deux ou trois guerriers restaient au camp, et les autres, en une longue procession cliquetante, allaient rejoindre le grand bocage ouvert au-dessus du corral des chevaux. Là, les *vaïdrogans* s'exerçaient à peaufiner leurs manœuvres sous la direction de Osfrid, tandis qu'une poignée d'autres s'occupaient des *yunglings*. Toutefois, l'arrivée de Uldrick, qui de son propre aveu avait besoin de se décrasser, remit à la mode les combats d'entraînement individuels. Lorsqu'il eut repris ses aises après quatre ou cinq jours, je pus vraiment juger du niveau redoutable de mon mentor. Malgré sa légère claudication, peu de guerriers étaient capables de lui tenir tête avec consistance, que ce fût à l'épée ou à la lutte, et encore moins arrivaient à le surpasser de manière régulière.

Je tirais une fierté admirative de ses victoires et du respect que les autres lui témoignaient, et je crois que c'est à ce moment-là que je pris conscience pour la première fois de tous les sacrifices qu'il avait faits pour moi. Ce n'était pas qu'il cessât d'être Uldrick, le type grognon, ronfleur et broussailleux que je regardais chier tous les matins depuis deux ans, mais le regard que les Vars portaient sur lui transforma aussi le mien. Je commençais à voir qu'il était aussi Uldrick *Treikusse*, un combattant réputé, un homme honoré parmi les Vars libres, quelqu'un dont on recherchait autant les conseils que la compagnie. Cela me frappa encore davantage lorsque Svein me fit remarquer que de nombreux *yunglings* enviaient ma position. Que Uldrick ait pu choisir d'écarter tout cela pour *moi* m'emplissait d'une reconnaissance qui rivalisait en intensité avec celle que j'avais pu ressentir durant les premiers jours, juste après qu'il m'eut sauvé de la corde. Depuis que nous nous fréquentions de plus loin, que la routine carnassière de notre petite meute avait été bouleversée, je commençais à entrevoir à quel point je tenais à lui.

Les sessions d'entraînement furent également pour moi l'occasion de prendre ma propre mesure. J'étais le choix pas très conventionnel d'un homme admiré, j'étais *veblauddet* et je suscitais tout naturellement de la curiosité. Mon incompétence à l'arc devint rapidement une sorte de blague récurrente, malgré la tutelle patiente d'Anborn, l'un des *hobbelars* grisonnants du *vaïdroerk*. Les autres *yunglings* prirent l'habitude de m'appeler *Friddkayyer*, ce qui se traduit à peu de chose près par « tueur d'ami », mais les moqueries n'étaient jamais fondamentalement méchantes et, à ma propre surprise, lorsque je n'en étais pas l'instigateur, j'étais souvent le premier à en rire. Rétrospectivement, je crois que ce sens de l'autodérision en vint à émerger surtout parce qu'on me reconnaissait volontiers d'autres talents.

Aucun autre apprenti ne pratiquait l'épée courte et, avec ma fidèle réplique de bois, je leur donnai initialement du fil à retordre, même aux plus âgés. Aucun d'entre eux n'avait vraiment appris à combattre un adversaire comme moi et, au début, la férocité avec laquelle je réduisais la distance les prenait souvent de court. Ils apprirent pourtant, et vite, si bien qu'après quelques jours la situation se rétablit, et j'en fus réduit à distribuer à peu près autant de raclées que j'en recevais. C'est au couteau que j'excellais sans discussion, et seul Waulfrick, un *yungling* longiligne de treize ans, me dominait clairement.

Toutes ces manœuvres incessantes dans le bocage ne passaient pas inaperçues au campement. Il y avait toujours deux ou trois badauds pour venir assister aux duels que nous nous livrions, quelques aides ou un cuistot entre deux repas, et les soldats oisifs du barrage routier venaient aussi y traîner quand ils avaient le temps. Par ailleurs, en dépit de l'impopularité des Vars, une poignée de mercenaires indépendants avait pris l'habitude de venir s'exercer avec le *vaïdroerk*. Dans le camp, on les traitait de tous les noms, suceurs de chevaux et sodomites, et certains avaient monté leurs tentes près de nos pavillons pour ne pas avoir à endurer en permanence les soupçons et les railleries. C'étaient pour la plupart des étrangers, des gens du métier, balafrés, endurcis et moins portés sur la bouteille que les têtes brûlées qui faisaient la loi dans le reste du bivouac. Il y avait parmi eux quelques auxiliaires paxxéens et un sabreur vaasi qui souriait beaucoup, mais ne parlait pas la langue.

Toutefois, les plus appréciés parmi nous étaient un Brunide bourru surnommé Sonneur, et son associé montagnard, Jassk.

Tous deux maniaient la lance et la rondache, mais leurs similarités s'arrêtaient là. Sonneur était un quadragénaire épais comme un bœuf et court sur pattes, avec une grande gueule et une calvitie naissante. Il avait combattu les Vars à Cambrais et en avait conclu qu'il préférait rester en bons termes avec eux, quitte à se faire insulter par les autres soudards. « Y feront moins les malins quand y aura du fer en face », répétait-il souvent. « Je sais où que j'aime mieux être si ça chie, et sûr que c'est pas à côté d'eux. » Jassk était plus jeune de dix ans, fin et nerveux, élancé et basané comme la plupart des Montagnards, avec un air de rapace et des réflexes de vipère. Il parlait peu, là où Sonneur causait pour deux. Ce furent d'abord leurs disparités qui me les rendirent sympathiques : les côtoyer revenait à assister à un spectacle de matassins permanent, et je pense qu'ils devaient aussi jouer un peu là-dessus. Katje, Svein et bon nombre de Vars plus âgés les soupçonnaient d'avoir été brigands à un moment ou un autre, mais cela était vrai pour la moitié du campement, et ce n'étaient pas de mauvais bougres, quand on apprenait à les connaître.

Sept jours après notre arrivée, je commençais à prendre mes marques, à retrouver une certaine routine qui ne m'ennuyait pas, parce que je la savais fragile et qu'elle s'entrecoupait encore de nouvelles découvertes. L'air se rafraîchissait, la lune des Labours arrivait à son terme et un vent d'est porteur de bruine menaçait de chasser le beau temps. Comme on pouvait s'y attendre, l'humeur au camp commençait à tourner au vinaigre. Les soldats maugréaient que nous allions devoir nous battre en hiver si nous ne partions pas bientôt. Ce matin-là, le lige de Granières avait fait pendre un garçon-pot qui avait poignardé un homme à mort durant la nuit. Les Vars avaient envoyé une délégation plaider pour la vie du gamin, mais ils étaient arrivés trop tard. Nous étions loin d'être les seuls à éprouver de la pitié pour les garçons-pots, qui étaient à la fois aides, apprentis soudards et bien souvent défouloirs charnels pour leurs maîtres. Ils comptaient pour la plupart parmi les êtres les plus misérables que j'avais jamais vus. Personne n'enviait leur sort, mais personne ne faisait quoi que ce soit pour s'y opposer vraiment, et cette pratique était malheureusement commune à la majorité des compagnies bagaudes. Le petit corps du malheureux se balança au-dessus de la porte jusqu'à midi, puis quelqu'un eut l'obligeance de le faire descendre avant que les corbeaux ne s'y attaquent.

L'après-midi fut morose et tendu, et j'avais du mal à mettre du cœur à l'ouvrage : la pendaison avait ravivé des souvenirs douloureux. Durant plusieurs heures, Katje me dérouilla au marteau sous l'œil critique de Uldrick, jusqu'à ce que la pluie commence à tomber pour de bon. Nous étions sur le point de retourner aux pavillons pour le repas du soir lorsque Svein, qui avait ponctué nos échanges de blagues plus douteuses les unes que les autres, attira mon attention sur une petite colonne de cavaliers qui arrivaient au galop par la route du sud. Deux d'entre eux se détachèrent du groupe pour bifurquer vers le bocage à travers champ, leurs sabots soulevant des mottes noires tout autour d'eux. C'étaient des Vars, je le voyais d'ici, mais ils montaient des coursiers gracieux à l'allure vive, qui semblaient voler par-dessus la prairie humide. Derrière eux, les autres cavaliers, une procession de nobles brunides par l'aspect, poursuivaient leur chemin vers les portes de la ville. « Si ça c'est pas les ordres de départ, j'veux bien qu'on m'coupe le bout », avait déclaré Sonneur, en grattant son crâne de crapaud, les yeux plissés. Uldrick me posa la main sur l'épaule, tandis que les montures approchaient. « Ça doit être Gerde, qui revient de Bourre », me murmura-t-il à l'oreille. « Le meilleur *hobbelar* que nous avons. Si quelqu'un peut t'aider à l'arc, c'est elle. »

Les chevaux écumants arrivèrent, et les rangs du *vaïdroerk* furent parcourus de murmures d'excitation. Une femme élancée aux jambes longues et au visage creusé quitta lestement sa selle devant nous, et son compagnon de voyage agrippa les rênes de son coursier. L'éclaireuse portait une natte unique qui partait du haut du front et s'échouait au milieu de son dos. Elle avait le reste du crâne rasé et les pommettes hautes. Elle salua les guerriers comme un seul homme, d'une voix grave et rauque que je n'aurais pas été capable de lui attribuer, si je ne l'avais pas vue parler devant moi. On lui tendit de l'eau et elle s'abreuva lentement, avant d'échanger quelques mots avec Osfrid. Je vis ce dernier acquiescer, tandis que les autres Vars, moi y compris, se pressaient autour d'eux. « *Folnwordde* », lança Osfrid d'une voix forte, lorsque les questions commencèrent à fuser. « Laissons Gerde et Alfrick se reposer un peu ! *Folnwordde* dans une heure ! » Le calme revint immédiatement et nous retournâmes au pavillon par petits groupes impatients, plus pressés les uns que les autres de savoir de quoi il retournait. J'entendais déjà la rumeur du départ enfler dans le camp comme un nid de guêpes agacées au bâton, mixture d'appréhension voilée et de soulagement bravache. Je partageais entièrement ce sentiment et mon cœur battait la chamade. Nous allions partir au combat.

Quelque temps plus tard, nous nous trouvions sous le pavillon, assis sur les nattes de roseau, occupés à digérer une soupe de blé vert et de lard. Au-dessus, la pluie dansait une gigue erratique sur le feutre du chapiteau. Osfrid et Gerde occupaient la place centrale, près du feu dont la chaleur commençait à devenir indispensable, et tous les regards attendaient après eux. Ce fut Gerde qui se leva pour prendre la parole en premier. « Le départ est pour demain », annonça-t-elle d'une voix plate, pour mettre fin au faux suspense. Sa peau se plissait curieusement à chacun de ses mots, et je me rendis compte que j'avais du mal à lui donner un âge. Elle avait un visage étrange, sur lequel l'épiderme paraissait avoir été tiré, comme un masque. Gerde prit ensuite une grande inspiration. « Nous avons négocié deux lunes d'avance et une petite prime, que nous garderons dans le cas où les combats se termineraient avant cela. » Il y eut quelques rires tant cette éventualité paraissait improbable et aussi des murmures d'assentiment. « Naude Corjoug n'est pas Villune », fit-elle d'un ton presque sournois. « Ses coffres sont pleins. Il versera au *vaïdroerk* vingt couronnes par semaine. Nous avons ramené avec nous cent soixante-dix couronnes. » Le chapiteau fut noyé sous un tonnerre d'applaudissements ravis et la satisfaction déforma les lèvres de l'oratrice. La mâchoire m'en tombait. Cent soixante-dix couronnes, cela faisait plus de trois mille deniers, une fortune que j'avais du mal à envisager. C'était une somme princière. Osfrid finit par appeler au calme et Gerde put enfin poursuivre :

« En échange de cela, ce *vaïdroerk* fournira service *et* conseil au sénéchal Vittorie. » L'éclaireuse marqua une pause, puis ajouta d'une voix amusée : « Le primat de Bourre l'exige. » Encore une fois les exclamations enthousiastes fusèrent. Les doutes qui subsistaient encore sur Vittorie et le rôle que les Vars joueraient auprès de lui étaient définitivement balayés. Mieux, le sénéchal avait reçu l'ordre d'inclure les *vaïdrogans* dans son conseil de guerre, ce qui, si on lisait entre les lignes, revenait à leur soumettre la plupart des décisions tactiques. Plusieurs guerriers firent mine de congratuler Gerde, mais cette dernière secouait la tête. « Je n'ai pas encore fini », fit-elle plus doucement, en levant vers nous un visage plus sombre. Je me trouvais suspendu à ses lèvres, admiratif de son talent pour la dramaturgie. « Naude Corjoug n'est pas Villune. Il ne payera pour aucune femme. » Une vague d'indignation enfla, mais Gerde leva la voix pour la couvrir. « Ce n'est pas tout ! » cria-t-elle, « Ce n'est pas tout... Il ne payera pas non plus pour nos *hobbelars*. » L'indignation de circonstance céda à l'incompréhension, et à une série de murmures troublés. Les *hobbelars* étaient les yeux et les oreilles du *vaïdroerk*. Placer le *vaïdroerk* au conseil de guerre tout en ôtant les *hobbelars* de l'équation avait autant de sens que de remettre le commandement à un homme sourd et aveugle. Le vieil Anborn, qui avait voulu me faire progresser à l'arc, se leva en grimaçant et Osfrid lui accorda la parole. « Corjoug a-t-il donné une explication à cela ? » demanda-t-il d'une voix grinçante. Gerde secoua la tête :

— Alfrick et moi pensons qu'il s'agit d'une manœuvre politique avant tout. Bourre ne veut pas nous remettre complètement l'issue de la victoire et Naude Corjoug ne veut pas froisser son sénéchal, qui sera peut-être son futur gendre. Il y a sans doute d'autres facteurs. Les éclaireurs seront du ressort d'un légat appelé Aymon Carsonne. Il doit arriver demain, depuis Trosse. Carsonne officiera comme le second de Vittorie.

De là, les discussions allèrent bon train. Un guerrier proposa que l'on renvoie des négociateurs pour faire comprendre au primat que ses conditions n'étaient pas acceptables, ce qui souleva bon nombre de questions épineuses, dont celui du paiement déjà versé. Uldrick argumenta que le *vaïdroerk* pouvait refuser de bouger jusqu'à ce que les Brunides n'aient pas d'autre choix : après tout, ils semblaient compter en grande partie sur les Vars pour la suite des événements. Eireck entreprit de leur rappeler respectueusement que la paye était copieuse, mais il fut interrompu par Raured *Rotsakke* qui rugit que les Vars n'étaient pas *geddesleffe* et qu'ils pouvaient très bien retirer purement et simplement leur soutien à Bourre et faire payer par là même leur impudence aux Corjoug.

Le débat commençait à devenir houleux et mon attention oscillait de droite à gauche, lorsque Katje se leva, la tête baissée, les yeux rouges. Le calme revint brusquement, et Osfrid la désigna pour parler. « Je ne veux pas que le *vaïdroerk* renonce à cet or à cause de moi », articula-t-elle clairement. Seul un sot aurait pu ne pas voir ce que ces quelques mots lui coûtaient. Elle tendit la main vers son père, son visage épais déformé par la déception. «Papa, on doit ramener cet or à Varheld. J'ai de la peine de ne pas venir avec toi, mais j'en aurais encore plus si le *vaïdroerk* laissait passer cette occasion.» Raured commença à bafouiller, mais Gerde ne lui laissa pas le temps de rebondir. «Je suis d'accord avec Katje», fit-elle d'une voix forte. Les regards surpris confluèrent sur la grande éclaireuse. «Au début j'étais en colère. Mais ta fille a raison, Raured. Six d'entre nous doivent abdiquer en faveur des autres. Chez les *geddesleffe* nous devons composer avec les stupides coutumes des *geddesleffe*. Sur les terres de Villune on a pu faire comme on voulait. C'est ce qu'on attendait de nous. On a pris nos aises, mais les choses n'ont pas toujours été comme ça.» Un mince sourire vint fleurir au coin de sa bouche. «Chez Corjoug, j'ai dû porter une robe. J'ai fait ça pour vous, alors ne foutez pas tout en l'air. L'offre est trop généreuse, et il n'y a rien d'autre à en dire.»

Anborn et Alfrick levèrent la voix pour lui faire part de leur accord, suivis dans la foulée par les deux autres guerrières, Anje et Lisandra. «Il m'est venu une idée», fit le vieil Anborn. «Toutes ces couronnes vont avoir besoin d'une escorte pour rentrer à Varheld. Et peut-être qu'après, j'aurai fait mon temps.» Il y eut un long silence, que Osfrid finit par rompre. «Si quelqu'un veut soumettre cette décision au vote, qu'il se lève maintenant.» Personne ne bougea. «Dans ce cas», poursuivit-il, «nous acceptons votre départ. Je pense parler pour tous, lorsque je dis que vous faites honneur à ce *vaïdroerk*. Nous nous souviendrons de votre décision, et j'espère que nous combattrons ensemble à nouveau.» Gerde acquiesça avec rigidité et leva sa timbale. Sous le chapiteau var, on trinqua amèrement à l'avenir, et les choses en restèrent là. Le lendemain, nos chemins se séparèrent de Katje et des *hobbelars* que je regrettais déjà de n'avoir que trop peu fréquentés. Sous une pluie battante, nous levâmes le camp vers midi. En une longue colonne d'hommes trempés et de chevaux, parmi les cris et les grincements, nous prîmes la route d'Aigue-Passe et de la guerre.

52

Il m'avait suffi d'un seul regard pour savoir que je n'aimais pas le légat Carsonne. C'était le plus jeune fils d'un chaiffre de Trosse, encore trop certain de sa propre importance. Courtaud et arrogant, il savait être mielleux avec ses supérieurs, tout en se comportant comme un potentat en puissance avec tous ceux qui lui étaient inféodés. Il n'aimait pas les Vars, cela au moins était évident, mais, comme il ne semblait pas encore certain de la place qu'ils occupaient vraiment, il les traita avec une déférence hautaine que je trouvai insupportable. Lorsqu'il pénétra sous notre pavillon peu avant le départ, ce fut pour annoncer que le commandement de l'arrière-garde reviendrait à un capitaine de milice et que, pour l'heure, il n'était pas question d'en discuter. Carsonne lui-même ne voyagerait pas avec le convoi d'approvisionnement, et sa garde personnelle l'accompagnerait pour aller rejoindre directement le sénéchal. Manifestement, la tâche que le primat lui avait assignée lui paraissait ingrate et il préférait donc la déléguer. Osfrid cerna le personnage très rapidement et décida de faire le dos rond : les Vars pouvaient toujours s'arranger avec le capitaine en question, lorsque Carsonne aurait vidé les lieux.

À vol d'oiseau, Aigue-Passe se situait à un peu plus de cinquante milles à l'est de Granières. En tenant compte de l'état des routes, de la météo et de la topographie des contreforts des Épines vers lesquels nous nous dirigions, nous pouvions espérer rejoindre l'armée de Vittorie en une douzaine de jours. Nos rangs comptaient une soixantaine de lanciers et de vougiers mercenaires, brunides ou montagnards pour la plupart, trente-neuf cataphractes de Var et leurs quinze *yunglings*, une poignée hétéroclite d'auxiliaires venus des Cinq-Cités ou de Vaas, et un détachement de vingt archers longs, issus de la milice cantonale de Bourre. Cent cinquante soldats, qui escortaient plus de trois cents civils, toute une cohorte d'ouvriers, de cuistots, de palefreniers et de conducteurs. S'ajoutaient à ceux-là les artisans dont beaucoup de travailleurs du bois, bûcherons, charpentiers et leurs apprentis, quelques forgerons et un chirurgien de l'académie d'Allessa, envoyé par Naude Corjoug lui-même, avec sa charrette d'infirmerie et ses trois assistants. À l'arrière, il traînait également un certain nombre d'individus qui s'étaient greffés au cortège par pur opportunisme. Quelques rebouteux à qui je n'aurais pas fait confiance pour m'enlever une écharde, des marchands de bric et de broc aussi douteux les uns que les autres, et deux douzaines de putains plus rudes ou désespérées que la plupart, venues des quatre coins de Bourre pour téter la solde des soudards. Tout ce beau monde s'étirait sur un peu plus d'une mille et avançait sous les averses avec une lenteur navrante.

C'étaient les bêtes qui nous ralentissaient davantage que tout le reste. La stratégie offensive de Bourre était simple : en lançant une attaque sur les hauteurs d'Aigue-Passe en fin d'automne, l'armée des Corjoug pourrait assiéger la ville durant l'hiver. La tactique n'était pas très conventionnelle, mais les neiges de la saison froide rendaient le col d'Aigue difficile d'accès, en particulier côté Collinne. Les forces de Vittorie, à l'abri d'une contre-offensive durant plusieurs lunes, auraient davantage de temps pour mener le siège et fortifier leurs propres positions. La manœuvre s'appuyant largement sur un ravitaillement de qualité, le long convoi que nous escortions devait arriver avec ses réserves intactes, prêt à affronter les rigueurs de l'hiver. Même si une bonne moitié des carrioles étaient remplies à ras bord de fourrage, il nous incombait donc de pâturer les animaux sur le chemin autant que nous le pouvions, trois cents têtes dont les efforts quotidiens renforçaient l'appétit. Carsonne nous avait donné quartier libre pour user des herbages de Bourre comme bon nous semblait, ce qui ne nous rendait pas très populaires auprès des manses que nous traversions, d'autant que, une fois les animaux repus, les chaiffres locaux étaient également censés nourrir nos hommes.

Aux panses des chevaux et des bœufs s'ajoutait toute la logistique qui accompagnait inévitablement ce genre de déplacement. Lever le camp au matin et remonter un bivouac en fin d'après-midi grignotait encore quelques heures sur des journées de plus en plus courtes. Assembler les grandes tentes sous lesquelles nous logions prenait du temps, et il fallait ensuite s'occuper de l'eau, du bois pour les feux, et des repas. En théorie c'était du ressort des ouvriers, en pratique chacun y mettait du sien, parce que personne n'était disposé à attendre sans rien faire sous la pluie. Nombreux étaient ceux qui se plaignaient des conditions, pour ma part, je ne me comptais pas dans les rangs des mécontents. Grâce aux porteurs de braise, aucun homme n'avait à s'échiner tous les soirs à allumer un feu au silex. Les repas étaient servis chauds et, même s'il n'y avait plus autant de variété qu'à Granières, cela me changeait de la saucisse-sèche et de la racine blanche. Pendant les rares moments de repos, il y avait des jeux, des contes et même de la musique. La vie était tellement plus pratique en groupe que, rapidement, j'en vins à me demander comment Uldrick et moi avions fait pour rester seuls aussi longtemps.

Le capitaine brunide en charge de l'expédition était un grand type moustachu aux cheveux gris, qui commandait l'escadre d'archers. Il s'appelait Danton Mourvine. C'était un quinquagénaire rigoriste mais sympathique, avec les épaules larges et suffisamment de bouteille pour comprendre que l'expérience du *vaïdroerk* lui serait d'une aide précieuse pour organiser le convoi : ses vingt hommes peinaient déjà à faire régner l'ordre dans le cordon des mercenaires. En concertation avec Osfrid, il avait accepté que cinq cataphractes montés effectuent en permanence des allers-retours sur la ligne pour maintenir la cohésion et un semblant de discipline. Cela déplut évidemment aux autres soudards et, la pluie aidant, leur ressentiment à notre encontre ne faisait que croître. Vers la fin de la deuxième journée, un jeune Montagnard ivre mort décida de s'en prendre à Wimredh *Haudman*. Lorsque celui-ci lui recommanda de moins boire et de rentrer dans les rangs, cela dégénéra. Le Montagnard s'échauda jusqu'à ce que parte un coup de lance mal ajusté. Wimredh lui brisa la mâchoire et les deux bras. On chargea le blessé dans la carriole d'infirmerie et cela servit d'exemple aux autres. Ils nous détestèrent de loin, murmurant leur haine sur le passage des cavaliers, mais après cela il n'y eut plus de menaces, et plus d'altercations.

Le pavage de la route de Bourre s'arrêta net après quatre jours de périple, lorsque nous atteignîmes la frontière avec le canton collinnais d'Aigue-Passe. Deux tourelles de pierre délabrées se dressaient non loin de la ligne de démarcation. Le ciel était violacé et oppressant et, sous mes yeux, les paysages que j'avais tantôt trouvé paradisiaques s'étaient mués en mornes étendues, délavées par les averses automnales. Le vent forcissait depuis les hauteurs à l'est, balayant la colonne de vagues d'eau froide, arrachant parfois les toiles des tentes et des charrettes. Mourvine appela à la halte peu après que nous eûmes mis pied sur les terres de Collinne et nous nous affairâmes à dresser le camp. Droit devant nous, en guise de décor moqueur, s'étendait la corvée décourageante de la semaine à venir. À la chaussée de pierres succédait un chemin bourbeux, rendu encore plus impraticable par le relief. Le sentier serpentait en boucles vicieuses au travers d'une succession de contreforts vallonnés, striés de bois, de torrents et de rochers brisés. Notre destination finale, le col d'Aigue, apparaissait au-delà, une grande trouée au travers des montagnes environnantes, comme si jadis un titan oublié avait fendu en deux la chaîne des Épines. Depuis cette bouche infernale un vent rageur s'abattait sur nous, un souffle chargé de lames glacées qui cinglaient nos visages rougis.

J'accompagnais Uldrick sur la ronde de garde, les yeux plissés par la pluie. Les chevaux escaladèrent une butte ruisselante tandis que, sur le chemin en contrebas, des silhouettes indistinctes s'agitaient en hurlant. Le vent faisait claquer le feutre trempé, qui se tordait au gré des bourrasques. « Jassk dit qu'on aura du beau temps demain », criai-je sans conviction. Uldrick tourna son visage balafré vers moi. Les gouttes tintaient sur son heaume à nasale et coulaient le long du panache aplati. « Peut-être », fit-il d'une voix forte. « Il faudra bien que ça s'arrête. » Nous contournâmes lentement la tête de la colonne, et traversâmes la route boueuse. Un peu plus loin, un pont de bois écumait sous l'assaut du ruisseau qu'il ne recouvrait plus qu'à moitié. Bredda rabattit les oreilles et renâcla, l'eau ruisselant de son épais museau. Je me doutais que Pikke faisait son regard de chien battu. Les palefreniers faisaient paître le reste du troupeau un peu plus au nord, à flanc de coteau. Nos chevaux le voyaient et auraient préféré être avec eux.

Uldrick tira sur ses rênes lorsqu'un groupe d'ouvriers brunides croisa notre chemin en ergotant à vive voix, menant l'un des bœufs par la longe. Entre le pont et le coteau, le ruisseau avait formé une sorte de bassin naturel et, à mon grand étonnement, ils firent descendre l'animal par la pente glaiseuse, jusqu'au ru bouillonnant. Le bœuf pataugea maladroitement dans l'eau, à demi submergé par le courant, beuglant et frissonnant tandis que la pluie crépitait autour de ses flancs sombres. « Qu'est-ce qu'ils font ? » demandai-je au Var en désignant la bête, alors que les hommes montaient une toile goudronnée tout près, sur la berge de la cuvette. « C'est une spécialité de Trosse », me répondit Uldrick. L'un des ouvriers, un vieillard qui avait dû saisir des bribes de notre conversation, m'adressa une contorsion édentée. « Fi on prend des dodus, on vous en donnera un pour y goûter », siffla-t-il gentiment. « Fa aime bien la pluie, on dit. » Uldrick le remercia pour sa courtoisie. Je fronçai les sourcils. « C'est quoi un dodu ? » murmurai-je à voix basse, tout en pressant Pikke contre le flanc fumant de Bredda. « Tu vas voir », répondit le guerrier avec un sourire. « Fuffit d'attendre. »

Nous attendîmes donc, voûtés sur nos montures tandis que, autour, on achevait de monter le bivouac. Le bœuf dans l'eau ajoutait ses meuglements plaintifs au brouhaha du camp. Quelque chose claqua sur ma cuisse. Je sursautai avant de baisser les yeux sur Eireck qui ricanait sous la pluie. « Alors, on attend après le dîner ? » demanda-t-il avec amusement. « *Vesukke* », lança Uldrick. « Gâche pas la surprise à Syffe, il sait pas encore à quoi s'attendre. » Eireck vint se placer entre nos deux montures et sa main caressait distraitement les flancs dégoulinants des chevaux. « Mourvine a fait déposer le Montagnard que Wimredh a amoché », déclara-t-il, en tournant son regard vers Uldrick. « Il se battra plus jamais, à mon avis, pas avec les bras dans cet état. Ça fait jaser les autres. »

Uldrick acquiesça d'un air entendu. « Qu'ils jasent », grogna-t-il sombrement. « Ils l'auront oublié demain, quand ils commenceront à marcher pour de bon. La route pavée, c'est bien beau. Ils auront moins de forces pour ragoter quand on avancera sur la Passe. » Il y eut une bourrasque cinglante qui nous réduisit momentanément au silence. Je reniflai. J'avais essayé d'échanger quelques mots avec le chirurgien d'Allessa peu après l'altercation avec Wimredh, mais il n'avait pas daigné engager davantage la conversation et m'avait fait comprendre qu'il se passerait de mes opinions médicales autant que de ma compagnie. Son attitude supérieure et le regard méprisant de ses aides avait achevé de tirer la ligne : j'étais apprenti soldat désormais, pas apprenti chirurgien, et je n'avais plus rien à faire dans leur monde. « Jassk dit qu'il va faire beau demain », fis-je à l'intention d'Eireck. « Il dit ça depuis trois jours », rétorqua ce dernier d'un ton égal.

« Je voudrais bien qu'on ait des nouvelles de Vittorie, ou même de Carsonne », soupira soudain Uldrick, à l'intention de personne en particulier, le regard vissé sur le bœuf qui vacillait dans le courant. « Les miliciens brunides pensent la même chose », lançai-je prudemment. « Je les ai entendus en discuter avec Mourvine à midi. » Eireck me cingla de nouveau la cuisse et je pestai furieusement tout en essayant de lui faire tomber le casque à grands coups de botte. « Tout le monde pense la même chose, *Friddkayer* », fit-il entre deux esquives. « Même le plus cave des lanciers. » La bouche de Uldrick se tordit. « Je suis content que ça vous amuse, tous les deux. Mais considérez plutôt ceci : demain on sera bien avancés sur les terres de Collinne, et on n'a même pas eu de coureur pour nous dire si la route était dégagée. » Eireck réussit à m'agripper le pied et, malgré mes protestations, il m'arracha une botte qu'il lança nonchalamment par-dessus son épaule.

«On aurait eu un coureur s'il y avait un problème», répondit-il d'une voix aimable alors que je faisais de mon mieux pour lui barbouiller le nez de mes chausses puantes. «Mais tu as raison, ça serait mieux de savoir.» Il avisa les ouvriers qui nous fixaient d'un mauvais œil, parce que nous dialoguions en varsi. D'un geste amical Eireck les salua, puis il fit demi-tour et disparut derrière le voile pluvieux aussi promptement qu'il était apparu.

Après son départ, je quittai ma selle de mauvaise grâce pour aller récupérer la botte. Uldrick tenait la longe de Pikke et il se mit à crier mon nom alors que je sautillais encore dans la boue. Je me retournai en pestant, pour claudiquer vers la berge tout en essayant de glisser mon pied incertain dans la jambière. Les hommes remontaient le bœuf qui dérapait en glissant dans la glaise. La pluie soulignait la musculature impressionnante de l'animal, sous le cuir épais, la chair roulait, se contractait comme un mécanisme vivant. Puis, comme la bête de somme franchissait le dénivelé, je remarquai les formes noires agrippées à ses flancs frissonnants. Il y en avait une dizaine, épaisses et longues comme mon avant-bras, qui se tortillaient frénétiquement. Je compris tout à coup qu'il s'agissait de monstrueuses sangsues, et un *fekke* à la fois ébahi et révulsé s'échappa de mes lèvres. «Il y a une blague que j'ai oubliée», dit Uldrick tandis que je remontais en selle, les yeux rivés sur le bœuf. «C'est un marin de Trosse qui n'a jamais appris à nager. Les Limones sont remplies de ces saloperies. C'est pour ça qu'on ne s'y baigne pas.»

J'observais le vieux Brunide avec une fascination morbide tandis qu'il passait tout autour de la bête frissonnante pour en arracher les gros achètes, qu'il empalait ensuite par la tête sur un crochet muni d'une ficelle épaisse. Bientôt, à cause du poids, un deuxième homme dut venir l'assister. « Ça ne lui fait pas mal ? » demandai-je d'une petite voix. « Il ne sent rien du tout », m'affirma le Var. « Avant que les Trésiliens ne fassent le commerce du folsouci, on utilisait les dodus. Certains soigneurs les utilisent encore, d'ailleurs, mais il les faut frais, et ça ne vit pas longtemps hors de l'eau. » Il cracha dans la boue. « On m'a dit que les dodus peuvent vider un homme de son sang sans même qu'il s'en rende compte », termina-t-il sur un ton morbide. Lorsque les Brunides eurent achevé leur ouvrage, on emmena paître le bœuf tremblant, et le vieillard, couvert de poisse et de sang délavé, s'approcha de nous. Il me tendit une cordelette autour de laquelle se tordait un dodu particulièrement rebondi. « Le mieux f'est de le lanfer dans l'eau bouillante », me dit-il d'un air espiègle. « Après, fa fe découpe en tranches. » Je déglutis en m'emparant du butin remuant, et je crois que mon hésitation arracha quelques rires aux ouvriers. Comme c'était la fin de la ronde de Uldrick, nous fîmes pivoter les chevaux pour rejoindre la chaleur toute relative du pavillon.

Je dégustai du dodu ce soir-là. Devant les autres *yunglings*, Svein me mit au défi pour que j'en ingère la première portion. J'avais suivi le conseil du vieil homme et, dans ma jatte, cela ressemblait à une grosse tranche de saucisse. Le goût était meilleur que ce à quoi je m'attendais. L'extérieur était certes mâchouilleux, mais à l'intérieur, le sang du bœuf avait coagulé comme dans un boudin auquel il n'aurait manqué que quelques dés de couenne. Avec une pincée de sel c'était franchement goûteux, mais l'aspect restait repoussant et la plupart des Vars se montrèrent bien moins courageux que leur réputation ne le laissait attendre. Svein se mit en tête d'en faire une farce générale, et il déambula sous la tente pour en proposer à autant de personnes que possible. Le dernier à refuser fut l'imposant Raured *Rotsakke*, qui s'esquiva en prétextant qu'il avait eu tant de peine de nous voir découper cette fidèle réplique de sa virilité que cela lui avait coupé l'appétit, ce qui déclencha une crise d'hilarité sous le chapiteau. Nous nous couchâmes tous de bonne humeur, en dépit du mauvais temps.

Contre toutes mes attentes, la prophétie de Jassk se réalisa au lendemain. Le vent soufflait encore avec force, mais le ciel s'était fait miraculeusement limpide, peuplé par quelques rares nuages blancs qui voguaient vers l'ouest à vive allure. Nous nous engageâmes sur la route des contreforts avec un moral retrouvé, encore plus lents qu'auparavant, mais au moins, nous n'avancions plus sous le déluge. La route montait et descendait, les charretiers se battaient entre eux pour passer les premiers, parce qu'à l'arrière les charnières boueuses qui s'ouvraient sur notre passage révélaient parfois des pierres ou des troncs anciens qui pouvaient estropier les bœufs, ou briser les roues des carrioles. De part et d'autre du chemin, les coteaux grimpaient vers les hauteurs, leurs flancs couverts de pins et de broussailles, si bien que la plupart du temps, le convoi était encaissé, sans grande marge de manœuvre, et un essieu brisé pouvait immobiliser la colonne pendant des heures. Nous croisions de temps à autre des fermes abandonnées perchées au-dessus de la route, grises et sinistres.

Elles avaient été systématiquement vidées de leur bétail, et les cultures en terrasse livrées en pitance aux bêtes sauvages ou aux flammes.

J'eus mon premier véritable aperçu de la guerre huit jours plus tard, lorsque nous traversâmes Lagre, une petite manse à moitié brûlée, surmontée d'une place forte noircie que le feu avait éventré. L'air sentait la fumée et dans les champs pentus derrière les maisons, je pouvais entendre le bourdon des mouches à viande. Il y avait des cadavres là-haut, mais personne ne prit la peine d'aller voir de quoi il retournait. À l'arrivée des premiers cavaliers, une nuée de corbeaux criards se leva d'entre les poutres calcinées pour tournoyer autour du convoi et ils croassèrent jusqu'à notre départ. Le vent portait encore l'odeur de la charogne et, en guise d'accueil, le corps carbonisé d'une fillette démembrée gisait sur le seuil de l'une des premières masures. Elle était allongée dans la cendre humide, le dos piqueté de trous suintants. Un silence surnaturel se fit tandis que nous passions au milieu de la manse dévastée, le dégoût des civils les plus vertueux faisant écho au mépris honteux des soudards, qui savaient très bien qu'ils auraient pu en faire autant, et peut-être pire, si on leur en avait laissé l'occasion.

Saisi par l'horreur, j'obligeai Pikke à faire halte au carrefour de Lagre, mes yeux songeurs détaillant les trois autres sentiers qui en partaient. Je me demandai combien d'autres villages incendiés, combien d'autres récits de mort et de terreur on pourrait trouver sur chacun d'entre eux. Je m'étais attendu à me battre en venant à Aigue-Passe, mais pas contre moi-même. Pas contre la honte et cette culpabilité que je ne parvenais pas à réprimer. On avait fait de moi le complice involontaire de la dévastation que Vittorie avait laissée sur son passage. La guerre, je le savais, ce n'était pas que des histoires de soldats. C'étaient aussi les vies qu'ils brisaient sur leur route. C'était très différent de le voir de mes yeux. Uldrick secouait la tête en murmurant, Osfrid en faisait autant, et je les condamnais tous les deux pour ce qui était arrivé, pour leurs contradictions et leur silence. En tant qu'hommes libres, ils pouvaient retirer leur soutien aux responsables. Comme ils ne le feraient pas, j'en vins soudain à me dire que cela faisait d'eux l'égal des *geddesleffe* qu'ils passaient leur temps à décrier, et ce malgré toutes les torsions philosophiques du monde. Je ne donnai pas voix à ma révolte, et me contentai de presser Pikke vers la sortie de l'abattoir, en méprisant tout autant mon propre mutisme.

Lorsque quelques mercenaires moins scrupuleux que les autres rompirent les rangs pour aller fouiller les maisons, Mourvine ordonna que l'on presse l'allure. Il fit avancer le convoi un peu plus longtemps qu'à notre habitude, car les champs environnants avaient été passés au feu et notre troupeau n'y trouverait pas grand-chose à paître. Nous laissâmes la manse aux charognards, pour nous engager sur le terrain plus ouvert au-delà, et nous finîmes par nous installer pour la nuit au fond d'un large vallon surplombé au nord par une grande colline boisée. L'ambiance dans le camp avait changé du tout au tout. Un chien hurlait lugubrement dans les ruines humides que nous avions laissées derrière nous. Même chez les Vars, chacun semblait s'être replié sur soi, en une sorte d'étrange et funèbre contemplation. Svein ne fit pas de blagues ce soir-là.

53

Le camp s'activait comme chaque matin, et à l'est le soleil avait éclos, nous inondant de lumière au travers de la passe d'Aigue. Si les Épines avaient renoncé à l'eau, c'était pour nous noyer désormais sous un déluge aveuglant d'or pâle. Au creux des vallons que nous avions laissés derrière nous, les sommets des pins oscillaient lentement sur des lacs de brume et, dans les hauteurs au nord, des neiges éblouissantes étincelaient sur les pics. Je humais l'air glacé qui coulait depuis les montagnes, tout en sellant distraitement Pikke, qui voulait retourner pâturer sur les champs de céréales à l'abandon. Le souvenir des horreurs de la veille était écarté ou digéré. Lagre était derrière nous. Le camp semblait renaître, reprenait sa routine, comme si ce que nous avions vu hier n'était qu'un mauvais rêve. Je m'étais rappelé le jour où Nahirsipal m'avait affirmé que les soldats de métier sont les maîtres incontestés du déni, et je ruminais ce souvenir comme un bonbon épineux.

Droit devant moi, entre les sabots crottés du hongre, j'apercevais les soudards préparer leurs paquetages, tandis que les ouvriers entassaient les toiles des tentes sur les charrettes. Je m'échinais encore à serrer mes sanglons lorsqu'une ombre vint voiler la robe cendrée de Pikke. « Holà, jeune Var », éructa Sonneur, qui se pencha à mes côtés, sa mâchoire épaisse fendue d'un sourire qui se voulait bienveillant. « Bien dormi ? » Je lui fis une grimace en guise d'accueil et il m'assena dans le dos une série de claques viriles avant de croquer une chique de son tabac. « Belle journée pour marcher », fit-il sur le ton de la conversation et j'acquiesçai avec enthousiasme. Le regard du mercenaire détaillait les environs tandis qu'il passait des doigts noircis sur la barbe de trois jours qui hérissait sa mâchoire épaisse comme les soies d'un cochon.

Plus loin, Osfrid et quelques autres Vars étaient déjà montés, et leurs chevaux caparaçonnés. Les armures fraîchement briquées lançaient des reflets étincelants et notre *hetman* s'adressait à haute voix au reste du *vaïdroerk*. Jassk, qui écoutait en périphérie du groupe, m'adressa un hochement de tête amical lorsqu'il m'aperçut. Uldrick m'avait déjà averti que certains Montagnards parlaient un peu de varsi et que je devais donc faire attention à ce que je disais, et en compagnie de qui. Jassk, manifestement, ne ratait pas une bribe des échanges. Je vérifiai une dernière fois mon équipement, puis Uldrick me rejoignit en traînant Bredda par la longe. « Osfrid est nerveux », fit-il sans préambule, puis, comme Sonneur le dévisageait intensément avec une expression plate sur le visage, il poursuivit en brunois. « On va voir avec Mourvine s'il ne veut pas quelques cavaliers sur la route devant nous. Je me suis porté volontaire. » J'étudiai le Var. Ses yeux scintillaient sous ses sourcils broussailleux. « Je peux venir ? »

demandai-je immédiatement, puis comme pour me justifier : « C'est ça qu'ils font les *hobbelars* normalement. » Uldrick ricana. « J'ai déjà proposé ton nom. Mais je suis heureux de voir qu'on est d'accord. »

« C'est pas normal qu'ils nous laissent dans le noir comme ça », maugréa Sonneur. « Si c'est pas mauvais signe, j'veux bien qu'on me coupe le bout. » Il cracha un jet sombre qui atterrit sur le sabot nacré de Bredda. « Le sénéchal de Bourre est jeune », répliqua Uldrick d'un air irrité. Je crois qu'il n'aimait pas tellement la vulgarité permanente de Sonneur. « C'est sa première guerre et… » Le Var s'interrompit pour laisser la fin de sa phrase se déliter dans la fraîcheur matinale. Ses yeux virevoltaient par-dessus l'encolure du cheval. Il y avait une rumeur d'agitation à l'autre extrémité du camp, un remous étrange dans la masse humaine. Soudain, nous regardions tous dans la même direction. Quelques cris alarmés retentirent, puis, en une explosion de désordre, les civils se massèrent vers nous. À ma droite les Vars interdits hésitèrent, et un grand concert de cris guerriers retentit tout à coup dans les bois en face. Je vis les premiers traits fondre sur le camp au moment où Uldrick beuglait « On tire ! » et la voix rauque de Osfrid reprenait derrière lui « *Vaïdrogans !* Aux armes ! »

Uldrick m'agrippa par l'épaule et me traîna avec lui en direction du *vaïdroerk*. Sonneur courait à nos côtés, jetant des regards inquiets sur le flanc de colline. Cent silhouettes massées déferlaient depuis les hauteurs et s'enfonçaient en vociférant dans les rangs hébétés de nos lanciers. Un petit groupe de cavaliers surgit hors de la forêt et ils chargèrent le flanc en tambourinant, lances au clair. « Collinne ! » pouvais-je entendre gueuler le chevalier de tête. « Collinne !

Pour Lagre ! » et ils s'abattirent sur les vougiers de Vaux qui essayaient frénétiquement de former la ligne. Le vacarme devint brusquement musical. Le fer tintait sur le fer et les hurlements des premiers blessés résonnaient dans le vallon comme une litanie douloureuse. Il y avait la voix de Mourvine qui aboyait des ordres quelque part au milieu du chaos, mais les soudards paniquaient. Certains se mêlaient déjà aux civils dans leur fuite éperdue. Mon instinct me criait de les suivre. Les haro de Osfrid me ramenèrent à la raison. « *Vaïdrogans* je veux un mur ! » aboya-t-il du haut de sa monture. « *Yunglings* à l'arrière, arcs cordés ! Cataphractes avec moi ! »

Après le désordre initial, durant lequel les oublieux se précipitaient sur leur équipement, la mécanique huilée du *vaïdroerk* se mit en place. Les sept Vars montés se regroupèrent autour de Osfrid, leurs montures surexcitées piaffant d'impatience. Dans la foulée, trente écus se lièrent avec le fracas d'un navire brisé par la mer et, derrière, il y avait trente *vaïdrogans* pour manier le rempart, trente des plus redoutables tueurs que l'or pouvait acheter. Je voulus rejoindre le carré de *yunglings* qui cordaient fiévreusement leurs arcs, mais Uldrick m'attrapa par un bout de pèlerine. « Tu restes près de moi, *Friddkayer* », lâcha-t-il d'un ton sarcastique. « Il y a déjà assez de flèches qui viennent d'en face. » Fébrile et désorienté, je plaquai ma rondache sur son écu et abattis la lance par-dessus pour faire bonne mesure. Je déglutis, la gorge sèche, accroché au moindre frémissement des lèvres de Osfrid. « Vous autres ! » lança-t-il en direction de la poignée de sabreurs et de lanciers qui avaient pris l'habitude de dormir près de nous. « Soutenez le mur ! *Vaïdrogans*, en avant ! »

Le mur de boucliers s'ébranla en même temps que mon cœur. Le monde se coula jusqu'à devenir une chose irréelle, striée de bruits assourdissants et de couleurs éclatantes. J'eus l'impression que mes jambes me portaient toutes seules tandis que nous avancions vers le chaos d'un pas rapide, nos rangs s'ouvrant parfois pour laisser passer un civil ou un mercenaire en fuite. J'étais le dernier combattant de gauche, pathétiquement petit par rapport aux guerriers massifs qui formaient le reste de la ligne. Sonneur était pressé dans mon dos, son haleine amère pulsait, chaude et rapide sur ma nuque. « Je suis là petit », me murmurait-il, encore et encore. Son lourd épieu se baladait près de mon oreille. J'essayais de respirer en rythme, campé derrière ma rondache, tandis que devant, je faisais de mon mieux pour faire sens du désordre des corps.

« *Vaïdrogans!* Halte! *Yunglings!* Tuez les chevaux! » entendis-je hurler Osfrid, qui avançait au pas avec les cataphractes sur le flanc droit. Sa voix était claire et ses ordres tranchants. Les arcs recourbés claquèrent. La poignée de cavaliers ennemis s'étaient retirés pour se regrouper sur une butte de fougères, un peu à l'écart de la mêlée, et leur commandant braillait des ordres à sa piétaille tout en avisant notre mur. C'étaient des nobles brunides, aux blasons sertis de la tour orange de Collinne. Lourdement engoncés de mailles et de plates, ils ne craignaient pas grand-chose de nos flèches, mais les *yunglings* visaient leurs montures et ils visaient bien. La première volée sema le désordre parmi les nobliaux. Une deuxième la suivait de près. Les bêtes se cabraient en paniquant, tandis que, salve après salve, leurs flancs se mouchetaient de traits. Je vis plusieurs hommes tomber en essayant de maîtriser leurs chevaux affolés. Je retins ma respiration, un garçon-pot ensanglanté contourna ma rondache en pleurant, puis Osfrid souffla dans son cor, un long brame sauvage. Les cataphractes chargèrent la butte en un ronflement mat de sabots. Comme un seul homme, le mur reprit sa progression.

Le combat devant nous était indescriptiblement chaotique et les civils qui fuyaient tout autour n'arrangeaient pas l'affaire. Nos lanciers n'avaient pas réussi à former de ligne et, dans la confusion, les ordres désespérés de Mourvine avaient été ignorés. Les compagnies bagaudes s'en sortaient le mieux, parce qu'à défaut de commandant elles avaient leur propre hiérarchie. Ici et là, elles s'étaient repliées sur elles-mêmes en petits hérissons d'acier et, à plus de deux contre un, elles vendaient chèrement leur peau. Les miliciens collinnais s'étaient éparpillés tout autour de ces bastions de lances. Comme ils s'étaient trop avancés, ils ne pouvaient plus se regrouper convenablement. «*Sleitling!*» gueula Uldrick à ma droite. «Tu tues ton homme et tu quittes le mur quand nous les aurons brisés. Tu ne nous suis pas.» J'acquiesçai mollement, les yeux vissés sur les cataphractes, qui, longues *vinsperre* tendues, venaient de percuter la commandante adverse comme une minuscule tempête métallique. Les deux nobles qui n'avaient pas été désarçonnés par la charge prirent la fuite. Le barrissement rauque du cor de Osfrid résonna dans la vallée.

Les hommes du mur tirèrent l'épée ou le marteau et nous accélérâmes encore. Une flèche perdue vrombit loin au-dessus de ma tête. Mon cœur battait si fort que j'en tremblais, mais je sentais aussi venir le calme, le déferlement glacial dans mes veines. L'ennemi vint à notre rencontre en une masse désordonnée, ce qui était heureux, parce qu'ils avaient l'avantage du nombre, et de loin. Il y eut un concert de cris en face et, en guise de réponse, le silence terrifiant des Vars, le silence de trente guerriers prêts à faire ce pour quoi ils étaient nés. La milice franchit les derniers empans au pas de course, j'eus le temps de repérer mon homme, puis, en une série de chocs assourdissants, les boucliers se heurtèrent. Rondaches brunides contre écus vars, le mur se cabra comme une bête foudroyée.

Si je n'avais pas eu Sonneur derrière moi, j'aurais été jeté à terre, et sûrement tué dans la foulée, parce que ce furent ses coups d'épieu féroces qui obligèrent mon agresseur à freiner son attaque. C'était un sergent d'armes vieillissant, sec et noueux, qui avait perdu sa lance dans les combats et qui comptait désormais sur son épée longue. Il avait l'air de savoir que les Collinnais devaient écraser nos flancs pour vaincre le mur, et il se démenait comme un beau diable pour y parvenir. Désorienté, je me calai derrière ma rondache alors que, d'un cri rauque, Sonneur ficha son arme dans le gambison du Brunide qui tentait d'engager Uldrick. L'homme recula en jappant, le temps qu'un autre prenne sa place. Le sergent revint à la charge, moustache grisonnante hérissée comme du fil de fer, et par deux fois il abattit son bouclier sur le mien, avant que Sonneur ne le chasse à nouveau. Puis quatre ou cinq hommes plus loin, Raured *Rotsakke* brisa son épée.

J'entendis le géant rugir de dépit et, comme un ours enragé, il se saisit d'un milicien surpris pour le traîner derrière nos rangs. Sonneur jura, le sabreur vaasi se jeta dans la brèche avant que la ligne ne s'effondre et je me retrouvai seul. Sonneur était parti au secours de *Rottsakke*. Le sergent vociférant m'assena un coup de boutoir qui m'aurait terrassé, si je n'avais pas eu la rondache posée sur l'écu de Uldrick. Je répliquai par un estoc faiblard qui rebondit sur ses mailles, mais il fit tout de même un pas en arrière. Je crois qu'il ne s'attendait pas à ce qu'un gamin comme moi lui tienne tête. Il revint plus prudemment, avec la rondache haute. Les dents serrées, je tentai désespérément de le maintenir à distance, tandis que Uldrick faisait pleuvoir des coups sur le Brunide blessé qui lui faisait face. Il y avait des gouttes de sang qui brillaient dans sa barbe. Les cris de guerre et les plaintes stridentes montaient tout autour en une cacophonie confuse. Sur la gauche, empan par empan, notre mur avançait toujours.

Ma troisième estocade se ficha dans le bouclier du sergent, en plein dans la tour orange, et il en profita pour m'arracher habilement la lance. La secousse manqua de me démettre l'épaule. J'eus le temps de pousser un cri de détresse, ma main libre s'enroula autour du poignard carmide à ma ceinture, puis il fut de nouveau sur moi. J'eus l'impression d'être un arbre en face d'un bûcheron. L'homme s'escrima si fort sur mon bouclier qu'il finit par glisser du mur, et je me retrouvai quasiment à genoux, plaqué contre ma rondache. La peur me tiraillait les tripes, et les éclats de bois valsaient dans l'herbe piétinée. Le temps ralentit étrangement, j'aurais pu jurer qu'entre chaque percussion il se passait une heure. Craignant à tout instant que l'acier n'entaille ma chair, je m'arc-boutai en jurant, en appelant Uldrick de toutes les forces qu'il me restait, mais la forêt de jambes désordonnées que je pouvais apercevoir depuis mon friable refuge m'indiquaient que le Var avait déjà fort à faire. La milice pressait l'attaque. Entre les chocs réguliers sur mon bouclier, j'entendais parfois le claquement des arcs des *yunglings*, qui protégeaient nos flancs avec les javeliniers paxxéens. Je repérai subitement la voix de Uldrick parmi les autres cris. « Laisse-le mordre », hurlait-il à tue-tête, aussi paniqué que je l'étais moi-même. « Laisse-le mordre ! »

Je ne sais comment, mais ces quelques mots affolés suffirent à me canaliser. Peut-être me rendis-je compte qu'à l'instant présent Uldrick avait autant besoin de moi que j'avais besoin de lui. Je pris une grande inspiration, la tête soudain froide et le meurtre dans les yeux. Fichant mes bottes dans la boue, je redressai promptement l'angle de ma rondache entre deux coups, pour en offrir le bord à mon adversaire. La lame sifflante du sergent s'enfonça de deux pouces dans le pin moelleux, et il s'en fallut de peu pour que je ne perde un œil. L'homme aboya, poussant et tirant pour essayer de dégager son arme. Pressé comme il l'était, Uldrick parvint pourtant à lui assener un coup en biais, du plat de la lame en travers du casque. Je roulai sous mon propre bouclier et agrippai l'homme étourdi par ses mailles. L'acier carmide scintilla. Deux coups secs, dans l'aine, jusqu'à la garde. L'homme eut un juron étranglé. Je le repoussai de toutes mes forces, il tituba, puis tomba durement sur le séant, les mains plaquées sur sa blessure. Le sang sourdait entre ses doigts par giclures écarlates.

Je relevai les yeux à temps pour voir Uldrick fendre le camail d'un milicien hurlant, un autre surgit vers moi en courant, mais il avait le visage enfoncé et deux flèches dans le corps, et je crois qu'il ne savait plus vraiment où il allait. En face, l'ennemi cédait enfin. Chaque Var avait un homme mort ou mourant à ses pieds, et les miliciens commençaient à refluer en désordre. Je voulus rallier le mur qui avançait encore, hissai ma rondache et faillis m'embrocher avec l'épée encore coincée dedans, avant de me rappeler l'ordre que Uldrick m'avait donné. Nos lanciers se rassemblaient maintenant, par petits groupes ensanglantés, et ils se joignirent à la contre-offensive qui tournait à la poursuite. Sur la colline, j'entendis retentir le cor de Osfrid, et j'y vis les cataphractes disparaître sous les frondaisons, pour mettre en déroute les archers embusqués. Je soufflai, une grande expiration tremblante, et toutes mes forces me quittèrent d'un coup. C'était fini. J'étais vivant. J'étais même intact. Je rengainai mon poignard d'une main fébrile. Près de moi, dans le carré, les quinze *yunglings* décochaient leurs dernières flèches sur des cibles que je ne voyais pas. Svein se tourna et m'aperçut, alors que je me tenais là, les bras ballants. Son visage était fermé, plus grave encore que la veille.

« J'ai un fils de ton âge. » Je posai des yeux incrédules sur l'homme que j'avais blessé, alors qu'il se vidait dans l'herbe par sa fémorale ruinée. Il me fixait d'un air hébété, à moitié allongé, le souffle court. « J'ai un fils de ton âge », répéta-t-il d'une voix plus forte. Je vis l'effort que cela lui coûtait, tout en me demandant s'il avait compris que je l'avais tué et en guise de réponse, je bafouillai quelques mots qui ne voulaient rien dire. Il eut un sourire pâle, et écarta les bras, comme pour me demander de lui accorder une dernière étreinte. Puis Jassk me dépassa au trot, hissa sa lance et cloua le vieux sergent à l'herbe rougie. Je m'écartai de ses derniers frémissements, plein de confusion, les oreilles sifflantes. Je finis par m'asseoir à quelques pas de là, le front plissé, les mains agitées de tremblements.

Peu à peu, Svein et quelques autres *yunglings* vinrent s'installer à mes côtés. Ils comblèrent le silence de leurs regards, qui en disaient beaucoup plus long que n'importe quelle parole. Mes yeux survolèrent le champ de bataille, détaillant les morts et les blessés rampants. Le mur s'était disloqué, les Vars se regroupaient, et nos soudards survivants donnaient la chasse aux Collinnais. Quelque part, un homme gueulait qu'il n'avait plus de main, et au milieu de tout cela, je ne cessais de me demander si le sergent d'armes avait ouvert les bras pour moi, ou s'il avait voulu offrir son cœur à Jassk. Puis les premiers corbeaux arrivèrent, et en guise de réponse, parmi les plaintes et les sanglots, j'eus droit à leurs croassements avides.

54

La victoire arrachée par les Vars à Lagre fut coûteuse. La moitié de nos soldats étaient morts, mourants, ou trop gravement blessés pour pouvoir se battre, et il nous fallut encore deux jours pour rassembler les civils et les chevaux qui avaient été éparpillés dans les contreforts environnants. Quelques-unes de nos bêtes avaient ramassé des flèches et nous avions dû achever plusieurs bœufs qui, dans la panique, s'étaient brisé les jarrets dans des fossés ou des terriers à lapin. Ce furent deux jours terribles, à veiller les moribonds et à panser les éclopés, tandis que les valides éreintés patrouillaient les forêts et les coteaux dans la crainte perpétuelle d'une nouvelle attaque. Nous savions que le pays devait abriter encore beaucoup d'autres rescapés des milices locales, qu'ils pouvaient toujours se rallier à leurs anciennes bannières et que le convoi était au plus vulnérable.

La menace venait aussi de l'intérieur, avec les débuts d'infection, l'abattement qui suintait de la souffrance et des morts quotidiens. Le chirurgien d'Allessa faisait de son mieux, mais même ses aides étaient débordés, et nous dûmes décharger plusieurs charrettes de provisions pour y faire grimper les blessés. Il flottait sur le bivouac un linceul oppressant, tissé des hurlements fiévreux des amputés et du parfum nocif de la chair en décomposition. Des nuées entières de freux venaient se gorger sur les cadavres que nous n'avions ni le temps ni les moyens de brûler et, la nuit, mes cauchemars résonnaient des claquements de leurs becs infernaux.

Uldrick était venu me trouver après les combats. « *Iss Finne* », s'était-il contenté de me dire, après avoir posé la main sur ma tête, comme il le faisait parfois. Le guerrier ne souriait pas, son visage était grave et encore tout moucheté de sang, mais il paraissait satisfait de moi. Je n'arrivais que difficilement à expliquer cela, et j'étais encore plus troublé par les regards et les marques de respect que m'adressaient les autres *vaïdrogans*. Durant la bataille, je m'étais senti faible et impuissant, désorienté comme dans un rêve éveillé, et mon bouclier avait glissé du mur. J'avais du mal à comprendre en quoi j'avais bien agi. Les autres *yunglings* furent congratulés pour leur sang-froid et leurs tirs bien ajustés, mais aucun n'eut droit à autant d'attention que moi.

Lorsque je lui fis part de mon incompréhension le lendemain, Svein m'expliqua sommairement que j'avais été en première ligne, que j'avais tenu ma place et triomphé de surcroît d'un adversaire coriace. Je ne m'en sentais pas moins vidé, davantage vaincu que victorieux. Lorsque les corps furent pillés, Uldrick me remit une épée courte en fer grismarchois et un camail de bonne qualité qui avait appartenu à un écuyer brunide décédé sur la butte. « Garde aussi le poignard carmide », avait-il dit tandis que je prenais la mesure de ma nouvelle épée.

« C'est un bon poignard, et tu t'en sers bien. » À l'exception des flèches récupérées dans les bois, les Vars laissèrent tout ce qui restait du butin aux soudards.

Le capitaine Mourvine avait réchappé à la charge des nobles collinnais – contrairement à la moitié de son détachement – mais il souffrait d'une vilaine entaille au crâne et de la commotion qui allait avec. Après l'attaque, il fit de son mieux pour reprendre les choses en main, le *vaïdroerk* suivit aimablement ses instructions pendant une journée entière, jusqu'à ce que le capitaine admette de lui-même qu'il n'était pas en capacité de gérer la situation. Tout le monde aimait bien Danton Mourvine. Le vieux briscard avait égaré depuis longtemps son arrogance de jeune soldat, et son honnêteté fut accueillie avec reconnaissance. Mourvine était le premier à pointer du doigt ses propres manquements et il n'hésitait jamais à demander de l'aide lorsqu'il en voyait la nécessité. À sa requête, les Vars prirent en charge la logistique et réorganisèrent ce qui pouvait l'être. Tout le monde dut mettre la main à la pâte – même les *yunglings* – et plutôt deux fois qu'une. Au grand désespoir de Pikke qui lorgnait les champs en terrasse débordants de blé mûr, je passais mon temps à effectuer des allers-retours sur son dos, portant des messages, escortant nos brebis égarées ou charriant de l'équipement.

Le seul et unique avantage que je pouvais reconnaître à la fatigue et à l'activité permanente était qu'elles occupaient tellement mon esprit que je pouvais difficilement penser à autre chose. Je ne retrouvais que rarement le visage exsangue du sergent d'armes. À vrai dire, je n'avais pas de temps à lui consacrer, et sans doute que je m'endurcissais aussi. Depuis que je fréquentais d'autres soldats, depuis que Uldrick et moi-même avions renoué avec la banalité de la souffrance humaine, et surtout depuis l'attaque, je m'anesthésiais par nécessité. Un an plus tôt, juste après le garçon au visage de fouine, je me serais méprisé de ressentir un tel détachement. La réalité et l'accoutumance me dictaient aujourd'hui un autre chemin. Je devais passer outre, en dépit du dégoût et de l'horreur frissonnante que m'inspiraient cris et corps boursouflés, parce que nous étions tous en danger, et qu'un seul poids mort supplémentaire pouvait faire pencher la balance contre nous. Je découvrais, pour la première fois de ma vie, que l'on pouvait avoir vraiment besoin de moi, comme on avait eu besoin de moi dans le mur. Je crois que je fis de cette réalisation mon rocher. Je m'investissais pleinement dans l'aide que j'apportais aux autres, j'écartais instinctivement tout ce qui ne relevait que de moi ou de mes émotions. Ce n'était pas le moment, tout simplement.

La popularité des Vars s'envola à la suite des combats et se renforça au cours des jours qui suivirent grâce à l'assistance perpétuelle que nous portions aux civils. Les autres soudards se montraient bien plus cordiaux eux aussi, surtout les pleutres qui avaient tourné les talons au moment des affrontements. Ceux-là savaient que Mourvine aurait été dans son bon droit de les faire fouetter ou même de les pendre. Comme les Vars n'avaient perdu personne dans le mur, comme nous n'avions aucun blessé grave à déplorer, seulement quelques coupures superficielles, deux ou trois bosses, et le grand Stigburt qui s'était fait trancher le petit doigt, tout le monde fit grand cas de nos prouesses guerrières. Malgré la cinquantaine de corps collinnais qui pourrissaient à deux pas de là, les commères réussissaient tout de même à nous attribuer plusieurs centaines de victimes et d'autres rumeurs encore plus invraisemblables essaimaient déjà dans le camp. Le deuxième soir, tandis que je ramenais un chargement de bois mort, j'entendis une des putains affirmer sans ciller qu'elle avait vu Osfrid être transpercé par dix lances, et les arracher sans saigner une goutte. Devant autant de paroles flatteuses et de flagorneries superstitieuses, le *vaïdroerk* sauvait la face en public, et riait jaune en privé. Si nous avions monté nos pavillons plus près des bois, si les commandants brunides avaient eu assez de jugeote pour nous charger en premier, nous savions qu'en toute vraisemblance la réputation des héros de Lagre en aurait pris un sacré coup.

Une poignée de Collinnais avaient été faits prisonniers durant l'échauffourée, et les archers survivants de Mourvine les gardaient nuit et jour pour les préserver des représailles. Le plus notable d'entre eux était l'un des instigateurs de l'embuscade, Jaramie Moresse, chaiffre héritier de Lagre, dont le père avait été pendu par les miliciens du sénéchal Vittorie durant l'attaque initiale sur le canton. C'était un jeune homme de belle allure, grand, bien bâti et charismatique, mais pas terriblement futé. Il avait été désarçonné par Osfrid lors de la charge des cataphractes, son armure familiale lui avait évité d'être sérieusement blessé, mais avait échoué à sauvegarder son amour-propre. Depuis sa capture, le jeune noble s'était muré dans le silence et se portait avec la dignité exagérée d'un souverain en exil. À nos questions, il ne répondait que par un regard fixe et furieux.

Ses hommes se montrèrent toutefois plus coopératifs, parce qu'ils comprenaient que leur sort dépendait du bon vouloir des Vars, et que ce bon vouloir était, à l'heure actuelle, la seule chose qui les protégeait du courroux vengeur de nos lanciers. Nous apprîmes par leur biais que leurs éclaireurs avaient repéré le convoi la veille de l'attaque, mais que Moresse avait insisté pour charger héroïquement à l'aube. C'était une décision particulièrement stupide, Vars et survivants collinnais tombaient d'accord sur ce point, mais personnellement, j'y trouvais du mérite. L'incompétence du chaiffre Moresse nous avait peut-être évité d'être tous égorgés durant la nuit, et le regret de cet état de fait se lisait très clairement sur les visages de nos prisonniers. D'après leurs dires, le canton était horriblement désorganisé et les hommes qui nous avaient attaqués venaient de dix villages différents. Je ne fus pas le seul à les croire sincères lorsqu'ils affirmèrent ne pas savoir ce que la route nous réservait jusqu'au col, même si, en l'état, leur probable honnêteté ne nous aidait guère. Par principe, le *vaïdroerk* organisa le convoi de manière à ce qu'il soit préparé au pire.

Lorsque nous nous remîmes en branle, quatre jours épuisants après l'embuscade, la colonne était escortée par vingt cataphractes montés, avec cinq autres cavaliers devant le convoi, sur la route. À la première halte, Osfrid chargea nos lanciers d'instaurer des tours de garde corrects, tandis qu'une poignée de volontaires montagnards, tous équipés de cors, passaient les bois environnants au crible. On m'avait confié une place parmi les cavaliers de tête.

Les éclaireurs improvisés étaient commandés par Uldrick, et Jassk et Sonneur chevauchaient avec nous. Le vieux guerrier avait exigé que je troque Pikke contre l'un des coursiers de Caloup que Vittorie avait commandés pour le front. Non seulement le hongre était trop pesant pour servir d'avant-coureur, mais, avec les bêtes que nous avions perdues, sa présence était devenue indispensable au sein même de la caravane. Ma monture de remplacement était une jument frêle et soumise que les palefreniers appelaient Rouquine, en raison de sa robe alezane d'un éclat étonnant. Elle était jeune et inquiète, effrayée par tous les déplacements qu'on lui faisait faire, mais la présence d'un cavalier, si petit soit-il, semblait la rassurer considérablement. Lancée à pleine vitesse, elle volait comme une flèche que l'on tire, et malgré sa nervosité, elle était obéissante et avait le pied gracieux et agile.

Peu après notre départ, le temps s'était fait changeant et désagréable, comme si perché quelque part sur les corniches des Épines, un dieu capricieux n'avait pas apprécié notre offrande de sang sacrificiel. Cela avait commencé par une bruine si légère que l'on aurait dit de la brume, qui tomba au matin et au soir et qui trempa mes vêtements sans que je m'en rende compte. Le ciel se troublait au-dessus des montagnes au nord, et lorsque nous en apercevions les pics entre deux nuages, c'était pour les retrouver un peu plus blancs à chaque fois. Nous eûmes un après-midi pour craindre que des neiges précoces puissent nous retarder davantage, puis les averses revinrent tout d'un coup, brouillant les pistes que Jassk s'efforçait de relever et voilant les crêtes de rideaux crépitants. Fort heureusement, d'après les rares civils qui connaissaient le chemin de la Passe, le pire du terrain était derrière nous. La route n'était pas plus large, ni moins boueuse, mais les boucles se faisaient plus amples, les pentes moins abruptes, et il y avait davantage d'espace entre le convoi et les coteaux boisés qui nous surplombaient. Comme nous nous rapprochions de notre objectif, les vallons convergeaient peu à peu et, s'ils se creusaient davantage, ils s'élargissaient aussi, au fil de notre progression. Sept jours après Lagre, les cavaliers de Vittorie nous trouvèrent.

C'était au beau milieu d'une averse, nous ne voyions pas grand-chose, et Uldrick pestait continuellement, parce que l'humidité faisait souffrir son genou. Il montait Bredda et s'était revêtu de son lourd équipement de cataphracte, dont il se plaignait aussi, mais qu'il conservait en toutes occasions. En cas d'affrontement inattendu, il n'y aurait que la force conjuguée de Uldrick et de Bredda pour nous tailler un chemin vers la liberté et, en conséquence, le Var supportait son fardeau, malgré les inconvénients. Notre cinquième compagnon était Waulfrick, le *yungling* d'un grand Var aux orbites creusées et aux traits acérés appelé Rygarr *Vienneshaild*. L'adolescent de treize printemps était mon seul rival sérieux aux entraînements au couteau, c'était un petit brun, calme et taciturne, que j'avais des difficultés à cerner pour de bon. Il s'était porté volontaire pour nous accompagner et passait l'essentiel de son temps à nous observer silencieusement de ses grands yeux noirs. Waulfrick n'était pas discourtois pour autant, mais il économisait ses mots comme si c'étaient des joyaux rares.

Les bois crevassés dégouttaient au-dessus de nous,

et la Passe, large comme l'horizon, vomissait continuellement des bourrasques de pluie glaciale. Ce fut Waulfrick qui repéra en premier les silhouettes des trois cavaliers, et Jassk releva ses yeux de faucon depuis la route embourbée. Ils se trouvaient à moins de trente empans, au détour d'un virage et Uldrick rugit un cri de défi à leur encontre, coucha sa longue lance et avança sur eux. Les sabots de Bredda dansèrent impatiemment dans la boue, tandis que mes mains gelées étreignaient le cuir trempé de ma bride, sans que je sache encore si je devais fuir, combattre ou attendre. Entre mes cuisses, Rouquine s'agitait nerveusement. Elle le sentait, quand j'avais le cœur dans la gorge. En face de nous, les cuirassiers ralentirent d'allure, puis s'arrêtèrent complètement et l'un des hommes quitta promptement sa selle. Il atterrit dans la boue avec un claquement, et vint à nous en produisant des bruits de succion humide. J'entendis Sonneur souffler en guise de soulagement lorsqu'il identifia la charrue bleue de Bourre sur le blason du nouveau venu. « Vous êtes en retard, guerrier-var ! » aboya le type qui marchait vers nous d'un pas confiant. « Elle est où notre putain d'arrière-garde ? » Son ton était déplaisant et supérieur.

Uldrick cracha dans une flaque et reposa lentement son arme en travers de l'encolure de la jument. Irritable comme il était en ce moment, je vis qu'il avait pris la mouche. « Je te retourne la question, éclaireur », grogna le Var d'une voix tellement venimeuse que l'assurance de l'homme défaillit tout d'un coup. « Elle est où notre putain d'avant-garde ? » Le cuirassier s'arrêta là, interloqué sous la pluie, tandis que Bredda continuait à danser sur la route devant lui, mâchonnant son mors avec la fureur d'un destrier démoniaque. Face à la silhouette massive du cataphracte et de sa monture, l'homme paraissait soudain très petit. Il rabattit néanmoins sa capuche, comme si le fait de nous montrer son visage allait faire rentrer les choses dans l'ordre. C'était un quadragénaire buriné, avec l'air coriace et mauvais d'un soldat professionnel, et ses mailles rivetées attestaient de son rang. Il n'avait pas l'habitude qu'on lui tienne tête, cela se lisait sur sa trogne rugueuse alors qu'il jaugeait Uldrick, la barbe ruisselante. Je le reconnus subitement comme faisant partie de la suite du légat Carsonne.

« Nous bivouaquons à moins d'une journée au nord », finit par cracher le cuirassier, de mauvaise grâce. « Nous avons été obligés de reculer sans votre appui », ajouta-t-il d'un ton accusateur. Uldrick partit d'un rire sec, quitta le dos de Bredda d'un bond leste et avança pesamment jusqu'à n'être plus qu'à quelques pas de son interlocuteur. Le vent hurlait. « Je ne vais pas m'éterniser sur ce que nous avons été obligés de faire sans le vôtre », riposta-t-il. Sa voix pourtant basse portait jusqu'à nous, dangereuse et vibrante à la fois, comme le feulement d'un grand fauve. J'eus soudain peur de ce qu'il allait faire. Aux expressions de mes compagnons, je n'étais pas le seul et les doigts de Jassk tambourinaient nerveusement sur la hampe de sa lance. Uldrick dominait l'homme d'une demi-tête. Le cuirassier faisait de son mieux pour ne pas perdre la face, mais je le vis déglutir lorsque le Var avança encore et posa une main pesante sur son épaule. « Pour résumer, vous avez bâclé le travail, et le convoi a été embusqué à Lagre », gronda-t-il. « Mon *vaïdroerk* est intact, et c'est pour cela que tu as encore une langue. Quant aux autres soudards, la moitié qui reste renâcle à l'idée de retrouver l'acier collinnais. »

Il y eut un silence que même la pluie crépitante et le vent criard ne parvenaient pas à combler entièrement. Je vis les deux autres cavaliers remuer inconfortablement sur leurs selles. Uldrick leva les yeux vers eux. « Retournez jusqu'à vos maîtres », poursuivit-il d'une voix forte, « et dites-leur qu'à ce niveau d'incompétence ils ont de la chance d'avoir une arrière-garde tout court. » Il reporta son attention sur le Brunide dont il étreignait l'épaule. Une bourrasque hacha l'avertissement qu'il lui adressait en un borborygme menaçant et incompréhensible, mais je distinguai néanmoins « reparle », « chien » et « bouffer tes dents ».

Sans attendre de réponse de la part de qui que ce soit, le Var tourna le dos aux cavaliers et au piéton pâlissant, et il remonta en selle, le visage sombre. « On repart au convoi », nous annonça-t-il d'une voix plate, avant de lancer Bredda au trot le long de la route. Du coin de l'œil, je vis Sonneur qui souriait. Rouquine s'ébranla dans la foulée, sa robe jadis lustrée piquetée par des journées entières d'éclaboussures fangeuses. Près de moi, Sonneur continuait à ricaner sous sa cape et il chiquait en même temps, ce qui me paraissait être une activité délicate. « Ce qu'il a pas pris, le cave », répétait-il en toussotant. « Par les putains de Ganne, ce qu'il a pas pris ! » Uldrick ne se défit pas de son air sévère, même après que nous eûmes rejoint la colonne, et ce malgré les gloussements de Sonneur et la grimace prédatrice de Jassk.

Lorsque l'arrière-garde rallia enfin les troupes de Vittorie, près de trois semaines après notre départ de Granières, la lune des Semailles était déjà passée de moitié. Heureusement, c'était l'année de l'Embole, la lune était décalée de quinze jours, mais le froid commençait à nous menacer autant que la pluie. Ce fut une procession délavée, hantée par les spectres de l'épuisement et de l'anxiété, qui rejoignit finalement l'armée bourroise. Malgré la vétusté de son bivouac, qui avait été monté à la hâte sur la route, à deux jours de la Passe, Vittorie nous accueillit avec bien plus de pompe qu'on en aurait réservée habituellement à un corps de mercenaires aussi dépenaillé que le nôtre. Je soupçonnais que l'échange tendu entre Uldrick et l'éclaireur y était pour quelque chose. Il y eut des cors et une escorte de cuirassiers, mais la pluie effaça la plupart des autres effets de style mis en place par le jeune sénéchal. Notre convoi répondit à ces déploiements d'attention par des rictus meurtriers, une certaine mesure d'incompréhension, et quelques effluves écœurants de merde et de gangrène.

Vittorie avait dix-sept ans, un visage ferme et avenant, les cheveux bruns, courts, et bouclés. Son corps longiligne semblait taillé pour la guerre. On lui reconnaissait déjà l'étoffe d'un meneur d'hommes exceptionnel, ce que je pouvais aisément comprendre. Engoncé dans un jaseran du meilleur fer de Grise-Marche renforcé de plates d'acier aux ciselures exquises, le jeune homme incarnait à la perfection ces valeurs que la noblesse brunide avait héritées de l'ancienne Parse : un penseur, un parleur et un guerrier. Après nous avoir félicités publiquement pour nos prouesses à Lagre, il insista pour rencontrer Osfrid et Mourvine en privé. Notre *hetman* nous rapporta la suite de la scène. À l'abri du regard de ses hommes, et à la surprise de la paire qu'il avait convoquée, Vittorie ne fit pas d'ambages et se confondit en excuses.

La gestion des éclaireurs et des messagers dépendait du légat Carsonne, leur expliqua-t-il, et, comme celui-ci se débrouillait de manière satisfaisante à l'avant, le sénéchal n'avait pas songé qu'il pût en aller autrement à l'arrière. Carsonne avait été réprimandé pour ses manquements, aussi durement que Vittorie pouvait se le permettre, et le légat n'avait pas été présent lors de la cérémonie d'accueil. Sans plus de détours, le sénéchal en vint ensuite au plus important, ce qui expliquait tout à coup pourquoi il prenait autant de pincettes avec le *vaïdroerk*. Corrin Gône, héritier de Collinne, nous attendait à Aigue-Passe.

Un millier d'hommes attendaient avec lui.

55

La pluie pissait toujours depuis le ciel boursouflé lorsque, en rangs serrés, nous marchâmes sur la Passe d'Aigue. Les plans de bataille avaient été dressés et je me retrouvais encore une fois avec la piétaille, en plein milieu du carré des soudards, mais cette fois, Uldrick n'était pas là pour m'épauler. Entre les bourrasques aveuglantes du déluge et les corps adultes pressés tout autour, je ne distinguais pas grand-chose, à part la bannière. Quelqu'un avait teint la charrue bourroise au brou de noix dans un drap d'infirmerie et le vent tourmentait l'icône délavée à trois empans au-dessus de moi. J'avais Jassk à ma droite et Sonneur s'était remis dans mon dos pour éviter que l'on ne me marche dessus. Autour de nous, il y avait deux cents autres boucliers de viande qui crachaient, toussaient, et tremblaient tout en essayant d'avancer au pas, sur la même ligne que la troupe principale plus au sud. On allait au charbon cette fois-ci et c'était pire que Lagre, parce qu'on avait eu une nuit entière pour y réfléchir et en perdre du sommeil.

Le carré de mercenaires auquel j'avais été assigné était le pivot dans la stratégie audacieuse que Vittorie avait présentée au *vaïdroerk*. Comme je n'étais utile ni aux cataphractes ni aux archers, je faisais office de pièce rapportée. On m'avait fourré avec les soudards, les rebuts et les garçons-pots, là où je ne gênerais personne. Cela n'avait pas plu à Uldrick, mais j'avais bombé le torse et affirmé que je devais gagner ma solde comme les autres. Je ne connaissais pas grand monde, hormis cette trentaine de rescapés qui restait de l'arrière-garde dépenaillée, mais en fin de compte ils se ressemblaient tous. Gueulards, vantards et bravaches, pleins de hargne et de mauvais vin. Nous étions le pari improbable du sénéchal, et c'était un pari osé. Si nous prenions la poudre d'escampette, tout était foutu. Si nous tenions bon, chaque soudard qui mourrait gagnerait du temps, et c'était au prix auquel nous vendrions nos vies que la bataille se déciderait. Il n'y avait eu que la poignée de sabreurs des Cinq-Cités pour accueillir cette nouvelle avec le sourire. Personne d'autre ne se battait pour la gloire, et la plupart avaient des familles à nourrir.

Dans le lointain, au-dessus des plaines de Bourre, un orage grondait. Amplifiées par les montagnes environnantes, les détonations sèches venaient parfois ajouter leur voix à la clameur assourdissante de l'armée en marche. « Y sont encore sur les murs, ces bâtards ! » gueula le grand lancier aux narines dilatées qui me serrait à gauche. Par réflexe je levai les yeux, sans rien voir d'autre que des nuques et des heaumes et des corps grelottants. Le soudard qui avait crié plissa les yeux à cause du crachin, puis baissa le regard sur moi. Il avait les yeux stupides et bovins, d'un bleu étonnant, et l'eau coulait sur sa cervelière à nasale. « Tu peux remercier tes dieux pour la pluie, petit Var », postillonna-t-il de sa voix gouailleuse. Je crachai, frigorifié par l'averse. Mon voisin avait raison, mais il ne m'apprenait rien, et je le méprisais pour son ignorance, son air stupide et sa voix trop forte. « J'ai pas de dieux et je suis pas Var », feulai-je d'une voix revêche, mais avec le vacarme le soldat ne m'entendit pas. Quelque part devant, sur des murs que je ne pouvais pas voir, dix détachements d'archers-longs collinnais se préparaient à nous recevoir.

L'armée de Corrin Gône s'était déployée exactement de la même manière que lorsque Vittorie avait tenté sa première approche, une semaine auparavant. Sagement, le jeune sénéchal avait alors fait demi-tour. Aujourd'hui, il ne pouvait plus espérer de meilleures conditions, et la retraite n'était pas une option. Notre adversaire savait avoir l'avantage du terrain et du nombre et il semblait sûr de sa stratégie, tellement sûr qu'il ne s'était pas donné la peine d'en changer. La situation lui donnait raison. En toute vraisemblance, les Collinnais pouvaient se contenter d'attendre, fermement campés sur leurs positions. Si Vittorie ne tentait rien, s'il n'allait pas jouer sur le terrain de l'ennemi, selon les règles que cet ennemi lui dictait, les neiges hivernales nous obligeraient à faire demi-tour.

Au plus large, la Passe faisait une demi-douzaine de milles, un véritable creuset au travers des Épines, qui donnait l'impression qu'à cet endroit on avait omis de placer une montagne. Aigue-Passe se trouvait abritée contre les hauteurs du flanc nord de la trouée, près de cinquante empans au-dessus de la gorge immense. Malgré cela, durant la première guerre de la Passe, plus d'un siècle auparavant, la petite ville avait changé quatre fois de main, et entre-temps Collinne avait jugé bon de la doter de fortifications dignes de ce nom. Le labeur avait dû être incroyablement rude et je pouvais bien concevoir en quoi cela avait pris cent ans. Aujourd'hui, le chef-lieu de ce petit canton rocailleux avait de quoi donner à réfléchir à n'importe quelle armée. Si j'avais été là pour une autre raison, j'aurais probablement ri au nez de l'homme qui m'aurait affirmé pouvoir passer ses défenses et prendre la ville.

Au sommet du Cap-Venteux – ce piton rocheux autour duquel Aigue-Passe avait été érigée – on avait dressé une épaisse enceinte hexagonale, pour renforcer l'ancienne citadelle. En contrebas, dominant la Passe et la route qui la traversait, le reste de la ville chevauchait les racines de cette arête rocheuse, cerclée de murailles et de tours. À l'ombre du Cap-Venteux s'agrippaient des rues minuscules, pentues et tortueuses pour la plupart, des sillons chaotiques taillés dans les angles les plus accueillants du roc. On ne pouvait accéder à la ville que par deux chemins retors, qui se détachaient du fond relativement plat de la Passe pour grimper vers les portes. Il y avait une troisième entrée, étroite et biscornue, qui donnait directement sur la montagne, derrière le bourg lui-même, mais cette porte ne servait qu'aux bergers et il était quasi impossible de l'atteindre à partir de la Passe en raison des ravins.

Depuis le bord de la grand-route au sud jusqu'au pied de la falaise sur laquelle on avait érigé les murs de la ville, s'étendait une profonde dépression qui parcourait la Passe de tout son long. Que cela fût le vestige d'un antique séisme ou d'une rivière oubliée, personne n'était en mesure de le dire. Les gens du cru l'appelaient la Brèche et, même si l'érosion en avait assoupli les pentes, on avait jeté des passerelles de bois en travers, pour pouvoir circuler plus facilement. Tout cela créait un terrain inégal, facile à défendre pour qui le connaissait et Corrin Gône l'exploitait du mieux qu'il le pouvait.

Nous avancions depuis l'ouest. Les Collinnais nous attendaient en une ligne unie, qui s'étirait depuis la Brèche jusqu'à l'une des fermes au sud de la route, désertée pour l'occasion. Ils s'étaient positionnés en retrait, de manière à nous obliger à passer devant les tours et les remparts d'Aigue-Passe sur toute leur longueur avant d'arriver jusqu'à eux. À l'abri de ces créneaux, plus de trente empans au-dessus de la chaussée, Corrin Gône avait placé ses archers. C'était un plan diaboliquement simple. Les Collinnais étaient couverts par leurs tireurs, quelle que soit notre direction d'approche. Si nous les engagions de front, leur ligne pouvait nous clouer sur place tandis que nous offrions sagement notre flanc gauche aux flèches qui partaient des créneaux. Le carré de soudards dans lequel je marchais était ce flanc gauche, et la stratégie de Vittorie consistait à donner à l'adversaire exactement ce qu'il attendait.

Mes bottes, cassées depuis longtemps, s'enfonçaient dans la terre détrempée, froides et gorgées d'eau. En avançant, le carré pétrissait le bourbier comme on laboure un champ. Les hommes les plus lourds, les vougiers de Vaux et leurs haubert pesants, peinaient à maintenir le rythme. Nous n'avions que deux atouts : la pluie torrentielle, et les cataphractes de Var, qui attendaient leur heure avec le reste de la cavalerie quelque part derrière la troupe principale. Sur ma gauche je pouvais apercevoir les murs désormais, les créneaux sombres et ruisselants, brouillés par le déluge, et les silhouettes floues qui y bandaient leurs arcs. « Gaffe aux flèches », grogna Sonneur en tapotant mon camail. D'autres hommes commençaient déjà à lever leurs boucliers. Je retins mon souffle, l'oreille tendue vers les chuintements.

Les premiers traits surgirent depuis la pluie, noirs et véloces. Des chocs mats, ensuite, tandis que les projectiles trouvaient les rondaches. À la cadence de la marche s'ajouta ce staccato dangereux, un tambour rapide qui venait mordre le bois à la recherche de la chair qui frissonnait en dessous. En représailles, la piétaille inonda la muraille de jurons et d'insultes. « Fils de chiens ! » aboyait Sonneur dans mon oreille et, pour une fois, ce n'était pas sa langue à lui qui se trouva la plus fleurie. Un nouveau cri d'avertissement, nous hissâmes encore les boucliers, et une nouvelle volée inefficace les trouva. Un projectile d'arc long vint se planter dans la rondache de mon voisin aux yeux stupides, un autre rebondit sur les mailles du vougier devant moi, qui pesta et le brisa sous son pied. Du coin de l'œil, je surpris Jassk qui esquissait un sourire tendu. Nous avions la pluie pour nous et nous marchions à cent empans des murs. Pour l'instant, les projectiles tombaient court, ou perdaient assez de force en vol pour ne pas être un danger immédiat. Bas et menaçants, les nuages que je maudissais depuis deux semaines se rachetaient enfin.

« Au trot mes mignons ! » beugla le capitaine des Enfants d'Ysse, la plus conséquente des compagnies bagaudes employée par Vittorie. C'était un mercenaire expérimenté et grisonnant, qui avait perdu une oreille et ramassé son lot de balafres de l'autre côté du Détroit, à la solde de Jharra, de Vaas, ou des ducs d'Améliande. Sa trogne de molosse en imposait, et il suffisait d'un coup d'œil pour s'apercevoir qu'il savait ce qu'il faisait. Comme son métier était de tuer pour l'exemple et d'encourager d'autres hommes à marcher avec lui vers la mort, on lui avait confié le commandement du carré. En chiens obéissants, sous l'injonction de sa voix rugueuse, nous pressâmes le pas. La cadence des bottes se fit plus rapide, recouvrit les sifflements des traits et le claquement des grands arcs sur les créneaux.

Les tirs ne venaient plus par volées à présent, mais tombaient incessamment, surgissaient à l'improviste au travers des bourrasques. Deux rangs derrière moi, un Montagnard malchanceux trébucha en jappant. Sur le flanc gauche, quelqu'un d'autre hurla le prénom d'un camarade – à moins que ce ne fût celui de sa mère – et s'affaissa en toussant dans la boue. Les corps serrés heurtaient régulièrement mon bouclier, devant, derrière, à côté, mais je chérissais ces chocs et chacune des meurtrissures. Le carré commençait à puer la peur, une odeur âcre de sueur et de chienlit, et les hommes priaient leurs dieux entre deux halètements. Dix incantations en dix langues différentes pour ne pas être le prochain à tomber. Des grognements et des jurons, lorsque les tirs passaient tout de même le bois. Des hurlements et des gargouillis, lorsque les dieux se détournaient pour de bon. Petit comme j'étais, bien au centre de la formation, je ne risquais pas grand-chose des flèches, mais cela ne m'empêchait pas de me courber sous ma rondache comme les autres. Je n'étais pas Vittorie et mon cœur sursautant n'était pas d'humeur à faire des paris. « On est loin ? » hasardai-je entre deux souffles, à l'intention de n'importe quelle oreille. « Trois cents pas ! » s'égosilla le capitaine quelques instants plus tard, comme s'il avait pu m'entendre depuis le deuxième rang. « Tenez la ligne ! »

Il y eut un cri humide à gauche. Le Brunide aux narines dilatées titubait avec une flèche en travers des joues, crachant son sang rouge dans la boue. Il fit mine de ralentir, l'homme de derrière jura et le bouscula en avant. « T'arrête pas, fils de putain ! » gronda un autre soudard féroce, et le blessé gémissait tout en saignant. La main de Jassk surgit devant mon visage avec la vivacité d'un serpent. Il y eut un frottement sec. L'homme hurla, des bouts d'empennage plein les molaires, la langue fendue, et Jassk balança la flèche par-dessus son épaule. « Si tu tombes... », entama Sonneur avant qu'un trait ne ricoche sur son chapel cabossé et ne le réduise au silence. Le type acquiesçait en pleurant, et ça ruisselait le long de ses joues percées. Je frissonnai et détournai mon regard derrière la rondache pour ne pas voir ses sanglots rouges. « Deux cents pas, mes mignons », éructa le capitaine-franc. « Au pas d'course et qu'ça saute ! » Un long trait poinçonna la nuque du lancier qui courait trois rangs devant moi. Il s'effondra de tout son long. Le carré passa en courant sur son corps tressautant.

« Cent pas ! » La pluie me fouettait le visage, et mes mailles pesaient davantage que jamais. Le condottiere des Enfants d'Ysse écumait et, vu la vitesse à la laquelle nous avancions, je me demandais où il pouvait bien trouver la force pour beugler aussi fort. « Restez en formation ! Personne n'avance au-delà de la Brèche ! Gardez les yeux sur les flancs, c'est là qu'ils seront ! Une couronne pour qui m'embroche le premier de ces chiens ! » Un grand cri monta de nos rangs, je me surpris à hurler moi aussi, puis la réponse vint de la ligne devant nous. Je ne la voyais pas, je ne voyais rien, j'entendais seulement, mille voix tonitruantes, qui crachaient sur nous leur haine et leur frayeur. J'eus le temps de me demander brièvement ce que je foutais là, puis nous percutâmes le front collinnais avec fracas. D'autres hurlements moins glorieux suivirent juste après. Près de moi, le mercenaire aux joues fendues sanglotait doucement. Ses braies fumaient, parce qu'il s'était fait dessus. Comme beaucoup ici, c'était son premier combat. Je reniflai, arc-bouté contre le dos du vougier de Vaux enragé qui beuglait des insultes à tue-tête.

De là où je me tenais dans la fange froide, serré entre un haubert graisseux et le bouclier de Sonneur, j'avais encore moins de visibilité qu'avant, et je n'osais pas me découvrir, de peur de subir le même sort que mon voisin. Il me restait tout de même mes oreilles. Les gouttes qui martelaient ma rondache et les armures tout autour. Les cris désespérés ou rageurs à l'avant, et le chuintement des traits qui tombaient toujours dru sur le carré, certains depuis l'arrière tellement nous étions avancés. Puis sur la droite il y eut un nouveau concert de cris, les troupes régulières de Bourre qui venaient de charger l'ennemi. Le fracas des armes, de plus en plus assourdissant, les ahanements nerveux de ceux qui les maniaient. Je ne voyais rien, mais je devinais ce qui se passait, et pour l'instant tout se déroulait comme Vittorie l'avait prévu. Le capitaine-franc, en grand artiste de la boucherie, nous maintenait là où il le devait, au bord de la Brèche. La ligne de Collinne s'enroulait autour de notre carré par la gauche, nous enserrant solidement comme un soupirant meurtrier. Il y eut bientôt nettement moins de tirs, parce que les archers sur les murs ne voulaient pas prendre le risque de toucher leurs frères d'armes. Nos soudards payaient tout de même l'étreinte, et mouraient lentement, un homme après l'autre.

Les mercenaires avançaient pour remplacer ceux qui étaient tombés sous les rugissements du capitaine, qui ferraillait à l'avant en jurant comme un charretier. Tout derrière, certains soudards s'étaient retournés pour pouvoir faire face aux archers, et ils s'efforçaient de nous protéger des projectiles qui arrivaient dans notre dos. Le carré tenait sous le déluge, mais nous combattions sur deux fronts, et tout le monde savait que cela ne pouvait pas durer. On avançait, un combattant à la fois pour combler les brèches, remplir la place des morts. Les corps s'entassaient, les blessés refluaient vers l'arrière en serrant leurs plaies. Mon voisin à l'œil bovin aboya lorsque la pointe d'un nouveau trait passa tout près de son cuir bouilli, juste sous l'épaule. « C'est pas ton jour, toi », ricana le mercenaire derrière lui, avant de lui briser la pointe dans la blessure. Le type s'essuya la barbe, renifla le projectile et cracha un glaviot noir dans la boue. « Je crois pas qu'elle vienne du seau à merde, celle-là », gueula-t-il à l'oreille du malheureux. Puis le vougier devant moi s'écarta maladroitement pour laisser passer une figure boiteuse qui m'était familière.

Le Vaasi souriant, dont le sang sourdait par vingt plaies différentes, alla s'asseoir quelques hommes plus loin, entre deux Montagnards indifférents. « Il est fini celui-là », marmonna Sonneur, tandis que l'homme étreignait ses bras découpés. Ses lèvres teintées du bleu des herbes igériennes s'agitaient silencieusement. Sonneur avait raison. Le Vaasi mourait loin de chez lui, les yeux levés sur le ciel métallique. Son khôl délavé coulait avec la pluie, lui donnant l'allure d'un histrion tragique. Je ne crois pas qu'il souffrait trop, et il n'essayait pas de combattre ce qui lui arrivait. Le Vaasi s'était déjà suffisamment battu, ce jour-là. Une flèche vint se ficher dans ma rondache, le sabreur cria deux ou trois mots que personne ne comprit, puis sa tête dodelina. Ses tresses tombèrent devant un visage grisâtre, et il se tut. Jassk le regarda partir sous les invectives du capitaine et attendit que l'homme cesse de remuer pour quitter mes côtés, avancer d'un pas, et combler la place vide. Nous n'étions plus qu'à trois rangs de la première ligne lorsque la délivrance vint enfin.

Collinne avait trois ou quatre cents hommes de plus que nous, ils étaient mieux équipés pour la plupart, et tenaient les meilleures positions. La seule faiblesse que Vittorie avait repérée à sa première approche était leur absence notable de cavalerie : en dehors de ses bucellaires – les vingt gardes rapprochés de Corrin Gône – l'ennemi n'avait que son infanterie à nous opposer. Le sénéchal avait décidé de tout miser là-dessus : sa propre escorte, les hommes liges de cette poignée de nobliaux venus combattre à ses côtés, les cuirassiers du légat Carsonne, et surtout les cataphractes de Var, cela faisait près de cent cavaliers lourds pour faire pencher la balance en notre faveur. La piétaille avait joué son rôle en vissant l'ennemi sur place. Bien à l'abri derrière la ligne, les traits de nos propres archers longs avaient repoussé les cavaliers de Corrin. L'étau s'était renfermé sur nous, mais c'était un piège qui mordait dans les deux sens. Les soudards avaient tenu bon face aux flèches et à l'étreinte de la ligne ennemie, et la peur allait maintenant changer de camp. Vingt cors retentirent dans la Passe. La vibration se réverbéra au-dessus du vacarme en mille échos surnaturels, que j'aurais pu croire capables de fendre le roc. Puis, en un tonnerre de sabots, les Vars chargèrent la Brèche.

56

Pour moi, la bataille d'Aigue-Passe se résuma à la contemplation de dos ruisselants, tandis qu'autour j'écoutais d'autres hommes mourir. Ceux qui combattaient en première ligne, ou qui mesuraient plus d'un empan et demi, ceux-là eurent davantage à raconter. La cavalerie de Bourre, *vaïdrogans* en tête, avait surgi depuis la gauche, au pied de la falaise et des murs, sous la pluie battante et les tirs mal ajustés des archers. Leur course furieuse les avait menés bien au-delà de la ligne ennemie. Après avoir laissé la ville derrière eux, ils avaient quitté la Brèche au triple galop, lancé leurs montures écumantes sur l'arrière-train de nos adversaires, s'étaient reformés, et avaient chargé à nouveau. L'armée de Collinne avait cédé à ce moment-là, et nos cavaliers avaient transformé leur déroute en véritable massacre. À peine deux cents miliciens avaient réussi à atteindre les portes d'Aigue-Passe, les autres furent capturés ou passés au fil de l'épée. Face à la déroute spectaculaire de son armée, Corrin Gône avait pris la fuite vers l'est, et Collinne. Cela aurait été considéré par tous comme une victoire impeccable, si l'homme qui en était responsable n'avait pas eu le mauvais goût de mourir.

Vittorie avait été trouvé sous son cheval, le crâne fendu jusqu'aux dents par une lame épaisse. Personne n'avait vu le sénéchal tomber, et ses propres hommes l'avaient perdu de vue parmi les cuirassiers, au cours de la seconde charge. Son corps reposait désormais sous le pavillon de commandement en attendant d'être rapatrié à Brême. Même le chirurgien d'Allessa n'avait pu rendre à sa dépouille une apparence convenable, et il suintait sur la table sur laquelle on l'avait installé, pâle et tuméfié, parodie macabre du jeune homme lumineux qu'il avait été de son vivant. Il y avait eu d'autres pertes. L'imposant Raured *Rotsakke* s'était brisé la nuque lorsqu'un tir chanceux avait estropié sa jument. Le Vaasi souriant qui s'était vidé à quelques pas de moi, et une centaine d'autres dont je ne connaissais ni les noms, ni les visages. Malgré tout, malgré les mauvais rêves et le chagrin, à de nombreux égards le trépas du sénéchal eut sur moi davantage de répercussions que tous les autres morts réunis. Je songeai bien sûr à Katje lorsque nous brûlâmes son père, et aux rires que j'avais échangés avec lui, mais la guerre tourne les hommes sur eux-mêmes et les plie aux urgences du présent. La perte de Vittorie sema le chaos dans nos rangs et transforma les vies de ceux qui restaient en calvaire, alors que Raured se dispersa dans le vent des Épines sans avoir eu davantage d'emprise sur notre monde que cette poignée de larmes qui fut versée à son départ.

Le commandement du siège revenait désormais au légat Aymon Carsonne et celui-ci eut tôt fait de faire comprendre au *vaïdroerk* qu'il ne partageait pas l'intérêt du sénéchal pour les tactiques des Vars. Deux jours après la victoire, Osfrid revint de la tente de commandement avec un air crispé sur le visage. « Nous avons eu des mots », nous informa-t-il, autour de la tambouille de midi. « Carsonne m'acceptera sur son conseil de guerre pour ne pas désobéir à son primat, mais il m'a laissé entendre que j'y assisterai en qualité de spectateur. Je suis allé jusqu'à élever la voix, mais il ne veut rien entendre. Cet homme se comporte comme un idiot borné et, si je veux bien admettre qu'il est borné, il ne me fait pas l'impression d'un idiot. Cela me dérange. »

En dépit de la morosité ambiante, la mort de Raured et le dédain de Carsonne furent traités par le *vaïdroerk* de la même manière qu'un charpentier traite ses échardes : quelque chose dont il faudrait prendre soin plus tard, lorsque le travail serait achevé. Et pour l'heure, le travail ne manquait pas. Les défenseurs d'Aigue-Passe s'étaient retranchés derrière leurs murs. Leur lige avait encore largement assez d'hommes pour les tenir et, malgré tout, le légat Carsonne n'était pas assez stupide pour envisager un assaut direct sur la ville. Il faudrait donc affamer les Collinnais, et pour cela nous devions ériger un camp fortifié, à même de contenir d'éventuelles sorties. Les ingénieurs de guerre s'étaient mis à l'ouvrage dès le lendemain, griffant la boue de leurs outils à mesurer, sous l'œil méfiant de la soldate. On envoya quelques garçons-pots tester la portée des arcs des défenseurs, et les premiers tracés furent érigés, à une dizaine d'empans au sud de la Brèche. L'aspect ordonné de la chose s'arrêta à ce moment, parce que Carsonne réorganisait le commandement, au grand dam des nobliaux qui avaient accompagné

Vittorie dans l'espoir de se couvrir de gloire à ses côtés. Le légat plaça ses propres hommes liges en tête des opérations, et le temps que ces derniers se réapproprient les plans initiaux du sénéchal, les ouvriers s'étaient déjà mis au travail dans une confusion des plus totales.

En un rien de temps, la Passe se trouva striée de tranchées chaotiques et de palissades à moitié achevées. Les Vars grognaient en secouant la tête, tandis qu'autour d'eux, les terrassiers grouillaient et s'agitaient en jurant sous les ordres contradictoires de dix hommes différents. Uldrick, qui portait des balafres gagnées au second siège de Phocène presque quarante ans auparavant, avait enjoint le *vaïdroerk* de prendre l'initiative malgré le désordre. Il savait que nous nous trouvions au seuil critique et que tout pouvait encore basculer sur une contre-attaque bien pensée. Carsonne ne nous aimait peut-être pas, mais, en l'état, tant qu'on ne marchait pas sur ses plates-bandes il ne pouvait pas non plus nous empêcher de faire comme bon nous semblait. À l'occasion du premier *folnwordde* d'Aigue-Passe, il fut décidé que même si les ouvriers n'avaient pas la moindre idée de pour qui ils étaient censés travailler, ni même ce qu'ils étaient censés faire, nous pouvions tout de même les protéger. Nous ne dormions pas beaucoup, mais chaque équipée eut droit à une garde permanente de cataphractes vigilants, qui se relayèrent nuit et jour jusqu'à ce que les choses rentrent dans l'ordre une semaine plus tard.

Le froid arriva ensuite, une vague de fond que les neiges ne tardèrent pas à suivre. Sous les flocons épars, la terre ne gelait pas encore, mais les hommes maugréaient tout en creusant. En ces quelques poignées de jours, la Passe avait été dévastée. Il ne restait plus aucun arbre à des milles à la ronde, et les allées et venues incessantes avaient transformé les environs immédiats du camp en un bourbier dégueulasse, strié de détritus et d'ordures. Carsonne s'était installé dans une des fermes abandonnées qui se trouvaient au centre du réseau défensif, d'où il émergeait périodiquement pour suivre l'avancée des ouvrages, et hurler sur les responsables. Malgré ce que pouvaient laisser entendre les invectives du légat, nos terrassiers travaillaient vite et les ouvriers du bois en faisaient autant. Sur plus d'une mille à l'est, chausse-trappes et pieux couturaient désormais la terre ravagée, barrant la route et interdisant tout trafic sur la partie la plus praticable de la Passe. Un réseau similaire de tranchées se construisait au nord du camp, face aux murs d'Aigue-Passe, dont la ligne sombre narguait depuis le sommet de la falaise.

Deux tours nous dominaient directement depuis là-haut, opposées qu'elles étaient aux fortifications de siège et elles avaient déjà hérité de surnoms. Celle de gauche, moins haute et ouverte à la gorge, de ce que nous pouvions en juger, avait été baptisée « le hibou », à cause de cette chouette blanche qui prenait son envol depuis ses créneaux à la tombée de la nuit. La seconde, celle de droite, comptait un niveau de plus et la piétaille l'avait surnommée « la flèche ». Un tireur particulièrement doué y élisait résidence aux alentours de midi, et la portée de son arc long excédait celle de ses compagnons d'armes de plus de vingt empans. Le premier soir du siège, il avait tué un milicien depuis la tour, puis blessé le lendemain un ouvrier qui s'était approché de trop près pour se soulager. Depuis, les terrassiers rechignaient à travailler dans son ombre. Svein et moi-même nous rendions parfois dans la tranchée qui faisait face à la flèche, d'où l'on pouvait échanger des insultes avec les Collinnais, et quelques garçons-pots venaient y traîner avec nous. Cela devint rapidement une sorte de jeu entre assiégeants et assiégés et il me semblait que les miliciens des murs attendaient ces occasions de rompre l'ennui presque autant que nous. L'archer, lui, guettait en silence. Quand on gueulait et qu'aucune réponse ne venait, on savait que l'archer était là, et qu'alors il valait mieux garder la tête baissée et repartir.

Je passais également beaucoup plus de temps avec Uldrick depuis le début du siège. Nous patrouillions souvent ensemble, lui et moi, deux silhouettes solitaires au milieu de la foule, à la lisière de la Brèche ou de la ligne de l'est. Avec les rondes mises en place par les soldats bourrois, il n'y avait plus guère de raison de sillonner ainsi les fortifications, mais Uldrick le faisait pour l'exercice, je crois, et j'aimais l'accompagner. Depuis que nous avions rejoint une troupe encore plus grande, je m'étais replié sur les liens que j'avais déjà tissés, comme si, confronté à la masse, je craignais de m'y dissoudre et d'y perdre par là même tous ceux qui m'étaient proches. Aussi, lorsque nous avions brûlé Raured, j'avais pris conscience que, sous son haubert lamellaire, Uldrick n'était pas le combattant immortel que je m'étais jadis représenté. Aucun des Vars ne l'était. L'illusion que je m'étais plu à raviver – et à entretenir – lorsque le guerrier avait renfilé son armure, après deux ans passés dans les hauts, commençait à ne plus faire effet. Je remarquais maintenant de quelle manière l'âge commençait à rattraper Uldrick, dans ses claudications et ses grognements d'effort. Le rythme de la vie militaire le fatiguait de plus en plus. Nous n'en parlions pas, mais je voyais qu'il y pensait aussi, et nous savions tous les deux que ce serait sa dernière campagne. Je me demandais, parfois, quel genre d'homme il saurait être en temps de paix.

« Rejoindre un *vaïdroerk*, c'est le plus grand honneur et le plus grand sacrifice qu'un Var puisse faire », m'avait-il affirmé par une fin d'après-midi, alors que nous nous faufilions entre les pieux de la limite est. « Nous ne rentrons jamais vraiment chez nous. Nous nous battons pour une idée changeante, qui fluctue pendant que nous sommes loin. Puis nous mourons, à l'écart, respectés mais incompris. Étrangers à tous ces gens pour lesquels on a donné sa vie. Certains même ne nous approuvent pas et je crois que je les comprends, de plus en plus. » J'avais reniflé et craché parmi les flocons qui tombaient doucement. « Pourquoi avoir choisi ça alors ? » lui avais-je demandé après un temps. « Pourquoi ne pas être resté chez toi ? » Uldrick avait souri en lissant sa barbe poivre et sel, un sourire espiègle et amer à la fois. « Je te retourne la question », avait-il répondu.

Je bafouillai, en cherchant mes raisons, qui ressemblaient davantage à des contraintes. « Je vais te dire », fit-il lentement. « Il faut avoir quitté quelque chose pour savoir à quel point cela compte. » Il me fixa de ses yeux perçants. « Mais tu penses peut-être que tu n'as pas eu le choix. » Il dut lire sur mon visage combien sa remarque était tombée proche de ma pensée. « En vérité, Syffe, tu pourrais partir aujourd'hui. Tu aurais même pu me dire dès le départ que tu ne voulais pas de ça, et je t'aurai déposé à Boiselle avec ce qui me restait de deniers. » J'eus un rictus sardonique. « Et le sicaire m'aurait ramassé quelques jours plus tard », complétai-je. « Oui », fit Uldrick très simplement. « Mais tu avais le choix, et on ne peut pas dire que je n'ai pas essayé de te mettre en garde. Quelle est ton excuse, désormais ? » Je réfléchis quelques instants, en m'adossant à un pan boueux de la palissade. « J'en ai plus, je crois », finis-je par avouer. Ma voix me parut soudain très lasse, plus lasse que je ne l'aurais cru possible, pour un garçon de mon âge. « Je ne vois pas d'autre chemin, je suppose. » D'une main distraite, je pelais l'écorce du tronc rêche contre lequel je reposais.

Le Var haussa des épaules. « Alors tu as répondu à ta propre question. » Ses yeux cherchèrent l'horizon et il inspira, avec l'air aussi étrange et peiné que la fois où il m'avait raconté les ogres. « Je t'ai parlé de mon fils, Gaborn, une fois déjà », finit-il par dire. « Il est né à mon retour des guerres de Bai et il est mort par ma faute. J'aurais pu donner le cheval à un autre guerrier. Mais je l'ai gardé. Je savais, au fond, que je repartirais. Je n'étais plus fait pour une vie comme celle-là. Je ne pouvais plus me satisfaire de tranquillité. Pas de la manière dont je l'aurais voulu, du moins. Sa mère le savait aussi je pense, même si on a voulu croire le contraire pendant quelques années. » Une grande tristesse un peu confuse m'envahit à cet instant, pour le Var, pour moi, la vie qu'il avait menée et celle qui se dessinait devant moi. Uldrick le vit. Il se redressa en toussant, comme s'il s'éveillait d'un rêve troublé et m'ébouriffa maladroitement les cheveux. Je ne sais pas comment il parvenait toujours à glisser sa grosse patte sous mon camail, mais je soupçonnais que mon horreur pour le geste en question lui servait de lubrifiant principal. « N'écoute pas tout ce que je raconte, d'accord ? » dit-il d'un ton plus léger. « Ce sont des aigreurs et des questions de vieillard. Tu as ta vie devant toi pour y répondre. Et malgré tout ce que je viens de dire, je suis en paix, en quelque sorte. »

Le lendemain, pour se rattraper, je pense, ou me changer les idées, Uldrick avait fait en sorte que je parte au ravitaillement avec Jassk et Sonneur. Les bois à l'ouest étaient giboyeux, quoique difficiles d'accès lorsqu'on quittait la route. Jassk avait réussi à se dénicher un arc de chasse dans un grenier de l'une des fermes à l'abandon du versant sud, avec un petit carquois et deux cordes de nerfs tissés. Jassk tirait plutôt bien, mais c'était avant tout un pisteur de qualité. Les Montagnards vivaient à la dure dans les contreforts des monts Cornus, d'où ils menaient parfois des raids sur les clans syffes, ou les tribus d'Igérie, mais c'étaient avant tout des chasseurs, et des trappeurs réputés. Pour cette raison, la plupart des Montagnards comme Jassk s'étaient vus affectés aux corvées d'approvisionnement. Je me souviens qu'il faisait beau et que, sur la route, nous avions croisé un marchand de vin au visage vérolé, qui se rendait au campement pour y écouler ses tonneaux de Vidanches. Les gens comme lui affluaient depuis quelques jours, grossissant le cantonnement civil de leurs tentes, si bien que, derrière nos fortifications bancales, une véritable petite ville commençait à s'ériger. Il fallait payer, bien sûr, pour avoir le droit de s'installer et je ne doutais pas que Carsonne et ses sous-fifres s'en mettaient plein les poches.

Jassk avait réussi à tuer deux gros lièvres en dépit des jacasseries incessantes de Sonneur, qui avait passé la journée à grommeler au sujet de la paye qui ne tombait toujours pas. La vue des lièvres m'avait mis l'eau à la bouche et nous rêvions tous d'un bon civet, mais la viande était destinée aux cuistots du réfectoire, et irait complémenter la bouillie du soir. Nous avions fait demi-tour après quelques heures d'errance, parce que, même si des patrouilles portant l'écusson de Bourre sillonnaient désormais les routes, il pouvait aussi rester des miliciens collinnais dans les parages. Que ceux-là soient demeurés loyaux à leurs serments ou qu'ils se soient tournés vers le brigandage, dans un cas comme dans l'autre nous devions rester prudents. C'est au moment où nous rentrions, sous un ciel céruléen que le soleil commençait à embraser de l'autre côté de la Passe, que nous tombâmes sur le premier convoi de ravitaillement en provenance de Bourre. L'escorte se révéla méfiante alors que nous émergions des bois, nos dos courbés sous le poids des brassées de branches mortes ramassées en chemin. Il y eut un échange nerveux jusqu'au moment où l'un des soldats nous reconnut. Il avait parfois traîné près du bocage d'entraînement, à Granières. On nous permit de nous délester de notre chargement sur le haut de l'une des carrioles, et Jassk et moi tombâmes ensuite dans le sillon du convoi, tandis que Sonneur profitait de la seule place qui restait, à droite du conducteur de queue.

Le maître d'équipage des cinq charrettes qui cahotaient vers le camp ressemblait à Sonneur au point que je dus me retenir pour ne pas éclater de rire. Il n'avait pas exactement le même nez, et son crâne luisant comptait encore moins de cheveux, mais les proportions du corps étaient identiques et il bavassait tout autant. Même Jassk, pourtant de nature taciturne, ne put s'empêcher de ricaner dans sa barbe à les voir assis ainsi, l'un à côté de l'autre. Depuis l'échange que j'avais eu la veille avec Uldrick, je me sentais maussade sans vraiment savoir pourquoi. Une séance d'insultes avec les Collinnais n'y avait rien changé, mais la ressemblance comique, ces rires étouffés partagés avec le Montagnard et le soleil sur ma peau me faisaient du bien au moral. Ni Sonneur, ni l'autre ne semblaient se rendre compte de quoi que ce soit.

Tandis que les deux hommes échangeaient depuis la position du conducteur, notre hilarité nous courba peu à peu en deux, à tel point que Jassk et moi-même nous laissâmes distancer. Nous marchions bientôt tout derrière, en nous serrant les côtes. « Je vais enfin être débarrassé de lui », gloussa le Montagnard de sa voix râpeuse, avec un sourire de chat qui bâille. « J'ai pensé toujours que ça serait une femme. » L'hilarité n'allait pas très bien à Jassk. C'était comme s'il avait déjà les traits trop tirés pour cela, ou s'il ne savait pas vraiment comment rire. En fait, sourire l'enlaidissait. Je pouffai, malgré la voracité de ses grimaces. « C'est sûr, y sont faits l'un pour l'autre. » Le Montagnard caqueta encore, puis nos rires retombèrent et Jassk me parla ensuite sur un ton curieux. « Il y a une tribu à la forêt de Pierres, qui croit les hommes ils ont une autre moitié dans le monde. » Son expression n'était plus aussi souriante qu'auparavant. « Ils s'appellent Syffes. » Je hochai la tête aimablement, un peu mal à l'aise.

« Je sais qui tu es », fit soudain le Montagnard, en clanique. Ses yeux étaient plissés par le soleil couchant. Il ne me regardait pas, mais il savait très bien que je l'avais compris. Je ne réussis à conserver qu'un semblant de contenance face à cette déclaration, et je m'empourprai considérablement, le cœur battant. Alors que mon esprit fourmillait, je raidis ma marche et posai lentement la main sur le pommeau de mon poignard, tout en regrettant de n'avoir pas emporté la lance, ou ma nouvelle épée courte. Jassk ne s'en aperçut pas, ou, plus probablement, s'en ficha tout à fait. « Tu vaux beaucoup, pour un jeune garçon », poursuivit-il, toujours en clanique. Le soleil étincela sur les minces boucles d'or qu'il portait à l'oreille et en fit autant sur les rivets huilés de son cuir bouilli. Mon regard se figea droit devant, vissé sur l'esquisse lointaine des terres vallonnées de Collinne, que la lumière inondait encore, de l'autre côté de la Passe. Je m'efforçais de respirer calmement, tout en me demandant si j'avais une chance contre le Montagnard, si je frappais assez vite, avant qu'il ne puisse ramener sa lance à gauche. Je bafouillai une protestation faiblarde en brunois, que le mercenaire balaya d'un haussement de sourcil et d'un geste dédaigneux. Je ne le voulais pas, je ne comprenais pas pourquoi cela arrivait maintenant, mais ma main serra le couteau.

« Il y a dix ans, j'aurais tenté le coup », fit Jassk, méticuleusement. J'inspirai en quête de la glace que je ne trouvais pas. « Et maintenant ? » finis-je par croasser, d'une voix qui suintait la tension. « Non », vint la réponse sans hésitation. « Non. Tu es l'un des Vars maintenant. Je n'aime pas les Vars, mais je ne suis pas idiot. Alors nous pouvons rester bons amis. » Je ruminai cela tout en marchant, mes tremblements s'espaçaient et je démêlais la violence de mes pensées, de la même manière qu'on lisse les nœuds d'une chevelure. « S'il n'y avait pas eu les Vars, tu m'aurais vendu ? » demandai-je au bout d'un moment, lorsque j'étais davantage maître de moi-même. « Bien sûr », fit Jassk, platement. Je crachai sur la route, un tantinet déboussolé. « Comment peut-on être bons amis, alors ? » sifflai-je d'un ton plus vindicatif. En vérité, mon interrogation était sincère. « Ce sont des mots », me rétorqua le Montagnard. « Je ne t'ai pas vendu, et je ne compte pas le faire. Cela devrait suffire. » J'acquiesçai, mais il me restait une toute dernière question. « Pourquoi me l'as-tu dit ? » demandai-je, alors que nous accélérions le pas pour rattraper la troupe. Jassk haussa des épaules et se passa la langue sur les dents. Je finis par me faire à l'idée qu'il n'allait pas me répondre, puis le son de sa voix me prit par surprise, au moment où nous atteignions les talons de l'escorte. « Parce que nous sommes bons amis », fit Jassk, en brunois.

Je ne pus m'empêcher d'esquisser un sourire confus mais sincère, puis Sonneur, qui venait de sauter du chariot de queue, me l'effaça du visage. « Vous avez entendu les nouvelles de Corne-Brune ? » jasat-il en frottant sa nuque épaisse. « Fait pas bon d'avoir le sang bleu en ce moment. » Je secouai poliment la tête, une boule d'angoisse gelée au fond des tripes. « Eh ben le charretier me dit qu'y a encore eu des émeutes et que, cette fois-ci, le primat Barde il en est mort ! La ville tout entière est à feu et à sang, à ce qu'il raconte, et j'veux bien qu'on me coupe le bout si c'est pas vrai. » Mon cœur dégringola dans mes chausses et quitta la route de la Passe en une torsion violente, pour s'envoler, fébrile, en direction de la ferme Tarron. Horriblement inquiet, je me surpris à supplier des dieux auxquels je ne croyais plus pour qu'il ne soit rien arrivé à Brindille.

57

Après ces terribles nouvelles en provenance de Corne-Brune, durant des jours et des jours d'affilée, l'angoisse m'étreignit le corps comme le ferait un serpent. Les quelques mots que je pus recueillir de la bouche des forains et des itinérants qui continuaient à affluer au camp de siège confirmèrent les dires du maître d'équipage. Barde le jeune était mort et le tumulte s'était emparé de la ville. De ma ville. Je me sentais affreusement impuissant, mais aussi très confus que cela me touche autant. C'était une impression tenace avec laquelle je me débattais, l'idée que l'on venait de me déposséder subitement de la paix qui m'avait vu grandir et, par là même, de la seule chose qui subsistait de mon enfance. Je ne reconnaissais pas le portrait que l'on me dressait de Corne-Brune, hormis quelquefois, lorsque par souci d'objectivité je m'autorisais à me replonger dans mes souvenirs. Je devinais alors les contours de cette chose laide et terrible que j'avais combattue dans l'ombre, sans vraiment la comprendre, aux côtés de Bertôme Hesse. Pour conjurer ce monstre-là, Barde Vollonge et le première-lame avaient été prêts à me sacrifier sur l'échafaud du Cloître. Face aux conséquences de leur échec, je pouvais presque comprendre pourquoi.

Ce fut un camelot édenté de Louve-Baie qui réussit à m'en apprendre le plus. Il était passé par la Tour de Boiselle quelques semaines avant la mort de Barde et y avait entendu que la ville était en proie aux émeutes depuis plusieurs lunes. Il y avait eu des batailles rangées dans les rues de la basse. Plusieurs quartiers avaient été incendiés, dont le Ruisseau. Le camelot avait vu la fumée de ses propres yeux, depuis l'autre côté du fleuve. Une partie de la garde s'était ralliée aux vieilles familles et, depuis leurs maisons fortes, ces dernières attisaient les ardeurs de leurs partisans. Les Corne-Brunois qui s'étaient réfugiés à Couvre-Col prétendaient que les patriarches, Gilles Misolle en tête, payaient des soudards pour venir grossir les rangs des émeutiers. Des Syffes avaient été tués, m'avait enfin confié le camelot, mais il n'en savait guère plus. Je l'avais pressé de questions, de manière horriblement imprudente, à propos des fermes à l'extérieur de la ville, de la veuve Tarron ou des noms de ceux des clans qui avaient péri, mais l'homme n'en savait pas davantage. Mon inquiétude pour Brindille et Cardou englobait désormais Driche, Frise, et tous ceux que j'avais connus à la Cuvette.

Durant les semaines qui suivirent, tandis que je me laissais grignoter peu à peu par la confusion et la tourmente, j'assistai de loin à l'achèvement des ouvrages de fortification. Un double réseau de tranchées cerclait désormais le camp, au nord comme à l'est. Pour y accéder depuis ces directions, il fallait franchir cinquante empans de pieux et de fosses. La terre de la Passe était claire et tassée, et nos ouvrages, qui avaient résisté à la pluie, subissaient désormais la neige, qui tombait de plus en plus souvent. La centaine de terrassiers dont Carsonne n'avait plus besoin avaient pu repartir à leurs fermes au compte-gouttes, mais les autres, les plus pauvres, saisonniers et vagabonds aux visages marqués par la faim, ceux-là n'avaient nulle part où aller. Comme la plupart étaient venus en famille, une majorité décida de rester pour aider à la maintenance, ou à la logistique. Un véritable village commençait à éclore à l'ouest du campement, peuplé de marchands improbables, d'artisans itinérants, de joueurs professionnels et de malandrins aussi peu recommandables que les soudards qu'ils extorquaient.

Sur les remparts, nos ennemis allaient et venaient, épiant depuis les hauteurs chaque nouveau convoi d'approvisionnement, jaugeant nos réserves et rationnant les leurs. Les concours d'insultes continuaient de plus belle depuis la tranchée qui faisait face aux tours. Nous connaissions les habitués par leurs noms désormais, et ils connaissaient les nôtres. Miclon, Pettire le Parjure, Arton, Vieux-Vovique, Jeune-Vovique, des voix sans visage, qui parfois laissaient de côté les injures pour discuter d'autre chose, du temps, de la tambouille, d'un village ou d'un autre, d'une fille qu'ils avaient vue passer. J'y allais de moins en moins souvent, parce que, même si les chances pour que nous nous battions un jour étaient réduites, cela pouvait encore arriver. Ces hommes là-haut, je ne leur voulais aucun mal, et les côtoyer me le rappelait sans cesse. Restait l'archer. Anonyme et invisible, Svein lui tendait parfois un casque cabossé monté sur la hampe de ma lance, et il nous rappelait, nuit et jour, à presque deux cents empans, pourquoi nous le craignions. Trois semaines après le début du siège, un garçon-pot plus téméraire ou ivre que les autres avait parié un denier qu'il pourrait courir la ligne à découvert. Il avait eu le jarret cloué avant d'avoir fait vingt pas et l'infection avait emporté sa jambe. Les flèches de l'archer venaient toutes du seau à merde.

La lune de Glas s'achevait doucement et je me préparais à entrer dans ma treizième année. Mon corps changeait depuis longtemps déjà, sculpté par l'épée et les leçons de Uldrick, mais d'autres métamorphoses commençaient à pointer le bout de leur nez. Je grandissais, pas beaucoup, mais une progression lente s'était amorcée depuis l'été et me faisait parfois souffrir les genoux, avant que je ne m'endorme. Un duvet à l'entrejambe aussi, pas grand-chose par rapport aux Vars de mon âge, mais j'avais le sang d'un Syffe et, parmi les clans, on trouvait bon nombre d'adultes moins pileux que Svein. Le sol enneigé de la Passe crissait sous la botte, les miliciens oisifs s'encaguaient ferme et Carsonne se terrait dans son antre, griffonnant des missives et lisant des rapports. Je découvrais que l'ennui du siège était le pire ennemi du soldat, parce qu'il se retrouvait face à ses pensées et que, pour y échapper, il ne lui restait plus qu'à dilapider sa paye en jeux, boissons et femmes de mauvaise vie. Les Vars étaient l'exception à la règle et, si leur philosophie austère les sauvait de la plupart des vices, elle ne les préservait pas pour autant du désœuvrement.

Osfrid s'était définitivement fâché avec Carsonne et, lorsqu'on le convoquait pour assister aux conseils, il en revenait avec la mâchoire crispée. S'il se permettait d'intervenir pour communiquer au légat l'avis du *vaïdroerk*, il était puni de silence durant les jours suivants, et Carsonne l'obligeait à venir mendier les nouvelles auprès de lui, comme un chien vient chercher un os. Nos opinions ou nos recommandations étaient bien évidemment sommairement écartées lorsqu'elles ne validaient pas des décisions qui avaient déjà été prises. Une des mésententes majeures avait eu lieu à propos de cette centaine de prisonniers collinnais qui avait croupi dans les granges abandonnées de la Passe. Osfrid avait proposé qu'on les renvoie à la ville, ce qui n'aurait certes pas ravi la piétaille, mais qui aurait eu l'avantage d'encombrer le lige d'Aigue-Passe d'une centaine d'autres bouches à nourrir. Carsonne avait ri à gorge déployée, avant d'annoncer son intention de les rançonner à Collinne. Les prisonniers étaient partis un matin vers l'est, escortés par les cuirassiers en une file dépenaillée. Personne d'autre ne vit jamais la couleur de l'or qui résulta de l'échange.

Ces désaccords de principe étaient ennuyeux et humiliants, tout comme le fait que Carsonne semblait davantage intéressé par l'idée d'amasser un butin de guerre que celle de conquérir Aigue-Passe. Ces difficultés ne constituaient néanmoins pas le nœud du problème, ni la préoccupation principale du *vaïdroerk*. Engoncés dans le confort relatif du siège, la plupart des Bourrois oubliaient peu à peu que nous menions toujours une guerre. Les soldats passaient bien plus de temps assis sur leurs fondements à jouer aux dés qu'à se livrer à quoi que ce soit qui ressemblât à des exercices martiaux. Depuis que les fortifications avaient été creusées, la crainte d'une contre-offensive hivernale de Collinne s'effaçait lentement mais sûrement des esprits. Même si cette perspective était effectivement improbable, elle n'était pas non plus impossible. Le ressentiment que couvaient les Vars à l'encontre du légat se cristallisait autour de ce point : au prix où ils étaient payés, les *vaïdrogans* pouvaient endurer tout le mépris du monde, mais jamais ils ne pourraient supporter que l'indolence d'un autre puisse leur arracher leur destin des mains et les livrer au danger, comme cela avait été le cas sur la route.

Sans nos *hobbelars*, nous nous savions aveugles, dépendants des observations fournies par les cuirassiers-éclaireurs de Carsonne. La plupart d'entre eux semblaient capables à première vue, et passaient beaucoup de temps à patrouiller à l'est, mais le désintérêt qu'ils montraient pour nous, les refus systématiques lorsqu'un *vaïdrogan* ou même un *yungling* se proposait de les accompagner, ne nous permettaient pas d'en savoir davantage. Comme le légat contrôlait rigoureusement ses hommes et les informations auxquelles nous avions accès, Osfrid se voyait contraint au rôle périlleux d'un funambule. Notre *hetman* maintenait de son mieux l'équilibre entre silences et requêtes, tout en essayant de jauger objectivement la situation d'ensemble. Aucun de nous ne se faisait d'illusions : en l'état actuel des choses il serait impossible de voir quoi que ce soit venir. Il s'agissait de s'accrocher, en espérant que la paye continuerait à tomber pour que nous continuions à ne rien faire, que la ville se rendrait avant le printemps et que Cléon Gône nous laisserait tranquilles tout l'hiver. Qu'au final, tout irait bien. Tandis que les jours passaient, que nous restions là, inactifs et indésirables, de plus en plus de cataphractes laissaient entendre que, malgré l'or, cette situation leur déplaisait. On ne pouvait pas se vanter d'être libre et s'affubler volontairement des œillères d'un autre.

Lorsque les fêtes de l'Embole arrivèrent, Corne-Brune n'avait toujours pas quitté mes pensées. Malgré l'état de siège, les Brunides se préparaient à célébrer l'occasion avec autant d'entrain qu'ils pouvaient se le permettre. Moi qui accueillais généralement ce genre d'occasion, je me trouvais, au premier jour des fêtes, dans un état d'esprit bien morose. Accroupi ce soir-là près du foyer central du pavillon var, je ne cessais de ruminer une phrase de Hesse qui m'était revenue en mémoire. « Personne ne veut d'une guerre civile, ni eux ni nous », avaient été les mots exacts du premième-lame. Je me demandais ce qui pouvait avoir changé durant mes trois années d'absence, pour que les citoyens corne-brunois s'écharpent dans la rue sur l'ordre des vieilles familles. Initialement, plusieurs membres du *vaïdroerk* m'avaient interrogé à propos de ma mine déconfite, Svein le premier, et j'avais répondu avec honnêteté. Malgré les remarques compatissantes et les tapes sur l'épaule, je voyais bien qu'ils ne comprenaient pas. Pas vraiment. Pour eux, si j'étais le *yungling* d'Uldrick *Treikusse* et que je combattais au sein de leur troupe, alors j'étais Var. Comme mon attitude tendait à porter la preuve du contraire, la plupart d'entre eux me laissaient tranquille. Même Svein et Eireck ne venaient plus guère plaisanter avec moi. Restait Uldrick, sur le visage duquel il m'était facile de lire la désapprobation.

Il m'observait mendier les nouvelles de Corne-Brune auprès de chaque nouveau colporteur, et il m'avait mis en garde dès le départ. « Tu vas te faire mal », m'avait-il annoncé. « Mais je ne t'en empêcherai pas, tant que tu restes prudent.» Comme j'étais resté à peu près prudent, il avait tenu parole. Cela ne l'empêchait pas de froncer les sourcils à chaque fois qu'il me voyait, et ce soir-là ne fit pas exception. Il revenait de sa marche quotidienne du côté de la ligne est et des flocons de neige fraîche ornaient ses cheveux grisonnants. Je reportai mon attention sur une bûche trop verte qui flambait mal et, alors que je tisonnais, le vieux guerrier vint s'asseoir près de moi. Son genou craqua, et je grimaçai au souvenir de la flèche que je lui avais ôtée. «Tu as l'air constipé, *Sleitling*», grommela Uldrick en guise de préambule. Il affichait un demi-sourire narquois qui rimait avec l'occasion. «Ça faisait longtemps que tu ne m'avais pas appelé par ce nom-là, Uldrick *Treikusse*», répondis-je avec une légèreté acide. «La dernière fois, c'était juste avant que je ne tue un homme dans le mur.»

Le Var haussa un sourcil. «Peut-être», fit-il d'un ton distrait que son regard luisant démentait. «Ma bouche n'a fait que répéter ce que mes yeux ont vu. Ici, dans le mur... tu suintes la peur comme un étron mal moulé.» L'irritation enfla dans ma poitrine. «Es-tu venu me parler seulement de merde, Uldrick?» feulai-je à voix basse. Plusieurs regards se tournèrent vers nous, dans la pénombre sous le chapiteau. «Oui», dit-il simplement. «J'en ai assez de te voir traîner et pleurnicher comme une vieille femme rhumatique.» Je m'empourprai en murmurant, mais Uldrick me coupa net. «Ton ancienne vie ne reviendra pas, Syffe», déclara-t-il aussi doucement qu'il le pouvait. «Jassk et Sonneur t'attendent dehors. Va boire avec eux ce soir, et fais ton deuil. Si tu étais resté à Corne-Brune, tu aurais été pendu.

Et ça n'aurait pas changé grand-chose à ce qui s'y passe aujourd'hui, tu peux me croire. » J'ouvris encore la bouche, mais cela ne servit à rien. Le Var gronda. « *Iss Auffe*. C'est un ordre que je te donne, *yungling*, ce n'est pas une requête. »

Je retroussai le bout de mon nez, plein de refus et de hargne. Mon irritation flirtait de près avec la colère pour la première fois depuis longtemps. Puis une main se posa sur mon épaule, et mon regard surpris trouva Osfrid. Un léger sourire déformait son visage acéré. Il m'agita une petite bourse devant les yeux. « C'est bien la première fois que je vois un homme devoir insister pour qu'un autre aille boire à ses frais », fit-il. Il secoua sa natte, et les billes de bois vernis tintèrent sur les écailles de bronze. « Mais Uldrick a raison, et tu devrais l'écouter, *yungling*. » Le grand *hetman* insista sur le dernier mot. « Tu es dissipé depuis presque une lune. Tu as failli briser la main de Frolli à l'entraînement avant-hier. Il est temps que ça cesse. Va fêter l'Embole avec les Brunides. Saoule-toi, et passe à autre chose. » Mon regard oscilla quelque temps entre les deux guerriers, puis la colère reflua tout à coup pour céder place aux crocs, à la mâchoire de l'anxiété qui me rongeait à chaque instant, depuis des semaines entières. Par dépit, je finis par céder. Je m'emparai des piécettes et, sans un mot, quittai le pavillon en direction des festivités au-dehors.

58

Sous la neige flottante, le campement s'était illuminé comme une cité miniature. Il y avait des lampions rougeoyants et des bougies suspendues un peu partout, j'en distinguai même quelques-unes accrochées près des casemates de la palissade. Toutes ces flammèches s'épanouissaient dans l'obscurité blanchâtre en mille halos vacillants. On jouait du pipeau et de la nacaire dans les allées du village de toile, – ce qui était le nom que la soldate donnait désormais au cantonnement civil – et, quelque part au-dessus, derrière les murs d'Aigue-Passe, retentissaient les notes crissantes d'une vielle solitaire. Ce devait être une tout autre fête là-haut. Grâce à un été clément et une excellente récolte, nous étions convenablement ravitaillés par Naude Corjoug, alors que dans les entrepôts du Cap-Venteux on devait compter le grain depuis bientôt deux lunes. Les créneaux d'Aigue-Passe semblaient déserts, et je soupçonnais que les parfums de viande grillée qui montaient depuis notre camp pouvaient en être la cause.

Sonneur et Jassk m'attendaient à quelques pas du pavillon var, piétinant impatiemment dans la neige pour rester au chaud. La fatigue se lisait facilement sur leurs traits. Depuis quelques semaines, le capitaine Mourvine – que l'on avait chargé d'organiser l'approvisionnement depuis qu'il était remis sur pied – les avait assignés tous deux aux escortes. Ainsi, ils passaient leurs journées à accompagner les mouvements des pâtres et des palefreniers. Un système de plaque tournante avait été mis en place pour les chevaux, à tout moment nous n'en gardions qu'une cinquantaine dans le camp, et les autres pâturaient dans les vallées à l'ouest pour économiser le fourrage. Ce flux perpétuel de bêtes demandait une garde permanente, ce qui signifiait pour les escortes des allers-retours incessants depuis la Passe jusqu'aux contreforts. Entre les pentes raides et rocailleuses et le bourbier de la route, c'était un chemin que personne n'aurait eu envie de prendre tous les jours, même contre solde.

Sous des paupières lourdes, les deux soudards m'observaient en biais. Sonneur essayait maladroitement de sourire et Jassk tirait une gueule pincée. Je compris, rien qu'à les voir, que ceci n'avait pas été leur idée. Que sans doute ils avaient accepté de mauvaise grâce, pour rester en bons termes avec le *vaïdroerk*. Passer le premier soir de l'Embole à faire du gardiennage ne les ravissait pas plus que cela. «Salut à toi, jeune Syffe!» glapit Sonneur d'une voix trop joyeuse. Sonneur insistait toujours pour me qualifier de «jeune», et je crois que dans son esprit, «Syffe» était davantage un descriptif qu'un sobriquet. J'essayai de ne pas penser à ce que Uldrick avait pu – ou pas – leur raconter et, d'un mouvement ample, j'expédiai la bourse en direction de Sonneur. Jassk la cueillit en plein vol et la secoua près de son oreille. Son expression tendue s'adoucit quelque peu. « Allons boire », dit-il d'une voix égale.

Nous descendîmes jusqu'au village de toile tandis que la neige saupoudrait nos visages de baisers glacés et que nos souffles bouillonnants s'évaporaient dans l'air cristallin. Le camp civil s'étendait à l'ouest des fortifications, le long de la route, en rangées de tentes dépenaillées qui de loin paraissaient organisées. Le lieu se révélait en fait traîtreusement labyrinthique une fois qu'on se retrouvait plongé dedans, surtout la nuit. Couper les allées était extrêmement imprudent à cause des cordages et des fils qui maintenaient certains des pavillons en place, et on risquait de s'attirer l'ire des habitants, si un pied maladroit arrachait la moindre attache. On pouvait y croiser une bonne dizaine de variétés de tentes, des grands pavillons rectangulaires fournis par la primeauté pour les ouvriers de Bourre en passant par les assemblages pitoyablement simples des vagabonds, jusqu'aux variations les plus folles des marchands de métier, chapiteaux ronds et ovales, chapiteaux immenses de feutre coloré, et les yourtes de fourrures empilées.

Il y avait du monde ce soir-là. Les allées étaient noires de silhouettes bruyantes, et on commençait à allumer des brasiers au bord de la route. Au-dessus de l'un d'eux, un cochon gras tournait déjà et une foule avide se pressait autour des relents de lard grillé. Le vacarme grouillant commençait à noyer la mélodie de la musique. Nous nous arrêtâmes sur le chemin gelé et je frottai mon nez rougi tandis que Jassk et Sonneur débattaient du programme de la soirée : rester ici avec la viande et la foule, ou bien chercher une place dans leur bouge habituel. Il fut rapidement convenu que ce serait le lieu habituel, parce que les voleurs à la tire seraient davantage présents dans la cohue. Nous nous enfonçâmes entre les rangées de tentes sombres, à contre-courant de la masse. Après trois pas nous fûmes interpellés, puis suivis par un gamin insistant, dont la carriole était tirée par un chien osseux. Le gamin vendait des châtaignes à l'eau (visiblement véreuses) et de la bière (extrêmement aqueuse). Jassk cracha la bière dans la neige, mais Sonneur lança tout de même une piécette au môme, pour qu'il cesse de nous importuner de sa voix nasillarde.

La tente à boire était crasseuse et en son centre flambait un brasero huileux, dans un grand chaudron de fonte troué. Les maîtres des lieux avaient installé des bardeaux de récupération pour servir de plancher, posé une dizaine de tables et de bancs par-dessus (dont la plupart venaient des fermes abandonnées), et y avaient même installé un comptoir, qui était en fait un tréteau de charpentier. C'était à peine moins bruyant qu'à l'extérieur, mais au moins, grâce aux corps entassés, il y faisait relativement chaud. Contre une piécette d'étain on pouvait y remplir deux fois sa timbale d'une cervoise correcte, sous le regard acéré d'une ancienne putain aux narines fendues, et de son compagnon montagnard. Le visage de ce dernier me disait vaguement quelque chose, et je crus qu'il était possible que je l'aie déjà vu traîner au quai de Brune.

Nous nous installâmes au bout de l'une des longues tables, près d'un vieillard édenté et arthritique qui serrait sa chope d'une poigne tellement crispée, que je me demandai s'il parviendrait à s'en séparer un jour. En face de nous, une femme ivre s'esclaffait sur les genoux d'un bûcheron velu et ouvrait grand la bouche pour qu'on lui verse de l'alcool au fond du gosier. Elle en prenait davantage dans le corset, mais semblait s'en ficher éperdument. Jassk alla faire le plein de nos timbales tandis que je m'asseyais face à la porte, étudiant prudemment le reste de la clientèle et maudissant les leçons de Uldrick. Des ouvriers, pour la plupart. Une paire de vagabonds qui palabraient à voix basse dans un coin obscur de la tente. Un petit groupe de miliciens, ivres et gueulards, avec des visages épais et des boucles brunes. À côté du feu, un garçon-pot touillait les braises, les lèvres bleues, les pupilles dilatées comme des soucoupes. Il ne tenait debout qu'avec l'aide du mât principal du pavillon. J'avais devant moi la faune habituelle du campement, toute concentrée au même endroit.

Je fus bientôt de plus en plus ivre. Mes compagnons de beuverie le furent également. Quelques heures plus tard, nous chantions avec les quatre miliciens, assis ou debout sur une même table bancale, et le garçon-pot dormait sur le comptoir de fortune. Deux des soldats venaient de Fourche, je leur avais raconté mon séjour à l'auberge et le souvenir lumineux que j'avais gardé des vastes pâtures de Bourre, et je crois bien leur avoir fait bonne impression. L'un d'entre eux, qui avait les yeux rieurs et la flûte facile, était l'auteur d'un texte accrocheur – mais particulièrement licencieux – sur les raisons pour lesquelles le légat Carsonne ne quittait jamais sa ferme. Nous en entonnions le refrain tous en chœur, et l'alcool aidant, après avoir fait rimer « légat » avec « fourra » trois ou quatre fois, je dois bien reconnaître que le sort de Corne-Brune n'occupait plus guère mes pensées. La suite est bien plus floue, mais je me souviens d'avoir déambulé ensuite bras dessus, bras dessous avec Sonneur dans les allées, puis trébuché sur un chien qui avait voulu me mordre et que Jassk avait chassé à coups de pied. Nous avions fini la nuit dans le plus grand bordel de tout le campement.

C'était un agrégat de deux douzaines de tentes différentes, elles-mêmes recouvertes par un autre système ingénieux de toiles cirées tendues. On pouvait s'y déplacer comme à l'intérieur d'un véritable bâtiment et, même si les murs n'étaient pas vraiment des murs, il y avait des roseaux sur le sol et des lanternes suspendues. L'illusion fonctionnait, jusqu'à la présence de portes rudimentaires aux intersections des couloirs de tissu. L'établissement était tenu par un souteneur grassouillet à la barbe huilée et aux ongles impeccables. Il avait le nez épaté, deux dents en or, une chevalière grossière du même matériau et s'habillait d'une tunique violette de soie tachée, en un effort grossier d'exotisme.

Je ne sus déterminer s'il essayait de passer pour Trésilien, Jharraïen ou autre chose encore, mais son accent ridicule semblait fonctionner avec la clientèle, que ce soit les idiots de la milice ou les ouvriers incultes. Le vestibule abritait les putains qui n'étaient pas occupées ailleurs, de quoi boire un verre en attendant son tour et deux grands hommes hirsutes, dont les airs patibulaires et les gourdins cloutés étaient là pour assurer le calme et la tranquillité. Je n'étais jamais entré dans un établissement de ce genre auparavant. Je me souviens, alors que le monde tanguait tout autour de moi, d'avoir trouvé cela aussi vulgaire et criard qu'étrange, glauque et excitant à la fois.

Nous y bûmes encore quelques verres de mauvaise gnôle, je me rappelle que Sonneur titubait dans tous les sens en riant à tue-tête, tout en hurlant que je tenais mieux ma boisson que lui. Qui paya, comment cela se passa exactement, je serais incapable de le dire, mais ce qui est certain, c'est que je terminai la nuit entre les cuisses d'une grosse catin ivre, à la voix rauque et au fard vulgaire. Je ne me remémore absolument rien de mon déniaisement, hormis le fait que ça avait été rapide et que j'avais eu peur de vomir sur la putain. Je me rappelle qu'ensuite elle avait pleuré. J'avais regardé sa chair flasque et blanche remuer sous les sanglots. Elle ne devait pas avoir plus de vingt ans, mais sous certains angles, elle en faisait déjà le double. En dépit des sanglots, la putain avait finalement décidé de me garder pour dormir. Ses replis étaient chauds et, même si elle ronflait, elle sentait bon le lait cru et, surtout, j'étais trop bituré pour pouvoir me traîner ailleurs.

Je fus réveillé tard le lendemain par Uldrick. Le Var était penché par-dessus moi et il n'avait pas l'air content. La putain grommela quelque chose depuis sa couche, puis se retourna lourdement et se rendormit. Je clignai des yeux. Le Var secoua la tête. Sans autre forme de procès, il m'arracha des draps puants comme on retire le poisson du filet, et me traîna vers l'extérieur sous le regard irrité mais soumis du souteneur et de l'une de ses brutes ensommeillées. Uldrick me laissa à peine le temps d'enfiler mes braies avant de me pousser dehors. J'avançais pieds nus au beau milieu du village de toile, dans une neige si putride qu'elle ressemblait surtout à un égout gelé.

« La prochaine fois, tu te trouveras une jument, ou une chèvre en saison », ronfla le Var derrière moi alors que je luttais avec ma pèlerine. Je me sentais si embarrassé que je n'osais pas protester, mais j'étais également un peu déçu de ne pas me souvenir de grand-chose. « Ou alors tu te débrouilleras tout seul », poursuivit la voix dans mon dos. « C'est toujours mieux que la narcose. » La narcose était une affliction terrible, qui faisait dormir de plus en plus, jusqu'au jour où l'on ne se réveillait plus. La maladie avait la réputation de hanter tout particulièrement les bordels militaires mal tenus et avait déjà décimé des armées. Je déglutis, la bouche pâteuse, en frissonnant à cause de mes orteils enneigés. « *Haï*, Uldrick », réussis-je à murmurer, encore sous le choc du réveil brutal. Une partie de moi se trouvait encore au chaud, sous le drap de la grosse fille de joie.

Je m'étais attendu à être malade après la beuverie. J'avais déjà vu assez d'hommes boire comme je l'avais fait la veille, et les régurgitations régulières des garçons-pots faisaient partie de la vie du camp. Pourtant, hormis une grosse fatigue (et le froid), je me sentais relativement bien. « Tout cela était une mauvaise idée, je le vois maintenant », maugréa Uldrick en me tendant mes bottes. Il marchait désormais de front avec moi et nous avions atteint la route. J'avançais, la tête courbée par la diatribe. « J'ai vu Sonneur ce matin », poursuivit le Var, « et je lui ai passé un savon, même s'il n'était pas en état d'en retenir grand-chose. Tu éviteras leur compagnie un certain temps. Définitivement, même, si tu as une once de bon sens. » Je crachai dans la neige, immédiatement sur la défensive. Me réveiller et me traîner à moitié nu au travers du campement, d'accord. S'en prendre à mes amis, je ne l'acceptais pas, et cela rendait du même coup tout le reste moins soutenable. « Je ne suis pas ta femme, Uldrick », sifflai-je, en enfilant rageusement mes bottes. « Je fréquenterai qui je veux. » Le vieux guerrier haussa un sourcil. « Si tu étais ma femme, je n'aurais aucun ordre à te donner », gronda-t-il avec mépris. « Il n'y a qu'un *geddesleffe* pour penser qu'une femme doit être possédée. Ou que son con doit être acheté. Tu n'es pas ma femme et tu feras ce que je te dis. »

Ce fut évidemment la honte qui aiguilla ma colère, et je n'avais pas été en colère comme cela depuis très longtemps. Mais à ce moment-là, je n'étais tout simplement pas prêt à entendre ce que Uldrick avait à me dire. Lui donner raison sur ce point revenait à lui donner raison sur tout le reste, sur Corne-Brune et mes tentatives maladroites pour renouer avec une vie, qui, selon lui, ne devait plus exister. Il y avait aussi que le vin avait fait son œuvre. Je me savais être sur le point de tourner la page, et cela ressemblait douloureusement à des funérailles. La peine et la vergogne m'avaient rendu mauvais. « Me materner ne ramènera pas ton fils », feulai-je d'un ton acide. Je n'en pensais pas un traître mot, mais je voulais faire mal à Uldrick. Le punir d'avoir raison et surtout, après ces semaines de souffrance solitaire, je ne voulais plus être seul à porter le deuil.

Je vis le Var se raidir et je sus que mes mots s'étaient glissés dans la faille, comme ils s'y étaient fichés sur le plateau, peu avant que je ne trouve ma rage. Je me demandai brièvement si j'allais autant le regretter que cette fois-là. Uldrick me contempla durant quelques instants d'un air que j'aurais pu croire impassible, si je ne l'avais pas aussi bien connu. Puis, au moment où je crus qu'il allait me frapper, il me tourna le dos et s'éloigna sans un mot, m'abandonnant là où je me tenais, au beau milieu de la route. La paire de miliciens qui arrivait dans l'autre sens s'écarta de sa trajectoire, et l'un d'eux trébucha dans la neige. Il y eut des insultes, mais à voix basse et bien après que le guerrier fut hors de portée d'oreille. Je le regardai s'éloigner à grands pas, en direction du camp militaire. Le départ soudain et silencieux de Uldrick avait désamorcé la hargne. Je n'avais plus rien hormis mes bras ballants, un sentiment un peu stupide et ce goût de vide dans la bouche.

Ce jour-là, les *vaïdrogans* manœuvraient près des coteaux, dans cet espace dégagé au sud par les bûcherons bourrois. C'était l'un des deux entraînements de groupe que le *vaïdroerk* pratiquait par semaine, et même les célébrations de l'Embole n'étaient pas en mesure de perturber le rythme inébranlable des cataphractes. Habituellement, on aurait attendu de moi que j'y participe. Vu l'état dans lequel je me trouvais, tant physiquement qu'émotionnellement, je décidai de tout envoyer balader et de prendre une journée de repos. Je traînai donc quelques heures sur la route, entre le camp civil et les fortifications, en essayant de ne penser à rien et de ne croiser personne. Le ciel était limpide. Un soleil étincelant se reflétait sur la neige et me faisait mal aux yeux. Le vent soufflait depuis l'est, en bourrasques froides qui faisaient rentrer la tête dans les épaules. Quarante empans au-dessus du camp, lorsque les rafales frôlaient les créneaux, ou la roche du Cap-Venteux, elles y soulevaient la neige en panaches blancs qui voltigeaient alors comme des coups de pinceau sur la pierre noire. Ce fut la faim qui me poussa vers le pavillon var en milieu d'après-midi.

On laissait toujours un homme au camp, pour éviter que les tire-laine et les malandrins n'aient l'idée de venir se servir dans nos affaires. C'était le grand Stigburt qui s'occupait de la garde et de l'intendance ce jour-là, et il passait un coup de balai sur le plancher du chapiteau lorsque j'y fis mon apparition. Le guerrier m'adressa un regard un peu curieux, me salua avec courtoisie, mais n'ajouta rien d'autre. J'aimais bien Stigburt, avec son visage doux, sa barbe tressée encore plus brune que le terreau de Bourre et ses airs de mouton mal tondu. Il avait le rire franc et facile et des manières tout aussi franches, mais il passait pour réservé parmi les Vars, timide même, par rapport à d'autres. Au combat, c'était un homme vif et fluide, mais percutant comme un taureau qui charge. J'allai rejoindre l'une des nattes qui traînaient autour du trou à feu et me servis un fond du ragoût tiède qui restait de midi. Puis, la chaleur et la digestion aidant, je ne tardai pas à retrouver le sommeil dont Uldrick m'avait arraché tantôt.

Je ne dormis pas bien longtemps. Une main s'était plaquée sur ma bouche et quelqu'un me secouait doucement. Je soupçonnai une blague de Svein ou de l'un des autres *yunglings*, comme la fois où j'avais glissé un paquet de limaces dans la couche d'Eireck. Mais la poigne était tout de même très forte. Il y avait le poids d'un homme, là derrière, et quelque chose d'humide aussi. J'ouvris les yeux. De minuscules taches sombres sur des gants de cuir usés. Puis la lame se posa sur ma joue, fine et droite, et encore rouge. Un visage familier se pencha sur moi et mon sang se glaça dans mes veines. « J'aimerais mieux te ramener vivant », fit doucement le sicaire, avec un sourire carnassier. « Mais si tu fais le cave, ça sera mort. »

59

Beaucoup de choses me passèrent par la tête à cet instant. Je me demandai évidemment qui m'avait vendu, sans toutefois réussir à imaginer un seul des soudards du camp se contenter d'argent, alors qu'il y avait de l'or à gagner. J'hésitai à crier et à me débattre, à tenter le couteau, mais mon agresseur était assis sur ma main droite. En cette poignée de battements de cœur, je pesai sérieusement le pour et le contre. Si j'avais cru pouvoir m'en tirer avec une blessure, même grave, je n'aurais pas tant délibéré. Mais l'homme de Franc-Lac me tenait bien, sa lame était calée sous mon œil et il lui aurait fallu à peine le temps d'un claquement de doigt pour mettre sa menace à exécution. Et puis, au milieu de tout cela, résonnant comme une berceuse diabolique, il y avait cette pensée qui revenait tout en palpitations. Je ne cessais de me dire que j'allais enfin rentrer à Corne-Brune. En dépit du sort que l'on m'y réservait, une partie de moi désirait revoir les murs de granit noir plus que n'importe quoi d'autre au monde.

« Défais ton ceinturon », m'ordonna calmement le sicaire. Je fis mine de m'exécuter et la dague me mordit le visage jusqu'au sang. Je hoquetai pour ne pas crier. « Tout doux », précisa-t-il d'un murmure. Je déglutis. Une à une, aussi lentement que possible, je défis mes attaches. Le sicaire me redressa en prenant son temps, puis il lança le ceinturon d'armes sur le paillet voisin. Un rouleau de corde légère fleurit ensuite dans sa main, comme par enchantement. Dans les ombres près du feu, je distinguais les bottes de Stigburt. Elles remuaient encore de temps en temps.

Le tueur me passa le lacet, et la menace de la dague disparut une fois que mes mains furent solidement nouées devant moi. « On m'a dit que, finalement, tu avais tué depuis la dernière fois qu'on s'est vus », susurra le Sicaire sur le ton de la conversation. « Ironique, non ? » Je contemplai son visage en silence, tandis qu'il vérifiait les liens. Ni laid, ni beau, il avait les traits aiguisés et une moustache fine, et sa toilette était impeccable. Tout en l'homme criait la sobriété et pourtant, rien qu'à le regarder, il transpirait la dangerosité comme un serpent des boues : brun, quelconque, mais mortel. Il y avait aussi quelque chose de profondément dérangeant dans son regard gris. Une qualité métallique et distante qui murmurait sans cesse combien la mise à mort lui était facile. Il finit de s'assurer de son ouvrage et un léger sourire vint déformer ses lèvres minces :

— Ton Var est malin. Trois années avec une prime comme ça, et je dois quand même venir te chercher en personne.

Je reniflai dédaigneusement et laissai jaillir une révolte bravache et venimeuse, un dicton de Haute-Brune qui me parut approprié. « Le gibier a bon dos quand les chiens sont mauvais. » Le sicaire me mit sur pied un tantinet rudement et entreprit de me palper à la recherche d'armes cachées. « Bon dos ? Davantage que tu ne le penses », fit-t-il d'un ton égal. Ses mains volaient sur moi, fermes et méthodiques. « Ton nom nous a été particulièrement utile. En plus du reste, tu es maintenant accusé du meurtre de Barde Vollonge le Jeune. Son corps portait ces marques pour lesquelles tu es devenu célèbre. » J'écarquillai les yeux, mais le sicaire secoua la tête. « Non, je n'y étais pour rien. Enfin pas directement. J'ai seulement découpé. Son cheval a glissé en chargeant les partisans dans l'allée de la Chouette. » Mes lèvres se retroussèrent malgré moi :

— Comme Holdène, pas vrai ? Il est crevé de sa maladie des bronches, et vous en avez profité pour le découper, lui aussi. Mais pas les autres. Vous savez toujours pas qui a découpé les autres.

Le sicaire fit claquer sa langue et m'obligea à pivoter jusqu'à ce que je lui tourne le dos. « Tes anciens bénéficiaires te sous-estimaient, gamin. Si tu n'avais pas un autre usage, tu aurais pu devenir un atout pour la Ligue, je l'ai toujours pensé. Mais on en discutera sur la route. Tu as encore tout un tas de choses à me raconter. » Le ton doucereux qu'il employait rimait clairement avec torture. Je déglutis de nouveau, l'esprit en ébullition. L'homme fit tambouriner distraitement ses doigts sur sa cuisse, puis, après avoir fouillé le chapiteau d'un regard rapide, il me passa la cape de Stigburt par-dessus les épaules et en rabattit le capuchon. Il venait de me transformer en une silhouette drapée et anonyme, que l'on pourrait confondre avec n'importe quel autre gamin enroulé dans une capote. Personne ne me verrait jamais disparaître.

Le sicaire vint ensuite se placer devant moi. Il m'agrippa le visage et me força à le regarder, plantant son regard gris dans le mien, comme il avait tantôt usé de son acier dans la chair de Stigburt. Il tenait à marquer le coup, je le voyais. « Tu es intelligent, et imaginatif aussi, j'en suis sûr », fit-il en se pourléchant les babines, « mais je vais te dire les choses quand même. Je travaille depuis trois ans pour te ramener, mais au moindre accroc, tu as ma parole, je te plante comme il faut et je baise ton cadavre tous les soirs jusqu'à ce qu'on soit à Corne-Brune. » J'acquiesçai, digérant la menace comme un repas attendu. « Comment m'avez-vous retrouvé ? » Mon cœur battait à tout rompre et ma propre voix me semblait lointaine, mais je voulais savoir. Le sicaire se redressa avec la souplesse calculée d'un fauve et me poussa fermement en direction de la sortie. Il y avait ce léger accent, qui frisait la fin de certains de ses mots. J'étais toujours aussi incapable de l'identifier avec précision :

— À la place du Var j'aurais cherché la protection des miens. Mais tu n'étais pas à Spinelle, et c'est pas faute de t'y avoir cherché. C'est quand on m'a rapporté qu'un Var et son *yungling* avaient massacré trois bandits à Cullonge que j'ai compris. Vous aviez essayé de disparaître. Et le vieillard t'entraînait. Comme vous n'êtes jamais passés à Couvre-Col après que Villune a eu son compte, je suis venu trouver le seul *vaïdroerk* qui restait dans la région. Ensuite, il a suffi d'attendre le bon moment. C'était simple.

Je sentis la résignation m'envahir, puis soudain le battant de peau – en direction de laquelle le sicaire me poussait – fut arraché. La blancheur de la neige m'aveugla. « Voici du simple, sicaire », fit Osfrid tandis qu'il pénétrait sous le chapiteau, *sacsae* en main. « Relâche le *yungling* ou meurs comme un chien. » Eireck se glissa à ses côtés en pantelant, un sourire guerrier sur les lèvres et Uldrick venait après eux. « Un vieillard ? » gronda-t-il dangereusement. Derrière moi, le tueur hésita. Le temps parut se suspendre. J'aurais pu jurer que même les flammes frétillantes du trou à feu s'étaient solidifiées. Le pavillon se figea d'ombre et de lumière. Puis le sicaire cracha. Tout alla ensuite très vite, si vite que j'eus à peine le temps d'avoir peur.

Comme le tueur tirait ses lames en un tourbillon de capes, Eireck se porta en avant, vif comme une chose du ciel, un faucon ou de la foudre. Sa lame obligea le sicaire à choisir entre moi et l'éviscération. Le sicaire choisit rapidement. Je trébuchai en avant et Osfrid me tira vers lui tandis que le sicaire reculait. Uldrick chargea le tueur par le flanc, alors qu'Eireck lui adressait un autre coup, renversant un seau à ordures dans sa précipitation. Il y eut un choc de lames, un véritable jaillissement de cliquetis métalliques, puis, courbé et sifflant comme un félin de combat, le sicaire faisait retraite au travers du pavillon. Une traînée de perles carminés gouttait sur son sillage. Les deux guerriers se lancèrent sur ses talons. Je ne pus voir directement le fait d'armes, empêtré que j'étais dans la cape, mais de ma vie je n'ai connu qu'une poignée d'hommes capables de repousser, même brièvement, l'assaut simultané de deux guerriers de cette trempe.

En dépit de ses réflexes de chat de gouttière et de son talent manifeste, cela ne pouvait pas durer pour le sicaire, et il le savait. Après s'être laissé acculer, le tueur dévia un estoc d'Eireck et, d'un coup de dague, il ouvrit un pan dans le pavillon derrière lui. Toujours en position de garde, leste comme un serpent, l'homme de Franc-Lac glissa une première jambe par la toile béante avant que son adversaire ne récupère. Ses yeux m'effleurèrent en partant. Puis, au moment où le tueur se jetait par la brèche, il retentit à l'extérieur un cri de guerre féroce et une succession de chocs étouffés. Quelque chose s'affaissa lourdement contre la tenture ruinée. Je crus que le sicaire s'en était tiré, puis, un battement de cœur plus tard, le visage ensanglanté de Sidrick *Harstelebbe* pointait par l'ouverture. « *Iss finne* », lança-t-il, avec des bouts de cervelle dans les cheveux. J'expirai brutalement, en me mordant la lèvre pour ne pas pleurer. Osfrid, de la pointe de sa botte, tâtait le corps inerte du grand Stigburt avec un air peiné sur le visage.

Eireck tira le sicaire encore tressautant à l'intérieur pour ne pas attirer davantage d'attention. Je fis quelques pas vers lui pour m'assurer qu'il était bien mort. Je me méfiais du sicaire comme de la peste marquaise, mais le marteau de Sidrick n'avait pas laissé de place au subterfuge. Uldrick rengaina son épée et mes forces me quittèrent. Je m'assis d'un seul coup à côté du feu. Comme dans un rêve, Uldrick m'ôta la cape avec précaution et entreprit de cisailler mes liens. Le reste du *vaïdroerk* investissait le pavillon désormais, et se regroupait autour du corps inerte de Stigburt. Penchés, pour lui faire leurs adieux et les derniers hommages. Eireck et Sidrick pansaient leurs entailles, de petites choses vives et profondes, sur les visages et les bras. Sous le choc, je tremblais comme une feuille au vent. Au moment où le lacet céda, j'agrippai l'avant-bras de

Uldrick *Treikusse* en un salut de guerrier des clans. «Pardonne-moi», murmurai-je misérablement, les yeux brouillés. Le vieux Var hocha la tête, m'ébouriffa les cheveux, le regard fixe. De la manche de son gambison, il essuya la goutte de sang qui avait perlé sur mon visage, là où le sicaire avait tenu sa lame. «Osfrid voudra te parler», m'annonça-t-il avec sérieux. «Un garçon est venu avec un message. Sans ça, tu serais déjà en route vers la corde.»

Une chose plus étrange encore que la venue du sicaire avait eu lieu ce jour-là. On avait averti le *vaïdroerk*. Osfrid avait placé le gamin en question sous la garde de Wimredh *Haudman* avant de se précipiter à ma rescousse avec une dizaine de guerriers triés sur le volet. L'enfant, un des nombreux traîne-savates du village de toile, sept ou huit ans avec une bouille crasseuse de morve croûtée, était encore sous l'emprise de l'astre-gomme qu'il avait fumé la veille. Sa réticence initiale à nous parler s'expliqua enfin lorsqu'il craqua tout à coup sous la menace, et supplia Osfrid en chialant de ne pas lui prendre sa pépite. Quelqu'un avait récompensé le garçon pour sa course avec un joli petit fragment d'or.

Lorsqu'on réussit à lui faire accepter pour de bon que personne n'avait l'intention de le dépouiller, la nuit était tombée depuis longtemps et le *vaïdroerk* s'était rassemblé pour un *folnwordde* sous le chapiteau. Le gamin se montra bien plus coopératif devant un bol de fèves au lard et pourtant il fut incapable d'expliquer qui lui avait confié le mot qui m'avait sauvé, ni même à quoi cette personne ressemblait. Ses yeux rougis luisaient comme ceux d'un fiévreux quand on l'interrogeait à ce sujet et, malgré l'insistance répétée de Uldrick, l'interrogatoire n'allait nulle part. Le garçon babillait à chaque fois, de longues tirades hésitantes et il dressait les mains devant lui comme pour toucher quelque chose. Pourtant, il ne parvenait pas à décrire ce qu'il avait vraiment vu. Restait le mot qu'il avait porté, qui semblait avoir été griffonné au fusain sur un lambeau de vélin déchiré. L'écriture, en brunois impeccable, était gracieuse, mais on la sentait également hâtive. « Le tueur de la Ligue vient pour l'apprenti du Var Uldrick. Hâtez-vous. » Il n'y avait rien d'autre sur le message, et on laissa le gamin partir lorsqu'il devint évident qu'il ne serait plus d'aucune utilité à qui que ce soit.

Après un bref débat ce soir-là, les Vars mirent d'eux-mêmes un terme aux délibérations : le sicaire était mort et, si tout cela demeurait mystifiant, la menace qui pesait sur moi semblait avoir été écartée pour l'instant. Svein et quelques autres *yunglings* impatients proposèrent bien d'approfondir les recherches pour tenter de mettre la main sur l'auteur anonyme, mais Osfrid réussit à les en dissuader. En dépit de ma curiosité et l'appel excitant de l'enquête, je finis par seconder à contrecœur la position du *hetman* : cela risquait d'attirer trop d'attention sur moi, à un moment où j'en avais déjà suffisamment provoqué avec mes questionnements sur Corne-Brune. Il fut donc décidé que nous nous en tiendrions là et que, par mesure de précaution, je ne devais plus m'aventurer où que ce soit tout seul. La pilule fut difficile à avaler, mais après ce qui était arrivé je l'acceptai sans protester. Cela ne m'empêcha pas de passer le reste de l'Embole à me retourner la cervelle avec des hypothèses sur l'identité de mon énigmatique bienfaiteur.

Uldrick soupçonnait ouvertement Jassk ou Sonneur, mais, même si je reconnais avoir eu mes doutes, cette théorie me paraissait absurde à chaque fois que je la considérais avec sérieux. Si les deux soudards m'avaient vendu, puis avaient suffisamment regretté leur acte pour tenter de se rattraper, pourquoi récompenser le messager avec une pépite qui devait valoir une solde mensuelle ? Cela n'avait aucun sens. De plus, j'étais à peu près certain que Sonneur ne savait ni lire ni écrire, et supputais qu'il devait en aller de même pour le Montagnard. En fait, ce que je trouvais le plus intrigant, c'était que quiconque ait pu déceler la présence du sicaire dans le camp et su de surcroît à quel moment il frapperait. Pour avoir vu le sicaire opérer, je trouvais cela franchement surnaturel. De fil en aiguille, une ancienne terreur ressurgit, et je me surpris à jongler brièvement avec le regard d'ébène du Deïsi. Le sicaire avait-il pu être suivi depuis Corne-Brune ? Lorsqu'il nous avait parlé avec Driche, trois années auparavant, au travers des planches vermoulues de la cabane de la route du sud, le Deïsi n'avait pas fait usage du brunois. Avait-il appris depuis ? Puis mes doutes revinrent et, après l'application d'une saine dose de *pradekke*, j'en vins à m'interroger encore une fois sur l'existence même du démon aux yeux noirs.

Après l'avoir soulagé de tout ce qui pouvait servir à l'identifier, on balança le sicaire dans les bois le lendemain matin, en prétextant qu'il s'était agi d'un voleur ordinaire. Nous brûlâmes Stigburt quelques jours plus tard. Je ne l'avais pas beaucoup connu, ce Var qui était mort par ma faute, mais par respect je coupai la plus longue de mes nattes, et elle se consuma avec lui. J'avoue avoir été étonné que son assassinat par le sicaire n'ait pas remis sur le tapis ma place dans le *vaïdroerk*. « Tu as combattu dans le mur. Tu serais mort pour lui de la même manière », m'avait dit Svein, le visage sincère. Ce fut la seule explication que quiconque daigna m'accorder à ce propos. J'avais tenté d'en parler à Sidrick, après l'avoir remercié d'avoir donné de sa chair pour me protéger. Le jeune guerrier s'était contenté d'un regard étonné et s'était détourné sans même prendre la peine de répondre.

Les festivités de l'Embole enflèrent sans moi, jusqu'à prendre des proportions tout à fait excessives. Il y eut d'autres morts avant la fin de l'année. Un milicien gela dans sa propre gerbe sur la palissade est et un mercenaire montagnard fut battu à mort par une dizaine de ferrailleurs portant le blason des Enfants d'Ysse, pour avoir suriné leur capitaine. Le molosse qui nous avait menés au combat lors de la bataille d'Aigue-Passe survécut à ses blessures, ce qui n'étonna personne. Puis une nouvelle année commença et les habitudes reprirent, du jour au lendemain. Les semaines hivernales s'égrainaient. On retrouva bientôt l'ennui et la routine traîtresse du siège. Svein et moi-même retournions parfois dans la tranchée en face des murs. Je participais de nouveau aux entraînements vars de manière convenable. J'avais écarté Corne-Brune, comme on plie une ronce sur son passage. Je m'étais consacré à l'enchevêtrement morne des jours et à l'immédiateté qui sourd de l'acier.

J'eus le temps de croire que cet interlude tranchant, celui qui avait eu raison du sicaire, avait également achevé de cisailler quelque chose en moi.

Dans les yeux morts de l'agent de Franc-Lac, j'avais cru voir crever la marque du passé, et je m'étais figuré qu'avec lui le mien avait enfin cessé de refluer dans le présent. C'était avec une apathie étrange que j'avais imaginé de quelle manière ce qui restait de l'ancien Syffe serait éparpillé par les charognards tout le long des Épines, des frontières de Bourre jusqu'aux lisières d'Alumbre. En ce qui me concernait, j'en étais certain cette fois, le cordon avait enfin été coupé. Je n'aurais pas pu me tromper davantage.

60

L'hiver qui mit fin à ma douzième année fut exceptionnellement clément. Pour les habitants temporaires du village de toile et la soldate du bivouac bourrois, cela s'apparentait à une bénédiction incertaine. Il y avait bien de la neige, qui venait régulièrement tapisser le fond de la Passe d'Aigue et blanchir les forêts et les pics au-dessus, mais, cette année-là, le vrai grand froid de montagne, celui dont Cléon Gône devait rêver toutes les nuits, était tenu à distance par le vent d'ouest. Hargneuses mais tempérées, les bourrasques soufflaient depuis la côte des Pluies, emportant avec elles les humeurs océanes de la mer de Parse. Lorsque parfois la neige se voyait remplacée par cette pluie diluvienne que nous maudissions tous, certains affirmaient lui trouver un léger goût de sel. Moi qui avais le palais aiguisé, parce que ma bouche n'avait pas été brûlée par le tord-boyaux, et que ni ma langue, ni mes lèvres ne portaient la teinture anesthésiante du bleu igérien, j'étais à peu près certain qu'il s'agissait d'un tas de fadaises.

S'il est vrai que le froid nous épargnait, cela ne nous préservait pas pour autant du reste, et la météo bénigne créait en fait d'autres problèmes. Le système de drainage mis en place par les ingénieurs bourrois se révélait franchement insuffisant lors des jours les plus doux, et en plusieurs occasions différentes des portions de la palissade est s'étaient affaissées sous leur propre poids. À la fin de la lune des Tailles, le camp était devenu si bourbeux qu'on ne s'y déplaçait plus que grâce à un réseau de planches, dont un nombre croissant se voyait quotidiennement englouti par la fange puante. On ne comptait plus que quelques îlots solides au milieu de la bouillasse, dont les fermes du sud, une bonne partie du cantonnement var, et le quartier général de Carsonne. De petits écueils d'eau stagnante et de pisse empestaient ce qui restait du bivouac et, comme la plupart des gens se contentaient de vider leurs ordures dans le drainage, celui-ci débordait périodiquement. Les ombres de la dysenterie et de la fièvre noire commencèrent à planer sur le camp, des lunes entières avant que nous ne les attendions. Les malades étaient isolés, mais il y avait de nouveaux cas tous les jours. On se mettait à espérer des nuits plus froides, simplement pour que, une fois le matin venu, la terre puante puisse emprisonner ses miasmes nauséabonds quelques heures de plus.

Aux problèmes de salubrité s'ajoutaient ceux du ravitaillement, car la route de la Passe pâtissait autant des allers-retours de nos convois que la mélasse du campement. Le fourrage et la nourriture arrivaient de plus en plus lentement. Cela n'aurait pas été si problématique s'il en était allé autrement pour la paye, mais, en l'état, une bonne moitié des soldats de Bourre et des soudards avaient contracté des dettes auprès des marchands itinérants. Les camelots refusaient bien évidemment d'effectuer d'autres trajets d'approvisionnement tant qu'ils n'avaient pas été réglés, ce qui créait un cercle vicieux sans véritable solution. Lorsque la nourriture en était venue à manquer au réfectoire pour la première fois, il y avait eu des violences. Durant la nuit, un certain nombre de recrues avaient tout bonnement décidé d'aller réquisitionner les stocks des margoulins les plus difficiles à la pointe de l'épée. Carsonne avait fait sauter des mains pour l'exemple et le convoi tant attendu était arrivé deux jours plus tard, ce qui avait mis tout le monde d'accord, exception faite des manchots.

Dès l'avènement de la nouvelle année, les relations des Vars avec le légat avaient empiré de manière alarmante. Osfrid prenait encore la peine de se déplacer jusqu'à la ferme fortifiée, mais il en revenait systématiquement avec les poings serrés. C'était à peine si on le laissait encore parler, alors que pourtant il y aurait eu beaucoup à dire. Les Vars étaient de plus en plus inquiets, et avec raison. La stratégie de Vittorie avait misé gros sur l'enneigement des cols côté Collinne, pour écarter le risque d'une contre-attaque avant la reddition d'Aigue-Passe. Nous ne savions pas combien de temps les silhouettes faméliques sur les murs pourraient encore tenir, mais ce qui était certain, c'est qu'à l'est l'hiver ne jouait pas le rôle protecteur que nous attendions. Carsonne avait humilié Osfrid à répétition, à chaque fois qu'il abordait ce point. « Si tu veux parler de la neige, guerrier-var, va donc ragoter avec les lavandières du camp », lui avait-il répété, encore et encore. Nous savions tous qu'il n'y avait plus rien à faire. Le mépris était devenu une coutume facile dont le légat ne se départirait plus jamais. Notre mécontentement grossissait comme une tumeur à chaque nouvel affront.

Au début de la lune des Pluies, la situation s'était tant envenimée que les choses en arrivèrent à leur aboutissement logique : l'éclatement. Trois ou quatre semaines plus tôt, nous avions rédigé un courrier à l'intention du seigneur-primat Naude Corjoug, pour lui expliquer de quoi il retournait. Nous l'avions prié, au vu de ces regrettables circonstances, de bien vouloir intercéder en la faveur du *vaïdroerk*. Nous n'en parlions pas, parce que Carsonne avait des oreilles partout et la corde facile, mais nous soupçonnions le capitaine des Enfants d'Ysse d'en avoir fait autant. La lettre était partie avec l'une des escortes qui rentrait à Bourre, mais lorsque le convoi suivant avait débarqué, aucune réponse n'était venue. Excédés, mais pas encore résignés face au mutisme des cuirassiers et de la capitale, les *vaïdrogans* avaient pris la situation en main.

En dépit des ordres contraires, Eireck et Rygarr *Vienneshaild* avaient réquisitionné des coursiers au pacage et, en compagnie du *yungling* Waulfrick, ils étaient partis en éclaireurs en direction des contreforts de Collinne. Ce n'était pas grand-chose, mais au moins nous aurions une appréciation générale de la situation à l'est. Deux jours plus tard les cavaliers de Carsonne les avaient ramenés. Rygarr avait eu le bras démis lorsqu'ils avaient abattu son cheval d'emprunt et Eireck, qui n'avait pas su la boucler, arborait un visage horriblement tuméfié et un nez de travers. Le légat avait remis ses captifs à Osfrid, qui fut convoqué pour l'occasion. Cela fut bref et déplaisant. Avant de le congédier, Carsonne informa notre *hetman* que le *vaïdroerk* était désormais à demi-solde et qu'en l'état il devait s'estimer heureux de ne pas avoir été pendu haut et court. Nous tînmes un *folnwordde* à la suite de cela et le consensus fut trouvé bien plus rapidement qu'en d'autres occasions. Puisque nous n'avions pas d'yeux à l'est et qu'ici nos mots tombaient dans l'oreille d'un sourd à qui nous ne faisions pas confiance, alors la sécurité du *vaïdroerk* était compromise. Il fut convenu qu'en l'état, nous rompions notre contrat avec Bourre. Nous quitterions Aigue-Passe aussi rapidement que possible et ferions route vers Brenneskepp et la frontière var. Aymon Carsonne fut informé de notre décision par un coureur. Il ne nous fit pas de réponse.

Lorsque la nouvelle de notre départ se répandit dans le camp, nombreux furent les soudards à murmurer leur incompréhension. Pour la plupart d'entre eux, si on faisait exception de la maladie, la situation était idéale. Ils étaient payés à glander dans leurs tentes ou sur le chemin de ronde bourbeux, disposaient de tant de temps libre qu'ils ne savaient qu'en faire et pouvaient dilapider sur place cette solde facile, en baise et en boisson. Que notre exode soit volontaire, nous qui touchions plus de vingt fois leur paye, je pouvais entrevoir en quoi, pour eux, cela devait ressembler à de la folie. Il nous fallut plusieurs jours pour préparer nos affaires au départ. Les chevaux posèrent le plus de problèmes, parce qu'on les avait répartis sur plusieurs herbages et que les palefreniers ne voyaient pas d'un bon œil que nous les réunissions au corral du camp, même si ce n'était que l'affaire de quelques jours.

Pour ma part, j'avais du mal à me faire à la précipitation dans laquelle tout cela s'était passé. Le virage amorcé par le *vaïdroerk* était attendu, mais brutal. Je fréquentais le camp de siège depuis plus de cinq lunes, je connaissais par cœur ses bruits, ses rouages et ses habitants. L'idée que je ne verrais pas l'aboutissement de ce pour quoi j'avais mis ma vie en jeu était tombée tout à coup, comme une gifle inattendue. Cela me démangeait au moins autant que cela me soulageait, ce qui me troublait sensiblement.

Durant ce bref temps de latence, ce ne fut pas la seule réflexion à me prendre par surprise. Je m'étonnai moi-même de songer si subitement à mon propre avenir. Cela venait par bribes, courtes mais intenses, des monceaux de questions qui me travaillaient l'esprit encore davantage que les préparatifs du voyage ne faisaient travailler mon corps. Que ferais-je de mes deux mains lorsque nous aurions passé la limite du pays libre? Était-ce la fin de ma courte vie de guerrier? Irais-je avec Uldrick, pour m'occuper de lui pendant ses vieux jours, à travailler la terre dans un village paisible? Ou alors suivrais-je une route plus sanglante aux côtés de Osfrid, de Eireck et de Svein. Le monde s'ouvrait à nouveau, s'offrait à moi d'une manière si soudaine que je ne savais qu'en faire. Et puis, lorsque tout fut prêt trois jours plus tard, juste avant notre dernier repas au camp, j'allai pour récupérer le jeu d'osselets que Eireck m'avait offert dans notre tente dortoir. Dans mon paquetage, j'avais trouvé le mot.

C'était un bout de velin tout à fait banal qui avait été proprement plié en quatre. Le style de l'écriture était identique à celui de la lettre anonyme qui m'avait arraché aux griffes du sicaire, sauf que cette fois-ci les boucles n'étaient pas aussi précipitées et que cela avait été rédigé à la plume plutôt qu'au fusain. Trois phrases simples. Une invitation, qui n'était pas rédigée comme telle. « Tu te rendras ce soir au lupanar du village de toile », était-il écrit. « Tu y chercheras le lampion vert. Tu viendras seul, sans quoi tes questions resteront sans réponse. — Un ami. » Je relus le message trois ou quatre fois, le cœur battant.

Théoriquement, j'avais consenti à ne plus aller nulle part en solitaire, mais en dépit de la méfiance et du bon sens en général, le mot avait gagné à la première lecture. Je savais que j'irais. Mon esprit grouillait tandis que je me préparais à la hâte, dans la pénombre du dortoir. Je ceignis mon épée courte et le poignard carmide, tout en guettant les bruits à l'extérieur et le rire sec de Osfrid qui retentissait depuis le chapiteau. J'endossai ensuite le camail que Uldrick m'avait donné après l'embuscade, à Lagre. Le vieux Var était allé marcher du côté de la palissade ce soir-là, et il avait tenu à y aller seul, ce qui était inhabituel. Uldrick aimait flâner près des fosses par les nuits étoilées, il y passait des heures et des heures ces derniers temps, mais généralement j'allais avec lui. Je crois que je comprenais néanmoins son besoin de solitude : c'était la dernière nuit de sa dernière campagne. Même si j'avais eu de la peine à le voir partir en solitaire, à présent cela faisait mon affaire. Je savais que je pouvais être revenu avant que lui ou quiconque ne s'aperçoive de quoi que ce soit. Les braseros s'illuminaient de-ci de-là lorsque, enroulé dans ma vieille pèlerine crasseuse, je me glissai discrètement hors du cantonnement var, les nerfs frémissants mais résolus.

« Cela ressemble au Ruisseau », me disais-je, tandis que j'avançais furtivement vers le village de toile.

Mes bottes s'enfonçaient parfois dans la fange puante, mais c'était à ce prix que j'évitais les chemins de planches et les ombres improbables qui s'y pressaient. La nuit tombait, et elle s'annonçait claire, étonnamment limpide, comme seul l'hiver sait les faire. La lune serait pleine d'ici un jour ou deux et les astres au-dessus dessinaient un spectacle stupéfiant, une lumineuse traînée d'évanescence laiteuse. Mon souffle se condensait sous mon capuchon. Cette nuit, il ferait froid.

Je ne croisai pas grand monde en chemin. Les gens dormaient plus calmement depuis quelques semaines et j'avais remarqué que c'était d'autant plus vrai pour les soldats. Le camp entier se préparait à l'inévitable reddition d'Aigue-Passe. Il était devenu apparent que la ville ne pourrait pas tenir une lune de plus et je crois que, inconsciemment, en vue du travail qu'il y aurait à faire lorsque le lige capitulerait enfin, tout le monde se reposait davantage. Ayant préféré approcher par le sud plutôt que par l'ouest et la route, je m'enfonçai précautionneusement entre les tentes obscures. Je savais commettre une imprudence et c'est pourquoi je tenais à faire preuve d'autant de circonspection que possible. J'avançais parmi les ombres et il me semblait que la fraîcheur de l'air crépusculaire aiguisait mon esprit autant que la pierre affûte le poignard.

Il y avait toujours un peu plus d'activité près du bordel, à cause des catins, des bouges à boire et de la faune nocturne qui y traînait. Je passai un certain temps à observer l'extérieur du lupanar, sans parvenir à déceler quoi que ce soit d'anormal. Les affaires du souteneur avaient dû être bonnes, au plus froid de l'hiver. Depuis ma visite trois lunes plus tôt, son établissement était devenu l'un des assemblages les plus imposants du village de toile. Je me forçai à patienter encore un peu, mais j'avais toujours à l'esprit que le temps m'était compté. Quelqu'un finirait bien par remarquer mon absence du pavillon var. Un ménestrel de passage s'était mis à chanter dans un boui-boui à quelques tentes de là. À son deuxième morceau, une ballade dansante et paillarde, je me glissai jusqu'à l'entrée du lupanar, la main sur le pommeau de mon épée courte.

Ce ne devait pas être une très bonne nuit pour le patron huileux. Pas un seul client n'attendait sous le feutre épais du vestibule. Une dizaine de putains tristes braquèrent leurs regards mornes sur moi. Le teint blanchi à outrance par le plomb ou aiguisé piteusement par le khôl, rien n'aurait pu rendre attirantes ces femmes usées. J'eus honte de ce que j'avais fait pendant ma nuit d'ivresse, durant la fête de l'Embole et jurai en moi-même qu'on ne m'y reprendrait plus. Les brutes, qui étaient trois désormais, me toisèrent de haut en bas depuis l'une des tables tachées, avant de se replonger dans leur jeu de dés. J'ouvris la bouche, sur le point de rabattre mon capuchon, puis j'aperçus soudain un lampion vert, suspendu droit devant, à l'extrémité du couloir de tissu ondoyant. Sans un mot, je me pressai en avant. Je crus que peut-être l'un des chiens de garde allait m'interpeller, mais ce ne fut pas le cas. Personne ne me parla, pas même les putains. Je me figurai plus tard qu'on devait les avoir soudoyés.

En dépit de l'épaisseur du double-toit dont était couvert le lupanar de camp (et sans parler non plus des couches intermédiaires), il faisait frisquet au bordel. Devant moi, le fanal de papier vert vacillait comme un cœur joyeux au gré des courants d'air. On l'avait accroché sans ambiguïté, devant l'une des turnes de feutre. J'en rabattis le vélum épais, en me demandant combien d'hommes avaient exécuté ce même geste avant moi. Il faisait sombre à l'intérieur, une lanterne noircie peinait à recouvrir la moitié d'une couche de sa lueur hésitante. Une figure indiscutablement féminine se trouvait allongée là, une silhouette frêle et sombre, qui me tournait un dos maigrelet. Elle portait une robe à rubans, pas chère et trop grande. Je fis un pas en avant sans vraiment comprendre, incapable d'imaginer comment ni pourquoi cette putain tout en os avait pu m'écrire quoi que ce soit. J'entendis une inspiration vive et la silhouette virevolta sur la couche pour me faire face. «Syffe», murmura-t-elle de ses lèvres peintes et il y avait tant d'espoir dans ce mot que j'eus l'impression insolite que cette fille inconnue m'avait attendue toute sa vie. Puis le souffle quitta mon corps comme le râle d'un mourant et je reconnus Brindille.

Après tout ce temps au cours duquel elle n'avait jamais cessé de hanter mes pensées, je me tins devant Brindille ce soir-là sans parvenir à articuler quoi que ce soit. Elle n'avait jamais été bien épaisse, mais elle avait maigri depuis la dernière nuit où je l'avais vue, quand elle m'avait apporté des noix glacées dans les cachots de Corne-Brune. Tout en elle semblait s'être affiné, comme si le temps l'avait étirée hors de l'enfance. Sa chevelure noire avait été coupée bien plus court que son ancienne tresse, en une caricature maladroite des coiffures au carré de la noblesse basbrunide. Elle était bien trop frêle, mais, en dépit de cela, en dépit aussi du fard vulgaire dont on l'avait affublée, je la trouvai plus ravissante que jamais.

Il n'y avait nulle part par où commencer, mais Brindille se décida avant moi. Elle amorça deux pas rapides et m'étreignit de toutes ses forces. Son corps entier tremblait d'émotion et de froid. Je lui rendis confusément son étreinte, sans reconnaître son odeur dont j'avais tant rêvé, parce qu'on l'avait masquée sous l'éther pugnace d'un parfum. Ses mains tâtonnèrent jusqu'à rabattre mon camail, puis elle me plaqua ses longs doigts pâles de part et d'autre de mon visage. Je crois qu'elle s'assurait pour nous deux que tout cela était bien réel. Des larmes silencieuses scintillaient sur ses joues. J'avais au moins un millier de questions à lui poser, mais aucune de celles que je voulais ne venait vraiment. « Tu as écrit le mot ? » finis-je par croasser dans son oreille. « Non », renifla-t-elle. « C'était pas moi, mais il va arriver. S'il te plaît, Syffe… »

Je vis rouge à ce moment, une rage tremblante de crocs écumants et de noirceur. Je dus faire un effort physique pour garder les bras autour de ses épaules, si bien que le reste de sa phrase fut englouti par la flambée. Il y avait cette ancienne partie de moi qui aboyait depuis l'abîme. Si je n'avais pas eu les leçons de Uldrick pour m'arracher au feu, je serais certainement mort ce soir-là, à patauger dans les tripes du souteneur, ou de n'importe quel homme qui se serait dressé entre lui et moi. Puis la glace salutaire inonda mes veines tout d'un coup et me plongea dans un océan de calme. Je compris brusquement la réponse qui venait de m'être faite et ce que cela impliquait. Je repoussai délicatement Brindille, avant de tirer lentement l'épée. Ses yeux en amande s'écarquillèrent, parce qu'elle ne me reconnaissait pas davantage avec une lame à la main que je ne l'avais reconnue dans sa robe à rubans. Je pivotai vers la pénombre près de l'entrée, tout en sachant pertinemment ce que j'y trouverais.

La silhouette encapuchonnée écarta les bras, pour me signifier ses intentions pacifiques. Je ne lâchai pas l'épée pour autant. Mon esprit était un volcan confus et crépitant, et je me demandais quel nouveau fantôme le passé venait d'invoquer, quel nouvel obstacle allait se placer sur mon chemin. « Hesse ? » sifflai-je à voix basse. La silhouette secoua la tête. Derrière moi, Brindille m'étreignit l'épaule. « Le première-lame est mort, Syffe. Celui-là ne nous veut pas de mal, je crois. » La flamme de la lanterne grésilla comme un chat qui crache. Je vis la laque reluire sous le capuchon de patchwork, et la pointe de mon glaive retomba de quelques pouces. Je déglutis en jurant à mi-voix. La bougie dansait sur un iris vert. « Bertôme Hesse s'est pendu quatre lunes après ton départ de Corne-Brune », fit la voix musicale. Je crus y déceler quelque chose qui ressemblait à de la compassion, ou du regret. « Là-bas, j'ai entendu dire que ce serait à cause d'un enfant qu'il aurait tué, ou d'un sorcier qu'il aurait trahi. Mais un homme m'a aussi raconté que par devoir il avait brisé son propre cœur. »

Je ne pensais pas que ces mots-là me déstabiliseraient autant. Il s'était coulé tout ce temps entre Hesse et moi, et une tromperie aussi. Le soldat m'avait donné à la corde. Pourtant, mon arme vacilla dans ma poigne au souvenir de ses yeux bleus et tristes. Une boule me noua la gorge quand j'effleurai ce que son suicide signifiait. Je fis un pas en arrière. « Que me veux-tu, pérégrin ? » feulai-je pour masquer mes émotions. C'était notre troisième rencontre et, pour la première fois, je le craignais, à cause de ce qu'il m'annonçait et à cause de ce qu'il avait fait pour moi. Je n'oubliais pas non plus sa disparition surnaturelle au-dessus des chutes de Long-Filon et je le surveillais comme on surveille un scorpion. Le marcheur s'accroupit près de l'entrée. Lorsqu'il parla, il le fit avec les yeux rivés au sol. « Je veux toujours la même chose », annonça-t-il. « Je veux t'aider. Je t'ai sauvé du sicaire. Je t'ai réuni avec celle-ci. Je peux vous emmener quelque part où vous serez en sécurité. Tous les deux, pour toujours. »

Je sentis la poigne de Brindille se raffermir. « Je lui fais confiance, Syffe », me souffla-t-elle à l'oreille, et l'espoir dégoulinait de sa voix comme un sirop fervent. « Il paye pour moi tous les soirs depuis que je suis arrivée ici, mais il ne m'a pas touchée, pas une seule fois. » Son haleine était sucrée et vint en rajouter encore au tourbillon. Cela faisait trop à digérer en un seul morceau. J'en bourdonnais de confusion. « Sors », ordonnai-je tout à coup à l'homme accroupi. Je crois que je fus tout aussi surpris que lui. Il plissa les yeux comme si je l'avais frappé et, pourtant, à ma grande surprise, il courba la tête et obtempéra.

« Quesse-tu fais ici, Brindille », demandai-je sans quitter la tenture d'entrée des yeux. « Pourquoi Cardou il est pas avec toi ? » Mon parler cornebrunois était revenu au galop. J'entendis Brindille prendre une grande inspiration toute vibrante et mon cœur fut broyé dans l'instant par une poigne glaciale. Ma tête pivota, nos yeux se rencontrèrent brièvement. Elle n'aurait pas eu besoin de parler comme elle le fit, j'avais déjà compris, mais elle parla tout de même. Son menton s'était mis à trembler. « Il était dans les émeutes, mon Cardou » souffla-t-elle. « Sur les barricades de la basse. Ils l'ont tué au bout de la rue du Clos. Près du vieux puits. C'était il y a un an. J'ai pas pu continuer l'apprentissage après ça. » Je me mordis les lèvres en essayant de faire le vide et de penser aux vivants. L'heure des morts viendrait bien assez tôt. « C'est de toi-même que tu t'es... enfin que t'as dû... que t'es venue ici ? » m'enquis-je maladroitement, en essayant de reconstituer les pièces manquantes du puzzle. « Oui », me répondit Brindille d'une voix un peu trop forte. « Oui, c'est de moi-même que je me suis faite putain. Mais c'est pas de moi-même que je suis ici. La matrone m'a vendue. J'étais teintée, elle m'a dit. C'est devenu mauvais là-bas, Syffe, tu peux pas savoir. Ceux des clans, ils les vendent, quand ils les tuent pas, et ça vaut guère mieux pour les sang-mêlé comme ils nous appellent. »

Les mots de Brindille flottèrent encore quelque temps dans l'air crispé, comme des oiseaux de mauvais augure. Puis, au plus fort du silence, au moment où je m'y attendais le moins, elle m'agrippa si fort que je sentis ses doigts s'enfoncer comme des serres entre les rivets de mes mailles. « Écoute-le, cet homme là-dehors », gronda-t-elle d'une voix pleine de larmes et de colère. « Je pensais jamais te revoir, ni aucun autre visage amical. Par les temps qui courent, je connais des gens qui se couperaient les deux bras pour avoir un morceau de paix comme il en promet. J'aurais plus à faire la putain, et toi t'auras plus à faire le soudard. Je sais pas quel est son prix, à ce pérégrin, mais je veux bien le payer. Tu devrais y songer toi aussi. » J'hésitai quelques instants, suspendu à son souffle, et à elle, et tout ce que je n'aurais jamais dû avoir à quitter. «Songes-y, Syffe», supplia encore Brindille en m'étreignant la main. Je hochai la tête. «J'y songe», lui dis-je à voix basse. «Mais cet homme là-dehors n'a rien d'un pérégrin.»

61

La vérité m'avait sauté aux yeux, m'avait piquée aussi vivement que si j'avais été brûlé par l'étincelle d'un âtre. « Toi », murmurai-je en me tournant brusquement vers la tenture, « tu étais dans mon rêve. » Deux yeux verts pointèrent joyeusement à l'interstice de la toile, et des doigts noircis vinrent en agrandir la fente. La braise de ce regard n'était pas sans me rappeler l'éclat de la facette luisante et amicale, celle qui m'avait protégé durant le songe de l'année précédente, en cette première nuit étrange qui avait suivi mon départ de Vaux. Je compris enfin en quoi sa lumière m'avait alors paru familière. Cette facette-là avait été lui. J'en déduisis immédiatement que les autres, aussi, étaient des personnes. « Ce n'était pas un rêve », carillonna l'homme derrière le masque. Ses yeux se plissèrent comme ceux d'un chat qui joue. « Mais tu n'étais pas censé être là. »

J'acquiesçai, le cœur battant, tout en sachant pertinemment qu'il me mentait. Pas à propos du rêve, le rêve était réel. Je n'avais eu besoin que de sa parole pour en être convaincu. À cette seule révélation, d'ailleurs, j'avais dû me mordre la langue au sang pour contenir les élucubrations tentaculaires de mon esprit. Si je m'étais laissé faire, je me serais éparpillé en mille questionnements impatients. Non, le mensonge du pérégrin, c'était sa bienveillance. Elle n'était pas feinte, mais ce n'était qu'une surface, un unique aspect de son intérêt, celui qu'il voulait bien me montrer. J'hésitai, ne sachant par quel côté je devais démêler sa veulerie. « Tu veux seulement m'aider ? » sifflai-je. « Eh bien, en admettant que j'accepte, où irions-nous ? »

Le pérégrin écarta un peu plus la toile. C'était un feutre brut qui tirait sur le brun et sa main gantée de laine usée l'étreignait fermement. Je le vis sourire. « En admettant que tu acceptes, nous irions à l'ouest », fit-il d'une voix amusée, avant de virevolter jusqu'à l'intérieur de la tente. Sa cape ébouriffée enfla comme le plumage d'un paon qui fait sa cour. Il se tenait soudain très droit, à quelques pas de moi. Son corps resta rigide tandis qu'il penchait son visage vers le mien. J'en avais presque oublié mon épée. « Mais je ne pense pas que je t'apprends quoi que ce soit », ajouta-t-il, en se fendant d'un sourire encore plus large. J'opinai du chef. « Nous passerions la Gorce et irions ensuite au nord », complétai-je. Mon regard méfiant se vissa au sien. « Je n'ai pas oublié tes conseils à Long-Filon. Ça fait deux fois maintenant. Tu essayes de me pousser vers Spinelle. » Derrière moi, je sentis Brindille frissonner et le sourire du pérégrin retomba lentement. « Je suis venu, parce que ton mot promettait des réponses. J'aimerais savoir ce que tu me veux, en vrai », ajoutai-je. L'homme masqué s'humecta méticuleusement les lèvres. Il me jaugeait. « Tu ne me croirais pas. Je peux seulement te renouveler ma promesse. La sécurité. Et bien plus. Pour toujours », répondit-il posément, sans perdre mon regard pour autant.

J'eus un geste irrité, avant de hausser des épaules. Je rengainai mon épée et crachai dans les roseaux qui couvraient le sol. « Uldrick avait raison à propos de toi. Tu es un mystificateur. » Je ne pensais qu'à moitié ce que je disais, parce que d'un autre côté je savais aussi que nous avions partagé le rêve. Restait que, même si c'était sans doute absurde, je n'étais pas encore convaincu que tout ça n'était pas un tour de passe-passe élaboré, avec pour objectif final les seize couronnes d'or que je valais à Corne-Brune. Un bref silence plana entre nous. « Pourquoi vous ne répondez pas à sa question ? » demanda Brindille avec brusquerie, par-dessus mon épaule. Le pérégrin l'ignora. Je secouai la tête face au masque de racines polies. « J'aurai pas de réponses ce soir, pas vrai ? Mais j'ai compris qui tu es. T'es un Feuillu, un sorcier ketoï », déclarai-je d'un ton confiant. Je savais avoir raison.

Même si le biais par lequel c'était arrivé m'échappait toujours, je comprenais désormais ce que j'avais vu en rêve en cette nuit agitée, après le bac de Gorsaule. C'était bien un plan de bataille. C'était même un plan de guerre. C'était une vision tactique de Vaux, une version vivante et détaillée d'une carte de campagne, sur laquelle figurait chaque acteur, mais qui se trouvait curieusement vide par endroits. Ce plan onirique avait appartenu à la rébellion feuillue, j'en étais désormais certain. Le pérégrin ne fit aucun effort pour se cacher de la vérité que j'avais énoncée. « Oui. Je sers l'*Akeskateï* et la Verte-Vigne. Et toi, que sais-tu de ces choses-là ? » me demanda-t-il curieusement. « Je sais que c'est des foutaises », répondis-je, du tac au tac « Les dieux sont morts ou impuissants. Les Vars libres me l'ont appris. » Le pérégrin me contredit immédiatement :

— Tu as vu comme moi la vérité de l'*Akeskateï*. Tu as rencontré notre déesse. Lorsque nous ne faisions qu'un seul esprit, dans la vallée de la Gorce.

Cela eut l'avantage de me prendre de court. Au souvenir de cette présence astrale et éclatante qui m'avait littéralement noyé de son amour exubérant, je déglutis. Je l'avais hurlée au réveil et recrachée aussi. Cela m'avait renvoyé à mes expériences oniriques corne-brunoises comme un coup de boutoir et à cette entité que, faute de mieux, j'avais surnommée *Elle*. *Elle* avait été une présence terriblement semblable à cet esprit solaire que le Feuillu nommait déesse. Pendant longtemps *Elle* avait crissé au lointain, lancinante et incompréhensible dans mes songes. Puis, comme si cela ne lui suffisait plus, d'une manière qui m'était encore inconnue, bien que je soupçonne la complicité du Deïsi, *Elle* avait gravé sa marque sur les corps de Doune et de Nahir. Mes doutes quant à l'existence même de ces puissances incommensurables qui jadis m'avaient frôlé – et désiré davantage que cela – se dissipèrent brutalement. Vint avec cela la réalisation que, pour une raison obscure mais palpable, l'étincelle insignifiante que j'étais les intéressait. Bien plus qu'elle ne l'aurait dû. Beaucoup trop, en vérité.

J'ignore si ce qui suivit incombait à l'effroi soudain que je ressentais sans vouloir l'admettre, ou bien si c'était simplement un sursaut obstiné de la *Pradekke*. En ces deux années que j'avais passées en compagnie de Uldrick dans la forêt de Vaux, j'étais devenu aussi fermement incroyant que jadis j'avais été superstitieux. Quoi qu'il en soit, je sentais viscéralement que le pérégrin me parlait depuis un lieu où je ne désirais pas pénétrer. Ouvrir cette porte-là, j'en étais convaincu, m'aurait arraché à tout ce j'étais devenu, aurait demandé que je crache sur le sang qui en cimentait les fissures. Je n'en étais pas capable. Même à la demande de Brindille, je n'en étais pas capable.

— Je n'irai pas.

Ma gorge était serrée par l'angoisse, autant qu'en cette nuit où je m'étais délivré de la cogue de Vargan Fuste et où j'avais bravé les eaux noires de la scierie. Mais ma voix était ferme. Le pérégrin pencha curieusement la tête et il me contempla d'un air à la fois incrédule et amusé. Il y avait peut-être de l'inquiétude aussi, mais son masque m'empêchait d'en distinguer davantage. Brindille m'agrippa violemment. « Syffe... », commença-t-elle d'une voix paniquée, mais je secouai la tête. Lorsque je me mis à parler, j'étreignis sa main à elle, qui était froide, mais c'était le pérégrin que je regardais. « Je veux qu'on parte ensemble trouver ce morceau de paix », fis-je à voix basse. « Le Ketoï feuillu veut acheter ta liberté avec ses pépites d'or, et il compte m'acheter avec. Ses promesses, je sais pas ce que j'en pense et toi non plus, si t'es honnête. Moi, ta liberté, je peux la prendre et j'ai trente guerriers-var qui peuvent m'aider. » La voix du pérégrin rebondit sur la mienne, si rapidement qu'on aurait dit l'écho de mes pensées :

— Mais pas un seul d'entre eux ne pourra répondre à tes questions.

Il s'humecta les lèvres en me dévisageant intensément. « Sans compter tout ce que j'ai déjà fait pour toi, je demeure le seul qui puisse faire cela », compléta-t-il d'une voix douce. Son argument trancha, mais pas aussi profondément que je l'attendais. La mort de Nahir, le Deïsi, *Elle*, les rêves, sa déesse, cela faisait beaucoup de questions, des questions dont le dard acide m'agaçait depuis longtemps. Je savais pertinemment que le pérégrin disait juste et vrai. Effectivement, il pouvait m'éclairer, aussi facilement que le soleil chasse la nuit. Et voilà que je décidais de renoncer alors que je touchais au but. Une partie de moi maudissait mon choix, maudissait même Brindille, tant le sacrifice était grand. Mais je me rappelais en même temps les enseignements des Vars. Ne jamais laisser l'adversaire décider des termes de la bataille. Ce qui était certain, c'est que je voyais le pérégrin comme un adversaire, à sa manière. « *Vessukke.* », fis-je, en avisant le Feuillu. « Me laisseras-tu partir d'ici ? »

— Bien sûr. Mais pas avant que je ne te dise que tu es en danger, ici et maintenant, et que ta vie peut dépendre de ton choix. Me crois-tu ?

Je contemplai cette proposition énigmatique, sans le quitter des yeux. « Oui », énonçai-je avec lenteur. « Je te crois. Mais je crois aussi que tu dirais n'importe quoi pour que je vienne avec toi. » Il hocha la tête. « C'est juste », concéda-t-il, avec un rictus sardonique. Je reniflai. « Un jour, je viendrai chercher ces réponses à Spinelle », annonçai-je d'une voix ferme. « Si tu es encore vivant », plaisanta amèrement le pérégrin. J'opinai du chef. « Si je suis encore vivant. »

Mon interlocuteur inspira profondément, et pour la première fois j'eus l'impression qu'il réfléchissait vraiment, comme s'il n'avait pas originellement prévu d'accepter un tel aboutissement. « Tu m'obliges sans le savoir à parier et je n'ai jamais été un bon parieur. Mais soit. Entends néanmoins ceci. Le jour dont tu parles viendra. Tu trouveras tes réponses à Spinelle », dit-il. « Et de nouvelles questions aussi. Mais tu y trouveras surtout ce qui t'est le plus cher. M'entends-tu, Syffe ? Ce qui t'est le plus cher. » Il regardait par-dessus mon épaule à ce moment-là, avec une telle intensité que je fus effrayé pour Brindille. Je me tournai instinctivement vers elle, pour la protéger ou bien m'assurer qu'il n'allait pas la faire disparaître d'un tour de passe-passe. Je l'avais quitté des yeux le temps d'un battement de cœur. Bien entendu, lorsque je reportai mon attention devant moi, il ne restait du pérégrin que la tenture vacillante.

Brindille soupira, dénoua nos deux mains, et s'assit tout à coup sur sa couche. Elle avait le regard sombre et l'œil fiévreux. « Je veux bien qu'on ait grandi, tous les deux, mais j'espère que c'est pas du vent, tes guerriers. » Elle se mordit la lèvre, et je crus qu'elle allait se remettre à pleurer. « Que c'est pas comme tes contrebandiers », hoqueta-t-elle, « et que je vais pas finir comme Merle. » Je grimaçai sous le coup de cette accusation à peine voilée, et Brindille s'ébroua comme pour protester ses propres paroles. Elle me saisit alors et m'étreignit par la taille comme une suppliante. « Je sais que c'était pas de ta faute », lança-t-elle, d'une voix larmoyante. « Je le sais. Mais j'ai un peu d'espoir, Syffe. Alors s'il te plaît. Je ne peux pas rester ici. »

Je passai une main maladroite et tremblante sur son front gelé. Je n'étais pas encore tout à fait certain que sa présence contre moi était réelle. Que je l'avais vraiment retrouvée. « J'en ai pour quelques heures. Peut-être même moins », fis-je d'une voix que je voulais rassurante, mais que l'émotion rendait rauque et plaintive. « Ça passera vite. On va partir ensemble, je te promets. » Brindille serra les dents et renifla, puis elle m'attira à elle et déposa un baiser froid sur ma joue brûlante. « C'est la dernière fois qu'on se sépare », fit-elle sombrement. Je me dégageai de mon ceinturon d'armes et en ôtai le poignard carmide, que je lui tendis dans son fourreau de cuir tressé. « Au cas où. Pendant que je suis parti », lui dis-je, alors que ses doigts s'enroulaient avec hésitation autour du pommeau. Ses yeux sondèrent les miens, j'y vis briller ses larmes, mais aussi une hargne revêche qui rendit mon départ plus facile.

Je traversai le lupanar comme on traverse une ruelle à surineurs. Je regardais droit devant moi, la mâchoire nouée, la nuque hérissée et rigide, parce que je savais que je pouvais encore tout foutre en l'air si je voyais rouge. Mon imaginaire décora le couloir de toile de fantasmes sanguinaires et, tandis que j'avançais, je me demandais si quelqu'un m'empêcherait de castrer le souteneur grassouillet lorsque je reviendrais avec l'acier du *vaïdroerk* pour m'appuyer. Je savais que, pour délivrer Brindille par la force, il me faudrait convoquer un *folnwordde* et c'est pourquoi j'avais déjà décidé de m'assurer au préalable de l'appui de Uldrick. Cela tombait bien, puisque je savais exactement où le trouver. L'affaire pouvait être bouclée rapidement et le *vaïdroerk* parti avant que quiconque n'ait le temps de faire d'histoires. J'ignorai sur mon passage les putains et les brutes de l'entrée et je m'en fus dans la nuit aussi rapidement que j'étais entré, traînant derrière moi l'espoir d'un retour féroce.

Le froid mordait vraiment à cette heure, mais je savais que Uldrick serait encore à la palissade. Il avait emporté avec lui un quart de pain, du fromage sec et, exceptionnellement, une demi-timbale de tord-boyaux. C'était sa manière à lui de dire adieu à une vie forgée par l'acier, en buvant seul, sous les étoiles. Une partie de mon être, une partie que je n'aimais pas tellement, qui était née de la faim dans les ruelles de la Basse, calculait que son état d'esprit me serait sans doute favorable. J'allais proposer au guerrier un dernier baroud, quelque chose dont il pourrait se souvenir avec fierté. Je complotais à toute vitesse tout en trottinant agilement sur le chemin biscornu de planches givrées, inondées par la lueur éclatante de la lune. Mes pensées divaguaient de temps à autre vers Brindille, assise seule sur sa couche dans sa robe trop grande et j'espérais qu'elle ne s'inquiétait pas de trop. Cette fois-ci, j'allais vraiment la sauver.

Tandis que je passais au travers du camp pour la deuxième fois ce soir-là, je me sentais confiant, et presque heureux. J'avais encore deux morts à accepter, Cardou et Hesse, mais j'avais retrouvé Brindille, l'une des personnes qui avaient le plus compté de toute ma vie. J'esquissais parfois des sourires euphoriques, incapable de croire encore à ce qui se passait, alors que je bondissais sur le chemin de bois vermoulu. La rampe grimpait doucement vers l'est, s'enfonçait pour entrecouper une tranchée transversale, puis poursuivait encore sa route, jusqu'à passer près des baraquements brunides.

Tout là-haut, de part et d'autre de la Passe, les pics enneigés luisaient au clair de lune. En dessous, le reste des montagnes se perdait dans l'obscurité des pins touffus qui leur ceignaient les pieds. Sur ma droite, au centre des baraquements où les braseros se consumaient, il y avait la ferme de Carsonne, noire et vacillante derrière l'éclat des flammes. Près de là, de petits groupes d'hommes murmurants se massaient autour des trous à feux, chacun retardant le moment où il irait cuver son vin. Je voyais les fers de leurs lances reluire d'ici, et parfois aussi l'éclat mat des mailles lorsqu'un pan de cape s'ouvrait de trop. Leurs grognements fumaient autant que les brasiers. Puis devant moi il y eut la palissade, une mille de troncs noircis et bancals, fichés dans le sol bourbeux comme des flèches dans la chair d'une bête morte. Je soufflai quelques instants, tout en humant l'air glacial pour prendre mes repères. Comme d'habitude, cela flairait la résine humide et parfois aussi des relents de merde froide.

De notre côté, le mur de troncs n'était pas tellement haut, à peine un empan par endroits, et on avait creusé une fosse à son pied sur ces tronçons où il paraissait inutile. En réalité, on pouvait également le contourner avec aise, même si cela impliquait de passer par le terrain difficile plus au sud. La palissade, tout comme les pieux et les chausse-trappes qui parsemaient la boue gelée devant elle, était surtout là pour empêcher toute armée adverse de manœuvrer la Passe comme elle l'entendait. Je me demandai à quoi tout cela allait servir, lorsque Aigue-Passe tomberait dans quelques semaines. De bois de chauffage, sans doute. On ne devait plus avoir tellement de meubles à brûler, là-haut.

Je remontai les planches crasseuses qui servaient de chemin de ronde. Il y avait quelques torchères sur la palissade et des casemates, aussi, tous les deux cents empans ou presque. Ces dernières abritaient généralement une poignée de miliciens malchanceux,

ceux qu'on avait tirés au sort pour se les geler toute la nuit. On pouvait dire ce que l'on voulait de l'organisation de Carsonne, mais au moins les capitaines brunides étaient suffisamment compétents pour que les fortifications soient maintenues en état, avec des hommes pour les défendre malgré l'ennui. Mes pas me menèrent près d'un garde à moitié avachi sur sa lance qui sursauta à mon passage, puis près d'un nouveau point fortifié. Le chemin grimpait encore, si bien qu'à ma droite on avait vue sur la ferme et l'ensemble des baraquements et, au-delà, on pouvait même deviner les contours enneigés du village de toile. Dans mon dos, Aigue-Passe s'agrippait au Cap-Venteux comme une pierre morne et sombre qu'un artisan visionnaire aurait taillée en forme de joyau.

Uldrick se trouvait à son poste habituel, près de la dernière casemate. C'était à l'origine une toute petite bergerie de pierres sèches, que les ingénieurs avaient augmentée avec des rondins. Le tout formait à présent un fortin bancal sur lequel trônait une plate-forme grinçante qui essayait tant bien que mal de ressembler à une tour de guet. De nuit, à la lueur des torches et de la lune, l'architecture semblait encore plus farfelue. Une dizaine de soldats brunides stationnaient là en permanence, et cette nuit ne faisait pas exception. D'autres devaient dormir en dessous dans la bergerie, mais la plupart siégeaient autour des braseros, dans la cour juste derrière, et en haut, sur la plate-forme.

J'accélérai le pas, manquai de glisser en quittant le chemin de ronde, et depuis l'étage un lancier emmitonné posa son regard silencieux sur moi. Juste derrière le fortin, un peu à l'écart du brasier, il y avait un arbre à charmes que personne n'avait voulu couper pour ne pas risquer le mauvais œil. Uldrick se trouvait debout dans son ombre, à contempler le ciel. Il avait revêtu son armure et taillait une figure impressionnante sur l'horizon. Une statue ciselée. Son gantelet était enroulé autour de sa timbale vide. Il ne se donna pas la peine de me regarder, alors que j'approchais, hors d'haleine.

« J'ai rarement vu un ciel aussi clair », dit-il en varsi alors que je m'agrippais à sa cape à la recherche de mon souffle. « Uldrick... », crachai-je, entre deux halètements. « Tu dois m'aider. » Un œil vert-de-gris virevolta sur moi depuis l'ombre du heaume à panache, avant de se reporter sur le panorama étoilé. Un rictus amusé vint tordre sa bouche. « Je ne *dois* rien du tout, *Sleitling* », gronda le guerrier. « Je suis Var. » J'eus le temps de le détester de faire de la rhétorique alors que j'avais besoin de lui.

Puis la nuit s'emplit de sifflements.

62

Le carreau qui tua Uldrick frappa en biais, juste à côté de la nasale de son heaume. Ça se ficha jusqu'à l'empennage de feutre en un craquement étouffé. Le Var eut un sursaut, puis souffla net, comme un homme soulagé. Un flot rouge se mit à sourdre par la narine qu'il lui restait, puis son mauvais genou plia, et il bascula devant moi, son armure tintant tandis que les écailles de bronze sautaient sous l'impact d'autres traits miaulants. Ce fut le corps mourant du Var qui me protégea des tirs, tandis qu'autour la nuit se striait d'éclairs et de hurlements d'alarme et de douleur. Je me rappelle le sang qui bullait dans sa barbe, les chuintements au-dessus et aussi que j'avais agrippé sa main comme celle d'un père, pendant que ses soubresauts s'adoucissaient. Je me rappelle les larmes muettes, ne plus avoir voulu respirer, puis le blanc crépitant qui s'engouffra en moi, parce que je ne pouvais plus rien au monde, plus rien du tout. Je me rappelle avoir claqué des dents, et contemplé l'obscurité sans vouloir comprendre comment tout se défaisait devant mes yeux. Autour, les portes des enfers s'ouvraient en grand.

Je réalisai plus tard que c'était à cause de moi, s'ils

avaient tiré. En me voyant arriver au pas de course, ils avaient dû penser qu'ailleurs sur la palissade quelqu'un avait repéré leur approche furtive. Pour ne pas perdre l'élément de surprise, les arbalètes de quatre cents mercenaires carmides avaient nivelé la garnison et fait pleuvoir la mort sur les baraquements et le corral. Ils tuaient nos chevaux depuis les hauteurs, et les bêtes avaient paniqué et défoncé les barrières, tout ça avant même que l'infanterie régulière de Collinne n'ait pris pied dans nos tranchées. Allongé sous la lune et les branches tortueuses de l'arbre à charmes, Uldrick ne remuait presque plus. D'autres hommes mouraient un peu plus loin. On croisait désespérément le fer près de la casemate et des cors criards résonnaient un peu partout, mais c'était déjà trop tard. Les défenses étaient enfoncées, l'ennemi nous tenait par la gorge et il ne restait plus qu'à batailler pour sauver sa peau. Je ne saurais plus dire comment cela se passa pour moi, ni comment j'avais réussi à faire autre chose que devenir fou de frayeur et de peine.

Quand Uldrick était tombé avec ce trait dans le visage, j'avais tout oublié. J'avais oublié Brindille et la castration du souteneur, les mystères du pérégrin et des rêves, Corne-Brune. Tout avait disparu. Les flammes des braseros renversés par la mêlée sur la plate-forme avaient tissé des ombres et ces ombres avaient joué sur ce pouce de bois ensanglanté comme le soleil joue sur le monde. Un milicien brûlait vivant dans l'incendie de la tour, un autre hurlait avec dix carreaux dans le corps. Cela n'avait pas mérité un regard. De toutes les disparitions du monde, de toutes les annihilations, il n'y avait rien d'aussi obscène que cette monstrueuse écharde qui pointait hors de la face du guerrier-var. J'avais essayé de la retirer, fébrilement, mais cela glissait trop. J'avais sondé les étoiles pendant qu'ailleurs battait le tambour de l'acier. Le massacre menait son cours dans l'obscurité, dans la boue froide entre les tentes trouées. Puis quelqu'un avait crié qu'il fallait courir. Je n'avais pas voulu laisser Uldrick. Pourtant j'avais couru. D'autres avaient couru avec moi, vers le sud où les bûcherons avaient repoussé la forêt. Les sifflements en avaient fauché plus d'un. Je n'ai pas gardé tellement d'autres souvenirs de cette nuit-là.

Au petit matin, Bredda était venue me trouver. On était une dizaine dans les bois gelés. Sonneur et Jassk étaient là, mais Sonneur avait pris un carreau sous la clavicule. Il avait perdu beaucoup de sang pendant la nuit et je n'étais pas certain qu'il allait s'en sortir. Il y avait avec nous un milicien brunide mourant, qui boitait avec ses tripes dans les mains, et l'archer long qui l'avait traîné là, un grand gaillard moustachu aux pommettes hautes, que je reconnaissais comme un des hommes de Mourvine. Les autres étaient soudards, trois Montagnards hargneux, un vougier de Vaux salement découpé, qui avait perdu sa vouge et pas mal de doigts et un lancier haut-brunide à la langue hésitante et nerveuse, dont le visage était rougeaud, et émacié. Je n'aimais pas les manières de celui-là. Il frottait les gerçures de son crâne tondu, et avait l'air d'avoir toujours faim.

Bredda était arrivée alors qu'on prenait un peu de repos, et j'avais éclaté en sanglots, parce qu'elle n'avait rien, mais aussi parce que Pikke n'était pas avec elle. Elle avait clopiné droit jusqu'à moi au travers des arbres noirs et posé son mufle écumant dans ma main. Mes doigts étaient encore tout tachés du sang de Uldrick. La grande jument s'était ébrouée en me reniflant avec insistance, les naseaux fumants. J'étais à peu près certain qu'elle avait compris ce qui était arrivé, et je me demandais comment il se faisait qu'elle soit restée et si vraiment elle m'avait cherché, comme je me le figurais. J'espérais que Pikke était parti avec les autres Vars. L'archer moustachu disait qu'il avait vu le *vaïdroerk* se tailler un chemin vers la route avec le gros des survivants. Qu'il avait essayé de se joindre à leur retraite, mais que les combats l'en avaient empêché. Je croisai les doigts pour Osfrid et Svein et pour Eireck aussi. Pour tous les Vars, parce que nos chemins s'étaient séparés, sans doute pour de bon et pas de la façon dont je l'aurais voulu.

Tout comme Pikke m'avait ramené à moi, lorsque sur le plateau j'avais trouvé le calme glacé sous le volcan de ma propre rage, ce fut le souffle profond de Bredda qui m'aida à regagner mes esprits, après que Collinne eut brisé le siège d'Aigue-Passe. Il y avait quelque chose dans son regard mutin qui racontait comment elle voulait encore combattre. « Je suis debout », disait son œil sombre. « Je frissonne, parce que j'ai sué toute la nuit, mais j'ai le poitrail large et les sabots acérés, et je n'en ai pas fini ici. Tout ça n'est pas terminé. » Le nez collé dans son cou fauve, je réaffirmai doucement prise sur moi-même, parce qu'à ce moment et à cet endroit il n'y avait plus que cela à faire. Sous le regard féroce de la jument de guerre, mes sanglots s'espacèrent d'eux-mêmes, pour se transformer lentement en respirations assurées. Je décidai que je n'allais pas crever ici, ou du moins pas de cette manière, pas terré dans les bois comme un lapin peureux.

Pour la première fois depuis l'attaque, j'osai enfin penser à Brindille et ma résolution trouva de quoi s'ancrer d'un coup violent. Je m'y accrochai si fort que j'eus l'impression de reprendre racine dans le monde en une seule secousse révoltée. Il me revint brusquement en perspective que j'avais de l'acier à ma ceinture. Et surtout, qu'en dépit de la vague de fond qui venait de noyer ma vie, j'aimerais mieux être damné que de laisser quoi que ce soit me séparer d'elle une fois encore. En tout état de cause, il ne me restait rien d'autre. Je flattai Bredda tout en essayant de composer les ébauches d'un plan. Le Brunide mourant s'était enfin endormi et il gémissait doucement dans son sommeil, enroulé sous un sapin. Le lancier à l'air affamé ficha son arme dans la neige, se délesta de son bouclier et se rinça le gosier avec son outre à vin. Les ombres des branches nues hantaient son visage lorsqu'il se tourna vers nous. « Ça serait lui rendre service à ce gars-là, que de l'aider un peu », chuchota-t-il d'une voix rauque, en désignant l'éventré, mais sa voix était vide de la compassion qu'il singeait. « Maintenant qu'on a un cheval, on a une belle chance », poursuivit-il d'un air complice. « S'agirait pas de s'encombrer. »

« J'aimerais mieux l'emmener », répondit l'archer-long d'un ton égal. « Je connais un de ses frères à Granières. » J'ajustai le licol de Bredda sans me mêler à leur discussion, pestant à voix basse, parce que la jument n'avait pas été sellée. « Fais-le toi-même si t'y tiens tant », lança l'homme sans doigts avec un rictus hilare. « Moi j'aurais du mal à y donner le couteau. » Je crois que même les Montagnards en restèrent bouche bée, que l'homme de Vaux puisse plaisanter alors que ses moignons saignaient encore. « Putains de Ganne », marmonnait le lancier, et il marcha vers le mourant, la main sur le poignard. Il eut à peine le temps de faire dix pas, avant que l'un des Montagnards ne se déplie avec souplesse. C'était un jeune guerrier au visage tatoué et aux cheveux hérissés de poix, et il s'interposa avec une assurance agressive. « Laisse celui-là dans le froid », argua-t-il, avec force de gestes pour appuyer ses propos. « Il mérite la mort plus douce que le couteau. »

Le lancier hésita quelques instants en prenant la mesure du guerrier, la paupière frémissante. Puis il tourna les talons en maugréant. Le Brunide perdait patience ou la boule, peut-être bien les deux. L'archer s'était adossé à un tronc mort, où il mâchonnait un bout de poisson sec, mais ses yeux vifs ne quittaient pas l'homme au visage rouge qui faisait les cent pas sous les frondaisons gelées. « Y faut qu'on se choisisse un chef maint'nant les gars », annonça le lancier nerveusement. Personne ne répondit quoi que ce soit et ses mots s'éparpillèrent sous les arbres sombres. Les Montagnards échangèrent quelques paroles en leur langue rude. L'un d'entre eux eut un rire sec et méprisant. Le lancier cracha dans la neige, le visage encore plus cramoisi qu'auparavant. « Tu devrais te reposer, l'ami », lança Sonneur depuis les racines tortueuses du hêtre sous lequel il s'était installé. « T'en as besoin autant que nous autres. Qu'on m'coupe le bout si c'est pas vrai. » L'homme agité ne parut pas l'entendre. Après avoir dévisagé Jassk avec une attention dérangeante, il finit par se diriger vers moi. « Allez, le sauvageon, tu vas m'aider à charger le cheval », dit-il d'une voix trop forte. Au-dessus, la neige se remit à voleter. J'expirai profondément, parce que je voyais où tout cela allait mener.

« C'est pas *le* cheval, Brunide », répondis-je d'une voix qui se voulait assurée. « C'est *mon* cheval. Et

j'ai pas encore décidé de ce que j'allais en faire.»
L'homme eut un regard incrédule, aussi incrédule que si je l'avais suriné là, dans la clairière, en plein devant les autres. Le sang reflua de son visage, et sa langue pointait entre des lèvres gercées, comme celle d'un varan qui aurait emprunté un visage humain. Je baissai les yeux, presque par pudeur, alors que sa bouche tressautait de manière monstrueuse, pour former des mots silencieux. Puis l'homme se mit à rire. C'était fébrile au début, mais au fur et à mesure, cela prit de l'ampleur. Il caqueta bientôt à tue-tête, comme si je lui avais raconté la blague la plus amusante du monde. Des regards inquiets convergèrent vers lui. Le mourant se réveilla en sursaut et les Montagnards murmuraient dans les ombres. «Ta gueule, pov' cave», siffla le vougier estropié, en se levant à moitié. Mais le Brunide hilare ne l'écouta pas. Il fit un pas vers moi, riant à gorge déployée, le bras tendu comme s'il allait s'emparer de la bride.

Je me campai solidement sur mes appuis et tirai l'épée. Le rire fut ravalé dans l'instant. «Espèce de sale...», feula le lancier rougeaud, puis il se jeta sur moi. J'aurais préféré avoir un bouclier, mais j'étais confiant, parce que j'avais l'allonge, et mes mailles contre son poignard, mais nous avions tous les deux oublié la jument igérienne. Bredda s'interposa en un éclair, les oreilles en arrière. Elle se cabra soudainement face à la folie du lancier, ses larges sabots fouettant l'air comme de gigantesques massues de corne et Jassk, que je n'avais même pas vu partir, le plaqua dans la neige comme un mannequin d'exercice. Ils luttèrent quelques instants pour la dague alors que le Montagnard l'insultait en feulant, puis l'archer moustachu rejoignit à son tour la mêlée et frappa deux fois du plat de son épée longue. Il posa ensuite sa lame en transversale, sur la gorge du lancier. L'homme cessa aussitôt de lutter, pour supplier doucement. « Va te reposer », marmonna l'archer long en s'écartant, une fois que Jassk eut glissé le poignard confisqué dans sa ceinture. Le rougeaud ne bougea pas. Accroupi dans la neige, il grelottait, comme pris par la fièvre, le regard perdu entre les arbres. Ses braies fumaient. Le vougier de Vaux ricanait dans les replis de sa barbe noire.

L'archer me lança un regard perçant. Il avait la petite trentaine, les cheveux coupés court, et l'accent bourrois. Quelque chose en lui m'évoquait Bertôme Hesse, mais il se peut aussi que ce soit ce que j'avais voulu voir. « Tu étais avec les Vars », dit-il. Ce n'était pas une question. J'acquiesçai. Bredda piaffa. L'homme rengaina son arme. « Tel que je vois les choses », poursuivit-il, « il nous servira pas tant, ton cheval. Collinne a dû partir derrière nos gars cette nuit, et ça veut dire qu'il y a une armée entre nous et la frontière. La route, on peut l'oublier. Alors un cheval comme celui-là, dans les montagnes, ça sera du bon et du mauvais. » J'opinai encore une fois, l'esprit hésitant. « Faut que j'y retourne de toute façon », fis-je enfin. J'avais pris la décision en même temps que je parlais. « Faut que j'aille chercher Brindille. Je la laisserai pas encore. » Il y eut un silence, les survivants me contemplaient comme ils avaient tantôt contemplé le rougeaud. Pourtant, après avoir prononcé ces paroles, je me sentis plus calme que je ne l'avais été depuis longtemps, un état de grâce, focalisé et intense. C'était une cause qui faisait sens.

« Tu n'vas pas repartir là-bas, jeune Syffe, pour des brindilles ou quoi que ce soit d'autre », chevrota Sonneur, d'une voix qu'il n'avait plus assez de force pour rendre autoritaire. « Dis-lui, Jassk. » À ses côtés, le Montagnard m'étudia longuement, mais il le fit en silence, en ignorant les imprécations de son associé. Sous les regards médusés des autres, j'ôtai mon ceinturon et l'épée qui s'y trouvait pendue, mon camail, puis ma cotte. J'entassai méthodiquement mon équipement dans la neige, avant de repasser dare-dare mes chemises et ma pèlerine trouée. Je frissonnais à cause du froid, mais j'étais résolu, et cela au moins, il me semble que mes compagnons d'infortune le virent.

« Je vous laisse mes affaires », fis-je à l'intention de personne en particulier. « Les mailles sont en cuivre, alors vous aurez qu'à les faire fondre. Et y a quelques bouts de porc boucané dans la poche du ceinturon. » Jassk toussota, haussa des épaules. Sans tenir compte du flot de protestations faiblardes qui émanait de Sonneur, il m'approcha d'un pas décidé. De sa botte usée, couturée de lamelles métalliques, le Montagnard tira un fin couteau, qu'il me tendit. « Il ne faut jamais aller nu », fit-il avec une grimace exagérée qui ressemblait à un sourire. Je lui empoignai l'avant-bras en un salut guerrier, qu'il me rendit. « On ne se reverra pas », me dit Jassk platement, en clanique. Son visage féroce était redevenu aussi expressif qu'une gueule de vipère. « Je sais », répondis-je et il se détourna.

Lorsque je saisis la longe de Bredda, Sonneur se redressa en pestant. Ses yeux virevoltaient d'un rescapé à l'autre. « Mais y aura personne pour le retenir, ce gamin ? » cracha-t-il avec incrédulité. « Reste donc, gamin », lança l'archer à moustache, mais je secouai obstinément la tête. « Moi j'ai dans l'idée qu'ce gamin-là, y s'rait bien capable de planter çui qui voudrait le retenir, », grogna le vougier en direction de Sonneur, avant qu'il ne reporte son regard sur moi. Il m'avisait depuis l'ombre de son sapin, un chiffon ensanglanté autour des mains, et cracha sa chique noire dans la neige. « Je sais pas bien ce que tu vas fout' là-bas, petit, et c'est pas mon problème pas'que je serai plus ici quand y t'arracheront les ongles. Mais quand même t'en as une paire, alors tu vas bien m'écouter. Je te dis qu'y aura pas eu l'étripage qu'on pense dans le village de toile. Nos civils y auront juste changé de chemise, et les officiers de Collinne, y les auront pas laissés toucher aux marchands. Pas de trop, du moins. Alors présente-toi comme fils de tel, on te fichera p'têt' la paix. »

J'inspirai profondément, tout en orientant doucement Bredda vers le nord. Les entraînements prévoyants du *vaïdroerk* nous avaient déjà obligés à envisager ce qui se passerait si nous retrouvions derrière les lignes ennemies. Ce qu'exposait le Vauvois collait mot pour mot avec ce qui avait alors été évoqué, et se recoupait également avec le stratagème instable qui bouillonnait en moi. « C'est bien ce que j'avais pensé, vougier », lui lançai-je aimablement. « Merci à toi. » Je forçai la voix, pour paraître plus confiant que je ne l'étais et je fis cela davantage pour Sonneur que pour moi-même. J'avais déjà évalué mes chances. Je savais que je misais sur un miracle.

Depuis l'ombre sous le hêtre, le Brunide bourru me fixait d'un œil fiévreux. Malgré le froid, son crâne épais luisait de sueur. Durant la nuit, je lui avais confié ma deuxième chemise, pour soutenir son bras en écharpe, mais ni le nez rouge, ni le menton tremblotant qu'il affichait désormais n'incombaient à sa blessure. « Adieu, Sonneur », lançai-je, la gorge nouée, tout en levant la main. « Soigne bien cette piqûre ! » Je n'attendis pas sa réponse. Cela m'aurait fait de la peine, quoi qu'il m'eût dit. Je préférai m'esquiver entre les arbres gelés, en traînant Bredda derrière moi et sans regarder en arrière.

Nous mîmes quelques heures à quitter les bois enneigés. Un soleil pâle se levait à l'est et je marchais lentement, fébrile et frigorifié, mais dangereusement déterminé. Les flocons tombaient dru, à présent. Je mangeais parfois un peu de neige pour pallier la faim et la fatigue, même si je savais qu'il ne fallait pas. Puis l'enchevêtrement de troncs noirs et de pins touffus s'ouvrit subitement sur ce grand abîme blanc qu'était la Passe sous la neige. Je savais qu'entre là où je me tenais et le campement, la terre avait été mise à nu, ravagée par le labour sur une mille et demi de souches hachées. Pourtant, d'ici, il n'y avait que le fourmillement aérien des flocons qui dévoraient le paysage, et ce manteau bosselé qui recouvrait la pente et les chicots dissimulés. C'était la partie la plus dangereuse, j'en étais horriblement conscient. Bredda pouvait se briser une jambe sur une souche, et alors je serais bien ennuyé pour l'employer comme prétexte à mes déplacements : on ne pouvait pas vendre un cheval estropié. Je pouvais pallier ce risque en prenant plus de temps, mais cela m'exposait à un autre péril, celui de tomber sur une patrouille collinnaise ou un groupe de fourrageurs. Sans officiers pour les tenir en laisse, des soldats ou des soudards échaudés pouvaient très bien ne pas s'encombrer de manières et juste m'embrocher pour prendre le cheval, me faire le cul, ou se divertir un peu. Contre un combattant en armure, le poignard de botte que m'avait confié Jassk me serait à peu près aussi utile que la lime à ongles d'une dame.

Cette lente descente depuis les hauteurs me sembla durer toute une vie. Chaque pas tâtonnant sous le vent qui se levait me coûtait des forces que j'avais dépensées la nuit précédente. À chaque instant mon corps se tendait pour accueillir le choc acéré d'un carreau et mes oreilles se dressaient à l'écoute du cri qui nous trahirait, pourtant, nous arrivâmes à la route sans encombre. Avec la neige qui tombait, à laquelle s'ajoutait mon empressement à éviter les vestiges du massacre dont j'avais été témoin durant la nuit, j'avais mal avisé notre trajectoire. Nous nous retrouvâmes trop à l'ouest, sous un blizzard hurlant. Le visage enfoncé sous la capuche miteuse de ma pèlerine, je fis pivoter Bredda vers le vent, ne sachant trop si je devais remercier ou maudire le temps d'avoir changé aussi vite. Les bourrasques me gelaient jusqu'à l'os, mais, grâce à elles, j'avais aussi repris la main. En rejoignant le chemin sous couvert des flocons, mes chances d'infiltrer le camp sans me faire tuer augmentaient très nettement.

Un peu avant le village de toile, les premières silhouettes émergèrent du blizzard, frappant leur cadence martiale sur la route gelée. C'étaient deux escadres de soldats hâtifs, qui portaient des tabards épais, emblasonnés de la tour de Collinne. Il y eut des regards, bovins pour la plupart et, même s'ils ne faisaient que m'effleurer aussi platement que si j'avais été un arbre ou un chat, mon cœur se mit à tambouriner sous ma pèlerine. Je baissai la tête en me pressant contre le flanc puissant de Bredda, tout en m'efforçant d'ignorer à la fois ma raison – qui me susurrait trop tardivement les vertus de la fuite – et les rafales de froid mordant. Je crus mourir de soulagement lorsque les deux derniers hommes du contingent passèrent sans m'adresser un mot et qu'enfin j'eus autre chose à écouter que le rythme des bottes. À l'ordinaire, j'aurais dû entendre le vacarme matinier du campement, les jacasseries des lavandières et des cuistots, les chiens, et la rhétorique vivace des camelots. Ce jour-là, il n'y avait que l'aboiement d'ordres, un concert de voix rauques, le son du cor et du tambour et le grincement lugubre des charrettes à provisions. Quelque part, une femme pleurait.

Les Collinnais avaient mis en place leur barrage à l'endroit où la route croisait les allées liminaires du village de toile. Certaines des tranchées avaient déjà été comblées de neige et de terre afin de créer un chemin temporaire mais praticable jusqu'à la porte d'Aigue-Passe. Personne n'avait encore eu le temps de remplacer les passerelles qui entrecoupaient jadis la Brèche, c'est pourtant par là que roulaient la plupart des charrettes. Les conducteurs devaient braver la pente du creuset dans les deux sens, ce qui me semblait constituer un exercice périlleux avec le vent et la neige. Néanmoins, l'impatience avec laquelle ces provisions étaient attendues derrière les murs d'Aigue-Passe était palpable.

Je ne pouvais qu'imaginer l'accueil triomphant et la reconnaissance que l'on y réserverait aux libérateurs. Les équipages et les bêtes formaient une ligne hachurée et gueularde qui se courbait vers les hauteurs. Malgré le blizzard et les cris d'effort frustrés, il y avait de la joie aussi. J'apercevais de temps à autre un sourire soulagé, de la musique et des éclats de voix moins rudes, qui dégringolaient depuis les murs du Cap-Venteux. Des enfants. Des rires. Je crois que j'aurais aimé pouvoir être heureux pour les habitants de la ville, mais à ce moment-là je gardais délibérément mes émotions sous verrou, par pure nécessité. Je ne m'autorisais qu'une seule et unique fenêtre de sensitivité. Il y avait Brindille, et ma crispation vigilante à ne rien laisser passer d'autre aurait fait rougir le plus assidu des geôliers de Crone.

Une vingtaine d'arbalétriers carmides gardaient le carrefour, nonchalamment installés autour des anciennes casemates bourroises. Ils avaient l'air bien organisés et équipés à l'identique de salades de cuir bouilli à larges paragnathides, et de jaques sombres de lin matelassé. Je ne doutais pas qu'à la prochaine table ronde il y aurait beaucoup à en dire, lorsque la nouvelle se répandrait. Des Carmides en armes sur le sol de Collinne, cela ferait hausser plus d'un sourcil, surtout depuis la révocation du traité des Proches-Îles par le haut-sériphe. J'avisais ces hommes-là au fur et à mesure que je m'approchais, et mon attention oscillait entre eux et le grand lupanar de feutre, qui trônait tel un palais plat au centre du campement silencieux. En dépit du fait qu'ils avaient sans doute marché la moitié de l'hiver pour arriver jusqu'à nous, les Carmides étaient pareils à des fauves rassasiés : détendus et arrogants. Leurs visages taillés à la serpe n'exprimaient rien d'autre que de la confiance, et il y avait aussi quelque chose comme du dédain, derrière certains des regards gris. Trois corps frais gisaient dans la neige du bas-côté. Je ne les regardai pas.

J'arrêtai Bredda derrière un chariot que deux hommes chargeaient de rations pillées dans les réserves bourroises et lui murmurai discrètement de m'attendre. Je ne savais pas encore comment j'allais délivrer Brindille, pas vraiment, mais je sentais l'inconfort rassurant du métal dans ma botte. J'avais dans l'idée que, peut-être, je pourrais réussir à me tailler un chemin jusqu'à elle, littéralement, au travers de la toile du bordel, de la même manière que le sicaire avait tenté de s'extraire du pavillon var. Je flattai Bredda pour m'assurer qu'elle avait compris ce que j'attendais d'elle et puis, alors que je pensais m'en tirer sans avoir à causer avec qui que ce soit, une voix rugueuse m'interpella depuis la casemate :

— Où tu vas avec le chargeur, gamin ?

Je pivotai, la mort dans l'âme. Mon palpitant accéléra vertigineusement. Un homme lourdement armé avançait vers moi dans la neige. « Mon père m'a dit d'attendre ici pour harnacher le canasson », lui chevrotai-je vivement, mais il ne ralentit pas pour autant. Le type fit encore cinq pas. Je reconnus soudain sa trogne de tueur et faillis jurer à voix haute. C'était le cuirassier qui avait apostrophé Uldrick sur la route de l'est, quelques jours avant que l'arrière-garde ne rejoigne l'armée de Vittorie. Après quelques instants d'incompréhension totale, que je passai à dévisager bêtement ses deux comparses qui louchaient vers moi depuis l'autre bout du carrefour, je réalisai brutalement ce qui se tramait. Ce qui s'était tramé, en fait, pendant près de six lunes. Cela me frappa, avec la clarté du soleil levant. Depuis le début, Carsonne avait été à la solde de Cléon Gône.

C'était tellement évident que je me serais giflé de ne pas l'avoir deviné plus tôt. Les bâtons dans les roues du *vaïdroerk*, la gestion quasi pathologique du siège par le légat et ses subordonnés, ses silences, ses moqueries, tout cela avait été savamment orchestré pour écarter les nuisibles, tous ceux qui auraient pu organiser une défense efficace du camp de siège. Pièce par pièce, tout commençait à faire sens, même si les motifs de la trahison de Carsonne m'échappaient entièrement. Alors que les foulées du cuirassier le rapprochaient de moi, les détails se raccommodaient entre eux avec une rapidité déconcertante. Le traitement désinvolte des prisonniers collinnais, que l'on avait – à bien y réfléchir – tout bonnement laissés partir. Les éclaireurs, que nous n'avions pas eu le droit de consulter, non pas parce que Carsonne nous méprisait, mais parce qu'en fait, ils n'éclairaient rien du tout. Sans doute qu'ils servaient même de messagers entre le légat et Collinne, depuis le départ. Et il y avait aussi le sénéchal Vittorie à qui l'on avait fendu le crâne durant la bataille d'Aigue-Passe. Dans mon esprit, cela commençait à ne plus tellement ressembler à un accident. Puis je remontai encore au-delà, jusqu'à l'embuscade à Lagre et au fait que Carsonne avait préféré nous précéder au départ de Granières, sans motif valable. Si l'arrière-garde avait été décimée à Lagre, l'armée bourroise, sans renforts ni provisions, aurait été contrainte de faire demi-tour. Il m'apparut clairement qu'à l'origine Aymon Carsonne avait prévu de sacrifier le convoi. La chance et la compétence du *vaïdroerk* avaient tenu ses plans en échec. Sans cela, le siège d'Aigue-Passe n'aurait tout simplement jamais eu lieu.

Le cuirassier se campa tout près de moi en se frottant les bajoues, l'œil scintillant. Il sentait la sueur et la basane rance. Je déglutis, figé sur place en attendant qu'il me saisisse, mais au lieu de cela sa main gantée se posa sur le garrot de la jument.

Bredda frissonna. « C'est une belle bête que tu as là », me dit-il d'une voix enrouée, en détaillant la musculature du chargeur. « C'est un cheval de guerre, ça, c'est pas un traîne-chariot. » J'acquiesçai mollement, tandis que les doigts du cuirassier effleuraient la crinière en brosse. Je n'arrivais pas à croire qu'il ne m'avait pas reconnu. « Je sais bien », bredouillai-je, paniqué. « C'est qu'elle était aux Vars. » Ma frayeur était loin d'être feinte et je vis immédiatement qu'elle plaisait au cuirassier. C'était un soldat de métier et il aimait susciter la peur. « Tu vas me l'emmener aux écuries du Cap-Venteux », indiqua l'homme d'une voix autoritaire, la main serrée sur la poignée de son épée. J'hésitai brièvement. « P'têt' qu'on peut quand même l'harnacher une dernière fois, seigneur, histoire de pas la faire monter à vide », suggérai-je aussi obséquieusement que possible. Le cuirassier parut réfléchir, et mon cœur cognait tellement fort que j'étais à peu près certain qu'il allait exploser.

« Si quelqu'un l'abîme en chemin, faudra l'expliquer », menaça le cuirassier en une étrange forme de concession. Le vent retomba quelques instants, et Bredda renâcla doucement. D'autres destriers venaient au trot par le chemin de planches, sabots toquant et patinant sur le bois givré. Alors que les cavaliers ralentissaient pour le carrefour, mon interlocuteur lança un regard par-dessus son épaule. J'expirai de soulagement en contemplant mes pieds. Je n'osais pas encore croire la chance que j'avais eue. « Je vais aller chercher mon père », murmurai-je à voix basse, puis tout partit désastreusement en vrille.

Alors que les cavaliers invisibles passaient, une lourde claque s'abattit sur le coin de ma capuche. Je mis un genou à terre, des points noirs devant les yeux. « Tes manières, morveux ! » aboya le cuirassier. « On se découvre pour... » puis je sentis le souffle soulevé par Bredda. Le soldat trébucha sur moi alors que les dents de la jument claquaient à moins d'un pouce de son visage. Nous roulâmes dans le chemin de ceux qui arrivaient. Les sabots crissèrent en dérapant dans le gel. À moitié emmêlé dans le cuirassier pestant, je levai le regard sur les chevaux qui se cabraient en hennissant au milieu du barrage. J'y trouvai le visage du premier cavalier, dont la silhouette épaisse était enroulée dans une cape d'hiver bordée d'hermine noire. C'était Aymon Carsonne. Il m'épingla droit dans les yeux, son collier de barbe strié de flocons blancs. Au-delà, la commotion avait attiré le regard des mercenaires carmides et des quelques lanciers collinnais qui traînaient avec eux.

Bredda avançait en dansant sur le cuirassier, les dents retroussées, hérissée comme un cauchemar en forme de cheval. À quelques pas de là, du haut de son destrier gris, Carsonne parlait d'une voix autoritaire, calme et claire, le doigt tendu vers moi. « Celui-là est un Var », énonça-t-il à plusieurs reprises, alors que ses hommes accouraient vers nous. « Prenez-le. » Je vis les lances se dresser, j'entendis le claquement des arbalètes que les Carmides armaient et les pas bruissants sur la neige. Je me figeai. J'avais échoué de la pire manière. Tout était fini, et c'en était tellement écrasant que cela me parut léger, parce qu'à ce moment-là je m'étais déjà rendu. Je ne regrettais pas, pas vraiment, j'espérais seulement que ce serait rapide. Et comme plus rien ne comptait, je ne cessais de me dire une seule chose. Je ne voulais pas qu'ils tuent mon cheval.

Je me redressai sur un genou meurtri et jetai le couteau de botte dans la neige, bien en évidence, pour que Carsonne le voie. « *Naï*, Bredda », fis-je enfin d'une voix lasse. « *Naï.* » La grande jument s'ébroua curieusement, son œil noir posé sur moi et elle hennit son désaccord. Jusqu'à ce jour, je reste convaincu qu'elle avait décidé de mourir à mes côtés. Pourtant, à mon ordre, Bredda cessa de se battre. Elle se laissa emmener docilement par le premier milicien qui eut le courage de s'emparer de sa bride. Carsonne me contemplait, impassible, et sa monture trépignait sous lui tandis que la troupe m'encerclait prudemment. Même jeune, même seul et désarmé, je restais un guerrier-var. J'avais au moins gagné ce respect-là. Au-dessus, les flocons tournoyaient sur le fond noir des murailles d'Aigue-Passe, crépitements blancs sur la roche sombre. J'eus le temps d'en cueillir trois ou quatre sur la langue et d'espérer que Brindille aurait vent de ma tentative. Qu'elle ne penserait pas que je l'avais abandonnée, mais qu'elle ne verrait pas mon cadavre. Puis le cuirassier en sueur me plia en deux sur le pommeau de son épée ébréchée.

En fin de compte, ils ne me tuèrent pas. On me noua les mains avec un cordon de jute, et je fus malmené jusqu'à l'une des granges gelées. D'autres corps captifs et frissonnants étaient entassés là, sur des couches souillées de foin moisi. Un capitaine carmide m'attendait avec un couteau d'acier. Je n'avais pas détourné mon regard du sien, pas une seule fois. Ni quand il me tailla le triangle dans la pommette, ni quand il fourra la blessure dégoulinante de boue et de merde. Ma mâchoire était restée serrée tout le long, et en leur langue musicale ils avaient loué la bravoure de cette chose qui saignait, comme on loue la valeur d'un chien courageux. Je n'étais plus tout à fait un homme à leurs yeux, ni plus tout à fait aux miens, parce que mon sang rouge gouttait dans la neige blanche et que je ne ressentais rien.

Deux lunes plus tard, la moitié des prisonniers d'Aigue-Passe étaient morts de froid ou de maladie. Les neiges tardives nous avaient enfin permis de franchir la frontière, par un défilé sinueux et étroit, au travers des corniches escarpées du Mur carmois. À Iphos, ceux qui restaient furent vendus à un consortium marchand pour soixante drogmes par tête. Alors que les pièces d'argent changeaient de main, pour la première fois depuis la débâcle, j'avais souri. J'avais souri, parce que je valais seize couronnes d'or de l'autre côté du Mur, et aussi parce qu'ils avaient payé pour du vide, pour du néant qui avait pris forme de Syffe. Ce n'était pas grand-chose que ce rictus, à peine un plissement. Un rien de chair soulevé par les vestiges de quelqu'un, comme un vent mourant peut gonfler une voile. Puis ils m'envoyèrent aux mines, où les sourires servent de parures aux fous et de linceuls aux morts.

FIN DU TOME PREMIER

REMERCIEMENTS

Hélène Ramdani-Solomonidis, qui a tout lancé. Je lui dois ceci, clairement.

Sonia, Pascale Sénigout, Charlotte Clémandot, et tous les autres membres de mon comité de lecture, dont l'aide m'a été plus que précieuse.

Eva Li, pour la toute première relecture et ses conseils avisés.

Sébastien Lavy, pour son soutien et ses encouragements.

Romaric Fumard, sans qui je n'aurais pas eu de vue du ciel.

Maud Delanaud, qui a vu Syffe grandir.

Fanny Fa*, pour tellement de choses qu'elles ne tiendraient pas ici.

L'homme mort	11
Le manchot	199
Le guerrier-var	387
Aigue-Passe	573

DU MÊME AUTEUR

Aux Éditions Au diable vauvert

LE CYCLE DE SYFFE
 L'ENFANT DE POUSSIÈRE (Folio Science-Fiction n° 664)
 LA PESTE ET LA VIGNE (Folio Science-Fiction n° 688)
 LES CHIENS ET LA CHARRUE

Aux Éditions La Manufacture de livres

CROCS
ÉCUME

Chez d'autres éditeurs

NEVA, Les Contrebandiers
MAUVAISE GRAISSE, La Geste
PERSÉPHONE LUNAIRE, Chloé des Lys

Dans la même collection

538.	Graham Joyce	*Au cœur du silence*
539.	Bernard Simonay	*L'Archipel du Soleil* (Les enfants de l'Atlantide, II)
540.	Christopher Priest	*Notre île sombre*
541.	Bernard Simonay	*Le crépuscule des Géants* (Les enfants de l'Atlantide, III)
542.	Jack Vance	*Le dernier château*
543.	Hervé Jubert	*Magies secrètes* (Une enquête de Georges Hercule Bélisaire Beauregard)
544.	Hervé Jubert	*Le tournoi des ombres* (Une enquête de Georges Hercule Bélisaire Beauregard)
545.	Hervé Jubert	*La nuit des égrégores* (Une enquête de Georges Hercule Bélisaire Beauregard, INÉDIT)
546.	L. L. Kloetzer	*Anamnèse de Lady Star*
547.	Paul Carta	*La quête du prince boiteux* (Chroniques d'au-delà du Seuil, I)
548.	Bernard Simonay	*La Terre des Morts* (Les enfants de l'Atlantide, IV)
549.	Jo Walton	*Morwenna*
550.	Paul Carta	*Le Siège des dieux* (Chroniques d'au-delà du Seuil, II)
551.	Arnaud Duval	*Les ombres de Torino*
552.	Robert Charles Wilson	*La trilogie Spin*
553.	Isaac Asimov	*Période d'essai*

554.	Thomas Day	*Sept secondes pour devenir un aigle*
555.	Glen Duncan	*Rites de sang*
556.	Robert Charles Wilson	*Les derniers jours du paradis*
557.	Laurent Genefort	*Les vaisseaux d'Omale*
558.	Jean-Marc Ligny	*Exodes*
559.	Ian McDonald	*La petite déesse*
560.	Roger Zelazny	*Les princes d'Ambre* (Cycle 2)
561.	Jean-Luc Bizien	*Vent rouge* (Katana, I)
562.	Jean-Luc Bizien	*Dragon noir* (Katana, II)
563.	Isaac Asimov	*Cher Jupiter*
564.	Estelle Faye	*Thya* (La voie des Oracles, I)
565.	Laurent Whale	*Les damnés de l'asphalte*
566.	Serge Brussolo	*Les Geôliers* (INÉDIT)
567.	Estelle Faye	*Enoch* (La voie des Oracles, II)
568.	Marie Pavlenko	*La Fille-Sortilège*
569.	Léo Henry	*La Panse* (INÉDIT)
570.	Graham Joyce	*Comme un conte*
571.	Pierre Pevel	*Les enchantements d'Ambremer* (Le Paris des Merveilles, I)
572.	Jo Walton	*Le cercle de Farthing*
573.	Isaac Asimov	*Quand les ténèbres viendront*
574.	Grégoire Courtois	*Suréquipée*
575.	Pierre Pevel	*L'Élixir d'oubli* (Le Paris des Merveilles, II)
576.	Fabien Cerutti	*L'ombre du pouvoir* (Le Bâtard de Kosigan, I)
577.	Lionel Davoust	*Port d'âmes*
578.	Pierre Pevel	*Le Royaume Immobile* (Le Paris des Merveilles, III)

579.	Jean-Pierre Boudine	*Le paradoxe de Fermi*
580.	Fabrice Colin	*Big Fan*
581.	Fabien Cerutti	*Le fou prend le roi* (Le Bâtard de Kosigan, II)
582.	Jo Walton	*Hamlet au paradis*
583.	Robert Charles Wilson	*Les Perséides*
584.	Charles Yu	*Guide de survie pour le voyageur du temps amateur*
585.	Estelle Faye	*Un éclat de givre*
586.	Ken Liu	*La ménagerie de papier*
587.	Chuck Palahniuk et Cameron Stewart	*Fight Club 2*
588.	Laurence Suhner	*Vestiges* (QuanTika, I)
589.	Jack Finney	*Le voyage de Simon Morley*
590.	Christopher Priest	*L'adjacent*
591.	Franck Ferric	*Trois oboles pour Charon*
592.	Jean-Philippe Jaworski	*Chasse royale – De meute à mort* (Rois du monde, II-1)
593.	Romain Delplancq	*L'appel des illustres* (Le sang des princes, I)
594.	Laurence Suhner	*L'ouvreur des chemins* (QuanTika, II)
595.	Estelle Faye	*Aylus* (La voie des Oracles, III)
596.	Jo Walton	*Une demi-couronne*
597.	Robert Charles Wilson	*Les affinités*
598.	Laurent Kloetzer	*Vostok*
599.	Erik L'Homme	*Phœnomen*
600.	Laurence Suhner	*Origines* (QuanTika, III)
601.	Len Deighton	*SS-GB*
602.	Karoline Georges	*Sous-béton*
603.	Martin Millar	*La déesse des marguerites et des boutons d'or*

604.	Marta Randall	*L'épée de l'hiver*
605.	Jacques Abeille	*Les jardins statuaires*
606.	Jacques Abeille	*Le veilleur du jour*
607.	Philip K. Dick	*SIVA*
608.	Jacques Barbéri	*Mondocane*
609.	Romain d'Huissier	*Les Quatre-vingt-un Frères* (Chroniques de l'Étrange, I)
610.	David Walton	*Superposition*
611.	Christopher Priest	*L'inclinaison*
612.	Jacques Abeille	*Un homme plein de misère*
613.	Romain Lucazeau	*Latium I*
614.	Romain Lucazeau	*Latium II*
615.	Laurent Genefort	*Étoiles sans issue*
616.	Laurent Genefort	*Les peaux-épaisses*
617.	Loïc Henry	*Les océans stellaires*
618.	Romain d'Huissier	*La résurrection du dragon* (Chroniques de l'Étrange, II)
619.	Romain Delplancq	*L'Éveil des Réprouvés* (Le sang des princes, II)
620.	Jean-Philippe Jaworski	*Chasse royale – Les grands arrières* (Rois du monde, II-2)
621.	Robert Charles Wilson	*La cité du futur*
622.	Jacques Abeille	*Les voyages du fils*
623.	Iain M. Banks	*Effroyabl Angel*
624.	Louisa Hall	*Rêves de Machines*
625.	Jean-Pierre Ohl	*Redrum*
626.	Fabien Cerutti	*Le Marteau des Sorcières* (Le Bâtard de Kosigan, III)
627.	Elan Mastai	*Tous nos contretemps*
628.	Michael Roch	*Moi, Peter Pan*
629.	Laurent Genefort	*Ce qui relie* (Spire, I)
630.	Rafael Pinedo	*Plop*
631.	Jo Walton	*Mes vrais enfants*
632.	Raphaël Eymery	*Pornarina*

633.	Scott Hawkins	*La Bibliothèque de Mount Char*
634.	Grégory Da Rosa	*Sénéchal*
635.	Jonathan Carroll	*Os de Lune*
636.	Laurent Genefort	*Le sang des immortels*
637.	Estelle Faye	*Les Seigneurs de Bohen*
638.	Laurent Genefort	*Ce qui divise* (Spire, II)
639.	Ian McDonald	*Luna – Nouvelle Lune* (Luna, I)
640.	Lucie Pierrat-Pajot	*Les mystères de Larispem, I* (Le sang jamais n'oublie)
641.	Adrian Tchaikovsky	*Dans la toile du temps*
642.	Karin Tidbeck	*Amatka*
643.	Jo Walton	*Les griffes et les crocs*
644.	Grégory Da Rosa	*Sénéchal II*
645.	Saad Z. Hossain	*Bagdad, la grande évasion !*
646.	Al Robertson	*Station : La chute*
647.	Peter Cawdron	*Rétrograde*
648.	Fabien Cerutti	*Le Testament d'involution* (Le Bâtard de Kosigan, IV)
649.	Yoon Ha Lee	*Le gambit du Renard*
650.	Sabrina Calvo	*Toxoplasma*
651.	Karoline Georges	*De synthèse*
652.	George R. R. Martin / Lisa Tuttle	*Elle qui chevauche les tempêtes*
653.	Katherine Arden	*L'Ours et le Rossignol*
654.	Laurent Genefort	*Ce qui révèle* (Spire, III)
655.	Léo Henry	*Thecel* (INÉDIT)
656.	Grégory Da Rosa	*Sénéchal III*
657.	Romain d'Huissier	*Les Gardiens célestes* (Chroniques de l'Étrange, III)
658.	Thomas Spok	*Uter Pandragon*
659.	Estelle Faye	*Les nuages de Magellan*
660.	Chris Vuklisevic	*Derniers jours d'un monde oublié* (INÉDIT)
661.	Annalee Newitz	*Autonome*

662.	Nicolas Texier	*Opération Sabines* (Monts et merveilles, I)
663.	Ray Bradbury	*Le Pays d'octobre*
664.	Patrick K. Dewdney	*L'enfant de poussière* (Le cycle de Syffe, I)
665.	Mary Robinette Kowal	*Lady astronaute* (INÉDIT)
666.	Lucie Pierrat-Pajot	*Les mystères de Larispem, II* (Les jeux du siècle)
667.	Lionel Davoust	*La Messagère du Ciel* (Les dieux sauvages, I)
668.	Thibaud Latil-Nicolas	*Chevauche-Brumes*
669.	Nicolas Texier	*Opération Jabberwock* (Monts et merveilles, II)
670.	Ernest Callenbach	*Écotopia*
671.	Adam Roberts	*Jack Glass, l'histoire d'un meurtrier*
672.	Élisabeth Vonarburg	*Chroniques du Pays des Mères*
673.	Pierre Alferi	*Hors sol*
674.	Alain Damasio	*Les Furtifs*
675.	Michael Roch	*Le livre jaune*
676.	Yoon Ha Lee	*Le stratagème du corbeau*
677.	Ian McDonald	*Luna – Lune du loup* (Luna, II)
678.	Gareth L. Powell	*Braises de guerre*
679.	Christopher Priest	*Conséquences d'une disparition*
680.	Lionel Davoust	*Le Verrou du Fleuve* (Les dieux sauvages, II)
681.	Manon Fargetton	*Dix jours avant la fin du monde*
682.	Katherine Arden	*La fille dans la tour*
683.	Philippe Auribeau	*L'héritage de Richelieu*
684.	Jean-Philippe Jaworski	*Chasse royale – Curée chaude* (Rois du monde, II-3)

685.	George Orwell	*1984*
686.	Adrian Tchaikovsky	*Chiens de guerre*
687.	John Varley	*Blues pour Irontown*
688.	Patrick K. Dewdney	*La peste et la vigne* (Le cycle de Syffe, II)
689.	Ian McDonald	*Luna – Lune montante* (Luna III)
690.	Lucie Pierrat-Pajot	*Les mystères de Larispem, III* (L'élixir ultime)
691.	Katherine Arden	*L'hiver de la sorcière*
692.	Jo Walton	*Pierre-de-vie*
693.	Lionel Davoust	*La Fureur de la Terre* (Les dieux sauvages, III)
694.	Philip K. Dick	*Radio libre Albemuth* (Prélude à la trilogie divine)
695.	Estelle Faye	*Les révoltés de Bohen* (Le cycle de Bohen, II)
696.	Fabien Cerutti	*Les secrets du premier coffre*
697.	Philippe Testa	*L'obscur*
698.	Jean-Philippe Jaworski	*Le sentiment du fer*
699.	Thibaud Latil-Nicolas	*Les flots sombres* (Chevauche-brumes, II)
700.	Aurélien Manya	*Trois cœurs battant la nuit*
701.	Rozenn Illiano	*Le phare au corbeau*
702.	Ted Chiang	*Expiration*
703.	Laurent Genefort	*Colonies*
704.	Adam Roberts	*La chose en soi*
705.	Gareth L. Powell	*L'armada de Marbre* (Braises de guerre, II)
706.	Sébastien Coville	*L'Empire s'effondre*
707.	Lionel Davoust	*L'Héritage de l'Empire*, 1 (Les dieux sauvages, IV)
708.	Lionel Davoust	*L'Héritage de l'Empire*, 2 (Les dieux sauvages, IV)

*Tous les papiers utilisés pour les ouvrages
des collections Folio sont certifiés
et proviennent de forêts gérées durablement.*

*Composition IGS-CP à L'Isle-d'Espagnac (16)
Impression Novoprint
à Barcelone, le 30 septembre 2022
Dépôt légal : septembre 2022
1ᵉʳ dépôt légal dans la collection : août 2020*

ISBN 978-2-07-274669-7 / Imprimé en Espagne

557149